Alexander Bertsch

Eine Sinfonie der Welt

3. 5. 2018

Weitere lieferbare Titel von Alexander Bertsch:

Die Liebe, die Kunst und der Tod. Roman
233 S., gebunden, ISBN 978-3-937280-06-6

Philemons Aufzeichnungen. Erzählungen
100 S., gebunden, ISBN 978-3-937280-13-4

Wie Asche im Wind. Roman
207 S., geb. mit Schutzumschlag,
ISBN 978-3-937280-22-6

Die endliche Reise. Roman
237 S., kartoniert, ISBN 978-3-937280-23-3

Dämmerungswelten. Lyrik und Kurzprosa
64 S., gebunden, ISBN 978-3-937280-24-0

Zum Autor: Alexander Bertsch, 1940 in Heilbronn geboren, Studium der Literaturwissenschaft, Philosophie und Musik in Tübingen und Stuttgart. Er lebt heute in Abstatt bei Heilbronn. 1987 erschien sein Lyrikband *Fluchtpunkte*, es folgten die Romane *Wie Asche im Wind* (1993), *Die endliche Reise* (1999), *Die Liebe, die Kunst und der Tod* (2004), der Erzählband *Philemons Aufzeichnungen* (2006), sowie der Lyrikband *Dämmerungswelten* (2010). Außerdem schreibt Bertsch Texte für literarisches Kabarett und Theaterstücke: *Träume flussabwärts* (Musical), *Käthchen* in verschiedenen Varianten für das Theaterschiff Heilbronn, *Die listigen Weiber von Weinsberg* (Schauspiel mit Musik), *Letzte Tage in Marseille – Arthur Rimbaud* (Theaterschiff 2013). 2001 Teilnahme mit Textbeiträgen am Kulturprojekt »Segni di Pace« (Zeichen des Friedens) der Universität Rom.

Alexander Bertsch

Eine Sinfonie der Welt

Roman

verlag regionalkultur

Titel:	Eine Sinfonie der Welt
Autor:	Alexander Bertsch
Herstellung:	**verlag regionalkultur**
Satz und Gestaltung:	Heinz Högerle, Horb-Rexingen
Umschlag:	Jochen Baumgärtner, vr

ISBN: 978-3-89735-855-3

Bibliographische Information der Deutschen Bibliothek
Die Deutsche Bibliothek verzeichnet diese Publikation in der Deutschen Nationalbibliographie; detaillierte Daten sind im Internet über http://dnb.ddb.de abrufbar.

Diese Publikation ist entsprechend den Frankfurter Forderungen auf alterungsbeständigem und säurefreiem Papier (TCF nach ISO 9706) gedruckt.

Alle Rechte vorbehalten.
Nachdruck, Vervielfältigungen, Übersetzungen, Mikroverfilmungen und Einspeicherungen, sowie die Verarbeitung in elektronischen Systemen sind nur mit Zustimmung des Verfassers gestattet
© 2014 **verlag regionalkultur**

verlag regionalkultur
Heidelberg • Ubstadt-Weiher • Basel
Korrespondenzadresse:
Bahnhofstraße 2 • 76698 Ubstadt-Weiher
Tel. 07251 36703-0 • *Fax* 07251 36703-29
E-Mail kontakt@verlag-regionalkultur.de
Internet www.verlag-regionalkultur.de

Der aufrechte Gang wird am letzten gelernt. Kopf oben, frei umherblickend, nur dazu ist er da.

Ernst Bloch, Politische Messungen

Es ist ein Überholend-Unabgeschlossenes in der Musik, dem noch keine Poesie genug tut, es sei denn diejenige, welche die Musik, möglicherweise, aus sich entwickelt.

Die Offenheit dieser Kunst zeigt zugleich, auf besonders eindringliche Art, dass auch für die Inhaltsbeziehung der anderen Künste noch nicht aller Tage Abend gekommen ist.

Ernst Bloch, Subjekt-Objekt, Erläuterungen zu Hegel, zitiert in ›Das Prinzip Hoffnung‹

Introduktion
Allegro –
Adagio, ma non troppo

Plötzlich und unerwartet.

Lapidar, auf den Punkt gebracht, dachte Martina. Die übliche Formel. Nicht zu euphemistisch. Das wäre ihm zuwider gewesen.

Franz Niemann war am 2. Februar gestorben. An einem Dienstagmorgen.

Ich kann Beerdigungen nicht leiden, aber ... es ist Franz! Wenn die Menschen, die uns etwas bedeuten, lange leben, denken wir einfach, dass sie immer da sein müssten.

Sie war nach Heidelberg unterwegs. Verstört und beunruhigt. Irgendwie beunruhigt.

Am frühen Nachmittag sollte die Beisetzung auf dem Bergfriedhof stattfinden. Sie versuchte sich daran zu erinnern, wann sie sich zuletzt getroffen hatten – das letzte Mal. Und dachte an frühere Begegnungen. Wie ein Film zogen sie an ihr vorbei.

Das Wetter spielte verrückt. Schon zweimal war durch einen Platzregen der Verkehr auf der Autobahn fast zum Erliegen gekommen.

Alles schien im Moment mit der bevorstehenden Beerdigung zusammenzuhängen: die Monotonie der Autobahnlandschaft, die Unberechenbarkeit des Wetters, ein paar Raben auf einer Wiese, der Kadaver eines undefinierbaren kleinen Tieres auf der Überholspur. Wieder war es dunkler geworden.

Kurz vor Darmstadt stand sie im Stau. Warten. Ausharren. Kurze Zeit später kam die Sonne wieder durch und tauchte alles in gleißendes Licht. Während der ganzen Fahrt hielt dieser Wechsel von Licht und Dunkelheit an.

Die Beerdigung findet auf Wunsch des Verstorbenen nur im engsten Familien- und Freundeskreis statt.

Was bedeutet in diesem Fall *engster Kreis*?, dachte Martina. Neunundachtzig Jahre! Wenn jemand so viele Jahrzehnte diese Welt bewohnt, wer bleibt dann noch übrig? Von den Familienangehörigen leben wohl nicht mehr viele. Und von den Freunden? Gibt es noch welche?

Sie war frühzeitig in Frankfurt losgefahren. Aber als sie den Wagen abstellte, hatte die Trauerfeier schon begonnen.

Sie eilte durch den Bergfriedhof nach oben auf die Kapelle zu. Auf den Wegen da und dort ein flüchtig zusammengewürfeltes Blättermosaik. Manchmal sickerte ein wenig Sonnenlicht durch die Wolken. Wie zufällig wurden eine Grabplatte, ein paar Sträucher, eine Stele oder eine Engelstatue für kurze Zeit angeleuchtet. Dann fiel wieder das Dunkel über den Friedhof, der Wind schüttelte die Wassertropfen von den Bäumen und Sträuchern auf die Gräber.

Hat Franz überhaupt einer bestimmten Religion angehört? Ich habe nie darüber nachgedacht. ›Sein Leben gehörte der Musik‹ – hoffentlich muss ich mir keine Sprüche dieser Art anhören!

Leise betrat Martina die Kapelle. Es hatten sich gerade einmal etwas mehr als zwei Dutzend Menschen eingefunden.

Der Sprecher am Rednerpult, ein Heidelberger Schauspieler, den Martina flüchtig kannte, las gerade einen Text. Die letzten Reihen waren alle frei geblieben. Martina ging nach vorne und setzte sich hinter eine Frau, die zwei Mädchen mitgebracht hatte: Zwillinge, die sich neugierig nach ihr umblickten. Auch die Frau drehte sich um, nickte ihr freundlich zu und reichte ihr ein Blatt Papier, das Programm für die Beerdigung.

»... Der Klang der Hirtenflöte, der Panflöte, der Syrinx bei den Griechen (was überall dasselbe bedeutet), soll die ferne Geliebte erreichen. So beginnt Musik sehnsüchtig und bereits durchaus als Ruf ins Entbehrte. Unter den Indianern des Felsgebirges ist noch heute dieser Glaube verbreitet: Der junge Indianer geht hinaus in die Ebene und klagt auf der Panflöte seine Liebe; das Mädchen soll dann weinen, wie weit sie auch entfernt sei. Die Panflöte hat es am Ende weit gebracht, sie ist der Urvorfahr der Orgel, doch weit mehr: sie ist die Geburtsstätte der Musik als eines menschlichen Ausdrucks, tönenden Wunschtraums ...«

Martina hörte diese Sätze, ließ sich von ihnen mittragen, registrierte die Gedankenströme, die sie in ihr selbst auslösten.

Nach dieser Lesung trat eine grauhaarige, mittelgroße schlanke Frau in schwarzem Anzug nach vorne, ging am Rednerpult vorbei und setzte sich an ein Klavier, das neben dem Sarg aufgestellt worden war.

Irene Nakowski! Martina hatte sie lange nicht mehr gesehen. Eine Pianistin, die sie schon in vielen Konzerten gehört hatte. War sie eine Verwandte der Familie Niemann?

Die linke Hand begann mit einem Quintsprung nach oben ein getragenes, gravitätisch fortschreitendes Thema, das nach einigen Takten von der rechten Hand übernommen wurde, während die andere Hand eine Gegenstimme spielte.

Ähnlich wie bei dem Text von Ernst Bloch wurde Martina nun auch von der Musik sehr berührt, die sie zwar schon lange kannte, die aber in diesem Augenblick ihre besondere Wirkung nicht verfehlte.

Dieses d-Moll, diese unvollendete Fuge. Wie das d-Moll des unvollendeten Requiems, das d-Moll des Streichquartetts *Der Tod und das Mädchen* oder im ersten Lied der *Vier ernsten Gesänge*.

So vieles ging ihr durch den Kopf, während Bachs Musik durch den Raum klang. Ein zweites Thema kam dazu, ein drittes, das mit den Tönen BACH begann. Dann das plötzliche Abbrechen der Fuge. Auch hier hatte der Tod dem Fortgang des Stückes ein Ende gesetzt, bevor der Komponist noch ein viertes Thema hinzufügen konnte. Das Ende der *Kunst der Fuge*, einer Gattung, die Bach wie kein anderer beherrscht hatte.

Der Schauspieler trat wieder ans Rednerpult:
Bertolt Brecht, *An die Nachgeborenen*.
Martina mochte das Gedicht sehr. Vor allem den Schluss des dritten Teils:

Dabei wissen wir doch:
Auch der Hass gegen die Niedrigkeit
Verzerrt die Züge.
Auch der Zorn über das Unrecht
Macht die Stimme heiser. Ach, wir
Die wir den Boden bereiten wollten für Freundlichkeit
Konnten selber nicht freundlich sein.
Ihr aber, wenn es so weit sein wird
Dass der Mensch dem Menschen ein Helfer ist
Gedenkt unsrer
Mit Nachsicht.

Martina warf einen Blick auf das Programm. Arnold Schönberg, Nr.VI aus *Sechs kleine Klavierstücke, Opus 19*. Man bitte darum, noch kurz sitzen zu bleiben, um den Klängen nachzuhorchen. Dann möge man in aller Stille auseinandergehen.

Irene Nakowski begann zu spielen. Ein sehr langsames Stück, bestehend aus neun Takten, das Schönberg auf den Tod von Gustav Mahler komponiert hatte. Die Dynamik zwischen Pianissimo und vierfachem Piano. Am Ende *wie ein Hauch* verklingend.

Martina war von dem besonderen Ritual dieser Beerdigungsfeier sehr betroffen. Sie war sich fast sicher, dass Franz Niemann dieses Programm festgelegt hatte. Nun war ihr vor allem wichtig: niemanden sehen, mit niemandem sprechen. Sie stand auf, verließ die Kapelle, ging durch den Friedhof zurück, stieg in ihren Wagen, fuhr wieder über den Fluss, die Bergstraße hinauf bis Handschuhsheim, nach rechts bis zu einem Waldweg. Bei der ersten Parkmöglichkeit hielt sie an.

Allein sein, bei sich und ihren Erinnerungen bleiben, ein bisschen ziellos vor sich hin gehen. In Gedanken versunken setzte sie einen Fuß vor den anderen.

In den letzten Jahren hatte sie Franz Niemann nicht sehr häufig gesehen. Jetzt bereute sie es ein wenig.

Die ersten Regentropfen veranlassten Martina zur Umkehr. Rasch spannte sie den Schirm auf und rannte zu ihrem Auto zurück. Es gelang ihr gerade noch, die Tür zu öffnen und sich auf den Fahrersitz fallen zu lassen, als bereits ein Regenschauer einsetzte, der sie bestimmt bis auf die Haut durchnässt hätte.

Die Tropfen prasselten auf den Wagen, als wollten sie den Lack herunterwaschen. Auf den Waldpfaden bildeten sich große Pfützen, an anderen Stellen schossen Rinnsale die Wege hinunter.

Nach wenigen Minuten ließ der Regen wieder nach. Doch Martina saß im Trockenen und dachte im Moment nicht daran, den Wagen zu starten und wegzufahren.

Erinnerungen holten sie ein und drängten sich ihr auf, ohne dass sie sich dagegen wehren wollte.

Sie dachte an ihre erste Begegnung mit Franz, sah sich als kleines Mädchen, wie sie mit zwei Freundinnen das Grundstück am Philosophenweg betreten hatte. Schon häufiger waren sie an dem Gartentor vorbeigekommen und hatten den wildbewachsenen Garten betrachtet. An dem Tag war das Tor ein wenig offen gestanden.

Die Neugierde von Kindern einem unbekannten Stückchen Welt gegenüber. Was verbirgt sich dahinter? Doch wohl kein Ungeheuer – oder doch?

Deutlich erinnerte sie sich an diese Szene vor so vielen Jahren ...

Der wilde Garten wirkte wie ein Zauberwald, der hinabführende Weg hatte etwas Geheimnisvolles. Martina ging hinein, bedeutete ihren zögernden Freundinnen, ihr zu folgen. Vorsichtig bewegten sie sich den Weg hinunter und auf einmal hörten sie leise Musik.

Ich gehe nicht weiter, flüsterte Tanja.

Edith blieb stehen. Das hört sich an wie ein Klavier.

Martina ging immer weiter. Kommt!, rief sie ihren Freundinnen zu.

Schließlich sahen sie das Haus. Sie wagten sich bis zur Eingangstür. Die Klaviermusik war nun lauter geworden.

Hier drüben führt ein Weg vorbei, sagte Edith.

Über diesen Plattenweg links neben dem Haus gelangten sie zur Vorderseite, hatten plötzlich wieder die Stadt vor sich, sahen unten den Fluss und die Altstadt mit dem Schloss darüber.

Sie bemerkten nicht, dass plötzlich keine Musik mehr zu hören war, und hinter ihnen sagte eine männliche, aber keinesfalls unfreundliche Stimme:

Mit wem habe ich das Vergnügen?

Sie drehten sich erschrocken um. Tanja und Edith rannten sofort weg.

Ich bin Martina ...

Vor ihr stand ein hochgewachsener schlanker Mann mit einer braunen Haarmähne, die da und dort graue Streifen aufwies. Er sah sie freundlich an.

Und weiter?

Fahrenbach, Martina Fahrenbach.

Der Mann blickte sie aufmerksam an. Für einen Moment veränderte sich sein Gesichtsausdruck. Doch dann lächelte er wieder.

Wie kommt ihr denn hierher?

Das Gartentor war offen und da sind wir hineingegangen. Wir wollten bestimmt nichts Böses tun. Und dann ...

Ja?

Da war auf einmal Musik.

Hat sie dir gefallen?

Ja.

Waren das deine Freundinnen?

Sie nickte.

Ruf sie mal her!

Tanja, Edith! Ihr könnt ruhig kommen.

Vorsichtig kamen die beiden den Plattenweg herunter.

Guten Tag!

Guten Tag. Ihr wart also neugierig auf diesen Garten?

Edith und Tanja sahen Martina an.

Also, wenn ihr mal wiederkommen wollt, schleicht ihr nicht einfach durch den Garten, sondern ihr klingelt vorne an der Haustür.

Einfach klingeln?, fragte Martina.

Ich bin übrigens Franz Niemann. Ihr könnt auch gerne Onkel Franz sagen ...

Über vierzig Jahre ist das her, dachte Martina. Und doch erinnerte sie sich an diese Begegnung, als hätte sie gestern stattgefunden.

Am Abend dieses Tages hatte sie ihrer Mutter davon erzählt. Was? Ihr wart im Niemannschen Garten? Ihre Mutter schien ziemlich erregt, fasste sich aber schnell wieder. Eigentlich ist mir das nicht so recht, Martina.

Warum, Mama? Ist das schlimm? Onkel Franz war sehr nett.

Onkel Fr .. anz ...?
Ja, er hat gesagt, dass wir wiederkommen dürfen.
Ihre Mutter blickte stumm vor sich hin.
Mama, kennst du den Garten?
Zeit für dich, schlafen zu gehen, Martina! ...

Wenige Monate später waren sie nach Mannheim gezogen. Die im Krieg zerstörte große Villa der Fahrenbachs in der Oststadt, nicht weit vom Luisenpark, war wieder vollständig aufgebaut worden. Für Martina war es ein großes, ödes Haus. Klein war die Villa am Neckar in Heidelberg ja auch nicht gerade gewesen. Aber Martina hatte sie gemocht.

Außerdem war ihr geliebtes Kindermädchen nicht mehr bei ihr.

Noch ein paarmal hatte sie mit ihren Freundinnen Franz Niemann in seinem Gartenhaus besucht. Manchmal spielte er auf seinem Flügel. Dann war für sie das Märchen vollkommen. Die Musik brachte sie zum Träumen und der Mann am Instrument war nicht mehr Onkel Franz, sondern ein Zauberer, der mit seiner Musik alles herbeilocken konnte ...

Mama, ich möchte Klavier spielen.

Wie kommst du denn darauf?, hatte ihre Mutter verwundert gefragt und sie dabei eindringlich angesehen.

Es gefällt mir eben. Edith spielt auch.

Klavier spielen ... meinetwegen.

Ein paar Wochen nach der Beerdigung der Brief vom Heidelberger Nachlassgericht.

Der am 2. Februar 1999 verstorbene Franz Niemann hatte Martina in seinem Testament dazu bestimmt, sich um den künstlerischen Nachlass zu kümmern.

Das kam für Martina völlig überraschend. In einem ersten Impuls dachte sie an Ablehnung. Das würde sehr viel

Arbeit bedeuten, die sie neben ihrer beruflichen Tätigkeit an der Hochschule bewältigen müsste.

Doch hatte eine solche Aufgabe nicht auch etwas Verlockendes?

Sie ließ sich zuerst einmal in ihren bequemen Sessel fallen und dachte nach.

Martina wusste, dass Franz Niemann an einem großen Werk gearbeitet hatte. Das eine oder andere Mal hatte sie sich danach erkundigt.

Franz hatte sich dazu nicht geäußert. Gab keinen Kommentar ab. Das war sein Geheimnis. Er wollte einfach nichts davon preisgeben.

Damit musst du dich nun mal abfinden, Martina. Sollte ich jemals etwas davon veröffentlichen, wirst du es sicher erfahren.

Einmal hatte sie ein paar beschriebene Notenblätter auf dem Flügel liegen sehen. Ein kurzer, neugieriger Blick hatte nicht ausgereicht, um etwas über den Stil sagen zu können.

Avantgardistisch schien die Komposition nicht zu sein, jedenfalls nicht, was die weitgehend traditionelle Notation anging.

Pardon! Franz war plötzlich neben ihr aufgetaucht. Rasch raffte er die Blätter zusammen und legte sie auf einen Stapel.

Vor drei Jahren, als ihre Beziehung zu Bernhard Kellermann ein schnelles Ende gefunden hatte, war Martina von Bergen-Enkheim in diese Zweizimmerwohnung im Dachgeschoss eines Hauses an der Bockenheimer Anlage nahe der Frankfurter Innenstadt gezogen. Es gefiel ihr hier sehr gut und die Hochschule war ganz in der Nähe.

Sie dachte gerade daran, eine Freundin anzurufen, als das Telefon läutete.

Es war Dorothea Cantieni-Niemann, die jüngere

Schwester von Franz, die sie darum bat, den Willen ihres verstorbenen Bruders zu erfüllen.

Ich weiß noch nicht, begann Martina.

Martina, du unterrichtest doch an der Musikhochschule! Du bist in der ganzen weiteren Verwandtschaft die Einzige, die das entsprechende Musikwissen hat. Es liegt mir wirklich sehr daran.

So etwas muss gründlich überlegt sein.

Natürlich. Aber ich bin überzeugt, dass dich schon allein seine Sinfonie sehr interessieren wird. Dieses Werk ist so etwas wie sein Vermächtnis. Er hat sehr viel, wie soll ich sagen, aus seinem Leben ›hineinkomponiert‹. Menschen, denen er begegnet ist und die er wieder verloren hat, Schicksale, Verluste, eigenes Leid. Franz ist nie über diesen Krieg hinweggekommen und über all die Zusammenhänge, die ihn ermöglicht haben.

Dann handelt es sich um ein programmatisches Werk? Eine Art Programmsinfonie?

Ich denke schon.

Das hört sich alles spannend an, sagte Martina nach einer kurzen Zeit des Nachdenkens.

Dorothea lud sie nach Heidelberg ein. Man könne doch über alles reden.

Ich werde mich melden, sagte Martina am Ende des Gesprächs.

Nun lächelte sie vor sich hin. Jener Besuch der ›besonderen Art‹ bei Franz Niemann fiel ihr ein.

1972! Mein mehrtägiger Aufenthalt bei Franz im Gartenhaus! Ich war schon ziemlich verrückt damals. Aber andere waren noch verrückter. Entlastet mich das in irgendeiner Form?

Pianistin wollte ich werden. Was hieß das in jenen Zeiten?

Bürgerlicher Schnickschnack, reaktionäres Kulturverständnis! Seht euch doch diese Klavierprofessoren an: *Hauptfachpäpste* mit *falschem Bewusstsein*!

Martina hatte ihre Ausbildung, die sie 1969 in Frankfurt begonnen hatte, abgebrochen und war zu Ronald Grossmann, einem imposanten Jungrevolutionär und strammen Ideologen, den sie anfänglich vergötterte, in dessen Wohnung in Heidelberg-Eppelheim gezogen, um sich fortan neben der Pflege ihres revolutionären Machos dem Studium der Soziologie und der Politikwissenschaften zu widmen.

Wir haben die Weisheit aller Zeiten in uns hineingelöffelt. Wir waren selbstverständlich gar nicht arrogant. Wir wollten die Welt auf den Kopf stellen – und dann wieder vom Kopf auf die Füße. Uns machte das kein Kopfzerbrechen.

Als sich damals der ideologische Nebel langsam aus ihrem Kopf zu verziehen begann, hatte Martina längst mit ihrer Familie gebrochen und sie musste zusehen, dass sie aus den verschiedenen Ausbildungsfragmenten irgendetwas zusammensetzte, das zu einer beruflichen Perspektive führte. Sie war nach Frankfurt zurückgekehrt, hatte sich erneut der Musik verschrieben, auch der Musikwissenschaft. Martina war nach dem Examen vorübergehend Lehrerin an einem Gymnasium in Offenbach, promovierte mit einer Arbeit über Gustav Mahler. Im Wintersemester 1984/85 begann sie ihre Lehrtätigkeit an der Frankfurter Hochschule als Dozentin für Tonsatz und Musikgeschichte. Außerdem war sie seit 1990 Mitarbeiterin des *Neuen Musikalmanach*, einer Musikzeitschrift, deren Schwerpunkt auf der zeitgenössischen Musik lag.

Martina hatte gekämpft. Und sie hatte es allen zeigen wollen.

Ich wollte das hinkriegen. Aus eigener Kraft. Notfalls mit dem Kopf durch die Wand. Nicht wie so mancher ehemalige Revoluzzer, der sich längst in einem spießigen

Leben eingerichtet hatte. Meine Erzeuger mit ihrem Geld konnten mir gestohlen bleiben. Gelegenheitsjobs, Klavierstunden, wissenschaftliche Arbeit. Ein Blick in die Vergangenheit folgte auf den nächsten. Ihr Kopf ließ sie nicht in Ruhe. Das Karussell war schwer zu stoppen. Kleine, winzige Pferdchen in den Neuronen-Bahnen. Häufig in letzter Zeit. Ist das so, wenn wir älter werden?

Während der feucht-fröhlichen Feier zu ihrer Promotion in einem Gartenlokal in Frankfurt-Sachsenhausen. Man hatte das Glas erhoben und ihr zugeprostet: Eine tolle Leistung, liebe Martina! Auf dein Wohl!

Ich habe auch zäh und ausdauernd gearbeitet!, hatte sie geantwortet und plötzlich zu lachen begonnen, unbändig, ohne aufzuhören, alle anderen anstecken.

Zäh und ausdauernd! Das war eine Lieblingsvokabel meines Vaters, hatte sie hinterher erklärt. Vielleicht noch ein Relikt aus seiner ›Zäh-wie-Leder-Zeit‹. Ihr müsst wissen: Als sich durch die Geburt meiner Person im Jahre 1950 der Kinderwunsch meiner Eltern endlich erfüllte, war mein Vater, der alte Gernot, doch ein wenig enttäuscht, dass er keinen Zäh-wie-Leder-Sohn begrüßen konnte.

Der Ausruf eines Kommilitonen: Martina, da ist noch jemand gekommen!

Ein hochgewachsener, weißhaariger älterer Herr bahnte sich lächelnd seinen Weg durch die fröhliche Runde. Sie hatte ihn eingeladen, ohne tatsächlich mit seinem Kommen zu rechnen.

Franz!

Sie lagen sich in den Armen. Rings um sie herum ein Beifallssturm.

Wir haben zuerst gedacht, der Mann sei dein Vater, hatte eine Freundin später zu Martina gesagt.

Ich wollte, ich hätte so einen Vater gehabt! Übrigens sind wir tatsächlich weitläufig verwandt. Meine Mutter war, soviel ich weiß, eine Kusine zweiten Grades von Franz Niemann. In meiner Familie wurde er weitgehend totgeschwiegen.

Der Verrückte vom Philosophenweg!, hatte ihr Vater einmal bemerkt.

Aber ... ich habe doch so etwas wie ein Vorbild gehabt. Das muss ich zugeben. Der ... *Verrückte vom Philosophenweg*.

Vor elf Jahren war ihr Vater gestorben. Drei Jahre später ihre Mutter.

Martina war längst enterbt worden. Das war die letzte schriftliche Mitteilung ihres Vaters gewesen. Aber es gab den gesetzlich vorgeschriebenen Pflichtteil. Und der war beträchtlich angesichts des großen Vermögens ihrer Eltern.

Und das bei meiner politischen Vergangenheit! Alle, die mich von früher her kennen, würden sich totlachen, wenn sie das wüssten.

Mit der Zeit hatte sie gelernt, schon um ihr Gewissen zu beruhigen, wie man mit Geld für andere etwas Sinnvolles tun konnte. Sie unterstützte mehrere Hilfsorganisationen für Jugendliche, auch eine Aidsgruppe.

Ist das nun von meinen politischen Träumen übrig geblieben? Von meinen großen Sprüchen und Zielen?

Martina, wir sollten niemals stehen bleiben, hatte Franz einmal zu ihr gesagt. Es wäre doch lächerlich, wenn wir mit vierzig oder fünfzig Jahren immer noch dieselben Meinungen von uns gäben wie mit zwanzig. Nur Idioten bleiben ihr Leben lang auf derselben Stelle kleben.

Aber gibt es nicht so etwas wie grundsätzliche Einstellungen, politische Grundpositionen?, hatte sie erwidert.

Natürlich. Das meine ich damit nicht. Es geht mir um die Ideologiebesessenheit an sich, um diese Weltveränderungsfantasien. Ich habe ihm damals bürgerlichen Skeptizismus vorgeworfen. Und Franz hat gelacht. Laut und ausgiebig.

Einer der Augenblicke, in denen ich wirklich wütend auf ihn wurde.

In der zweiten Aprilwoche fuhr Martina nach Heidelberg.

Dorothea Cantieni-Niemann war sehr erfreut gewesen, als Martina angerufen hatte.

Sie war zu früh in der Stadt angekommen und bog zunächst nach der Theodor-Heuss-Brücke in die Neuenheimer Landstraße ein, um einen Blick auf das frühere elterliche Haus, jenen ›Neckarpalast‹, zu werfen, der unverändert über dem Fluss thronte.

Wer die Villa wohl heute bewohnt?

Dort oben, im dritten Stock rechts: mein Kinderzimmer. Und dann die gute, dicke Hilde, mein Kindermädchen. Wie es sich für eine Tochter aus großbürgerlichem Hause gehörte! Aber was heißt hier schon Kindermädchen! Ich habe sie um den Finger gewickelt – und sie war vernarrt in mich. Ich liebte Hilde. Sie las mir Märchen und Geschichten vor. Sie beschützte mich, wenn ein Gewitter kam, vor dem ich immer furchtbar Angst hatte. Oder sie tröstete mich, wenn ich schlecht geträumt hatte, und blieb bei mir, bis ich wieder eingeschlafen war. Sie war meine Komplizin, wenn ich trotz Verbots die Wendeltreppe zum Dachboden hochstieg, um dunkle und geheimnisvolle Räumlichkeiten zu erforschen. Ich hatte so lange gebettelt, bis Hilde nachgab.

Was konnte man da nicht alles finden! Nicht nur zahllose Schränke, überdimensionale Schreibtische, Kisten und Truhen, Spiegel und Bilder, auf denen fantastische Landschaften abgebildet waren: Gebirgsgegenden mit Wasserfällen, Wiesen und Wälder oder auch altertümliche Dörfer, in denen sich manchmal merkwürdig gekleidete Menschen befanden.

Meine Mutter entdeckte uns schließlich.

Wir hatten gerade ein eigenartiges Bild aus seiner Verpackung befreit.

Ich konnte nichts Bestimmtes darauf erkennen, aber es war ganz bunt, mit vielen unterschiedlichen Formen und Gebilden.

Hier seid ihr also! Plötzlich die Stimme meiner Mutter. Ich wurde sofort in mein Zimmer geschickt und die arme Hilde musste eine Strafpredigt über sich ergehen lassen.

Als sie nach Mannheim zogen, ging Hilde auf den Bauernhof ihrer Eltern bei Lindenfels im Odenwald zurück. Martina sah sie nicht wieder.

Später stellte sich heraus, dass es sich bei dem Bild, das sie gefunden hatten, um ein Werk von Wassily Kandinsky handelte. Das Bild, von dessen Existenz niemand etwas wusste, hatte sich seit vielen Jahren dort oben befunden. Ihr Vater hatte vermutet, dass sein inzwischen verstorbener Onkel Heinrich, der so etwas wie ein schwarzes Schaf in der Familie gewesen war, es vielleicht gekauft hatte, um mit diesem *Modernen* seine Verwandten zu ärgern. Doch Genaueres wusste niemand. Immerhin hatte das Bild auf diese Weise das Tausendjährige Reich überdauert.

Nun machten sich Verkehrsteilnehmer bemerkbar. Martina war nicht angefahren, obwohl die Ampel Grün zeigte. Eine hilflose Geste der Entschuldigung gegen die aggressive Zeichensprache der Ungeduldigen.

Bei der nächsten Wendemöglichkeit fuhr sie zurück.

Das Niemannsche Haus in der Bergstraße, eine typische Professorenvilla aus dem letzten Drittel des 19. Jahrhunderts mit Türmchen und vielen Erkern. Ein Vorgarten mit zwei Statuen sowie einer dicken, girlandengeschmückten Amphore und eine größere Gartenanlage auf der Rückseite. Ein paar hohe Bäume, die den Giebel des Gebäudes überragten.

Was für Leute würden Martina erwarten? Hoffentlich musste sie ihre Zustimmung nicht bereuen.

Dorothea, die jüngste Schwester von Franz, lebte nun mit ihrem zweiten Mann in dem Haus ihrer Eltern. Der Germanist Bernhard Niemann und seine Frau Martha, die eine Ausbildung als Pianistin abgeschlossen hatte, waren einige Jahrzehnte lang die Bewohner gewesen. Als sie Mitte der fünfziger Jahre in ein kleineres Haus in der Nähe von Meersburg am Bodensee gezogen waren, hatte Jutta, Franz' zweite Schwester, bis zu ihrem Tode hier gewohnt.

Komm herein, Martina! Lange nicht gesehen!

Dorothea führte ihren Gast in den Salon. Sie sagte ›Salon‹ und Martina fühlte sich fast in eine andere Zeit versetzt. Tatsächlich schien der Begriff ›Wohnzimmer‹ für derartig repräsentative Räumlichkeiten fehl am Platze zu sein.

Und Martina staunte.

Diese Frau mit ihren kurzen grauen Haaren, den lebhaft blickenden dunklen Augen, diese temperamentvolle schlanke Person sollte achtundsiebzig Jahre alt sein?

Lange nicht gesehen!, sagte sie einfach.

Martina konnte sich überhaupt nicht an sie erinnern.

Du bist einmal zum Gartenhaus gekommen, als ich Franz gerade besuchte. Du warst damals ein richtiger Wildfang.

Martina lächelte. Sie fand die Schwester von Franz auf Anhieb sympathisch und fühlte sich erleichtert.

Was kann ich dir anbieten? Tee, Kaffee oder etwas anderes?

Gerne eine Tasse Tee.

Mein Mann musste geschäftlich für ein paar Tage nach Italien.

Sie schenkte Tee ein.

Ja, das Gartenhaus. Im Moment fällt es mir noch ein

wenig schwer, dorthin zu gehen. Vor einer Woche bin ich mit meinem Mann wieder da gewesen ...

Ich kann mir denken, dass es für dich nicht einfach ist.

Dorothea schwieg einen Moment, presste die Lippen zusammen.

Im Gartenhaus herrscht ein ziemliches Chaos, begann sie schließlich, du wirst erst einmal Ordnung schaffen müssen.

Das werde ich schon irgendwie auf die Reihe bekommen.

Ich bin so froh, dass du es angehst, Martina. Franz hat mir sehr viel bedeutet. Er hat mir vertraut, auch sehr vieles anvertraut. Wir Geschwister, ich schließe dabei auch meine verstorbene Schwester Jutta mit ein, hatten immer ein gutes Verhältnis untereinander. Vielleicht war es einfach eine günstige Konstellation, ich weiß, dass so etwas nicht oft vorkommt. Ich selbst war ja ohnehin ein Nachkömmling, aber auch zwischen Jutta und Franz gab es kaum irgendwelche Eifersüchteleien oder die üblichen Rivalitäten.

Dorothea trank einen Schluck Tee und blickte in Gedanken versunken vor sich hin.

Vor allem nach dem Krieg, als sich Franz mehr und mehr in das Gartenhaus zurückzog, war ich in meiner freien Zeit oft bei ihm. Er erzählte mir von seiner Zeit in Wien und Frankfurt. Vom Krieg, von den Menschen, die ihm etwas bedeutet hatten. Nach der Beendigung meines Studiums blieb ich noch eine Zeitlang in Heidelberg. Dann lernte ich meinen ersten Mann kennen und nach unserer Heirat zogen wir nach Mainz und eröffneten dort eine Praxis. Doch wir ließen den Kontakt nie abreißen. 1949 ist übrigens meine Tochter Sabina geboren. Fast dein Jahrgang, Martina.

Dorothea unterbrach sich einen Augenblick und trat an eines der Fenster.

Das Domizil von Franz am Philosophenweg, begann Martina, das war schon etwas ganz Besonderes.

Dorothea setzte sich wieder.

Ja, das Gartenhaus! In den ersten Jahren gab es nur einen kleinen Holzschuppen.

Befand sich das Grundstück schon lange im Besitz der Familie?

Seit Anfang der zwanziger Jahre. Ich war damals knapp ein Jahr alt. In den folgenden Jahren entstand allmählich das Gartenhaus.

Konnte sich Franz bis zum Schluss selbst versorgen?

Den Umständen entsprechend, ja. Aber wir haben schon geholfen. Frau Kranich, unser Faktotum für Haus und Garten, und auch ich selbst.

Das Telefon klingelte. Dorothea erhob sich.

Entschuldige mich für einen Moment.

Martina sah sich in diesem herrschaftlichen Raum um. Dunkle Möbel, vor allem Bücherschränke, die wohl noch aus altem Familienbesitz stammten, kontrastierten mit moderneren Möbelstücken, aber ohne dass sie sich gegenseitig störten. Ihr Blick fiel auf ein großes Bild, das einen jüngeren Mann darstellte: Unter einer wilden, dunklen Haarmähne schienen zwei Augen auf eine ferne Welt zu blicken.

Über dem sinnlichen Mund eine fein geschwungene Nase. Ein Gesicht, in dem eine große Nachdenklichkeit lag. Die rechte Hand fast ein wenig lässig auf die Stuhllehne gelegt.

Martina stand auf und ging näher an das Bild heran.

In diesem Augenblick kam Dorothea zurück und trat zu Martina.

Das ist Friedrich Gundolf. Er war eine beeindruckende Persönlichkeit mit einer starken Ausstrahlung. Meine Eltern waren mit ihm befreundet, später auch Franz. Gundolf war seit 1916 an der Universität. Damals ein bedeutender Literaturwissenschaftler.

Den Namen habe ich schon gehört. Die Naziherrschaft hat er aber nicht mehr erlebt?

Er starb sehr früh, 1931, im Alter von einundfünfzig Jahren. Zwei Jahre später wurden seine Bücher von den Nazis verboten.

Dorothea nahm sie an der Hand.

Komm, ich zeige dir noch etwas anderes.

Dorothea führte sie in einen langen Korridor. Sie blieben vor einem Bild stehen, das eine ganz andere Persönlichkeit darstellte. Hochmütig und arrogant blickte der Mann am Betrachter vorbei. Über der hohen Stirn sorgsam drapiertes Silberhaar. Am meisten gab die Linie des Mundes zu denken. Die leicht nach unten gezogenen Mundwinkel schienen zu sagen: Ich bin unglaublich bedeutend! Ein herrischer Ausdruck ging von diesem Gesicht aus, unterstützt noch durch die sehr markante Kinnpartie.

Ja, sagte Martina, das war damals wohl der neue Messias der Literatur. Dieses Portrait ruft bei mir völlig andere Gedanken hervor.

Dorothea lachte. Das wundert mich nicht im Geringsten.

Stefan George, fuhr Martina fort. Es tut mir leid, aber ich habe einfach meine Probleme mit Menschen, die sich als Führer aufspielen. Immer wieder gelingt es einzelnen Leuten, Mitmenschen als Jünger um sich zu scharen. Ich habe mich nur einmal mit ihm befassen müssen. Während des Studiums, als ich Schönbergs George-Vertonungen, *Das Buch der hängenden Gärten*, untersucht habe. Natürlich sind das keine schlechten Gedichte, nicht mein Geschmack, aber ... so blutleer wie Marmorklippen.

Franz mochte ihn auch nicht, sagte Dorothea, als sie wieder am Teetisch saßen.

George ist ein paarmal hiergewesen, wie man mir erzählte. Aber ich glaube, wir sollten nun auf unser eigentliches Anliegen zu sprechen kommen. Wir alle sind froh, dass du dich um den künstlerischen Nachlass von Franz kümmern willst. Ich selbst könnte das nicht. Ich war Internistin. Mein Mann ist Rechtsanwalt. Wir mögen beide die Musik sehr. Aber wir sind eben interessierte Laien.

Ich habe in der Zwischenzeit mit dem Chefredakteur meiner Musikzeitschrift gesprochen. Er könnte sich, nach eingehender Prüfung, vorstellen, etwas über diese Sinfonie zu veröffentlichen. Außerdem würde ihn der Briefwechsel interessieren, gerade auch die Auseinandersetzungen mit Adorno.

Schön, Martina. Ist es denn vorstellbar, dass einmal ein Teil seiner Sinfonie aufgeführt werden könnte?

Warum nicht? Aber dazu muss ich erst einmal einen Blick in die Partitur werfen. Wurde jemals etwas von ihm gespielt?

Nicht dass ich wüsste. Das heißt, doch, aber nicht seine Sinfonie: ein Klaviertrio und drei Sätze aus einem unvollendeten Septett – im Familien- und Freundeskreis. Das muss Mitte der fünfziger Jahre gewesen sein. Aber soweit ich weiß, hat er sich neben seiner Lehrtätigkeit später nur mit dieser Sinfonie beschäftigt.

Martina schüttelte den Kopf.

Wenn ich daran denke, Dorothea. Da lebt jemand jahrzehntelang in so einem Haus in einem wilden Garten und kümmert sich fast ausschließlich um seine Musik.

Ja, Martina, sagte Dorothea. Einmal hat er zu mir gesagt: Doro, weißt du eigentlich, dass die Musik beinahe die einzig mögliche Sprache ist, die uns einen Ort anzeigt, an dem wir noch nicht angekommen sind? Die Musik lässt in uns eine Heimat anklingen, zu der wir noch nicht gelangt sind.

Musik als einzig mögliche Utopie? Eine Welt des Klangs, in der alle Gegensätze aufgehoben sind?, fragte Martina weiter. Er hat sich mit Ernst Bloch beschäftigt.

In seinem *Werktagebuch* schreibt er einiges zu diesem

Thema. Es befindet sich übrigens im Gartenhaus, sagte Dorothea. Wir haben den größten Teil des Materials, das für dich wichtig sein könnte, um den Schreibtisch herum deponiert, neben dem Flügel. Auch die umfangreiche Partitur.

Sie stand auf und holte ein dickes Paket aus einem der hohen Schränke.

Hier sind alle seine Tagebücher. Wenn du sonst noch Fragen hast, kannst du dich jederzeit an mich wenden, wenn ich nicht gerade in Italien bin.

Sie überreichte Martina die Tagebücher und noch einen weiteren Umschlag.

Was ist das? Martina zog ein paar mit Schreibmaschine beschriebene Blätter aus dem Umschlag heraus.

Es handelt sich um so etwas wie *biografische Anmerkungen*. Nichts Systematisches. Bei der Lektüre bin ich auf so manche Überraschung gestoßen. Es wird dir vermutlich nicht anders ergehen, sagte Dorothea.

Du machst mich richtig neugierig.

Ich hätte es lieber gesehen, Franz hätte tatsächlich eine Autobiografie geschrieben, aber so ganz ist das nicht hingekommen. Zu unübersichtlich, manchmal sind die Zusammenhänge zu kompliziert, mit Vor- und Rückblenden.

Komme ich auch ... darin vor?, fragte Martina vorsichtig.

Dorothea nickte.

Ende der achtziger Jahre hat Franz damit begonnen. Bis etwa 1977 ist er gekommen. Dann hat er einfach aufgehört. Ich hole eine Tasche, sagte sie.

Als sie zurückkam, hielt sie einen kleinen Schlüsselbund hoch.

Das hätte ich fast vergessen.

Hier, ich habe noch etwas mitgebracht.

Sie zeigte Martina eine Fotografie.

Das ist Franz im Alter von zwanzig Jahren.

Martina nahm das Foto in die Hand: Neugierige und zugleich verträumt wirkende Augen richteten sich auf den Betrachter, der Anflug eines Lächelns, vielleicht etwas spöttisch. Das längliche Gesicht von einer stattlichen Haarmähne umgeben. Mit verschränkten Armen an eine Hauswand gelehnt, blickte er unbekümmert, ein wenig herausfordernd in seine Zukunft.

Dorothea zögerte ein wenig, ehe sie weiterredete.

Martina, könntest du dir vorstellen, seine Biografie zu schreiben?

Ich? Aber ... so etwas habe ich noch nie gemacht.

Das dürfte dir doch nicht schwer fallen. Ich könnte mir gut vorstellen, dass du das hinkriegst.

Martina schüttelte den Kopf.

Eine Bekannte von mir schreibt Firmengeschichten oder erzählt Viten von Firmengründern. Aber das hier ist doch etwas ganz anderes!

Eben, sagte Dorothea. Außerdem: euer Beruf! Da gibt es doch viele Gemeinsamkeiten.

Na ja, mal sehen, Dorothea.

Denk darüber nach! Dorothea streckte ihr die Hand hin.

Ich bin so froh, Martina!, sagte Dorothea zum Abschied.

An einem Nachmittag Ende April hatte sich Martina auf den Weg gemacht.

Der Philosophenweg. Ein warmer Frühlingstag. Der Himmel hing wie eine blaue Glocke über dem Land. Heidelberg, eine Ansichtskartenstadt.

Martina begegnete zahlreichen Spaziergängern. Nicht nur japanischen Touristen oder Schulklassen, sondern auch solchen Menschen, die diese Aussicht schon kannten und einfach hungrig waren nach Licht, nach Wärme, nach Frühling.

In den Gärten standen Forsythien und Schwarzdorn, Goldregen, Holunder und Magnolien in voller Blüte; da und dort das rosafarbene Leuchten der Mandelbäume. Überall begann das Grün herauszubrechen.

Und der Duft!

Martina war lange nicht mehr hier gewesen. Dieses Duftgemisch erinnerte sie erneut an ihre Kindheit. Wieder tauchte etwas längst Vergangenes auf und erfüllte sie mit ein wenig Wehmut.

Was ist nur los mit mir? Früher hätte ich so etwas gar nicht wahrgenommen! Anscheinend bin ich dabei, in einem nostalgischen Wust zu versinken.

Seit der Beerdigung von Franz tauchten ihre Gedanken immer wieder in die eigene Vergangenheit ein, als hätte sein Tod etwas in ihr ausgelöst, als wäre ein lang aufgestauter Damm gebrochen. Und nun floss eine Episode nach der anderen durch ihren Kopf wie durch eine liegende Acht.

Mit solchen Gedanken und einem leicht merkwürdigen Gefühl ging sie am Philosophengärtchen vorbei. Nach einem weiteren kleinen Wegstück gelangte sie an ein eisernes Tor, hinter dem ein Pfad in einen großen, dichtbewachsenen Garten hinunterführte.

Da ist er wieder, dachte sie. Hier hat sich kaum etwas verändert. Für kurze Zeit der Zaubergarten meiner Kindheit.

Sie entnahm ihrer Umhängetasche den Schlüssel und wollte aufschließen. Doch das Schloss gab nicht nach. Sie versuchte es mehrmals.

Kann man Ihnen behilflich sein?, fragte hinter ihr eine männliche Stimme.

Martina drehte sich um. Ein älteres Paar war stehen geblieben und sah sie mit eher neugierigen als hilfsbereiten Blicken an.

Ich probier's noch mal, sagte Martina, spuckte auf den

Schlüssel, steckte ihn wieder ins Schloss – und es knackte.

Ich produziere zwar kein Schmieröl, aber Sie sehen: es funktioniert.

Guten Tag!, sagte der Mann.

Martina zog den Schlüssel ab, drückte das Tor wieder zu und betrat das Grundstück.

Der Pfad führte halb rechts abwärts. Von den Beeten und Blumenrabatten war nicht mehr viel zu sehen. Überall Wildwuchs, jahrelanges Wuchern von Pflanzen aller Art, denen niemand mehr Einhalt geboten hatte.

Schließlich machte der Pfad eine Biegung nach rechts und nun stand sie vor dem Haus, das man oben vom Weg her nicht sehen konnte.

Martina versuchte es mit mehreren kleineren Schlüsseln. Der dritte passte.

Kein gewöhnliches Gartenhaus. Eine Behausung, die von Franz Niemann viele Jahre ständig bewohnt worden war.

Hierher hast du dich zurückgezogen, um deine große Sinfonie zu komponieren. Dein Reich – dein Privatreich, in dem niemals Kriege verhindert werden. Aber vielleicht konntest du den Krieg ›verarbeiten‹, den du hinter dir hattest? Ich werde das herausfinden müssen.

Martina war gespannt, was sie erwartete.

Franz war Mitarbeiter mehrerer wissenschaftlicher Zeitschriften gewesen und hatte im Laufe der Jahre verschiedene Bücher publiziert: Für seine Studenten einen Band *Kontrapunktische Übungen* und ein *Repetitorium der Musikgeschichte,* dazu kamen Veröffentlichungen über Olivier Messiaen und Alban Berg. Auch eine Biografie des Komponisten Leoš Janáček.

Irgendwann verlieh man ihm den Titel eines *Honorarprofessors*. Martina erinnerte sich dunkel an eine Ernennungsurkunde.

Seine Sinfonie war nie vollendet worden, wie ihr Dorothea gesagt hatte. Bei seinem Tod habe er den unvollendeten achten Satz und viele Skizzen und Entwürfe zum neunten und letzten Satz des vermutlich an die sechs bis sieben Stunden dauernden Werkes hinterlassen.

Als Martina das Haus betrat, sah sie sich einer von einzelnen länglichen Glasscheiben unterbrochenen hölzernen Wand gegenüber, die den Vorraum von dem Wohn- und Arbeitszimmer abtrennte. Vor ihr eine leicht getönte Glastür. Auf der linken Seite ein hölzerner Garderobenständer, an dem noch immer der dunkelblaue Umhang hing. Damit war er bei kaltem oder regnerischem Wetter umhergewandert, bei Spaziergängen, in der Stadt. So hatten ihn seine Mitmenschen in Erinnerung, die ihn entweder erstaunt angesehen – oder belächelt hatten. Dazu gehörte auch der verwegen anmutende Hut mit der breiten Krempe am Haken daneben und der Stock mit dem Löwenkopf, der in der Ecke lehnte.

Als wäre er eben noch unterwegs gewesen.

An der Wand gegenüber ein großes Bild: eine Wiedergabe der *Heiligen Cäcilie* von Max Ernst.

Martina öffnete die Glastür und stand vor einem großen, in völliger Dunkelheit liegenden Raum. Sie betätigte einen Lichtschalter, den sie am Balken zu ihrer Linken ertastet hatte. Ganz vorne über dem Flügel ging eine Lampe an: Sie betrachtete ein Chaos unbeschreiblicher Art, das sie zwar von früher her kannte, das sich aber in den letzten Jahren noch verstärkt haben musste. Berge von Büchern und Noten, die zwei von den seitlichen Fenstern überwachsen hatten.

Sie bewegte sich vorsichtig nach vorne auf den Flügel zu, umrundete ihn, trat vor den rechts daneben stehenden Schreibtisch und fand in der Ecke endlich eine dicke Kordel für den dunklen Vorhang.

Licht flutete nun wie eine Riesenwelle in das große

Zimmer. Die gesamte vordere Front bestand aus Glasscheiben, die vom Boden bis zur Decke reichten. Martina schaute auf den Fluss hinunter. Der zum Klischee erstarrte Blick Merians auf Schloss und Altstadtpanorama. Franz Niemanns Spezialblick! Über viele Jahrzehnte diese besondere Aussicht. Immer wieder ein Panorama für Inspiration?

Auf dieser Seite war nichts zugewachsen. Das Grundstück fiel hier ziemlich steil ab. Die Vegetation war niedrig gehalten. An vielen Stellen Rosenhecken. Auch an einem Freisitz außerhalb, zu dem eine Tür auf der linken vorderen Seite des Raums hinführte, rankten sich Rosenzweige an einem Gitter hoch. Durch dieselbe Tür kam man zu einer Treppe, über die man nach unten in einen Vorratsraum und zwei weitere Kellerräume gelangte, die unmittelbar unter dem Hauptraum lagen.

Auf der rechten Seite des großen Raums führte eine Tür zu einem Anbau, in dem sich das Bad und ein weiteres Zimmer befanden.

Im Laufe der Zeit war ständig etwas dazugebaut, erweitert, ergänzt worden. Mehr und mehr hatte dieses Gartenhaus den Charakter eines Wohnhauses angenommen.

An der Wand neben der Badezimmertür hatte Franz seine Ernennungsurkunde aufgehängt, unmittelbar neben einer Wiedergabe von Paul Klees *Zwitschermaschine*. Auf der Urkunde noch ein paar Anmerkungen von seiner Hand: Honorarprofessor! Deutsche Titelphantasien sind nicht ›honoris causa‹, sondern nur ›humoris causa‹ zu ertragen.

Nun erinnerte sich Martina wieder. Franz hatte nichts von Titeln, überhaupt nichts von Hierarchien gehalten. Dennoch Honorarprofessor?

Dieses Fenster war, wenn sie sich richtig erinnerte, Mitte der siebziger Jahre eingebaut worden. Nach ihrem ›politischen Asyl‹ im Juli 1972. Wie lange war das nun her! Fast siebenundzwanzig Jahre. Er war wie ein Vater zu ihr gewesen. Obwohl sie es ihm bestimmt nicht leicht gemacht hatte.

Martina lächelte vor sich hin:

Damals, mit meinen zweiundzwanzig Jahren, wusste ich natürlich ganz genau, wo es lang ging! Eine Sache hat mich allerdings mit großer Dankbarkeit erfüllt. Er hat mich bei unseren Gesprächen fast immer ernst genommen. Nie von oben herab, nie sein großes Wissen und seine wesentlich größere Lebenserfahrung in irgendeiner Form ausgespielt. Ich war für ihn eine Gesprächspartnerin, die er zwar auf einem Irrweg sah, aber ich fühlte mich als gleichberechtigte Diskutantin. Ich glaube, er mochte mich. Und ich mochte ihn.

Mit großem Elan ging sie daran, erste Ordnungsmaßnahmen in dem allgemeinen Chaos zu treffen. Sie räumte den Schreibtisch frei, zog die verschiedenen Schubladen auf, suchte nach der Großen Partitur. Ihr Blick fiel schließlich auf einen Wäschekorb unter dem Flügel. In ihm befanden sich über ein halbes Dutzend sorgsam verschnürte Bündel mit beschriebenen Notenblättern sowie das umfangreiche *Werktagebuch*. Martina schlug die ersten Seiten auf.

Franz hatte mit akribischer Sorgfalt beschrieben, wie er bei der Komposition seiner Sinfonie verfahren wollte. Dabei ging es nicht nur um werkanalytische Details, sondern oft auch um allgemeine, über das bloße Komponieren hinausgehende Überlegungen.

Er schrieb auf einer der ersten Seiten:

... Es muss doch möglich sein, eine Musik zu komponieren, welche die ganze Welt einbezieht. Die europäische Musik als Ausgangspunkt. Aber nicht aus eurozentrischen Vorstellungen heraus, sondern nur deshalb, weil ich ein Komponist bin, der in Europa geboren wurde. Dann möchte ich nach und nach Musik

von möglichst vielen Völkern darunter mischen, soweit sie mir zugänglich ist. Die Musik der orientalischen, afrikanischen, asiatischen, amerikanischen Länder, der Ozeanien, der Eismeervölker, der Aborigines, der Maoris usw.

Das wäre doch die Möglichkeit, die ganze Menschheit in einer Sinfonie zu vereinen. Sinfonie bedeutet doch ›Einklang‹, ›Zusammenklang‹. Mit den verschiedenen Sprachen könnte ich das nicht bewerkstelligen. Das Ergebnis wäre nur ein unverständliches babylonisches Geräusch! Doch mit Musik ganz unterschiedlicher Herkunft kann ich mich auf die Suche nach einem besonderen Zusammenklang machen ...

Viele in gestochen scharfer Schrift beschriebene Seiten, die hier abgeheftet worden waren. Martina las das Blatt zum ersten Satz.

Alles war genauestens aufgeführt: das Themenmaterial, die thematisch-motivische Entwicklung, Überlegungen zur Klangfarbe, zur programmatischen Ebene.

Vielfältige Erwägungen zur kompositorischen Vorgehensweise.

Sie ging in den Garten hinaus, begab sich zu dem hölzernen weißgestrichenen Liegestuhl, der neben dem Gartentisch in Blickrichtung Altstadt stand, stellte die Rückenlehne hoch und setzte sich hinein.

Sie hatte das *Werktagebuch* mitgenommen, legte es neben sich auf den Boden. Sie schloss für eine kurze Zeit die Augen. Unten im Tal begannen die Kirchenglocken zu läuten.

Sie ließ sich von der Atmosphäre des Ortes anstecken und ihre Gedanken flogen in das Land hinaus:

Ja, ein besonderer Ort. Worin besteht sein Geheimnis? Dieses enge Tal, in dem sich die Stadt zu beiden Seiten des Neckars nach oben ausgebreitet hat. Die außergewöhnliche Lage an diesem Fluss: Dort verliert er sich in der weiten Rheinebene, er *entschwindet in der Ferne*, im

Dunst, der ganz unterschiedliche Ursachen haben kann, es verschwindet etwas im Unbestimmten, die vage Ahnung eines Flusses liegt noch über der Ebene.

Sie nahm den dicken Ordner auf und begann wieder zu blättern. Sie stieß auf eine Stelle, wo Franz auf seinen Fluss zu sprechen kam.

... Er ist auf seinem Weg hierher an vielen Städten und Landschaften vorbeigeströmt. Er wird sie alle mitnehmen, die schönen und die öden Orte, die Schlösser und Burgen an seinen Uferhöhen, die Wiesenländer und dunklen Waldhänge. Für ihn gibt es keinen Stillstand, sein Weiterfließen gleicht einer unendlichen Melodie, die in der Tat niemals endet: Wenn er sich in Mannheim mit dem ›großen Bruder‹ vereinigt, bringt er seine Themen und Motive mit und verbindet sie mit jenen des Rheins, fließt mit ihm zusammen dem Meere zu und auf dem Weg dahin gesellen sich weitere Themen aus allen Richtungen hinzu – kann man sich eine größere Vielfalt an Stimmen vorstellen? Eine reichhaltigere Polyphonie?

Der Fluss ist mein Vorbild geworden. Er nimmt in seinem Bett alles auf – wie ich in meiner Musik: Thema gesellt sich zu Thema, Kontrapunkte bilden sich heraus, weitere Elemente werden dazugemischt, Dynamik und Klangfarbe. Alles trägt seinen Teil bei, ist gleichberechtigt, auch in der Fortspinnung und Verfremdung.

Jedes Element hat seinen Platz, klingt mit ...

Martina kehrte erst spät am Abend dieses Tages nach Frankfurt zurück. Eine Fülle von Eindrücken hatte sich in ihrem Kopf eingenistet. Sie fühlte, dass sie von dieser Vielfalt fast überwältigt wurde, spürte aber einen starken Willen der Bewältigung, getragen von der Gewissheit, dass sie das alles für Franz auf sich nehmen würde. Und dieser Gedanke stimmte sie froh und zuversichtlich. In den folgenden Wochen und Monaten las sie die *Biografischen Anmerkungen*, die Tagebücher und Briefe. Sie versetzte sich in dieses andere Leben hinein, stellte sich vor, wie Franz Niemann an den verschiedenen Orten seines Wirkens gelebt hatte, verfolgte seinen Weg durch die verworrene und oft tragische Geschichte seines Jahrhunderts und seines zeitweise irrsinnig gewordenen Landes.

Allegretto con moto

Zunächst ein üblicher Werdegang. Martha Niemann erteilte ihrem Sohn schon im Alter von fünf Jahren Klavierunterricht. Die raschen Fortschritte, überhaupt die Begabung, die Franz dabei zeigte, empfand man als normal. Man hatte nichts anderes erwartet. Sein Weg zur Musik war bald vorgezeichnet. Die vielfältigen kulturellen Anregungen seines Elternhauses taten ein Übriges. Eine typische Karriere für einen männlichen Abkömmling aus einer bürgerlich-akademischen Hochburg bahnte sich an. Sein Vater hätte es gerne gesehen, wenn er ein Studium am Musikwissenschaftlichen Institut in Heidelberg begonnen und daneben vielleicht noch Germanistik und Philosophie belegt hätte.

Doch Franz wollte nach Frankfurt, an die dortige Musikhochschule, an das »Hoch'sche Konservatorium«. Seine Mutter war auf seiner Seite. Die Stadt am Main lag zwar nicht gerade am Ende der Welt, aber er wollte, wie er in seinem Tagebuch vermerkte, eine gewisse Distanz zum Elternhaus herstellen. Das schien ihm doch wichtig zu sein. Sein Vater gab schließlich ohne größeren Widerstand nach.

Franz Niemann erhielt seine klassische Klavierausbildung bei Paul Bückner, einem der besten Klavierlehrer an der Hochschule, Kompositionsunterricht bei dem Komponisten Bernhard Sekles, der als Direktor des Konservatoriums 1927 eine Jazz-Klasse unter der Leitung von Matyas Seiber eingerichtet hatte. Franz, der zu seinen ersten Schülern gehörte, war begeistert. Eine in dieser Zeit gewagte Neuerung, die natürlich Proteste der Deutschnationalen auf den Plan rief – *amerikanische Nigger-Musik* und dergleichen.

Zuerst machte Matyas Seiber seine Studenten mit den wichtigsten Grundbegriffen vertraut, untermauerte seine Erläuterungen mit Schallplattenbeispielen, die er auf einem Grammophon abspielte: den Ragtime, den ländlichen und klassischen Blues oder den Dixieland-Jazz.

Leider besitzen wir keine einzige Schallplattenaufnahme vom New-Orleans-Jazz, dem ersten, inzwischen legendären Jazz-Stil überhaupt, sagte Seiber. Wir können diesen Stil nur nachahmen, so wie es in Amerika auch gemacht worden ist.

Von Anfang an aber sollten seine Schüler selbst spielen. Ihr Lehrer stellte bestimmte Gruppen von Instrumenten zusammen. Klarinette, Trompete und Posaune als Melodieinstrumente, dann eine Rhythmusgruppe, die aus Schlagzeug, Klavier, Gitarre, Tuba oder Schlagbass bestand. Ein Banjo kam noch dazu. Zuerst hatte Seiber alles arrangiert, damit seine Schüler entsprechende Notenvorgaben hatten. Doch mit der Zeit wagten sie sich auch an das freiere Improvisieren.

Nicht nur Franz entdeckte sein Improvisationstalent, sondern auch ein sehr versierter Trompeter, Hans Glückauf, der Klarinettist Samuel Stern, der Posaunist Albert Klemm und der unvergleichliche Schlagzeuger Erwin Mantoni. Sie gründeten schließlich eine Band, bei der ab und zu noch andere Instrumente mitspielten. Bald traten sie auch in Kneipen und Cafés auf. All dies schuf mit die Grundlage für die spätere Jazz-Szene in Frankfurt.

Ab dem dritten Semester, im Herbst 1928, belegte Franz mehrere Vorlesungen am Musikwissenschaftlichen Institut, das der Hochschule angeschlossen war. Hier war es in erster Linie der charismatische Professor Walter Thalheimer, der Franz in seinen Bann zog. Thalheimer war vor allem auf das 18. und 19. Jahrhundert spezialisiert, hatte aber auch Arbeiten zu Heinrich Schütz und Johann Hermann Schein veröffentlicht. Fünf Jahre zuvor war sein

Buch über Robert Schumann erschienen, das weit über die Grenzen Deutschlands hinaus bekannt geworden war. Doch dieser Musikwissenschaftler beschäftigte sich außerdem mehr und mehr mit der Moderne in der Musik. Bei Thalheimer hörte Franz eine sich über zwei Semester erstreckende Vorlesung zu dem Thema »Aspekte zur Entwicklung der Harmonik in der zweiten Hälfte des 19. Jahrhunderts«. Diese Übergangszeit, die für die Entstehung der kommenden Moderne so wichtig war, faszinierte Franz besonders. Hier hörte er zum ersten Mal die Namen Arnold Schönberg, Alban Berg, Anton Webern. Für das folgende Semester kündigte Thalheimer unter anderem ein Seminar zum ›Stile barbaro‹ an, zu Hindemith, Bartók und Strawinsky.

Walter Thalheimer fand Gefallen an dem interessierten und engagierten Studenten. Er lud Franz oft in seine Wohnung in der Schubertstraße ein. Aus den Diskussionen über Musik wurden bald auch persönliche Gespräche über alle möglichen Themen. Die Anrede ›Herr Professor‹ redete er seinem Studenten bald aus.

Eine Sache finde ich wichtig, Franz Niemann, achten Sie stets die Leistung eines Mitmenschen, gleichgültig auf welchem Gebiet, und verachten Sie den Angeber, den Wichtigtuer, den Großsprecher. Denken Sie nicht in Hierarchien! Selbstverständlich ist das hierarchische Denken nicht nur eine deutsche Angelegenheit, obwohl es hierzulande stark verbreitet ist. Achten Sie auf den Menschen, Franz Niemann.

Walter Thalheimer lebte allein mit seinem Flügel, einer riesigen Bibliothek, einem breiten Schreibtisch mit einem Sessel von überdimensionalen Formen davor, in dem er völlig verschwand, wenn er sich hineinsetzte. Das kam allerdings auch daher, dass Thalheimer relativ klein war. Die Studenten nannten ihn manchmal scherzhaft den ›laufenden Meter‹. Außerdem war er ein wenig bucklig.

Wenn er bei einem Vortrag etwas besonders eindringlich verkünden wollte, streckte er den Kopf nach vorne und vollführte mit den Armen zusätzlich kreisende Bewegungen. Von der Seite mochte er dann, auch bedingt durch den fast kahlen Schädel und einen verbliebenen Rest von Haarbüscheln am Hinterkopf, das Aussehen eines Gnoms haben. Doch wenn man direkt in seine dunklen, klugen und wissenden Augen blickte, in dieses immer leicht lächelnde Gesicht, das sowohl dem einzelnen Gesprächspartner wie auch einer größeren Zuhörerschaft Anteilnahme und Empathie entgegenbrachte, dann verschwand jeder Eindruck von etwas Lächerlichem oder Kauzigem. Franz konnte sich nicht erinnern, jemals einem Gesicht begegnet zu sein, das eine solche Güte ausstrahlte. Dabei war Thalheimer keinesfalls nachsichtig, was wissenschaftliche Korrektheit, Genauigkeit der Analyse oder Exaktheit des sprachlichen Ausdrucks anging. Dennoch war seine Kritik kaum einmal verletzend, weil sie stets mit gleichzeitiger Hilfestellung und Weiterführung daherkam.

Doch das konnte man nicht von allen Lehrern behaupten. Franz ärgerte sich darüber, wenn beispielsweise Hubert von Stapelstein, ein deutsch-nationaler Musikgeschichtsprofessor, einem Studienanfänger gleich bei seinem ersten Referat ein freundliches Lob mit auf den Weg gab: Ihr Referat war prima – Oberprima!

Von Stapelstein war es auch, der die Studenten, die an Matyas Seibers Jazz-Klasse teilnahmen, als ›undeutsche Negerfreunde‹ bezeichnete.

Franz kochte innerlich. Er hätte den Professor gerne gefragt: Herr Professor, könnten Sie mir den genauen Unterschied zwischen einem deutschen und einem undeutschen ›Negerfreund‹ erklären?

Franz Niemann, regen Sie sich nicht so sehr auf!, beschwichtigte ihn Walter Thalheimer.

Das ist alles nur Gewöhnungssache, glauben Sie mir. Es gibt überall viele Leute, die gegen alles sind, was für sie in irgendeiner Form ›modern‹ ist, was immer sie darunter verstehen. Wichtig ist, sich nicht aus dem Konzept bringen zu lassen, unbeirrt sein Ziel zu verfolgen – eines Tages werden auch unsere Widersacher erkennen, dass wir für eine richtige Sache eingetreten sind.

Kennen Sie übrigens Theodor Wiesengrund-Adorno?, fragte ihn Thalheimer beiläufig.

Ich habe von ihm gehört.

Er hat zwei Jahre in Wien studiert, war Schüler von Alban Berg. Er ist seit 1926 wieder in Frankfurt, ist mit einigen Leuten vom Institut für Sozialforschung befreundet. Zu ihm sollten Sie einmal Kontakt aufnehmen, schlug Thalheimer vor. Er ist mir zwar ein wenig zu einseitig, aber er tritt sehr für die Moderne ein.

Das Gespräch mit Adorno verlief nicht ganz so, wie Franz sich das vorgestellt hatte. Erstens äußerte sich Adorno ziemlich abfällig über die Jazzmusik. Franz glaubte sogar so etwas wie ›Negermusik‹ herauszuhören. Zweitens, nicht ohne Arroganz, wie Franz feststellte, setzte er sich fast ausschließlich für die Musik der Neuen Wiener Schule ein, vor allem für Arnold Schönberg.

Franz wandte ein, dass es ja wohl nicht nur eine einzige Richtung in der Musik geben könne. Jede Richtung hat ihre Berechtigung, konterte Franz selbstbewusst, ob es sich um Ernst Toch oder Paul Hindemith, die Ihnen ja bekannt sein dürften, um Igor Strawinsky und Bela Bartók oder um die Komponisten der Neuen Wiener Schule handelt.

Adorno wollte nur Schönberg und seinen Kreis gelten lassen.

Alles Schönbergische ist heilig ... wer dagegen ist, wird zerschmettert! Das habe er schon 1925 an Siegfried Kracauer geschrieben! Der Streit nahm an Lautstärke zu.

In der Musik, in der Kunst überhaupt, muss Vielfalt möglich sein. Auch die Jazz-Musik gehört dazu!, schrie Franz, verließ das Zimmer, warf die Tür zu.

Wiesengrund-Adorno schien verblüfft gewesen zu sein, wie später Walter Thalheimer Franz schmunzelnd berichtete. Schließlich war Franz in Adornos Augen ein Grünschnabel, der es wagte, ihm, Dr. Theodor Wiesengrund-Adorno, zu widersprechen, der schon 1924 mit einer Arbeit über Edmund Husserl promoviert hatte, der inzwischen als Redakteur bei der Wiener Musikzeitschrift *Anbruch* arbeitete und dabei war, sich mit einer Arbeit über Kierkegaard zu habilitieren.

Was will er eigentlich? Will er allen Komponisten vorschreiben, wie sie zu komponieren haben? Will er eine Diktatur der Dodekaphonisten errichten? Sind Bartók oder Strawinsky nichts?, schrieb Franz in sein Tagebuch.

Immer wieder erwähnte Franz seine Besuche in Heidelberg. So oft er es möglich machen konnte, fuhr er hin, um Vorträgen und auch Vorlesungen von Friedrich Gundolf beizuwohnen, die, bedingt durch die Krankheit Gundolfs, immer seltener wurden. Franz hörte Vorlesungen zu Shakespeare, Hölderlin, den Romantikern oder zu Goethe. Ab und zu war er auch Gast im Gundolfschen Haus, der Villa Schepp in der Neuenheimer Landstraße.

Als Friedrich Gundolf 1931 starb, notierte Franz in sein Tagebuch:

Ich habe einen väterlichen Freund verloren, dem ich mich auch menschlich sehr verbunden fühlte, dessen Ausstrahlung sich kaum jemand entziehen konnte und dem ich sehr viel für mein Verständnis von Literatur zu verdanken habe ...

Und an anderer Stelle:

Das Einzige, was ich nie verstehen werde, auch wenn das nun, da Friedrich Gundolf uns verlassen hat, eigentlich keine so große Rolle mehr spielt, ist seine George-Verehrung. Als Gundolf

1926 wegen seiner Heirat mit Elisabeth Salomon von dem ›Großen Meister‹ verstoßen wurde, hörte diese Verehrung nicht auf. Immer wieder erwähnte er den Meister, gab seiner Hoffnung Ausdruck, der Meister möge ihm wieder gnädig sein.

Ich erinnere mich noch an einen Abend, ich war damals acht Jahre alt, als meine Eltern mich diesem ›Dichterfürsten‹ vorstellen wollten. Bei der Abendgesellschaft waren auch Friedrich Gundolf und Max Weber zugegen. Meine Mutter kam und nahm mich an der Hand.

Herr George hat jetzt zugestimmt, deine Bekanntschaft zu machen.

Wir gingen die Treppe zum ersten Stock hoch.

Wo ist er denn?, fragte ich nun schon etwas ängstlich.

Wir haben doch heute Nachmittag dieses Zimmer umgeräumt. Das ist nun sein Begrüßungsraum.

Wir kamen an die angelehnte Tür des besagten Zimmers und meine Mutter klopfte vorsichtig an. Keine Reaktion. Sie klopfte noch einmal.

Herein!, sagte eine männliche Stimme.

Geh jetzt hinein, flüsterte mir meine Mutter zu und schob mich durch die Tür.

Ich betrat den spärlich erleuchteten Raum und sah den Dichter auf einem breiten Stuhl zwischen den beiden Fenstern sitzen oder besser: thronen.

Ich blieb stehen. Ich hatte wirklich Angst.

George lächelte mir zu. Tritt näher, mein Freund!, sagte er.

Ich blieb wie angewurzelt stehen. So sah ein König aus, der seine Untertanen empfing. Musste ich nun eine Verbeugung machen? Ich senkte den Kopf ein wenig.

Fürchte dich nicht und nenne mir deinen Namen, sagte er immer noch freundlich.

Ich änderte meine Stellung um keinen Millimeter. Ich hob den Kopf wieder, blickte in dieses Gesicht, das nun einen noch strengeren, gebieterischen Ausdruck angenommen hatte.

Du wirst doch wohl einen Namen haben?

Weitere Sekunden vergingen, die mir wie eine Ewigkeit vorkamen. Dann nahm er eine kleine Glocke in die Hand und läutete.

Meine Mutter kam herein. Ich erwartete, dass sie sich nun vielleicht ebenfalls verbeugte.

Aber sie nahm mich nur an der Hand, lächelte dem Dichter zu und zog mich hinaus.

Ich habe diese Szene nie vergessen. Und sie hatte auch ihr Gutes. Denn ich lernte unter anderem aus dieser Begebenheit, auch wenn mir das erst viel später richtig bewusst geworden ist, was Überheblichkeit und Dünkelhaftigkeit, diese Erwartung von Unterwürfigkeit, bedeuten können.

Noch heute läuft mir ein Schauer über den Rücken, wenn ich an diesen selbsternannten Dichterkönig denke. Und an seine Jüngerschar. Zu der ich leider auch meine Eltern, Friedrich Gundolf und viele andere zählen muss.

Frühjahr 1932, Anfang Mai.

Bei einem Familienfest – der sechsundvierzigste Geburtstag seiner Mutter wurde gefeiert – lernte Franz eine junge Frau kennen, die ihn sofort faszinierte.

Immer wieder suchte er ihre Nähe, war zu schüchtern, um sie anzusprechen.

Er beschreibt sie in seinem Tagebuch: ... *eine schöne Frau ... mit diesen blonden Haaren, mit diesem wunderbaren Lächeln, mit ihren Bewegungen, ihrer ganzen Art ...*

Beim Abendessen saß er ihr gegenüber, suchte mutig ihren Blick. Sie schien ihn kaum zu beachten. Zwar war sie ihm am Nachmittag vorgestellt worden, doch in dem allgemeinen Durcheinander bei der Begrüßung hatte er ihren Namen nicht richtig gehört. Nach dem Essen war sie wieder von allen möglichen Gästen umringt, Franz registrierte genauestens, dass ihr manche den Hof machten, war auch schon etwas eifersüchtig, fühlte sich ein wenig hilflos, konnte nichts dagegen tun.

Irgendwann an diesem Abend bekam Franz jedoch eine Chance, auf sich aufmerksam zu machen. Zunächst spielte seine Mutter den ersten Satz aus Beethovens Waldstein-Sonate.

Dann bat sie ihren Sohn um ein Geburtstagsständchen und Franz, der erst vor ein paar Wochen seinen Abschluss auf dem Klavier mit Auszeichnung bestanden hatte, ließ sich nicht zwei Mal bitten. Frédéric Chopin: zuerst die vierte Etüde aus Opus 10 in cis-Moll. Danach, weil der Beifall gar nicht enden wollte, das 1. Nocturne in b-Moll aus Opus 9.

Franz schrieb ganz offen, dass er eigentlich gerne den *Ragtime* aus Hindemiths *Klaviersuite 1922* oder auch vielleicht eine eigene Komposition zum Besten gegeben hätte. Doch die Anwesenheit dieser jungen Frau habe ihn dazu bewogen, ein anderes Programm zu spielen. Zu Beginn diese virtuose Etüde und schließlich ein sehr getragen-melodiöses Klavierstück.

Franz nahm den Beifall entgegen und ging durch die offen stehende Terrassentür in den Garten hinaus. Seine Mutter war ihm sofort nachgelaufen und umarmte ihn, sagte ihm, wie stolz sie auf ihn sei und wie begeistert überhaupt alle seien. Möglichst wie nebenbei wollte er sich bei seiner Mutter erkundigen, wer die junge Frau sei, die er hier noch nie gesehen habe. Und eben diese junge Frau stand plötzlich neben ihnen und erklärte mit einem leicht spöttischen Lächeln, dass sie im Grunde ein wenig gekränkt sein müsse, denn sie sei ihm ja bereits vorgestellt worden. Und lachend sagte seine Mutter: Das ist doch Sofie Bertram, die Tochter meiner Kusine Helgard.

Seine Mutter ging wieder zu ihren Gästen zurück. Sofie überspielte die Unbeholfenheit und Verlegenheit von Franz, indem sie sofort munter darauf losplauderte, als würden sie sich schon seit längerer Zeit kennen.

Du kannst mich natürlich auch noch gar nicht gesehen

haben, weil ich seit vielen Jahren gar nicht in Deutschland gelebt habe.

Und sie berichtete zuerst von ihren Kindheitsjahren in Schweden, wo ihr Vater als Diplomat akkreditiert war. Später wurde er nach Wien versetzt. Sofie hatte ein Internat in der Schweiz besucht, in der Nähe von Luzern.

Ich bin vor zwei Tagen angekommen. Ich werde wahrscheinlich zwei Wochen in Heidelberg bleiben. Weißt du eigentlich, dass du fantastisch Klavier spielst?

Die Frage kam für ihn völlig unerwartet, mitten im Erzählfluss. Franz empfand wieder seine Verlegenheit, fühlte sich überrumpelt, ärgerte sich über sich selbst, sagte schließlich, er habe vor kurzem sein Klavierexamen gemacht.

Auf dem Internat mussten wir auch ein Instrument lernen. Ich spiele Violine.

Dann könnten wir ja vielleicht mal zusammen ..., begann Franz ganz vorsichtig.

Sofie lachte auf.

Oh! Ich kann mir nicht vorstellen, dass ich deinen Ansprüchen genüge!

Franz wollte ihr eben noch mitteilen, dass er komponiere und dass vielleicht bald etwas von ihm aufgeführt werde, ein Klaviertrio.

Ich denke, wir sollten wieder hineingehen, sagte Sofie.

Gerade fand ein allgemeiner Aufbruch statt. Viele Gäste verabschiedeten sich. Auch Sofie verließ die Gesellschaft in Begleitung einer älteren Dame, einer Tante, wie Franz später erfuhr. Die meisten beglückwünschten ihn zu seinem Klavierspiel und bedankten sich höflich.

Franz hörte kaum hin. Er ging auf sein Zimmer und fing an vor sich hinzuträumen.

Er hatte sie nicht einmal danach gefragt, wo sie wohnte! Aber das herauszubekommen, dürfte ja kein größeres Problem darstellen.

Franz fragte am nächsten Morgen, kurz vor der Abfahrt nach Frankfurt, seine Mutter, die ihm mit einem verschwörerischen Lächeln mitteilte, dass Sofie bei ihrer Tante in der Merianstraße zu Besuch sei.

Er notierte sich die genaue Adresse. Kaum in Frankfurt in seiner Bude in der Nähe des Börne-Platzes angekommen, setzte er sich hin und schrieb seinen ersten Brief an diese junge Frau, in die er sich zu verlieben im Begriff war. Also Neuland. Er brauchte lange, fand alles dumm, was er schrieb, traf nicht den richtigen Ton. Sein Papierkorb füllte sich mit Briefentwürfen. Endlich hatte er genug und entschied sich für eine kurze Mitteilung. Dass der Abend schön gewesen sei, dass er sich gefreut habe – und ob sie mit ihm am nächsten Dienstag in ein Konzert in Heidelberg gehen würde. Auf dem Weg zur Hochschule brachte er den Brief zur Post. Er glaubte eigentlich nicht an eine Antwort. Zu banal, zu kurz, zu förmlich und vor allem zu lieblos.

Drei Tage später die Antwort. Er öffnete rasch den Brief.

Sie dankte ihm für die Einladung, würde gerne kommen, meinte aber dann noch, er könne das nächste Mal auch ein Telegramm schicken. Doch dann berichtete sie ausführlich von ihren Besichtigungstouren und wie gut ihr die Stadt gefalle.

Mein Vater ist in Heidelberg geboren und möchte hier einmal seinen Ruhestand genießen, wenn er in einigen Jahren seinen Abschied nehmen wird. Ich suche schon mal eine schöne Wohngegend aus.

Zwei voll beschriebene Seiten mit einem lieben Gruß am Ende.

Franz schämte sich ein wenig, spürte, dass er sich das nächste Mal etwas einfallen lassen musste.

Er setzte sich an seinen Schreibtisch: Und dieses Mal schrieb er ihr tatsächlich einen langen Brief. Er teilte ihr mit, dass es sich um einen Kammermusikabend handle, im Saal der Alten Aula der Universität. Friedrich Smetanas Streichquartett in e-Moll, *Aus meinem Leben*, Arnold Schönbergs Streichsextett *Verklärte Nacht* und Mozarts Streichquintett in Es-Dur, KV 614. Er freue sich schon darauf, ihr einiges zu dieser Musik und deren Komponisten sagen zu können. Er gestand ihr, was Musik ihm überhaupt bedeutete, bemühte das Nietzsche-Wort, dass das Leben ohne Musik ein Irrtum sei.

* * *

Während sie all dies las, war Martina nervös und unruhig geworden. Eine innere Spannung hatte sich aufgebaut. Staunend musste sie etwas zur Kenntnis nehmen, das sie nie für möglich gehalten hätte. Vor allem war es ihr völlig neu. Ihre Mutter und Franz?

Sofie Bertram! Das war der Mädchenname ihrer Mutter – und hier lag ja wohl keine zufällige Namensgleichheit vor. Ihre Mutter war Jahrgang 1911. Sie war damals also einundzwanzig Jahre alt. Handelte es sich um ein Geheimnis, das ihre Mutter stets vor ihr verborgen hatte? War sie deshalb so aufgebracht gewesen, als Martina ihr damals als Kind von ihrer Begegnung mit Franz in dem großen Garten berichtet hatte?

Aber Dorothea muss es doch gewusst haben!

In einem ersten Impuls dachte sie daran, so schnell wie möglich Franz Niemanns Schwester aufzusuchen. Doch dann schien es ihr besser weiterzulesen. So würde sich das Rätsel doch lösen lassen?

Das war einfach kurios! Plötzlich stieß sie auf ein Stück Lebenszeit ihrer Mutter, das ihr völlig verborgen geblieben war. Ihre Mutter hatte niemals etwas über ihre Jugend erzählt. Das wäre ihr gar nicht in den Sinn gekommen.

Persönliche Dinge hatte gefälligst jeder mit sich selbst abzumachen!

Einmal, im Alter von vielleicht vierzehn oder fünfzehn Jahren, war Martina schrecklich verliebt gewesen. In einen Jungen aus einer der Abiturientenklassen ihres Gymnasiums in Mannheim, der sie vermutlich gar nicht bemerkt hatte. Sie war an einem Nachmittag nach Hause gekommen, wollte gerade die Treppe hochgehen, als sie die Mutter in ihrem Zimmer am Schreibtisch sitzen sah, in ein Buch vertieft, das vor ihr auf der Tischplatte lag.

In Martina war mit einem Mal der Wunsch entstanden zu reden. Einfach zu reden.

Leise hatte sie an den Türrahmen geklopft, um ihre Mutter nicht zu erschrecken.

Mama ...

Ihre Mutter hatte einen Moment zu ihr hergesehen, sofort wieder in ihr Buch zurückgeblickt und nur gesagt: Ja?

Könnten wir kurz ...

Was ist denn?, hatte sie gefragt, ohne aufzusehen.

Ach, nichts.

Martina war noch eine kurze Zeit im Türrahmen stehen geblieben und hatte ihre Mutter angesehen: Eine sehr aufrecht sitzende schlanke Person mittleren Alters, in deren blondem Haar die ersten grauen Strähnen auftauchten. Sie schien nur auf ihre Lektüre konzentriert zu sein.

***

Der Kammermusikabend verlief zufriedenstellend. Franz hatte Sofie in der Merianstraße abgeholt. Nur ein paar Schritte zur Alten Universität. Im ersten Stock des Barockgebäudes der Saal, in dem das Konzert stattfand.

Sofie hatte inzwischen eine Fahrt mit dem Schiff flussaufwärts hinter sich und war begeistert. Bis zum Beginn des Konzerts redete und erzählte sie ununterbrochen und hörte erst auf, als Franz scherzhaft einen Zeigefinger an seine Lippen legte.

Das Programm begann mit Schönbergs Streichsextett. Sofie lehnte sich zurück und schien sehr aufmerksam zuzuhören, warf nach den ersten Takten einen erstaunten Blick zu Franz hinüber. Nun konzentrierte sie sich ganz auf diese Musik. Dann folgte Mozarts Streichquintett.

In der Pause war sie nachdenklich.

Damit habe ich nicht gerechnet, begann sie schließlich.

Womit?

Ist das wirklich Schönbergs Musik?

Was hast du gedacht?

Nun ... ich habe schon fürchterliche Sachen über diesen Komponisten gehört. Einer von diesen ›schrecklichen Modernen‹, wie die Leute in Wien sagen.

Tja, antwortete Franz lachend, erstens ist das natürlich ein sehr frühes Werk aus dem Jahr 1899, noch ganz in der spätromantischen Tradition ...

... und weshalb *Verklärte Nacht*?

Er wurde durch ein Gedicht von Richard Dehmel zu dieser Musik inspiriert, die die wechselnden Stimmungen des Textes wiedergeben soll.

Und worum geht es in dem Gedicht?

Um zwei Menschen, die in einer kalten Mondnacht spazieren gehen. Die Frau gesteht dem Mann, dass sie untreu war und ein Kind erwartet. Der Mann verzeiht ihr.

Oh! Dann wächst er ja über sich selbst hinaus!, rief Sofie. Wie edel! Wie im richtigen Leben!

Ansonsten, fuhr Franz vorsichtig fort, auch die späteren Kompositionen von Schönberg sind nicht ›schrecklich‹. Nur unsere Hörgewohnheiten legen uns oft zu sehr fest.

Wenn du meinst, sagte Sofie mit leicht ironischem Unterton.

Nach der Pause folgte Smetanas Streichquartett.

Das war ein schönes Konzert, sagte Sofie am Ende. Franz freute sich.

Auch hier gibt es einen Mond!, rief Sofie, als sie ins Freie kamen.

Was hältst du von einem Spaziergang am Fluss?, fragte Franz.

Einverstanden!

Sofie hakte sich bei Franz unter und sie näherten sich langsam dem mondbeschienenen Fluss.

Das ist doch nun so, wie es immer beschrieben wird, sagte Sofie, als sie am Ufer entlanggingen.

Was meinst du?

Das romantische Alt-Heidelberg, der Mond über dem Fluss ...

Es heißt, die Flussnixen würden sich in solchen Nächten mit silbernen Strahlen schmücken ...

Jetzt machst du dich über mich lustig!, sagte Sofie, gab Franz einen Stoß mit dem Ellbogen und fügte hinzu:

Schließlich ist es unser Mond, unser Neckarmond.

Neckarmond?

Es ist doch der Neckar, oder?

Und Franz fuhr fort:

> Mit roten Heldengestalten
> Erfüllst du Mond
> Die schweigenden Wälder,
> Sichelmond –
> Mit der sanften Umarmung
> Der Liebenden ...

Oh, Franz. Jetzt wird es aber sehr poetisch. Ist das von dir?

Um Himmels willen! Nein. Das ist Georg Trakl.

Entschuldige. Du weißt so viele Sachen. Neben dir kommt man sich manchmal ein wenig ... unwissend vor.

Nein, Sofie. So ist das doch nicht gemeint. Es ist mir einfach ganz spontan eingefallen. Die Stimmung eben ...

Ein paar hundert Meter von ihnen entfernt brannte ein Feuer am Flussufer. Als sie etwas näher kamen, sahen sie eine größere Gruppe von Menschen, die sich um das Feuer versammelt hatten. Plötzlich Gesang.
Die Fahne hoch! Die Reihen fest geschlossen!
SA marschiert mit ruhig festem Schritt.
Lass uns umkehren!, sagte Franz und zog Sofie mit sich.
Franz! Was ist denn plötzlich? Was ist in dich gefahren?
Ich will das nicht hören.
Aber ich verstehe nicht ...
Sofie, ich werde es dir erklären. Du kennst das nicht. Bitte! Ich bring dich nach Hause.
Sie gingen schnell zurück. Als sie wieder in der Hauptstraße ankamen, waren sie völlig außer Atem.
Du bist ja schlimmer als meine Turnlehrerin!
Schwer atmend lehnte sich Sofie an eine Hauswand.
Entschuldige, bitte. Ich habe solche Angst gehabt, dass die uns vielleicht anpöbeln.
Wer sind *die*?
Nazis. Braunes Gesindel. Du kannst dir nicht vorstellen, wie die sich teilweise benehmen.
Die gibt es in Wien auch.
In Frankfurt war ich vor einiger Zeit Zeuge einer Schlägerei zwischen SA-Leuten und Kommunisten. Vor kurzem ... gab es auch Ärger bei einem Konzert, das wir ...
Franz, könnten wir uns nicht irgendwo hinsetzen? Ich möchte gerne etwas trinken.
Natürlich. Da vorne ist ein Lokal.
Als sie in der Gaststätte an einem kleinen gemütlichen Ecktisch saßen, beruhigten sie sich allmählich.
Es tut mir so leid, Sofie.
Du darfst dich über diese Leute nicht so aufregen. Das lohnt sich doch nicht. Bei uns in der Familie werden die Nazis gar nicht erwähnt.

Man muss sich aber mit ihnen beschäftigen.
Es war so eine schöne Stimmung vorhin. Schreibst du mir das Gedicht von Trakl auf?
Nun lächelte auch Franz wieder.

Für den Donnerstagnachmittag verabredeten sie einen Spaziergang auf dem Philosophenweg. Franz erzählte von einem Gartenhaus, das er Sofie gerne zeigen wollte. Beim Abschied küsste er ihre Hand und Sofie hauchte ihm einen Kuss auf die Wange.

Am nächsten Tag hatte Franz eine Besprechung mit Walter Thalheimer am Institut in Frankfurt. Franz hatte schon seit einiger Zeit mit Nachforschungen zu den Einflüssen einiger Komponisten der zweiten Hälfte des 19. Jahrhunderts auf die Hauptvertreter der Zweiten Wiener Schule begonnen.
Thalheimer war mit den Ergebnissen, die ihm Franz zeigte, sehr zufrieden.
Franz Niemann, wir sind uns darüber im Klaren, dass es gar keine ›erste‹ Wiener Schule gegeben hat, begann Thalheimer.
Natürlich, sagte Franz. Haydn, Mozart, Beethoven: diese Namen haben nichts mit einer ›Schule‹ im Sinne eines gemeinsamen Programms oder einer bestimmten Stoßrichtung zu tun.
Genau, fuhr Thalheimer fort. Jede Komposition, ob von Josquin, Monteverdi, Bach oder Beethoven war doch zunächst einmal neu – und kam nicht immer sofort bei den Hörern an.
Worin besteht Ihrer Meinung nach das eigentlich Neue bei Schönberg und seinem Kreis?
Franz dachte einen Augenblick nach.
Nun, ich glaube, dass bei den heutigen Wiener Komponisten die musikalischen Mittel auf eine nie da gewesene

Weise benutzt werden. Der Kompositionsvorgang ist ein individuelles, singuläres Geschehen, das überhaupt nichts mehr mit vorgegebenen Strukturen zu tun hat und überall hin offen ist – zumindest gilt das für die Zeit der *freien Atonalität*.

Das wollte ich gerade sagen, unterbrach ihn Thalheimer. Denn die Zwölftontechnik Schönbergs ist ja der Versuch, ein neues Ordnungssystem zu finden.

Auf jeden Fall sind hier, wie Schönberg selbst gesagt hat, *alle Schranken einer vergangenen Ästhetik durchbrochen* worden, fügte Franz hinzu.

So diskutierten Walter Thalheimer und sein Schüler noch eine ganze Weile weiter. Franz redete sich in eine Begeisterung hinein, die sein Lehrer lächelnd zur Kenntnis nahm.

Schließlich fragte Franz, ob eine Möglichkeit bestehe, über diesen Forschungsgegenstand zu promovieren.

Das dürfte schwierig sein, sagte Thalheimer. Abgesehen davon, dass ich mir nicht sicher bin, ob ein Thema aus einem solchen Bereich überhaupt eine allgemeine Akzeptanz findet, müsste man auch wegen der geringen Distanz Bedenken äußern.

Dann ... sollte ich an diesem Thema gar nicht weiterarbeiten?

Das würde ich auf keinen Fall sagen!, rief Thalheimer. Sie könnten eines Tages eine wichtige Arbeit darüber veröffentlichen. Nein, Franz Niemann, aufgeben gilt nicht! Und was Ihre Promotion angeht: Das ganze neunzehnte Jahrhundert steht zu Ihrer Verfügung!

Ich werde es mir überlegen, sagte Franz lachend.

Ich habe noch etwas anderes auf dem Herzen, begann Thalheimer. Was war das neulich für ein Tumult in der Hochschule? Wissen Sie etwas Näheres?

Tja, wir hatten im großen Saal eine Veranstaltung, ein Jazz-Konzert, in dessen Verlauf mehrere Bands spielen sollten. Am Anfang ging alles gut, aber nach etwa einer halben Stunde begannen in den hinteren Reihen Sprechchöre. Ich hatte vorher schon bemerkt, dass ein paar braune Uniformen im Publikum saßen. Zuerst hörte man vereinzelt *Aufhören! Aufhören!* Dann, allmählich immer lauter, *Nigger-Jazz, Nigger-Jazz!* Es war furchtbar. Einige von den Braunen liefen nach vorne, fingen an zu prügeln. Unser Trompeter wurde zu Boden geschlagen, Samuel Stern entrissen sie seine Klarinette und schlugen sie ihm auf den Kopf. Tja, und ... ich selbst habe die Kontrolle über mich verloren. Einem versetzte ich einen Schlag ins Gesicht, einen anderen nahm ich in den Schwitzkasten.

Franz Niemann, Sie sind ein großer und kräftiger Mensch. Und natürlich ist das ein nicht zu tolerierender Vorgang. Dennoch darf man sich nicht auf diese Methoden einlassen, auf dieses Niveau herabbegeben.

Sie haben Recht, Herr Thalheimer. Doch ich glaube, das lässt sich nicht immer vermeiden. Klar hat man Angst vor diesem Pöbel. Aber die Wut wird auch immer größer. Ich denke oft, es steht nicht gut um dieses Land.

Sie dürfen nicht so pessimistisch sein, sagte Walter Thalheimer zu Franz, als sie sich verabschiedeten, das Gesindel hat doch gar keine Chance. Das wäre ja grotesk.

Franz konnte sich an diesem Tag nicht richtig konzentrieren. Er kam kaum voran. Zu sehr fieberte er dem nächsten Zusammentreffen mit Sofie entgegen. Am frühen Abend fuhr er nach Heidelberg.

In der Nacht begann es zu regnen und auch am nächsten Morgen hingen noch dicke Schauerwolken über der Stadt. Der Regen ließ zwar allmählich etwas nach, aber keine Freundlichkeit schien sich über die Flusslandschaft legen zu wollen und die Stadt hüllte sich in graue Gazeschleier.

Unverdrossen machte sich Franz am Nachmittag mit einem Schirm auf den Weg. Er stieg den Philosophenweg hoch, vorbei am Philosophengärtchen, begab sich kurz zum ›Gartenhaus‹, um nach dem Rechten zu sehen, ging kurze Zeit später den Schlangenweg hinunter, der unmittelbar auf die Alte Brücke zuführt.

Eine fröhliche Sofie bat ihn herein. Sie hatte mit ihrer Tante Liselotte schon den Kaffeetisch gedeckt, und nun wurde Kaffee getrunken, Kuchen mit Schlagsahne gegessen und artig Konversation gemacht.

Es regnet kaum mehr!, rief Sofie später nach einem Blick aus dem Fenster. Wir könnten vielleicht doch unseren Spaziergang wagen.

Wenn sich das Wetter bessert, könnte es etwas später werden, teilte Sofie ihrer Tante Liselotte mit, die ihrer Nichte daraufhin scherzhaft mit dem Zeigefinger drohte, dann aber verlegen lächelnd die Achseln zuckte, als wollte sie Franz damit andeuten, dass sie dem Willen der jungen Frau nicht allzu viel entgegenzusetzen habe.

Unten auf der Straße öffnete Franz wieder seinen Schirm, Sofie nahm seinen Arm und sie gingen zur Alten Brücke.

Die vergessen immer alle, dass ich schließlich volljährig bin!, sagte Sofie.

Als sie auf der Brücke standen und flussabwärts blickten, rief Sofie:

Ein breiter Silberstreif! Es hellt sich auf! Du wirst sehen, wir bekommen heute noch schönes Wetter.

Es wurde zunehmend heller, als sie oben auf dem Philosophenweg ankamen.

Das ist wundervoll!

Franz, der nun seinen Schirm schließen konnte, ließ sich von Sofies Fröhlichkeit anstecken.

Du wirst staunen, wenn erst die Sonne vollends durchbricht.

Sofie lächelte ihn an. Franz nahm ihre Hand. Sie kamen zum Eingang des Gartengrundstücks.

Wo ist denn das Häuschen?, fragte Sofie.

Das sieht man von hier aus nicht.

Das ist ja ein richtig romantischer Garten, sagte Sofie, als sie den Weg hinuntergingen.

Später, nach vielen Ausrufen des Staunens und der Bewunderung, saßen sie vor dem Gartenhaus auf einer Holzbank hinter einem kleinen Tisch und genossen den Blick auf die Stadt. Die Sonne hatte inzwischen das Schloss und andere Gebäude mit Goldstaub überzogen. Der Fluss hatte seinen grauen Mantel abgelegt und glänzte mit einem Silberumhang.

Sofie war überwältigt. Franz lächelte über ihr fast kindliches Staunen.

Er ging durch die Seitentür in das Haus hinein. In dem großen Raum waren alle möglichen Möbelstücke verteilt. Auf der einen Seite ein länglicher Tisch mit verschiedenen Stühlen. In einer hinteren Ecke ein Kanonenofen und ein kleiner Holzherd.

Franz kam mit einer Flasche Wein und zwei Gläsern wieder heraus.

Habt ihr hier auch Wasser?, fragte Sofie.

Wir sammeln das Regenwasser in einer kleinen Zisterne, sagte Franz.

Wasser, das vom Himmel kommt, kann man doch trinken, oder?

Franz ging wieder hinein und kam gleich darauf mit einem Krug Wasser zurück.

Unser ›Philosophenwasser‹, sagte er.

Er öffnete die Flasche und schenkte ein.

Sie prosteten sich zu. Auf dich!, sagten sie beide und mussten lachen.

Als Franz nachschenken wollte, wehrte Sofie ab.

Bitte etwas Wasser. Sonst bin ich zu schnell beschwipst.

Daran habe ich nicht gedacht, sagte Franz, wir haben ja gar nichts zu essen hier!

Das macht nichts. Ich bin noch satt von Tante Liselottes Kuchen.

Die Zeit verging wie im Flug. Es wurde Abend. Der Mond zog auf.

Franz hatte eine Petroleumlampe auf den Tisch gestellt.

Franz! Da ist er wieder: unser Neckarmond!

Er verzog für einen Moment das Gesicht.

Nicht daran denken, Franz. Heute gehört er nur uns. Heute Abend verjagen wir alle bösen Gedanken an Politik.

Wenn man jetzt die Zeit anhalten könnte, sagte er und nahm Sofie in die Arme.

Für den Rückweg wählten sie die andere Richtung, zur Bergstraße hin, wandten sich bei der ersten Gelegenheit nach links und kamen hinunter ans Neckarufer. Dieses Mal wurde ihre Wanderung am gegenüberliegenden Flussufer entlang durch nichts gestört. Nur der Mond über dem Fluss und nicht wenige Sterne begleiteten ihren Weg bis zur Alten Brücke.

Vor der Haustür in der Merianstraße ein langer Abschied.

Die nächsten beiden Tage habe ich ein volles Programm. Morgen bin ich den ganzen Tag in Frankfurt am Institut und am Samstag proben wir für ein Konzert.

Dann sehe ich dich erst am Sonntag wieder?, fragte Sofie.

Noch einmal schlang sie ihre Arme um ihn. Also – dann bis Sonntag.

Als Franz am Samstagabend nach Heidelberg zurückkam, überreichte ihm das Hausmädchen einen Brief. Seine Eltern waren bei Freunden eingeladen.

Der ist heute Morgen hier abgegeben worden.

Franz ging auf sein Zimmer, öffnete den Brief und las. Er war von Sofie. Das Datum des vorigen Tages.

Sie schrieb ihm, dass ihre Großmutter mütterlicherseits überraschend gestorben sei. Sie müsse sofort nach Köln fahren. Ihre Eltern würden ebenfalls von Wien aus dorthin reisen.

Es tut mir so leid, dass wir uns jetzt nicht mehr sehen können. Die Beerdigung findet am Dienstag statt. Anschließend werde ich mit meinen Eltern nach Wien zurückfahren. Ich habe unsere Wiener Adresse auf die Rückseite des Kuverts geschrieben. Bitte schreibe mir. Wir werden uns doch wiedersehen?

Ich grüße Dich von Herzen
Deine Sofie

Franz war wie gelähmt. Er hatte sich so sehr auf den Sonntag mit Sofie gefreut. Er brauchte lange, bis er wieder einen klaren Gedanken fassen konnte.

Es ist ja keine Trennung für immer, schrieb er in sein Tagebuch. *Dennoch ist es für mich schmerzlich. Ich vermisse sie so sehr. Jetzt glaube ich wirklich, dass ich, wie man so sagt, bis über beide Ohren verliebt bin. Gleichzeitig habe ich das Gefühl, dass unsere Liebe noch gar nicht richtig angefangen hat. Am liebsten würde ich Sofie sofort schreiben, aber ich bin jetzt vielleicht etwas zu aufgewühlt, wandere zu sehr auf der Gefühlsstraße. Aber gleich morgen …*

Eine Woche später schrieb er: *Heute kam ein Brief. Sie habe immer an mich denken müssen. ›Ich bin verliebt, Franz‹.*

Allegro agitato

Frühjahr 1933.

Alle jüdischen Professoren und Dozenten, alle politisch unliebsamen Lehrer an der Hochschule wurden entlassen. Unter ihnen Direktor Sekles, der Kompositionslehrer von Franz, und Matyas Seiber, der Leiter der Jazz-Klasse am ›Hoch'schen Konservatorium‹.

Auch Walter Thalheimer vom Musikwissenschaftlichen Institut.

Franz war fassungslos. Er besuchte seinen Lehrer einen Tag später in der Schubertstraße.

Franz Niemann!, rief Thalheiner und führte ihn in sein Arbeitszimmer. Ich habe mich geirrt!

Und ich habe immer gehofft, dass Sie sich nicht irren. Was werden Sie nun tun?

Ich weiß noch nicht. Es könnte doch immerhin sein, dass der Spuk bald wieder verschwindet?

Diese Hoffnung dürfen wir nicht aufgeben, sagte Franz.

Franz Niemann, sagte Thalheimer und legte ihm eine Hand auf die Schulter, suchen Sie sich einen anderen Professor für Ihre Doktorarbeit – und denken Sie an meinen Vorschlag, über das Lied im 19. Jahrhundert zu arbeiten. ›Das Lied bei Franz Schubert‹ wäre doch ein lohnendes und packendes Thema. Ihre Forschungen zu Schönberg und seinem Kreis sind keinesfalls vergeblich. Eines Tages wird eine Veröffentlichung möglich sein!

Seit ihrem Gespräch vor einem Jahr hatten sie immer wieder über ein mögliches Thema gesprochen. Walter Thalheimer hatte einen Forschungsbereich nach dem anderen ins Auge gefasst, doch Franz hatte noch gezögert, war zu keiner Entscheidung gekommen. Nicht dass ihn Schubert nicht interessiert hätte. Aber er wollte einfach nicht klein beigeben.

Ich weiß nicht so recht, antwortete Franz. Nun, da diese Leute an der Macht sind, ist es doch völlig ungewiss, was aus der wissenschaftlichen Arbeit in Deutschland wird.

Walter Thalheimer sah ihn gedankenvoll an: Verbauen Sie sich nicht Ihre Zukunft.

Ich muss erst einmal nachdenken. Mit meinen Eltern reden.

Walter Thalheimer entlassen!, schrieb Franz in seiner Biografie. *Sicher war mir damals nicht sofort die ganze Tragweite eines solchen Vorgangs klar. Das hieß ja nicht nur einfach Berufsverbot, sondern auch der Verlust jeder Sicherheit, das Verschicken in die Wüste, in die Isolation. Ein angesehener Wissenschaftler wurde von jetzt auf nachher zu einem Nichts gemacht, in die Bedeutungslosigkeit verbannt. Abgesehen von den materiellen Folgen für einen Menschen.*

Doch meine Bestürzung war zunächst noch zu wenig reflektiert, ging vielleicht noch nicht so sehr in die Tiefe. Wahrscheinlich war ich, auch altersmäßig bedingt, zu sehr mit meiner eigenen Entwicklung, meinem Werdegang beschäftigt.

Sie können mich jederzeit besuchen, wenn Sie meinen Rat brauchen, sagte Thalheimer.

Vielen Dank, Herr Thalheimer. Ich ... hätte aber auch noch eine Bitte.

Ja? Heraus damit!

Wenn es einmal gefährlich für Sie wird, werden Sie sich dann rechtzeitig in Sicherheit bringen? Und wenn ich Ihnen helfen kann, würden Sie sich auch an mich wenden?

Franz Niemann, es ist schön, dass es Leute wie Sie gibt, sagte er ein wenig traurig lächelnd. Aber sehen Sie, so ein knorriges altes Gewächs, wie ich es bin, lässt sich nicht mehr so ohne weiteres verpflanzen.

Nicht nur der Fachbereich Musik, sondern die gesamte Frankfurter Universität verlor viele hochkarätige Wissenschaftler. In Heidelberg war es kein Haar anders.

Niedergeschlagen kam Franz zu Hause an.

Was ist mit dir, Franz?, fragte seine Mutter.

Professor Thalheimer ist entlassen worden!

Ja, das ist schlimm, Franz.

Was sagt denn Vater dazu?

Was sollte er schon sagen! Ich meine ... natürlich ist er bestürzt ...

Franz blickte seine Mutter etwas irritiert an und ging auf sein Zimmer.

Man kann die Dinge doch nicht einfach so laufen lassen!, schrieb Franz in sein Tagebuch. *Aber was kann man tun? Ich als Einzelner vermag gar nichts. Aber es gibt sicher viele Menschen, die das nicht mittragen werden. Ich muss solche Menschen finden, Verbündete, Mitstreiter, ganz egal, woher sie kommen. Ein paar Kleinbürger haben auf legale Weise vom Volk die Möglichkeit bekommen, ihre Gewaltfantasien und ihren Hass auszuleben! Da soll man nichts dagegen unternehmen? Das geht doch nicht ...*

Es war jetzt bald ein Jahr vergangen, seit er Sofie kennen gelernt hatte. Sie hatten sich oft geschrieben, noch häufiger aneinander gedacht.

Sofie hörte in Wien Vorlesungen über Kunstgeschichte, beschäftigte sich auch zunehmend mit Literatur. Sie erwähnte Hugo von Hofmannsthal, Arthur Schnitzler, Peter Altenberg, Stefan Zweig und Karl Kraus.

Und Franz hatte berichtet, dass er sich um seine Promotion kümmern werde, welche Bücher er gerade las, er empfahl Sofie den »Zauberberg« von Thomas Mann und anderes mehr. Der erste Sturm hatte sich etwas gelegt. Es war ein Briefwechsel zwischen zwei Menschen, die sich mögen, die sich auch immer ein Wiedersehen ausmalen, aber es irgendwie nicht zuwege bringen. Doch dann hatte Franz die Idee, seine Studien in Wien fortzusetzen. Dort würde er sich nach einem neuen Doktorvater umsehen, könnte vielleicht sogar bei seinem ersten Thema bleiben – und vor allem Sofie wieder treffen.

Seine Eltern waren einverstanden und Franz teilte Sofie die Neuigkeit umgehend mit. Es kam postwendend Antwort: Sofie war begeistert. Sie wisse auch schon, wo er wohnen könne. Ihre Eltern würden sich freuen ihn kennen zu lernen. Ihre Mutter habe schon alle möglichen Andeutungen gemacht und sich immer wieder nach ihm erkundigt.

Zum ersten Mal seit längerer Zeit fühlte Franz wieder so etwas wie Glück. Er sah für sich eine neue Perspektive. Die Situation in Deutschland, auch wenn er selbst nicht verfolgt wurde, bedrückte ihn ohnehin.

Alles kam wieder anders. Mitte April erreichte ihn ein Brief aus Wien mit einer neuen Hiobsbotschaft. Sofie teilte ihm mit, dass ihr Vater nach Argentinien versetzt worden sei. Am 5. Mai würden sie von Bremerhaven aus das Schiff nach Buenos Aires nehmen.

Ich hatte mich schon so gefreut. Ich werde bald schreiben.

Ein weiteres Ereignis verstörte Franz außerordentlich.

Am 10. Mai fand in Frankfurt auf dem Römerberg eine öffentliche Bücherverbrennung statt. Fassungslos stand er dabei, musste mit ansehen, wie Bücher von Heine, Brecht, Tucholsky, Kästner, Freud, Stefan und Arnold Zweig und vielen anderen ins Feuer geworfen wurden.

Eine Woche später in Heidelberg, wenn auch in geringerem Umfang, das gleiche Spektakel auf dem Universitätsplatz. Auch die Bücher von Friedrich Gundolf waren darunter.

Am Abend stellte Franz seinen Vater zur Rede.

Vater, warum protestiert ihr nicht gegen diese Barbarei?

Wie stellst du dir das vor? Soll ich öffentlich protestieren, die Bücherwerfer an ihrem Tun hindern? Willst du, dass sie mich aus der Universität hinauswerfen?

Aber eure Stimme hat doch Gewicht, wandte Franz ein. Wenn viele Professoren ihre Stimme erheben, dann muss den Leuten das doch zu denken geben.

Zahlreiche Dozenten sind bereits entlassen, nicht nur jüdische Kollegen. Glaubst du im Ernst, dass sich unter diesen Umständen noch viele bereitfinden, sich öffentlich hervorzutun?

Haben sie dir auch schon mit Entlassung gedroht?

Nein, bis jetzt noch nicht ...

Weshalb nicht?

Bernhard Niemann blickte hilflos zu seiner Frau hinüber.

Sag es ihm schon, sagte sie.

Was soll er sagen? Franz wurde zunehmend lauter.

Franz, ich ... bin in die Partei eingetreten.

Was?, schrie Franz. Bist du übergeschnappt?

Wie redest du denn mit deinem Vater?, fuhr seine Mutter dazwischen.

Erinnerst du dich noch daran, dass Friedrich Gundolf hier zu Gast war? Und noch einige deiner jüdischen Kollegen? Du solltest dich schämen!

Nun verlor sein Vater die Beherrschung. Er hob den Arm, wollte seinem Sohn eine Ohrfeige verpassen, doch Franz fing seine Hand ab.

Wage es nicht noch einmal, in diesem Ton mit mir zu reden!

Und wag du es nicht nochmal, nach mir zu schlagen!

Franz drehte sich abrupt um und ging die Treppe hoch in sein Zimmer. Er warf die Tür mit einem lauten Knall zu, ließ sich auf einen Stuhl fallen, stierte vor sich hin, versuchte den Aufruhr, der in ihm tobte, in den Griff zu bekommen.

Nach einer gewissen Zeit kam seine Mutter herein.
Franz, du wirst dich bei deinem Vater entschuldigen!
Ich denke nicht daran.
Franz, begann seine Mutter wieder, sieh es doch auch mal von einer anderen Seite: Wenn Vater seinen Beruf aufgeben muss, wird es doch sehr schwer für uns ...
Für andere, die schon entlassen worden sind, ist es bereits schwer.
Sollen wir es deshalb unbedingt auch schwer haben?
Barbaren haben sich dieses Landes bemächtigt. Und alle kapitulieren vor ihnen.
Franz, es wird sich doch vielleicht auch manches einpendeln.
Ja, das sagen viele. Aber was, wenn das Pendel noch weiter ausschlägt? Wenn es jeden erfasst und ihm niemand mehr entkommen kann?
Seine Mutter wandte sich zur Tür. Kommst du wenigstens zum Abendessen herunter?
Danke, mir ist der Appetit gründlich vergangen.
Schließlich setzte er sich an seinen Schreibtisch und begann einen Brief an Sofie zu schreiben.
Er berichtete ihr, was sich in Deutschland abspielte. Die familiäre Auseinandersetzung erwähnte er nicht. Es wurde ein langer Brief von mehreren Seiten. Er legte ihn beiseite.
Spät am Abend kam sein Vater herein.
Franz ... ich weiß, ich habe mich gehen lassen ...
Es tut mir auch leid, Vater.
Darf ich dir wenigstens ein paar Dinge erklären?
Franz blickte stumm vor sich hin.
Meinethalben kannst du mich einen Opportunisten nennen, aber ich bin wirklich der festen Überzeugung, dass man denen nicht einfach so das Feld überlassen sollte. Vielleicht kann ich nicht viel tun. Doch unter Umständen kann ich im Kleinen ein paar Dinge zurechtrücken, dem

einen oder anderen auch helfen. Ich weiß noch nicht wie, aber das wird sich finden. Ich werde wahrscheinlich im Bereich der Organisation Zugeständnisse machen müssen. Aber ich werde mir meine wissenschaftliche Arbeit von niemandem ideologisch verwässern lassen.

Der Vater machte eine Pause und blickte seinen Sohn an.

Deine linientreuen Kollegen werden dir zusetzen, sagte Franz nur.

Ich habe nicht gesagt, dass es einfach wird, antwortete sein Vater.

Ich möchte von hier weg, sagte Franz. So schnell wie möglich nach Wien.

Sein Vater war überrascht.

Ach so, diese Option gibt es immer noch? Ich dachte, jetzt, da Sofie nicht mehr dort ist ...

Aber ich habe es doch schon erklärt, Vater. Dort kann ich da weiterforschen, wo ich angefangen habe – und vielleicht finde ich ja auch wieder einen Doktorvater.

Ja, Franz, dann tu das! Das ist unter den gegebenen Umständen vielleicht wirklich die beste Möglichkeit.

Am nächsten Tag begann Franz mit den Reisevorbereitungen.

Er schrieb einen Abschiedsbrief an Walter Thalheimer, teilte ihm mit, dass er in Wien sein Studium fortsetzen wolle. Er hoffe mit ihm in Verbindung bleiben zu können. Er werde ihm baldmöglichst seine Adresse mitteilen.

... Danke noch einmal für alles! Ich hoffe, Sie gesund wiederzusehen. Ihr Franz Niemann.

Am Nachmittag kam seine Schwester Jutta aus Berlin angereist und verkündete, dass sie sich verloben wolle. Jutta absolvierte in der Hauptstadt eine Lehrerinnenausbildung und hatte dort vor einigen Monaten einen Grafen von Dünen kennen gelernt.

Schön für dich, Jutta!, sagte Franz.

Jutta fiel ihm um den Hals. Ich freue mich so, Franz.

Und wie geht es dir? Was macht deine Arbeit?, wollte sie schließlich wissen.

Er berichtete ihr, dass er dabei sei, nach Wien zu ziehen..

Nach Wien? Wann fährst du?

Übermorgen.

Und als Franz beginnen wollte, ihr die Gründe zu erklären, unterbrach ihn Jutta:

Schade, Franz! Dann bist du am nächsten Sonntag nicht mehr da, wenn Julius uns besucht. Er will nämlich kommen und bei den Eltern um meine Hand anhalten.

»... *Natürlich freue ich mich für Jutta. Jetzt bekommen wir auch noch so einen adligen Menschen in die Familie! Da bin ich ja mal gespannt* ...«, schrieb Franz am Abend in sein Tagebuch.

Am nächsten Morgen überreichte ihm sein Vater noch ein paar Empfehlungsschreiben an Wiener Kollegen. Franz nahm sie kommentarlos in Empfang.

Am folgenden Tag fuhr er, wohlversehen mit vielen guten Ratschlägen seitens seiner Familie, über Stuttgart und München nach Wien.

Intermezzo

Franz bezog ein geräumiges Zimmer in der Josefstädter Straße, nicht weit von der Universität. Frau Emma Weiss, seine Zimmerwirtin, eine freundliche Offizierswitwe, erlaubte ihm sogar, ein Klavier hineinzustellen.

Er tastete sich in der fremden Stadt langsam voran, besichtigte, wanderte herum, lief sich die Füße wund, ging ins ein oder andere Kaffeehaus – und versuchte erste Kontakte zu knüpfen.

Eine der ersten Vorlesungen, die Franz hörte, behandelte Aspekte zur Geschichte der Musikethnologie. Das war völlig neu für ihn. Außer bei der Jazzmusik, wo er das Aufeinandertreffen afrikanischer und europäischer Elemente kennen gelernt hatte, war er bisher noch nie im wissenschaftlichen Sinne mit außereuropäischer Musik umgegangen. Die österreichischen Wissenschaftler waren neben den Berliner Forschern mit die Ersten gewesen, die sich mit der *Vergleichenden Musikwissenschaft* beschäftigt hatten. Franz war sofort fasziniert. Die damals sehr häufig anzutreffenden eurozentrischen Sichtweisen waren ihm noch nicht so bewusst. Doch lernte er hier ein ungewöhnliches Gebiet kennen, das ihn auch später nicht mehr loslassen würde.

Nach der Vorlesung sprach er den Professor an, stellte sich vor und bekundete sein Interesse an diesem Forschungsgebiet. Der Mann war sehr freundlich und verwies auf ein Seminar, das ergänzend zur Vorlesung am Nachmittag stattfand.

Nicht ganz so glatt lief es bei seinem Hauptanliegen. Er studierte zunächst das Vorlesungsverzeichnis. Er fand nur wenige Lehrveranstaltungen, die sein Thema berührten, und er war sich unschlüssig, wen er ansprechen sollte. Außerdem gab es viele Überschneidungen.

So besuchte er zunächst eine Vorlesung zu Richard Wagners *Tristan und Isolde*. Franz fand die Ausführungen des Professors nicht übermäßig interessant. Er entschloss sich, einen neben ihm sitzenden Mitstudenten anzusprechen, den er auch schon in der Vorlesung über Musikethnologie gesehen hatte.

Entschuldigung, darf ich Sie etwas fragen?

Der Kommilitone, ein stämmiger, etwas untersetzter junger Mann mit einem breiten Gesicht, dunklen gerollten Haaren über zwei schwarz glänzenden großen Augen, grinste ihn fröhlich an und antwortete mit dem unvergleichlichen Wiener Akzent:

Die meisten hier duzen sich.

In Ordnung! Ich bin Franz Niemann.

Felix Sperber. Womit kann ich dienen?

Für ein paar Informationen wäre ich sehr dankbar. Ich bin erst vor kurzem aus Heidelberg hier angekommen.

Du kommst also aus Nazi-Deutschland?, begann Felix, als sie ein paar Minuten später in einem kleinen Café um die Ecke saßen.

Ich bin froh, dass ich hier bin, das kannst du mir glauben!

Hast du Unannehmlichkeiten gehabt?

Mein Lehrer ist entlassen worden und mein Forschungsgebiet ist ebenfalls verboten.

Franz erzählte Felix von all seinen Schwierigkeiten.

Im hiesigen Lehrkörper gibt es ebenfalls Leute, bei denen ich schwören könnte, dass sie mit denen bei euch sympathisieren, sagte Felix.

Es gibt ja nicht nur Nazis in Deutschland. Viele hoffen immer noch, dass sich der Alptraum wieder verzieht.

Diese Begeisterung am 30. Januar in Berlin? Die Ausschreitungen gegen Juden? Die Bücherverbrennungen?

Du scheinst ja gut informiert zu sein ...

Das muss ich auch, Franz. Aber ich muss dir sagen: Auch hier in Wien, überall in Österreich, hat es gewaltige Aufmärsche der österreichischen Nazis gegeben. Am liebsten hätten sie auch gleich eine Machtübernahme vollzogen.

Das ... wusste ich nicht! Franz war bestürzt.

Na ja, der Dollfuß hat das noch einmal verhindert. Er hat es eher mit den Italienern. Aber ich glaube nicht, dass das auf die Dauer gut geht.

Franz blickte stumm vor sich hin. Felix versuchte zu beschwichtigen.

Wir werden uns nicht unterkriegen lassen. Lass uns von etwas anderem reden. Was möchtest du genau wissen?

Noch etwas zögernd erläuterte Franz sein Vorhaben.

Also über Schönberg arbeitest du? Das wird nicht einfach werden. Ich würde mich auf jeden Fall an Professor Rudolf Bach wenden.

Und Karl Weigl?

Weigl ist ein guter Kompositionslehrer. Aber er bleibt dem spätromantischen Stil verbunden. Er hat mit den Zwölftönern nichts am Hut. Er ist übrigens auch ein großer Verehrer von Gustav Mahler. Bach komponiert nicht selbst, ist jedoch ein glänzender Theoretiker – und er ist sehr offen für alles Avantgardistische. Er hat sich übrigens bei Guido Adler habilitiert. Diesen Namen hast du sicher schon gehört?

Klar. Ist dir eigentlich Walter Thalheimer ein Begriff?

Der das Buch über Robert Schumann geschrieben hat? Und ob! War das dein Doktorvater?

Franz nickte.

Felix schob die Unterlippe nach vorne, bewegte anerkennend den Kopf auf und ab, stand schließlich auf und streckte Franz die Hand hin.

Ich muss gehen, habe noch einen wichtigen Termin. War nett, dich kennen zu lernen.

Ganz meinerseits! Und vielen Dank für deine Auskunft.

Gern geschehen! Wir sehen uns.

Am Abend begann Franz einen langen Brief an Sofie, berichtete von seinen Bemühungen und Unternehmungen, schrieb, dass sie ihm fehle und dass er sich so sehr wünsche, dass sie hier sein könnte.

Anstatt dass wir uns wiedersehen, wird die Entfernung zwischen uns immer größer. Das ist gar nicht schön, wenn man in einer fremden Stadt so allein gelassen wird! Wie geht es Dir in Buenos Aires?

Am nächsten Morgen ging er früh zum Musikwissenschaftlichen Institut.

Die Sekretärin erklärte ihm, dass Professor Bach die nächsten zwei Tage nicht im Institut sei. Er nehme an einem wissenschaftlichen Kongress in Graz teil.

Franz notierte sich die Zeiten für die Sprechstunde und fragte, ob man irgendwo Klavier üben könne. Franz mochte seine Zimmerwirtin nicht zu oft mit seinem Klavierspiel belästigen.

Da muss ich schauen, wann diese Räume frei sind, meinte die Sekretärin. Nachher von zehn bis elf oder heute Nachmittag von vier bis sechs.

Franz ließ sich für den Nachmittagstermin eintragen und ging in die Bibliothek, in der er sich ein paar Stunden lang gründlich umsah.

Später holte er sich den Schlüssel und begab sich zum ›Übraum‹, der sich allerdings als größerer Vorlesungsraum entpuppte und mit einem Konzertflügel bestückt war. Er freute sich, auf diesem wunderbaren Bösendorfer spielen zu können. Nach einer Stunde, er spielte gerade das Scherzo aus der Sonate in f-Moll von Brahms, öffnete sich die Tür. Felix schlüpfte schnell herein und setzte sich auf den nächsten Stuhl.

Franz hatte ihm kurz zugenickt und spielte den Satz zu Ende.

Spiel doch weiter!, rief Felix, als Franz aufstand.

Das ist kein Konzert, ich übe nur, sagte Franz.

Den Unterschied musst du mir erklären! Komm, ich mache dich mit ein paar Kommilitonen bekannt. Wir sitzen in einem Café um die Ecke. Es ist nicht weit.

Es verging fast eine Woche, bis Franz bei Professor Bach vorsprechen konnte. Als er in das Zimmer eintrat, stand eine hochaufgeschossene, ziemlich hagere Gestalt unbestimmten Alters neben dem Schreibtisch. Ein längliches Gesicht, hohe Stirn. Sehr aufmerksame, aber freundlich blickende Augen, die Franz durch eine schwarz geränderte Nickelbrille musterten. Ansonsten ein fast kahler Kopf, der von zwei angegrauten Haarbüscheln auf beiden Seiten umrahmt wurde. Der Mann steckte in einem etwas zu groß geratenen graubraunen Anzug. Er hatte sich gerade eine Pfeife angezündet.

Guten Tag, Herr Professor. Mein Name ist Franz Niemann, ich komme aus Frankfurt ...

Nun lächelte der Mann und streckte Franz freundlich die Hand hin.

Willkommen an der altehrwürdigen Universität von Vindobona. Nehmen Sie Platz. Was kann ich für Sie tun?

Rudolf Bach war die Liebenswürdigkeit selbst. Franz schilderte ihm seine Situation in Deutschland, die Schwierigkeiten mit seinem Thema und berichtete von seinem Lehrer am Frankfurter Institut.

Walter Thalheimer?, rief Bach.

Sie kennen ihn?, fragte Franz.

Natürlich! Aus meiner Berliner Zeit vor fast dreißig Jahren. Damals war er noch Privatdozent. Eine Zeitlang war er in Leipzig. Tja, und nun ... ist er entlassen worden! Diese ...

Er sprach nicht weiter und blickte einen Moment abwesend vor sich hin.

Erzählen Sie, berichten Sie!

Franz fasste so gut wie möglich die deutsche Misere zusammen.

Heine auch?, fragte Bach am Schluss noch einmal, als Franz seinen Bericht beendet hatte.

Franz deutete mit den Händen eine Geste der Hilflosigkeit an.

Hoffen wir, dass sich diese Epidemie nicht noch weiter in Europa ausbreitet. Italien und Deutschland reichen. Doch wenden wir uns nun Ihrem Problem zu, Herr Niemann.

Sie unterhielten sich über die Entwicklung der Harmonik in den letzten Jahrzehnten des neunzehnten Jahrhunderts, die allmähliche Auflösung der Tonalität zu Beginn des zwanzigsten, über Schönbergs Weg von der freien Atonalität zur Zwölftonmusik.

Eine völlig folgerichtige Entwicklung, sagte Bach.

Würde das für Sie bedeuten, dass nur noch auf diese Weise komponiert werden sollte?, fragte Franz vorsichtig.

Auf keinen Fall!, rief Bach aus. Es gibt ja noch andere Richtungen. Weshalb sollten sie keine Berechtigung haben? Und wer weiß? Wir können doch gar nicht vorhersagen, was sich daraus eines Tages wieder ergeben wird. Neue Impulse müssen ihre Entfaltungsmöglichkeiten wahrnehmen dürfen. Und das gilt für die Kunst allgemein. Nicht nur für die Musik!

Und die Traditionalisten, die im spätromantischen Stil verharren?, fragte Franz.

Natürlich würde ich es lieber sehen, wenn sich Komponisten dem Neuen etwas mehr öffnen würden. Aber sollen wir ihnen deshalb verbieten zu komponieren? Wenn es ihnen Spaß macht, so zu komponieren, sollen sie es doch tun! Nur aufgrund der Tatsache, dass ich mich für die Musik der Neuen Wiener Schule einsetze, heißt das doch noch lange nicht, dass ich deshalb zum Beispiel Komponisten wie Richard Strauss ablehne ...

Franz gab sich einen Ruck: Theodor Wiesengrund-Adorno erhebt Schönberg zum absoluten Gott der Neuen Musik.

Wiesengrund-Adorno? Kennen Sie ihn? Er war ja vor ein paar Jahren hier in Wien. Er war Schüler von Alban Berg. Der Mann ist ein Fanatiker. Die Art und Weise, wie er ab und zu mit anderen Komponisten umgeht, gefällt mir nicht so sehr.

Franz nickte: Im letzten Jahr hat er einen Aufsatz veröffentlicht, in dem er Strawinsky eine gewisse Nähe zum Faschismus attestiert hat.

Was? Das ist infam!, rief Bach. Er sollte sich ein Beispiel an seinem Lehrer nehmen: Alban Berg ist ein wunderbar toleranter Mensch, was andere Komponisten angeht – viel toleranter als Arnold Schönberg übrigens.

Franz war glücklich über dieses Gespräch. Er hatte das Gefühl, eine verwandte Seele gefunden zu haben. Sie kamen von einem Punkt zum anderen.

Schließlich fragte er Bach wegen einer Promotion über Schönberg. Oder über ein Thema aus dem Umfeld der Zweiten Wiener Schule.

Rudolf Bach wiegte bedenklich seinen Kopf hin und her.

Das dürfte im Moment schwierig sein, Herr Niemann. Sie wissen ja, dass Schönberg in Berlin entlassen worden ist. Ich weiß nicht, wo er im Moment steckt. Eine nicht geringe Zahl meiner Kollegen hier steht der Moderne sehr ablehnend gegenüber. Es dürfte bereits schwierig sein, einen Referenten für das Zweitgutachten zu finden.

Franz sah sein Gegenüber etwas bestürzt an.

Herr Niemann, ich möchte Sie nicht entmutigen. Ich sagte, im Moment ist das schwierig. Das kann sich auch einmal ändern. Ein anderes Thema kommt für Sie nicht in Frage?

Ich habe mit Professor Thalheimer darüber gesprochen, dass ich mich mit dem Klavierlied der romantischen Epoche etwas näher beschäftigen könnte, vor allem mit Franz Schubert.

Gut, sagte Bach, das lässt sich hören! Ihr Lehrer hat ein wunderbares Buch über Robert Schumann geschrieben. Sie kennen es sicher?

Natürlich, sagte Franz.

Aber ich würde dennoch vorschlagen, dass Sie auch Ihre Forschungen zur Neuen Wiener Schule nicht unterbrechen, fügte Bach hinzu.

Sie meinen ... ?

Meine Unterstützung haben Sie, Herr Niemann. Sie müssen in dieser Sache einfach noch ein wenig Geduld aufbringen. Haben Sie vielleicht etwas mitgebracht? Erste Forschungsergebnisse?

Franz entnahm seiner Tasche ein Bündel mit eng beschriebenen Seiten und drückte sie Rudolf Bach in die Hand.

Sehr gut, sagte er, ich werde mir die Blätter genau ansehen. Kommen Sie in eine meiner nächsten Sprechstunden. Lassen Sie sich nicht entmutigen, Herr Niemann, ich bin sicher, dass Sie einen Weg finden werden.

Ich hatte mir eben gedacht, sagte Franz, dass es in Österreich möglich sein müsste ...

Das braucht noch seine Zeit, Herr Niemann. Der größte Teil des Wiener Publikums lehnt die Musik der Avantgarde ab. Viele auch aus einem virulenten Antisemitismus heraus.

Das ist ja beinahe wie in Deutschland, sagte Franz.

Bach nickte und gab Franz die Hand.

Wie gesagt, machen Sie dennoch weiter. Wohl gemerkt: Franz Schuberts Liedkunst und, wer weiß, vielleicht ja auch einmal Schönbergs Georgelieder, Opus 15, Das Buch der *Hängenden Gärten*? Wir werden, so lange es geht, die Stellung halten, Herr Niemann.

George!, dachte Franz ein wenig ungnädig. Aber immerhin in Verbindung mit Schönberg.

Später schrieb er an Walter Thalheimer.

Er teilte seinem ehemaligen Lehrer alles mit, was er in Bezug auf seine künftige Arbeit unternommen hatte. Über die Bedenken von Rudolf Bach bezüglich der Promotion schrieb er nichts.

… Professor Rudolf Bach hat sich sofort an Sie erinnert. Ich soll Ihnen herzliche Grüße ausrichten. Wir befinden uns auf einer ganz ähnlichen Wellenlänge. Ich bin froh, ihm begegnet zu sein. Ich glaube, dass ich bei ihm sehr gut aufgehoben bin. Ich werde Sie über alles auf dem Laufenden halten …

Franz sehnte sich nach Sofie. Er wusste, dass noch kein Brief von ihr da sein konnte, denn sein eigener musste ja erst einmal angekommen sein.

Nachdem er einen weiteren Brief an seine Eltern geschrieben hatte, begann er den dritten Brief an diesem Abend – in seinem Tagebuch. Er musste wenigstens auf einem Blatt Papier mit ihr sprechen, sie anreden, sich das Gefühl suggerieren, dass eine so große Ferne überbrückt werden konnte, auch wenn es sich nur in einem monologischen Rahmen bewegte.

Sofie!

So viele tausend Kilometer Meer liegen zwischen uns – und ich muss einfach mit Dir reden. Dann habe ich das Gefühl, dass Du mir ganz nahe bist. Ich versuche mir vorzustellen, wie Du Dich durch eine große, fremde Stadt bewegst – so ähnlich, wie es mir selbst im Moment ergeht.

Meine Arbeit wird auch hier in Wien nicht einfach werden. Ich

habe zwar einen sympathischen und sehr kompetenten Wissenschaftler gefunden. Doch er sagte mir gleich, dass eine Promotion mit einem solchen Thema zu diesem Zeitpunkt in Österreich nicht möglich ist. Aber er ermutigte mich, mit meinen Forschungen dennoch fortzufahren.
Doch darüber wollte ich eigentlich gar nicht reden.
Heute war nicht unbedingt ein fröhlicher Tag – und dann kam der Abend und mit ihm der starke Wunsch, mit Dir zu reden. Weißt Du noch: unser Mond über dem Fluss? Hier ist es die Donau. Diesen Fluss kenne ich noch kaum. Irgendwann wollen wir, d.h. ein Kommilitone und ich, eine Fahrt auf der Donau unternehmen. Und wie ist es bei Dir? Ich habe auf der Karte nachgesehen: dieser riesige Rio de la Plata, der bei Buenos Aires ins Meer mündet. Wenn dort ein Mond aufgeht? ...

Rudolf Bach äußerte sich positiv zu den ersten Forschungsergebnissen von Franz. Er schlug jedoch vor, Alban Berg oder Anton Webern mit einzubeziehen.

Die nächsten Wochen waren mit Arbeit angefüllt. Franz kam gut voran. Daneben hörte er Vorlesungen zur Geschichte der Musikethnologie und nahm an Übungen zum indischen *raga*- und *tala*-System teil.

Ein Brief von seiner Mutter: Graf von Dünen sei ein Mann mit vollendeten Manieren, etwas förmlich im Umgang, aber das werde sich mit der Zeit sicher noch geben. Jutta himmle ihn an. Julius von Dünen werde die Offizierslaufbahn einschlagen.

... Die Verlobungsfeier findet Anfang August statt. Du wirst doch kommen?

Schließlich trafen aus Buenos Aires Briefe von Sofie ein.

Sie berichtete von ihrem Leben in dieser großen und hektischen Stadt, von ihren Fortschritten im Spanischen und vom Tangotanzen. Franz war perplex.

... Stell Dir vor, der Sohn des britischen Botschafters ist ein begeisterter Tangotänzer. Er möchte mir diesen Tanz unbedingt beibringen ...

Daneben schrieb sie von sogenannten Partys, Einladungen aller Art, Besuchen, Besichtigungsreisen. Doch dann zog sie das Fazit aus diesem umtriebigen Leben:

... Das ist gut so, Franz. Auf diese Weise komme ich nicht so sehr zum Nachdenken. Denn wenn ich beginne nachzudenken, wiegt alles so schwer. Dann denke ich daran, wie weit Du von mir weg bist – und an mein geliebtes altes Wien, das ich Dir so gerne gezeigt hätte.

Sie schrieb, dass ihr Vater nicht mehr mit dieser Versetzung gerechnet habe. Das sei doch so etwas wie eine Abschiebung gewesen. Wahrscheinlich weil er nicht in der NSDAP sei. Und man habe wohl in Wien einen besonders linientreuen Diplomaten gebraucht.

... Es hat ihn schon getroffen! Aber er macht gute Miene zum bösen Spiel ...

In den Sommermonaten, vor allem als die vorlesungsfreie Zeit begann und auch die meisten Lehrer am Institut in alle Winde zerstreut waren, unternahm Franz zahlreiche Ausflüge in die nähere und weitere Umgebung von Wien, teils allein, teils mit Felix und anderen Mitstudenten. Franz fuhr nicht zur Verlobungsfeier seiner Schwester nach Deutschland.

... Ich habe wirklich sehr viel zu tun ...

Er hatte Felix schon mehrere Male besucht. Felix wohnte bei seinem Onkel Eugen Stabbenau, einem Bruder seiner Mutter, im Stadtteil Penzing. Franz war eigenartig berührt, als ihn der Onkel ›Stabbi‹, wie Felix ihn nannte, beim ersten Besuch begrüßte: Ich habe die Ehre, Herr Niemann! Das nenne ich ein Mannsbild!

Er musterte Franz von oben bis unten. Ein Prachtexemplar! Nimm dir ein Beispiel, Felix, mein Junge!

Und wieder zu Franz, indem er auf Felix deutete:

Die dicke Nase und die abstehenden Ohren und überhaupt die ganze Gestalt hat er von seinem Vater ...

Irritiert blickte Franz seinen Freund an.

Ganz ruhig bleiben, Franz!, sagte Felix grinsend. So geht er immer mit mir um. Das ist Onkel Stabbis kaum verborgener Antisemitismus.

Musst du immer gleich die Stellung verraten?, antwortete der Onkel mit gespielter Empörung.

Mein Onkel hat es nämlich nie verwunden, fuhr Felix fort, dass seine Schwester, meine Mutter, einen jüdischen Wein- und Getreidehändler aus dem Ostgalizischen geheiratet hat.

Ich habe noch nie etwas gegen Juden gehabt!, meinte der Onkel. Ich finde nur, dass man sie ab und zu etwas ärgern sollte, das Auserwähltsein macht sie sonst zu überheblich.

Was ist das hier?, dachte Franz. Ist der Antisemitismus in Österreich unter anderem etwas ›Spaßiges‹? Um sich gegenseitig zu verulken?

Diese Variante war ihm neu. Aber man lernte eben nie aus.

Einer der ersten größeren Ausflüge, die sie unternahmen, führte sie in die Wachau.

Felix hatte diese Fahrt vorgeschlagen: Ich kann dir nur sagen: Donau pur!

Von Wien-Westbahnhof fuhren sie in zweieinhalb Stunden nach Melk.

Das Stift Melk, eine prächtige Benediktinerabtei, liegt auf einem sechzig Meter hohen Bergrücken, sagte Felix mit entsprechendem Unterton. Ich mag die barocke Prunksucht nicht übermäßig, meinte er, aber so ist es nun mal.

Sie besichtigten die Dinge, die man gesehen haben

musste, warfen ihren Blick auf die Donau, wo es geboten erschien.

Felix, der Fluss ist ja tatsächlich da und dort blau.

Ich habe nicht das Gegenteil behauptet.

Und in der Bibliothek: Beeindruckend, Felix!

Was meinst du, Franz, wie viele von den 80.000 Büchern dieser Bibliothek könnten wir in einem Jahr lesen?

Das kommt auf deine Lesegeschwindigkeit an, sagte Franz. Ein halbes Buch pro Tag, bei einem durchschnittlichen Umfang von vier- bis fünfhundert Seiten, das macht dann in einem Monat ...

Du darfst den Inhalt nicht vergessen, unterbrach ihn Felix. Bei überdurchschnittlicher Erbaulichkeit brauchst du länger, weil du nach jeder Seite innehalten musst, wenn dir ein heiliger Schauer über den Rücken läuft.

Daran habe ich tatsächlich nicht gedacht, meinte Franz. Aber es könnte ja auch sein, dass man beim einen oder anderen Buch einschläft.

Dann haben wir keine Chance, dass wir jemals durchkommen, sagte Felix resignierend.

Keine Kultur, diese Österreicher!, zischte plötzlich eine sehr hochdeutsch sprechende Stimme unmittelbar hinter ihnen.

Sie drehten sich um und blickten in ein glatzköpfiges rundes Monokelgesicht mit eben solchem Körperbau.

Sprechen Sie mit uns?, fragte Felix mit zuvorkommendem Lächeln.

Euch werden wir schon bald die Hammelbeine lang ziehen! Wenn wir hier erst mal durchgreifen, dann geht's anders lang.

Franz stand da, konnte sich nur mühsam beherrschen und blickte auf diese Kugel hinunter.

Wann ... kommen Sie denn?, fragte Felix betont ängstlich.

Döskopp!

Sperber! Angenehm. Felix tat so, als würde er die rechte Hand ausstrecken.

Der Kopf lief nun rot an. Franz baute sich noch näher vor diesem Menschen auf und hielt ihm eine Faust unter die Nase.

Langsam, unendlich langsam wich die Kugel zurück.

Später saßen sie im *Gasthof zur Donau* und entspannten sich bei einem Gläschen Weißwein.

Ist das die Spezies, mit der du dich in Deutschland herumschlagen musst?

Franz nickte. Aber die gibt es auch anderswo, auch in eurem Österreich. Nur mit dem einen Unterschied: Bei uns wählt man solche Leute in die Regierung. Und von da kriegt man sie nicht mehr weg.

Am Nachmittag stiegen sie auf ein Postschiff der Donau-Dampfschifffahrtsgesellschaft zu einer Flussfahrt in Richtung Krems.

Ich gebe zu, man musste schon eindeutige Verdrängungsmechanismen in Gang setzen, um sich in diesen Zeiten touristisch zu verlieren. Man ahnte, dass dieses Europa dabei war, etwas auszubrüten, auch wenn noch nicht deutlich vorhersehbar war, auf welche Weise das einmal vonstatten gehen würde, wozu vor allem der von dem senilen Hindenburg so genannte »Böhmische Gefreite« fähig war: Noch immer konnte oder wollte man sich nicht vorstellen, dass die wirren Fantasien in »Mein Kampf« tatsächlich verwirklicht würden.

So genoss ich das malerische Gebiet der Wachau, nahm diese Landschaftsbilder in mich auf und spürte gleichzeitig kleine Nadelstiche in meinem Kopf, die hartnäckig immer wieder auftauchten, als wollte mich irgendetwas zurechtweisen oder mir klarmachen: Verliere dich nicht in schönen Bildern! Täusche dich nicht!

Ein Ort nach dem anderen, jeder eine sogenannte Sehenswürdigkeit, vorbei an den bizarren Felszacken der *Teufelsmauer*, an Markt Spitz, dem Mittelpunkt der Wachau.

In Dürnstein stiegen sie aus. Ein spontaner Entschluss.

Felix, ich danke dir für deine Idee zu dieser Fahrt!, sagte Franz, als sie durch den malerischen Ort wanderten. Sie hatten im Gasthof *Richard Löwenherz* ein Zimmer bezogen, besichtigten das Städtchen, und beschlossen, zu der hochgelegenen Burgruine Dürnstein hinaufzusteigen, wo der Sage nach der treue Blondel seinen König Richard Löwenherz gefunden haben soll. Einmal mehr ein Standardblick ins Donautal.

Als sie wieder zum Ort hinuntergingen, war es bereits Abend geworden. Sie setzten sich auf die Terrasse des Gasthofs, der unmittelbar am Fluss lag, ließen sich das Essen munden, tranken dazu einen Wein des Hauses.

Hier lässt es sich leben, Felix. Euer Land ist schön. Auch Wien gefällt mir.

Felix lächelte ihn an. Es gibt so manchen schönen Ort hier – und anderswo. Ihr habt sicher auch in Deutschland schöne Gegenden. Ich kenne dein Land nicht. Dafür kenne ich Prag und Budapest. Übrigens auch Triest. Dort wohnt mein Onkel Heinrich, ein Bruder meines Vaters. Ich habe ihn einige Male besucht. Wir sind schon öfter nach Miramare gefahren: Ein weißes Zuckerbäckerschloss, von dem aus Maximilian nach Mexiko aufgebrochen ist.

Mexiko ist sicher auch schön, philosophierte Franz vor sich hin, oder San Francisco oder die Fidschi-Inseln. Warum bin ich, zum Beispiel, nicht auf Samoa geboren? Oder in Peking? Felix, hast du dir schon einmal überlegt, was für ein Zufall es ist, an welchem Ort wir geboren werden?

Wie meinst du das, Franz?

Wie heißt noch einmal der unaussprechliche Ort, wo du geboren bist?
Horazdovice.
Bist du stolz darauf, ein Horaz...dovicer zu sein?
Aber als ich vier Jahre alt war, sind wir nach Prag gezogen.
Ich meine ja nur. Dann könntest du doch stolz sein, dass du ein Tscheche bist.
Weshalb? Mein Vater hat einmal gesagt: Unsereiner kann immer froh sein, wenn er in Ruhe leben darf. Unsere Heimat ist dort, wo man uns in Ruhe lässt.
Das ist es, was ich sagen will: Ich muss mich immer zuerst als Mensch definieren. Erst danach kommt meine Herkunft, meine Sprache, und was sonst noch alles daran hängt.
Ich komme ja zunächst auch als kleiner Mensch auf die Welt …
Das ist richtig, Felix!
Sie lachten.
Ich will damit sagen, ich bin doch zunächst gar nichts. Erst allmählich werde ich zu etwas, ich lerne sprechen, ich kommuniziere und vor allem ich lerne, ich sauge mich voll mit allem möglichen …

… *Wir sprachen über vieles an diesem Abend,* schrieb Franz in seiner Biografie weiter, *ich erinnere mich nicht mehr an alles. Irgendwann, und das habe ich nicht vergessen, begannen wir eine wilde Diskussion über den Rassismus in allen seinen Spielarten. Der Wein tat ein Übriges. Wir redeten uns richtig in Wut. So mancher Zeitgenosse bekam verbal unseren Zorn zu spüren. Unsere Diskussion nahm an Lautstärke zu.*

Nach einer gewissen Zeit kam der Wirt an unseren Tisch und bat uns, etwas leiser zu reden. Es habe Beschwerden von Gästen gegeben.

Es war, als ob wir plötzlich wieder zu uns kommen würden. Wir blickten uns um. Die meisten Tische auf der Terrasse waren nicht mehr besetzt. Aus einem Fenster über uns sagte eine tiefe männliche Stimme in einheimischem Dialekt: ›Sie sollten sich etwas schämen!‹

›*Beruhigen Sie sich, mein Herr. Sollen wir Ihnen zur Versöhnung noch ein Ständchen darbringen?‹, fragte ich ihn. Und Felix konnte sich nicht mehr beherrschen und platzte vor Lachen.*

…

Ich mochte Felix. Wir waren Freunde geworden.

Am nächsten Vormittag nahmen sie das Schiff nach Krems, sahen sich die Stadt ein wenig an. Ein uralter Handelsplatz, der, wie es hieß, bereits sehr früh erwähnt wurde, sogar schon vor dem alten Wien.

Nun wartete nur noch eine zweistündige Fahrt mit der Eisenbahn auf sie: Zurück nach Wien, Franz-Josefs-Bahnhof.

Einige Wochen später eine Wanderung ins Burgenland.

Außer Franz und Felix waren Leo Kesten und Kuno Marktaler mit von der Partie.

Die Freunde, die Gespräche und die Landschaft führten Franz weit weg von Deutschland und seinen politischen Zuständen, die sich mehr und mehr festigten.

Sie übernachteten in kleinen Gasthöfen, manchmal auch in Scheunen, wenn es die Bauern erlaubten. Einmal gerieten sie in eine Hochzeitsgesellschaft und wurden zum Mitfeiern eingeladen.

Viele Gespräche drehten sich um ihre Musik. Kuno war der einzige Nicht-Musiker.

Er meinte, er habe zwar in seiner frühesten Jugend einmal Mundharmonika gespielt, aber später habe er es vorgezogen, dem Orden der Germanisten beizutreten.

Die zweite Übernachtung in einer Feldscheune geriet in sehr feuchtfröhliche Dimensionen. Felix hatte im Gasthof des letzten Dorfes, durch das sie gekommen waren, ein paar Flaschen Wein gekauft und sie in die Rucksäcke seiner Mitwanderer gesteckt.

Wenn die Leute schon kein Zimmer für uns haben, sagte Felix, dann soll es uns wenigstens sonst an nichts mangeln!

Sie machten es sich in der Scheune gemütlich, packten ihr Essen aus und natürlich den Wein.

Später erhob sich Leo und bot eine umwerfend komische Imitation ihres Professors für Musikgeschichte, Erik Schrenk-Wendelin, wobei er sowohl dessen salbungsvolle Redeweise als auch Mimik und Gestik nachahmte:

Meine lieben Musikstudenten! Ihr wisst, *unser* Joseph Haydn, *unser* Mozart und *unser* Beethoven sind ewig! Sie sind der Maßstab österreichischen und damit natürlich auch deutschen Künstlertums. Wir erwähnen deshalb zuerst diese drei Eckpfeiler klassischen Musikschaffens.

Franz, der bisher noch keine Vorlesung dieses Professors gehört hatte, schüttete sich aus vor Lachen, ebenso die beiden anderen Zuhörer.

An dir ist ein toller Schauspieler verloren gegangen!, prustete Felix heraus.

Von drei Eckpfeilern sprach ich, meine lieben Musikstudenten, doch von ihnen ausgehend, müssen weitere große Namen aus dem Strom der Musik herausgehoben werden: *Unser* Franz Schubert, *unser* Johannes Brahms, *unser* Anton Bruckner und natürlich *unser* Richard Wagner! Was für ein neunzehntes Jahrhundert, meine lieben Musikstudenten! Noch, ich sage, noch ist etwas davon geblieben: Namen wie Richard Strauss und Hans Pfitzner stehen dafür in unserem Jahrhundert! Doch sonst? Soll sich all das auflösen? Ich sage *nein*, meine lieben Musikstudenten. Und ich sage: Wehret den Anfängen! Die *Moderne* ist ein Irrweg. Wir wissen, aus welchen Köpfen dieser entartete Unrat hervorquillt!

Als sie sich ein wenig beruhigt hatten, fragte Franz:
Äußert sich der Kerl wirklich auf diese Weise?
Sinngemäß schon, sagte Felix.
In der Literatur ist das ähnlich, begann Kuno, auch da ist von *Eckpfeilern* die Rede. Beginnend bei Walther von der Vogelweide über Klopstock zu Goethe und Schiller.
Was kann man nur gegen dieses allgemeine Geschwafel tun?, fragte Felix.
Wäre eigentlich gar nicht so schwer, entgegnete Kuno. Textarbeit! Genaue Analysen, sprachlich, inhaltlich ...
Ja, sagte Franz, das ist sinnvoll. Wir brauchen die analytische Arbeit beim Kunstwerk. Wir müssen versuchen herauszufinden, *wie* der Komponist oder der Autor vorgeht. Die mit ihren *ewigen Werten* in der Kunst! Schließlich fängt jeder einmal irgendwie an. Und das, was er produziert, ist eben auch neu! Ist denn Mozart immer von allen sofort verstanden worden? Oder Beethoven! Erinnern wir uns daran, wie die Kritik ab und zu mit ihm umgesprungen ist:
Der Beginn seiner 1. Sinfonie. Ein Dominant-Septakkord, der auch noch von der Haupttonart wegleitet – das muss für damalige Ohren völlig unverständlich gewesen sein.
Oder seine späten Streichquartette, die Große Fuge etwa: Solche Werke dürften seine Zeitgenossen kaum verstanden haben, fügte Leo hinzu.
Die Liste ließe sich beliebig fortsetzen, ereiferte sich Felix: Schubert, Schumann, alle mussten sie kämpfen. Was führte Schubert für eine miserable Künstlerexistenz! Ein paar Freunde, die ihm geholfen haben.
Später ist ihr Werk, fuhr Franz fort, ohne dass sie es erlebt haben, in einer breiten Öffentlichkeit eingeführt, einem großen Publikum vertraut. Und schon sind sie *ewig* im Sinne eines nur noch zustimmenden Konsumenten. Und dann kommen die Neutöner, die Modernen. Alles

Neue, Unvertraute stört das Ohr, erlaubt keinen Wiedererkennungseffekt. Die Enttäuschung darüber gebiert bereits die Ablehnung. Dazu kommt die Wut. Die Skandale bei Strawinsky, *Sacre*, bei Schönberg, *Pierrot lunaire*, um nur zwei Beispiele herauszugreifen. Weshalb sind die Leute so wütend? Sie sagen nicht in aller Ruhe: Das gefällt mir nicht! Oder: Ich verstehe es nicht. Nein, sie regen sich furchtbar auf. Kommt das daher, weil sie aus ihrem ersten Konsumentenschlaf herausgerissen werden? Die Musik hat sie sonst so schön eingelullt und nun wird ihnen der Schnuller weggenommen?

Bravo!, rief Felix aus. Du bist ja wieder einmal so richtig in Fahrt gekommen!

Manchmal garten sie Kartoffeln in der heißen Asche eines Feuers. Oder sie saßen beim Heurigen.

Einmal hatten sie in einer kleinen Gaststätte in der Nähe von Eisenstadt eine Bleibe für die Nacht gefunden. Am Nachmittag hatten sie in einem prächtigen Saal des Schlosses Esterházy ein Konzert gehört. Ein bekanntes Wiener Ensemble hatte vier Quartette von Joseph Haydn gespielt, zum Schluss das *Lerchenquartett*.

Zuerst wollten sie noch ein Stück Weg hinter sich bringen, als sie eher zufällig dieses kleine Wirtshaus entdeckten. Als sie das Lokal betraten, kam ihnen eine junge schwarzgelockte Frau entgegen und fragte nach ihren Wünschen. Die vier Freunde warfen sich vielsagende Blicke zu. Dann fragte Leo lächelnd nach Übernachtungsmöglichkeiten. In diesem Augenblick betrat der Wirt den Raum.

Die Herren würden gerne übernachten, sagte die Frau sofort und begab sich hinter eine kleine Theke.

Wenn Sie mir bitte folgen wollen, sagte der Wirt und ging auf eine Treppe im Hintergrund des Gastraums zu. Felix, Kuno und Leo folgten ihm. Nur Franz zögerte einen Moment, konnte seine Augen nicht von dem Gesicht der jungen Frau lösen, die sich hinter der Theke zu schaffen machte.

Nun trat sie heraus, stellte sich mit leicht schief geneigtem Kopf vor Franz hin:

Kann ich Ihnen irgendwie helfen?

Die Frau trug ein trachtenähnliches Kleid, das ihr sehr gut stand. Tiefschwarzes lockiges Haar. Dann dieser halb geöffnete Mund! Die ganze Person ein bisschen füllig, aber nicht zu sehr.

Doch das Unglaublichste sind diese Augen, dachte Franz. Zwei wundervolle schwarz-glänzende Obsidiane.

Franz, wo steckst du denn?, rief Felix von der Treppe her.

Entschuldigen Sie mich, murmelte Franz und eilte seinen Freunden nach.

Nach einem einfachen, aber sehr schmackhaften Abendessen saßen sie in guter Stimmung im Garten der Gaststätte am Tisch unter einer alten Linde und genossen den Abend. Sie waren froh, dass sie diese drei Zimmer im oberen Stock gefunden hatten. Ein Zimmer mit zwei Betten für Felix und Leo, ein kleines Zimmer daneben für Kuno – und ganz in der hintersten Ecke des Gangs noch ein Gelass für Franz.

Ein milder Sommerabend. So schön konnte das Leben sein. Nichts drang im Moment von der übrigen Welt in diese Idylle. Nichts vom unermüdlichen Wirken der Spezies Mensch, die immer eine genügende Anzahl von Mitmenschen hervorbringt, die unentwegt dafür sorgen, dass es den Artgenossen ja nicht zu wohl wird.

Selbst ihre Musik-Diskussionen ruhten an diesem Abend. Nur Felix hatte noch kurz einen Versuchsballon gestartet:

Man muss einfach sagen, diese durchbrochene Arbeit in

seinen Streichquartetten – das hat ihm damals kaum jemand nachgemacht. Höchstens der spätere Mozart.

Unser Haydn!, sagte Leo bedeutungsvoll.

Bäh! Felix streckte ihm die Zunge heraus. Alle lachten und lehnten sich zurück.

Dort kommt unsere schwarzgelockte Madonna, sagte Leo leise.

Kann ich noch etwas bringen?, fragte die junge Frau, als sie zum Tisch gekommen war, und schickte ihr unnachahmliches Lächeln zu Franz hinüber, was von seinen Freunden lebhaft wahrgenommen wurde.

Jessas, Maria und Josef!, sagte Kuno.

Und Leo ließ seine Baritonstimme hören:

> Im wunderschönen Monat Mai,
> als alle Knospen sprangen.
> Da ist in meinem Herzen
> die Liebe aufgegangen.

Beim Hören dieser Verse und der Melodie beschlich Franz ein eigenartiges Gefühl, das plötzlich gar nichts mehr mit dieser scherzenden Runde zu tun hatte. Für einen Moment fühlte er sich leer und niedergeschlagen. Er blickte durch alle hindurch und seine Gefährten glaubten natürlich, dass sie ihn in Verlegenheit gebracht hätten.

Die Frau blickte Franz nachdenklich an.

Bringen Sie bitte noch einen Krug Wein, sagte Kuno.

Ja, gerne. Die Frau ging wieder zum Haus zurück.

Ich habe doch etwas geahnt, als uns Franz vorhin nicht gleich nachgekommen ist, sagte Felix. Schaut ihn doch mal an. So sieht ein richtiger Schwerenöter aus!

Wie machst du das, Franz? Erkläre es uns!, forderte ihn Leo auf.

Von dir könnten wir alle etwas lernen, sagte Felix.

Nun stellte sich Kuno, der sich auch nicht lumpen lassen wollte, in Positur:

> Die Jahre kommen und gehen,
> Geschlechter steigen ins Grab,
> Doch nimmer vergeht die Liebe,
> Die ich im Herzen hab,
>
> Nur einmal noch möcht ich dich sehen
> Und sinken vor dir aufs Knie,
> Und sterbend zu dir sprechen:
> Madame, ich liebe Sie!

Bravo!, riefen Felix und Leo im Chor.

Franz lächelte etwas gequält vor sich hin.

Du darfst ihnen jetzt nicht den Abend verderben. Sag nichts. Sag einfach nichts!, dachte er.

Bittschön, die Herrschaften!

Es war der Wirt, der den vollen Krug zurückbrachte.

Herr Wirt!, rief Leo, setzen Sie sich doch ein wenig zu uns! Wo haben Sie denn Ihre schöne Tochter gelassen?

Der Mann setzte sich zu ihnen, stieß mit ihnen an und erklärte, dass die junge Frau nicht seine eigene Tochter sei. 1914, zu Beginn des Krieges, habe seine Frau sie als kleines Mädchen in einem Dorf in der Nähe von Eisenstadt gefunden. Das Kind sei weinend umhergeirrt und habe nach seinen Eltern gesucht. Wahrscheinlich sei es ausgesetzt worden. Das habe sich damals häufiger zugetragen. Vermutlich aus dem Ungarischen.

Meine Frau, Gott hab sie selig, hat das Kind mitgenommen. Wir haben das natürlich gemeldet, aber niemand hat nach dem Kind gefragt. Da wir selbst keine Kinder haben, konnte es bei uns bleiben, nachdem wir erklären mussten, dass wir für das Mädchen sorgen würden.

Ich hätte sie auch behalten!, sagte Leo.

Der Wirt trank lachend sein Glas leer, stand auf und ging wieder ins Haus.

Am Tisch wurde weiter gescherzt, gestichelt, geulkt.

Es war spät geworden.

Leo und Kuno zogen sich zurück. Auch Felix erhob sich.

Franz, du ... bist uns doch nicht böse, dass wir dich ein wenig ... du weißt schon.

Aber Felix. Nicht im Geringsten.

Wir sind alle ein wenig sentimental geworden, weißt du.

Franz stand auf und umarmte Felix.

Gute Nacht, Felix. Bist ein guter Freund.

Danke, Franz. Gute Nacht.

Franz goss sich einen letzten Schluck ins Glas und blieb unter der Linde sitzen. Seine Stimmung hatte sich kaum geändert.

Er dachte an Heinrich Heine, dessen Gedichte er liebte, der selbst ab und zu daran gedacht hatte, dass man sein *Buch der Lieder* verbrennen könnte. Und nun, noch nicht einmal achtzig Jahre nach seinem Tod, war es eingetreten.

Franz blickte an der großen Linde hoch – und ganz andere Verse fielen ihm ein:

> Die kalten Winde bliesen
> Mir grad in's Angesicht.
> Der Hut flog mir vom Kopfe,
> Ich wendete mich nicht.

Plötzlich stand jemand neben ihm.

Nicht erschrecken!, sagte eine Frauenstimme, ich bin's!

Sie setzte sich rechts von ihm auf die Bank

Geht es Ihnen ... nicht gut?

Wie kommen Sie darauf?

Vorhin, als Ihr Freund gesungen hat, waren Sie auf einmal so traurig.

Franz blickte schweigend vor sich hin.

Ich habe es bemerkt. Ihre Freunde nicht. War es ... das Lied?

Vielleicht. Ich habe das Gefühl, dass ich es erst in tausend Jahren wieder hören werde.

Ihr Freund hat eine schöne Stimme.

Ja.

Ist es ein Liebeslied?

Etwas in der Art.

Sie nahm seine Hand.

Sind Sie jetzt immer noch traurig?

Ich bin übrigens Franz.

Ich weiß. Ich bin Brigitta.

Brigitta?, fragte Franz erstaunt.

Sie lachte. Ist das so ungewöhnlich?

Ein ... sehr schöner Name.

Findest du?

Ja.

Ich glaube, wir sollten jetzt hineingehen. Deine Freunde schlafen sicher schon.

Als sie in der Wirtsstube standen, schlang sie ihre Arme um ihn.

Schlaf gut, Franz.

Du auch, Brigitta.

Dann küsste sie ihn.

Gute Nacht!, flüsterte sie noch und verschwand durch eine Tür neben dem Tresen.

Franz ging langsam die Treppe hoch, stolperte beinahe im Dunkeln, fand endlich die Tür zu seinem winzigen Zimmer und ließ sich auf das Bett fallen.

Erst nach einigen Minuten zog er sich aus und schlüpfte unter die Bettdecke.

Plötzlich hörte er das leise Knarren der Tür, spürte eine

Bewegung neben sich. Es hörte sich an, als wenn eine Decke zu Boden fiele und etwas wunderbar Weiches legte sich zu ihm und flüsterte: Ruck doch a bisserl! Und als er seine Arme um diese Frau schlang und ihren Mund suchte, dachte er für einen Moment noch: Jetzt kann˜ich diese wunderbaren Obsidian-Kugeln im Dunkeln gar nicht sehen!

Am nächsten Morgen wanderten sie weiter. Der Wirt hatte ihnen ein Frühstück gerichtet. Brigitta war nirgends zu sehen. Als sich Franz noch einmal umblickte, glaubte er an einem der Fenster eine Bewegung zu bemerken, aber er konnte sich ebenso gut getäuscht haben.

Über Trausdorf, St. Margarethen kamen sie bei Rust an den Neusiedler See und wanderten später noch weiter nach Mörbisch. Franz trottete in Gedanken versunken neben seinen Freunden her, die sich ab und zu vielsagende Blicke zuwarfen. Er war sich sicher: Niemals würde er die Frau mit diesen Augen vergessen.

Undeutlich nahm Franz die melancholische Seenlandschaft wahr, die breiten Schilfgürtel, in der Ferne das Leitha-Gebirge. Er, der sonst so sensibel auf Landschaften reagierte, kümmerte sich vorübergehend nur noch um sein Seelengefilde, horchte in sich hinein, träumte sich vor und zurück, wollte das Wachsein verjagen.

***

Der Sommer war vergangen, längst war der Herbst über die Bäume hergefallen und hatte sie kahl geschoren. Mitte Oktober hatte es den ersten Frost gegeben.

Franz fühlte sich am wohlsten, wenn er sich auf seine Forschungen stürzen konnte.

Er beschäftigte sich mit der motivischen Arbeit bei Brahms und verglich sie mit motivischen Verknüpfungen in den frühen Streichquartetten und auch in einzelnen

Klavierstücken von Schönberg. In Rudolf Bach hatte Franz einen ihm wohlgesinnten Betreuer gefunden – ein Glücksfall für seine Arbeit. Seine Untersuchungen zu Schubert ließ er vorläufig ruhen.

Briefe kamen an und wurden abgelegt: Von seinen Eltern, die ihm ab und zu deutliche Vorwürfe machten, weil sie ihn nicht zu Gesicht bekamen.

Jutta fand es gar nicht nett von Dir, dass Du nicht zu ihrer Verlobungsfeier gekommen bist.

... Aber an Weihnachten wirst Du doch kommen? ... Dein Vater möchte wissen, ob Du die Empfehlungsschreiben weitergereicht hast.

Franz hatte nie vorgehabt, diese Briefe tatsächlich abzugeben.

Von Sofie, die ihre Spanischkenntnisse ständig verbesserte, mit ihrer Mutter viele Reisen unternahm. Nach Montevideo in Uruguay oder zu den Iguaçu-Fällen. *Stell Dir vor: Den Jahreswechsel werden wir in Rio de Janeiro erleben!*

Von Walter Thalheimer hatte Franz bisher nichts gehört, aber er berichtete seinem ehemaligen Lehrer immer wieder vom derzeitigen Stand seiner Arbeit und bat ihn um Antwort.

Ende November wurde Franz von Rudolf Bach zu einer Geburtstagsfeier eingeladen.

... Am ersten Sonntag im Dezember. Es wäre sehr schön, wenn Sie kommen könnten. Meine Frau feiert ihren Neunundvierzigsten – ehe die Fünf davor steht – darauf hat sie bestanden. Würden Sie für uns ein paar Klavierstücke von Schönberg spielen?

Franz fühlte sich geschmeichelt, dankte für die Einladung. Er werde gerne spielen. Letzteres hätte er allerdings am liebsten wieder zurückgenommen, als Bach hinzufügte, wer zu diesem Fest eingeladen war.

Karl Weigl wird mit seiner Frau kommen. Auch Marianna Barth-Sennfeld, eine Gesangslehrerin und Pianistin von der Hochschule für Musik. Und dann, aber das ist noch nicht ganz sicher, Alban Berg mit seiner Frau Helene. Anton Webern ist leider verhindert. Natürlich ein paar Kollegen und Freunde.

Rudolf Bach bewohnte ein Haus in Heiligenstadt, von einem großen Garten umgeben. Zu dieser Jahreszeit konnte man nur ahnen, wie es im Frühling oder Sommer aussehen mochte. In der Nacht vorher hatte es geschneit, doch schon während des Vormittags war alles wieder weggetaut.

Kurz nach vier Uhr am Nachmittag fand sich Franz ein, wurde von der Hausherrin und ihrem Ehegatten herzlich begrüßt.

Franz gratulierte der Frau seines Lehrers. Marlene Bach war das genaue Gegenteil ihres Mannes, klein, etwas pummelig, ein rosiges rundes Gesicht mit lustigen, dunklen Knopfaugen, die ihn freundlich anleuchteten.

Vielen Dank, Herr Niemann. Ich freue mich, Sie endlich persönlich kennen zu lernen. Mein Mann hat schon viel von Ihnen erzählt.

Rudolf Bach nahm seinen Arm und führte ihn weiter.

Karl, darf ich dir unseren jungen deutschen Wissenschaftler und Pianisten vorstellen?, sagte Rudolf Bach.

Franz Niemann – Frau und Herr Weigl. Herr Niemann komponiert auch.

Nun wurde Franz also diesem berühmten österreichischen Komponisten vorgestellt, der bereits auf eine stattliche Anzahl von Kompositionen blicken konnte. Franz hatte schon eine Symphonie, zwei Streichquartette und ein Chorwerk von ihm gehört.

Freundlich und unkompliziert begannen Karl Weigl und seine Frau, eine ehemalige Schülerin des Komponisten und Pianistin, ein Gespräch mit Franz und nahmen ihm ziemlich schnell seine Scheu und Befangenheit. Sie fragten nach seiner Arbeit und seinen kompositorischen Ambitionen.

Über Schönberg arbeiten Sie? Respekt, Herr Niemann. Ich kenne Arnold Schönberg schon lange und wir schätzen uns, wenn wir auch ganz unterschiedliche Auffassungen vertreten.

Unweigerlich kam das Gespräch auf Deutschland.

Meine Kompositionen dürfen in Ihrem Land nicht mehr gespielt werden, obwohl man dort meine Musik sehr geschätzt hat.

Franz nickte.

Viele meiner Lehrer sind entlassen worden.

Und Sie selbst müssen in ein anderes Land gehen, um weiterforschen zu können! Das ist absurd!, sagte Valerie Weigl.

Ich bin froh, dass ich hier in Wien meine Arbeit fortsetzen kann, sagte Franz. Ich bin Professor Bach sehr dankbar. Ich wünsche so sehr, dass wieder eine Zeit kommt, wo dieser Spuk vergessen sein wird.

Hoffen wir's!, sagte Karl Weigl und fügte hinzu: Wenn Sie mir übrigens etwas von Ihren anderen Arbeiten zeigen möchten?

Sehr gerne, entgegnete Franz. Ich habe allerdings nur ein Klaviertrio mitgebracht, an dem ich ab und zu arbeite.

Nicht ›ab und zu‹!, rief Karl Weigl aus. Sie müssen dranbleiben. Keine Unterbrechung! Sonst kommen Sie nicht richtig voran.

Ich will es versuchen, meinte Franz.

Ich habe erfahren, dass Schönberg inzwischen in den Vereinigten Staaten lebt, sagte Bach.

Karl Weigl war erstaunt: Das ist mir neu! Ich habe zuletzt gehört, er sei in Paris.

Alban Berg hat es mir erzählt. Schönberg ist in Boston.

Kommt Alban auch?, fragte Weigl.

Ich hoffe doch. Darf ich euch Herrn Niemann entführen? Ich möchte ihn gerne unseren anderen Gästen vorstellen.

Rudolf Bach führte Franz in den großen Salon. Zahlreiche Komponistenportraits an den Wänden, die etwas üppig-überladene Raumausstattung der Jahre vor dem Weltkrieg.

An einer der Längswände ein großer Tisch, auf dem bereits zahlreiche essbare Raffinessen aufgebaut waren nebst Tellern, Gläsern, Getränken aller Art. Zwei schwarz gekleidete Hausmädchen mit weißen Schürzchen schwirrten durch den Raum, um dieses kulinarische Kunstwerk an mehreren Stellen noch zu vervollkommnen.

Vor einer breiten Fensterwand ein großer Flügel. Die Stühle für die Zuhörer waren bereits aufgestellt. Rudolf Bach nahm Franz kurz beiseite.

Wir werden nachher vier frühe Lieder Opus 2 von Alban Berg hören, die auch für Ihre Arbeit interessant sein könnten. Das erste Lied bewegt sich noch im tonalen Bereich. Wagnersche Spätromantik klingt da und dort an, doch man hört bereits das Eigenständige heraus. In dieser Komposition bewegt sich Berg nach und nach von der Tonalität zur Atonalität. Im vierten Lied verlässt er ganz den tonalen Zusammenhang, und wenn am Schluss zwar noch einmal derselbe Akkord auftaucht, der bereits im ersten Lied erklungen ist, lässt dieser sich aber nun nicht mehr mit den Mitteln der traditionellen Harmonik erklären. Schauen Sie sich doch bald einmal den Notentext an.

Sie gingen weiter. Franz schüttelte zahlreiche Hände, machte artig Konversation und landete schließlich bei einer schlanken hochgewachsenen Frau, nur wenig kleiner als Franz, die ihm freundlich die Hand reichte.

Franz Niemann, Frau Barth-Sennfeld, stellte Bach vor.

Das ist also unser Musikwissenschaftler und Pianist aus dem toll gewordenen Nachbarland!

Franz war so verdutzt, dass er überhaupt nicht wusste, was er darauf antworten sollte, und aus Versehen die Hand, die ihm gereicht worden war, gar nicht mehr losließ.

Ich freue mich, wenn ich Menschen in Verlegenheit bringe. Übrigens hätte ich meine Hand gerne wieder.

Oh, entschuldigen Sie, bitte!, sagte Franz und versuchte ein Lächeln. Woher ... ?

Ich kenne Sie nicht als Berühmtheit, wenn Sie das beruhigt, sondern einer meiner Gesangsschüler, Leo Kesten, hat mir von Ihnen erzählt.

Was hat dieses Plappermaul wohl alles ausgeplaudert?, dachte Franz.

Entschuldigen Sie mich, sagte Bach und entfernte sich, um ein weiteres Paar zu begrüßen, das eben angekommen war.

Einen Augenblick lang stockte die allgemeine Unterhaltung.

Alban Berg neigte sich leicht nach vorne, blickte Rudolf Bach mit einem offenen Lächeln an und legte ihm bei der Begrüßung die linke Hand auf die Schulter. Seine Frau, eine ausgesprochene Schönheit, hatte Marlene Bach in die Arme genommen.

Franz starrte diese beiden Menschen an.

Das ist also das berühmte Paar, wie man es von den Fotografien her kennt: Alban und Helene Berg. Das ist der Komponist des *Wozzeck*, der *Lyrischen Suite* und vieler anderer Kompositionen, der, wie man gehört hat, an einer neuen Oper, *Lulu*, arbeitet ...!

Die Stimme von Frau Barth-Sennfeld neben ihm sagte: Verehren, ja! Aber nicht vor Ehrfurcht erstarren!

Franz kam wieder zu sich, murmelte zurück:

Sie haben ja Recht.

Rudolf Bach bat seine Gäste, im Salon Platz zu nehmen.

Meine Damen und Herren, liebe Freundinnen und Freunde unseres Hauses. Ich heiße Sie zur besonderen Geburtstagsfeier meiner lieben Frau Marlene – an dieser Stelle ging ein allgemeines Schmunzeln durch die Reihen – willkommen. Wir haben, und ich möchte Sie bitten, bei diesem *Wir* nicht nur den Pluralis Majestatis zu unterstellen, an zwei Musikbeiträge gedacht: Zuerst die *Vier Lieder für eine Singstimme mit Klavier*, Opus 2, von unserem allseits geschätzten Alban Berg. Ich habe die Ehre, Ihnen nun Frau Barth-Sennfeld ankündigen zu dürfen. Am Flügel begleitet wird Frau Barth-Sennfeld von meinem lieben Kollegen Friedrich Eugen Saalach.

Während des lebhaften Beifalls nahmen die Künstler ihre Positionen ein. Franz, der rechts auf der Seite saß, konnte die Frau nun unbefangen ansehen.

In diesem schwarzen Kleid, das ihre schlanke Figur umgibt, und mit ihrem hochgesteckten Haar hat sie beinahe etwas von einer Göttin, dachte Franz.

Nun legte sie ihren rechten Arm auf den Flügel und nickte dem Pianisten zu.

Piano-pianissimo begann im Bass ein langsames Pulsieren von Quinten auf d. Im zweiten Takt die Singstimme *Schlafen, nichts als Schlafen*, der Beginn eines Gedichts von Friedrich Hebbel. In der rechten Hand zunächst d-Moll-Klänge, die sich durch chromatische Rückungen auch in der linken Hand von Takt zu Takt veränderten.

Franz war fasziniert von dieser Stimme. Ein Sopran mit einem etwas dunkel gefärbten Timbre. Keine große Stimme für die Oper, aber wunderbar für einen solch intimen kammermusikalischen Rahmen.

Die drei folgenden Lieder waren nach Texten von Alfred Mombert komponiert worden. Sie wiesen eine ähnliche Thematik auf wie der Text von Hebbel. Franz hörte aufmerksam in das vierte Lied hinein, versuchte auf das zu achten, was ihm von Rudolf Bach erläutert worden war.

Der Eine stirbt, daneben der Andere lebt. Das macht die Welt so tiefschön.

Franz hätte gerne noch lange zugehört. Doch der Applaus verjagte nun seine Empfindungen für diese Musik. Er wollte die Lieder unbedingt genauer kennen lernen, analysieren und vor allem wieder hören.

Und nun, liebe Freunde – die Stimme von Rudolf Bach riss Franz aus seinen Gedanken – ist es mir eine große Freude, Ihnen den jungen Pianisten und Musikwissenschaftler Franz Niemann aus Deutschland vorzustellen. Unter den derzeitigen Umständen ist es ihm in diesem Land nicht möglich gewesen, sein wissenschaftliches Thema – er arbeitet vor allem über Arnold Schönberg – fortzusetzen. Was wir noch viel mehr bedauern und als absolut inhumane Maßnahme bezeichnen müssen, ist die Entlassung seines Lehrers Walter Thalheimer. Ich weiß nicht, auf welche Überraschungen aus unserem Nachbarland wir noch gefasst sein müssen. Doch nun genug davon. Freuen wir uns auf die Wiedergabe des ersten Klavierstücks aus Opus 11 und die *6 kleinen Klavierstücke* Opus 19 von Arnold Schönberg.

Franz verbeugte sich, setzte sich an den Flügel und konzentrierte sich. Er musste einfach vergessen, wer hier im Salon saß. Aber das hatte er immer gekonnt. Er konnte im richtigen Sinne abschalten.

Die Vorgaben zur Gestaltung des ersten Stückes erforderten eine ausgefeilte Anschlagstechnik. So tauchte in der rechten Hand ein Akkord auf, der tonlos niedergedrückt werden musste, um einen bestimmten Flageolett-Ton zu erzeugen. Doch Franz hatte das oft geübt, er beherrschte den Apparat. Auch die Klavierstücke Opus 19, die wegen ihrer Kürze zur sogenannten ›aphoristischen

Phase der freien Atonalität‹ gezählt werden, setzten eine große Differenzierung in der Dynamik voraus. Das sechste und letzte Stück bestand nur aus neun Takten. Es war auf den Tod von Gustav Mahler komponiert worden. Dynamisch bewegte sich das kurze Klavierstück zwischen pianissimo und vierfachem Piano: *wie ein Hauch* war im letzten Takt vermerkt.

Franz hielt die beiden Pedale am Schluss sehr lange gedrückt. Bis nichts mehr zu hören war.

Erst als er aufstand, kam der Beifall. Rudolf Bach und seine Frau erhoben sich schnell, kamen zu ihm her und sprachen ihren Dank aus. Karl Weigl und seine Frau gratulierten. Dann standen plötzlich Alban und Helene Berg vor ihm, beglückwünschten ihn, sagten ihm sicher schmeichelhafte, auf jeden Fall lobende Worte. Doch Franz selbst war so befangen, dass er gar nicht richtig erfasste, was ihm alles mitgeteilt wurde. Er ließ diesen durchaus freundlichen Menschenstrom über sich hinwegfließen, und während die meisten Anwesenden sich allmählich den kulinarischen Genüssen zuwandten, ließ sich Franz einfach auf einen Stuhl fallen und starrte gedankenverloren vor sich hin.

Vereinsamen Sie sich nicht! Das passt nicht zu Ihnen!, sagte die Stimme einer Frau, die sich neben ihn gesetzt hatte.

Franz hob den Kopf und blickte in das leicht spöttisch lächelnde Gesicht von Marianna Barth-Sennfeld.

Weshalb nicht?, fragte Franz. Einsamkeit kann manchmal durchaus heilsam sein.

Zuviel davon eingenommen, lässt einen nur noch um sich selbst kreisen und man vergisst die Mitmenschen, die es gut mit einem meinen, antwortete sie. Doch Spaß beiseite: Ich fand Ihr Spiel faszinierend. Von Zeit zu Zeit veranstalte ich kleine öffentliche Konzerte mit meiner Gesangsklasse. Könnten Sie sich vorstellen, manchmal als

Begleiter zu fungieren? Unser Programm ist sehr weit gespannt. Von der Renaissance bis zur Moderne. Was meinen Sie?

Darf ich zuerst einmal das Kompliment zurückgeben? Ich fand die Berg-Lieder wundervoll.

Vielen Dank, sagte die Frau mit einem bezaubernden Lächeln. Also, was sagen Sie zu meinem Vorschlag?

Ja, meinte Franz, das könnte mir schon zusagen.

Sehr schön, sagte sie. Haben Sie am nächsten Mittwoch gegen Abend Zeit?

Franz nickte.

Dann kommen Sie doch zur Hochschule hinüber. Ich bin meistens ab vier Uhr am Nachmittag da und wir können ein paar Termine vereinbaren. Anfang Februar findet der nächste öffentliche Abend statt.

Sie standen beide auf und Frau Barth-Sennfeld nahm seinen Arm.

Doch nun kommen Sie. Ohne Essen und Trinken kann der Mensch nun mal nicht leben.

Ohne Kunst auch nicht, sagte Franz.

***

Am 22. Dezember reiste Franz nach Deutschland. Vor sieben Monaten war er nach Wien gefahren, und als er nun vom Heidelberger Bahnhof an der Rohrbacher Straße über den Bismarckplatz in Richtung Friedrichsbrücke ging, hatte er das Gefühl, Jahre weggewesen zu sein. Unter seine Vorfreude, dass er bald Eltern und Geschwister wiedersehen würde, mischte sich auch Wut beim allgegenwärtigen Anblick der neuen Ideologie, sei es durch Fahnen und Uniformen oder durch Sprüche wie *Deutsche! Kauft nicht bei Juden!*

Seine inzwischen zwölfjährige Schwester Dorothea fiel ihm als Erste um den Hals.

Schwesterlein! Was bist du groß geworden!

So muss man sich wundern, wenn man sich so lange nicht sehen lässt!, rief seine Mutter dazwischen und nahm ihren ›verlorenen Sohn‹ in die Arme.

Aber es sind doch keine Jahre!, sagte Franz.

Keine Ausflüchte!, sagte seine Mutter und ließ ihn wieder los.

Vater ist noch bei seinen Germanisten. Aber ich denke, er wird bald kommen.

Nach dem Abendessen wurde berichtet, diskutiert.

Franz erzählte von seinen Wiener Begegnungen.

Schade, dass du meine Wiener Kollegen nicht aufgesucht hast.

Vater, es bestand doch keine Notwendigkeit dafür. Ich bin mit meinem Studium vollständig ausgelastet, kenne wirklich eine ganze Menge Leute. Ich glaube, ich bin inzwischen erwachsen!

Scheint mir auch so, sagte sein Vater lächelnd.

Und ... wie ist es bei euch?

Nun ja. Es ist schwierig, sich herauszuhalten. Sie setzen überall ihre Leute ein — sogar die Qualifikation scheint manchmal völlig gleichgültig zu sein. Hauptsache, man hat das richtige Parteibuch.

Das hat man ja kommen sehen!, sagte Franz.

Leider, fügte sein Vater hinzu.

Vor kurzem kam für Vater eine Vorladung auf die Kreisleitung, begann seine Mutter.

Die Frau eines entlassenen Kollegen war bei uns zum Tee, fuhr sein Vater fort. Das muss jemand gemeldet haben.

Wie ist denn so etwas möglich?, fragte Franz völlig konsterniert.

Seine Mutter verzog das Gesicht. Das war wahrscheinlich dieser Wankmeiler.

Wer ist denn das?

Der hiesige Blockwart. Der wohnt ein paar Häuser weiter, auf der gegenüberliegenden Straßenseite. Als ich vor ein paar Tagen auf die Straße trat, stand dieser Kerl vor unserem Eingangstor und grinste mich blöde an.

Na, Frau Professor, geht's zum Einkaufen?

Ein mieser Kerl, sagte sein Vater. Die Nazis bauen auf ein ausgeklügeltes Spitzelsystem. An unterster Stelle steht der Blockwart.

Der meldet alles nach oben, was ihm verdächtig erscheint, fügte seine Mutter hinzu.

Ja, sagte sein Vater verbittert, so funktioniert das eben. Jetzt kann es der Primitivling dem Professor zeigen, wo es lang geht.

Weihnachten 1933.

Am zweiten Weihnachtsfeiertag kam Jutta mit ihrem Verlobten aus Berlin.

Monokelgesicht, schon etwas eingebildet, aber insgesamt gar nicht mal so unsympathisch, schrieb Franz in sein Tagebuch. *Musikliebhaber bis etwa 1900. Aber er hasst die ›Modernen‹ nicht. Er sagt nur, dass er sie eben nicht verstehe.*

Zwei Tage vor Silvester fuhr Franz nach Frankfurt. Er wollte unbedingt Walter Thalheimer aufsuchen. Er läutete mehrmals an der Wohnung in der Schubertstraße. Niemand öffnete.

Schließlich versuchte er es bei einer Nachbarwohnung. Eine ältere Frau machte die Tür auf.

Guten Tag. Ich möchte zu Herrn Thalheimer. Wissen Sie zufällig ... ?

Keine Ahnung!, sagte die Frau sofort. Aber zwei Häuser weiter auf dieser Seite wohnt eine Familie Stern. Die Frau kommt ab und zu hierher. Haushaltshilfe vermutlich. Doch mehr weiß ich nicht.

Noch bevor Franz sich richtig bedanken konnte, wurde die Tür wieder zugemacht.

Er ging zu besagtem Haus und läutete.

Ein hübsches dunkelhaariges Mädchen öffnete die Haustür und blickte ihn ein wenig misstrauisch an. Hinter dem Kind tauchte eine Frau auf, die in einen dicken dunkelbraunen Morgenmantel eingepackt war.

Sarah, komm bitte wieder herein! Was wünschen Sie?, fragte sie Franz.

Ich wollte Herrn Thalheimer besuchen. Man hat mir gesagt, dass Sie vielleicht wissen, wo ich ihn finden kann.

Sind Sie ... mit ihm verwandt?

Herr Thalheimer ist mein ehemaliger Lehrer.

Die Frau wurde auf einmal sehr gesprächig.

Ach so, sagte sie. Ich bin für ihn so eine Art Zugehfrau. Ich helfe ihm ein bisschen im Haushalt, kaufe auch mal ein – er lebt ja ganz allein. Kommen Sie doch in den Windfang, damit ich die Haustür schließen kann. Man bekommt so leicht einen Zug. Also, seit er seine Arbeit verloren hat, ist es gar nicht gut um ihn bestellt. Er sitzt oft einfach nur an seinem Schreibtisch und starrt vor sich hin. Sie brauchen mal einen Ortswechsel, Herr Professor!, habe ich schon mehrmals zu ihm gesagt. Er hat einmal seine Schwester Olga erwähnt, die mit ihrer Familie in der Nähe von Freiburg lebt. Und jetzt vor etwa zwei Wochen hat er mir erzählt, dass ihn seine Schwester eingeladen hat. Vor zehn Tagen ist er hingefahren. Er hat gesagt, er bleibt vielleicht ein paar Wochen. Das tut Ihnen bestimmt gut!, hab ich ihm geantwortet.

Haben Sie seine Adresse?, versuchte Franz diesen Redestrom zu unterbrechen.

Nein, leider nicht! Ich kann Sie auch im Moment nicht hereinbitten. Wir sind das reinste Krankenhaus. Mein Mann ist krank und mein anderer Enkel Robert, Sarahs Bruder, auch.

Das tut mir leid. Brauchen Sie einen Arzt?, fragte Franz.

Nein, nein!, sagte die Frau. Es ist die Grippe. Nichts furchtbar Ernstes. Das kriegen wir schon wieder hin. Sarah hat die Krankheit schon hinter sich und hat schnell noch die andern angesteckt. Mich hat sie allerdings nicht geschafft. Ich bin fast nie in meinem Leben krank gewesen. Wir müssen hier eben die Stellung halten. Wissen Sie, die Eltern der Kinder sind schon in Palästina. In ein paar Monaten werden wir alle nachkommen. Unsere Enkel sind sehr lebhaft. Da wird man ganz schön auf Trab gehalten ...

In ein paar Tagen fahre ich wieder nach Wien zurück, begann Franz ...

Sie sind aus Wien?, rief die Frau. In Wien wohnt eine Schwester meines Mannes und ...

Frau Stern, mein Name ist Franz Niemann. Würden Sie bitte Herrn Thalheimer ausrichten, dass ich hier gewesen bin? Ich werde ihm bei Gelegenheit natürlich auch wieder schreiben ...

Das ist es ja! Er bekommt eigentlich viel Post. Aber ich glaube, er liest die Briefe gar nicht mehr richtig. Und er antwortet auch nicht mehr. Das weiß ich, weil ich früher immer seine Briefe zur Post gebracht habe. Das hat vor einiger Zeit einfach aufgehört.

Irgendwann war es Franz gelungen, sich loszureißen. Er wanderte eine Zeitlang ziellos durch die Stadt. Er fühlte sich nicht gut, das Gespräch hatte ihn deprimiert. Er überquerte die Bockenheimer Landstraße und wanderte die Siesmayerstraße entlang bis zum Grüneburgpark. Wolken zogen auf, leichtes Schneetreiben setzte ein. Das Café beim Park war geschlossen. Er kehrte um, wanderte wieder zurück in Richtung Bahnhof, kehrte schließlich in einem kleinen Lokal *Zum Anker* in der Westendstraße ein.

Ein paar Holztische mit Stühlen und kleinen Bänken,

ein Schanktisch. Rechts ein Ofen mit dunkelbraunen Kacheln. Auf der Ofenbank eine alte Frau, die Kartoffeln schälte. Die Schalen ließ sie in einen Eimer fallen.

Es roch etwas muffig, die Luft abgestanden. Aber es war warm.

Franz stand ein wenig verloren im Raum. Die Frau hatte ihn kurz angesehen. Kaum eine Reaktion auf seinen Gruß.

Hallo!, rief Franz.

Die Tür neben dem Schanktisch öffnete sich und ein großer, breitschultriger Mann, vielleicht um die fünfzig, betrat die Wirtsstube.

Guten Tag, sagte Franz.

Guten Tag! Sie wünschen? Er blickte Franz ein wenig misstrauisch an.

Kann ich etwas Warmes zu trinken bekommen? Oder haben Sie schon geschlossen?

Nein, nein!, sagte der Mann nun freundlicher. Ehrlich gesagt, haben wir heute nicht mehr mit Gästen gerechnet. Aber ich hab 'nen Kaffee fertig. Wenn Ihnen das recht ist?

Ja, gerne.

Franz zog seinen Mantel aus und setzte sich an einen der Tische.

Der Mann nickte der Frau kurz zu und verschwand wieder durch die Tür.

Nach wenigen Minuten kam er mit einer großen Tasse und einer Kaffeekanne zurück.

Milch, Zucker?

Ein wenig Zucker, bitte.

Der Mann goss Kaffee ein, stellte die Kanne ab und holte eine Zuckerdose.

Bitteschön.

Eine Frau mit einer großen Einkaufstasche in jeder Hand kam in die Gaststube herein, warf Franz, wie ihm schien, einen etwas angstvollen Blick zu, murmelte *Guten Tag* und verschwand durch die Küchentür.

Die alte Frau am Ofen stand auf, nahm den Eimer und die Schüssel mit den geschälten Kartoffeln und schlurfte ebenfalls in die Küche.

Ich geh dann auch mal, sagte der Mann. Melden Sie sich ruhig, wenn Sie noch etwas haben möchten.

Franz fühlte sich etwas unbehaglich. Doch der Kaffee tat ihm gut. Er goss sich noch eine Tasse ein und dachte über diese Leute nach.

Seltsam. Sie scheinen vor irgendetwas auf der Hut zu sein. Eine Spannung liegt in der Luft, die sich mir fast körperlich mitteilt, dachte er in diese öde Stille hinein.

Dann kreisten seine Gedanken wieder um Walter Thalheimer.

Wenn ich ihm nur helfen könnte!

Die Tür öffnete sich. Der Mann kam zurück und machte sich hinter dem Schanktisch zu schaffen.

Sind Sie aus Frankfurt?, fragte er plötzlich.

Ich komme aus Heidelberg, sagte Franz. Aber ich habe hier studiert.

So?, sagte der Mann. Welches Fach, wenn ich fragen darf?

Musik, Musikwissenschaft.

So?, sagte der Mann wieder.

Zur Zeit studiere ich in Wien, fuhr Franz fort. Ich bin nur zu Besuch hier.

In Wien?, fragte der Mann erstaunt.

Ja. Und ich bin eigentlich froh darüber. Hier kann man doch nicht mehr studieren.

Der Mann kam hinter seinem Schanktisch hervor und blieb vor Franz stehen.

Weshalb?

Wissen Sie, vorhin wollte ich meinen alten Lehrer besuchen. Er ist entlassen worden, als die an die Macht gekommen sind und ich konnte meine wissenschaftliche Arbeit hier nicht fortsetzen.

Der Mann setzte sich Franz gegenüber an den Tisch.

Sie gestatten? Franz nickte und der Mann fuhr fort: Von diesen Sachen verstehe ich nichts. Aber das andere interessiert mich. Ist Ihr Lehrer Jude? Oder ein Politischer?

Ersteres, sagte Franz.

Aha, sagte der Mann.

In diesem Augenblick kam seine Frau herein, stellte ein Tablett mit Gläsern auf den Schanktisch und begann die Gläser in ein Schränkchen einzuräumen.

Haben Sie Ihren Lehrer nicht angetroffen?

Nein. Man sagte mir, er sei zu seiner Schwester nach Freiburg gefahren. Und er hat vermutlich starke psychische Probleme. Verstehen Sie, das ist doch einfach zum Verrücktwerden! Einem angesehenen Wissenschaftler, bei dem ich meinen Doktor machen wollte, wird von heute auf morgen jede Lebensgrundlage entzogen. Diese Schweine!

Franz redete sich in Rage.

Die Frau ging hinaus: Frieder, kommst du einen Augenblick?

Entschuldigen Sie mich.

Nachdem die beiden weg waren, beruhigte sich Franz wieder. Er bereute seinen Wutausbruch.

Ich kenne die Leute doch gar nicht. Weshalb muss ich ihnen das erzählen?

Er warf einen Blick durch das kleine Fenster. Es wurde langsam dunkel. Das Schneetreiben hatte aufgehört. Ein erstes, noch zaghaftes Leuchten einzelner Sterne.

Zum Bahnhof war es nicht allzu weit. Er dachte daran zu bezahlen.

Er ging zur Küchentür und klopfte. Keine Reaktion. Er klopfte noch einmal. Es tat sich nichts.

Er öffnete die Tür einen Spalt, rief hallo und ging noch zwei Schritte in den Raum hinein.

In der Küche war niemand zu sehen. Doch in einem Zimmer rechts von der Küche schien eine erregte Diskussion stattzufinden. Die Stimme des Mannes:

Ich vertraue meiner Menschenkenntnis! Das ist ein ehrlicher Kerl!

Deine Menschenkenntnis! Und wenn der Mann doch ein Spitzel ist?, fragte die Frau.

Franz zog sich wieder fast aus der Küche zurück und rief noch einmal etwas lauter: Hallo!

Dieses Mal kam der Mann sofort.

Ich möchte gerne bezahlen, sagte Franz. Ich muss allmählich zum Bahnhof.

Setzen Sie sich noch einen Augenblick!, forderte ihn der Mann auf. Trinken wir noch einen Schnaps. Das tut gut für den Heimweg. Es wird nämlich ziemlich kalt. Das geht aufs Haus.

Vielen Dank. Das ist sehr nett von Ihnen. Es ... tut mir leid, dass ich mich vorhin so ereifert habe. Aber manchmal geht es mit mir durch.

Das macht doch nichts, sagte der Mann und schenkte ihm ein Gläschen ein.

Ich hasse dieses Gesindel, fügte Franz noch hinzu.

Prost! Der Mann lächelte Franz zu.

Zum Wohlsein!

Sie müssen nur ein wenig aufpassen, sagte ihm der Mann, als Franz im Begriff war zu gehen.

Weshalb?, fragte Franz zurück.

Es gibt jetzt überall Leute, die bei allem zuhören, was man sagt. Sie spitzen die Ohren, schreiben auf, geben weiter, melden nach oben. Und das, was Sie vorhin hier gesagt haben, könnte für Sie sehr gefährlich werden.

Daran habe ich gar nicht gedacht, sagte Franz. In Österreich ... kann man im Allgemeinen immer noch seine Meinung sagen.

Ich möcht Ihnen keine Angst machen, sagte der Mann

zum Abschied. Wenn ich hinter Ihnen die Tür schließe, ist das alles nie gesagt worden. Aber an anderer Stelle? Seien Sie vorsichtig! Wenn Sie mal wieder in der Gegend sind, schauen Sie ruhig im *Anker* vorbei.

Auf Wiedersehen.

Auf der Fahrt nach Heidelberg dachte Franz noch einmal über die Begegnung mit diesen Menschen nach.

Das müssen Nazi-Gegner sein! Die Frau glaubte, ich sei ein Spitzel. Sie hatte Angst. Dahin ist es also gekommen. Misstrauen wird gesät und es verbreitet sich wie Unkraut.

***

Am 12. Januar 1934 fuhr Franz nach Wien zurück.

Ende des Monats erhielt er einen Brief von Sofie.

Rio ist wunderschön. Der Blick vom Zuckerhut ist umwerfend. Wir sind mit der Schwebebahn hinaufgefahren. Eine einmalige Aussicht. Das werde ich nicht so schnell vergessen.

Die Silvesterfeier bei Freunden meiner Eltern war eher etwas langweilig. Als es dann zwölf schlug, hätte ich Dich gerne in meine Arme genommen. Ich weiß, dass ich ein wenig sentimental bin, und bei solchen Gelegenheiten noch mehr als sonst.

Wenn auch verspätet: Alles Gute zum Neuen Jahr, Franz!

Dann berichtete sie ihm wieder von ihren zahlreichen Aktivitäten. Sie reite jetzt auch, schrieb sie begeistert.

Eine wunderschöne Stute namens Danita. Das ist ein tolles Gefühl, kann ich Dir sagen. Natürlich reite ich längst nicht so wie die Gauchos, aber ich mache Fortschritte. Mein Reitlehrer wollte mir einen Damensattel aufschwatzen. Aber das habe ich weit von mir gewiesen. Und etwas später: *Erzähle mir: Was macht mein Wien? ...*

Ja, was machte dieses Wien? Dieses Wien kam nicht zur Ruhe. Franz hatte Sofie kaum etwas von den politischen Wirren in der Stadt während der vergangenen Monate mitgeteilt.

Längst war das eingeleitet worden, was sich nur wenige Jahre später erfüllen würde.

Im Juni 1933 hatte Dollfuß die Nationalsozialistische Partei verboten. Doch diese Maßnahme nützte ihm nicht allzu viel. Im Februar 1934 gab es in Wien blutige Straßenkämpfe zwischen dem »Republikanischen Schutzbund« der Sozialisten und der Regierung. Alle Parteien außer der austrofaschistischen »Vaterländischen Front«, die schon im Juni 1933 von Dollfuß gegründet worden war, wurden verboten. Damit gab es nur noch eine einzige Partei, eben die »Vaterländische Front«. Das Land glich einem zugedeckten Feuerkessel, und es war nur noch eine Frage der Zeit, bis der Deckel dem Druck nicht mehr standhalten würde.

Leo war bei den Straßenkämpfen im Februar verletzt worden. Franz besuchte ihn im Allgemeinen Krankenhaus in der Alserstraße. Leo hatte Verletzungen am Kopf und am rechten Arm.

Der öffentliche Liederabend im Februar wurde verlegt.

Franz fand sich jedoch regelmäßig als Liedbegleiter bei Frau Barth-Sennfeld ein. Er begleitete die großen Liedzyklen Schuberts und Schumanns. Aber auch Lieder von Schönberg waren dabei, vor allem Opus 6, die *Acht Lieder für Gesang und Klavier,* und Opus 15, *Fünfzehn Gedichte aus »Das Buch der hängenden Gärten« für eine Singstimme und Klavier.*

Daneben Liedkompositionen quer durch die Jahrhunderte.

Auch die Gesangslehrerin selbst ließ sich häufig von Franz begleiten. Und Frau Marianna Barth-Sennfeld revanchierte sich:

Sie lud Franz in die Wiener Staatsoper ein, zu Konzerten, auch ins Burgtheater.

So durchdrangen sich die große Kunst der Welt und die

Banalität des schäbigen politischen Welttheaters: die große Bühne der Weltliteratur im Wechsel mit der Schmierenkomödie der Politik.

Auf der einen Seite bedeutende Werke der Opernliteratur: Im April *Elektra* von Richard Strauss unter der Stabführung von Clemens Krauß. Wenige Tage später *Eugen Onegin* mit Bruno Walter. Es folgten *Das Rheingold, Die Frau ohne Schatten* und *Der Rosenkavalier.* Musikerlebnisse durch die Wiener Philharmoniker und andere Orchester: Symphonien von Haydn bis Mahler, Solokonzerte. Oder auch Kammermusik.

Selbstverständlich Theaterabende in der ›Burg‹.

Und nicht zu vergessen die großen Museen und Ausstellungen in dieser einzigartigen Kulturstadt Wien.

Franz Niemann tauchte ein, als wäre das menschliche Wesen lediglich ein Schwamm, der nichts anderes zu tun hat, als pausenlos kulturelle Leistungen in sich einzusaugen und festzuhalten. Er ließ sich bereitwillig ablenken, versuchte sein ab und zu anklopfendes schlechtes Gewissen möglichst zu verdrängen.

Auf der anderen Seite die Fatalität deutscher Geschichte. In Deutschland ließ Hitler am 30. Juni beim sogenannten ›Röhm-Putsch‹ eine mörderische Aktion durchführen. Mit Hilfe von Gestapo und SS wurden der SA-Chef Röhm und über hundert weitere Mitglieder der SA umgebracht. Nun, nach diesem Putsch, rückten SS und Gestapo in den Mittelpunkt des totalitären Ordnungsgeschehens. Von nun an wurde kaum mehr die Vermutung geäußert, der Nazi-Spuk könne bald wieder zu Ende sein.

Am 25. Juli wurde Engelbert Dollfuß in Wien bei einem Putsch der österreichischen Nationalsozialisten ermordet. Italien schickte Arturo Toscanini, der das Requiem von Verdi dirigierte.

Franz spielte mit Marianna Barth-Sennfeld Werke für Klavier zu vier Händen: Mozart, Schubert, Brahms. Einmal auch *Three easy pieces* von Igor Strawinsky, Marsch, Walzer und Polka. Letzteres eine sehr bejubelte Zugabe bei einem öffentlichen Konzert Anfang Juli. Marianna Barth-Sennfeld und Franz Niemann hatten es als ein Konzert der *besonderen Reihenfolge* und *Programmzusammenstellung* konzipiert. Zuerst von Schumann den Liederzyklus *Frauenliebe und Leben,* dann die *Fantasie in f-Moll* für Klavier zu vier Händen von Franz Schubert, danach fünf Lieder aus den *Mörike-Liedern* von Hugo Wolf. Es folgten die *Cinq Mélodies populaires grecques* von Maurice Ravel, anschließend *Zwei Balladen für Gesang und Klavier* von Arnold Schönberg, Opus 12, und das *1. Stormlied* von Alban Berg. Als Schlusspunkt des Programms der Prolog der Musica aus Monteverdis *Orfeo*.

Ein Konzert, das von den einen begeistert aufgenommen und von anderen wegen seiner eigentümlichen Programmfolge heftig kritisiert wurde.

Marianna Barth-Sennfeld und Franz Niemann.

Kleine Gesten bei den vielen Proben. Zaghafte Berührungen. Zulächeln. Blicke.

Das Gemeinsame, die Freude, das Interesse an Musik, Musik als Phänomen dieser Welt und als Teil der menschlichen Existenz, Musik und ihre Wirkung auf die menschliche Psyche, als Verbindung von Emotionalität und Intellektualität – aber auch die Sonderstellung der Musik unter allen Künsten.

Marianna lud Franz Mitte Mai in ihre Villa in Döbling ein. Das Haus lag ganz in der Nähe von Heiligenstadt. Franz war beeindruckt, fast sprachlos, als er die Jugendstilvilla betrat. Eine freundliche Hausangestellte hatte ihn empfangen und führte ihn durch ein Vorzimmer in einen größeren Raum mit hohen Fenstern auf der rechten Seite.

Die gnädige Frau komme gleich, sie führe gerade ein Telefongespräch. Der junge Herr möge sich noch ein wenig gedulden.

Franz bedankte sich höflich, lächelte der jungen Frau zu, die sich leise kichernd entfernte.

Er blickte durch eines der Fenster auf den weitläufigen Garten hinaus. Unmittelbar vor ihm umstanden Skulpturen einen Teich, in dem Seerosen ihre ersten Blätter an die Wasseroberfläche streckten. Überall Wege mit blühenden Rändern, die an Wiesen oder einzelnen Baumgruppen vorbeiführten. Etwas weiter entfernt große unbekannte Bäume, manche sehr hoch und schlank, andere mit breit ausladendem Blätterdach.

Das ist schon eher ein Park, dachte Franz.

Als er sich schließlich umdrehte, fiel sein Blick auf eine Wand, an der zahlreiche, teilweise eng nebeneinander und übereinander hängende Bilder angebracht waren. Franz näherte sich einem Bild, das ihm vor allem durch seine leuchtenden Farben auffiel. Eine große goldgelbe Haube, die auf eine Art Blumenwiese gesetzt war. Bei näherem Hinsehen erkannte er oben das Gesicht einer Frau mit geschlossenen Augen. Die Hände eines Mannes waren um ihren Kopf gelegt, sie selbst ergriff mit ihrer linken Hand die rechte des Mannes, der ihre Wange küsste. Ihren rechten Arm schlang sie um seinen Nacken und seine Schulter. Das Gesicht der Frau drückte Hingabe und Selbstvergessenheit aus.

Gefällt Ihnen das Bild?, fragte plötzlich eine bekannte Stimme hinter ihm.

Als sich Franz umdrehte und Marianna Barth-Sennfeld anblickte, staunte er. Marianna trug ein langes weißes Gewand. Ihre schwarzen Haare hatte sie nur leicht hochgebunden, so dass sie auf Rücken und Schultern herunterfielen. So hatte Franz sie noch nie gesehen.

Sie starren mich an, als wäre ich ein Gespenst, sagte Frau

Barth-Sennfeld mit gespielter Entrüstung. Ich habe Sie doch nach dem Bild gefragt.

Verzeihung, sagte Franz. Es tut mir leid. Ich war einen Moment ... Gustav Klimt, nicht?

Kennen Sie seine Bilder?, fragte sie.

Ich habe schon einige von seinen Arbeiten gesehen. Übrigens auch eine Abbildung des Beethoven-Frieses.

Ich besitze eine ganze Reihe von seinen Bildern. Mein Mann war ein leidenschaftlicher Sammler.

Sie zeigte auf die Wand daneben. Hier hängen einige Bilder von Egon Schiele. Dort Koloman Moser und Max Kurzweil. Wichtige Leute der ›Wiener Secession‹.

Dieses Haus, begann Franz ...

Sie meinen diese Villa?, sagte Marianna lächelnd, was ist damit?

Das ist doch Jugendstil?

Ja. Das ist eine der berühmten Wiener Jugendstilvillen.

Dieses Bild von Klimt heißt übrigens *Der Kuss*, sagte sie, als sie in den nächsten Raum hinübergingen.

Irgendwie naheliegend, sagte Franz.

Marianna lachte. Hier befinden wir uns im großen Salon.

Ebenfalls ein sehr heller Raum mit hohen Fenstern. In der Mitte ein großer Flügel. Auch hier zahlreiche Bilder.

Was meinen Sie zu diesen Arbeiten?, fragte Marianna und zeigte auf zwei Bilder, die links von ihnen über einer Anrichte hingen.

Oskar Kokoschka!, sagte Franz verblüfft.

Bravo!, sagte sie, ging zur Terrassentür und klatschte ein paarmal in die Hände.

Vor der offenen Terrassentür führten ein paar Stufen zu einem Springbrunnen hinunter. Aus dem parkähnlichen Garten kam nun ein Hund angetrottet, schwarz mit weißen und braunen Flecken an Stirn und Schnauze, eine weiße Brust. Beinahe so groß wie ein Bernhardiner.

Franz blickte seine Gastgeberin fragend an.

Das ist Hamilkar, mein Berner Sennenhund.

Das Tier tappte in den Salon herein, sprang sofort an Franz hoch und drückte ihm einen feuchten Kuss ins Gesicht.

Sie sind akzeptiert!, rief Marianna. Haben Sie ja keine Angst, Franz! Das Tier ist die Gutmütigkeit selbst.

Nun hatte sie ihn zum ersten Mal mit seinem Vornamen angeredet. In der Hochschule war es immer ein förmliches *Herr Niemann*.

Kommen Sie, ich zeige Ihnen vor dem Essen ein wenig den Park.

Park oder Garten?, fragte Franz.

Beides, sagte Marianna.

Hamilkar begleitete sie.

Auf die war mein Mann immer besonders stolz, sagte Marianna bei einer Gruppe von hohen Bäumen. Sequoias aus Amerika. Die können über einhundertdreißig Meter hoch werden, jedenfalls in den USA. Hier in Europa vielleicht nicht ganz so hoch.

Franz musste lachen. Hamilkar hob an einem besonders kräftigen Stamm das Bein, als wollte er dem Wachstum des Baumriesen noch etwas nachhelfen.

Marianna winkte zu zwei Gärtnern hinüber, die in einem anderen Teil der Gartenanlage arbeiteten.

Dies alles ist mir nicht in die Wiege gelegt worden, begann Marianna. Meine Eltern waren einfache Leute. Mein Vater war ein kleiner Beamter in Innsbruck bei der Stadtverwaltung. Mein Musiklehrer an der Schule hat mein musikalisches Talent entdeckt. Er hat mich auch unterrichtet. Aber die weitere Ausbildung hätte mein Vater nicht bezahlen können. Mein Glück war, dass ein Bruder meiner Mutter als höherer Regierungsbeamter in Wien lebte. Zu ihm wurde ich nach langem Hin und Her geschickt. Das Leben bei diesem etwas spartanisch und asketisch lebenden Ehepaar war zwar nicht gerade berauschend, aber meine Ausbildung wurde dadurch ermöglicht.

Bei einem öffentlichen Konzert – nach mehrjährigen Studien – war auch mein späterer Mann zugegen, ein großer Musikliebhaber und hoher Vorgesetzter meines Onkels. Er war von meinem Liedvortrag – ich sang Lieder von Mozart, Brahms und Wolf – so begeistert, dass er mich nach dem Liederabend sofort zu einem Hauskonzert vierzehn Tage später hierher, in diese Villa eingeladen hat. Natürlich auch meinen Onkel und meine Tante. Aber, und das war das Entscheidende: Es kamen auch ein paar wichtige Persönlichkeiten aus dem Bereich der Musik. Sogar Weigl und Zemlinsky waren da. Und das war eigentlich mein Durchbruch – als Liedersängerin. Ich wusste immer, dass ich keine Opernstimme habe.

Und Ihr Klavierspiel?, fragte Franz.

Das Singen war mir stets wichtiger. Singen Sie eigentlich?

Eher uneigentlich.

Und was heißt das genau?

Ich habe es nie versucht. In der Schule mussten wir immer vorsingen. Ich habe es so gehasst, dass ich ein Lied immer absichtlich in mehreren Tonarten gesungen habe. Ich habe sozusagen während des Singens transponiert.

Marianna lachte. Das müssen Sie mir einmal vorführen.

Hamilkar meldete sich zu Wort und stupste Franz mit seiner großen Schnauze an. Er ließ ein Stück Holz fallen.

Er möchte, dass Sie das werfen, sagte Marianna.

Sie gingen eine Zeitlang stumm durch diese Gartenlandschaft. Hamilkar suchte nach dem Holzstück, das in irgendeiner großen Hecke gelandet war.

Übrigens, in etwa vier Wochen singe ich den Sopran-Solo-Part in Mahlers 4. Sinfonie. Sie werden doch kommen?

Wo findet das Konzert statt?

Im Hauptsaal des Musikvereinsgebäudes. Bruno Walter dirigiert.

Sie kamen zu einer Bank, die am Ende eines ovalen Platzes stand. Die Pflanzen waren so angeordnet, dass sie diese ungewöhnliche Form bildeten. Auf der gegenüberliegenden Seite war eine Skulptur auf einem Sockel zu sehen. Ein weiblicher Torso.

Sie setzten sich.

Das ist ein besonderer Ort, sagte Marianna.

Weshalb?

Das liegt an der Atmosphäre des Ortes, auch im Zusammenhang mit dieser Skulptur. Sie ist von Fritz Wotruba.

Franz zuckte die Achseln.

· Das ist so etwas wie ein Erinnerungsort für meinen Mann. Er hat diesen Torso noch in Auftrag gegeben, aber er hat das Werk nicht mehr gesehen. Mein Mann hatte schon früh die Begabung dieses Künstlers erkannt.

Wann ist Ihr Mann gestorben?

Vor fünf Jahren. Er war fast fünfundzwanzig Jahre älter als ich. Er kam aus Verhältnissen mit entsprechend finanziellem Polster. Er war ein Mäzen aus Passion. Er hat mich mit seiner Kunstliebhaberei angesteckt. So wie er mir ja auch geholfen hat. Er vergötterte meinen Gesang. Mich auch. Ich mag die Arbeiten Fritz Wotrubas. Der Bildhauer hat 1932 auf dem Friedhof von Donawitz zusammen mit Arbeitslosen ein beeindruckendes Mahnmal gegen den Krieg aufgestellt. Darauf die Worte *Mensch, verdamme den Krieg!* Ich habe es mir angesehen: Dieses Mahnmal hat mich fasziniert.·

Die Beschäftigung mit Kunst bereichert uns oft, sagte Franz. Das klingt vielleicht ein wenig banal, aber ich habe häufig das Gefühl, als wäre sie so etwas wie ein Elixier.

Marianna dachte einen Moment nach.

Beim Betrachten eines Bildes, einer Skulptur oder beim

Hören eines Musikstücks wird etwas in uns ausgelöst, etwas in Gang gesetzt, das vorher nicht da gewesen ist. Bei der unmittelbaren Konfrontation mit dem Kunstwerk ist es plötzlich in uns präsent. In der Musik scheint mir das besonders deutlich zu sein. Ich weiß nicht, welche Rolle das Unbewusste dabei spielt. Jedenfalls können wir nicht alles mit dem Verstand steuern. Ich denke, das geht allen Menschen so, gleichgültig ob sie ganz normale oder sehr geübte Hörer sind.

Bei der Beschäftigung mit Kunst manifestiert sich aber immer etwas, das uns nicht nur bereichert, sondern auch über uns hinausweist, sagte Franz.

Und etwas, das uns Hoffnung macht, fügte Marianna hinzu. Selbst wenn ich sehr niedergeschlagen bin und in dieser Stimmung eher getragene oder melancholisch klingende Musik höre, werde ich davon wieder etwas aufgerichtet, weil ich hörend den Schmerz annehme und damit schon beginne, ihn zu überwinden. Das ist selbstverständlich kein Automatismus, aber ich habe solche Momente schon erlebt.

Musik kann vielleicht etwas ausdrücken, das einer philosophischen Wahrheit gleichkommt. Anders gesagt, durch sie klingt etwas Wahres in die Welt hinaus, das die Menschen überall, wenn nicht ganz gleich, so doch zumindest ähnlich hören, sagte Franz.

Das könnte ich mir durchaus vorstellen. Nehmen wir beispielsweise Ludwig van Beethoven: Er wollte mit seiner Musik unter anderem die Ideale der Französischen Revolution vermitteln. Das war ihm wichtig. Diese Ideale repräsentierten einen bestimmten Wahrheitsgehalt jener Epoche. Seine Musik sollte sich an eine ›solidarische Menschheit‹ richten.

Aber wie ist es dann mit der Wahrheit bei anderen Komponisten bestellt? Gibt es denn überhaupt *die* Wahrheit?

Eine gute Frage, sagte Marianna lächelnd. Die eine Wahrheit schlechthin ist für die Menschen ein zu großer Begriff. Platon, der sich unter anderem ja auch mit Musik beschäftigte, hat hier einen interessanten Gedanken entwickelt: Wenn wir einen Oberbegriff von Wahrheit annehmen, der sich in verschiedene einzelne wahre Dinge aufspaltet, so stellt dieses einzelne Wahre immer einen Teil des großen Ideals dar. Der Künstler wiederum trägt durch seine schöpferische Arbeit seinen Teil dazu bei.

Also stellt auch der Kompositionsvorgang selbst so etwas wie einen Weg zu etwas Wahrem dar?

Unbedingt. Der Komponist, der auf der Suche nach etwas Eigenständigem, einem authentischen Klang ist, begibt sich damit auf einen Weg zu etwas Unverwechselbarem, eben zu etwas Wahrem, an dem man ihn wiedererkennt. Viele Komponisten haben diesen Weg eingeschlagen und sind unbeirrt ihren Weg gegangen.

Aber welche Bedeutung hat dann die Tradition?

Auch sie spielt eine große Rolle. Der Komponist schafft aus sich heraus, ist aber gleichzeitig auch das Kind seiner Zeit, das heißt, er arbeitet in einer bestimmten geschichtlichen Epoche, die ihn geprägt hat.

Ohne die Tradition würde er scheitern?

Ich glaube nicht, dass große Kunst ohne die Rückbesinnung auf die vergangene Entwicklung möglich ist, sagte Marianna. Das Werk eines Komponisten ist immer beides: Das Neue, das er aus sich selbst hervorbringt, das den Stempel seiner Individualität trägt, und die Summe dessen, was er aus der Tradition mitbringt.

Und die Komponisten der Neuen Wiener Schule, fragte Franz, die bisher am stärksten mit der Tradition gebrochen haben ... ?

... wären ohne die Tradition ebenfalls nicht denkbar, sagte Marianna lächelnd, auch wenn das Seil, das sie mit der vergangenen Epoche verbindet, dünner geworden ist.

Wer beispielsweise wie Schönberg unbeirrt seinen Weg geht, zu einem neuen Klang, einer neuen musikalischen Idee vorstößt und dabei schließlich die tonalen Bindungen ganz verlässt, dürfte zwar mit der Akzeptanz seine Schwierigkeiten haben, aber er ist nach wie vor der Tradition verpflichtet.

Franz nickte. Schon allein die Verwendung bestimmter Gattungen aus der Barockzeit. Oder aber die motivische Arbeit: Johannes Brahms lässt grüßen.

Marianna lachte. Wenn Sie es sagen! Das ist ja, glaube ich, Ihr Arbeitsgebiet?

Franz fühlte sich durch diese Diskussion sehr angeregt. Ähnlich wie bei Rudolf Bach empfand er auch hier wieder so etwas wie eine Seelenverwandtschaft. Jemand, der das ausdrückte, was er selbst fühlte, meinte, dachte.

Marianna stand auf. Sie gingen langsam zurück.

Hamilkar machte wieder auf sich aufmerksam, setzte sich vor Franz hin und präsentierte sein Stöckchen.

Gnädige Frau!, rief es vom Haus her, Telefon!

Ich komme, Theresa!, rief Marianna. Ich gehe schon vor, sagte sie zu Franz.

Franz warf noch einmal das Stöckchen für das Tier und wunderte sich über die Schnelligkeit des großen Hundes. Dann ging er zum Haus zurück.

Zum Mittagessen gab es gekochtes Rindfleisch mit Salzkartoffeln, Bohnen und einer Meerrettichsauce, den *Wiener Tafelspitz,* dazu einen leichten Weißwein.

Ich liebe die einfache Küche, sagte Marianna. Theresa ist eine tolle Köchin.

Es war ausgezeichnet, beeilte sich Franz zu sagen.

Danach kam der eigentliche Grund für seinen Besuch: Franz Schuberts *Fantasie in f-Moll für Klavier zu vier Händen* musste geübt werden. Nach Mariannas Wunsch sollte

Franz den Primopart übernehmen und sie selbst den Secondopart. Schubert hatte diese Fantasie Anfang 1828 komponiert, im Jahr seines Todes.

Sie setzten sich auf die breite Klavierbank, Marianna lächelte Franz noch einmal zu und begann mit weich schwebenden f-Moll-Harmonien. Dann nach dem Einsatz von Franz ein charakteristischer Quartsprung nach oben in der rechten Hand, der sich mehrmals wiederholte.

Marianna unterbrach:

Franz, ich würde den Vorschlag für den Quartsprung nicht zu kurz nehmen. Dieser Quartsprung ist wie ein Ruf, dem sich eine fallende Quarte wie eine Klage anschließt. Versuchen wir es noch einmal.

Wieder die etwas schwermütig-düstere Grundstimmung des Anfangsteils. Franz überließ sich ganz dieser Klangwelt Schuberts, fühlte, dass auch Marianna davon berührt wurde.

Sie unterbrachen bei allen Teilen der Fantasie immer wieder ihr Spiel, besprachen bestimmte Stellen, wiederholten sie so lange, bis sie zufrieden waren.

Gegen Ende der Fantasie nochmals, zum letzten Mal, das Thema mit dem Quartsprung, dann ein Fortissimo-Sforzato-Akkord, auf den der lang ausgehaltene Moll-Schlussakkord in piano folgte.

Noch einmal von vorne, ohne Unterbrechung?, fragte Marianna.

Gerne.

Am Ende blieben sie in sich versunken vor dem Instrument sitzen und lauschten diesen Klängen nach, hörten noch einmal innerlich die Musik Schuberts, die so viele Klangwelten erschloss, in ungeahnte Tiefen vordrang, mit so vielen Bereichen zu tun hatte.

Marianna nahm Franz spontan in die Arme und drückte ihm einen Kuss auf die Stirne.

Dieser kräftige, mit einem starken Akzent versehene

Akkord vor dem Schluss: Ist das vielleicht ein letztes Aufbäumen ... vor der endgültigen Resignation?, fragte Franz vor sich hin.

Man sollte, meine ich, nicht zu viel hineininterpretieren, antwortete Marianna, einfach spielen und fühlen, denken und hineinhören. Musik, hat einmal jemand gesagt, sei *tönend bewegte Form*. Soweit sie *Form* ist, wird immer das Denken mit im Spiel sein. Aber das, was diese Form bewegt, sie in Klang verwandelt, muss von einer anderen Ebene kommen.

Franz hielt sich in den kommenden Monaten oft in der ›Villa im Park‹ auf.

Marianna und er kamen sich immer näher. Er wurde ihr Geliebter. Marianna war eine leidenschaftliche Liebhaberin. Mit derselben Intensität, wie sie sich der Musik hingab, widmete sie sich ihrem jungen Freund und Franz war glücklich, wenn er in ihren Armen lag. Ihren Auftritt am 12. Juni mit Bruno Walter im Musikvereinsgebäude musste Marianna absagen. Eine stimmliche Indisposition als Folge einer vorausgegangenen Erkältung. Eine Sängerin von der Staatsoper trat an ihre Stelle.

Schade, ich hatte mich darauf gefreut, sagte Marianna.

Nach dem Konzert eines tschechischen Streichquartetts im Saal des Musikvereins verbrachte Franz noch einmal eine Nacht bei Marianna. Am nächsten Morgen eröffnete sie ihm, dass sie am 2. August nach Italien fahren werde. Eine vierwöchige Bäderkur in Abano Terme.

Anfang September beginnt eine längere Konzertreise durch Nordfrankreich, Belgien und die Niederlande. Ich werde etwa drei Monate weg sein. Friedrich Saalach wird mich begleiten.

Aber dann kommst du ja erst Anfang November zurück?, fragte Franz ein wenig bestürzt.

Ja, mein Lieber. So ist es. Bist du deshalb traurig? Du musst nicht traurig sein. Denke daran, mein Mann war beinahe fünfundzwanzig Jahre älter als ich – und ich bin fast zwanzig Jahre älter als du. In ein paar Jahren fange ich an, alt zu werden ...

Nein, das darfst du nicht sagen, unterbrach er sie, das stimmt nicht! Das kann doch nicht dein Ernst sein!

Marianna nahm seinen Kopf zwischen ihre Hände und lächelte ihn mit einem Anflug von Melancholie an. Es ist aber so. Ich habe im Grunde gar kein Recht auf deine Jugend, Franz. Aber ich bin glücklich, dass ich dir begegnet bin, dass ich dich erleben durfte. Versprich mir, dass du immer auf dich aufpassen wirst.

Dann ... sehen wir uns nicht mehr?, fragte Franz.

Bist du im nächsten Semester nicht mehr hier?

Doch schon ...

Na, also. Natürlich werden wir uns wiedersehen. Aber du wirst ja irgendwann auch wieder nach Deutschland zurückkehren.

Wahrscheinlich nach dem Wintersemester. Aber daran mag ich im Moment noch gar nicht denken.

Ende September 1934 fuhr Franz für ein paar Tage nach Deutschland.

Die Hochzeit seiner Schwester Jutta mit Julius Graf von Dünen. Aber noch etwas anderes stand bevor: Der Besuch von Sofie und ihrer Mutter in Heidelberg. Sie waren Mitte August von Buenos Aires mit einem Schiff des Norddeutschen Lloyd abgefahren, nach etwa vier Wochen in Bremerhaven angekommen und von dort fuhren sie mit dem Zug weiter nach Köln zu ihren Verwandten.

... Wir kommen am Mittwoch vor der Trauung nach Heidelberg, hatte Sofie geschrieben. Ich freue mich so auf das Wiedersehen, Franz! Wie lange ist das nun her? Über zwei Jahre! Mir kommt es wie eine kleine Ewigkeit vor ...

Als Franz am Donnerstagnachmittag zu Hause in der Bergstraße ankam, fand er eine sich angeregt unterhaltende kleine Gesellschaft vor. Seine Eltern, das Brautpaar, seine Schwester Dorothea, Sofies Tante Lieselotte, Sofie selbst und ihre Mutter. In dem allgemeinen Begrüßungshallo blieb nur Julius etwas distanziert zurückhaltend im Hintergrund. Und dann stand Franz vor Sofie. Sie fielen sich in die Arme.

Lass dich ansehen!, sagte Franz schließlich.

Sie trägt das Haar wie die amerikanischen Filmschönheiten, dachte er. Aber sie ist eine Schönheit ohne Film. Doch sie hat sich auch irgendwie verändert. Das Mädchenhafte, das ihr damals noch ein wenig anhaftete, ist verschwunden.

Vor ihm stand eine junge Frau, die ihn anlächelte und die er bezaubernd fand.

Endlich lerne ich Sie persönlich kennen!, rief Sofies Mutter. Seit Jahren kennen wir Sie nur vom Hörensagen.

Mutter und Tochter sahen sich ähnlich. Wenn nicht die grauen Haare der älteren Frau gewesen wären, hätte man die beiden beinahe für Schwestern halten können.

Morgen ist die standesamtliche Trauung, die kirchliche am Samstag in der Heiliggeistkirche, sagte seine Mutter.

Am Abend kam Franz in die Merianstraße, um Sofie zu einem Spaziergang abzuholen.

Wieder einmal gingen sie zum Fluss. Es war ein milder Septemberabend. Das braun-grüne Wasser hatte sich von der Sonne rötlich einfärben lassen.

Franz, wir sind tatsächlich hier und wandern an unserem Fluss entlang. Das ist für mich beinahe wie ein Traum, als würde sich etwas aus einer anderen Zeit wiederholen.

Ja, aus einer anderen Zeit, sagte Franz.

Mit roten Heldengestalten / Erfüllst du Mond / Die schweigenden Wälder ..., begann Sofie.

Sofie!, Franz blieb stehen und drückte sie fest an sich. Du hast das nicht vergessen!

Wie könnte ich!, sagte Sofie. Nur unser Neckarmond fehlt noch.

Er geht eben später auf, sagte Franz lächelnd und nahm Sofie an der Hand.

Obwohl sie sich eigentlich viel zu erzählen hatten, schlenderten sie die meiste Zeit schweigend durch den Abend und freuten sich über ihre Nähe.

Zur kirchlichen Trauung am 29. September kamen noch einige Leute der Niemannschen Verwandtschaft.

Aus Berlin und Umgebung waren außer den Eltern und Geschwistern von Julius noch Verwandte und Freunde derer von Dünen angereist. Die meisten von ihnen wohnten im Hotel *Zum Ritter St. Georg*, in dessen ›Ratsherrenstube‹ im Anschluss an die Trauzeremonie ein Empfang mit allgemeiner Begrüßung und nachfolgendem großen Essen stattfinden sollte.

Bei diesem Begrüßungsritual wurde Franz den Eltern von Julius vorgestellt. Er blickte zuerst in das herablassend und fast ein wenig gelangweilt wirkende Gesicht des Grafen, murmelte sein ›Guten Tag‹ und schüttelte anschließend die ihm zum Handkuss dargebotene Hand der Gräfin recht kräftig. Die Frau ließ sich allerdings mit keiner Regung ihres Mienenspiels etwas anmerken.

Was Franz jedoch noch mehr befremdete und seinen Puls während dieses merkwürdigen Vorstellungstheaters leicht beschleunigte, war die Begegnung mit zwei Uniformträgern in Schwarz, offenbar Vettern von Julius, wie jener ihm später mitteilte.

Aha, Schutzstaffel, dachte Franz, jetzt kann uns nichts mehr passieren.

Ich sah mir aufmerksam die Gesichter dieser Männer an, stu-

dierte ihr Mienenspiel, wie sie ihr Gegenüber anblickten und bei der Vorstellung bemühte ich mich, meine Augen ebenso zu Schlitzen zu verengen, um auf diese Weise auch meine Sympathie für die Härte des Kruppstahls zu bekunden.

Einmal ergab sich ein Gespräch mit Julius. Sofie und ihre Mutter wollten sich für den Abend umziehen und waren in die Merianstraße zurückgegangen. Franz hatte sich in einen kleinen Nebenraum gesetzt, der offenbar als Lesezimmer gedacht war. Julius hatte ihn im Vorbeigehen gesehen und setzte sich zu ihm.

Na, Franz, wie geht es in Wien? Kommst du voran? Das heißt, ich frage sozusagen ins Blaue hinein, fügte er entschuldigend hinzu, denn so genau weiß ich gar nicht, woran du arbeitest.

Franz erklärte ihm kurz das Problem mit seiner wissenschaftlichen Arbeit.

Ich arbeite dennoch daran weiter.

Diese Umstände finde ich aber ziemlich beschämend, sagte Julius nachdenklich.

Ich werde schon einen Weg finden, sagte Franz. Und wie sieht es mit deinen Plänen aus? Du wolltest doch die Offizierslaufbahn einschlagen.

Das habe ich vorläufig mal auf Eis gelegt.

Bitte?

Franz, du bist doch nicht ohne Grund nach Wien gegangen?, begann Julius, sah sich im Raum um, stand auf, blickte kurz auf den Gang hinaus, kam zurück und setzte sich wieder.

Franz sah Julius erstaunt an.

Nein, in meinem Forschungsbereich geht es um Komponisten, die hierzulande auch ohne entsprechende Herkunft als entartet gelten würden.

Das heißt doch im Klartext, sagte Julius leise, dass du den hiesigen Machthabern nicht besonders grün bist.

Das könnte man so sagen.

Das ist auch für mich der springende Punkt. Ich gebe zu, am Anfang war ich für die Bewegung. Doch das, was sich in der Zwischenzeit in Deutschland abspielt, stößt mich eher ab. Wenn ich mir diese Leute ansehe, die nun das Sagen haben!

Diese Leute gab es doch vorher auch schon, dachte Franz. Wahrscheinlich ist es sein alter Adelsdünkel, den diese Kleinbürgermentalität der neuen Machthaber stört, aber wie dem auch sei, nicht übel, mein Freund.

Was wirst du nun machen?, fragte Franz.

Ich habe ja meinen Abschluss in Nationalökonomie. Ich denke, dass ich mich vor allem um unser Gut in Pommern kümmern werde. Natürlich gibt es diese alte soldatische Tradition in unserer Familie. Aber, mein Gott, dann tanze ich eben aus der Reihe.

Hauptsache, er ist dagegen!, dachte Franz.

Übrigens, Antisemiten gab es in unserer Familie eher selten. Ich kann das ganze Gerede von ›Rasse‹ sowieso nicht nachvollziehen.

Franz konnte sich nicht ganz zurückhalten: Aber das war doch schon von Anfang an deutlich, ich meine, die Stoßrichtung der Bewegung war doch immer klar.

Das ist es doch, Franz. Wir haben nicht genau hingehört, was da gesagt wurde.

Und diese beiden Schwarzröcke? Mitten in der Hochzeitsgesellschaft?

Ja. Für die bin ich nicht verantwortlich. Ich kann meinen Verwandten schlecht mitteilen: Für SS-Leute verboten.

Ach, hier seid ihr?, rief Jutta und kam in das Zimmer herein, ich habe dich überall gesucht!

Ich bin ja nicht vom Erdboden verschluckt worden, Liebes!

Julius stand schnell auf und nahm Jutta in die Arme.

Ich habe mich ein wenig mit deinem Bruder unterhalten.

Das ist schön, Julius. Franz, wirst du uns einmal besuchen, wenn wir umgezogen sind?

Das wird sich sicher machen lassen, sagte Franz.

Am Abend, gleich nach dem Essen, entfernte sich Franz mit Sofie. Sie gingen am Fluss spazieren. Der Mond tat ihnen zwar nicht den Gefallen, weil er sich einfach nicht sehen lassen wollte, aber das beeinträchtigte ihre Stimmung nicht. Die Wolken hielten sich hartnäckig, am Nachmittag waren ein paar Tropfen gefallen, ab und zu hatte es ein wenig Nieselregen gegeben, doch der Hochzeitstag von Jutta und Julius war nicht gänzlich ins Wasser gefallen.

Wie viele Männer haben dir in den letzten zwei Jahren den Hof gemacht?, fragte Franz scherzhaft.

Lass mich überlegen, sagte Sofie und begann in Gedanken versunken ihre Finger abzuzählen.

Das hört ja gar nicht mehr auf!, rief Franz und er versuchte Sofie an den Händen zu sich herzuziehen. Doch sie riss sich schnell los und wollte mit einem Auflachen davonlaufen. Franz fing sie ein und umschlang sie mit den Armen. Sie küssten sich immer wieder, waren einfach froh über ihr Zusammensein.

Sie gingen Hand in Hand weiter.

Wie war das mit dem Sohn des britischen Botschafters?

Ach der, meinte Sofie. Das hatte nur mit dem Tango zu tun. Aber er tanzte wirklich ganz vorzüglich. Und … was war bei dir?

Nun ja, es gibt immer wieder Begegnungen, Zufallsbekanntschaften, sagte Franz, das will ich keinesfalls leugnen.

Bei mir gab es auch jemanden. Ein junger Mann aus der Nachbarschaft. Wir sind ab und zu ausgegangen. Meine Eltern hatten zunächst nichts dagegen. Doch es stellte sich heraus, dass der Kerl ein ziemlicher Schürzenjäger war. Er wurde immer wieder mit anderen Frauen gesehen, teilweise auch mit Sekretärinnen der Botschaft. Ich habe schließlich Schluss gemacht. Ansonsten? Ach, nichts Ernstes.

Eine Zeitlang gingen sie stumm nebeneinander her.

Aber deine Briefe, begann Sofie. Immer wenn ein Brief von dir ankam, schlug mein Herz höher. Franz, überhaupt verging wohl kein Tag, an dem ich nicht an dich gedacht hätte. Und jetzt, wo ich hier bin und du wieder bei mir bist, fühle ich mich so gut wie lange nicht mehr und denke mit Schrecken daran, dass ich in ein paar Tagen wieder weg muss.

Wie lange werdet ihr noch in Argentinien bleiben?

Noch fast drei Jahre.

Drei Jahre?

Ich weiß, das ist eine lange Zeit.

Dann werden wir uns wieder so lange nicht sehen! Sofie, das ist doch irgendwie ...

Sofie strich ihm mit der Hand über das Haar.

Franz, im nächsten Jahr feiert mein Großvater in Köln seinen achtzigsten Geburtstag. Da werden wir sicher nach Deutschland kommen. Und wie lange bleibst du noch in Wien?

Wahrscheinlich bis zum Ende des Wintersemesters. Im Frühjahr werde ich wohl wieder in Deutschland sein. Wann findet die Geburtstagsfeier statt?

Am 3. Juni. Dann könnten wir uns in dieser Zeit sehen.

Sofie, was meinst du, könnten wir uns dann nicht auch verloben?

Oh, Franz. Das wäre natürlich schön. Lass uns darüber nachdenken.

Da muss ich nicht mehr lange nachdenken.

Sofie schlang ihre Arme um ihn. Warum müssen wir andauernd so lange Trennungen in Kauf nehmen!

Wir müssen einfach versuchen, unsere Beziehung so zu gestalten, dass wir zusammen sein können.

Klar, Franz, du hast Recht. Es muss etwas geschehen. Ich werde mit deinen Eltern reden.

Aber mein Vater ist viele tausend Kilometer von hier entfernt. Und er ist der entscheidende Ansprechpartner. Meine Mutter tut das, was mein Vater sagt.

Dann werde ich deinem Vater schreiben.

Sie hatten für den nächsten Nachmittag einen Spaziergang verabredet. Das Wetter war immer noch etwas regnerisch, nur ab und zu kam die Sonne durch.

Sie gingen zum Philosophenweg und wanderten noch weiter hoch zur Ruine der Michaels-Basilika aus dem 9. Jahrhundert auf dem Heiligenberg. Franz wunderte sich, als sie an der riesigen Baustelle bei der sogenannten Thingstätte vorbeikamen.

Was in aller Welt wird denn hier gebaut?, fragte Franz. Das sieht ja beinahe aus wie ein Amphitheater. Typisch germanisch!

Sofie musste lachen.

Franz schüttelte den Kopf.

Hier haben sich früher vielleicht mal ein paar Germanen unter einer Eiche versammelt und beratschlagt, wie man den besten Met braut. Und heute klotzen ihre angeblichen Nachfahren solche Riesenblöcke in die Landschaft.

Sofie küsste ihn. Das ist die einzige Möglichkeit, wie man dieses lästernde Mundwerk zum Stillstand bringen kann.

Da vorne ist der frühere Kultplatz. Von da aus propagieren sie ihre nationalsozialistische Blut- und Bodenmystik, das heißt weltanschaulichen Quark!

Wirst du wohl still sein!

Es begann zu regnen.

Komm, lass uns zurückgehen!, sagte er und nahm Sofie an der Hand.

Als sie am Philosophenweg ankamen, gerieten sie in einen heftigen Platzregen, bei dem auch der Schirm nicht mehr viel nützte.

Wir gehen zum Gartenhaus, sagte Franz.

An einer Stelle etwas weiter links vom eigentlichen Eingang stieg Franz über den Zaun. An der Innenseite lag ein Steinquader. Auf ihm blieb Franz stehen, zog Sofie hoch und hob sie auf seine Seite. Dann arbeiteten sie sich durch Gestrüpp zum Weg hinüber und liefen zum Haus hinunter.

Sie waren bis auf die Haut durchnässt.

Was machen wir nun, Franz?

Franz bückte sich hinunter und schob einen Stein zur Seite.

Hier ist der Schlüssel.

Er schloss auf, öffnete Läden und Vorhänge. Er ging zu einem kleinen Schrank und holte einen blauen Frotteemantel und ein großes Handtuch heraus.

Hier, zieh das an. Du musst deine nassen Kleider ablegen. Dort drüben hinter dem Wandschirm kannst du dich umziehen.

Und du selbst?, fragte Sofie.

Es gibt noch zwei weitere Mäntel. Ich mache zuerst Feuer.

Sofie ging hinter den Schirm, zog ihre Kleider aus und trocknete sich mit dem Tuch gründlich ab. Als sie in den Mantel gehüllt wieder hervortrat, brannte bereits ein Feuer in dem Kanonenofen, der den Raum schnell zu erwärmen begann.

Jetzt beeil dich aber, Franz! Sonst wirst du dich erkälten.

Bin schon unterwegs.

Franz hatte das alte Plüschsofa vor den Ofen gerückt,

ein Paar Pantoffeln bereitgestellt und noch eine Decke dazugelegt.

Sofie ließ sich auf das Sofa fallen. Bald spürte sie, wie die Wärme auf sie zukroch und sie angenehm einhüllte.

Franz kam in einem ähnlichen, allerdings rosafarbenen Mantel zurück.

Sofie musste lachen. Ich blau und du rosa!

Warum nicht? Wir müssen uns doch nicht an jede Festlegung halten.

Franz legte noch etwas Holz nach, holte einen kleinen Wasserkessel, füllte ihn mit Zisternenwasser und stellte ihn auf den Ofen.

Tee können wir machen, sagte er, aber sonst kann ich dir nicht viel anbieten. Ich habe ja nicht damit gerechnet, dass wir heute im Gartenhaus unser Notquartier aufschlagen müssen.

Franz setzte sich zu ihr auf das Sofa, nahm ihren Kopf zwischen seine Hände, küsste sie auf die Stirne und sagte:

Jetzt sind sie ganz nass, diese schönen blonden Haare.

Keine Sorge, meinte Sofie, wenn der Ofen so weitermacht, sind sie bald wieder trocken.

Es dauerte nicht lange und der Teekessel ließ die ersten kleinen Dampfgeräusche hören. Franz stand auf und holte aus einem Wandschränkchen eine Teekanne und zwei Tassen.

Hoffentlich ist der Tee noch einigermaßen genießbar.

Als sie später ihren Tee tranken, lehnte Sofie ihren Kopf an seine Schulter.

Franz, ist das nicht eigenartig? Niemals wird sich ein solcher Sonntag Ende September 1934 wiederholen. Ich spüre nichts als Glück.

Franz stellte seine Tasse ab.

Ja, meine reizende Philosophin. Ich habe auch immer wieder darüber nachgedacht: Große und schöne Momente erreichen uns von Zeit zu Zeit, aber es sind nie mehr dieselben, obwohl wir sie manchmal wieder herbeiträumen möchten. Es ist wie bei manchen Sternen, die es längst nicht mehr gibt, aber deren Licht wir immer noch sehen, als wären sie etwas Bleibendes.

Franz nahm Sofie die Tasse aus der Hand, zog sie zu sich her und küsste sie.

Nun hörten sie nicht mehr auf. Sie zogen ihre dicken Mäntel aus, die ihnen ohnehin schon fast zu warm waren und Franz schlang seine Arme um ihren nackten Leib. Das Spiel ihrer Liebe – nicht nur der Lust. Franz küsste ihren Hals, ihre Brüste, während seine Hand ihr Geschlecht zu streicheln begann. Sofie ließ es eher passiv geschehen, überließ ihm die Führung. Nicht, dass sie es nicht schön gefunden hätte, aber es war neu für sie und aufregend. So zart wie nur irgend möglich drang er in sie ein. Sie zuckte ein wenig auf. Er umarmte ihren Körper, drückte ihn zu sich her. So trieben sie immer weiter auf den Höhepunkt zu.

Sofies Körper bäumte sich plötzlich auf. Sie schlang ihre Arme um ihn und ließ sich nur noch treiben. Ganz allmählich kamen sie zur Ruhe.

Später – Franz hatte sich auf den Rücken gelegt und Sofie lag auf ihm – sagte sie:

Franz, ich war nicht die erste Frau für dich, oder?

Wie kommst du darauf?

Das ist eigentlich nicht schwer zu erraten. Ich hatte das Gefühl, dass du genau wusstest, was du zu tun hast. Ich meine, ich habe keine Erfahrung in diesen Dingen, aber ich spürte, dass du sie hast.

Ja, Sofie, das stimmt. Aber ich ...

Sie legte ihm zwei Finger auf den Mund.

Du musst nichts sagen. Ich möchte es nicht wissen. Jetzt nicht.

Sofie, aber es hätte doch sein können, dass dir in dieser langen Zeit jemand über den Weg läuft ...

Das ist aber nicht passiert. Ich habe nicht gesagt, ich will mich unbedingt bewahren. Es war eben so. Es ist niemand gekommen, der mich wirklich interessiert hätte. Das war alles. Und jetzt bist du wieder da. Und alles ist plötzlich so anders.

Sofie, liebste Sofie!

Franz – von nun an müssen wir an uns glauben.

Ja, Sofie, das wollen wir.

Zwei Tage später.

Franz saß gedankenverloren auf einer Bank am Fluss. Er hatte am Nachmittag eine weinende Sofie mit ihrer Mutter am Bahnhof verabschiedet.

Er war ziellos durch die Stadt gelaufen, dann am Fluss entlang, immer weiter. Gegen Abend war er in die Stadt zurückgekehrt, hatte sich irgendwo zwischen Marstall und Stadthalle auf eine Bank am Flussufer gesetzt und starrte hinauf zum Philosophenweg. Die Villen an der Neuenheimer Landstraße leuchteten im Rot des vergehenden Tages.

Die Sonne war gerade dabei, hinter dem Rücken von Neuenheim wegzutauchen, das Wasser färbte sich blutrot, die Häuserwände strahlten zurück.

Eine Oktobersonne ist immer eine Abschiedssonne, dachte Franz. Von nun an wird sie immer flacher in die Stadt hineinleuchten und der Fluss wird bald die letzten Sommerträume in die Ebene hinaustragen.

Die ganze Flusslandschaft erschien ihm auf einmal wie eine Kulisse für eine Abschiedsszene.

Ein roter Abschied, dachte er. Ein schaurig-schöner, roter Abschied.

Am nächsten Tag nahm Franz den Zug nach Frankfurt.

Er wollte unbedingt Professor Thalheimer besuchen. Er hatte nie mehr etwas von ihm gehört, obwohl er ihm seit seinem letzten vergeblichen Besuch mehrmals geschrieben hatte.

Wieder in der Schubertstraße. Ein anderes Namensschild. Franz klingelte. Niemand öffnete.

Er ging ein paar Häuser weiter. Auch der Name Stern war verschwunden und durch Müller ersetzt worden.

Wo war Walter Thalheimer? Franz war ratlos.

Das Einzige, was ihm schließlich einfiel, war die Westendsynagoge. Vielleicht könnte er dort etwas erfahren. Dabei hatte Franz keine Ahnung, ob Thalheimer Mitglied dieser jüdischen Gemeinde war.

Er machte sich auf den Weg und kam schließlich in die Freiherr-vom-Stein-Straße. Dann stand er vor diesem imposanten Kuppelbau, der ägyptisch-assyrische Stilformen und Elemente des Jugendstils in sich vereinigte.

Eine Frau kehrte vor der Eingangstür. Franz fragte sie nach dem Rabbiner.

Der ist nicht da, sagte sie.

Ich ... möchte nur eine Auskunft.

Sie deutete auf eines der benachbarten Häuser. Klingeln Sie einfach bei Löwengard. Ein Mitglied unserer Gemeinde.

Nach dem Klingelton öffnete ein schlanker, hochgewachsener junger Mann mit einem schmalen Gesicht und glatten, nach hinten gekämmten Haaren, vielleicht im Alter von Franz.

Was wünschen Sie?

Entschuldigen Sie, ich bin auf der Suche nach einem früheren Lehrer und möchte mich erkundigen, ob er vielleicht ein Mitglied Ihrer Gemeinde ist ...

Warten Sie hier einen Moment, ich sage meinem Vater Bescheid, sagte der Mann und verschwand wieder.

Nach kurzer Zeit kam ein älterer grauhaariger Mann heraus.

Mein Name ist Löwengard. Was kann ich für Sie tun?

Franz stellte sich vor und brachte sein Anliegen zur Sprache.

Um wen handelt es sich?

Professor Walter Thalheimer.

Der Mann blickte Franz nachdenklich an. Kommen Sie bitte herein, Herr Niemann, sagte er schließlich.

Er führte Franz in eine Art Vorzimmer, einfach eingerichtet mit einem Tisch und ein paar Stühlen.

Nehmen Sie Platz, sagte er. Herr Thalheimer ist erst vor etwas mehr als einem Jahr zu unserer Gemeinde gekommen. Wie bei vielen von uns hat auch bei ihm eine Neubesinnung auf die ursprüngliche Herkunft stattgefunden. Seit die an der Macht sind, suchen viele deutsche Juden einen Halt in den Gemeinden. Auch für Herrn Thalheimer, der früher kaum noch eine innere Verbindung zum Judentum gehabt hat, war eine solche Neuorientierung wichtig geworden.

Und wie geht es ihm?, fragte Franz. Wo ist er?

Kannten Sie ihn gut?

Nun, ich habe einige Jahre bei ihm studiert. In der Zwischenzeit bin ich am Musikwissenschaftlichen Institut in Wien. Ich habe ihm immer wieder geschrieben, wollte mit ihm in Verbindung bleiben, aber er hat meine Briefe nicht beantwortet.

Verstehe, sagte Herr Löwengard.

Ich bin während meiner Zeit in Wien nur zwei Mal nach Deutschland gekommen. Einmal vor zehn Monaten und das zweite Mal jetzt. Wieder habe ich Herrn Thalheimer in seiner Wohnung in der Schubertstraße nicht angetroffen. Heute sah ich an der Haustür ein anderes Namensschild. Auch die Familie Stern, die ein paar Häuser weiter gewohnt hat, scheint nicht mehr dort zu wohnen.

Frau Stern war seine Haushalthilfe, sagte Löwengard. Die Familie Stern befindet sich seit ein paar Wochen in Palästina.

Ist Herr Thalheimer zu seiner Schwester gezogen?

Herr Niemann, Walter Thalheimer ist tot. Vor etwa vier Monaten hat ihn Frau Stern morgens in seinem Stuhl am Schreibtisch gefunden.

Franz starrte ins Leere, in ein Nichts. Er stand auf.

Entschuldigen Sie, Herr Löwengard. Aber ... er war für mich wie ein Freund ... und ein hervorragender Wissenschaftler.

Es tut mir leid für Sie, Herr Niemann.

Wollte er einfach nicht mehr?, fragte Franz.

Löwengard erhob sich. Er hatte Schlaftabletten genommen. Sein schwaches Herz kam hinzu.

Sie gingen hinaus.

Ich hoffe für Sie, dass Sie Ihre wissenschaftliche Arbeit erfolgreich zu Ende bringen können, sagte Löwengard zum Abschied.

Das ist im Vergleich zu Ihren Problemen nur ein geringes, sagte Franz.

Franz fühlte sich wie gerädert. Er empfand Trauer und Wut gleichermaßen, eine blinde, ohnmächtige Wut. Mechanisch setzte er einen Fuß vor den anderen, durchquerte dieses Viertel, kam zum Westendplatz.

Ich werde dieses Lokal aufsuchen! Den *Anker*. Ich werde diesen Leuten klarmachen, dass ich dabei bin! Ich will bei denen mitmachen!

Das Lokal war geschlossen. *Wir machen vom 30. September bis 10. Oktober Urlaub*, stand auf einem Stück Pappe an der Tür.

Er ging zum Bahnhof. Der nächste Zug nach Heidelberg fuhr in einer halben Stunde. Er setzte sich auf eine Bank. Zu seiner Rechten eine helle Wand. Auf beiden Seiten große Ständer mit Hakenkreuzfahnen.

Eigentlich ideal um etwas ganz groß darauf zu schreiben. Was hatte er von den Nazis gelesen? *Juda verrecke!*

Wie wäre es zur Abwechslung einfach mal mit *Hitler verrecke?*

Zehn Tage später war er wieder in Wien.

Er hatte vor seiner Abfahrt noch einen langen Brief an Sofie geschrieben.

Regnerisch-trübes Wetter, als er ankam. Wanderungen durch die Stadt, ohne einen festen Zielpunkt. Er liebte dieses Wien, doch nun hatte er zum ersten Mal das Gefühl, dass er eigentlich gar nicht bleiben dürfe. Etwas Wichtigeres tun, als sich mit Musik zu beschäftigen, Klavier zu spielen, zu studieren.

Manchmal ein kurzer Besuch in den paar Kneipen, wo er seine Freunde zu treffen hoffte. Aber sie waren vielleicht noch gar nicht wieder in der Stadt oder er verfehlte sie.

Eine Nachricht von Rudolf Bach. Er werde am nächsten Vormittag im Institut sein und würde ihn gerne sprechen.

Berichten Sie, Herr Niemann, sagte Bach sofort nach der Begrüßung.

Franz berichtete.

Das sind schlechte Neuigkeiten, Herr Niemann, sehr schlechte. Walter Thalheimer! Nie hätte ich so etwas für möglich gehalten. Das ist ... furchtbar ...

Ich glaube, dass es in unserem Land immer schlimmer wird, vor allem für die Juden. Aber natürlich auch für all jene, die eine Gegenposition beziehen – auch wenn das nicht sehr viele sind.

Und ich ärgere mich über ein paar anonyme Briefe oder über einige Pressekampagnen gegen mich. Doch so etwas, das sind andere Dimensionen!

Welche Pressekampagnen?, fragte Franz verdutzt.

In zwei größeren Tageszeitungen hat man versucht, mich wegen meiner Einstellung zur Moderne im Allgemeinen und zur ›Neuen Wiener Schule‹ im Besonderen lächerlich zu machen. Es ist nicht von der Hand zu weisen, dass der weitaus größte Teil der Professoren und Dozenten auf stramm austrofaschistischem oder deutschnational-antisemitischem Kurs fährt. Ich beginne mehr und mehr über meine eigene Position nachzudenken. Doch lassen wir das, Herr Niemann. Haben Sie eigentlich auch an dem Alternativ-Thema weitergearbeitet, über Schubert?

Bisher nur wenig, sagte Franz.

Meine Vorlesung im Wintersemester geht über Gustav Mahler. Wäre dieser Komponist nicht auch jemand, der Sie interessieren könnte?

Ich werde diese Vorlesung gerne belegen, Herr Bach. Aber ... ich habe inzwischen sehr viel Material zur ›Neuen Wiener Schule‹ zusammen. Ich müsste es nur noch ausformulieren. Und jetzt plötzlich etwas ganz anderes beginnen? Nun, da Walter Thalheimer tot ist, denke ich manchmal: Ich bin es ihm schuldig.

Das verstehe ich ja, Herr Niemann. Vermutlich haben Sie recht. Aber ich weiß auch nicht, wie ich Ihnen sonst helfen kann. Zeiten sind das!

Er traf Felix und Leo. Der Vierte im Bunde, Kuno Marktaler, hatte Wien verlassen und wollte in Zukunft seine germanistischen Studien in Zürich fortsetzen.

Seine beiden Freunde waren bestürzt, als sie vom Schicksal Walter Thalheimers erfuhren.

Sie hatten sich in einer von ihnen bevorzugten Weinstube in der Walfischgasse getroffen.

Franz, an deiner Stelle würde ich nicht mehr nach Deutschland zurückgehen, sagte Felix. Du kannst doch genauso in Zürich oder Basel weitermachen. Dort sind ebenfalls renommierte Institute. Oder was hältst du von Prag? Ich werde auch nicht mehr allzu lange in Wien bleiben. Dann könnten wir ...

Ich weiß nicht, Felix. Ich habe allmählich das Gefühl, dass ich in Deutschland etwas tun müsste.

Du hast sicher aufrichtige und triftige Beweggründe, sagte Leo, aber es macht doch keinen Sinn, gegen einen solchen Machtapparat anzurennen.

Ich habe gehört, dass es Menschen gibt, die Widerstand leisten. Vielleicht werden es mit der Zeit mehr.

Felix wiegte in seiner typischen Art den Kopf hin und her: Du darfst dich nicht auf ein aussichtsloses Abenteuer einlassen. Das ist viel zu gefährlich.

Inzwischen hatte das Semester angefangen. Rudolf Bach gab eine allgemeine Einführung in Mahlers sinfonisches Schaffen, erläuterte zuerst die Entwicklung der Instrumentierung im Verlauf des 19. Jahrhunderts. Die Vergrößerung des Orchesterapparates sei zunächst nicht nur als quantitative Erweiterung zu sehen, sondern vielmehr als Versuch einer größtmöglichen Differenzierung innerhalb des durchkomponierten Orchestersatzes. Wagner erreiche eine komplette Klangverschmelzung im vollen Orchester und in den einzelnen Partialgruppen. Nach Wagner habe sich das Orchester noch einmal vergrößert. Dies führe dann bei Mahler zu einer zusätzlichen Steigerung des Klangvolumens und zu einer weiteren Ausdifferenzierung.

Nach einem Exkurs über das Phänomen der Naturstimmenpolyphonie bei Mahler begann Bach mit der Analyse des ersten Satzes von Mahlers 1. Symphonie, *Der Titan*.

Marianna Barth-Sennfeld wurde während ihrer Abwesenheit zumindest teilweise von einem Kollegen vertreten, der seinen eigenen Begleiter mitbrachte. Franz vermisste die Nachmittage und Abende bei Marianna. Doch er musste sich fragen, ob es sich wirklich um mehr als nur eine lieb gewonnene Gewohnheit handelte, die nun plötzlich unterbrochen war. Sein Kopf war nach seiner Wiederbegegnung mit Sofie nicht mehr sehr mit Marianna beschäftigt gewesen und er kam sich nicht besonders toll vor, hatte deshalb ein wenig ein schlechtes Gewissen.

Wenn sie im nächsten Monat zurückkommt, muss ich ihr sagen, dass ich ... einer früheren Freundin wiederbegegnet bin und ... ja ... Aber dann wird sie sicher antworten: So geht das bei dir, Franz? Du hast mir nie etwas von einer anderen Frau erzählt. Und darauf könnte ich nichts erwidern, denn Marianna hätte ja recht! Verdammt, ich will sie doch nicht kränken! Nach allem, was sie für mich getan hat.

Er musste das mit sich allein abmachen. Auch mit Felix sprach er nicht darüber. Außerdem war er sich eigentlich sicher, dass seine Freunde von seiner Beziehung zu Marianna nichts mitbekommen hatten. Es war ihnen bekannt, dass Franz für die Sängerinnen und Sänger von Mariannas Gesangsklasse ein gefragter Begleiter war, doch darüber hinaus wussten sie nichts. Auch Leo dürfte kaum etwas geahnt haben, wenn Franz ihn begleitete, denn Marianna ließ sich absolut nichts anmerken und blieb stets bei ihrem sehr distanzierten *Herr Niemann*.

Marianna kehrte zunächst nicht nach Wien zurück.

Anfang November sagte ihm Leo, dass seine Gesangslehrerin leider einen Unfall gehabt habe.

Einen Unfall?, fragte Franz ungläubig.

Genaueres weiß niemand. Dir ist auch nichts Näheres bekannt?, fragte Leo mit einem zweideutigen Lächeln.

Mir? Wieso mir?, fragte Franz irritiert.

Lass gut sein, Franz. Nichts für ungut!

Leo verschwand schnell in einen Unterrichtsraum.

Ein paar Tage später hing am Schwarzen Brett eine Mitteilung an die Gesangsklasse:

Frau Barth-Sennfeld liege nach einem Unfall in einem Krankenhaus in Amsterdam. Sie könne ihren Unterricht vorläufig nicht aufnehmen.

Friedrich Saalach kehrte Mitte November nach Wien zurück.

Franz wartete auf eine günstige Gelegenheit, um ihn nach Frau Barth-Sennfeld zu fragen. Doch Saalach wollte nichts sagen, antwortete nur ausweichend. Frau Barth-Sennfeld sei auf dem Weg der Besserung.

Am Morgen des 10. Dezember überreichte die Sekretärin Franz einen Brief. Ohne Absender. In Brüssel abgestempelt. Franz las seinen Namen, die Adresse des Musikwissenschaftlichen Instituts.

Er ging in die Bibliothek und öffnete den Brief. Er war von Marianna.

Lieber Franz!

Damit hast Du wohl nicht gerechnet, dass Du einen Brief von mir ans Institut bekommst. Aber ich musste es riskieren, denn ich habe Deine Wiener Privatadresse nicht bei mir.

Die Tournee war ein schöner Erfolg. Doch am Ende, es war das vorletzte Konzert, ist mir dieses Malheur passiert...

Sie berichtete, wie sie in Amsterdam hinter der Bühne des Konzertsaals zu Beginn der Pause auf einem kleinen Treppenabgang unglücklich gestürzt sei. Es handle sich um einen komplizierten Unterschenkelbruch am linken Bein.

Sie schob es auf Unachtsamkeit, auf ihre hochhackigen Schuhe, auf die glatten Treppenstufen. Sobald sie transportfähig gewesen sei, habe man sie unmittelbar von dem Amsterdamer Krankenhaus zu Clara Huygens nach Brüssel gebracht.

... Das ist meine beste Freundin aus meinen Wiener Studientagen. Sie ist heute Mitglied des Brüsseler Opernensembles. Sie

hat eine wunderbare Altstimme. Wir haben uns wahnsinnig über unser Wiedersehen gefreut. Ich hatte nach meinen Auftritten in Nordfrankreich in Brüssel zwei Konzerte gegeben. Friedrich und ich waren ein paar Tage bei ihr zu Gast gewesen. Sie hatte uns förmlich verboten, im Hotel zu wohnen.

Ein paar Wochen werde es schon noch dauern. Alles benötige seine Zeit – und man brauche Geduld.

Das fällt mir am schwersten. Ich möchte schließlich zu meinen Schülerinnen und Schülern zurück. Und zu Dir, mein lieber junger Freund. Ich möchte Dich noch einmal sehen, bevor Du wieder in Dein Deutschland zurückkehrst. Die Menschen hier in Belgien sind nicht besonders erbaut von der dortigen politischen Entwicklung. Schließlich wurde die Souveränität des Staates Belgien im Weltkrieg schon einmal mit Füßen getreten.

Aber ich weiß ja, dass Dir das alles auch nicht gefällt.

Franz schrieb sofort zurück. Marianna hatte auf der letzten Seite unten ihre Adresse in Brüssel angegeben.

Er schrieb, dass sie ihm fehle, dass ihm die Nachmittage mit ihrer Gesangsklasse fehlten.

Er berichtete von seinem Deutschlandbesuch, von der Hochzeit in Heidelberg, von seinen Eindrücken, von seiner Einschätzung der politischen Situation. Aber nichts von seinem Vorhaben, auf irgendeine Art und Weise Widerstand zu leisten. Und natürlich nichts von Sofie.

Ich bin feige, schrieb er in sein Tagebuch.

Dann der Briefwechsel zwischen Buenos Aires und Wien!

Die Briefe, die zwischen Franz und Sofie hin und hergingen, hatten nichts Gekünsteltes. Diese Beziehung, die sich in Deutschland in wenigen Tagen wieder so stark intensiviert hatte, ließ sich nicht herunterspielen.

… Franz, Liebster. Ich hätte mir nie vorstellen können, dass eine Trennung so schmerzlich sein kann. Ich muss unaufhörlich träumen, dass Du bei mir bist. Auch am helllichten Tag träume

ich Dich zu mir her. Es gibt keinen Unterschied mehr zwischen Tag und Nacht ...

Franz fuhr an Weihnachten nicht nach Heidelberg.

Am Heiligen Abend wanderte er in Gedanken versunken durch die Stadt, durchquerte verschiedene Bezirke, kehrte wieder in die Innenstadt zurück, setzte sich hundemüde kurz vor Beginn der Mitternachtsmesse auf einen Stuhl in der hintersten Reihe in einem Seitenschiff des Stephansdoms und schlief nach zehn Minuten ein.

Plötzlich wurde er unsanft geweckt. Er musste eine längere Zeit geschlafen haben.

Das ist doch kein Hotel!, hörte er eine männliche Stimme sagen.

Oh, das tut mir leid, sagte Franz, stand schnell auf, entfernte seinerseits unsanft die Hand, die seinen Arm umklammert hatte, und verließ rasch die Kirche.

War der bsoffn?, hallte es in dem inzwischen fast leeren Dom hinter ihm her.

Zu Silvester hatte er sich mit Leo im Klosterneuburger Stiftskeller in der Renngasse verabredet. Felix war zu seinen Eltern nach Prag gefahren und wusste noch nicht, ob er kommen würde.

Franz und Leo hatten gerade die erste Flasche Wein getrunken, als neben ihnen eine Stimme sagte: Glaubts ja net, dass ich euch hier so allein euern Wein saufn lass!

Felix wurde willkommen geheißen, mit gebührender Herzlichkeit begrüßt und von Leo sofort angesungen:

> Als Büblein klein an der Mutterbrust,
> Hop heißa bei Regen und Wind,
> Da war der Sekt schon meine Lust,
> Denn der Regen, der regnet jeglichen Tag.

Weitersingen!, rief eine Frauenstimme vom Nachbartisch.

Ein etwas untersetzter, glatzköpfiger Mann war aufgestanden und bedeutete Leo, ihm zu folgen. Der Mann näherte sich einem Pianoforte, setzte sich, nickte Leo zu und begann zu spielen. Und Leo sang dieses Lied aus Nicolais *Die Lustigen Weiber von Windsor.*

Beifall, Bravorufe und Dakapo! Letzteres kam wieder von der Frau am Nachbartisch, die Leo zuprostete, als er zu seinem Platz zurückkam.

Erst nach der nächsten Flasche!, rief Leo in die Runde. Und leiser zu seinen Freunden: Die Brünette dort drüben, eine hübsche Dreißigerin.

Wieso Dreißigerin?, fragte Felix.

Sie sieht so aus, meinte Leo, sie könnte in den Dreißigern sein.

Sie feierten ausgelassen. Auch Franz ließ sich von der allgemeinen Fröhlichkeit anstecken.

Später sang Leo noch ein paar Couplets aus verschiedenen Nestroy-Stücken.

Dann der Glockenschlag für das Neue Jahr.

Die drei Freunde umarmten sich. Die Gäste des Lokals schienen sich alle verbrüdern zu wollen.

Die Dame vom Nebentisch war aufgestanden. Die brünette, hübsch anzusehende Frau, also die *Dreißigerin*, näherte sich Leo, sagte *Prosit Neujahr!*, umarmte ihn und küsste ihn auf den Mund.

Von jetzt an komm' ich nur noch hierher!, rief Leo begeistert.

Alles in allem bekanntlich ein simpler Vorgang: Von einem festgelegten Tag an, zu einer bestimmten Stunde, beginnt ein neues Jahr. Und die Menschen freuen sich grundsätzlich, obwohl sie noch gar nicht wissen, was sich im kommenden Jahr ereignen wird.

1935! Was wird dieses Jahr 1935 wohl bringen?, dachte Franz beim Nachhauseweg. Sein Gang wies nur kleine

Unsicherheiten auf. Felix war schon vor eineinhalb Stunden gegangen. Franz hatte ihm in seinem Zimmer ein Nachtlager angeboten, doch darauf war Felix nicht eingegangen.

Franz, ich wandere ganz ohne Zweifel nach Penzing! Auch wenn ich vielleicht ein wenig schwanke, aber ich mache jede Wette mit dir, dass mich die Nachtluft mit jedem Schritt sicherer macht.

Leo hatte sich mit fortschreitender Zeit mehr und mehr in die Arme der brünetten Dreißigerin geworfen und war irgendwann mit ihr verschwunden.

Sofie hatte Franz bei seinem Deutschlandbesuch erklärt, dass die Zeit in Buenos Aires vier Stunden hinterherhinke. Eine Kirchturmuhr in der Nähe schlug drei. Also noch eine Stunde, bis auch in Buenos Aires das nächste Jahr beginnen würde.

Sofie! Warum bist du nur so weit weg!

In seinem derzeitigen Zustand, der in erster Linie dem genossenen Wein zugeschrieben werden konnte, machten sich zahlreiche Gedanken dieser Art in seinem Kopf breit.

Als Franz sich eine halbe Stunde später ins Bett legte, schlief er sofort ein. Sein Schlaf war tief und scheinbar traumlos.

Ein frostiger und ungemütlicher Januar. Eine graue Kälte setzte sich in den Straßen fest und trieb die Menschen schnell heimwärts, in die Kneipen oder in die Vergnügungstempel.

Als Franz am 21. Januar abends nach Hause kam, lag ein Brief von Marianna auf seinem Tisch. Er las ihn sofort.

Lieber Franz,

danke Dir, dass Du mir in Deinem Brief Deine Wiener Adresse mitgeteilt hast. Das macht es mir leichter. Ich weiß näm-

lich nicht, ob ich noch einmal an das Institut geschrieben hätte. Ich bin vor drei Tagen wieder in Wien eingetroffen, aber es geht mir gesundheitlich noch nicht so gut, dass ich meine Arbeit an der Hochschule schon wieder aufnehmen könnte.

Durch mein Missgeschick ist nun schließlich ein ganzes Semester vorbeigegangen.

Könntest Du mich am kommenden Freitagnachmittag besuchen? Ich werde im Laufe der nächsten Woche zu einer Erholungskur nach Bad Gastein fahren und möchte Dich vor Deiner Abfahrt nach Deutschland gerne noch einmal sehen.

Ich grüße Dich herzlich!
Marianna

Am Morgen ging er zum nächstgelegenen Postamt und ließ sich mit der Nummer von Marianna verbinden. Er hatte überlegt, dass er auf diese Weise rasch Bescheid geben und mit Marianna sprechen könnte.

Es meldete sich ihre Hausangestellte Theresa, die bedauerte, dass die gnädige Frau im Augenblick unabkömmlich sei, dass sie aber gerne seine Zusage für sein Kommen weitergeben werde.

Als er ins Institut kam, reichte ihm die Sekretärin ein gefaltetes Blatt Papier.

Herr Professor Bach hat mir aufgetragen, Ihnen diese Mitteilung auszuhändigen, Herr Niemann.

Rudolf Bach bat ihn zu einem Gespräch. *Können Sie am kommenden Donnerstag um die Mittagszeit vorbeikommen?*

Ich begrüße Sie, Herr Niemann!

Rudolf Bach war gleich aufgestanden, als Franz hereinkam. Franz war erstaunt.

Gibt es besondere Neuigkeiten, Herr Professor?

Nehmen Sie Platz, nehmen Sie Platz! Ja, Herr Niemann, das kann man schon sagen: Ich habe einen Ruf nach Basel bekommen ...

Herzlichen Glückwunsch! Das freut mich für Sie!

Normalerweise würde ich Wien nicht so ohne Weiteres verlassen, aber angesichts der allgemeinen und in Besonderheit meiner Situation in Österreich sehe ich in diesem Ortswechsel durchaus eine Chance für meine Arbeit. Meine Frau wird zunächst hier in Wien bleiben und später nachkommen. Herr Niemann, wäre das nicht auch für Sie eine günstige Gelegenheit? Sie könnten mich als mein wissenschaftlicher Mitarbeiter begleiten. Das würde auch für Sie bedeuten, dass Sie Ihre Arbeit dort fortsetzen könnten.

Ich danke Ihnen. Das ehrt mich sehr, Herr Professor, aber ...

Herr Bach, bitte! Lassen Sie den ›Professor‹ einfach weg.

... aber ich muss mir das alles erst einmal gründlich durch den Kopf gehen lassen.

Natürlich, natürlich! Überlegen Sie alles in Ruhe! Lassen Sie sich Zeit. Jetzt kommen ja bald erst einmal die Semesterferien. Selbst wenn Sie sich nicht gleich für Basel entscheiden: Sie wissen jetzt, wo Sie sich hinwenden können, Herr Niemann.

Franz freute sich über das Angebot von Rudolf Bach. Aber er war sich dennoch ziemlich sicher, dass er es nicht annehmen werde. Jedenfalls nicht gleich.

Das ist doch toll, Franz!, sagte Felix, als sie später im Café saßen. Was ich dir schon gesagt habe: Zürich oder Basel!

Felix bedauerte den Weggang von Rudolf Bach. Das ist einer der besten Lehrer hier!

Dann bleiben fast nur noch diejenigen, die sowieso in Bezug auf Kunst und Politik entsprechend ausgerichtet sind, fügte Leo hinzu, oder jene, die im Lauf der Zeit vollends auf Linie gebracht werden.

Ich mache im nächsten Semester wahrscheinlich in Prag weiter, sagte Felix.
Dann bleibe ich allein hier zurück!, rief Leo.
Na ja, meinte Felix, so allein bist du auch wieder nicht!
Lästermaul!
Leo tat so, als würde er schmollen. Sie lachten.
Spaß beiseite, sagte Leo, ich könnte hier sowieso nicht weg. Mein Vater ist im Krieg gefallen, ich unterstütze meine Mutter, wo ich kann. Wir kommen über die Runden, aber auf Rosen gebettet sind wir nicht. Aber wie dem auch immer sei, ihr werdet mir fehlen.

Am Freitag der Besuch bei Marianna.
Theresa führte ihn ins Haus.
Marianna kam ihm auf Krücken entgegengehumpelt. Beinahe hätte sie den Halt verloren, als sie Franz umarmen wollte. Eine Krücke war zu Boden gefallen.
Franz fing Marianna auf und trug sie vorsichtig zu einer Liege am Fenster. Theresa nahm die Krücken, legte sie neben die Liege und entfernte sich.
Mein starker junger Freund, sagte Marianna und ergriff seine rechte Hand.
Franz spürte etwas sehr Feuchtes an seiner anderen Hand. Hamilkar war herangekommen, um ihn zu begrüßen.
Nun siehst du nur so ein verkrüppeltes Wesen vor dir. Dabei habe ich mir unseren Abschied anders vorgestellt.
Marianna, es muss doch kein Abschied für immer sein. Ich gehe zwar nach Heidelberg zurück. Aber ich komme sicher auch wieder nach Wien. Wir können doch Freunde bleiben, sagte Franz.
Marianna hatte ihn, während er sprach, sehr aufmerksam angesehen.
Als wir uns im letzten Sommer Lebewohl gesagt haben, habe ich dich ein wenig zur Vernunft gerufen. Nun bist du es, der so vernünftig daherredet, sagte sie lächelnd.

Doch dann wurde sie wieder ernst: Es ist einfach so ein Gefühl, ich kann es überhaupt nicht erklären, aber – ich glaube nicht, dass wir uns wiedersehen werden.

Wie kommst du darauf?

Meine Vorahnungen haben mich selten getäuscht. Auch dieser Unfall, der alle meine Lebensgewohnheiten plötzlich so unschön unterbrochen hat. Unsere geordnete Welt kann so schnell aus den Fugen geraten.

Marianna, das geht vorüber. Der Beinbruch verheilt mit Sicherheit und bald wirst du wieder im Kreis deiner Schüler stehen und ihnen das Singen beibringen ...

Sie lachte: Das hast du aber schön gesagt! Beinahe rührend.

Du machst dich über mich lustig!

Nein, nein! Ganz und gar nicht. Ich möchte dir noch etwas anderes erzählen. Gestern Morgen, als ich hier am Fenster stand und in die ein wenig trostlose Winterwelt des Gartens hinausblickte, habe ich die Augen geschlossen. Ich wollte mir den Garten vorstellen, wie er im Sommer aussah. Aber es gelang mir einfach nicht. Stattdessen erblickte ich plötzlich umgefallene und zerbrochene Statuen. Den Teich mit den Seerosen gab es nicht mehr. An seiner Stelle war ein großes, mit Geröll gefülltes Erdloch. Auf den Wiesen lag irgendwelcher Unrat herum. Ich riss die Augen auf: Da war wieder der winterliche Garten, der mir auf einmal gar nicht mehr so öde erschien. Franz, glaubst du, dass wir manchmal in die Zukunft schauen können?

Ich weiß nicht. Auch wenn wir träumen, erscheinen uns oft ganz abenteuerliche Dinge, irgendwelche Zusammenhänge, die wir auf etwas Zukünftiges beziehen könnten ...

Für mich war es fast so etwas wie ein Zeichen.

Das würde mir Angst machen.

Das soll es nicht! Franz, behalte mich so in Erinnerung,

wie ich im Sommer war. Erinnere dich an uns beide, wie wir gemeinsam Musik gemacht haben, wie wir uns geliebt haben.

Franz hatte sich auf den Rand der Liege gesetzt, nahm nun ihre Hand und küsste sie.

Gehen wir ein wenig spazieren, sagte Marianna.

Franz wollte ihr helfen.

Nein, ich muss das alleine hinkriegen. Du wirst sehen, es geht schon.

Franz trat zurück. Marianna zog ihr linkes Bein vorsichtig über den Rand der Liege, schwang das andere hinterher, bückte sich, nahm die Krücken auf und zog sich hoch. Franz öffnete die Terrassentür. Langsam gingen sie in den Garten hinaus.

Ich übe jeden Tag, sagte sie. Es wird allmählich besser. Am Anfang musste man mir immer helfen. Doch nun kann ich schon vieles selbst machen.

Franz wollte Marianna ein wenig aufheitern. Er erzählte von der verrückten Silvesterfeier im Klosterneuburger Stiftskeller. Von Leos großer Gesangsnummer und seinen Einlagen.

Leo!, rief Marianna. Das sieht ihm ähnlich. Ein großes Talent. Nicht nur als Sänger. Auch als Schauspieler. Ich könnte mir vorstellen, dass er einmal seinen Weg macht. Er hat das Zeug dazu.

Als sie zurückkamen, hatte Theresa den Kaffeetisch gedeckt. Hamilkar wurde zur Strafe in den Garten geschickt, weil er sich vorher ein Stück Torte vom Tisch geholt hatte.

Franz, würdest du mich bei ein paar Schubert-Liedern begleiten?, fragte Marianna. Ich arbeite an der *Winterreise*.

Franz sah sie erstaunt an.

Ich weiß, dass Schubert diese Lieder für einen Sänger komponiert hat, fuhr Marianna lächelnd fort, aber weshalb sollte sich nicht auch eine Frauenstimme daran versuchen?

Ja, warum eigentlich nicht, sagte Franz.

Ich habe an die ersten fünf Lieder gedacht. Bis zum *Lindenbaum*. Wollen wir? Wir stellen eine Sitzgelegenheit rechts neben den Flügel.

Franz rückte einen Stuhl zurecht. Marianna hatte sich erhoben und kam langsam herüber.

Er begann das Vorspiel des ersten Liedes.

Etwas schneller, Franz. Fremdheit hat nichts Verträumtes. Eher vielleicht sogar etwas Gehetztes.

Fremd bin ich eingezogen: Marianna gab dem Ton auf *fremd* einen fast fahlen Klang. Und so sang sie das Lied weiter. Auch *Die Wetterfahne, Gefrorene Tränen* und *Erstarrung*: Nichts mehr von süßlicher Romantik. Es klang eher nach Entfremdung des Individuums, das nicht mehr zurückfindet, das draußen bleibt – eine suspendierte Ankunft.

Im *Lindenbaum* ein kurzes Aufblühen. Der mittlere Teil des Liedes entlarvt den Traum. Eine imaginierte Selbstauslöschung? Dann zurück zur Atmosphäre des Anfangs – doch es bleibt nur ein Traum, der Wanderer wird der Verlockung der Ruhe nicht erliegen.

Noch einmal, Franz?

Ja, noch einmal von vorne. Franz hatte sich an das ungewohnte Tempo gewöhnt, sparte mit dem Pedal, wo es möglich war, versuchte die Begleitung weitestgehend anzupassen.

Schließlich der Abschied. Marianna erwartete noch ihren Arzt.

Franz zog ein Blatt Papier aus seiner Jackentasche und überreichte es ihr.

Hier ist meine Heidelberger Adresse.

Ein langes Umarmen an der Haustür.

Marianna, du hast das mit dem Nicht-Wiedersehen nicht ernst gemeint, oder?

Wenn ich von der Kur zurückkomme, wirst du nicht mehr hier sein.

Ja, aber Wien liegt doch nicht am anderen Ende der Welt!

Ich habe gesagt, es sei nur so ein Gefühl. Vielleicht täusche ich mich ja.

Ein Kuss.

Danke für alles, sagte Franz.

Du wirst auf dich aufpassen? Versprichst du mir das?

Ja, Marianna. Du auch.

Mitte Februar kam ein Brief aus Houston in den Vereinigten Staaten. Er war von Sofies Mutter. Sofie liege mit einer schweren Virusinfektion im Krankenhaus. Man habe zunächst das Schlimmste befürchtet.

… Wir haben schließlich erreicht, dass Sofie in die Staaten zu einem Spezialisten gebracht werden konnte. Nun ist sie auf dem Weg der Besserung. Aber sie ist immer noch sehr schwach. Ich soll Sie herzlich von ihr grüßen. Sie wird sich melden, sobald wir wieder in Buenos Aires sind …

Franz war außerordentlich betroffen. Er schrieb sofort einen Brief an Sofie, äußerte seine Besorgnis, wollte Genaueres wissen, wie das in aller Welt habe geschehen können. Am Ende teilte er Sofie mit, dass er Anfang März wieder nach Heidelberg zurückfahren werde.

Wir hatten doch über unsere Verlobung gesprochen!, schrieb er in sein Tagebuch. *Aber dieses Thema wollte ich natürlich in dem Augenblick nicht ansprechen …*

Weitere Abschiede.

Zuerst von Felix. Er gab Franz seine Adresse in der Prager Josefstadt.

Wo bleibt denn Leo?, fragte Franz.

Wir haben uns gestern Abend voneinander verabschiedet. Leo hasst Bahnhofsabschiede.

Sie umarmten sich und Felix stieg in seinen Zug. Er ließ das Fenster in seinem Abteil herunter.

Du bist jederzeit willkommen bei uns.

Du auch in Heidelberg. Du hast ja meine Adresse.

Na ja ...

Ich weiß, sagte Franz. Aber man soll die Hoffnung nie aufgeben.

Halt die Ohren steif, Franz!, rief Felix, als der Zug anfuhr.

Wir werden uns wiedersehen, Felix!

Dann von Leo. Sie saßen in der Weinstube in der Walfischgasse. Gedämpfte Stimmung.

Franz erzählte Leo, dass er sich vor kurzem von Frau Barth-Sennfeld verabschiedet habe. Leo zog verwundert die Augenbrauen hoch: Sie hat dich empfangen?

Ja. Sie ist ein paar Tage später zur Kur gefahren. Sie wirkte noch sehr angeschlagen.

Ziemlicher Mist. Dieses Semester kann ich vergessen. Sie wird von Wenzel Nuschelmann vertreten. Das ist kein Vergleich. Außerdem hat er die Modernen alle erst mal rausgeworfen. Die *Großen* sollten wir vor allem studieren!

Mit fortschreitendem Abend und entsprechendem Weinkonsum wurde ihre Stimmung langsam besser. Aber auch etwas sentimental. Als sie sich verabschiedeten, schluckte Leo ein paarmal. Sie umarmten sich nur kurz und Leo drehte sich abrupt um. Mach's gut, Franz.

Du auch, Leo. Dann gingen sie ihrer Wege.

Rudolf Bach wiederholte sein Angebot.

Es hat keine Eile damit, Herr Niemann. Überdenken Sie meinen Vorschlag in aller Ruhe.

Franz wünschte Rudolf Bach alles Gute in seinem neuen Wirkungskreis und bedankte sich.

Nichts zu danken, Herr Niemann. Es war mir ein Bedürfnis, Sie zu unterstützen. Ich hoffe, dass Sie nun nicht das Gefühl haben, mit leeren Händen nach Deutschland zurückzukommen.

Nein, Herr Bach, es waren zwei reiche Jahre.

Das freut mich, Herr Niemann. Ein letzter sehr langer, freundschaftlicher Händedruck.

Zwei Tage später, am 10. März 1935, fuhr Franz nach Deutschland zurück.

Allegro assai

Franz hatte seinem Vater erklärt, dass er auf keinen Fall in Heidelberg bleiben wolle. Er suchte die Anonymität in der größeren Stadt und beabsichtigte zu bestimmten Gruppen Kontakt aufzunehmen. Doch das sagte er seinen Eltern nicht.

Ich werde Klavierstunden geben, meinte Franz lapidar. Ihr werdet sehen, dass ich mich damit durchschlagen kann.

Zunächst waren noch Einwände gekommen, vor allem von seinem Vater, doch schließlich mussten sie ihn ziehen lassen.

Franz hatte in Frankfurt eine kleine Wohnung am Goetheplatz gemietet, mehrere Inserate aufgegeben, auch ein paar alte Bekannte aufgesucht, von denen er wusste, dass sie Musiklehrer werden wollten.

Zuerst stellten sich nur wenige Schülerinnen und Schüler ein. Und Franz machte eine überraschende Entdeckung: Der Instrumentalunterricht machte ihm Spaß. Seine Absicht, sich als Klavierlehrer zu betätigen, war nur eine Idee gewesen, ein Versuch. Doch nun war er wirklich froh, diese Entscheidung getroffen zu haben. Die Zahl seiner Schüler nahm zu – und er konnte mit der Zeit ohne größere Probleme seinen Lebensunterhalt bestreiten.

Franz, ist es das, was du gewollt hast?, fragte ihn sein Vater während eines Wochenendbesuchs zu Hause.

Was schlägst du vor? Was soll ich denn tun? Du glaubst doch nicht im Ernst, dass ich etwa in die Partei eintrete, nur um irgendeine Karriere zu machen?

Sein Vater zuckte resignierend die Achseln. Ich hätte mir natürlich für meinen Sohn einen anderen Beruf als Klavierlehrer gewünscht.

Das ist doch ein ehrenwerter Beruf. Im Augenblick bin ich froh darüber.

Klar, Franz, wand sich sein Vater ein wenig, es geht mir jetzt nicht so sehr um die berufliche Stellung an sich. Ich meine doch nur, von deinen Fähigkeiten her wäre für dich etwas anderes möglich gewesen.

Wer fragt denn heute noch nach Fähigkeiten? Es geht doch fast nur noch um Gesinnung ...

Da muss ich dir Recht geben, sagte sein Vater. Man muss sich das einmal vorstellen: Vor einiger Zeit hat ein Volksschullehrer namens Ernst Krieck den Philosophielehrstuhl von Heinrich Rickert bekommen ...

Wie bitte?

Das hat selbst Kollegen mit rechter Gesinnung aufgebracht.

Franz schüttelte den Kopf.

Ein Skandal, fuhr sein Vater fort. Wenn ich daran denke, dass einem Mann wie Karl Jaspers die Lehrerlaubnis entzogen worden ist! Dennoch muss ich sagen, dass das nicht die Regel ist. Franz, du weißt doch, dass ich nie ein Nazi sein werde. Es gibt Leute, die in der Partei sind und den Braunen dennoch ein Schnippchen schlagen. Ich will zwei Beispiele erwähnen: In Frankfurt, so hat mir mein Arzt vor kurzem vertraulich erzählt, hat der Leiter der Nervenklinik Niederrad, Professor Kleist, immer wieder jüdischen Ärzten geholfen oder er hat Leute gedeckt, die politisch unliebsam aufgefallen sind. In der Frauenklinik präsentiert sich der Chefarzt, Professor Guthmann, in brauner Uniform. Doch das ist eine Tarnung, denn er hilft Kollegen in Not, wo er kann.

Das sind sicher Einzelfälle ...

Ich weiß. Ich selbst würde gern mehr tun, aber ich habe mich bisher nicht getraut.

Mach dir deshalb keine Vorwürfe, Vater. In den Geisteswissenschaften ist das ohnehin schwieriger.

Das tröstet mich nicht besonders. Ich habe dir damals, '33, gesagt, dass man in den Apparat hineingehen müsse, um etwas nach der anderen Seite hin zu bewirken. Doch ganz so einfach ist das nicht.

Franz etablierte sich in den nächsten Monaten als Klavierlehrer, unterrichtete unter anderen auch ein Mädchen und einen Jungen von Nazibonzen, Irmtraut und Hans, letzterer eine große Klavierbegabung, ein zwölfjähriger Junge, der nicht immer regelmäßig übte, aber wenn er wollte, konnte er Erstaunliches leisten. Franz war einmal verblüfft, wie Hans den letzten Satz aus Mozarts A-Dur-Sonate, das *Rondo alla turca*, bewältigte. Hans machte die Musik Freude, er kam immer gerne zu seiner Klavierstunde. Die elfjährige Irmtraut dagegen war eben dazu angehalten worden, Klavier zu spielen. Sie absolvierte artig und folgsam, allerdings ohne große Begeisterung ihre Stunden. Auch zwei jüdische Kinder kamen zum Klavierunterricht, Rebecca und Martin. Bei ihnen verhielt es sich gerade umgekehrt. Der Junge übte zwar fleißig, war aber nicht gerade das, was man als große Klavierhoffnung bezeichnen konnte. Das Mädchen jedoch entpuppte sich als hochbegabte Musikerin. Rebecca war knapp vierzehn Jahre alt und spielte ihm in der ersten Stunde, noch etwas ›wild‹, die *Chromatische Fantasie und Fuge* von Bach vor.

Franz war fasziniert. Er ›zähmte‹ in den folgenden Wochen dieses hochaufgeschossene Mädchen mit den relativ großen Händen und beim ersten Klassenvorspiel bot sie eine beeindruckende Wiedergabe der dritten *Ballade in As-Dur* von Chopin. Hans und Irmtraut wurden daraufhin, sehr zum Ärger von Hans, bald abgemeldet, ohne Erklärung. Doch es kamen auch wieder andere Kinder. Allerdings, auch wenn sich das nicht sofort zeigte: Franz war politisch aufgefallen.

Franz vergaß seine Wiener Freunde nicht. Zumindest in der ersten Zeit ließ er sie an seinem Leben teilhaben, schilderte ihnen in seinen Briefen die neue Tätigkeit, seine Sympathie für diese jungen Menschen, die häufig aus Freude an der Musik zu ihm kamen – und die ihn offensichtlich mochten.

Seine größte Sorge galt Sofie. Viele Briefe fuhren über den Atlantik nach Buenos Aires. Ab und zu antwortete ihre Mutter, die ihm von Sofies gesundheitlichen Fortschritten und manchmal auch von kleinen Rückfällen berichtete, bis schließlich Mitte Juni der erste Brief von Sofies eigener Hand ankam. Endlich hatte sie die schwere Hepatitis überwunden.

… Ich fühle mich immer noch sehr schwach. Aber es kann nur besser werden. Nun wird vorläufig nichts aus unserem Wiedersehen in Deutschland. Ich habe es so sehr herbeigesehnt. Manchmal habe ich das Gefühl, dass irgendetwas nicht sein darf – mit uns. Doch dann klammere ich mich wieder an einen Strohhalm, genannt Hoffnung, dass eines Tages vielleicht alles ins Lot kommen wird.

Meine Mutter hat vor zwei Wochen die Schiffsreise nach Bremerhaven angetreten. Zuerst wollte sie gar nicht wegfahren, aber als sie sah, dass es mir besser ging und wir ihr entsprechend zugeredet haben, an der Geburtstagsfeier ihres Vaters teilzunehmen, hat sie eingewilligt.

… Übrigens steht mein Vater unserer Verlobung nicht ablehnend gegenüber. Meine Mutter redet mit Engelszungen auf ihn ein – und ich versuche auch mein Bestes, ihn in diese Richtung zu lenken …

Franz schrieb an Rudolf Bach, zunächst an dessen Wiener Adresse. Und eines Tages kam ein Brief aus Basel, in dem ihn sein ehemaliger Lehrer dazu beglückwünschte, in Frankfurt eine neue berufliche Möglichkeit aufgetan zu haben. Bach schwärmte seinerseits von der *freieren Luft des*

Ortes (wie sich Heine einmal über Paris geäußert hat). Die Moderne hat in Basel einen ganz anderen Stellenwert. Paul Sacher, der Gründer des Basler Kammerorchesters, führt moderne Komponisten wie Hindemith, Bartók und Strawinsky auf. Das kann man sich in Wien kaum vorstellen ...

Auch an Marianna Barth-Sennfeld gingen Briefe ab. Doch Marianna antwortete nur ein einziges Mal, Mitte Mai. Es gehe ihr ganz gut, sie unterrichte seit ein paar Wochen wieder ihre Gesangsklasse. Maria, eine Sopranistin, und Leo machten ihr besondere Freude.

Sie wünschte Franz noch einmal alles Gute und er solle auf sich aufpassen.

Schon ein wenig unverbindlich, dachte Franz. Aber hätte er es anders gewollt?

Über das, was Franz neben seiner Alltagsbetätigung in Gang setzte, hüllte er sich in absolutes Stillschweigen. Ganz allmählich war es zu ersten Kontaktaufnahmen gekommen.

... Rudolf Bachs Angebot geht mir immer wieder durch den Kopf!, schrieb er in seinem Tagebuch. *Raus aus diesem Land und ab nach Basel! Studieren, was man möchte! Vielleicht promovieren. Ohne jemandem Rechenschaft ablegen zu müssen. Musik machen und Musik hören! Letzteres konnte ich in Wien auch. Aber sonst?*

Ich denke dennoch, dass hier mein Platz ist, dass ich hier etwas tun muss, dass ich weder mir noch sonst irgendjemandem davonlaufen kann.

Franz lernte im Laufe der Zeit verschiedene Gruppen und Verbände kennen. Wenn man in eine bestimmte Richtung neugierig war, konnte man immer entsprechende Informationen bekommen. Die Antennen waren ausgefahren. Es kam darauf an, sie im geeigneten Augenblick in die richtige Richtung zu drehen.

Ein erster Kontakt ergab sich durch Zufall. Franz wurde

auf ein Café in der Nähe vom Roßmarkt, nicht weit von seiner Wohnung am Goetheplatz entfernt, aufmerksam, in dem immer wieder Konzerte angekündigt wurden. Eines Abends war er hingegangen. Zu seinem Erstaunen spielte dort eine Jazzband. Aber noch mehr überraschte ihn der Schlagzeuger: Erwin Mantoni! Von den anderen Mitgliedern ihrer früheren Band konnte er niemanden entdecken. Das Café war gut besucht. Franz fand gerade noch einen Platz in der Nähe des Eingangs. Das vorwiegend junge Publikum genoss die Dixielandmusik sichtlich. Die Band spielte gut, Erwin war in seinem Element, bei seinen Soli gab es immer wieder Beifall. Aber auch der Trompeter und der Klarinettist konnten sich hören lassen. Die Posaune war etwas mittelmäßiger besetzt. Franz erinnerte sich an Albert Klemm, der mit seiner Posaune die abenteuerlichsten Sachen angestellt hatte.

In einer Pause ging Franz nach vorne zu der kleinen Bühne.

Franz!, rief Erwin Mantoni, als er seinen früheren Kommilitonen auf sich zukommen sah.

Eine freundschaftliche Umarmung.

Wo lebst du? Was treibst du?

Franz berichtete in aller Kürze.

Dann bist du ja wieder hier!, rief Erwin. Komm!

Er nahm Franz hinter die Bühne mit und führte ihn in eine kleine Garderobe.

Hör zu, vor zwei Wochen ist unser Pianist verhaftet und schwer misshandelt worden. Inzwischen ist er wieder auf freiem Fuß. Aber er wird noch eine Weile ausfallen.

Weshalb? Nur weil er Jazz gespielt hat?, fragte Franz.

Nein, nein. Das hatte nicht nur mit der Musik zu tun. Das waren ... auch andere Gründe.

Aber wie kommt es, dass ihr hier mitten in der Stadt Jazz spielen könnt?

Diese Musik ist zwar offiziell verboten, aber offensichtlich nicht totzukriegen. Du kannst auch in den Plattengeschäften immer noch Schallplatten von Duke Ellington, Louis Armstrong oder Count Basie kaufen. In der Nähe vom Bahnhof gibt es eine Bar, die aus allen Nähten platzt, wenn Jazz-Konzerte angesagt sind. Ab und zu spielen sie dort mit richtigen Sections Swing-Musik. Ich kann dir sagen, das ist ein erstaunlicher Klang! Das swingt, dass es eine Freude ist. Aber ich wollte dich noch etwas anderes fragen: Was hältst du davon, wenn du hier ein wenig das derzeit schweigende Klavier bearbeiten würdest?

Ich weiß nicht, Erwin. Wenn euer Pianist wiederkommt ...

Klar, aber ab und zu? Komm, gib deinem Herzen einen Stoß! Du wirst doch das Improvisieren nicht verlernt haben?

Gut, aber nur ›ab und zu‹!

Toll! Das muss ich gleich unseren Leuten sagen.

Warte noch einen Moment, Erwin. Was ist denn aus unseren anderen Bandmitgliedern geworden?

Tja. Samuel ist nicht mehr hier. Er ist mit seiner Familie nach Holland gegangen. Ich habe seitdem nichts mehr von ihm gehört. Hans befindet sich, soviel ich weiß, in Salzburg.

Und Albert?

Albert ist noch hier! Er ist heute wegen eines Zahnarztbesuchs ausgefallen. Nächste Woche spielt er wieder mit.

Nach der Pause war plötzlich ein Klavier dabei.

Sie begannen mit *When the saints go marching in*, dann folgten *Tiger Rag, Clarinet Marmalade, Jazz me Blues, Lonesome woman Blues, Darktown Stritters Ball* und noch so manche Nummer. Erwin Mantoni sorgte dafür, dass manchmal auch ein Klaviersolo zu hören war. Das Publikum war begeistert.

Als Franz in dieser Nacht zu seiner Wohnung zurückging, fühlte er sich so gut, wie er sich lange nicht mehr gefühlt hatte.

Das ist zwar kein Widerstand, aber doch zumindest die Manifestation einer Protesthaltung, dachte er. All diese jungen Leute, die teilweise anders angezogen waren, etwas andere Frisuren hatten, sich einfach von diesem braunen Einheitsbrei absondern wollten.

Erwin Mantoni hatte ihm erzählt, dass es durchaus von Zeit zu Zeit Razzien gebe, dass man ständig versuche, die jungen Leute einzuschüchtern.

So spielte Franz immer mal wieder bei Jazz-Konzerten mit. Er besuchte auch die Bar am Hauptbahnhof, hörte dieses Swing-Orchester. Das waren viel mehr Musiker, dadurch konnte kaum mehr improvisiert werden, man musste die Musik vorher ›arrangieren‹.

Franz hörte gerne zu, doch ihm war die Combo lieber. Improvisieren gefiel ihm besser. Da war er in seinem Element.

Ende Mai ging Franz in das Lokal *Zum Anker* in der Westendstraße. Er fand noch Platz an einem Tisch, an dem ein älterer Mann saß und seinen Apfelwein trank. Alle anderen Tische waren besetzt.

Der Mann nickte auf seinen Gruß nur kurz zu ihm her, beachtete Franz aber sonst nicht weiter. Die Frauen und Männer redeten über alle möglichen belanglosen Dinge. An einem Tisch wurde Karten gespielt. Hinter dem Schanktisch arbeitete ein jüngerer Mann, den Franz bei seinem ersten Besuch nicht gesehen hatte.

Was möchten Sie haben?, fragte er.

Ein Glas Apfelwein.

In diesem Augenblick kam die Frau des Wirts aus der Küche. Sie blickte kurz zu Franz herüber.

Es war an diesem Tag ziemlich warm gewesen, die Tür zur Gaststätte stand offen, manchmal sahen Leute herein, einmal auch dieser HJ-Streifendienst, den Franz schon bei verschiedenen Gelegenheiten erlebt hatte.

Als der Mann das Getränk an den Tisch brachte, sprach ihn Franz an.

Entschuldigung, ist der Wirt zufällig da?

Was wollen Sie denn von ihm?

Am Nachbartisch verstummte plötzlich das Gespräch.

Ich hätte ihn gerne gesprochen, sagte Franz.

In welcher Angelegenheit?, fragte der Mann.

Mein letzter Besuch ist schon eine Weile her, sagte Franz.

Es tut mir leid, aber der Wirt ist nicht hier.

Wann kommt er zurück?

Das kann ich nicht genau sagen.

Hallo, rief jemand von einem anderen Tisch herüber.

Der Mann murmelte ein ›Tschuldigung‹, eilte zu dem Gast und nahm eine Bestellung auf. Er ging zurück.

Ein Bier für den Herrn dort, sagte er zu der Wirtin hinter dem Tresen. Dann hängte er sein Tuch an einen Haken an der Wand, sah sich noch einmal kurz um und verschwand in der Küche. Die Frau zapfte das Bier ab, brachte das Glas an den Tisch, blickte mit einem leicht beunruhigten Gesichtsausdruck zu Franz herüber und ging ebenfalls in die Küche.

Zum Wohl!, sagte Franz.

Der Mann neben ihm nickte wieder. Franz fühlte sich nicht so ganz wohl in seiner Haut. Die Leute verhielten sich seinem Gefühl nach merkwürdig.

Er trank seinen Apfelwein und wusste im Moment nicht, wie er sich verhalten sollte.

An einem anderen Tisch erhoben sich zwei Männer und verließen das Lokal. Im gleichen Augenblick kam die Wirtin zurück. Kurze Zeit später betraten zwei Männer in SA-Uniform das Lokal und setzten sich auf die frei gewordenen Plätze.

Was kann ich Ihnen bringen?, fragte die Wirtin.

Zwei Ebbelwoi und einmal Handkäs' mit Musik, sagte einer der beiden.

Kommt sofort, sagte die Wirtin, füllte zwei Gläser mit Apfelwein, brachte sie den SA-Leuten und ging in die Küche.

Franz trank sein Glas leer und blieb unschlüssig sitzen. Schließlich kam die Wirtin wieder aus der Küche und brachte einen Teller mit der Spezialität heraus.

Als die Frau hinter dem Tresen stand, erhob sich Franz, ging zu ihr hin und bezahlte sein Getränk.

Guten Tag, sagte er und wandte sich dem Ausgang zu. Heil Hitler!, rief es hinter ihm her, als er auf die Straße trat.

Ich muss es anders angehen, dachte Franz. Aber wie? Vielleicht habe ich mich ja getäuscht und es ist gar nicht so, wie ich mir das vorgestellt habe. Oder es ist kaum möglich, als Außenstehender in eine solche Gruppe hineinzukommen.

Drei Tage später war wieder ein Jazz-Konzert im Café am Roßmarkt angesagt. Erwin Mantoni hatte nachmittags bei Franz nachgefragt.

Kannst du heute Abend einspringen? Unser Pianist ist verhindert.

Franz sagte zu. Er hatte inzwischen Hans-Georg Obermann kennen gelernt. Der machte seine Sache am Piano recht ordentlich, litt aber seit seiner Verhaftung immer wieder unter starken Kopfschmerzen, die ihm oft so zu schaffen machten, dass er nicht auftreten konnte.

Abends um neun Uhr begann das Konzert. Sie waren in der Zwischenzeit ein gut eingespieltes Team, Albert Klemm hatte sich sehr gefreut, dass er wieder mit Franz zusammen spielen konnte. Seine Posaunen-Soli waren ein oft bejubelter Bestandteil in einzelnen Nummern.

In der Pause stand Franz mit einigen jungen Leuten zusammen, die er schon häufig bei den Konzerten gesehen hatte. Sie waren begeisterte Jazzfans und bewunderten die Instrumentalisten.

Erwin Mantoni trat auf Franz zu.

Ich muss euch unseren Pianisten für einen Augenblick entführen, liebe Leute. Franz, kommst du bitte mit, ich möchte dich jemandem vorstellen.

Als sie in den Garderobenraum kamen, stand ihm ein Mann gegenüber, der ihn mit einem kleinen Lächeln begrüßte. Es war der jüngere Mann, der ihn vor ein paar Tagen im *Anker* bedient hatte.

Darf ich vorstellen: Wolfgang Jung, Franz Niemann.

Gratuliere, sagte der Mann, ihr spielt einen tollen Jazz. Das hätte ich mir nicht träumen lassen, Sie hier zu treffen.

Franz lachte. Nun, die Welt ist eben immer wieder voller Überraschungen. Wenn ich gewusst hätte, dass Sie ein Jazzfan sind.

Darüber müssen wir uns einmal unterhalten, sagte Wolfgang Jung und dachte einen Moment nach.

Haben Sie morgen gegen Abend Zeit? So gegen sechs? Dann kommen Sie doch auf einen Sprung in den *Anker*.

Ich werde kommen, sagte Franz.

Dann gehe ich mal wieder. Ihr macht sicher gleich weiter. Bis bald!, sagte der Mann und verschwand schnell durch den Hinterausgang.

Ist das ein Freund von dir?, fragte Franz.

Wir kennen uns schon ziemlich lange. Wir kommen beide aus Bockenheim. Er ist etwas jünger als ich.

Ich habe ihn neulich in dem Lokal getroffen ...

... und nach dem Wirt gefragt, fuhr Erwin fort.

Hat er dir das gesagt?

Er hat sich ausführlich nach dir erkundigt. Was du hier machst, treibst und so weiter.

Bitte? Weshalb?

Das soll er dir erklären. Ich hab ihm jedenfalls erzählt, wie du damals ein paar braune Hansel verdroschen hast – und außerdem kennen wir ja alle deine politische Großrichtung. Es war und ist schließlich auch die unsrige.

Erwin, weißt du etwas von dem Wirt? Hat er etwas mit einer Widerstandsgruppe zu tun?

Wie kommst du darauf?, fragte Erwin.

Franz fasste seine Eindrücke, auch von seinem ersten Besuch vor anderthalb Jahren, zusammen.

Das mag vielleicht schon stimmen, sagte Erwin, aber das sollen sie dir selbst sagen.

Am nächsten Tag ging Franz zur verabredeten Zeit in das Lokal *Zum Anker* in der Westendstraße.

Es befanden sich nur ein älteres Paar und ein Solotrinker in der Gaststube.

Wolfgang Jung stand am Tresen und hob kurz die Hand, als Franz hereinkam.

Ein Glas Apfelwein?

Franz nickte.

Wolfgang Jung öffnete die Küchentür einen Spalt und sagte etwas. Dann brachte er Franz das Getränk.

Der Wirt, den die Frau damals Frieder genannt hatte, kam durch die Küchentür, schaute sich im Lokal um.

Franz hob die rechte Hand ein wenig.

Der Wirt näherte sich seinem Tisch, blickte Franz aufmerksam an.

Ich habe Sie schon mal irgendwo gesehen, aber im Moment könnte ich nicht sagen, wo das genau gewesen ist.

Franz war aufgestanden.

Das ist eineinhalb Jahre her, sagte er, kurz nach Weihnachten '33. Ich hatte versucht, meinen ehemaligen ...

Ja, ich erinnere mich dunkel, unterbrach ihn der Wirt. Kommen Sie doch bitte einen Augenblick mit.

Sie gingen durch die Tür in die Küche und von da aus nach rechts in eine Art Wohnzimmer, aus dem Franz damals das Gespräch der beiden Wirtsleute gehört hatte.

Auf der linken Seite eine Eckbank mit Esszimmertisch und zwei weiteren Stühlen. An den Wänden mehrere kleinere Schränke, ansonsten Familienfotos. Auf der rechten Seite über einem Sofa ein Druck nach einem Landschaftsbild, der Genfer See.

Mein Name ist Frieder Kachler. Er streckte Franz die Hand hin.

Franz Niemann.

Herr Niemann, ich erinnere mich schon ein wenig an unser damaliges Gespräch, aber ich wollte sicher gehen. Also, was haben Sie auf dem Herzen?

Sehen Sie, begann Franz, ich hatte damals bei meinem Besuch den Eindruck, dass Sie ... gegen Hitler sind ...

Und?

Wie soll ich sagen? Ich suche gleichgesinnte Leute. Menschen, die gegen dieses Regime sind, die versuchen gegen diese Barbarei anzukämpfen. Ich möchte dabei sein, verstehen Sie? Ich möchte auf irgendeine Weise bei Ihnen mitmachen ...

Und was macht Sie so sicher, dass wir für Sie die richtigen Leute sind?

Damals, als ich hier in Ihrem Lokal war und bezahlen wollte, war ich in die Küche gegangen, um nach Ihnen zu suchen. Dabei habe ich aus diesem Zimmer hier zufällig das Gespräch zwischen Ihnen und Ihrer Frau gehört. Ihre Frau hatte geglaubt, ich sei ein Spitzel – und da konnte ich mir so manches zusammenreimen.

Haben Sie nicht irgendwo im Ausland studiert?, fragte Frieder Kachler.

In Wien, antwortete Franz, aber ich bin seit einigen Monaten wieder in Deutschland. Ich lebe in Frankfurt und verdiene mein Geld als Klavierlehrer.

Nehmen Sie Platz, Herr Niemann. Er deutete auf einen Sessel links von einem niedrigen Couchtisch. Er selbst setzte sich auf das Sofa.

Ich habe Ihnen damals gesagt, dass Sie mit Ihren Äußerungen vorsichtiger sein sollten, hab ich Recht?, fragte er lächelnd.

Franz nickte.

Und vor wenigen Minuten hätten Sie im Lokal beinahe von Ihrem jüdischen Lehrer erzählt, den Sie nicht angetroffen haben?

Oh, das tut mir leid, sagte Franz.

Wir müssen äußerst vorsichtig sein. Vor allem Leuten gegenüber, die von außerhalb kommen und über die wir nichts wissen. Sie würden nicht hier sitzen, wenn Wolfgang Sie nicht zufällig in dem Café gesehen und Erwin Mantoni sich nicht entsprechend über Sie geäußert hätte. In so einem Fall sind wir auf derartige Informationen angewiesen.

In diesem Moment kam seine Frau herein. Franz sah in ihrem Gesicht immer noch ein wenig Unsicherheit, aber auch so etwas wie Verwunderung.

Das ist meine Frau Traude, sagte Frieder Kachler. Ich möchte dir Franz Niemann vorstellen.

Franz stand auf und reichte der Frau die Hand.

Hol doch bitte das Glas von Herrn Niemann und sag gleich Wolfgang Bescheid. Ich komme später nach.

Ich muss Ihnen gleich zu Beginn eine Sache klarstellen, sagte er, als seine Frau hinausgegangen war, ich selbst gehöre formell keiner bestimmten Gruppierung an. Aber all diese Leute haben meine Sympathie. Ich bin, wie soll ich sagen, ein vorsichtiger Taktierer und nutze meine zahlreichen Verbindungen überall hin. Selbst bei der Polizei sind ein paar ehemalige Freunde von mir. Auf jeden Fall stelle ich – selbstverständlich mit gewissen Vorkehrungen – mein Lokal für alle möglichen Veranstaltungen zur Verfügung, hauptsächlich für SPD-Leute und dieser Partei nahestehende Gruppierungen, Gewerkschafter und so weiter. Natürlich gibt es ein paar Kontakte zu anderen Parteien und kleineren Gruppen, die Widerstand leisten.

Gibt es noch viele andere Gruppen?, fragte Franz.

Eine ganze Menge, fuhr Kachler fort. Außer der KPD noch die Sozialistische Arbeiterpartei, die SAP, dann den ISK, Internationaler Sozialistischer Kampfbund, oder den Nerother Wandervogel, die Jazz-Jugend und die Edelweißpiraten.

Franz staunte. So viele Widerstandsnester? Von den meisten habe ich noch nie etwas gehört.

Frieder Kachler lachte. Das sind immer noch nicht alle. Einige sind allerdings ganz auf sich gestellt. Oft handelt es sich auch um sehr kleine Zellen.

Aber wenn die Leute dann in Ihr Lokal kommen, spricht sich das nicht herum, ich meine, kriegen die Nazis das nicht heraus?

Jedenfalls nicht so einfach. Es ist ja nicht der Gastraum, von dem hier die Rede ist.

Nicht der Gastraum? Hier? In diesem Zimmer?

Franz schaute sich ungläubig um. Frieder Kachler lächelte. In diesen Zeiten muss man erfinderisch sein.

Franz hatte deutlich das Gefühl, dass der Mann ihm nicht alles mitteilte.

Aber eine so große Zahl von Gruppen, sagte er nur.

Man darf sich keine Illusionen machen, fuhr Kachler fort. Erstens sind bereits viele Widerstandsgruppen aufgeflogen. Viele Leute sind verhaftet und ins KZ gesteckt oder zu Zuchthaus verurteilt worden. Doch wir lernten aus diesen Niederlagen. Wir agieren heute vorsichtiger. Zweitens stellen diese Gruppen keine ernsthafte Gefahr für die Machthaber dar.

Immer wieder geisterte der Gedanke einer mächtigen Volksfront durch die Köpfe, vor allem bei den größeren

Parteien. Doch das ließ sich nicht umsetzen. Zu unterschiedlich waren und sind die Zielsetzungen.

Das kann ich nicht verstehen, sagte Franz.

Nicht so einfach, mein Freund.

Die Wirtin kam mit einem Tablett herein, stellte das Glas mit dem Apfelwein vor Franz hin.

Traude Kachler versuchte ein Lächeln und Franz lachte sie offen an.

Haben Sie keine Angst, Frau Kachler! Ich bin nicht der, für den Sie mich halten.

Traude Kachler wurde ein wenig verlegen. Herr Niemann, wissen Sie, was ich an diesen Zeiten mit am meisten hasse, neben dem Schrecklichen, das vielen Leuten geschieht? Das ist das Misstrauen, das man sich im Umgang mit seinen Mitmenschen angewöhnen muss.

Und das wird sich auch nicht so schnell ändern, sagte Kachler.

Wolfgang Jung kam herein.

Ihr kennt euch ja schon, sagte der Wirt.

Franz nickte ihm zu.

Wolfgang Jung war etwas kleiner als Franz. Ein schmales Gesicht, blaue Augen, die ihr Gegenüber mit geradezu gespannter Aufmerksamkeit musterten. Dunkelblonde Haare. Seine Gestalt hatte etwas Drahtiges, wie jemand, der ständig auf dem Sprung ist. Franz fiel auf, dass immer irgendetwas an ihm in Bewegung war, auch wenn er nicht sprach.

Setzen wir uns doch! Frieder Kachler erklärte kurz die Sachlage. Seine Frau kehrte in die Gaststube zurück. Franz erläuterte seine Beweggründe. Wolfgang Jung, der sich zu Kachler auf das Sofa gesetzt hatte, nickte mehrmals vor sich hin.

Wie kamen Sie auf uns? Haben Sie etwas über unsere Arbeit erfahren?, fragte er schließlich. Franz berichtete von seiner damaligen Zufallsbegegnung mit Frieder Kachler, als er bei seinem Besuch in Frankfurt in diese Gaststätte hineingeschneit war.

Mein jüdischer Doktorvater war entlassen worden. Ich wollte ihn besuchen, als ich in der Weihnachtszeit bei meinen Eltern in Heidelberg war. Doch ich habe ihn nicht angetroffen.

Und?

Wolfgang Jung beugte seinen Oberkörper leicht nach vorne und sah Franz gespannt an.

Er ist tot, sagte Franz. Selbstmord.

Wolfgang Jung richtete sich wieder auf, wandte den Kopf und damit seinen Blick dem Fenster zu, als würde er dort draußen, weit außerhalb dieses Raums nach einer möglichen Antwort suchen.

Trinken wir erst mal einen Schluck, sagte Frieder Kachler. Er ging zu einem Eckschrank und förderte eine Flasche Schnaps und drei Gläser zutage.

Er nahm wieder neben Wolfgang Jung auf dem Sofa Platz und schenkte ein.

Auf gute Zusammenarbeit! Und gutes Gelingen!

Sie prosteten sich zu: Frieder, Franz, Wolfgang.

Frieder erhob sich. Ich gehe dann mal wieder hinüber. Ihr habt sicher noch manches zu bereden. Übermorgen müsste neues Material aus Frankreich kommen, sagte er zu Wolfgang. Dann könntet ihr ja Franz bei der nächtlichen Verteilung gleich mal mitnehmen. So kann er die Westend-Gruppe bei einer Aktion beobachten. Du musst unsere Arbeit kennen lernen, Erfahrungen sammeln.

Wie war es in Wien?, fragte Wolfgang unvermittelt und füllte ein weiteres Glas für Franz und sich.

Franz berichtete vom Fortgang beziehungsweise Nicht-Fortgang seines Studiums in Wien.

Mich haben sie hier aus der Universität hinausgeworfen, sagte Wolfgang, wenige Monate nach ihrer sogenannten ›Machtergreifung‹.

Was hast du studiert?

Wolfgang trank sein Glas leer.

Franz tat es ihm gleich und Wolfgang schenkte wieder nach.

Geschichte und Philosophie, sagte er schließlich. Ich passte nicht in ihren politischen braunen Kram. Ich habe aus meiner Abneigung kein Hehl gemacht. Sie haben mich schon ein paarmal verhört ...

Bitte?

Ja. In der Gutleutstraße einmal gefoltert. Gestapo. Hast du schon von Kappaun gehört?

Nein.

Das ist einer von den Schlimmsten. Dieses Schwein hat einige auf dem Gewissen. Folternder Henker-Typ.

Wolfgang leerte wieder sein Glas, blickte Franz fragend an.

Langsam, langsam!, sagte Franz lächelnd.

Frieder hat mich da herausgeholt. Er hat Beziehungen zu den verrücktesten Leuten. Seitdem arbeite ich bei ihm.

Hast du ... Familie?, fragte Franz.

Mein Vater sitzt in Buchenwald. Meine Mutter starb kurz nach meiner Geburt.

Nach einer Pause sagte er: Weißt du, was mich am Leben hält?

Er zog eine Brieftasche heraus, förderte umständlich eine Fotografie zutage.

Das!

Franz besah sich das Bild. Eine lächelnde, hübsche junge Frau mit einem dunklen Lockenkopf.

Das ist Judith, Judith Class. Sie ist Volksschullehrerin in Bockenheim, sagte er und steckte das Foto wieder ein.

Weißt du, manchmal träume ich den Traum eines spießigen, normalen Lebens. Mit dieser Frau in einem kleinen Häuschen wohnen, lieben, Kinder zeugen, seiner

Arbeit nachgehen, am Sonntag mal wandern, dunkles Brot essen, viel lesen, Lieder zur Klampfe singen, freundlich sein zu den Menschen, wenn das irgendwie möglich ist.

Nicht weit von seiner Wohnung gab es im Steinweg ein vegetarisches Restaurant, dem Franz auf Empfehlung von Wolfgang an einem verregneten Samstag Mitte Juni einen Besuch abstattete. Danach war er dort häufiger zu Gast. Ihm war aufgefallen, dass man dort nicht mit ›Heil Hitler‹ grüßte. An den Wänden hingen Bilder von van Gogh oder Cézanne. Auch ein Bild von Max Liebermann war dabei. Und Franz staunte nicht schlecht, als von einem Grammophon Platten mit Musik von Haydn und Mozart abgespielt wurden.

Das Restaurant war gut besucht. Franz kam mit verschiedenen Leuten ins Gespräch. Es stellte sich heraus, dass dieses Lokal von einer Splittergruppe geführt wurde, deren Namen Frieder Kachler erwähnt hatte: ›Internationaler Sozialistischer Kampfbund‹. Den größten Teil des Geldes aus den Einnahmen schickte man nach Frankreich, um Flugblätter gegen Hitler herzustellen, die dann wieder andere Mitglieder illegal nach Deutschland schmuggelten. Fast alle Widerstandsgruppen verfuhren so.

Einer der Mitarbeiter, der sich ihm als Alfons Dressler vorgestellt hatte, setzte sich zu ihm. Alfons war, wie er Franz mitteilte, selbst nicht Mitglied des ISK, sondern eher ein Sympathisant.

Übrigens, mein Name ist echt, sagte er lachend. Die Mitglieder des ›Kampfbundes‹ haben fast immer Tarnnamen. Frieder hat mit erzählt, dass du bei der Westend-Gruppe mitarbeitest.

Kennst du ihn?, fragte Franz.

Wer von uns kennt Frieder und seinen *Anker* nicht? Bei ihm kommen alle möglichen Leute zusammen. Er hat hinter seiner Küche noch einen Versammlungsraum. Da kann man ziemlich ungestört tagen.

Den Versammlungsraum kenne ich, sagte Franz, ein Wohnzimmer ...

Nein. Das ist kein Wohnzimmer. Ich war selbst schon dort. Da gehen bis zu vierzig Leute rein.

Wie soll das möglich sein?

Es gibt dort eben ein paar baulich-technische Raffinessen, sagte Alfons.

Franz erfuhr von seinem neuen Bekannten, dass die Leute vom ISK einige spektakuläre Aktionen während der Einweihung eines Autobahnabschnitts im vergangenen Mai durchgeführt hatten.

Vier Mitgliedern der Gruppe war es gelungen, unmittelbar vor diesem Ereignis mitten auf die Autobahn antifaschistische Parolen zu pinseln. Ein Chemiker von der Universität Basel hatte ihnen eine Lösung beschafft, die sich nach der Mischung mit Farbe tief in den Beton fraß und kaum mehr zu beseitigen war. Die Nazis hatten noch versucht, diese Parolen wie *Nieder mit Hitler* oder *Hitler = Krieg*, soweit sie an Brücken und Brüstungen zu finden waren, mit Fahnen abzudecken. Auf der Autobahn selbst hatte man Sand darübergeschüttet.

Die Flugblätter aus Frankreich, die Frieder angekündigt hatte, kamen mit einigen Tagen Verspätung an. In der folgenden Nacht wurden sie an allen möglichen Orten verteilt: auf Parkbänken, in Telefonzellen, am und im Hauptbahnhof, an der Universität, an Schulen, oft auch in Briefkästen geworfen.

Wolfgang und Judith waren dabei. Zwei Brüder, Bernd und Klaus Heiman, Leonhard Schmied und Franz.

Der Inhalt des Flugblatts war klar und einfach formuliert: Hitler bereite einen neuen Krieg vor. Wiedereinführung der allgemeinen Wehrpflicht im März, die Regelung des Wehrdienstes im Mai, der geplante Ausbau des Autobahnnetzes, die heimliche Aufrüstung.

Immer wieder mussten sie sich vor nächtlichen Patrouillen verstecken. Mehr und mehr hatte man auch HJ- und SA-Leute in den Dienst von Polizei und Gestapo gestellt, die gerade solche Überwachungsaufgaben übernahmen.

Sie waren vom *Anker* aus aufgebrochen. Alle paar Minuten verließen zwei Leute das Lokal und gingen in unterschiedliche Richtungen davon. Am Ende sollte jeder in seine Wohnung zurückkehren.

Als Franz die Große Gallusstraße heraufkam, um zu seiner Wohnung beim Goethe-Platz zu gelangen, blieb er wie angewurzelt stehen. Vor dem Gebäude, in dem sich seine Wohnung befand, standen mehrere Uniformierte, zwei Wagen waren vorgefahren. Dann sah er, wie aus dem Haus einige Leute herausgeführt und in die bereitstehenden Autos verfrachtet wurden. Eine Verhaftungsaktion.

Franz bekam es mit der Angst zu tun. Er war zu weit entfernt, um mit Bestimmtheit ausmachen zu können, um welchen Hauseingang es sich handelte. Er ging noch ein paar Schritte weiter und wandte sich dann sofort nach links in die Alte Rothofstraße. Er lief mehr, als er ging. Er hatte nur noch ein Ziel: Er wollte zur Westendstraße.

Völlig außer Atem kam er endlich beim *Anker* an und klopfte an die Tür.

Niemand öffnete. Er hämmerte gegen die Tür.

Plötzlich ging die Eingangstür auf, eine Hand griff nach ihm und zog ihn herein.

Bist du verrückt geworden?, zischte Frieder. Du kannst doch nicht hierher zurückkommen! Wenn dich nun jemand gesehen hat?

Tut mir leid, sagte Franz. Mir ist bestimmt niemand gefolgt. Vor meiner Wohnung war die Gestapo. Sie haben Leute verhaftet ...

Frieder schloss sorgfältig wieder ab.

Komm, wir gehen in die Küche!, sagte er in einem wieder etwas gemäßigteren Ton.

Sie setzten sich an den Küchentisch. Franz sah auf die Uhr.

Mein Gott, schon fast vier!

Frieder gab Franz ein Glas Wasser und holte den unvermeidlichen Kirsch aus dem Schrank.

Hier, trink erst mal einen Schluck.

Danke.

Franz trank das Glas Wasser in einem Zug leer und schüttete den Kirsch hinterher.

Das tut gut, Frieder.

Pass auf, begann Frieder, so etwas wie heute Nacht, dass jemand beinahe der Gestapo in die Arme läuft, ist uns bisher noch nicht passiert. Aber klar, mit so etwas muss man eben ständig rechnen ...

Frieder, vielleicht hätte ich mit etwas mehr Abgebrühtheit hinter einer Hausecke gewartet, bis die Luft wieder rein gewesen wäre ...

Ich meine auch noch etwas anderes, fuhr Frieder fort, wir hätten dich gleich mit ein paar Besonderheiten des Hauses vertraut machen müssen. Du bist neu zu uns gekommen und ich wollte dich nicht sofort über alles informieren – und das hat sich nun als Fehler herausgestellt.

Er stand auf, schob an der gegenüberliegenden Wand einen kleineren Küchenschrank etwas nach links, drückte gegen einen Mauerstein und plötzlich öffnete sich die Wand einen Spalt.

Franz erinnerte sich an die Worte von Alfons, der von einem Raum für vierzig Leute gesprochen hatte.

Siehst du, sagte Frieder, so funktioniert das. Hier kommt man rechts zu einer Treppe, die nach oben in einen kleineren Versammlungsraum führt. Nach links führen ein paar Stufen nach unten zu einer Hintertür. An diesem Hintereingang befinden sich außen auf der rechten Seite drei Klingelknöpfe. Nur einer davon, der linke, funktioniert. Man kann den Ton nur von innen hören. Und wir öffnen nur auf ein bestimmtes Signal hin. Kennst du das Lied *Die Gedanken sind frei*?

Franz nickte.

Diesen Rhythmus verwenden wir, jedenfalls in letzter Zeit. ›Dada dam dam dada dam‹, der Beginn des Liedes. Von Zeit zu Zeit ändern wir den Erkennungsrhythmus. Wenn also irgendjemand einfach auf diese Knöpfe drückt – keinerlei Reaktion.

Und wo hört ihr das Signal?

Hier in der Küche. Es ist nicht besonders laut. In der Gaststube hört man das nicht.

Er deutete auf eine runde Vase auf einem größeren Küchenbuffet.

In der Vase befindet sich ein kleiner Lautsprecher.

Aber es kann doch sein, dass ihr gerade nicht in der Küche seid.

Die Klingelanlage ist in der Regel nur bei nächtlichen Aktionen, oder wenn das Lokal geschlossen ist, in Betrieb. So wie heute Nacht, zum Beispiel. Dann halten meine Frau und ich hier abwechselnd Wache. Also nur, wenn irgendwie Gefahr drohen könnte. Sonst wird der Hintereingang überhaupt nicht benutzt. Tja, und das ist nun heute Nacht aufgrund meiner Übervorsicht beinahe in die Hosen gegangen. Verdammt und zugenäht!

Und die Hintertür ist gut verschlossen?

Frieder lachte. Die müsste man sprengen. Es ist eine Metalltür, doppelt und dreifach verriegelt.

Ganz schön raffiniert.

Es gibt noch etwas, fuhr Frieder fort. Rechts von der Hintertür führen noch ein paar Treppenstufen in einen großen Keller hinunter. An einer Stelle in der rechten Ecke muss man ein paar Steine von der Wand abräumen.

Dort beginnt ein Gang, der unter mehreren Häusern durchgegraben wurde. Man kann praktisch an der Feuerbachstraße wieder an die Oberfläche kommen.

Ihr habt wirklich an alles gedacht, sagte Franz.

In diesen Zeiten muss man an alles denken. Aber es kommt eben vor, dass man auch mal etwas vergisst. So bist du hier vorne aufgetaucht – und das hätte ins Auge gehen können. Aber lassen wir das nun. Es ist ja nichts geschehen.

Er schenkte Franz noch ein Glas ein.

Es ist vorgekommen, dass in dem Raum da oben eine Widerstandsgruppe getagt hat, und in der Schankstube saßen gleichzeitig ein paar SA-Leute.

Franz trank sein Glas leer und stand auf.

Ich denke, dass ich nun zu meiner Wohnung zurückgehe.

Ich lasse dich zur Vordertür hinaus, sagte Frieder.

Danke, Frieder!, sagte Franz.

Kopf hoch, Franz! Uns kriegen sie nicht so schnell.

Als Franz zurückkam, war alles ruhig. Am nächsten Morgen erfuhr er von Nachbarn, dass in der Wohnung nebenan mehrere Leute verhaftet worden waren.

Am 8. September nahm Franz an einer ›Sonntagsfahrt‹ teil. Sie wollten mit dem Zug in den Taunus fahren. Bernd und Klaus Heiman waren dabei, Leonhard Schmied und seine Freundin Christa, Wolfgang, Judith Class und deren Freundin Anna Faris.

Mehrere andere Gruppen hatten sich am Bahnhof eingefunden. Wolfgang kannte ziemlich viele Leute.

Die kommen von allen möglichen Gruppen, sagte er. Sozialisten, Gewerkschafter, Naturfreunde. Sie wollen alle einfach mal raus. Weg vom HJ-Dienst, weg vom braunen Alltag. Und was ganz wichtig ist – weg vom staatlich verordneten Liedgut.

Tatsächlich hatten einige nicht nur Rucksäcke mit Proviant mitgebracht, sondern auch Gitarren. Als der Zug einfuhr, stürmten sie die Abteile. Bald begannen sie zu singen, in Gruppen oder einzeln.

Kann man denn einfach so loslegen?, fragte Franz, als Wolfgang von einem Rundgang durch den Eisenbahnwagen zurückkam.

Nicht immer!, sagte Wolfgang. Man muss sich schon genau umsehen. Aber heute klappt es!

Wie kannst du so sicher sein?

Keine Angst, Franz, entgegnete Wolfgang. Wir haben gelernt, uns ziemlich schnell zu vergewissern, ob irgendwo Spitzel sitzen. Diese Leute hier kenne ich alle. Dort sind zum Beispiel Leute von der Bockenheimer Gruppe, mit denen wir oft gemeinsame Aktionen durchführen.

Dass so etwas noch möglich ist!, sagte Franz.

Franz wurde es eigentümlich zumute. Diese Art von volkstümlichem Liedgut und Protestliedern war ihm unbekannt. Plötzlich lag ein Hauch von Freiheit in der Luft. Die Lieder klangen durch die geöffneten Waggonfenster und legten sich auf das Land, über Wiesen und Wälder, über Straßen und kleine verschlungene Pfade.

> ... Doch sind wir frisch und wohlgemut
> Und zagen nicht trotz alledem!
> In tiefer Brust des Zornes Glut,
> Die hält uns warm, trotz alledem!
> Trotz alledem und alledem,
> es gilt uns gleich trotz alledem!
> Wir schütteln uns, ein garst'ger Wind,
> Doch weiter nichts, trotz alledem! ...

De Hamborger Veermaster erklang, oder *Ich bin Soldat, doch bin ich es nicht gerne*. Wolfgang begann zu singen und begleitete sich auf der Gitarre:

> Es braust ein Ruf wie Donnerhall,
> in Frankfurt sind die Kartoffeln all.
> Kartoffeln, Schinke, Wurscht und Speck,
> das fresse uns die Reiche weg.

Franz überließ sich ganz seiner Stimmung. So gut hatte er sich schon lange nicht mehr gefühlt, er empfand so etwas wie eine solidarische Freude unter all diesen Menschen, verspürte eine Verbundenheit, die ihn froh machte.

Sie fuhren bis Kronberg.

Es war ein fröhliches Völkchen, das dort ausstieg und sich von dem Städtchen aus in die Landschaft ergoss. Nur wenige blieben in Kronberg, die meisten zerstreuten sich in alle Winde.

Die Westend-Gruppe und ein paar von den ›Bockenheimern‹ machten sich unter Judiths Führung auf den Weg zur Ruine Falkenstein bei Königstein. Franz genoss wie die anderen die Landschaft, die allgemeine Atmosphäre. Das Wetter meinte es gut mit ihnen und später wurden sie auf der Burgruine mit einem schönen Blick auf Frankfurt und die Rhein-Main-Ebene belohnt. Wolfgang deutete auf den rechteckigen Bergfried aus dem 14. Jahrhundert. Unsere Altvorderen haben solche Gebilde wohl kaum der schönen Aussicht wegen gebaut.

Bernd und Klaus Heiman, die etwas zurückgeblieben waren, stießen wieder zu ihnen.

Und? Wie sieht es aus?, fragte Wolfgang.

Die Luft ist rein, sagte Bernd.

Franz schmunzelte unwillkürlich beim Anblick der beiden. Er dachte immer daran, wie sich die Brüder zum ersten Mal vorgestellt hatten.

Wir sind Zwillinge, hatte Bernd gesagt. Zweieiig, wie man unschwer erkennen kann, hatte Klaus hinzugefügt.

Eine stereotype Formel, die sie bei jeder Gelegenheit wiederholten.

Weshalb sagte er, dass die Luft rein sei?, fragte Franz nun Wolfgang.

Wir hatten immer wieder Ärger, wenn sich der HJ-Streifendienst oder SA-Schläger in der Gegend herumtrieben. Es ist schon oft zu Prügeleien gekommen. Am schlimmsten war es einmal auf der Burg Waldeck im Hunsrück. Diese Burg war eigentlich unser Domizil. 1933 überfiel eine Gruppe von zweihundert HJ- und SA-Leuten die Burg, die sie sich als ›Bannburg‹ auserkoren hatten. Damals mussten sie auf einen Richterspruch hin das Gelände wieder verlassen. Doch nicht für lange. Sie kamen wieder.

Wandern wir noch zum Altkönig?, fragte Judith.

Mit dir wandere ich bis zum Nordpol, sagte Wolfgang.

Da ist es mir zu kalt, mein Schatz.

Sie bewegten sich durch Wald- und Wiesenland, stiegen auf den Altkönig und erfreuten sich ein weiteres Mal an der Aussicht, nicht nur auf Frankfurt, sondern auch hinüber zum Großen Feldberg.

Am Nachmittag lagerten sie auf einer Wiese, holten Wasser von einer nahen Quelle. Die einen dösten ein wenig, andere redeten.

Das kommt mir jetzt vor wie eine Idylle, sagte Franz zu Wolfgang, der sich neben ihn gesetzt hatte.

Ja, sagte Wolfgang, manchmal hat man den Eindruck von einer Idylle. Dann könnte man versucht sein, die Zeit anzuhalten und tatsächlich den Augenblick zu bitten zu verweilen.

Franz lächelte. Unsere Zeit stiehlt uns im Allgemeinen die Idyllen, will sie möglichst gar nicht zulassen.

Da hast du unter Umständen gar nicht so unrecht, sagte Wolfgang. Nur – die Zeit denkt ja nicht, sie rollt ab.

Erzähl mal, begann Franz, du hast doch Vorlesungen im Institut für Sozialforschung gehört.

Das Institut für Sozialforschung, sagte Wolfgang mit

einer wegwerfenden Handbewegung, das ist auch längst von der Bildfläche verschwunden.

Ich habe mich während meiner Frankfurter Studienzeit eigentlich nur um meine Musik und etwas Literatur gekümmert. Heute bedaure ich schon, dass ich dieser Institution nicht mehr Beachtung geschenkt habe.

Ich erinnere mich noch gut an Horkheimers Antrittsvorlesung vor sechs Jahren, sagte Wolfgang, seine öffentliche Rede bei der Übernahme des Lehrstuhls für Sozialphilosophie.

Er begann bei Hegel. Für Hegel lag der Sinn des menschlichen Seins im Leben des Ganzen. Dieses Ganze aber sei von einer offenkundigen Rücksichtslosigkeit gegenüber dem Individuum geprägt, was dessen Glücksverwirklichung angeht. Dennoch meinte Hegel in seiner typisch idealistischen Anschauungsweise dahinter noch Sinn und Vernunft zu erblicken.

Das verstehe ich nicht, sagte Franz. Was hat denn Rücksichtslosigkeit mit Sinn und Vernunft zu tun? Wenn man überlegt, wie im 19. Jahrhundert der sogenannte Fortschritt ja für viele Menschen zur Verelendung geführt hat!

Moment!, fuhr Wolfgang lächelnd fort, wir sind noch bei Hegel – und längst nicht bei Marx!

Im 19. Jahrhundert hat man tatsächlich angenommen, dass der Fortschritt von Wissenschaft, Technik und Industrie das Leben des Individuums gerechter und immer erträglicher machen würde. Man glaubte, dass die arbeitende Bevölkerung davon profitiere. Diese Hoffnung hat sich als absolut trügerisch erwiesen. Horkheimer erläuterte Punkt für Punkt, dass man mit den Mitteln der traditionellen Philosophie mit ihren Fragen nach dem Zusammenhang von allgemeiner und besonderer Vernunft, nach dem Absoluten und so weiter den vielschichtigen Problemen im sozialen und kulturellen Bereich nicht mehr beikommen könne. Horkheimer meinte, dass der heutige Stand der Erkenntnis eine permanente Durchdringung von Philosophie und Einzelwissenschaften erfordere. Es hat sich ein zentraler Fragenkomplex herauskristallisiert, nämlich der nach dem Zusammenhang zwischen dem wirtschaftlichen Leben der Gesellschaft, der psychischen Entwicklung der Individuen und den Veränderungen im kulturellen Bereich ...

Ganz recht, mein geliebter und unnachahmlicher Sozialphilosoph – Judith hatte sich von hinten herangeschlichen, eine Weile zugehört und nun ihre Arme um Wolfgang gelegt – aber es ist an der Zeit, die Zeit als solche in deine Überlegungen mit einzubeziehen. Wir müssen uns nämlich auf den Rückweg machen, damit wir heute Abend den Zug in Kronberg rechtzeitig erreichen.

Meine praktische, liebe Judith. Die Zeit, wie ein Zeitgenosse schon sagte, west vor sich hin – und wenn wir nicht aufpassen, verwest sie.

Während der Heimfahrt saß Franz wieder neben Wolfgang. Das Gespräch am Nachmittag hatte sie einander näher gebracht. Franz wusste, dass für ihn in diesem wissenschaftlich-politischen Bereich ein ziemlicher Nachholbedarf bestand. Zwar kannte er ein paar Schriften von Wiesengrund-Adorno. Der Name Max Horkheimer war ihm lediglich ein Begriff, aber nicht mehr.

Judith und Anna saßen ihnen gegenüber. Sie tuschelten miteinander, blickten ab und zu lachend zu ihnen herüber.

Judith sah noch besser aus als auf der Fotografie. Bei ihrem tiefschwarzen Lockenhaar, ihrem leicht bräunlichen Teint und diesen dunklen Augen konnte man an ›Carmen‹ denken. Doch ihre Vorfahren waren seit unzähligen Generationen in Königstein und Umgebung ansässig. Keine Ahnung, wie eine solche ›Carmen‹ nach Königstein kommt, hatte ihm Wolfgang am Nachmittag erklärt.

Ganz anders Anna Faris. Neben der etwas kräftigeren Judith wirkte sie eher zart. Ihre Haut war sehr hell, von der Sonne nur leicht getönt. Am auffallendsten waren ihr Haar, das in einem kräftigen Rot leuchtete, und ihre blaugrauen Augen.

Was habt ihr beiden so ungeniert zu flüstern?, fragte Wolfgang scherzhaft zu den beiden hinüber.

Ein Geheimnis, sagte Judith.

Franz, wenn Frauen Geheimnisse haben, fängt es meistens an.

Das sagst du doch nur, weil du es wissen willst, sagte Anna.

Ich weiß noch etwas Besseres, sagte Wolfgang, stand auf und holte seine Gitarre aus dem Gepäcknetz. Franz war vorher schon erstaunt gewesen, wie gut Wolfgang mit diesem Instrument umzugehen verstand.

Wie wär's mit einem Lied, Anna?

Ja, Anna! Das englische Lied, das du vor kurzem gesungen hast. Bitte!, rief Judith.

Ja, Anna, riefen andere. Lass dich ja nicht zu lange bitten!

Und Wolfgang zupfte ein kleines Vorspiel.

Anna sang.

> Alas my love you do me wrong
> to cast me off discourteously;
> and I have loved you so long;
> delighting in your company.
> Greensleeves was all my joy
> Greensleeves was my delight.
> Greensleeves was my heart of gold,
> And who but you has green sleeves?

Während sie sang, war es in dem Wagen ganz ruhig geworden. Franz gefiel nicht nur die Melodie, er war von dieser Stimme fasziniert. Eine glockenreine, völlig unverbildete Naturstimme.

> Ah, Greensleeves, now farewell, adieu,
> to God I pray to prosper thee,
> for I am still thy lover true,
> come once again and love me.

Franz hatte das Gefühl einer Gänsehaut im Gehirn. Wieder einmal erlebte er, wie sehr Musik die emotionalen Seiten des Menschen berührte. Unvergessen, wie ihm das im Alter von zehn Jahren zum ersten Mal bewusst geworden war. Er hatte zu Weihnachten ein Sonatenalbum geschenkt bekommen. Am Ende des Albums die Sonate in cis-Moll von Beethoven, *quasi una fantasia,* Opus 27, Nr.2. Er hatte diese gebrochenen Moll-Akkorde des Beginns und die nachfolgenden Akkorde bis zum fünften Takt immer wieder gespielt, pausenlos. Die Melodie eine Oktave höher, die am Ende des fünften Taktes begann, konnte er damals noch gar nicht richtig greifen. Also immer wieder von vorne. Er war wie betrunken von diesen Dreiklängen.

Und nun, nach dem kunstvollen und technisch ausgeklügelten Gesang von Marianna in Wien, der ihm ebenfalls sehr unter die Haut gegangen war, hatte es ihn bei dem Liedvortrag der ganz anderen Art in diesem Eisenbahnwagen ähnlich berührt.

Judith hatte Anna in die Arme genommen. Es war nach dem Lied einige Sekunden ganz ruhig gewesen, dann brach der Beifall los.

Was ist das für ein Lied?, fragte Franz.

Es wird überliefert, das Lied sei von Heinrich VIII. für seine zweite Frau Anne Boleyn komponiert worden, aber wahrscheinlich ist es etwas später entstanden, sagte Anna.

Du hast eine schöne Stimme, sagte Franz.

Anna lächelte ihn an.

15. September 1935, eine Woche später. Die Nürnberger Rassegesetze. Das »Gesetz zum Schutz des deutschen Blutes und der deutschen Ehre«, das Ehen von Deutschen mit Juden verbot.

Im ersten Moment waren sie alle wie versteinert. Gleich am nächsten Tag kamen sie im Versammlungsraum zusammen, entwarfen Flugblätter oder erörterten andere Gegenaktionen. Es gab in Frankfurt auch Gruppen, die in ihren Kellern einfache Vervielfältigungsgeräte hatten. Diese Leute reagierten sehr schnell. Zum Beispiel wurden an verschiedenen Stellen Klebezettel angebracht mit der Aufschrift: *Die Nazis sind unser Unglück!* Dieser Satz stand rund um eine Hitlerfratze.

Vor der Saarabstimmung war es leichter für uns, illegales Material zu vervielfältigen und nach Deutschland zurückzuschaffen, hatte Frieder erklärt. Seit Anfang dieses Jahres ist das schwieriger, aber unsere Mitstreiter machen von Frankreich aus weiter.

Franz hörte in diesem Zusammenhang immer wieder die Namen von Johanna Kirchner und Lore Wolf, die vom französischen Forbach aus ihre Arbeit fortsetzten.

Sie kümmern sich nicht nur um Emigranten und politische Flüchtlinge, sagte Frieder, sondern sie engagieren sich auch für Menschen und deren Angehörige, die hier zum Tode verurteilt worden sind. Außerdem schicken sie Kuriere mit politischem Aufklärungsmaterial nach Deutschland. Diese Schriften haben oft falsche Titel, zum Beispiel *Wie bastle ich ein Radio* oder *Wie bestelle ich den Garten*.

Vielfältige Aufgaben warteten in den nächsten Wochen und Monaten auf die einzelnen Mitglieder der Gruppe. Wenn jemand den Kopf hängen ließ oder zu resignieren drohte, waren es Wolfgang und vor allem Frieder, die Mut zusprachen und die Betreffenden wieder aufrichteten. An manchen Abenden kam auch Anna vorbei. Sie arbeitete bei der anderen Gruppe, die sich in einem Haus in Bockenheim traf. Franz erfuhr, dass ihr Vater, Rechtsanwalt und SPD-Mitglied, vor zwei Jahren in das Konzentrationslager bei Dachau eingeliefert worden war. Sie selbst hatte aus finanziellen Gründen die »Anna-Schmidt-Schule«, eine private Mädchenschule, verlassen müssen und arbeitete seitdem als Sekretärin in einem Textilbetrieb.

Frau Käte Heisterbergk, die Leiterin dieser Schule, wollte unbedingt, dass ich bleibe, erzählte Anna. Aber meiner Mutter ging es nicht gut. Sie kann bis heute nicht arbeiten. Wir brauchen das bisschen Geld, das ich verdiene.

Und Franz gab weiter Klavierunterricht. Neue Schüler kamen, andere gingen.

An einem frühen Mittwochabend Ende Januar 1936 hatte es an seine Tür geklopft.

Es war Rebecca. Sie lächelte ihn ein wenig traurig an und überreichte ihm ein sorgfältig eingewickeltes längliches Päckchen.

Ein kleines Abschiedsgeschenk, Herr Niemann. Danke für alles. Sie haben mir so viel gegeben. Es ... ist von mir. Ich habe es selbst geschnitzt.

Rebecca! Das ist aber lieb von dir. Wo ... geht ihr denn hin?

In die Schweiz. Zunächst einmal. Wir haben dort Verwandte, die für uns gebürgt haben.

Martin war schon Ende November des vorigen Jahres nicht mehr zum Klavierunterricht erschienen.

Franz war versucht, das Mädchen, das da vor ihm stand und gegen die Tränen ankämpfte, in die Arme zu nehmen. Er reichte Rebecca die Hand.

Ich wünsche dir und deiner Familie alles Gute.

Ihnen ... auch, Herr Niemann, und viele Grüße von ... Dann drehte sie sich um und lief weg.

Die Klavierstunden mit Rebecca waren immer etwas Besonderes gewesen.

Niedergeschlagen ging Franz in seiner Wohnung umher. Später öffnete er das Päckchen.

Es war ein sehr fein geschnitzter hölzerner Brieföffner mit zahlreichen Ornamenten. Ganz vorne an der Spitze war auf einer Seite ein kleines Herz eingekerbt.

Wenige Tage später bekam Franz eine Vorladung. Er sollte sich am folgenden Dienstagmorgen um 8 Uhr in der Gutleutstraße 112, dem Sitz der Gestapo, einfinden.

Es war seine erste unmittelbare Begegnung mit Leuten dieses Schlages.

Er stand dem Gestapomann gegenüber, musste diese Behandlung über sich ergehen lassen, hatte keinerlei Recht auf seiner Seite. Ein Mann, vielleicht ein paar Jahre älter als Franz, der daran Gefallen gefunden hatte, Macht über andere zu haben, der sein Selbstbewusstsein auf den Wehrlosen aufbaute, die ihm ausgeliefert waren. Er war mittelgroß, schlank, glattfrisiert, unter Umständen ein pflichtbewusster Familienvater, der jeden Morgen seine Anti-Mitleid-Pille schluckte, wie man es ihm beigebracht hatte.

Wir haben gehört, dass sich zwei jüdische Bastarde unter Ihren Klavierschülern befinden ...

Nicht mehr!, sagte Franz sofort.

Sie reden erst, wenn Sie gefragt sind!, schrie der Mann.

In diesem Ton ging es weiter, angereichert mit Beleidigungen und Unterstellungen. Franz ließ sich jedoch kaum aus der Ruhe bringen und blieb standhaft bei der Behauptung, unter seinen Schülern befänden sich keine Juden mehr.

Nach ein paar Stunden ließ man ihn wieder ziehen, mit der Drohung, man werde sich in Zukunft mehr um ihn kümmern. Er kam ohne körperliche Misshandlungen davon.

Da hast du Glück gehabt!, sagte Wolfgang später. Selbst wenn sie dir nichts nachweisen können, zeigen diese Schweine dir, wozu sie fähig sind. War es der Glatzkopf? Mit roter Nase und Hitlerbärtchen?

Nein, ein ganz normaler Vollstreckungsbeamter.

Dann war es nicht Kappaun, sagte Wolfgang. Der Kerl, der dich verhört hat, muss neu sein. Vielleicht übt er noch.

1936 rollte eine Verhaftungswelle durch Frankfurt, nicht zuletzt dank eines ausgeklügelten Spitzelsystems der Nazis. Zahlreiche Widerstandsgruppen wurden zerschlagen. Die verbliebenen Zellen mussten sich neu organisieren und bei ihren Aktionen noch vorsichtiger sein.

Im März hatte die deutsche Führung den Locarno-Vertrag gekündigt, vertragswidrig die entmilitarisierte Zone des Rheinlands besetzt. Bei den anschließenden Reichstagswahlen am 29. März wurde die Politik Hitlers mit 99% Ja-Stimmen gebilligt.

Am 28. April erhielt Franz einen Brief aus Barcelona. Er war von seinem Wiener Lehrer Rudolf Bach.

... Ich bin eigens nach Barcelona zu dem Musikfest gereist, um Alban Bergs Violinkonzert mit Louis Krasner zu hören. Der Dirigent war Hermann Scherchen. Es war ein unglaubliches Erlebnis im »Palau de la Musica«. Es ist für uns alle immer noch unfassbar, dass Alban Berg die Uraufführung seines Violinkonzerts nicht mehr erleben durfte.

Es ist ein sublimes Werk. Er verwandte eine Zwölftonreihe, die aus acht Terzsteigungen und einer Ganztonfolge (die letzten vier Reihentöne) aufgebaut ist – er verbindet also traditionelle Dreiklänge mit den Elementen der Zwölftontechnik. Ich muss mir das Konzert unbedingt genauer ansehen ...

Gleichzeitig ist das Werk ein Requiem auf Manon Gropius, die Tochter von Alma Mahler-Werfel aus ihrer zweiten Ehe mit dem Architekten Walter Gropius. Manon starb vor etwa einem Jahr im Alter von achtzehn Jahren.

Ich hätte so sehr gewünscht, dass Sie dabei gewesen wären! Aber Sie werden das Konzert eines Tages hören. Ich bin schon heute davon überzeugt, dass es eines der bedeutendsten Instrumentalkonzerte des 20. Jahrhunderts sein wird.

Alban Berg war tot? Gerade einmal fünfzig Jahre alt. Wie Friedrich Gundolf!, ging es Franz durch den Kopf.

Am 29. Juli, drei Tage vor der Eröffnung der Olympischen Spiele in Berlin, startete die Bockenheimer Widerstandsgruppe eine Flugblattaktion.

Deutsche Frauen und Männer! Hitler und seine Gefolgsleute lügen! Die Olympischen Spiele in Berlin, die am Samstag eröffnet werden, sollen der Welt vorgaukeln, dass sich Deutschland auf internationalem Parkett zu bewegen weiß. Das ist eine Lüge! In Wirklichkeit wird vor allem aufgerüstet und ein Krieg vorbereitet. Während die Sportler der ganzen Welt um Medaillen kämpfen, schmachten Tausende in den Konzentrationslagern, werden Menschen aufgrund ihrer Herkunft verfolgt und wegen ihrer abweichenden Meinung gefoltert. Deutsche! Lasst euch diese Lügen nicht länger gefallen!

Am späten Abend des 29. Juli. Sie waren in Zweiergruppen unterwegs. Anna Faris mit Klaus Haller, einem älteren Mitglied ihrer Gruppe. Anna hatte gerade am Mainkai gegenüber vom Rententurm ein paar Flugblätter auf das offene Hinterdeck eines Ausflugsschiffes geworfen, als eine Polizei-Patrouille vom Untermainkai, alias Hermann-Göring-Ufer, her auftauchte. Klaus Haller, der auf der anderen Seite beim Turm stand, wandte sich sofort nach rechts und verschwand durch das Fahrtor. Sie hatten verabredet, dass sie sich im Falle einer möglichen Entdeckung sofort trennen sollten. Anna stieg die kleine Treppe zum Fluss hinunter, ließ sich vorsichtig ins Wasser gleiten und verbarg sich hinter einem der Boote, die an dem Ausflugsschiff angeseilt waren. Die Truppe ging vorbei. Niemand bemerkte Anna.

Sie wartete noch ein paar Minuten, ließ sich los und schwamm ein kleines Stück flussabwärts bis zu einer Treppe bei der Leonhardskirche. Dort blieb sie auf einer Stufe sitzen und überlegte, was sie nun, völlig durchnässt, am besten tun könnte. Die Turmuhr schlug gerade elf. Ihre kleine Wohnung in dem Haus in der Zeppelinallee in Bockenheim war weit weg. Die nächste Möglichkeit, irgendwo unterzukommen, war der *Anker* in der Westendstraße. Sie wusste, dass Frieder sehr wütend wurde, wenn jemand unvorhergesehen dort auftauchte, aber sie sah im Augenblick keinen anderen Ausweg.

Über alle möglichen Umwege gelangte sie an ihr Ziel. Sie wusste, wo sich der kleine Schlafraum von Frieder und Traude hinter dem Wohnzimmer befand. Sie versuchte sich mit kleinen Steinchen, die sie gegen den Fensterladen warf, bemerkbar zu machen. Vergeblich. Sie versteckte sich schnell beim Hintereingang, weil eine größere Gruppe von Menschen die Straße herunterkam.

Schließlich kam sie wieder aus ihrem Versteck heraus, ging nach vorne zur Eingangstür, klopfte ein paar Mal, als sich plötzlich eine Hand auf ihre rechte Schulter legte. Mit einem kaum unterdrückten Schrei drehte sie sich um und eine Stimme sagte:

Anna! Was machst du denn hier?

Es war Wolfgang. In seiner Begleitung war Franz.

Anna ging in die Knie, Wolfgang fing sie gerade noch auf. Er blickte sich kurz um, nahm den Schlüssel aus seiner Tasche und schloss auf. Rasch schob er Anna in die Gaststube, setzte sie auf einen Stuhl und schloss die Tür wieder. Das Licht ging an. Frieder und Traude kamen aus der Küche.

Franz sagte noch: Du bist ja ganz nass!

Dann wurde sie ohnmächtig.

Als sie am nächsten Morgen erwachte, lag sie auf dem Sofa unter einer Decke. Schließlich kamen Frieder und Traude herein. Kurz darauf Wolfgang und Franz, der schon früh in die Westendstraße gekommen war.

Anna berichtete.

Das war knapp, sagte Frieder nur. Der reine Zufall, dass Wolfgang und Franz zu diesem Zeitpunkt aufgetaucht sind.

Wir müssen deine Mutter benachrichtigen, sagte Traude.

Nicht nötig. Seit einer Woche ist sie bei ihrer Schwester im Schwarzwald. Die haben einen Bauernhof in der Nähe von Schiltach. Sie muss dringend ein wenig aufgepäppelt werden. Die Luft und das Essen werden ihr gut tun. Sie stirbt sowieso immer fast vor Angst, wenn ich unterwegs bin. Ich habe ihr nie gesagt, was ich genau tue. Aber sie ahnt es. Sie sagt immer: Ich will dich nicht auch noch verlieren.

Da hat sie nicht Unrecht, sagte Traude.

Und dein Betrieb?, fragte Wolfgang.

Ich habe zweieinhalb Wochen Urlaub, sagte Anna.

Dich müsste man auch mal ein wenig ›aufpäppeln‹, sagte Traude.

Anna schüttelte den Kopf.

Ich bin sonst durchaus hart im Nehmen. Gestern war es wohl ein bisschen viel.

Anna erholte sich rasch wieder. Anfang August machten Anna, Judith, Wolfgang und Franz eine Fahrradtour nach Mainz und Bingen. Eine Woche später lud Franz seine Frankfurter Freunde auf ein Wochenende nach Heidelberg ein.

Ein bisschen Leben schnuppern, sagte Franz.

Kontrastprogramme sind wichtig, antwortete Wolfgang.

Nach all den Aktionen und Unternehmungen, die sich immer gefährlicher gestalteten, gab es keine wirkliche Entspannung. Die Zeiten änderten sich nicht. Der Druck blieb.

Und Franz kam es manchmal so vor, als hätte sich sein Wiener Aufenthalt in einem anderen Jahrhundert abgespielt.

Es gab Momente, in denen Franz den Sinn ihrer Aktionen bezweifelte. Der Terror der Nazis wurde immer stärker – und sie konnten nichts dagegen ausrichten. Wem wollten sie denn etwas vormachen? Sich selbst? Der Welt? Er hatte oft das Gefühl, dass die Welt draußen sich keinen Deut darum scherte, was sich in Deutschland abspielte. Doch dann verjagte er solche Gedanken aus seinem Kopf: Du hast es doch so gewollt! Du wolltest Widerstand leisten! Also beklage dich nicht!

Franz holte seine Freunde am Bahnhof ab.

Hier könnte ich es aushalten!, rief Anna, als sie vor dem Gartenhaus standen und auf Heidelberg hinunterblickten.

Franz hatte vorher etwas zu essen und zu trinken hinaufgeschafft. Seinen Eltern hatte er lediglich mitgeteilt, dass er das Wochenende im Gartenhaus verbringen wolle. Dorothea war in einem BDM-Zeltlager am Bodensee.

Nahezu entspannt saßen Franz und Anna nun am kleinen Gartentisch. Judith und Wolfgang lagen eng umschlungen auf der weißen Holzliege. Franz fühlte Annas Blick auf sich ruhen. Als er sich ihr zuwandte, drehte sie schnell ihren Kopf weg und lächelte in den Garten hinaus.

Ich kümmere mich um das Essen, sagte Franz.

Judith stand auf.

Bleib, Judith, ich helfe ihm, sagte Anna.

Bist ein Schatz, Anna, sagte Judith, legte sich zurück, nahm Wolfgangs Kopf zwischen ihre Hände und küsste ihn.

Ich halte solange meinen Liebling am Kochen, rief sie Franz und Anna hinterher, die schon ins Haus gegangen waren.

Franz machte Feuer im Holzherd und holte zwei Töpfe aus einem Schrank.

Welche Speisenfolge haben der Herr vorgesehen?, fragte Anna.

Auf die Vorspeise werden wir zugunsten des Winterhilfswerks verzichten. Als Hauptspeise Kartoffeln mit Gulasch. Als Nachtisch Obst der Saison. Als Getränke bieten wir unser ›Philosophenwasser‹ an und im Familienkeller stibitzten Wein.

Anna lachte. Sie machten sich an die Arbeit. Bald kochte das Gulasch vor sich hin. Anna hatte die vorhandenen Gewürze gründlich studiert und schon beim Anbraten des Fleisches wohldosierte Prisen von allen möglichen Ingredienzien hinzugefügt. Später kamen die Kartoffeln an die Reihe.

Das riecht ja schon äußerst vielversprechend, sagte Judith, die mit Wolfgang die beiden Köche besuchte.

In der Tat wurde später beim Essen versichert, dass man niemals ein besseres Gulasch gekostet habe, das Wasser erinnere an ausgezeichnetes deutsches Heilwasser vor der Machtergreifung und der Wein an beste Lagen in Ungarn.

Nach dieser Mahlzeit, die sich vor allem wegen des ausgiebigen Weinkonsums ziemlich in die Länge gezogen hatte, entschlossen sie sich zu einem Spaziergang.

Wir gehen einfach dem Philosophenweg nach, bis es keine Philosophen mehr gibt, schlug Wolfgang vor.

Moment, vorher spülen wir ab!, entschied Judith. Und zwar werden wir beide das machen. Was meinst du, Wolfgang, mein Liebling? Auch ein Sozialphilosoph darf manchmal in die Niederungen des Küchendienstes Einblick nehmen.

Ich danke der exzellenten Köchin, sagte Franz, als Judith und Wolfgang mit dem Abwasch beschäftigt waren. Er küsste Anna auf die Stirn.

Später ein langer Spaziergang. Reden über vieles, auch Späße machen, Possen reißen – aber kaum Politik an diesem Tag. Als am Abend ein leichter Regen begann, zogen sie sich ins Haus zurück. Und Anna sang.

>   Mein Vater wird gesucht,
>   Er kommt nicht mehr nach Haus.
>   Sie hetzen ihn mit Hunden,
>   Vielleicht ist er gefunden
>   Und kommt nicht mehr nach Haus.
>
>   Oft kam zu uns SA
>   Und fragte, wo er sei.
>   Wir konnten es nicht sagen,
>   Sie haben uns geschlagen
>   Wir schrien nicht dabei.
>
>   Die Mutter aber weint,
>   Wir lasen im Bericht:
>   Der Vater sei gefangen,
>   Und hätt' sich aufgehangen,
>   Das glaub' ich aber nicht.

Er hat uns doch gesagt,
So etwas tät er nicht.
Es sagten die Genossen,
SA hätt' ihn erschossen,
Ganz ohne ein Gericht.

Heut weiß ich ganz genau,
Warum sie das getan.
Wir werden doch vollenden,
Was er nicht konnt' beenden
Und Vater geht voran!

Dieses Lied habe ich noch nie gehört, sagte Wolfgang.

Einer unserer Kuriere hat es aus Frankreich mitgebracht, sagte Anna, das wird dort oft von Emigranten gesungen.

Singst du es noch einmal?, fragte Judith.

In den kommenden Monaten ging die Tätigkeit im Widerstand ständig weiter.

In Zusammenarbeit mit den Emigranten in Frankreich, Luxemburg und der Schweiz kümmerte man sich weiterhin um Hinterbliebene, um Familien von Inhaftierten, sorgte für Informationen aus dem Ausland und startete immer wieder neue Flugblattaktionen.

Die Sozialdemokraten und Gewerkschafter schufen verschiedene Kontaktstellen und Austauschmöglichkeiten, unter anderem in Mietwaschküchen. Auch Wochenendtreffen wurden organisiert, bei denen Informationsmaterial aus dem Ausland verteilt werden konnte.

Die Kommunisten und ihre Kontaktleute im Ausland sorgten dafür, dass aus Basel, Paris oder Amsterdam illegales Material nach Frankfurt geschafft wurde. Auch hier gab es eine ganze Reihe von Informationsschriften mit Tarntiteln: »Gedichte von Gottfried Keller« oder »Die schönsten Gedichte aus des Knaben

Wunderhorn«. Auf holländischen Schiffen gelangten durch die Verbindungen mit dem Internationalen Transportarbeiterverband ebenfalls Broschüren und selbst Schallplatten politischen Inhalts bis nach Frankfurt.

Ja, wir waren engagiert, fleißig, umtriebig. Wir halfen im Kleinen. Aber hatten wir, auf das Ganze gesehen, wirklich Erfolg? Daran dachten wir besser nicht.

Annas Mutter war auf dem Bauernhof geblieben. Durch die fürsorgliche Pflege ihrer Schwester ging es ihr nach wenigen Wochen wieder besser und sie erholte sich so gut, dass sie mehr und mehr im Haushalt des großen Bauernhofs helfen konnte.

Sie haben mir angeboten, dass ich hier bleiben kann. Aber ich möchte dich doch nicht so lange alleine lassen, habe sie geschrieben.

Schreib ihr doch einfach, sie soll vorläufig in Schiltach bleiben, schlug Wolfgang vor. Dort ist sie am besten untergebracht.

Vielleicht hast du Recht, sagte Anna. Auf jeden Fall ist sie dort sicherer.

Anna hatte ihr zugeredet. Sie habe ihr geschrieben, dass sie ihr fehle, dass sie selbst gut zurechtkomme und sie bald besuchen werde.

Franz dachte häufig daran, dass seine oder eine der anderen Gruppen jederzeit auffliegen könnte. Doch es kam ihm nie in den Sinn aufzugeben, alles hinzuwerfen. Er erinnerte sich, wie ihm am Anfang alles noch ein wenig wie ein Spiel vorgekommen war, ein ernstes zwar, aber eben eine Art Spiel.

Mit Logik hat das eigentlich nichts mehr zu tun, sagte er zu Wolfgang.

Was meinst du, Franz?

Irgendwann kriegen die uns. Außerdem müssten wir

ihnen mit ganz anderen Mitteln entgegentreten – und das können wir nicht.

Wir dürfen nicht aufgeben, Franz.

Aber wir zelebrieren ein wenig unseren Widerstand. Wir glauben uns durch unseren Aktionismus gerechtfertigt. Wir erreichen nahezu nichts. Diese Ohnmacht macht uns elend.

Wolfgang schüttelte den Kopf.

Franz, der Weg führt, wie Horkheimer einmal in einer Vorlesung sinngemäß sagte, über Elend, Schande und Zuchthaus. Nur ein unbedingter Glaube an den Fortschritt lässt uns das überhaupt durchstehen.

Aber ist das Opfer dafür nicht etwas zu hoch?, wandte Franz ein. Denke doch daran, wie viele dafür bereits ermordet worden sind oder im Zuchthaus sitzen.

Wolfgang war nicht einverstanden: Wir müssen von der ›drängenden Notwendigkeit der Änderung‹ überzeugt bleiben. Die bürgerliche Klasse schenkt uns nichts. Ihr Zusammengehen mit Hitler hat das eindeutig bewiesen. Um ihre Interessen zu wahren, würde sie sich mit jedem Verbrecher verbünden. Das müssen wir der arbeitenden Klasse klarmachen.

Das leuchtet mir schon ein, Wolfgang. Aber ... die Arbeiterschaft hat doch zu einem großen Teil Hitler gewählt.

Ja. Da müssen wir ansetzen. Viele Menschen sind auf Hitlers Lügen hereingefallen. Es fehlt ihnen auch häufig noch das Bewusstsein für ihre Klasse.

Du glaubst also unbedingt an die Revolution? Nach russischem Vorbild?

Hast du eine Alternative? Was die Genossen in der Sowjetunion zuwege gebracht haben, ist doch eigentlich atemberaubend.

Ich habe mich vor kurzem mit Bernhard Wiegand unterhalten ...

Bernhard Wiegand! Wenn ich diesen Namen schon höre! Wer fällt denn auf ein solches Gewäsch herein? Wiegand kommt mir schon beinahe wie ein Verräter vor.

Aber er kommt doch aus der Sowjetunion. Schon seit fast zwei Jahren sind dort sogenannte ›Säuberungen‹ im Gange. Es gibt bereits viele Opfer. Ich habe ihn vor etwa drei Wochen im vegetarischen Restaurant getroffen. Er wirkt keinesfalls unglaubwürdig. Weshalb, um alles in der Welt, sollte er so etwas sagen?

Franz, Wiegand ist das Opfer der faschistischen Propaganda, sonst nichts.

Du musst es ja wissen.

Wie meinst du das?

Du warst ja dort.

Nach diesem Gespräch war das Verhältnis zwischen Franz und Wolfgang vorübergehend gestört. Frieder Kachler war es, der die Wogen wieder etwas glättete.

Freunde, gebt euch die Hand und vergesst euren Streit. Das ist das Letzte, was wir jetzt brauchen können. Wir müssen alle lernen, mit unterschiedlichen politischen Positionen zu leben. Den einen Weg gibt es nicht. Für uns ist nur eine Sache wichtig: Der Kampf gegen den gemeinsamen, wirklichen Feind. Übrigens ist Wiegands Gruppe vor zwei Tagen aufgeflogen.

Franz sah Wolfgang betroffen an. Wolfgang senkte den Blick.

Nun hat es den Wiegand erwischt. Könntest du ihn jetzt immer noch als ›Verräter‹ bezeichnen?, dachte Franz, aber er sagte nichts.

Ende November kündigte Sofie in einem Brief ihre Rückkehr nach Deutschland an.

Wahrscheinlich Ende März/Anfang April, schrieb Sofie, *ich freue mich so auf unser Wiedersehen.*

Auch Franz freute sich. Dennoch kam es ihm so vor, als hätte er eine Botschaft aus einer anderen Welt vernommen. Immer wieder hatte er während dieser Zeit in Frankfurt daran gedacht, dass er Sofie, wenn sie hier wäre, durch seine politische Tätigkeit ebenfalls in Gefahr bringen würde. Durch ihre Abwesenheit stellte sich dieses Problem nicht. Nun würde sich das ändern. Aber er konnte doch nicht einfach aufhören! Zumindest durfte er sie vorläufig auf keinen Fall einweihen. Doch wie sollte er das bewerkstelligen?

Sie ist sozusagen meine Verlobte, sagte er zu Frieder.

Was heißt ›sozusagen‹?

Franz erzählte ihm von seiner Beziehung zu Sofie, einer Beziehung der ständigen Unterbrechungen, mit viel mehr Ferne als Nähe.

So, so, Buenos Aires, sagte Frieder. Der Herr Schwiegervater ist Diplomat und dein Vater Professor. Franz, das wird schwierig. Du kannst deiner zukünftigen Frau nicht verbieten nach Frankfurt zu kommen.

Aber ich muss irgendeinen Weg finden, sie hier herauszuhalten. Mir wird schon etwas einfallen.

Sofie und ihre Eltern kamen am 15. April 1937 in Heidelberg an.

Tante Lieselotte hatte inzwischen in der Schloßbergstraße eine geräumige, repräsentative Wohnung angemietet.

Franz musste an diesem Donnerstag noch ein paar Klavierstunden geben und am Abend fand ein wichtiges Treffen im *Anker* statt.

Am Freitag fuhr er um die Mittagszeit von Frankfurt nach Heidelberg, nahm vom Bahnhof aus gleich den Weg zur Schloßbergstraße.

Er eilte die Treppe zu der Wohnung im ersten Stock hoch und läutete. Ein älterer, sehr distinguiert wirkender, elegant gekleideter Herr mit weißen Haaren öffnete die Tür.

Sie wünschen?

Darauf war Franz nicht gefasst. Er hatte sich vorgestellt, dass Sofie öffnen und in seine Arme stürzen würde.

Entschuldigen Sie ... ich bin Franz Niemann ...

Nun lächelte der Mann: Bertram ist mein Name. Kommen Sie herein, Herr Niemann. Ich darf gerade mal vorgehen ...

Sie gingen durch einen Vorraum, in dem überall Kisten herumstanden, betraten danach einen großen Salon. Auch hier ein gewisses Chaos: Möbelstücke, teils noch abgedeckt, teils schon an die Wände gerückt, dazwischen Bücherkisten, Kästen, ein Sekretär war zu erkennen. An einem Fenster ein Tisch mit drei Stühlen.

Nehmen Sie Platz, Herr Niemann. Sie sehen, wir sind noch nicht so ganz auf Empfang eingestellt, aber in ein paar Tagen, so möchte ich doch meinen, wird es hier schon anders aussehen.

Es tut mir leid, dass ich nun einfach so hereinplatze, begann Franz.

Aber ich bitte Sie. Für Sie gilt jede Entschuldigung der Welt. Ich hätte mich gewundert, wenn Sie nicht gekommen wären. Darf ich Ihnen ein Glas Portwein anbieten? Die Flasche habe ich eher zufällig gefunden. Dies sind gewöhnliche Wassergläser, also nicht ganz stilecht. Aber ich denke, dass sie ihren Zweck erfüllen.

Er schenkte ein, reichte Franz das Glas hinüber.

Auf Ihr Wohl, Herr Niemann. Ich freue mich, nachdem Sie meine Tochter schon vor fünf Jahren kennen gelernt haben, nun endlich Ihre Bekanntschaft zu machen. Meine Frau hatte ja schon das Vergnügen.

Auf Ihr Wohl, Herr Bertram!

Der vollendete, weltmännische Diplomat, dachte Franz. Wie er redet und was er spricht, alles kommt eigentlich fast natürlich daher, wirkt kaum aufgesetzt, seine Manieren scheinen ihm in Fleisch und Blut übergegangen zu sein.

Die Damen sind noch beim Einkaufen, fuhr Herr Bertram fort. Morgen soll eine Köchin zu uns kommen, die meine Schwester Liselotte, deren Bekanntschaft zu machen Sie ja schon das Vergnügen hatten, für uns engagiert hat. Sie soll eine Perle sein. Oh, ich glaube, ich höre etwas ...

Franz!, rief eine Stimme vom Vorraum her.

Franz erhob sich. Sofie bewegte sich angesichts all der Hindernisse, die in dem Zimmer standen, mit beachtlicher Geschwindigkeit auf Franz zu und flog in seine Arme.

In den folgenden Tagen und Wochen kam Franz so oft wie möglich von Frankfurt nach Heidelberg herüber. Die Familien besuchten sich gegenseitig. Die Verlobung von Franz und Sofie war für Samstag, den 26. Juni 1937 vorgesehen. Pläne wurden geschmiedet, privatpolitische Entwürfe in die Zukunft gesetzt, als würde die realpolitische Ebene gar nicht existieren.

Immer wieder gab es Momente, in denen Franz düstere Schatten verjagen musste, die sich in seinem Kopf einnisteten. Doch Sofie war glücklich.

Ihr Vater erkundigte sich ausführlich nach den Aussichten eines Musikers und Klavierlehrers und Franz war sich darüber im Klaren, dass sich sein Schwiegervater ursprünglich eine andere Partie für seine Tochter vorgestellt hatte, aber er ließ sich nichts anmerken. Außerdem vergötterte Bertram seine Tochter viel zu sehr, als dass er ihren innigen Wunsch, mit Franz eine Verbindung einzugehen, unterlaufen hätte. Im Übrigen war er ein sehr auf seinen bürgerlichen Stand bedachter Mensch, der die Nazis vor allem wegen ihres pöbelhaften Verhaltens und ihrer kulturellen Beschränktheit ablehnte.

Sofie bestand darauf, Franz in Frankfurt an seiner Wirkungsstätte zu besuchen. Franz hatte zunächst versucht,

Sofie klarzumachen, dass er sehr viel zu tun habe, dass es für sie sicher langweilig sei.

Aber Franz, ich kann mir doch die Stadt ansehen. Die Altstadt soll sehr schön sein.

Dann komme ich aber mit, entschied ihre Mutter.

Aber Mama, ich bin doch kein kleines Kind mehr!

So fuhr Sofie schließlich nach längerer Diskussion an einem Montag im Mai, eine Woche nach Pfingsten, mit Franz nach Frankfurt.

Ich bin sehr neugierig, wie du haust, sagte Sofie.

Sie besah sich die Wohnung. Das Wohnzimmer mit dem Klavier, den übervollen Bücherschrank, daneben mehrere Kisten mit Noten, eine kleine Couchgarnitur, den Schlafraum und die Küche.

Hast du kein Badezimmer?, fragte sie.

Ich wasche mich in der Küche.

Sofie blickte ihn ungläubig an.

Man gewöhnt sich daran, sagte Franz lachend. Es gibt ja noch die öffentlichen Badeanstalten. Keine Angst, liebe Sofie, ich gehe hygienisch nicht vor die Hunde.

Es klopfte an der Tür.

Das wird Georg sein.

Franz öffnete. Georg, ein schlanker, etwas schmächtiger Junge von vielleicht vierzehn Jahren, kam herein, begrüßte Franz und gab auch Sofie artig die Hand.

Georg ist mein Klaviergenie aus Bornheim, sagte Franz und Georg strahlte über das ganze Gesicht.

Ich habe den ganzen ersten Satz der Haydn-Sonate geübt, Herr Niemann.

Das ist schön, Georg. Dann lass mal hören!

Ich gehe dann, sagte Sofie, bis später.

Und Georg legte los: 1. Satz einer Sonate in e-Moll von Haydn. Nach einigen Takten blieb er hängen.

Sofie schloss die Tür, blieb für einen Moment stehen und hörte noch ein wenig zu.

Nicht ganz so schnell, Georg. Wir müssen uns für später, wenn wir sicherer sind, noch eine Steigerungsmöglichkeit offen halten.

Georg begann etwas langsamer von vorne, spielte die Exposition schon ganz passabel, musste allerdings in der Durchführung das Tempo noch etwas mehr zurücknehmen. Franz korrigierte da und dort die Handhaltung, spielte vor, machte Vorschläge zur weiteren musikalischen Gestaltung.

Sofie kehrte erst gegen ein Uhr zurück. Franz war gerade dabei, einige Brötchen zu belegen.

Was machst du da?, fragte Sofie.

Sofie, begann Franz etwas verlegen, die Zeit reicht nicht für den Besuch in einem Restaurant.

Sofie musste lachen.

Machst du das öfter so?, fragte sie.

Ja, an manchen Tagen.

Franz wollte auf keinen Fall mit Sofie in die vegetarische Gaststätte gehen und auch kein anderes Lokal in der unmittelbaren Umgebung aufsuchen. Der nächste Schüler sollte um drei Uhr kommen. Die Zeit hätte gut gereicht. Aber er wollte unbedingt vermeiden, dass sie jemandem von *seinen Leuten* begegneten.

Nicht böse sein, Sofie. Wir können doch dann gegen Abend etwas Richtiges essen.

Hättest du doch vorher etwas gesagt, dann hätte ich etwas mitgebracht.

Ich habe auch Tee gemacht. Klar, es ist eine sehr einfache Mahlzeit ...

Darum geht es nicht, Franz. Es ist nicht gesund. Hast du wenigstens noch etwas Obst besorgt?

Ich werde in Zukunft daran denken.

Was hast du heute Morgen besichtigt?, fragte er, als sie ihr frugales Mahl eingenommen hatten.

Ich habe mir das Goethehaus angesehen, nicht nur von

außen. Ich bin zur Paulskirche hinübergegangen, zum Römer, zum Rathaus, dann hinunter zum Mainkai. Ich habe sogar den Fluss überquert, über den Eisernen Steg.

Das ist ja enorm für einen Vormittag!

Nun ja, ich hatte vorher schließlich einen Stadtplan studiert.

Ich sehe schon, meine Verlobte ist nicht nur ein liebenswertes, sondern auch ein kluges und umsichtiges Wesen.

Und mein Verlobter lebt zwar ein bisschen ungesund, aber das wird sich im Laufe der Zeit sicher ändern lassen.

Franz nahm Sofie in die Arme und küsste sie.

Sie entwand sich ihm.

Franz, wenn einer deiner Schüler kommt.

Ich hoffe doch, dass er anklopft, sagte Franz und begann Sofie zu kitzeln.

Das ist gemein!, rief sie.

Franz legte sich auf die Couch und zog Sofie zu sich herunter.

Träumen wir uns doch einfach aus der Welt, sagte er. Wir sind gar nicht hier, sondern in einer anderen Dimension. Dies ist nicht mehr Frankfurt …

… sondern ein Wolkenkuckucksheim? Oder ein Märchenland?, fuhr Sofie fort.

Warum nicht? Vor kurzem hatte ich einen eigenartigen Traum. Ich stand auf einem riesigen Turm, hoch über Heidelberg. Ich befand mich an einem großen Fenster und blickte auf die Stadt hinunter. Da war der Schlossberg, die Altstadt, auf der anderen Seite der Michaelsberg, Neuenheim, dahinter Handschuhsheim, in der Mitte der Fluss. Ich hatte das Gefühl, gar nicht mehr in diese Stadt mit ihrem Umland zu gehören, sondern ich war an einem ganz anderen Ort. Als ich mich umdrehte, sah ich ein mir unbekanntes Land. Vor mir eine fruchtbare Ebene. Zu meiner Rechten eine fremde Stadt mit mehreren hohen Türmen, teilweise von einer breiten Mauer umgeben.

Die Vegetation ähnelte der eines südlichen Landes. Palmen waren dabei, Pinien, Zypressen und Olivenbäume. In der Ferne ein hohes Gebirge. Plötzlich ging so etwas wie ein Flimmern durch das Bild. Es kam mir so vor, als ob sich der Ort, an dem ich mich befand, wegbewegte. Ich wandte mich wieder dem anderen Fenster zu – es war nichts mehr zu sehen. Ich blickte in eine unermesslich tiefe Dunkelheit. Instinktiv drehte ich mich wieder um, wollte von dieser Dunkelheit weg, mich der fremden Stadt nähern. Doch die Stadt war nun in die Mitte des Landes gerückt und sie war auf einmal sehr viel näher. Einer der großen Türme begann langsam in sich zusammenzustürzen, dann ein zweiter, ein dritter. Es war furchtbar anzusehen. Eine riesige Staubwolke wälzte sich auf mich zu. Ich erwachte.

Ein seltsamer Traum, sagte Sofie.

In der Tat. Was war das nur für eine Welt, in die ich mich hineingeträumt hatte?

Da gefällt mir aber meine Welt, in der ich lebe, besser, sagte Sofie und küsste Franz auf die Stirn.

Es klopfte an die Tür. Sofie stand rasch auf und strich ihren Rock glatt. Auch Franz fuhr hoch.

Wer kann das sein?

Vielleicht ein Schüler?

Aber der nächste kommt doch erst um drei, sagte Franz.

Sofie blickte Franz erstaunt an.

Es klopfte wieder.

Herein!, rief Franz.

Wolfgang Jung streckte seinen Kopf durch die Türöffnung.

Dürfen wir hereinkommen?

J..ja.

Wolfgang kam ins Zimmer, hinter ihm Leonhard und Anna.

Sofie blickte zu Franz hin, der die Ankommenden einen Augenblick lang stumm anstarrte.

Willst du mich nicht vorstellen?, fragte Sofie lächelnd.

Entschuldige, Sofie!, sagte Franz. Er nannte die Namen.

Das ist Sofie Bertram. Meine zukünftige Verlobte.

Anna hatte, als sie Sofie begrüßte, kurz zu Franz hinübergesehen. Ein Blick, der Sofie nicht entgangen war.

Es tut mir leid, dass wir dich stören, Franz, sagte Wolfgang. Aber wir müssen kurz mit dir reden. Es ist wegen heute Abend ...

Franz sah ihn entsetzt an. Wolfgang hielt einen Moment inne und begann von neuem :

Also, wir möchten dir nur mitteilen, dass wir die Probe auf heute Abend vorverlegt haben. Es ist sehr wichtig, dass alle kommen.

Ist gut, Wolfgang, sagte Franz schließlich. Er war froh, dass Wolfgang schnell das richtige Wort gefunden hatte.

Also dann, noch einen schönen Tag.

Sind das Freunde von dir?, fragte Sofie, als sie gegangen waren.

Ja.

Was ist mit dir, Franz?

Nichts, Sofie, ich ...

Etwas stimmt mit dir nicht, das spüre ich doch.

Franz fing sich wieder.

Sofie, es ist mir einfach ein wenig auf die Nerven gegangen, dass sie in so einem Moment hier hereingeplatzt sind.

Aber sie konnten doch nicht wissen, dass ich hier bin.

Stimmt ja auch wieder ...

Was ist das für eine Probe? Übt ihr etwas ein?

Ja, es ist ein Auftritt unseres Chors im Spätsommer vorgesehen. Ich spiele Klavier und ...

Kann ich zuhören?

Nein, das heißt normalerweise schon. Aber heute Abend wollen wir erst einmal über das Programm, die Reihenfolge der Lieder sprechen, bevor wir mit den Proben beginnen. Das wäre doch langweilig für dich.
Sofie blickte Franz eindringlich an.
Ich habe das Gefühl, du willst mich nicht dabei haben.
Franz nahm sie in die Arme.
Nein Sofie, darum geht es wirklich nicht. Bitte, glaube mir.

Sofie hatte sich, während Franz unterrichtete, einen Stuhl in die Küche gestellt und gelesen. Zunächst war sie noch ein wenig wütend und deshalb unkonzentriert gewesen. Doch mit der Zeit war es ihr gelungen, sich in eine Erzählung von Joseph Conrad zu vertiefen, die sie mehr zufällig aus dem Bücherschrank genommen hatte, »Das Herz der Finsternis«.
Könntest du mich zum Bahnhof bringen? Ich möchte nach Heidelberg zurückfahren, sagte sie, als Franz seinen Unterricht beendet hatte.
Aber Sofie, lass uns doch noch einen Spaziergang zum Römerberg machen, uns in ein hübsches Lokal setzen und zu Abend essen.
Sofie ließ sich überreden.
Erst als sie in einer der typischen Frankfurter Gaststätten am Römer saßen, auf das Essen warteten und ihren Apfelwein tranken, besserte sich ihre Stimmung ein wenig. Sie hatten ›Frankfurter Rippsche‹ mit Kraut bestellt.
Habe ich dir eigentlich schon erzählt, dass mir auf dem Schiff ein Heidelberger Kavalier den Hof gemacht hat?, begann Sofie.
Und das erzählst du mir erst jetzt?, gab Franz zurück. Wer denn?
Ein gewisser Herr Fahrenbach, fuhr Sofie fort. Er hatte geschäftlich in Buenos Aires zu tun. Für seine Firma.

Fahrenbach? Den Namen habe ich schon einmal gehört.

Müsstest du eigentlich. Der Familie gehört eine große Villa an der Neuenheimer Landstraße. Das ist doch gar nicht so weit von euch entfernt.

Doch nicht der ›Neckarpalast‹?, rief Franz.

Neckarpalast?, fragte Sofie erstaunt.

So wird das Haus genannt, sagte Franz. Ein Industrieller, der mit der ›Badischen Anilin‹ zusammenhängt. Wir kennen die Leute nicht, höchstens vom Sehen.

Ihr Essen kam.

Er ist ja wohl nicht mehr der Jüngste, sagte Franz lächelnd.

Wer?

Na, der Mann vom Schiff.

Ach so, du meinst den Herrn Fahrenbach? Ungefähr in meinem Alter, sagte Sofie obenhin.

Dann kenne ich ihn mit Sicherheit nicht.

Franz, begann Sofie, ich hatte nicht die Absicht, dich mit diesem Hinweis zu beunruhigen. Du kannst dir doch selbst denken, wie lang so eine Schiffsfahrt dauert. Der Mann hat mir ab und zu ein wenig die Zeit vertrieben, das war alles. Beunruhigt könnte höchstens ich sein. Denn offensichtlich willst du nicht, dass ich deine Freunde kennen lerne.

Sofie, bitte! Ich werde dir das erklären, wenn ich am nächsten Wochenende nach Heidelberg komme.

Ist gut. Aber lass mich eine Sache dazu sagen: Wenn wir einmal wirklich unser Leben miteinander verbringen wollen, dürfen wir keine Geheimnisse voreinander haben. Das mag vielleicht etwas abgeschmackt klingen, aber es ist meine ehrliche Überzeugung.

Ich habe mich alles andere als geschickt angestellt, schrieb Franz in seinem Tagebuch. *Ich habe keinen Plan, improvisiere ins Blaue hinein. Wie soll das gut gehen?*

Gegen acht Uhr kam Franz beim *Anker* an.

Kurz vorher hatte er Sofie am Bahnhof in die Arme genommen: Nicht böse sein, Sofie! Wir werden reden. Ich liebe dich.

Es war ziemlich laut in der Gaststätte. Fast alle waren im Lokal versammelt, nur an einem Tisch saßen ein paar Gäste, die nicht zur Gruppe gehörten.

Wolfgang kam an seinen Tisch. Franz bestellte etwas zu trinken.

Frieder will dich nachher sprechen, sagte Wolfgang. Küche. In zehn Minuten.

Als Franz aufstand, befand sich Traude hinter dem Schanktisch. Sie nickte Franz zu.

In der Küche warteten bereits Frieder und Wolfgang. Frieder sagte in Richtung Schankraum: Dort läuft alles. Wir gehen gleich nach oben.

Traude kam mit einem Tablett in die Küche, stellte es ab. Frieder rückte den Küchenschrank zur Seite, drückte auf den fraglichen Mauerstein. Sie glitten rasch durch den Mauerspalt, der sich hinter ihnen sofort wieder schloss.

Im Versammlungsraum warteten Anna und Judith. Sie setzten sich zu ihnen und Frieder begann ohne Umschweife.

Klaus Haller und ein anderes Mitglied der Bockenheimer Gruppe sind verhaftet worden. Sie werden bei der Gestapo verhört und wahrscheinlich gefoltert. Das kann dazu führen, dass Annas Gruppe auffliegt. Was das bedeutet, könnt ihr euch denken.

Weshalb?, fragte Franz. Sind sie etwa bei einer Aktion erwischt worden?

Ich weiß es nicht, sagte Anna. Klaus ist manchmal etwas unbeherrscht. Vor einiger Zeit hat er mal einen SA-Mann beleidigt und zusammengeschlagen. Das war in der Nähe vom Kurfürstenplatz. Es war ziemlich dunkel. Das hat ihn gerettet. Denn er konnte nicht genau identifiziert werden. Und Klaus ist in dieser Beziehung eiskalt. Er hat ständig behauptet, gar nicht da gewesen zu sein. Er habe Zeugen. Der SA-Mann selbst konnte sich nicht richtig erinnern.

Es genügt, dass er damals aufgefallen ist, sagte Wolfgang.

Wir müssen Anna heute Nacht hier behalten. Dort drüben liegen ein paar Matratzen und Decken.

Ich bleibe bei dir, sagte Judith.

Nach und nach kamen die anderen in den Versammlungsraum. Sie beratschlagten, was zu tun sei, diskutierten, erwogen und verwarfen.

Frieder schlug schließlich vor, dass man zuerst einmal abwarten solle. In nächster Zeit müsse man sich absolut ruhig verhalten.

Wir haben doch für morgen ..., begann Wolfgang.

Ich weiß. Aber im Augenblick ist äußerste Vorsicht geboten.

Frieder, es handelt sich um das Flugblatt gegen die beiden Todesurteile. Lore Wolf hat es verfasst.

Warte einfach ein paar Tage. Dann wissen wir mehr.

Dann gehe ich allein!, sagte Wolfgang. Die Sache muss schnell über die Bühne gehen.

Ich werde mitkommen, sagte Judith.

Frieder wiegte seinen Kopf hin und her.

Die Gruppenmitglieder waren unterschiedlicher Meinung. Doch nach längerer Diskussion einigte man sich darauf, dass nur Judith und Wolfgang die Verteilung durchführen sollten.

Wir beginnen am Ostend, dann gehen wir nach Bornheim. Von da nach Seckbach, Preungesheim, Schersheim. Wir umrunden sozusagen die Innenstadt, vermeiden Westend, und Bockenheim sowieso.

Traude kam herein: Der letzte Gast ist schon gegangen. Ich habe vorläufig abgeschlossen. Kommt jetzt mit mir nach unten. Aber verlasst das Lokal nicht alle auf einmal.

Sie standen auf und verließen mit Traude den Raum.

Anna nahm Franz beiseite.

Es tut uns leid, dass wir dich heute Nachmittag so überfallen haben, sagte Anna, aber wir hatten keine andere Möglichkeit.

Ist schon gut, Anna.

Du warst wohl etwas aufgebracht und durcheinander?

Es hielt sich in Grenzen.

Du hättest ja mal was sagen können.

Franz zuckte nur die Achseln. Er fühlte sich nicht gut.

Gute Nacht, Franz.

Gute Nacht, Anna. Gute Nacht, Judith.

Am nächsten Tag ging Anna in aller Frühe zu ihrer Wohnung in Bockenheim. Alles war unverändert. Sie steckte ein paar Sachen in einen Rucksack, band sich ein dunkelblaues Kopftuch um und fuhr mit dem Fahrrad über Umwege zu Judiths kleiner Wohnung in der Feldbergstraße. Ihre Freundin erwartete sie bereits. Anschließend fuhr Anna zu ihrer Arbeitsstelle.

Am besten, du wohnst ein paar Tage bei mir, hatte Judith gesagt. Ich muss morgen für eine Woche in ein Jungmädchenlager in den Odenwald. Ich bin für diese Zeit eingeteilt worden. Da kann man nichts machen. Das ist auch ganz gut so.

Morgen schon? Und die Flugblattaktion?, hatte Anna gefragt.

Heute Nacht. Ich werde vorher meine Sachen richten.

Franz schrieb an diesem Tag einen Brief an Sofie. Er versuchte sich mit vagen Erklärungen, ließ durchblicken, dass er ihr im Augenblick nicht alles sagen könne. Und das habe absolut nichts mit ihnen beiden zu tun.

Er zerriss den Brief wieder.

Er deutete ein Geheimnis an! Das würde Sofie nur noch mehr verunsichern. Ein Teufelskreis.

Am folgenden Tag hielt er es nicht mehr aus und nahm am frühen Nachmittag den Zug nach Heidelberg.

Er hatte einen Zettel an seine Wohnungstür geheftet, auf dem er seinen Schülern mitteilte, dass er in einer dringenden Familienangelegenheit unterwegs sei und dass die Stunden nachgeholt würden.

Franz eilte wieder sofort in die Schloßbergstraße.

Auf sein Läuten öffnete eine Hausangestellte, die bedauerte, dass die Herrschaften unterwegs seien und erst am Wochenende wieder zurückkehren würden. Der gnädige Herr habe etwas von einem Besuch bei Freunden gesagt, in Stuttgart.

Kann ich etwas ausrichten?, fragte sie.

Nein, danke. Ich werde mich wieder melden. Franz drehte sich um und ging die breite Treppe hinunter.

Verdammt! Er war furchtbar wütend. Nicht auf Sofie. Aber auf die übrige Menschheit.

Das waren die Gedanken, die ihm durch den Kopf jagten, als er zum Bahnhof zurückging.

Mit dieser Wut setzte er sich in den nächsten Zug nach Frankfurt. Kein klarer Gedanke wollte sich einstellen. Seine Eltern zu besuchen kam ihm überhaupt nicht in den Sinn. Seine Stimmung befand sich auf einem absoluten Tiefpunkt.

Die nächsten Tage blieb alles ruhig. Franz schrieb an Sofie. Er sei in Heidelberg gewesen, habe sie nicht angetroffen, sie müssten unbedingt miteinander reden. Sie solle sich so bald wie möglich melden.

Am nächsten Wochenende in Heidelberg überreichte ihm seine Mutter einen Brief von Sofie.

Ihre Eltern waren ohne sie zurückgekehrt.

» ... Franz, ich habe in den letzten Tagen viel über uns nachgedacht. Ich weiß eigentlich sehr wenig über Dich. Die paar Male, die wir uns gesehen haben, sind zwar sehr wichtig für

mich. Das kann nicht darüber hinwegtäuschen, dass jeder von uns sein eigenes Leben gelebt, sich auf seine Weise entwickelt hat. Aber diese Tatsache dürfte doch kein unüberbrückbares Hindernis sein?

Ich habe bei meinem Besuch in Frankfurt vielleicht ein wenig schroff reagiert. Hinterher habe ich mir überlegt, dass Du unter Umständen gute Gründe hast, Dich so zu verhalten, wie Du es getan hast. Aber glaubst Du nicht, dass ich dennoch Deine Beweggründe wissen, begreifen möchte?

Ich werde noch ein paar Tage bei Elisabeth Mönch in Bad Cannstatt bleiben. Sie ist eine frühere Mitschülerin und Freundin aus dem Schweizer Internat. Sie hat mich für die ganze Woche eingeladen. Doch so lange halte ich es nicht aus. Ich muss zurück. Du fehlst mir schon die ganze Zeit. Ich liebe Dich, Franz. Aber ich möchte auch verstehen ...«

Sie hatte also seinen Brief noch gar nicht erhalten.

Am Montag war Franz wieder in Frankfurt, unterrichtete wie gewöhnlich, machte am Abend noch einen längeren Spaziergang. Nach seiner Rückkehr setzte er sich auf die Couch und versuchte zu lesen. Er konnte sich nicht konzentrieren. Schließlich nickte er ein.

Er schreckte hoch. Irgendein Geräusch musste ihn geweckt haben. Er blickte auf die Uhr, Viertel nach zehn.

Wieder das Geräusch. Jemand klopfte.

Rasch stand er auf und ging zur Tür. Er wartete einen Augenblick und öffnete.

Es war Anna.

Anna, komm herein!

Sie war völlig außer Atem.

Was ist denn los? Sind sie hinter dir her?

Sie nickte und blickte ihn mit weit aufgerissenen Augen an.

Setz dich erst mal.

Ich wollte eigentlich zu meiner Wohnung in Bockenheim, um ein paar Sachen zu holen, begann sie, dann war da dieses schwarze Auto ...

Was für ein Auto?

Ich war die Zeppelinallee heraufgekommen. Der Wagen stand vor dem Hauseingang. Schräg gegenüber der Frauenfriedenskirche. Ich geriet in Panik, rannte los, immer auf den Kircheneingang zu, das Portal war offen. Hinter mir hörte ich quietschende Reifen, bald darauf schlagende Autotüren ...

Und in der Kirche?

Franz fragte immer wieder nach. Aus Annas ziemlich aufgeregter und konfuser Schilderung kristallisierte sich erst allmählich der Gang der Ereignisse heraus.

Sie lief in der Halle nach vorne. Ein Priester kam ihr entgegen und blickte sie erstaunt an. In mehreren Bankreihen verteilt saßen ein paar schwarz gekleidete Frauen. Sie ging in eine dieser Reihen hinein, warf sich oder besser zwängte sich vor zwei Frauen auf den Boden. Bitte!, sagte sie nur. Die Nonnen bedeckten sie so gut es ging mit ihren langen Röcken.

Die Verfolger kamen. Schau hier links in dem Beichtstuhl nach!, befahl eine Stimme. Was suchen Sie hier, meine Herren?, fragte der Priester. Haben Sie eine Frau mit auffallend roten Haaren gesehen, etwa einsfünfundsechzig, schlank, Anfang zwanzig? Ihr blieb fast das Herz stehen. Wissen Sie eigentlich, wo Sie sich befinden?, entgegnete der Priester. Die Frau, die wir suchen, ist des Hochverrats verdächtig!, sagte der Mann schneidend. Der Kirchenmann ließ sich nicht aus dem Konzept bringen. Erstens habe ich niemanden gesehen und zweitens haben Sie kein Recht, in diesem Haus Gottes Ihre Verfolgungsjagden durchzuführen! So? Das haben wir nicht, meinen Sie? Geh zu dem Beichtstuhl dort drüben, sagte er zu seinem Begleiter. Der Priester schrie nun beinahe. Sie beenden sofort dieses unwürdige Spiel! Niemand wird hier verfolgt oder verhaftet! Plötzlich waren weitere Personen zu hören. Stimmen von Männern und Frauen, die von irgendwoher in den Kirchenraum gekommen waren. Was ist hier los?, fragte eine männliche Stimme. Frauenstimmen redeten durcheinander. Lassen wir's für den Moment gut sein!, sagte einer der Verfolger. Aber eines ist klar: Wir warten! Sie wird uns nicht entkommen! Heil Hitler!

Als sie weg waren, hörte sie, dass ein paar Leute leise miteinander sprachen, fast flüsterten. Sie wagte kaum zu atmen. Und dann hörte sie plötzlich über sich die Stimme des Priesters. Kommen Sie, stehen Sie auf! Die Luft ist rein. Wir haben die Kirche geschlossen. Dann stand sie ihm auf einmal gegenüber, einem hochgewachsenen älteren Herrn mit weißen Haaren in einem langen schwarzen Priestergewand. Um ihn herum eine Gruppe von Nonnen und zwei weitere Kirchenleute, alle schwarz gekleidet. Der Priester lächelte sie an. Zaghaft streckte sie ihm ihre Hand hin. Ich ... danke Ihnen, dass Sie mir geholfen haben. Er nahm ihre Hand und führte sie nach vorne. Sie betraten einen kleineren Raum.

Ich ließ mich von ihm führen wie ein kleines Mädchen. Die andern blieben zurück.

Wollte er nicht wissen, weshalb sie hinter dir her sind?, fragte Franz.

Er fragte nur einmal: Politische Gründe? Ich nickte. Dann sollte ich mich auf einen Stuhl setzen. Bitte warten Sie hier.

Franz reichte ihr ein Glas Wasser: Trink erst mal etwas. Sie fuhr fort.

Vielleicht nach einer Viertelstunde kam er wieder. Zunächst befand sich nur ein Wagen vor der Kirche, sagte er. Doch inzwischen ist ein zweiter dazugekommen. Passen Sie auf: Drei von unseren Ordensschwestern werden durch das Portal hinausgehen, durch das Sie hereingekommen sind. Sie werden die Straße überqueren und schnell die Zeppelinallee hinuntergehen. Wenn wir Glück haben, fahren die Männer zumindest mit einem Wagen den Schwestern nach. Das wird die Leute hoffentlich ablenken. Dann werden wir Sie durch eine Seitentür auf die Hedwig-Dransfeld-Straße hinauslassen. Das wollen Sie für mich tun?, fragte ich. Kommen Sie, wir haben keine Zeit zu verlieren. Er führte mich zu der hinteren Kirchentür und wir warteten. Auf ein Zeichen des Priesters wurde das Portal geöffnet, drei Nonnen traten hinaus, eine andere blieb noch kurz stehen und sah ihnen nach. Sie schloss wieder ab und hob eine Hand. Das ist das verabredete Zeichen, sagte der Priester, ein Auto ist losgefahren. Er öffnete die Tür und sagte: Viel Glück – und Gottes Segen! Er schloss die Tür sofort wieder. Tja, und so kam ich zu dir, Franz. Ich wollte auf keinen Fall in Bockenheim oder in der Nähe bleiben. Bei Frieder bin ich vor kurzem schon mal aufgekreuzt. Dann bist du mir eingefallen.

Ist ja schon gut, Anna. Wenn dir niemand gefolgt ist ...

Mit Sicherheit nicht, sagte Anna. Langsam bekommt man Übung.

Möchtest du noch etwas trinken?

Sie schüttelte den Kopf. Franz, könnte ich auf der Couch ... ?

Kommt nicht in Frage. Du nimmst das Bett. Ich werde auf der Couch schlafen.

Aber ...

Keine Widerrede, Anna, sagte er lächelnd. Das ist doch schnell gerichtet. Ich hole dir ein Handtuch. Du kannst dich in der Küche ein wenig frisch machen. Ich gehe morgen früh gleich zu Frieder und Wolfgang.

Am nächsten Morgen fuhr Franz kurz nach sieben Uhr mit dem Fahrrad zur Westendstraße hinüber. Anna hatte noch geschlafen, Franz hatte ihr das Frühstück auf dem Küchentisch vorbereitet. Es war ihm klar, dass Anna so schnell wie möglich verschwinden musste.

In deiner Wohnung kann sie nicht bleiben, sagte Frieder, das ist viel zu gefährlich.

Ich habe eine Idee, begann Franz. Wenn wir sie nach Heidelberg bringen, könnte ich sie, natürlich nicht allzu lange, in unserem Gartenhaus verstecken.

Am Philosophenweg oben?, fragte Wolfgang. Das ist gar keine schlechte Idee. Von dort könnte sie dann einer unserer Kuriere abholen.

Was für ein Gartenhaus?, fragte Traude.

Wolfgang erzählte ihr kurz von ihrem Besuch in Heidelberg im August letzten Jahres.

Das Gelände rings herum ist günstig. Man kann im Wald verschwinden, muss nicht durch die Stadt schleichen, erklärte Franz.

Ja, sagte Wolfgang, das müsste funktionieren. Zunächst über den Fluss, dann immer weiter Richtung Pfälzer Wald, über die französische Grenze. Es ist riskant, aber auf jeden Fall eine Chance. Das wurde schon oft so gemacht.

Würdest du das Gartenhaus wiederfinden?, fragte Franz.

Ich denke schon. Warum fragst du?

Weil es günstiger wäre, wenn du Anna hinbringst. Euch kennt dort niemand. Ich selbst würde am Nachmittag nach Heidelberg fahren. Der Schlüssel zum Haus liegt unter einem der runden Steine am Hauseingang.

Gut, sagte Frieder, so machen wir das. Wolfgang, du fährst gleich mit Franz zurück zu seiner Wohnung. Nimm alles, was du brauchst.

Wir verkleiden unsere Leute häufig, sagte Wolfgang. Schwangere Frauen machen sich zum Beispiel gut. Der Führer braucht Germanennachwuchs als künftiges Kanonenfutter.

Bald darauf waren sie unterwegs zum Goetheplatz. Wolfgang hatte die Seitentaschen seines Fahrrads hauptsächlich mit Kleidungsstücken bepackt und noch einen zusätzlichen Rucksack auf den Gepäckträger geschnürt. Wenn irgendjemand danach fragen würde, wären sie einfach auf dem Weg zu einer der Mietwaschküchen.

Kurz nach zwölf Uhr saß Wolfgang mit einer schwangeren Frau im Zug nach Heidelberg.

Am Abend dieses Tages ging Franz mit einem Rucksack, prall gefüllt mit Lebensmitteln, den Philosophenweg hoch. Wolfgang war am Nachmittag wieder nach Frankfurt zurückgefahren.

Franz, wer kommt denn sonst noch zum Essen?, fragte Anna.

Ich möchte doch nicht, dass mein Gast hungern muss, antwortete er lächelnd. Du bist doch bestimmt hungrig.

Aber nur, wenn du etwas mitisst. Ich weiß noch nicht einmal, ob ich etwas essen kann.

Du musst essen, Anna.

Wird es wohl gut ausgehen, Franz?

Das wollen wir hoffen. Sie machen das nicht zum ersten Mal.

Wann soll denn der Kurier kommen?

Das wissen wir noch nicht ganz genau. Wolfgang hat etwas von Donnerstag oder Freitag gesagt.

Ihr müsst meine Mutter benachrichtigen. Sie soll unter allen Umständen bei ihrer Schwester im Schwarzwald bleiben.

Das wird in jedem Fall geschehen.

Ob mein Vater jemals zurückkommt?

Franz sagte nichts. Ihm fiel nichts dazu ein. Frieder oder Wolfgang hätten jetzt sicher etwas sagen können, das Mut machte. Das Lied fiel ihm ein.

Weißt du noch? Als du das letzte Mal hier warst, hast du das Lied gesungen ...

Du meinst *Mein Vater wird gesucht*?

Ja ...

Aber ich kann jetzt nicht singen.

Das meine ich auch nicht. Ich wollte dich nur an den Schluss erinnern. Ich weiß den Text nicht mehr auswendig.

»*Wir werden doch vollenden, was er nicht konnt' beenden und Vater geht voran!*«

Ja. Nicht vergessen, Anna!

Sie lächelte. Ja, Franz.

Er öffnete eine Flasche Rotwein, holte zwei Teller, Besteck und Gläser, stellte Brot, Wurst und Käse auf den Tisch und setzte sich ihr gegenüber.

Du verwöhnst mich, sagte sie.

Auf dein Wohl! Trinken wir darauf, dass du wohlbehalten im freien Frankreich ankommst.

Zum Wohl!, sagte Anna. Ich trinke darauf, dass du ... dass alle meine Freunde wohlbehalten aus diesem Schlamassel herauskommen.

Nach dem Essen räumte er das Geschirr zusammen.

Das kann ich morgen sauber machen, sagte Anna. Ich habe ja den ganzen Tag Zeit. Dort auf dem Holzherd kann ich doch Wasser heiß machen?

Eigentlich schon. Aber du solltest möglichst kein Feuer machen.

Stimmt auch wieder. Ich werde das schon hinkriegen.

Wenn du etwas lesen möchtest, dort drüben stehen Bücher.

Hab ich bereits gesehen.

Hier im Schrank sind Decken.

Anna lachte. Ich werde mir zu helfen wissen, Franz.

Ich werde morgen früh gleich den ersten Zug nach Frankfurt nehmen. Bis morgen Abend weiß ich vielleicht schon, wann der Kurier kommen wird. Also ... bis dann, Anna. Und versuche zu schlafen.

Dir auch eine gute Nacht.
Franz zögerte einen Moment an der Tür. Er ging zurück und nahm Anna in die Arme.
Du musst jetzt gehen.

Am nächsten Abend kam Franz wieder zum Gartenhaus. Er hatte seine Eltern so weit informiert, dass er den Donnerstag frei genommen habe, um ungestört im Gartenhaus arbeiten zu können. Das war nichts Ungewöhnliches. Vor allem an den Wochenenden hatte er sich schon einige Male in dieses Refugium begeben, um zu komponieren oder zu schreiben. In dieser Zeit war zum ersten Mal die Idee zu einer großen Symphonie aufgetaucht. Damals hatte er mit dem *Werktagebuch* begonnen.

Am Donnerstagabend, kurz vor 22 Uhr, wird dein Wegbegleiter kommen, sagte er zu Anna. Er wird dich ein Stück weiter oben treffen, bei der Hölderlinanlage. Zwischen Ziegelhausen und Kleingemünd wird eine Frau mit einem Ruderboot warten. Dort werdet ihr den Fluss überqueren.

Es ist eigenartig. Plötzlich geht man einfach so weg, verlässt Eltern, Verwandte, Freunde, muss in ein anderes Land fliehen.

Sie schlug die Hände vor ihr Gesicht. Er trat zu ihr, wollte sie in die Arme nehmen.

Lass nur, Franz, es geht schon wieder. Er setzte sich neben sie auf das Sofa.

Wenn alles klappt, werde ich ja bald über alle Berge sein, fuhr sie fort. Etwas möchte ich dir vorher noch sagen, denn es spielt jetzt keine Rolle mehr und niemand wird etwas davon wissen, ich ... ich habe mich in dich verliebt ...

Anna, aber ...

Sag nichts! Ich habe mich lange dagegen gewehrt. Aber es hatte keinen Sinn. Man kann die eigenen Gefühle nicht einfach vernichten wie Ungeziefer. Aber auch, wenn ich nun nicht fliehen müsste: Niemals würde ich mich zwischen dich und deine Verlobte drängen wollen.

Anna, ich weiß selbst auch nicht genau, wie es weitergehen soll …

Bitte?

Nein, es ist nicht so, wie du nun vielleicht denkst. Es geht um etwas anderes: Sofie weiß überhaupt nichts von dem, was ich in Frankfurt mache.

Dann sag es ihr.

Das ist nicht so einfach. Ich habe keine Ahnung, wie sie reagieren wird. Und außerdem möchte ich sie nicht in Gefahr bringen. Oder wenn ich mir vorstelle, dass ihre Eltern etwas davon erfahren.

Wenn sie dich wirklich liebt, wird sie auf jeden Fall zu dir halten. Aber es ist eine Entscheidung, die nur du treffen kannst.

Ich habe mir schon überlegt, ob ich diese Verlobung nicht verschieben kann. Anna, so ein Leben hat sie nicht verdient. In ständiger Angst, dass ich entdeckt werde! Und sie wird vielleicht auch noch mit hineingezogen. Das … kann ich nicht!

Wer lebt schon das Leben, das er verdient? Ich habe das Gefühl, dass alles an mir vorbeigeht. Und nun muss ich auch noch das Land verlassen, in dem ich aufgewachsen bin. Nachdem die Nazis an die Macht gekommen waren, sagte mein Vater: Das ist nicht mehr mein Land. *Unser Land, unsere Heimat ist eine Fremde geworden.*

Franz war aufgestanden und ging unruhig hin und her.

Du hast schon recht, Anna. In diesen Zeiten ist eine ganz normale Lebensverwirklichung schwierig geworden. Zumindest für diejenigen, die nicht mit dem Strom schwimmen. Aber selbst wenn wir wollten, wir könnten gar nicht mehr zurück. Man hat eine Entscheidung getroffen, man muss dazu stehen. Mit allen Konsequenzen.

Den trotzigen Optimismus, den Wolfgang und Judith an den Tag legen, kann ich nicht teilen. Dazu bin ich zu wenig Ideologe. Ich glaube nicht an Heilsgeschehen irgendwelcher Art, weder politisch noch religiös.

Anna lächelte. Judith ist nicht so verbohrt wie Wolfgang. Aber vielleicht haben es diejenigen leichter, die an etwas glauben. Wenn ich zum Beispiel an den Priester und seine Leute denke, die mir geholfen haben. Er strahlte eine solche Ruhe und Zuversicht aus, dass es mir fast warm ums Herz wurde, obwohl ich seinen Glauben nicht teile. Verstehst du, ich war in diesem Augenblick einfach froh darüber, dass es solche Menschen gibt.

Ja, Anna. Es gibt solche Menschen auch bei uns in den Widerstandsgruppen. Denk an die Leute in Frankreich, in Luxemburg, in der Schweiz oder was weiß ich, wo. Denk an unsere eigenen Freunde hier in Deutschland, die selbstlos helfen, unterstützen, auch in den kirchlichen Gruppierungen. Auch wenn es nicht viele sind, aber solange es diese Menschen gibt, dürfen wir nicht aufgeben.

Franz ...

Ja, Anna?

Vor wenigen Minuten war ich noch ganz mutlos. Und nun richtet mich unser Gespräch wieder ein wenig auf. Manchmal genügen ein paar Sätze, damit sich ein bisschen Hoffnung einnistet.

Franz setzte sich wieder zu Anna.

Ich bin froh, wenn mir das gelingt, Anna. Einfach Mut machen gehört nicht so zu meinen Stärken.

Franz, würdest du mir ein Foto von dir mitgeben?

Ein Foto? Er blickte sie verwundert an.

Du hast doch bestimmt irgendwo eine kleine Fotografie von dir.

Ja, gut. Ich werde mal nachsehen.

Bringst du sie morgen mit, ja?

Einverstanden.

Aber nicht vergessen! Übrigens, hast du noch etwas von dem Wein? Ich würde gerne ...

Ja, natürlich.

Er stand auf, holte Gläser und eine Flasche Rotwein.

Wir haben noch zwei Flaschen, verkündete er und schenkte ein.

Dann ist der Abend ja gerettet, sagte Anna.

Sie lachten und prosteten sich zu.

Anna leerte ihr Glas in einigen Schlucken und hielt es Franz hin.

Er lächelte sie an: Hast du noch Großes vor heute Abend?

Keine Angst, dieses Tempo werde ich nicht beibehalten.

Sie trank einen kräftigen Schluck und stellte ihr Glas ab.

Wer hat nur dieses Gesöff erfunden?

Das war auf jeden Fall ein guter Moment dieser Erdbewohner, sagte Franz.

Sie haben also gute Momente. Das sollte man zumindest festhalten.

Ja, die Menschen bringen so manches zuwege. Sie komponieren schöne Musik ...

sie schreiben interessante Bücher ...

sie malen Bilder ...

sie vollbringen technische Meisterleistungen ...

sie verwirklichen architektonische Wunderdinge ...

und sie können, wenn es sein muss, sogar lieben, sagte Anna.

Wo also?

Ja?

Wo also liegt der Fehler?

Tja, gieß noch mal ein, Franz.

Sie trank einen Schluck.

Etwas musst du mir versprechen.

Was immer du möchtest ...

Im nächsten Leben musst du zuerst mir begegnen.

Ich werde mein Möglichstes tun!

Das hab ich nun davon. Immer wenn ich trinke, werde ich sentimental.

Ich glaube, wir sollten vielleicht unsere kleine Weinorgie beenden.

Sei kein Frosch, Franz. Noch ein letztes Glas. Ich habe doch morgen den ganzen Tag Zeit, um einen Rausch auszuschlafen.

Anna schlang ihre Arme um ihn.

Franz, tust du mir noch einen letzten Gefallen?

Ja, Anna?

Bleib heute Nacht bei mir.

Anna!

Niemand wird es erfahren. Sei nicht so ängstlich. Schlaf mit mir.

Am nächsten Vormittag ging Martha Niemann mit ihrem Pflichtjahrmädchen in die Stadt, um Einkäufe zu machen. In der Hauptstraße traf sie Sofies Mutter.

Helgard, was für eine Überraschung!

Martha, meine Liebe!

Sie begrüßten sich herzlich. Frau Niemann schickte das Mädchen für die Besorgungen in verschiedene Geschäfte. Die beiden Frauen begaben sich zum Hotel Wagner und setzten sich in den Caféraum.

Wie geht es Sofie?

Sie ist gestern Abend aus Stuttgart zurückgekehrt, sagte Helgard Bertram. Ein Brief von Franz war angekommen. Sofie stürzte sich gleich darauf und verschwand in ihrem Zimmer.

Franz verbringt den ganzen Tag im Gartenhaus, sagte Martha Niemann.

Arbeitet er heute nicht?

Er sagte mir gestern Abend, er habe sich den Donnerstag frei genommen. Er arbeitet ab und zu im Gartenhaus.

Dann ist er ja in Heidelberg! Das muss ich nachher Sofie erzählen, sagte Frau Bertram.

Ihr Kaffee kam. Die beiden Frauen plauderten über dies und jenes. Über die bevorstehende Verlobung, über ihre Kinder.

Tatsächlich?, rief Sofie und machte sich kurze Zeit später auf den Weg.

Das Tor zum Grundstück war verschlossen. Sofie erinnerte sich an die Stelle, wo sie und Franz einmal über den Zaun geklettert waren. Aber heute war Franz nicht da, um ihr dabei behilflich zu sein. Irgendwie gelang es ihr, in den Garten zu kommen. Allerdings zerriss sie an einem Stück Draht ihren Rock. Sie arbeitete sich zum Weg vor, ging zum Haus und zog die Glocke an der Tür. Niemand öffnete.

Sofie ging den Seitenweg hinunter. Als sie gerade um die Ecke biegen wollte, stand plötzlich Franz vor ihr, der sie mit aufgerissenen Augen anstarrte.

Franz, warum siehst du mich denn so an?

Sofie! Woher ...?

Franz, wer ist es denn?, fragte Anna ängstlich von der hinteren Tür her.

Sofie stand wie erstarrt. Sie blickte abwechselnd die Frau und Franz an, drehte sich langsam um und ging den Weg wieder nach oben.

Anna, ich komme gleich zurück, sagte Franz und rannte Sofie nach.

Sofie! Er ergriff sie am Arm.

Lass mich los!

Sofie, ich weiß, was du denkst. Aber das ist es nicht!

Sofie drehte sich um und fragte mit tränenerstickter Stimme: So? Was ist es denn?

Sie begann schnell den Weg hochzugehen. Franz blieb immer hinter ihr.

Sofie ...

Sie schrie nun beinahe. Ich hätte es merken müssen. Schon bei meinem Besuch in Frankfurt, als sie in deine Wohnung kam, deine ... rothaarige Schönheit!

Sofie! Lass mich doch bitte ausreden ...

Sie waren oben am Tor angekommen und Franz musste warten, bis sich ein paar Spaziergänger auf dem Philosophenweg weiterbewegt hatten.

Sofie ...

Ich will nichts hören!

Doch, Sofie! Du musst das hören. Die Frau ist in großer Gefahr. Ich habe sie ein paar Tage lang hier versteckt. Heute Nacht kommt ein Kurier vorbei, der sie nach Frankreich in Sicherheit bringen wird.

Was spielst du hier für ein Spiel, Franz?

Das ist kein Spiel, Sofie, glaube mir doch.

Lass mich hinaus!

Franz zog den Schlüssel heraus und öffnete das Tor.

Sofie ging rasch weiter.

Ich werde gleich morgen früh vorbeikommen und dir alles erklären, rief Franz ihr nach.

Franz begleitete Anna kurz vor 22 Uhr zur Hölderlinanlage.

Franz, es tut mir leid, dass du durch mich in solche Schwierigkeiten geraten bist.

Ich werde das wieder hinkriegen. Bitte, mach dir keine Sorgen. Du musst dich vor allem um dein Leben kümmern. Das ist nun wichtig.

Ich werde immer an dich denken, Franz. Schön, dass du mir heute Morgen ein Foto mitgebracht hast. Wirst du dich manchmal auch an mich erinnern?

Wie kannst du so etwas fragen!

Im düstern Auge keine Träne, sagte hinter ihnen eine Stimme.

Sie sitzen am Webstuhl und fletschen die Zähne, antwortete Franz.

Die verabredete Losung.

Heiner Lembach, sagte der Mann und gab ihnen die Hand. Anna Faris?

Ja, sagte Anna.

Gehen wir!

Eine letzte Umarmung. Anna zitterte. Dann drehte sie sich um. Gleich war sie mit dem Mann in der Dunkelheit verschwunden.

Franz ging langsam zurück zum Gartenhaus. Er versuchte sich dem inneren Aufruhr zu stellen, der am Nachmittag dieses Tages begonnen hatte und nun durch den Abschied von Anna auch nicht gerade besänftigt worden war.

Wie, um alles in der Welt, hatte Sofie wissen können, dass er im Gartenhaus war?

Franz stellte die Petroleumlampe auf den Schreibtisch und begann einen Brief an Sofie zu schreiben. Er sah nur in der Flucht nach vorne einen Ausweg. Er berichtete Sofie von seinen Tätigkeiten in Frankfurt, teilte ihr mit, dass man gegen dieses Unrechtregime etwas unternehmen müsse, dass sie vielen Menschen halfen, so eben auch dieser Frau, die auf Schleichwegen Deutschland verlassen würde, um einer Verurteilung zu Zuchthaus oder im schlimmsten Fall der Todesstrafe zu entgehen.

Er beschwor Sofie, ihm zu glauben. *Um unserer Liebe willen, Sofie! Daran hat sich doch nichts geändert!*

Am nächsten Vormittag machte er sich auf den Weg zur Schloßbergstrasse. Auf sein Läuten öffnete Sofies Mutter.

Franz! Kommen Sie herein.

Sie führte ihn in den geräumigen Flur.

Ich würde Sie gerne in den Salon bitten. Aber ich möchte den Wunsch meiner Tochter respektieren, die ausdrücklich darum gebeten hat, niemanden zu empfangen. Vor allem Sie nicht. Was, um Himmels willen, ist denn vorgefallen?

Sofie hatte ihren Eltern bisher noch nichts gesagt?, ging es Franz durch den Kopf.

Deshalb bin ich hier, Frau Bertram. Sofie muss mich anhören. Ich muss ihr einige Dinge erklären. Sie wird mich verstehen.

Sie wird Sie jetzt nicht empfangen, Franz. Unter gar keinen Umständen, hat sie gesagt.

Franz stand hilflos in dem Vorraum, wusste im Moment nicht mehr, was er tun sollte.

Frau Bertram, sagte er leise, ich liebe Ihre Tochter.

Wissen Sie was, Franz? Sobald sich irgendeine Möglichkeit bietet, werde ich mit ihr reden. Bitte, gedulden Sie sich noch ein wenig. Ich werde Ihnen Bescheid geben.

Franz wandte sich zum Gehen. Er zog den Brief aus der Innentasche seines Jacketts.

Würden Sie Sofie bitte diesen Brief geben?

Niedergeschlagen kehrte Franz in das Gartenhaus zurück, räumte auf.

Dann ging er in die Bergstraße hinunter.

Was ist mit dir?, fragte seine Mutter.

Was soll denn sein?

War Sofie gestern bei dir?

Sofie ...? Woher weißt du ...?

Sie berichtete von ihrem Treffen mit Sofies Mutter im Hotel Wagner.

Ich habe ihr gesagt, dass du im Gartenhaus arbeitest. Helgard wollte es gleich Sofie mitteilen. Wir haben gedacht, du freust dich.

Im Hotel Wagner, sagte Franz tonlos.

Franz, hab‹ ich etwas falsch gemacht?
Nein, nein! Gar nichts ...
Ohne ein weiteres Wort ging er in sein Zimmer hoch.

Am Montag fuhr er früh nach Frankfurt. Die Woche ging wie üblich mit Klavierstunden, abendlichen Besprechungen und einzelnen kleineren Aktionen vorüber, ohne dass er etwas von Sofie hörte.

Am Freitagabend, Franz war eben nach Heidelberg zurückgekehrt, gab ein Bote einen Brief für ihn ab.

Er war von Sofies Vater, der ihn für den kommenden Morgen gegen 11 Uhr zu einem Gespräch bat.

Die Hausangestellte öffnete und führte ihn in den Salon. Herr Bertram kam ihm entgegen, begrüßte ihn nicht unfreundlich, deutete auf einen der Sessel, setzte sich ihm gegenüber.

Ein Glas Portwein, Herr Niemann?

Ja, gerne.

Nach der Prozedur des Eingießens kam Herr Bertram zur Sache.

Herr Niemann, falls Sie die Hoffnung gehegt haben sollten, Sofie hier anzutreffen, muss ich Sie diesbezüglich enttäuschen. Sie ist mit ihrer Mutter nach Köln zu unseren Verwandten gefahren. Wir hielten es alle für das Beste. Sehen Sie, meine Frau und ich haben Ihren Brief gelesen ...

Franz stellte abrupt sein Glas ab, verschüttete etwas von dem Portwein.

... nachdem ihn meine Tochter gelesen hatte. Sie stellte ihn uns freiwillig zur Verfügung, das möchte ich am Rande doch anmerken. Übrigens wurde der Brief in der Zwischenzeit vernichtet. Ich habe aber nicht die Absicht, lange um den heißen Brei herumzureden. Unter diesen Umständen halten wir eine Verlobung zwischen Ihnen und unserer Tochter für undenkbar.

Was hat Sofie gesagt?, fragte Franz dazwischen.

Sie war begreiflicherweise völlig durcheinander. Durch Ihre ... Aktivitäten bringen Sie nicht nur sich selbst, sondern auch meine Tochter in große Gefahr, unter Umständen auch uns und Ihre Eltern. Das muss Ihnen doch klar sein?

Herr Bertram, ich habe selbst schon daran gedacht, die Verlobung aufzuschieben. Der Zeitpunkt war sicher schlecht gewählt ...

Herr Niemann, ich will ganz offen mit Ihnen reden. Auch ich bin kein Freund dieses Regimes. Aber ich ziehe es vor, abzuwarten und mich ruhig zu verhalten. Meine Berufslaufbahn liegt hinter mir. Ich denke nicht daran, mir meinen Ruhestand mit Schwierigkeiten aller Art zu beleben. Doch das ist nicht einmal das Entscheidende: Es geht um Sofie, um ihre Lebensplanung. Ich wiederhole es noch einmal, wir werden nicht zulassen, dass sie in Gefahr gebracht wird.

Das möchte ich natürlich auch nicht. Aber muss deshalb alles zu Ende sein? Diese Frau, die nach Frankreich gebracht werden soll ...

... wird inzwischen als ziemlich sekundäres Problem betrachtet, fuhr Herr Bertram fort. Wir glauben durchaus, dass Ihre Motive edel und hochherzig sind. Aber Sie müssen sich entscheiden. Geben Sie sofort alle Ihre Aktivitäten auf!

Das ist nicht so einfach, das ... geht gar nicht so ohne Weiteres.

Sehen Sie, Herr Niemann, Sie stecken also schon viel zu tief in der Sache drin, um sich davon distanzieren zu können.

Aber Sofie muss doch gar nichts damit zu tun haben ...

Dann bleibt alles so wie bisher? Sie planen irgendwie eine Verbindung mit meiner Tochter? Sie wird weiterhin auf Sie warten, sich freuen, wenn Sie kommen? Und eines

Tages kommen Sie möglicherweise nicht mehr? Ist das die Perspektive, die Sie ihr bieten wollen?

Franz erhob sich. Herr Bertram, ich kann Ihren Argumenten schwer etwas entgegensetzen. Nur zwei Dinge möchte ich Ihnen noch sagen, bevor ich mich zurückziehe. Der erste Punkt bezieht sich auf die Perspektive, die Sie genannt haben. Selbstverständlich ist es Ihr gutes Recht, so zu argumentieren. Bedenken Sie aber bitte eines: Hitler bereitet unablässig den Krieg vor. Und wenn er ausbricht, dann werden viele Menschen eines Tages nicht mehr zurückkommen. Verlobte, Ehegatten, Söhne oder Enkel. Sie werden auf den Schlachtfeldern eines Krieges, der möglicherweise alle bisherigen übertreffen wird, verheizt worden sein.

Übertreiben Sie nun nicht ein wenig?

Ich hoffe es, Herr Bertram, ich hoffe es!

Und der zweite Punkt?

Ich liebe Ihre Tochter. Guten Tag.

Die nächste Woche verging. Franz kämpfte sich von Tag zu Tag weiter, gab Klavierstunden, zeigte sich bei den Versammlungen, blieb wortkarg und zurückhaltend.

Frieder sprach ihn an.

Franz, was ist passiert?

Franz blickte an Frieder vorbei. Er konnte und wollte ihm nicht mitteilen, was wirklich in Heidelberg geschehen war. Andererseits konnte er nicht alles verschweigen.

Meine Verlobung ... findet nicht statt.

Ist es aus?, fragte Frieder.

Franz zuckte mit den Achseln.

Da musst du durch, Franz. Lass dich dadurch nicht unterkriegen.

Er legte ihm eine Hand auf die Schulter.

Komm, trinken wir ein Gläschen zusammen.

Ein paar Tage später kam Franz gegen Abend in den *Anker*. Frieder und Traude standen hinter dem Schanktisch. Im Lokal saßen ein paar Leute, die zu ihrer Gruppe gehörten.

Frieder winkte ihn zu sich her.

Anna ist wohlbehalten in Forbach eingetroffen. Alles ist glatt gegangen.

Endlich mal eine gute Nachricht, sagte Franz.

Judith kam aus der Küche und strahlte: Weißt du's schon, Franz?

Nach Heidelberg fuhr er nur noch selten. Seine Eltern waren wütend auf die Familie Bertram. Helgard und ihr Mann hatten ihnen einen wohlgesetzten Brief geschrieben, in dem sie ihnen mitteilten, dass Umstände eingetreten seien, die eine Verlobung ihrer Tochter mit Franz unmöglich machten. Außerdem hatten sie um Verständnis dafür gebeten, dass sie sich gezwungen sähen, die Verbindung mit der Familie Niemann zumindest vorübergehend abzubrechen.

Franz, was ist um Himmels willen geschehen?, hatte ihn seine Mutter gefragt. Sein Vater war in ihn gedrungen: Franz, warum willst du es uns nicht sagen?

Franz hatte versucht ihnen klarzumachen, dass es persönliche Dinge gebe, über die man nicht so einfach sprechen könne.

Was ist mit dir und Sofie? Was ist passiert?, insistierte sein Vater.

Es hat Schwierigkeiten gegeben, sagte Franz nur.

Seine Eltern wollten sich damit nicht zufrieden geben.

Dann kann ich euch auch nicht helfen!, hatte Franz wütend gerufen.

Ende Juni erhielt er nach langer Zeit wieder einen Brief von Rudolf Bach, der ihm begeistert über die Uraufführung von Alban Bergs Oper *Lulu* in Zürich berichtete.

Franz las beziehungsweise überflog diese Zeilen mehr oder weniger. Im Augenblick fiel es ihm schwer, sich auf eine jetzt so ferne Materie zu konzentrieren. Rudolf Bachs Bemerkungen zum fragmentarischen Charakter der Oper, zur Reihentechnik, zur Instrumentierung und so weiter.

Schönberg, Zemlinsky und Webern haben die Vollendung des dritten Aktes abgelehnt. Aber eines Tages wird das Werk sicher vollendet werden können. Die Möglichkeiten dafür sind gegeben.

Franz legte den Brief zur Seite. Später!, dachte er.

Auch ein Brief von seiner Schwester Jutta war am selben Tag angekommen.

... Du hast versprochen, dass Du uns einmal besuchst. Ich habe Dich doch schon mehrmals daran erinnert! Es kann doch nicht sein, dass Du immer so viel zu tun hast?

Aber ich will Dich nun nicht mit Vorwürfen überhäufen. Es gibt nämlich eine wundervolle Neuigkeit, die ich Dir unbedingt mitteilen möchte: Wir bekommen etwas Kleines. Wahrscheinlich Ende Januar oder Anfang Februar nächsten Jahres. Wir freuen uns so sehr. Auf etwas musst Du Dich heute schon einstellen: Du wirst Taufpate! ...

An einem Mittwochabend Mitte Juli kamen Judith und Wolfgang unerwartet zu Besuch.

Setzt euch! Möchtet ihr etwas trinken?

Nichts dagegen, sagte Wolfgang.

Franz hatte in den Gesichtern seiner Freunde etwas Verschwörerisches gesehen, irgendetwas, das sie loswerden mussten. Er holte eine Flasche Wein und drei Gläser.

Was führt euch zu mir?

Heute ist der 14. Juli. Nachrichten aus Frankreich, sagte Judith.

Französischer Nationalfeiertag. Die haben wenigstens eine Revolution hingekriegt, fügte Wolfgang hinzu.

Ich habe durch unseren Kurier einen Brief von Anna erhalten, sagte Judith.

Was schreibt sie? Hast du den Brief mitgebracht?, fragte Franz.

Nein, das wollte ich nicht riskieren. Aber ich weiß ja, was drin steht, sagte sie lächelnd.

Geht es ihr gut?

Ja, sie wird gut versorgt. Sie hat dort Freunde, die sich um sie kümmern.

Das ist schön, sagte Franz.

Anna erwartet ein Kind.

Franz blickte von Judith zu Wolfgang: Ein Kind?

Sie ist sich sicher, dass es von dir ist, sagte Judith, hundertprozentig. Sie ist im zweiten Monat.

Franz schwieg, blickte kopfschüttelnd vor sich hin.

Anna freut sich sehr!, sagte Judith.

He, Franz, nicht den Kopf hängen lassen!, sagte Wolfgang. Das ist doch schön, oder?

Ist das wirklich wahr?, fragte Franz ungläubig. Wisst ihr, für einen Moment habe ich mich so schuldig gefühlt.

Nein, Franz, sagte Judith, das musst du gar nicht. Ich habe gewusst, dass sie dich liebt. Aber sie war sich darüber im Klaren, dass du vergeben warst. Weißt du, was sie geschrieben hat? *Jetzt habe ich etwas von ihm. Ich bin so glücklich, Judith.*

Darauf trinken wir, sagte Wolfgang. Auf deinen Sohn!

Auf deine Tochter!, rief Judith.

Franz trank sein Glas in einem Zug leer und stellte es ab. Er schüttelte immer wieder den Kopf.

Ein Kind. Anna bekommt ein Kind.

Judith und Wolfgang lachten und prosteten ihm zu.

Anfang August 1937 kam das Ende der Westend-Gruppe.

Wolfgang Jung, Judith Class, Leonhard Schmied, Bernd und Klaus Heimann waren während einer nächtlichen

Flugblattaktion, bei der sich Franz nicht beteiligte, einer Polizeipatrouille in die Arme gelaufen. Wolfgang und Judith wurden sofort festgenommen. Bernd und Klaus konnten zunächst entkommen, wurden aber kurze Zeit später verhaftet. Einige Stunden danach wurde Franz von der Gestapo abgeholt.

Frieder und Traude Kachler gelang es unterzutauchen.

Intermezzo – Allegro bellicoso e traumatico

... Ich habe diese Zeit der Demütigungen und Erniedrigungen immer wieder zu verdrängen versucht, schrieb Franz in seiner Biografie. *Alle Errungenschaften der menschlichen Zivilisation, angefangen bei den Menschenrechten bis hin zur europäischen Aufklärung, dem allmählichen Heraufdämmern demokratischer Verfassungen und der zunehmenden Respektierung der Rechte eines Individuums, bei den einen Ländern früher, bei anderen später, all dies in jener Zeit des ›Tausendjährigen Reiches‹ zu bedenken oder gar einfordern zu wollen, wäre völlig absurd gewesen. Mein Land hat einen Schritt rückwärts getan in eine merkwürdige Zeit vorrationalen Nebels. Nichts Dämonisches haftet diesem Vorgang an, auch nichts Faustisches oder Krankhaftes. Eine Zeit lange vor Neandertal – vielleicht Zeit der Australopithecinen? Von wegen Germanen! Da gab es immerhin schon Ansätze einer Rechtsprechung.*

Verschiedene Gefängnisse während der Untersuchungshaft, zuerst in Berlin.

Was soll ich schreiben zum Gefängnis des Reichssicherheitshauptamts in der Prinz-Albrecht-Straße? Zu meinen Peinigern? Den psychischen und physischen Folter- und Verhörmethoden? Dem Gefängnis am Alexanderplatz? Den Gefängnissen in Nürnberg oder Kassel? Und dann Zuchthaus? Habe ich es deshalb überlebt, weil meine Natur ›robuster‹ war als die von manchen Mitgefangenen? Weil ich mich partout nicht unterkriegen lassen wollte? Doch es hatte auch mit etwas anderem zu tun.

In der ersten Zeit der Untersuchungshaft lebte ich in einem Zustand der Betäubung und der dumpfen Resignation. Als ob mir mein Leben völlig gleichgültig geworden wäre.

Erst nach meiner Verurteilung zu viereinhalb Jahren Zuchthaus wegen Hochverrats, Monate später, begann ich ein wenig ›aufzuwachen‹, regte sich etwas in mir, das wieder Hoffnung schöpfte, trotz aller Widrigkeiten.

Insgesamt waren die Zellen des Zuchthauses überbelegt. Wir wurden mit Kriminellen zusammengepfercht. Die meisten waren politische Gefangene. Etwa doppelt so viele wie die Kriminellen. Die Zuchthausverwaltung legte Wert darauf, dass in jeder Zelle ein Krimineller war, der die Politischen sozusagen beaufsichtigte. Wobei diese gewöhnlichen Straftäter oft leicht zu übertölpeln waren. Das Wichtigste war, Möglichkeiten der Kommunikation zu finden, so schwierig das auch war: von Zelle zu Zelle, über verschiedene Verteilernetze, über die Waschanstalten, die Küche, die Hausmeisterei und ähnliches.

Aber das, was mich mehr und mehr aufrichtete, war die immer fester und verlässlicher sich entwickelnde Kameradschaft unter all diesen Menschen, die unterschiedlicher nicht sein konnten: Kommunisten, Sozialdemokraten, einige ISK- und SAP-Leute, aber auch Politische aus dem rechteren Parteienspektrum neben Einbrechern, Betrügern, Zuhältern oder Sexualverbrechern. Natürlich waren immer wieder Spitzel darunter. Aber zwischen den meisten bildete sich im Laufe der Zeit eine gewisse Solidarität heraus, aus der Not geboren, gewiss, aber eben doch eine Gemeinschaft von Menschen, die auf ihre Art bereit waren, dem Mitgefangenen zu helfen. An manchen ›Schaltstellen‹ gab es neben den Insassen auch einzelne Gefängnisangestellte, die uns Rundfunknachrichten und andere Informationen überbrachten, so dass wir einigermaßen auf dem Laufenden waren, was ›draußen‹ vor sich ging:

11. März 1938 der ›Anschluss Österreichs‹; 29. September 1938 das ›Münchner Abkommen‹; 9. November 1938 die ›Reichskristallnacht‹ – die Synagogen brannten; 15. März 1939 Einmarsch der deutschen Truppen in die Tschechoslowakei; 23. August 1939 deutsch-sowjetischer Nichtangriffspakt; 1. September 1939 Beginn des deutschen Angriffs auf Polen – Beginn des 2. Weltkriegs.

Der Nichtangriffspakt löste, wie schon vorher die Nachrichten von der ›Säuberungspolitik‹ Stalins, heftige Diskussionen unter den Linken, vor allem unter den Kommunisten aus.

Es kam zu deutlichen Polarisierungen und Fraktionskämpfen, die an Schärfe zunahmen.

Doch all die anderen Ereignisse, bedingt durch Hitlers aggressive Außenpolitik, durch seinen primitiven Eroberungshunger! Hatten wir dies nicht immer vorausgesagt?

Ich musste an meine Wiener Freunde denken. An den lebenslustigen Leo. Was machte er nun? Wie kam er damit zurecht? Oder Marianna? Wie konnte sie denn mit solchen Leuten leben und ihre Kunst ausüben? Und Felix in Prag? Ist er mit seinen Eltern rechtzeitig geflohen? Rudolf Bach lebte inzwischen mit seiner Frau in Basel! ...

Ab und zu konnte Franz an seine Eltern schreiben.

Er dachte auch an seine Frankfurter Freunde, von denen er nichts mehr wusste, mit einer gewissen Wehmut an Sofie und immer wieder an Anna. Sie hatte längst ihr Kind bekommen und Franz wusste nicht einmal, ob er Vater eines Mädchens oder eines Jungen war. Würde er es überhaupt jemals erfahren?

Während die Nachrichten von Hitlers Eroberungsfeldzügen in ihren Zellen landeten, nistete sich immer wieder Niedergeschlagenheit und Mutlosigkeit in ihren Köpfen ein. Wer sollte dieser blindwütigen Kampfmaschinerie jemals Einhalt gebieten?

Frankreich war in die Hände der Nazis gefallen! Anna war doch in Frankreich. Und ihr Kind. Was taten jetzt all die Menschen, die in diese Länder geflohen waren und nun erneut von ihren Peinigern eingeholt wurden?

Im Juni 1942, im Jahr des sich abzeichnenden militärischen Umschwungs, wurde Franz aus dem Zuchthaus entlassen. Zunächst hatte er geglaubt, dass er wie viele politische Häftlinge nach seiner Entlassung eine zivile Tätigkeit in irgendeiner Stadt ausüben könnte. Zwar würde er einer permanenten Meldepflicht bei der jeweiligen Gestapostelle unterliegen, aber er hätte wenigstens irgendeine Arbeit, wenn auch schlecht bezahlt. Soldat konnte er nicht werden, weil alle Politischen, die wegen Hochverrats zu Zuchthaus verurteilt worden waren, als »wehrunwürdig« galten. Doch von Mitte 1942 an rekrutierte man Politische und Kriminelle, die häufig ebenfalls als ›Hochverräter‹ bezeichnet wurden, in einem besonderen Bataillon. Die Nazis wussten inzwischen, dass ihr Krieg doch länger dauern würde, als sie ursprünglich angenommen hatten. Der Befehl zur Gründung von Wehrunwürdigen-Einheiten wurde erteilt. Mitte 1942 wurden mehrere Dutzend Bataillone unter der Ziffer 999 gegründet.

Franz wurde in einen Zug verfrachtet, eine tagelange Bahnfahrt begann, bis sie das Ziel auf der Schwäbischen Alb erreichten. Auf dem Heuberg, einem früheren Konzentrationslager und nun Truppenübungsplatz für die Strafbataillone, erhielten sie in den nächsten Monaten ihre militärische Schnellausbildung. Die Einheiten wurden ständig neu gemischt, damit die Politischen keine Verbindung untereinander aufnehmen konnten. Die Ausbildung war hart, gnadenlos hart.

Hier, auf dem Truppenübungsplatz, gab es kaum einen Informationsaustausch. Nahezu keine Nachrichten mehr von außerhalb. Nur das Essen war erheblich besser als im Zuchthaus.

Franz traf Leonhard Schmied wieder. Es gelang ihnen trotz strengster Überwachung Kontakt aufzunehmen, so selten sie sich auch sahen.

Bei einem Nachtmarsch erfuhr Franz von Leonhard, dass Judith in einem Frankfurter Gestapogefängnis umgekommen war. Während einer kurzen Rast saßen sie zufällig nebeneinander, als Leonhard ihm diese schreckliche Nachricht zuflüsterte.

Franz fühlte sich so, als hätte ihm jemand einen Faustschlag versetzt. Judith tot – ermordet!

Bist du sicher?, flüsterte er nach einer Pause zurück.

Ja, sagte Leonhard. Ein Bekannter von der Bockenheimer Gruppe hat mir noch im Frankfurter Gefängnis einen Zettel zugesteckt

Und Wolfgang?, fragte Franz.

Keine Ahnung. Von ihm weiß ich nichts.

Wo warst du?, fragte Franz wieder.

Buchenwald. Übrigens auch Bernd Heimann.

Und Klaus?

Leonhard zuckte nur mit den Schultern.

Ist Bernd auch hier?

Nein. Als ich ihn zuletzt gesehen habe, ging es ihm ziemlich schlecht.

Heda! Hier gibt es nichts zu flüstern!, bellte die Stimme eines Ausbilders.

Anfang Januar 1943. Der Abtransport. Zunächst Richtung Jugoslawien.

Franz kannte nun einige von den Politischen. Er war froh, dass Leonhard Schmied ebenfalls in seine Abteilung gekommen war.

Leonhard war fast zehn Jahre älter als Franz. Ein hagerer Typ mit einem kantigen Gesicht.

Frieder hatte ihn einmal den ›großen Schweiger‹ genannt. Tatsächlich wirkte Leonhard auf den ersten Blick verschlossen, unzugänglich. Er sprach selten und meistens immer nur das Notwendigste. Im Zivilberuf war er Dreher. Mehr als einmal half er Franz, wenn es um das Reinigen und Wiederzusammensetzen von Gewehren und Pistolen ging.

Ich wollte, ich hätte so geschickte Hände wie du, sagte er zu Leonhard und ein Lächeln huschte über dessen fast starr wirkendes Gesicht.

Zunächst wurden sie in der Nähe von Sarajewo in Bosnien-Herzegowina stationiert. Sie hatten alle ihre

Waffenausbildung erhalten, hatten gelernt, mit Gewehren, Maschinenpistolen und Handgranaten umzugehen. Ihnen war gesagt worden, dass sie es mit bewaffneten ›Banden‹ zu tun hätten, wie man die Partisanen nannte.

Die sehr beweglich operierenden kleineren Partisanengruppen vermieden meistens die offene Konfrontation, schlugen oft blitzschnell zu und zogen sich anschließend zurück.

Den 999ern war klar gemacht worden, dass sie stets in der Nähe ihrer Einheit bleiben und sich keinesfalls in die Landschaft hineinbewegen sollten. Hinter jedem Felsen oder hinter Bäumen und Buschwerk könnten ein paar von den feindlichen ›Bandenmitgliedern‹ sitzen.

Franz hatte längst mit Leonhard und anderen Politischen darüber gesprochen, wie man es anstellen könnte, zu den Partisanen Kontakt aufzunehmen. Sie hatten gehört, dass die SS für jeden getöteten deutschen Soldaten furchtbare Rache nahm. Die Einwohner ganzer Dörfer, alte Männer, Frauen und Kinder wurden erschossen. Aber auch die normalen Soldaten wurden zu solchen Erschießungskommandos herangezogen. Franz dachte mit Entsetzen daran, dass er in eine solche Lage geraten könnte. Jede Weigerung hätte in einem derartigen Fall mit Sicherheit das eigene Todesurteil bedeutet.

Einmal waren sie mit ihrer Einheit auf einem Patrouillengang unterwegs. Franz bildete mit weiteren zehn Kameraden die Nachhut. Plötzlich wurden sie angegriffen. Kugeln schlugen rings um sie ein. Ein paar von ihnen wurden getroffen. Franz, Leonhard und noch ein weiterer Soldat, einer von den ›Kriminellen‹, der von seinen Freunden Luwi genannt wurde, warfen sich hinter einen der zahlreichen Felsblöcke in dieser verkarsteten Landschaft. Inzwischen schossen die anderen Soldaten des Bataillons zurück. Luwi, der sich offensichtlich besonders hervortun wollte, sprang plötzlich hinter dem Felsen vor, warf eine Handgranate blindlings in die Landschaft und rannte los. Dabei geriet er in einen wahren Geschosshagel – der deutschen Soldaten, die auf alles feuerten, was sich bewegte. Von der Seite der Partisanen war nichts mehr zu hören. Im Grunde wusste niemand, wo sich diese Leute überhaupt befanden. Die Geschosse konnten von mehreren Seiten her gekommen sein.

Franz und Leonhard krochen von ihrem Felsen weg auf ein paar weitere Steinblöcke zu, die sich hinter ihnen befanden. Sie blickten sich vorsichtig um. Kein Mensch war zu sehen. In gebückter Haltung liefen sie rasch auf eine kleine Gruppe von niedrigen Bäumen und Sträuchern zu. Als sie gerade diese Deckungsmöglichkeit erreicht hatten, um sich dahinter zu verbergen, sprang vor ihnen ein Mann auf, der schnell nach seinem Gewehr griff. Franz und Leonhard waren schneller. Leonhard hielt ihm seine Waffe an den Kopf und Franz nahm ihm das Gewehr ab.

Der Partisan war sehr jung. Sechzehn oder siebzehn Jahre, schätzte Franz. Der Junge zitterte am ganzen Körper, schüttelte immer wieder den Kopf und machte so etwas wie abwehrende Handbewegungen. Dabei stammelte er etwas in einer Sprache, die sie nicht verstehen konnten.

Hinsetzen!, sagte Leonhard. Franz deutete auf den Boden. Der Junge ließ sich auf seine Knie nieder.

Sprichst du deutsch?, fragte Leonhard.

Do you speak English? Parlez-vous français? Parli italiano?, fragte Franz.

Der Junge starrte sie nur angstvoll an.

Freund, friend, ami, amico, versuchte es Franz noch einmal.

Sinnlos, sagte Leonhard. Er versteht uns nicht. Was machen wir nun?

Keine Ahnung, sagte Franz. Wir wollen ihm doch nichts tun.

Ich habe eine Idee, begann Leonhard in seiner bedächtigen Art. Wir entfernen die Munition aus seinem Gewehr, geben ihm die Waffe zurück und schicken ihn weg. Dann tun wir so, als würden wir auf ihn schießen und ballern ein paar Felsen an.

Das versuchen wir, sagte Franz.

Er bedeutete dem Jungen aufzustehen, während Leonhard das Gewehr entladen wollte.

Da ist sowieso keine Munition mehr drin, sagte Leonhard.

Sie drückten dem Jungen sein Gewehr in die Hand und begannen ihn mit entsprechenden Gesten dazu zu bringen, dass er wegrannte. Doch er blieb stehen, schüttelte wieder den Kopf, starrte sie immer noch angstvoll an und rührte sich nicht von der Stelle.

Leonhard, ich glaube, er hat Angst, dass wir auf ihn schießen, wenn er wegläuft. Weißt du was? Wir legen unsere Gewehre auf den Boden, um ihm klarzumachen, dass wir nicht schießen werden.

Sie legten ihre Waffen ab.

Los!, rief Franz.

Wieder machten sie Gesten des Weglaufens, fuchtelten mit den Händen herum.

Ganz langsam begann sich der Junge seitwärts wegzubewegen, traute offensichtlich der Sache immer noch nicht, wartete auf eine Falle, die gleich zuschnappen musste. Franz machte noch einmal eine Geste des Wegrennens, bewegte entsprechend die Beine. Endlich lief der Junge los, blickte sich noch einmal mit einem ungläubigen Staunen im Gesicht um, dann war er verschwunden.

Franz und Leonhard griffen ihre Gewehre, nahmen einen der Felsbrocken ins Visier und feuerten ein paar Schüsse ab.

Kurze Zeit später traf ein Trupp von SS-Leuten bei ihnen ein.

Franz machte eine kurze Meldung, dass sie auf einen flüchtenden Mann geschossen hätten.

Welche Richtung?, fragte der SS-Mann.

Dorthin, sagte Franz und deutete mit seinem Finger irgendwohin, nur nicht dahin, wo der Junge hingelaufen war.

Gehen Sie zu Ihrer Einheit zurück, sagte der Mann noch, dann rückten sie ab.

Mehrere Monate blieben sie an diesem Ort stationiert, ohne dass es ihnen gelang, Kontakt zu den Partisanen herzustellen. Dann hieß es eines Tages, dass ein Teil der 999er weiter in den Süden, nach Griechenland, verlegt werde. Auch Franz war dabei. Leonhard blieb in Jugoslawien.

So kam Franz auf den Peloponnes.

Seine erste Station war bei Tripolis, der Hauptstadt von Arkadien. Das Strafbataillon 999 in Arkadien!

Mythos Arkadien!, schrieb Franz in seiner Biografie. Diese raue und karge Landschaft soll etwas mit glückseligen und idyllisch lebenden Hirten zu tun haben? Goethe, Schiller, Hölderlin, Novalis und wie sie auch immer hießen, was hätten sie denn dichten mögen, wenn sie geahnt hätten, dass die Menschen des 20. Jahrhunderts nicht nur in Arkadien, sondern in weiten Teilen der Welt dabei sind, sich gegenseitig abzuschlachten? Die Menschen und ihr unerbittlicher Hang zu idealisieren, sich ihre Welt in einem Idealzustand vorzustellen! Aber vielleicht kann diese Spezies ohne Gegenbilder gar nicht existieren? Friedrich Gundolf: Shakespeare und der Deutsche Geist! Was würdest du heute schreiben? Josef Goebbels und der Deutsche Ungeist? Aber das wäre eigentlich noch viel zu milde, viel zu harmlos ...

Einen Monat später, Mitte Juni, kam eine weitere Einheit von 999ern an. Auch Leonhard war dabei. Franz freute sich, seinen Gefährten wiederzusehen.

Schon seit April 1943 waren größere deutsche Verbände zur Verstärkung von zwei italienischen Divisionen auf dem Peloponnes eingetroffen. Die Nazis befürchteten nach der Niederlage in Nordafrika, dass die Alliierten auf der Halbinsel landen könnten.

Die 999er wurden oft nachts zur Bewachung von Schienenwegen oder auch von wichtigen Straßenverbindungen abkommandiert. Die Partisanen tauchten überall auf, kamen aus dem Nichts, führten Sabotageakte durch, legten Minen, kappten Stromkabel oder verwickelten die Besatzungssoldaten in kurze Schießereien.

Vereinzelt kam es auch zu Geiselerschießungen durch die SS und andere Sicherungskräfte.

Als Racheakte für getötete oder verwundete deutsche Soldaten.

Franz und Leonhard sprachen oft darüber, dass es höchste Zeit sei, ihrer Mitgliedschaft in der deutschen Wehrmacht ein Ende zu setzen. Doch wie sollten sie es anstellen? Sie wollten nicht von den Partisanen gefangen genommen werden, sondern auf deren Seite gegen Hitlers Armee kämpfen. Außerdem hatten sie gehört, dass es günstig sei, wenn sie möglichst ihre Waffen mitbrächten. Aber wo hielten sich die Partisanen versteckt? Wo waren diese Widerstandsnester zu finden? Andererseits stellten sie es sich nicht übermäßig schwierig vor, auf Widerstandskämpfer zu stoßen, denn die Partisanen kontrollierten große Gebiete des Landes.

Leonhard, wir müssen uns klar machen, wir werden gegen Leute kämpfen, die sich von einem Ober-Verbrecher in diesen mörderischen Krieg haben treiben lassen und die dabei teilweise selbst zu Verbrechern geworden sind, sagte Franz.

Der größte Feldherr aller Zeiten, begann Leonhard, der Gröfaz, wie sie ihn nennen, hat uns den ganzen Schlamassel eingebrockt.

Ich würde ihn mit V schreiben, GröVaz, der größte Verbrecher aller Zeiten.

Mitte August flüchteten sieben Politische aus der 999er-Einheit, in der sich Leonhard befand. Der Kommandeur drohte mit drastischen Maßnahmen. Er wollte sogar ein paar Politische zur Abschreckung an die Wand stellen.

Daraufhin sprangen vier von den Politischen wieder ab, die bereits zugesagt hatten, mit Franz und Leonhard zu türmen. Sie wollten warten, bis sich die Lage etwas beruhigt hatte.

Doch Franz und sein Gefährte wollten nicht mehr warten. Sie hatten ohnehin Bedenken wegen eines Mannes gehabt, der sich möglicherweise nur als ›Politischer‹ ausgab. Sie mussten äußerst vorsichtig sein und vor allem schnell handeln.

Schon mehrmals war ihnen ein Flugblatt in deutscher Sprache in die Hände gefallen, auf dem den deutschen Soldaten mitgeteilt wurde, dass sie als Überläufer willkommen seien. Die Bedingungen waren das Mitbringen von Waffen und Munition. Wenn der Überläufer von einem Posten angerufen werde, solle er seine mit einer weißen Fahne versehene Waffe mit der linken Hand erheben, nie mehr als fünf Männer gleichzeitig. Das Flugblatt stammte von der ELAS, der griechischen Volksbefreiungsarmee, deren Partisanenverbände neben anderen einen erbitterten Kampf gegen die deutsche und italienische Besatzung und deren Kollaborateure führten.

Anfang September wagten Franz und Leonhard den Absprung. Bei einem nächtlichen Patrouillengang zu einem Dorf in der Nähe von Tripolis, das sie von einigen Tagesmärschen her kannten, blieben sie ein wenig zurück und rannten nach rechts in einen schmalen Hohlweg hinein, der nach oben auf ein Gebirgsmassiv zuführte. Franz erinnerte sich, dass er oberhalb des Hauptweges auf derselben Seite einmal ein paar verfallene Steinhäuser gesehen hatte. Doch der Weg, auf dem sie sich nun befanden, führte mindestens fünfzig Meter unterhalb dieser Hausruinen vorbei. Sie begannen, einen spärlich bewachsenen, mit Schutt und Geröll übersäten Abhang hinaufzuklettern. Zu allem Überfluss schien der Mond.

Ihr Verschwinden war ziemlich schnell bemerkt worden. Sofort schwärmten die Soldaten aus und suchten die Gegend ab. Doch Franz und Leonhard schafften es hinter die verfallenen Mauern, bevor die ersten Soldaten, die ebenfalls diesem Hohlweg gefolgt waren, unterhalb der Häuser ankamen. Im Schutz der alten Mauern liefen sie auf eine größere Baumgruppe zu, die ihnen in der Dunkelheit zunächst Schutz bot.

Sie hörten, dass ihre deutschen Gegner – und das waren sie ja nun im wahrsten Sinne des Wortes – die Geröllhalde heraufstiegen. Bei den Häusern angekommen, schossen sie in die Ruinen hinein, suchten dort alles ab.

Plötzlich begann es von weiter oben, von einer Stelle schräg oberhalb der Baumgruppe zu schießen. Die deutschen Soldaten gingen sofort in Deckung und schossen zurück. Franz und Leonhard gingen noch tiefer in das Wäldchen hinein. Als sie auf der anderen Seite herauskamen, standen sie vor einem tiefen Graben. Vielleicht ein ausgetrocknetes Bachbett? Sie stiegen hinein und bewegten sich vorsichtig den Graben entlang nach oben. Nach ein paar hundert Metern führte sie ihr Weg etwas nach rechts. Sie kamen schließlich zu einem großen Felsstück, hinter dem sich eine Vertiefung befand, fast so etwas wie eine Höhle. Sie beschlossen, an dieser Stelle zu rasten. Sie wussten ohnehin im Augenblick nicht, wohin sie sich wenden sollten. Das Mondlicht war ein Fluch und ein Segen zugleich: Man sah etwas, aber wurde auch gesehen. Leonhard hinkte ein wenig. Er hatte sich vorher beim Herabklettern in den Graben den Fuß vertreten. Ihre Kleider klebten an ihnen. Außerdem hatten sie sich zusätzlich mit Waffen und Munition beladen, damit sie nicht mit leeren Händen ankamen.

Sie setzten sich in die kleine Höhle, lehnten sich mit dem Rücken an den glatten Stein. Das Schießen hatte längst aufgehört.

Franz, wir sollten vielleicht die weißen Tücher an unsere Gewehre binden.

Das ist keine schlechte Idee.

Ich gehe mal nach oben und sehe mich ein wenig um. Die erste Wache übernehme ich, sagte Franz, nachdem sie die Tücher an ihren Waffen befestigt hatten.

Ist gut.

Franz stieg vorsichtig an den Rand des Grabens und blickte nach allen Seiten. Die Hausruinen mit der Baumgruppe lagen nun rechts unterhalb ihres Standorts, in ein paar hundert Meter Entfernung. Er konnte nichts Verdächtiges erkennen.

Die Stunden vergingen. Schließlich weckte er Leonhard. Als Franz seinerseits von seinem Gefährten geweckt wurde, graute schon der Morgen. Sie brachen auf und folgten dem Graben weiter nach oben.

Stop!, rief plötzlich eine Stimme von der linken Seite. Sie erblickten mehrere Männer und eine Frau mit schussbereiten Gewehren, die auf sie gerichtet waren. Auch auf der anderen Seite standen drei Männer mit ihren Waffen.

Franz und Leonhard hielten mit der linken Hand ihre Gewehre mit den weißen Tüchern empor.

Legt eure Waffen ab, sagte nun ein jüngerer Mann auf der rechten Seite in fast akzentfreiem Deutsch. Dann kamen sie herunter.

Wir haben noch einige Pistolen und Munition, sagte Franz.

Das ist gut, sagte der Mann, offenbar der Anführer der Gruppe. Wir haben euch heute Nacht gesehen, wie ihr an den Häusern vorbei zu den Bäumen gerannt seid. Und eure früheren Kameraden, die euch verfolgt haben.

Wir wollen zu euch, sagte Franz.

Im Augenblick ist es ruhig, sagte der Mann wieder, aber wir müssen so schnell wie möglich von hier weg. Sie werden sicher bald wiederkommen.

Habt ihr heute Nacht geschossen?, fragte Franz.

Der Mann sagte einige Sätze auf Griechisch zu seinen Leuten.

Wir werden euch jetzt zu einem unserer Stützpunkte bringen. Aber wir werden euch die Augen verbinden. Keine Angst! Das ist nur eine kleine Vorsichtsmaßnahme.

Zwei seiner Leute führten sie weiter auf dem steinigen Weg durch den Graben.

Hast du dich verletzt?, fragte der Anführer.

Ich habe mir den Fuß vertreten, sagte Leonhard.

Verstaucht?

So ungefähr. Es geht schon.

Ein halbe Stunde mochte vergangen sein, als sie den Graben verließen und auf einem anderen Weg weitergingen. Nach einem längeren Marsch kamen sie in einen bewohnten Ort. Sie hörten Stimmen von Frauen und Männern, auch Kinderstimmen.

Sie betraten ein Haus. Die Binden wurden ihnen abgenommen.

Es war ein kleiner Raum, in dem ein Tisch mit ein paar Stühlen stand. Sonst nichts. Durch ein Fenster blickte man in ein schmales Tal hinunter.

Man wird euch etwas zu essen und zu trinken bringen. Bis später!, sagte der Anführer.

Scheint ein kleines Gebirgsdorf zu sein, sagte Franz, als die Leute weggegangen waren.

Zwei ältere Frauen kamen herein, lächelten die beiden freundlich an und stellten eine Schüssel mit Oliven, einen kleinen Korb mit Brot und einen Krug Wasser mit zwei Gläsern auf den Tisch.

Danke. Thank you.

Die beiden Frauen lachten und gingen hinaus.

Während sie aßen, kam ein stämmiger, etwas untersetzter grauhaariger Mann herein und begrüßte sie.

Mikis, sagte er, als er ihnen die Hand gab.

Er deutete auf eine Tür und sagte etwas auf Griechisch.

Sie zuckten die Achseln.

Mikis machte die Geste des Schlafens.

Ja, sagte Franz. Der Mann lachte und ging wieder hinaus.

Die Tür führte in einen noch kleineren Raum, in dem sich zwei Lagerstätten befanden.

Nach dem Essen legten sie sich hin. Sie waren hundemüde.

Sie schliefen bis zum frühen Abend.

Dann kam der Anführer mit Mikis und zwei weiteren Leuten.

Habt ihr gut geschlafen?

Franz und Leonhard nickten lächelnd.

Mikis kennt ihr ja schon. Das sind Spiro, Christos, ich bin Nikos.

Leonhard. Franz.

Sie reichten sich die Hände und setzten sich wieder an den Tisch. Die beiden Frauen kamen herein, brachten Brot, Oliven, dieses Mal auch noch Schafskäse und eine große Karaffe Rotwein.

Alles in Ordnung, begann Nikos. Ihr habt bei euren Ehemaligen einen ganz schönen Tumult verursacht. Sie kämmen das ganze Gebiet ab, um euch zu finden. Greift zu. Lasst es euch schmecken!

Wein wurde eingeschenkt und getrunken.

Wir mussten einfach sichergehen. Könnt ihr das verstehen?

Klar, sagte Franz. Aber ... wie ist das möglich? Du sprichst hervorragend deutsch. Für uns ein ausgesprochener Glücksfall.

Nikos lachte. Tja, meine Mutter stammt ursprünglich aus deinem Land. Aber in diesen Zeiten verschweigt sie das lieber. Sie spricht inzwischen so fließend griechisch, dass sie ebenso gut aus Athen stammen könnte. Ich selbst habe in Athen eure Literatur studiert.

Im Moment ist in Deutschland nicht allzu viel davon übrig geblieben, sagte Franz.

Und was machst du im normalen Leben?, fragte Nikos.

Musik. Und Musikwissenschaft.

Interessant. Und du, Leonhard?

Ich bin Dreher.

Was ist das?

Metallverarbeitung, sagte Leonhard in seiner lakonischen Art.

Gut, sagte Nikos und übersetzte es seinen Landsleuten.

Auch bei uns, bei der EAM, gibt es die unterschiedlichsten Berufsgruppen.

Nikos fragte sie nach allem. Wie sie zu diesem Strafbataillon gekommen waren, welchen politischen Werdegang sie hinter sich hatten.

Eines ist sicher, Hitler wird diesen Krieg verlieren. Stalingrad brachte die Wende. In Russland weichen die Deutschen zurück. Die Alliierten sind längst auf Sizilien gelandet. Eben haben wir gehört, dass die Briten und Amerikaner in Unteritalien angekommen sind. Mussolini ist verhaftet worden. Eines Tages wird es soweit sein. Ihr müsst einen demokratischen, sozialistischen Staat in Deutschland aufbauen.

Mikis sagte etwas auf Griechisch.

Nikos nickte. Eure Waffen und die Munition können wir gut gebrauchen.

Leonhard hatte noch eine Maschinenpistole mitgenommen und sie beide hatten ein paar Handgranaten und mehrere Pistolen dabei, dazu noch eine ziemliche Menge Munition.

Etwas möchte ich euch noch sagen. An zwei Dinge solltet ihr euch unbedingt halten: Niemals irgendwelche Lebensmittel in den Gebieten stehlen, die von uns kontrolliert werden. Denn das, was bei uns geerntet wird, gehört allen und wird zu gleichen Teilen an alle verteilt. Und zweitens sich auf keinen Fall mit griechischen Frauen einlassen. Das führt nur zu zusätzlichen Problemen.

Franz und Leonhard wurden zunächst mit anderen zur Bewachung von mehreren abgelegenen kleinen Gebirgsdörfern eingesetzt, auf jeden Fall weiter entfernt von ihrem bisherigen Standort.

Am 8. September wurde der Sonderwaffenstillstand zwischen Italien und den Alliierten bekannt gegeben, der bereits fünf Tage vorher auf Sizilien unterzeichnet worden war. Italien hatte kapituliert.

Auch Italiener liefen zu den Partisanen über. Den deutschen Soldaten gelang es nicht, den ganzen Peloponnes zu kontrollieren. Viele Waffenlager fielen in die Hände der Partisanen, die der feindlichen Armee in ihrem Land mehr und mehr zusetzten.

Franz und Leonhard hatten nicht allzu viel zu tun. So versuchten sie sich da und dort nützlich zu machen. Wieder staunte Franz über die handwerkliche Geschicklichkeit von Leonhard, der in vielen Bereichen seine praktischen Hände einsetzen konnte.

Zwei Wochen später kamen Nikos und Christos und fragten sie, ob sie vollwertige Mitglieder der ELAS werden wollten. Sie akzeptierten beide.

Wir werden euch allerdings nicht in dem Gebiet um Tripolis einsetzen. Das wird euch ja wahrscheinlich recht sein? Christos bringt euch zu einem anderen Stützpunkt an der Westküste.

Wie werden wir uns verständigen?, fragte Franz.

Christos spricht etwas englisch. Ihr werdet zu einem Stützpunkt bei einem kleinen Bergdorf hinter Pirgos gebracht. Olympia ist nicht weit davon entfernt, südlich vom Kronos-Hügel.

Du sprichst beinahe so, als wären wir Touristen, sagte Franz.

Nikos lachte. Eines Tages wirst du wiederkommen, Franz. Du wirst dir das alles ansehen: Athen, Mykene, Epidaurus, Argos, Korinth, et cetera, et cetera.

Das Bergdorf war sehr klein. Es handelte sich um ein paar verstreute Häuser und Gehöfte an den Berghängen. Von manchen Stellen aus konnte man das Meer sehen, das Ionische Meer.

Auch hier waren sie freundlich empfangen worden. Ein Mann namens Giorgos wies ihnen ihr Quartier zu und erklärte ein paar Dinge, die ihnen Christos in gebrochenem Englisch wiedergab.

Am 27. September kam ein wichtiger ELAS-Kapetanios aus Patras mit zwei britischen Verbindungsoffizieren. Die Briten unterstützten nach längerem Zögern die griechische Volksbefreiungsarmee und ließen Soldaten mit dem Fallschirm auf dem Peloponnes abspringen, um den Partisanen beizustehen.

Alle versammelten sich in einem etwas größeren Haus. Als Franz sich seine Mitstreiter der Reihe nach ansah, stockte ihm der Atem. Auf einer Bank schräg gegenüber saß eine junge Partisanin. Franz starrte diese Frau ein paar Sekunden lang an, senkte den Blick wieder, musste sich zwingen, nicht wieder hinzusehen.

Das kann doch nicht sein!, dachte er. Sie sieht aus wie Judith ...

Diese Frau mit den schwarz gelockten Haaren schräg gegenüber, flüsterte er Leonhard zu. Leonhard blickte kurz zu der Frau hin und flüsterte ebenfalls: Verblüffend, Franz! Aber ... unmöglich.

Der griechische Kommandeur erläuterte die nächsten Aktionen. Franz und Leonhard verstanden kein Wort. Christos hatte sie zwar hierher gebracht, war aber gleich am nächsten Tag wieder zu seinen Leuten zurückgekehrt.

Franz hob zögernd eine Hand. Der Mann hielt kurz inne und blickte Franz fragend an.

We don't understand, begann Franz ...

Do you speak German or Italian?, fragte einer der beiden Briten.

German, English, sagte Franz.

Just a moment, please, sagte der Mann lächelnd.

Ich kann erklären, sagte ein jüngerer Mann, der neben der schwarzgelockten Frau saß.

Nach der Besprechung kam der Grieche auf sie zu und erläuterte ihnen die Aktionen der nächsten Tage und auch längerfristige Planungen. Er sprach längst nicht so gut wie Nikos, aber er konnte sich für die beiden Deutschen verständlich ausdrücken. Auch die junge Frau war aufgestanden und zu ihnen hergekommen. Sie war kleiner als Judith, und als sie nun mit einer relativ hohen Stimme in ihrer Muttersprache redete, war jeder Zweifel beseitigt.

Der Kommandeur war gleich nach der Zusammenkunft mit seinen Begleitern wieder aufgebrochen.

Ich bin Nikola, sagte der Grieche. Das ist Maria, mein Verlobte, Marijitsa!

Und Maria, also Marijitsa, strahlte Nikola an.

Im Oktober nahmen die Auseinandersetzungen mit den deutschen Besatzungstruppen an Härte zu. Franz und

Leonhard waren an den bewaffneten Aktionen beteiligt. Oftmals war es an für die Partisanen geeigneten Stellen, wo Überfälle auf deutsche Konvois auf der Küstenstraße stattfanden. Dann konnten sich die ELAS-Kämpfer schnell wieder ins Gelände zurückziehen.

Kriegsalltag!, schrieb Franz. *Man schießt mit Gewehren, Maschinenpistolen, wirft Handgranaten oder legt Minen. Insgesamt alles furchtbare Widerwärtigkeiten. Und man gewöhnt sich daran. Als ob das eine Rechtfertigung wäre! Man kann alles Mögliche ins Feld führen: Niederwerfung der Nazis, Vertreibung der Okkupanten, Kampf bis zur endgültigen Niederlage Hitlers. Alles richtig. Dennoch – auch wenn wir für eine sogenannte gerechte Sache gekämpft haben, so wurden automatisch auch wir zu Mördern.*

Im November 1943 töteten die Deutschen immer mehr Geiseln. ›Sühnemaßnahmen‹, wie sie das nannten. Meistens vollkommen unschuldige Menschen aus der Bevölkerung. Keine Gefangenen oder sonst an den Kampfhandlungen beteiligte Leute.

Den Höhepunkt dieser ›Sühnemaßnahmen‹ bildete die Erschießung von 447 Geiseln am 13. Dezember 1943 in der Kleinstadt Kalavryta.

Diese Nachricht verbreitete sich wie ein Lauffeuer. Auch in der Gruppe, der Franz und Leonhard angehörten, wurde mit Entsetzen und Abscheu darüber gesprochen.

Sie erfuhren von Nikola, dass schon im Oktober bei einem Gefecht zwischen den Deutschen und Partisanen 81 Deutsche gefangen genommen worden waren. Kurz darauf waren in der Nähe von Kalavryta drei verletzte Deutsche ermordet aufgefunden worden. Anschließend wurden wochenlang Verhandlungen über einen Gefangenenaustausch geführt.

Vergeblich. Daraufhin ließ der deutsche General das sogenannte ›Unternehmen Kalawrita‹ mit dem Ziel anlaufen: Säuberung des Partisanengebiets, Feindvernichtung mit allen verfügbaren Mitteln, Niederbrennen von Ortschaften, aus denen geschossen würde und die Erschießung aller männlichen Bewohner.

Natürlich erfahren das unsere Leute, sagte Nikola. Als Deutsche anrücken, ELAS lässt 78 Gefangene töten. Dann Partisanen alle weg. Alle schon lange woanders. Keiner mehr da. Deutsche nix Partisanen fangen. Kein einzige. Dann Deutsche einfach alle Männer töten. Jungen dabei, vierzehn Jahre alt, und alte Männer.

Hier hatte sich eine Sicherungsdivision, die 1941 in Wien zusammengestellt worden war, die 717. Infanterie-Division, besonders hervorgetan. Kalavryta blieb nicht das einzige Massaker.

Aber auch danach wurde der Kampf unerbittlich weitergeführt. Die Maßnahmen der Deutschen hatten keinerlei abschreckende Wirkung.

Anfang April griff Franz' Gruppe an einer Gebirgsstraße hinter Pirgos eine SS-Einheit an. Offensichtlich sollte diese Einheit einen Konvoi mit Nachschub schützen.

In einer Kurve, von einer geschützten Position aus, warf Leonhard eine Handgranate auf den ersten Wagen, der mit vier SS-Leuten besetzt war. Dann rannte er sofort in das Gelände hinein. Bald kamen die Verfolger, die zwar auf jede Bewegung schossen, sich jedoch in diesem unwegsamen und unübersichtlichen Gebiet kaum orientieren konnten. Immer wieder schossen auch die Partisanen zurück, allerdings in der Absicht, die Deutschen an eine bestimmte Stelle zu locken. Bergaufwärts befand sich am Rand einer Lichtung rechts ein kleines Steinhaus, von dem aus das Gelände gut einzusehen war. Dort hatten sich Nikola, Franz, Dimitrios und Angeliki mit einem MG verschanzt. Auf der linken Seite führte ein Weg in ein Waldgebiet hinein. Dort warteten hinter einem Steinwall Leonhard, Maria und weitere Mitkämpfer. Sie begannen zu schießen, als die ersten Soldaten auf der Lichtung erschienen. Die Deutschen erwiderten sofort das Feuer und bewegten sich rasch nach links auf den Steinwall zu. In diesem Augenblick begann das Maschinengewehr die Lichtung zu bestreichen. Zu spät hatten die Soldaten bemerkt, dass sie in eine Falle gelaufen waren. Franz blickte Nikola an, sah dessen steinerne, unbewegliche Miene, während er den Tod durch das Land laufen ließ.

Nach ein paar Minuten war alles wieder ruhig. Schnell wurde das MG zusammengepackt.

Vom Wald her waren kurz hintereinander noch zwei Schüsse zu hören.

Nikola wollte mit Angeliki und Dimitrios auf einem Pfad hinter dem Haus weitergehen, der steil aufwärts führte. Franz sollte zu den anderen Männern im Wald hinüberlaufen.

Auf der Lichtung lagen sieben oder acht Tote. Als Franz aus dem Haus trat, sah er neben dem Eingang einen deutschen Soldaten liegen. Der Mann lebte. Er war an der Schulter und am Bein verwundet. Hatte er vorgehabt in das Haus einzudringen? Einen Meter hinter ihm lag eine Handgranate. War sie nicht detoniert, weil er sie noch nicht abgezogen hatte? Oder war sie zufällig nicht explodiert? Aber die Schussverletzungen konnten nicht von dem Maschinengewehr stammen. Das war vom Schusswinkel her nicht möglich.

Wir müssen beeilen!, rief Nikola zu Franz herüber. Was ist?

Er kam zu Franz, sah kurz den Soldaten an.

Du erledigen!

Was?

Shoot him!, schrie Dimitrios vom Haus her.

Der Mann sah mit schmerzverzerrtem Gesicht vom einen zum andern.

Ich gehe! Zählen bis drei!, sagte Nikola.

Er drehte sich um, ging wieder zum Haus zurück. Franz

nahm seine Pistole heraus und schoss neben dem Soldaten zwei Mal in den Boden.

Gut!, rief Nikola noch und ging mit seinen Leuten durch den Hinterausgang davon.

Danke, Kamerad, sagte der Soldat.

Ich bin nicht dein Kamerad. Wenn ich hier an deiner Stelle liegen würde – du hättest mich erschossen, oder nicht?

Der Soldat schwieg.

Das ist der Unterschied zwischen uns beiden, sagte Franz und lief schnell zum Wald hinüber.

Kurz darauf hörten sie wieder Schüsse hinter sich. Auch ein MG war dabei. Doch in dem Gelände entkamen sie ihren Verfolgern.

Hast du den Mann erschossen?, fragte Leonhard später.

Nein. Ich habe danebengeschossen.

Hm, sagte Leonhard nur.

Doch wer hat den Mann getroffen? Das MG kann es nicht gewesen sein.

Leonhard räusperte sich: Als die Schießerei aufhörte, ist dieser SS-Mann, der sich offensichtlich tot gestellt hat, gleich aufgesprungen und auf das Haus zugelaufen. Maria und ich haben geschossen.

Wochen und Monate gingen ins Land, Menschen starben, andere kamen davon. Die Zufälligkeit von bestimmten Konstellationen? Wer wollte darauf eine Antwort finden. Ende Mai gerieten sie ihrerseits beinahe in einen Hinterhalt. SS-Einheiten und mit ihr kollaborierende griechische Verbände durchkämmten das ganze Gebiet hinter Pirgos. Sie mussten von irgendjemandem einen genaueren Hinweis bekommen haben.

Doch auch die Partisanen hatten ihre Informanten. Im letzten Augenblick verließ die Gruppe ihren Stützpunkt und floh weiter in die Berge.

Nikola fehlte. Maria war außer sich. Franz und Leonhard verstanden nichts von der aufgeregten Diskussion. Sie bekamen nur soviel mit, dass sich Nikola offenbar in einem Ort namens Anemochón aufhielt.

Nikola stieß erst drei Tage später zu ihnen und erklärte, dass sie ihr Wirkungsgebiet mehr in den Süden des Peloponnes verlagern würden.

Ihr neuer Tätigkeitsbereich befand sich etwas südlich von Kalamata am Messenischen Golf. Das Gebiet wurde von der gewaltigen Bergkette des Taýgetos überragt.

Es war wieder Sommer in Griechenland. Anfang Juni waren die Alliierten in der Normandie gelandet. Die sowjetische Armee kämpfte sich immer weiter nach Westen vor.

Wann würden die alliierten Truppen auf dem Peloponnes landen? In Italien bewegten sie sich längst in den Norden. Wie lange konnten sich die Deutschen hier im Süden noch halten, nachdem überall der Rückzug in vollem Gang war?

Wieder und wieder schlugen die Partisanen zu. Wie kleine Hornissenschwärme überfielen sie die feindlichen Einheiten, wurden in Schießereien verwickelt. Sie töteten und wurden selbst getötet. Das Einmaleins eines jeden Krieges, das die Menschen seit Jahrmillionen besser und gründlicher gelernt haben als einfache Additionen der Verständigung und des Kompromisses.

Wieder schossen die Deutschen von der Straße her zurück. Sie hatten nicht nur MPs und MGs, sondern auch Granatwerfer.

Nikola und seine Leute waren schnell zurückgewichen und die Soldaten verfolgten sie.

Nikola rief seinen Leuten etwas zu.

Günstige Stelle, sagte er zu Franz und Leonhard. Ich und Giorgos bleiben hier mit Maschinengewehr. Sie müssen dort kommen.

Granaten schlugen ein. Sie verteilten sich in dem Gelände, doch die Deutschen blieben ihnen auf den Fersen.

Wo bleibt denn Nikola mit seinem MG?, fragte Leonhard.

Keine Ahnung.

Schließlich waren nur noch Maria, Franz und Leonhard zusammen. Die anderen waren verschwunden. Die drei befanden sich in einem Olivenhain mit teilweise uralten Ölbäumen. Erschöpft setzten sie sich hinter einen dieser knorrigen und verwachsenen alten Stämme. Plötzlich fielen wieder Schüsse. Nicht weit vor ihnen detonierte eine Granate.

Wir müssen zu den Felsen hinüber, sagte Leonhard und deutete auf ein paar große Felsbrocken zu ihrer Rechten. In diesem Augenblick waren von der linken Seite wieder Schüsse zu hören.

Das sind wahrscheinlich unsere Leute, sagte Franz.

Tatsächlich kam es ihnen so vor, als würden die Deutschen darauf reagieren, denn ihr Gewehrfeuer schien sich in diese Richtung zu bewegen. Allerdings schlug in diesem Augenblick in der Nähe wieder eine Granate ein.

Sie können uns unmöglich sehen, sagte Leonhard.

Das Gewehrfeuer bewegte sich von ihnen weg.

Lauft jetzt hinüber!, rief Leonhard.

Franz packte Maria an der Hand. Sie rannten schnell zu den Felsen. Sie hatten sie fast erreicht, als vielleicht zwanzig Meter neben ihnen wieder eine Granate einschlug. Maria stürzte beinahe, Franz fing sie auf und warf sich mit ihr hinter den ersten Felsbrocken. Sie duckten sich tief hinunter. Franz wollte Maria aufmunternd zulächeln und erschrak. Etwas in ihrem Gesicht kam ihm seltsam fremd vor. Dann fühlte er, dass eine seiner Hände ganz feucht geworden war. Er hatte Maria umklammert, als er sie hinter dem Felsen herunterriss. Nun zog er seine Hand hervor und sah, dass sie voll Blut war.

Leonhard lief herüber.

Die Schüsse waren nun weiter entfernt zu hören.

Kein Schuss fiel mehr in ihrem Olivenhain, keine Granate explodierte mehr. Die letzte, wahrscheinlich ein Zufallsgeschoss, das in die Landschaft hineingefeuert worden war, hatte ihre Splitter verteilt und einer davon war im Rücken dieser jungen Frau stecken geblieben.

Auf der linken Seite.

Maria. Oder Marijitsa, wie Nikola sie genannt hatte.

Als Treffpunkt war eine Klosterruine in der Nähe eines kleinen Dorfes vereinbart worden. Leonhard hatte aus Ästen, Zweigen und ihren Hemden eine Trage gemacht und dann hatten sie Maria daraufgelegt.

Kurz vor Anbruch der Dunkelheit erreichten sie die Ruine. Ein paar von ihren Leuten waren zuvor angekommen. Angeliki schrie auf, als sie die beiden Männer mit der Trage sah.

Franz und Leonhard gingen in das zerfallene Kircheninnere hinein und stellten die Tote auf einer Steinplatte mitten im Raum ab. Sie versammelten sich stumm in einem Kreis um den Leichnam. Alle fassten sich an den Händen. Die einen murmelten ein Gebet, andere schwiegen.

Später versuchte Dimitrios ihnen in seinem etwas brüchigen Englisch einen Lagebericht zu geben. Sie verstanden nicht alles, doch so viel, dass ein paar Leute wahrscheinlich noch unterwegs seien und anderswo die Nacht verbringen würden. Einige waren gefallen.

Unter ihnen auch Nikola und Giorgos. Schon beim Aufbauen ihres MGs waren sie von einer Granate getroffen worden. Nikola war sofort tot. Giorgos wurden beide Beine weggerissen.

Er starb wenige Minuten später.

In der Nacht lag Franz in einem Seitenraum der Ruine auf dem Rücken und blickte zu diesem Sternenhimmel hinauf, der sich scheinbar so ruhig und majestätisch über das Land beugte. Franz erinnerte sich an einige griechische Namen von Sternbildern, die er aber nicht zuordnen konnte, weil er ihre Bilder am Himmel nicht kannte: Andromeda, Kassiopeia, Lyra, Orion, sagte er leise vor sich hin – poesievolle Namen, die in die Nacht hinausschwebten wie kleine Wortkristalle. In einer anderen Zeit hätten sie vielleicht seine Fantasie beflügelt. Heute wurden diese Namen schnell wieder verdrängt und durch andere ersetzt. Namen von Toten oder von Vermissten. Namen von Menschen, die man verloren oder deren Spur sich irgendwo verloren hatte. Jetzt, in dieser dunklen Ecke der Klosterruine, mit diesen Augen dem lautlosen Leuchten des griechischen Himmels zugewandt, *weinte er, ohne es zu wissen.*

Anfang September 1944 begannen die Deutschen Griechenland nach und nach zu räumen. Die Halbinsel Peloponnes bis 21. September, darauf folgten die Ionischen Inseln, Westgriechenland, Athen, Ende Oktober Saloniki. Am 2. November war der Rückzug aus Griechenland abgeschlossen. Die nachrückenden Engländer forderten die Entwaffnung der Partisanenverbände, die Auslieferung aller Ausländer, einschließlich der nicht-griechischen Partisanen. Die Briten machten keinen Unterschied zwischen denen, die als Antifaschisten während des Krieges auf ihrer Seite gekämpft hatten und ›normalen‹ Kriegsgefangenen. So waren die deutschen Partisanen eben deutsche Soldaten, die desertiert waren. Das war für Franz, Leonhard und für viele Kameraden, die zu den Partisanen übergelaufen waren, um gegen Hitlers Armeen zu kämpfen, eine große Enttäuschung.

Im Dezember 1944 befanden sich Franz Niemann und Leonhard Schmied auf einem britischen Schiff nach Port Said, wo sie Anfang Januar 1945 ankamen. Von dort wurden sie in ein Kriegsgefangenenlager transportiert, das, nicht weit von den großen Pyramiden entfernt, etwa dreißig Kilometer südlich von Kairo lag.

Ende 1946 kehrten Franz und Leonhard nach Heidelberg und Frankfurt zurück.

Lento, a poco a poco più vivo

Sind sich Franz und meine Mutter tatsächlich nie mehr begegnet?, fragte Martina.

Schwer zu sagen, antwortete Dorothea. Im Tagebuch gibt es ein paar vage Andeutungen, die unter Umständen auf eine Begegnung hinweisen. Aber ich bin mir nicht sicher. Das wäre rein spekulativ. Über Sofie redete er kaum mehr. In gewisser Weise waren das sicher auch Verdrängungsmechanismen. Außerdem dürfen wir dabei nicht vergessen, wie sehr die Menschen in jener Epoche in ihrer Lebensverwirklichung zurückgeworfen wurden.

Dafür redete er über Anna?

Dorothea nickte. Allerdings nicht in der ersten Zeit nach seiner Rückkehr. Franz brauchte Monate, um überhaupt wieder Tritt zu fassen.

Dorotheas Mann, Carlo Cantieni, räusperte sich.

Ich habe noch ein paar Dinge zu erledigen. Ihr seid mir doch nicht böse? Ihr habt sicher noch einiges zu bereden.

Carlo Cantieni, ein hochgewachsener älterer Herr mit gekräuseltem Silberhaar und Oberlippenbärtchen, erhob sich, küsste seiner Frau die Hand und winkte Martina zu:

Bis später!

Eine blendende Erscheinung, dachte Martina. Ein Kavalier der alten Schule.

Mein Cavaliere, sagte Dorothea lachend, als Carlo gegangen war.

Sie saßen im Wintergarten auf der Rückseite des Hauses in der Bergstraße. Ein warmer Tag, Anfang August. Zwei Schiebetüren waren weit geöffnet. Martinas Blick ging in den Garten hinaus auf einen gepflegten Rasen, Rabatten mit Sommerblumen und Sträuchern. Auf der rechten Seite ein hoher Baum mit ausladender, buschiger Krone.

Was ist das für ein Baum?, fragte Martina.

Ein Götterbaum, manchmal wird er auch Himmelsbaum genannt. Franz mochte ihn sehr. Er blüht im Juli.

Das, was ich nun schon gelesen habe, geht mir ununterbrochen durch den Kopf, sagte Martina nach einer Pause. Manchmal verfolgt es mich bis in meine Träume hinein. Einmal das ›Schicksal‹, wenn ich es so nennen darf, von Franz, sein aufrechter Gang durch Gewaltherrschaft und Krieg, aber dann auch das Leben der Menschen, die ihm begegnet sind. Vor allem muss ich immer wieder über meine Mutter nachdenken. Ich würde gerne mehr erfahren. Aber dazu ist es längst zu spät. Doch mir ist allmählich klar geworden, weshalb sie zu der abweisenden, ja, fast unnahbaren Frau geworden ist. Meine Mutter! Es muss etwas in ihr zerbrochen sein. Davon wusstet ihr wahrscheinlich nichts?

Nein, Martina. Es gab keinen Kontakt mehr zwischen den beiden Familien. Nach der Heirat deiner Mutter – das war Anfang 1939, die Zeitungen berichteten über dieses Ereignis – zog das Ehepaar Fahrenbach nach Mannheim.

Die Zeitungen?

Nun, dein Vater, Gernot Fahrenbach, kam aus einer bedeutenden Industriellenfamilie, sozusagen ›kriegswichtig‹. Verbindungen überallhin, Beteiligungen an was weiß ich für Unternehmungen. Aber das dürfte dir ja bekannt sein.

So genau wollte ich das gar nicht wissen, sagte Martina. Selbst in meiner wilden politischen Zeit hätte ich das am liebsten verdrängt, was mein Vater und seine Konsorten während des Krieges oder später im Einzelnen getrieben haben. Mir genügte ihr Treiben an sich! Nazi und reaktionärer Unternehmer, das passte doch für uns 68iger zusammen! Meine Genossen waren allerdings für die schonungslose Offenlegung.

Martina lachte kurz auf.

Diese damaligen Sprüche von euch kenne ich noch, sagte Dorothea. Aber ... welche Rolle spielte deine Mutter dabei?

Das ist eine Frage, die ich mir selbst oft stelle. Wenn ich mich heute an meine Eltern zu erinnern versuche, wie sie miteinander umgegangen sind, dann verschwimmt alles in einem grauen Nebel. Da gab es wenig Anzeichen von Zuwendung seitens meiner Mutter, weder mir noch meinem Vater gegenüber. Vielleicht war das irgendwann einmal anders zwischen den beiden, aber ich kann mich nicht daran erinnern. Es herrschte kein böser Umgangston, eher sachlich, nüchtern, ich würde fast sagen neutral, ja, neutral zurückhaltend, nichts Offenes.

Und dein Vater, fragte Dorothea, war er nicht wenigstens ab und zu nett zu dir? Hat er dich nie ein bisschen verwöhnt oder so etwas?

Ich kann mich zumindest nicht daran erinnern. Ich war eben nicht der Sohn, den er gerne gehabt hätte. Es ist mir schon klar, dass ich im Grunde nicht unerwünscht war, aber ich glaube, als ich dann vorhanden war, taten sie sich irgendwie schwer mit mir.

Dorothea goss noch etwas von dem eisgekühlten Fruchtsaftgetränk nach.

Es ist wirklich warm heute, sagte sie, aber wenn ich dir zuhöre, läuft es mir ein wenig kalt über den Rücken. Vor allem kann ich mir so etwas kaum vorstellen.

Vielleicht sehe ich manches zu einseitig. Der spätere Bruch mit meinen Eltern, diese totale Entzweiung, mag sein, dass mich das noch mehr verbittert hat. Doch wenn ich zum Beispiel an meine ersten Jahre als Kind in Heidelberg denke, stellen sich nicht nur negative Erinnerungen ein. Du weißt ja, dass meine Eltern in Mannheim ausgebombt worden sind. Mein Vater kam, wie mir berichtet wurde, 1948 aus amerikanischer Kriegsgefangenschaft zurück. Meine Mutter lebte schon einige Jahre in der Villa an der Neuenheimer Landstraße. Zusammen mit meiner Großmutter. Auch das Haus meiner Großeltern in Mannheim war im Krieg zerstört worden. Mein Großvater, der distinguierte Diplomat, den ich nie kennen gelernt habe, starb schon kurz nach Kriegsende.

Wohnte deine Großmutter noch bei euch, als du geboren wurdest?

Nein, zu dem Zeitpunkt lebte sie wieder in Köln bei ihren Verwandten. Aber sie hat uns sicher immer wieder besucht. Es existieren ein paar Fotos, wie ich auf ihrem Schoß sitze oder wie sie mich im Kinderwagen herumgefahren hat. Aber ich habe keine Erinnerungen an sie. Sie ist Mitte der fünfziger Jahre gestorben. Wenige Jahre später sind wir nach Mannheim gezogen.

Sie hätte vielleicht manches, wie soll ich sagen, ausgleichen können.

Was meinst du damit?, fragte Martina.

Nun, wenn sie ein wenig länger auf dieser Welt geblieben wäre, hätte sie dir die typisch großelterliche Zuwendung zuteil werden lassen und dadurch unter Umständen auch deine Mutter an manches erinnert. Sie hätte in einem gewissen Grade ein Vorbild, ein Modell sein können.

Mag sein. Doch weißt du, an wen ich mich wirklich immer gerne erinnere? An mein Kindermädchen, die gute Hilde. Sie hat mir ein bisschen etwas von dem gegeben, was man normalerweise Zuwendung nennt.

Martina unterbrach sich für einen Augenblick.

Tempi passati, Dorothea, sagte sie lächelnd. Leider lässt sich hinterher nichts mehr korrigieren. Die Lebenden schaffen es meistens nicht. Die Toten schon gar nicht.

Hat diese besondere Konstellation in deinem Elternhaus eine große Rolle in deinem späteren Leben gespielt?, fragte Dorothea. Ich weiß, dass diese Frage ein wenig indiskret ist, aber ich stelle sie nicht aus Neugierde, sondern aus meinem Interesse an dir.

Möglicherweise hat das alles mein Verhalten in einzelnen Lebensabschnitten beeinflusst. Wenn ich an meine Partnerschaften denke. Das müsste ich einmal mit einem Therapeuten bereden. Aber dazu habe ich keine Lust. Natürlich hat es immer wieder Männer gegeben in meinem Leben. Aber meine Partnerbeziehungen haben nie sehr lange gehalten. Vielleicht wollte ich gar keine dauerhafte Bindung eingehen. Andererseits ... es muss ja nicht alles damit zusammenhängen. Ich weiß nicht ...

Ich hole uns noch etwas gekühltes Wasser.

Sie nahm das Glasgefäß und ging in die Küche. Martina stand auf und spazierte ein wenig in den Garten hinein. Plötzlich sah sie, dass sich neben ihr auf dem Rasen etwas bewegte. Es war eine Schildkröte, die ihr nachgekrochen war.

Was ist denn das?, rief sie Dorothea zu, die eben mit dem Krug zurückkam.

Das ist Bella, unsere Schildkröte. Sie ist ungeheuer neugierig, sagte Dorothea. Sie ist schon so lange bei uns. Franz mochte sie sehr. Wahrscheinlich wird sie uns alle überleben.

Wie war das eigentlich bei euch, als ihr erfahren habt, dass Franz verhaftet worden war?, fragte Martina, als sie wieder am Tisch saßen.

Wir waren fassungslos, verzweifelt. Vor allem meine Eltern. Mein Vater hat schließlich versucht, über seinen Schwiegersohn, Julius von Dünen, dessen Verwandte bekanntlich Verbindungen bis in die höchsten Kreise hatten, etwas zu erreichen. Vergeblich. Hochverrat war Hochverrat – in den Köpfen der Leute jener Zeiten.

Euch selbst ist nichts geschehen?

Ich weiß noch, dass meine Eltern immer große Angst hatten, dass mein Vater beispielsweise seine Stelle verlieren und schlimmstenfalls ins Gefängnis kommen könnte. Man hatte ja entsprechende Dinge gehört. Aber es ist dann bei mehreren Einschüchterungsversuchen, Ermahnungen und ähnlichem geblieben. Er musste ein Treuegelöbnis zu Führer, Volk und Vaterland ablegen.

Dann habt ihr ja noch Glück gehabt.

Allerdings wurde unser Vater im September 44 vom Dienst suspendiert.

Hatte er etwas mit den Verschwörern zu tun?

Eigentlich nicht. Den Grund dafür haben wir nie genau erfahren. Ob es mit den verschärften Anordnungen nach dem missglückten Attentat auf Hitler oder gar mit dem Überlaufen von Franz zu den griechischen Partisanen zu tun hatte – das bekamen wir nie heraus.

Konnte so etwas seine Auswirkungen bis nach Deutschland haben?

Wir hatten ohnehin keine Ahnung davon, fuhr Dorothea fort. Aber möglich wäre alles gewesen.

Und ... als Franz nach Hause kam?

Es war unbeschreiblich. Vom Kriegsgefangenenlager in Ägypten waren ab und zu Briefe gekommen. Schon allein zu wissen, dass er lebte, dass er – äußerlich – unversehrt war. Und dann kam er. An einem Dienstagmorgen Ende Dezember 1946 stand er vor der Haustür. Ich war auf das Läuten hin zur Tür gegangen.

Wenn ich mich der jungen Dame vorstellen darf?, hatte er lächelnd gefragt. Dann lagen wir uns in den Armen. Schließlich die Familie. Meine Mutter. Auch Vater weinte. Ich glaube, das war das einzige Mal, dass ich ihn weinen sah. Schließlich Jutta. Sie wohnte seit zwei Jahren bei uns in Heidelberg. Sie war mit ihrem schwer verwundeten Mann und ihrem ... behinderten Kind aus dem Berliner Bombenhagel zu uns gekommen.

Martina sah Dorothea fragend an.

Julius war in Russland in der Nähe von Minsk schwer verwundet worden. Er war beinahe ums Leben gekommen. Es gab nahezu nichts mehr an seinem Körper, das nicht in Mitleidenschaft gezogen worden war. Er konnte sich fast nicht mehr bewegen, auch kaum mehr reden. Jutta war verzweifelt. Julius starb Anfang 1947. Sein Tod war beinahe so etwas wie eine Erlösung.

Und das Kind?

Wir mochten es alle sehr. Susanne hatte das Down-Syndrom. Sie wurde 1938 geboren ...

Franz sollte doch Pate werden?

Ursprünglich schon. Aber Franz war zu diesem Zeitpunkt bereits verurteilt worden. Jutta tat alles, um das Kind zu verbergen, damit es nicht in die Fänge der Euthanasie-Fanatiker geriet. Ich weiß nicht mehr genau, was sie alles angestellt hat. Aber sie hat es schließlich geschafft. Auch ein Berliner Arzt hat ihr dabei geholfen.

Und was ist aus dem Kind geworden?

Susanne wurde zwanzig Jahre alt. Sie starb 1958.

* * *

Franz, inzwischen siebenunddreißig Jahre alt, arbeitete sich allmählich in ein Leben nach dem Krieg hinein. Alle Überlebenden hatten damals, soweit sie einigermaßen gesund geblieben waren, das Bedürfnis, in eine Form von Normalität zurückzufinden.

Heidelberg war im Vergleich zu vielen anderen Städten in Deutschland glimpflich davongekommen. Keine Flächenbombardements wie anderswo. Und beim Anrücken der Amerikaner kein größerer Widerstand seitens fanatischer Endsiegapologeten. Allerdings waren die Brücken noch von deutschen Pioniereinheiten zerstört worden. Auch eines der Wahrzeichen der Stadt war dabei, die Alte Brücke, die am 29. März 1945 gesprengt worden war. Einmal mehr eine völlig sinnlose Aktion, denn am folgenden Tag besetzten die Amerikaner ohne Aufheben die Stadt. Die Alte Brücke wurde dank einer sofort nach Kriegsende eingeleiteten Spendenaktion schnell wieder aufgebaut und bereits im Juli 1947 wieder ihrer Bestimmung übergeben.

Als erste westdeutsche Universität überhaupt konnte die Ruprecht-Karls-Universität bereits im Januar 1946 ihren Betrieb wieder aufnehmen. Die amerikanische Besatzungsbehörde hatte noch 1945 ein Gremium von dreizehn möglichst unbelasteten Professoren eingesetzt, dem auch der Germanist Bernhard Niemann angehörte, um eine Wiedereröffnung der Universität vorzubereiten.

Ein radikaler Neuanfang, wie er von manchen gefordert worden war, wurde es leider nicht. Dies sollte einer der Gründe sein, weshalb Karl Jaspers enttäuscht die Heidelberger Alma Mater verließ und 1948 einen Ruf nach Basel annahm.

Seinem Vater war es gelungen, Franz einen Aushilfsjob bei der Universitätsverwaltung zu beschaffen. So war Franz an vier Tagen in der Woche für vier oder fünf Stunden zwar mit langweiliger Administrationstätigkeit beschäftigt, aber er konnte sich dadurch ein wenig Geld verdienen.

Doch dann geschah etwas mit ihm, das ihn so erfüllte, dass er sein Leben mit neuem Mut anging. Er fing an wieder Musik zu machen, vor allem begann er zu komponieren. Das schöpferische Arbeiten wurde für ihn zu einem Grundbedürfnis, das sich nicht mehr zurückhalten oder verdrängen ließ. In all den vergangenen Jahren, beginnend mit seinen ersten Versuchen in Frankfurt und später in Wien, immer wieder waren ihm andere Dinge, besonders auch andere Menschen, wichtiger gewesen. Nie hatte er die nötige Ruhe gefunden, um schöpferisch arbeiten zu können. Erst recht nicht während seiner Zeit des Widerstands in Frankfurt.

Doch nun, nach seiner Rückkehr aus der Kriegsgefangenschaft, fühlte er, dass sich etwas Bahn brechen wollte, dass etwas von ihm Besitz ergriff und ihn einfach mitriss.

Nicht um zu vergessen. Das war nicht möglich, denn dazu war das Leid zu übermächtig. Aber trotz all der furchtbaren Erlebnisse wieder ein wenig Hoffnung zu schöpfen – das war für ihn nur mit der Musik möglich.

In diesen ersten Jahren nach dem Krieg gewann das Gartenhaus am Philosophenweg für Franz eine immer größere Bedeutung. In dieser Zeit begann es allmählich zu dem Refugium zu werden, das es für die folgenden Jahre bleiben würde, ein Ort der kreativen Arbeit, eine Stätte künstlerischer Betätigung und Verwirklichung. Ein älteres Pianoforte wurde herangeschafft, das seine Mutter in der Erbmasse eines Verwandten ausgespäht hatte. Die Inneneinrichtung war nach und nach verbessert worden. Bald war Franz nur noch selten in der Professorenvilla an der Bergstraße zu finden.

Zunächst hatte er sich sein Klaviertrio noch einmal vorgenommen, das er noch ganz im spätromantisch-impressionistischen Stil komponiert hatte. Er brachte den letzten Satz zu Ende. Hier ließ er in Ravelscher Manier immer wieder Jazz-Elemente durchklingen.

Dennoch war dieser Kompositionsvorgang fast so etwas wie eine Pflichtübung oder eine Art von Selbstprüfung, inwieweit er nach so langer Zeit mit seinen Möglichkeiten auf dem Gebiet der Musik umgehen und sie in seinem Sinne manipulieren konnte.

Sein Septett für Violine, Violoncello, Kontrabass, Oboe, Klarinette, Fagott und Horn, für das er sechs bis sieben kurze Sätze vorgesehen hatte, ganz in der Weise der ›Freien Atonalität‹ in Schönbergs Manier konzipiert, blieb ein Fragment.

Es drängte ihn danach, etwas ganz Neues anzugehen. Und als er schließlich damit begann, war es, als ob ein lange aufgestauter innerer Wildbach sich plötzlich seinen Weg suchen wollte, sich unaufhaltsam Bahn brechend, kein Hindernis scheuend.

Er wollte den Beginn umgehend notieren, hatte im Kopf schon mehrere Möglichkeiten erwogen, aber nun musste es vor ihm auf dem Papier zu sehen sein, auch wenn es in dieser Form noch nicht endgültig stehen bleiben würde. Doch er benötigte unbedingt diesen Anfang.

Die ganze Sinfonie, deren Ausmaße Franz zu diesem Zeitpunkt noch gar nicht übersehen konnte, sollte zwei zentrale Themenbereiche haben. Einen Kriegsthemenblock, der sich wie ein Ostinato durch das ganze Werk ziehen sollte, und ein Liebesthema, das sich allerdings aus mehreren Melodieteilen in den einzelnen Sätzen immer wieder neu zusammensetzen würde: ein griechisches Liebeslied oder ein koreanisches oder das Lied einer Navaho-Indianerin oder *Alas, my love, you do me wrong.*

Nun der Beginn der Partitur. Der erste Satz. Introduktion. Auf dem tiefen D beginnen die Bässe zusammen mit dem Klavier mit einem Dreitonmotiv, das in Halbtonschritten aufsteigt. Dazu schlägt die kleine Rührtrommel einen deutlich akzentuierten Rhythmus, der zusammen mit den entsprechenden Strukturen der Holzblocktrommeln einen Komplementärrhythmus bildet.

Franz schrieb dazu:

Ich möchte gleich zu Beginn einen Marschgestus entwickeln, der zwar sowohl in der Tonhöhe als auch in der Lautstärke immer wieder variiert, aber als etwas Bedrohliches, als lebensverneinendes Element über einen gewissen Zeitraum hin präsent bleibt. Nach einer großen dynamischen Steigerung könnte ich, nach einem abwärts führenden Glissando mehrerer Instrumente, dieser Entwicklung mit einem Peitschenknall Einhalt gebieten. Danach beginnen die Holzbläser und die Violen allmählich mit dem Gegenthema: das Anfangsmotiv von ›Alas, my love‹. Ich sollte möglichst früh an Annas Melodie erinnern! Weitere Instrumente stoßen dazu. Vorübergehend wird das Anfangsthema abgedrängt.

Ich weiß noch nicht, wie meine Sinfonie eines Tages enden wird. Wer oder was wird die Oberhand gewinnen?

Ein Anfang war gefunden. Noch oft wurde geändert und anderes hinzugefügt.

Franz war sich darüber im Klaren, dass er einen Gesamtplan erstellen musste. Zunächst hatte er an fünf Sätze gedacht, später kamen weitere Sätze hinzu.

In den nächsten Wochen und Monaten arbeitete er ebenso intensiv an dem *Werktagebuch* wie an der Partitur selbst.

Dorothea, die ihr gegen Ende des Krieges unterbrochenes Medizinstudium wieder aufgenommen hatte, besuchte ihn oft im Gartenhaus. 1948 machte sie ihren Abschluss und arbeitete anschließend in einem Heidelberger Krankenhaus. Zu diesem Zeitpunkt hatte sie bereits ihren späteren Mann kennen gelernt.

Am 24. September 1947, einen Tag nach Dorotheas Geburtstag, saßen Franz und seine Schwester auf der grünen Terrasse hinter dem Gartenhaus. Ein warmer Tag des Frühherbstes, schwerer Rosenduft, das Leuchten des zu Ende gehenden Tages, leise Geräusche von der Stadt herauf.

So still und friedlich, Franz, sagte Dorothea.

Ja, Schwesterlein. Ich kann mich immer noch nicht so ganz daran gewöhnen. Es herrscht Frieden – aber um welchen Preis!

Dorothea legte ihm ihre Hand auf den Arm.

Denk nicht immer daran, Franz.

Ich kann nicht anders, Dorothea. Sie verfolgen mich die ganze Zeit. All die Toten. Und all die Menschen, die ich für immer aus den Augen verloren habe.

Seit seiner Heimkehr hatte Franz von seiner Zeit im Zuchthaus, von seinem Einsatz bei den 999ern, seinem Überlaufen zu den griechischen Partisanen und seiner Kriegsgefangenschaft bei den Engländern berichtet. Doch mit niemandem waren die Gespräche so intensiv und persönlich gewesen wie mit Dorothea. Zwischen ihnen beiden hatte sich ein intimes Vertrauensverhältnis entwickelt, wie es ab und zu zwischen Geschwistern vorkommt.

Der Altersunterschied, der früher eine größere Rolle gespielt hatte, war nun wie weggeblasen. Franz mochte seine Schwester mit den dunklen Haaren und den blitzenden schwarzen Augen, Merkmale, die, anders als bei ihm oder bei Jutta, wahrscheinlich von den französischen Vorfahren mütterlicherseits herrührten.

Manchmal konnte Franz seine Schwester einfach in die Arme nehmen.

Es ist schön, dass es dich gibt, Dorothea.

Nun saßen sie gemeinsam an diesem Septemberabend im Garten über der Stadt bei einer Tasse Tee.

Dorothea, begann Franz, ich denke so oft an Anna.

Du hast bisher noch nichts vom Suchdienst gehört?

Nein. Aber das braucht natürlich seine Zeit.

Die Leute vom Roten Kreuz bemühen sich bestimmt, sagte Dorothea.

Daran zweifle ich nicht. Doch ... es geht nicht nur um Anna.

Wie soll ich das verstehen?

Dorothea, als Anna sicher in Frankreich angekommen war, erfuhr ich einige Wochen später, dass sie schwanger war – von mir.

Dorothea blickte ihren Bruder einen Moment lang entgeistert an.

Schau nicht so, Schwesterlein. Das Kind müsste, wenn alles gut gegangen ist, etwa im Februar 1938 auf die Welt gekommen sein.

Und du weißt gar nichts von dem Kind? Junge oder Mädchen ...?

Wie denn? Du kannst dir doch denken, weshalb damals alle Kontakte abgebrochen sind.

Jetzt weiß ich nicht mehr, was ich sagen soll ...

Dorothea, sag es vorläufig niemandem, hörst du? Das muss unter uns beiden bleiben. Bis es eines Tages geklärt ist. Wenn überhaupt ...

Schon gut, Franz. Du kannst dich darauf verlassen.

Sie trank einen Schluck Tee, stellte die Tasse wieder ab, stand auf und ging ein paar Schritte.

Und wir dachten damals, es gebe nur Sofie für dich.

So war es auch, Dorothea. Das ist vielleicht schwer zu verstehen. Es war die letzte Nacht vor Annas Flucht nach Frankreich.

Franz berichtete seiner Schwester, was sich damals zugetragen hatte.

Das plötzliche Auftauchen von Sofie, Annas nächtlicher Aufbruch mit dem Kurier, seine eigenen Versuche, die Beziehung zu Sofie zu retten.

Und daraufhin ging alles in die Brüche? Euere Verlobung, alles?

Franz erzählte seiner Schwester von dem Gespräch mit Sofies Vater.

Und Sofie hat einfach nachgegeben? Hat sie keinen Augenblick lang für ihre Liebe gekämpft?

Ich verurteile sie deshalb nicht, Dorothea. Es sprach zu viel gegen mich.

Nein, verurteilen möchte ich sie auch nicht, sagte Dorothea leise, als sie sich wieder neben Franz gesetzt hatte.

Etwas ist mir seit damals immer wieder durch den Kopf gegangen, Doro. Unsere Liebe war nicht stark genug. Es ist auf beiden Seiten nicht möglich gewesen, die Intensität eines solchen Gefühls über die vielen Jahre der Trennung, des Wiederfindens und der erneuten Trennung zu halten.

Leonhard Schmied kam immer wieder zu Franz ins Gartenhaus. Nur einmal bisher, im Mai 1947, war Franz nach Frankfurt gefahren, um Leonhard in seiner kleinen Kellerwohnung in Bockenheim zu besuchen. Franz war bestürzt, als er durch die Trümmerlandschaft Frankfurts ging.

Die Stadt hatte viele Luftangriffe über sich ergehen lassen müssen. Die schlimmsten hatten sich im März 1944 ereignet. Nahezu die gesamte Innenstadt war zerstört worden. Doch die Bombenangriffe gingen bis März 1945 weiter. Am Ende des Krieges waren über 5500 Einwohner im Bombenkrieg ums Leben gekommen. Fast siebzig Prozent der Bausubstanz war vernichtet worden. Millionen Kubikmeter Schutt mussten beseitigt werden.

Franz bewegte sich wie benommen durch die zerbombte Stadt. Das war doch auch sein Frankfurt, in dem seine Freunde lebten – oder gelebt hatten?

Leonhard hatte ihn am Bahnhof abgeholt. Ohne seinen Freund hätte sich Franz nicht mehr zurechtgefunden. Es wurde eine traurige Wanderung in Richtung Bockenheim.

Leonhard machte in seiner rußigen Küche auf einem alten Kohle- und Holzherd Wasser für den Kaffee heiß.

Hier, sagte Leonhard lächelnd und hielt eine kleine Tüte hoch, Schwarzmarktkaffee!

Franz wollte Leonhard eigentlich immer wieder nach Christa fragen, aber er wagte es nicht.

Hast du, seitdem wir uns das letzte Mal gesehen haben, etwas ... von den anderen gehört?, fragte er schließlich.

Nicht von allen. Von Bernd und Klaus Heimann habe ich nichts mehr gehört. Ich habe von Freunden erfahren, dass Frieder und Traude bei dem zweiten großen Bombenangriff im März 44 umgekommen sind. Übrigens ... auch Christa.

Leonhard schwieg einen Moment. Seine Stimme hatte gezittert. Dann fasste er sich wieder.

Vor zwei Wochen habe ich zufällig Wolfgang getroffen.

Was?, rief Franz.

Ja, hier in Bockenheim. Er kam mir direkt entgegen. Nur noch Haut und Knochen. Ich blieb stehen. Er erkannte mich nicht, sah durch mich hindurch, als wäre ich gar nicht vorhanden. Ich trat einen Schritt zur Seite. Ich war selbst völlig perplex. Plötzlich hielt er an, fasste sich an seine linke Brustseite und begann zu schwanken. Wolfgang!, rief ich und fing ihn auf. Da erkannte er mich. Leonhard, sagte er leise. Komm, setzen wir uns, sagte ich. Wir ließen uns am Straßenrand auf einem kleinen Schutthaufen nieder. Nach einer Weile wollte er aufstehen. Es geht schon wieder, sagte er. Ich nahm ihn mit hierher, gab ihm etwas zu trinken und zu essen.

Das passiere ihm ab und zu, erklärte er mir später. Die ›Pumpe‹ mache eben manchmal Schwierigkeiten.

Leonhard brühte den Kaffee auf.

Wo war er?, fragte Franz nach einer Pause.

In Brandenburg, Sachsenhausen. Er ist gesundheitlich am Ende. Aber er ist von einer Idee geradezu besessen.

Franz sah seinen Freund an.

Er will Kappaun finden.

Bitte?

Wolfgang hatte noch hier in Frankfurt von Judiths Tod erfahren.

Aber wo will er denn diesen Kerl aufspüren?

Das frage ich mich auch. Diese Gestaposchweine haben sich doch längst aus dem Staub gemacht.

Eine Zeitlang hingen sie ihren Gedanken nach. Leonhard stellte die Tassen zurecht und goss Kaffee ein.

So einen Kaffee habe ich schon lange nicht mehr getrunken, sagte Franz nach dem ersten Schluck.

Leonhard lächelte.

Siehst du Wolfgang wieder?

Er wohnt im Augenblick in Praunheim bei Verwandten. Eine Kusine von ihm lebt dort mit ihrem Mann und zwei Kindern in einem kleinen Einfamilienhaus.

Leonhard ging zu einem Schrank und förderte eine Flasche mit einem klaren Getränk zutage.

Er stellte zwei Gläser auf den Tisch.

Das ist fast wie bei Frieder, sagte Franz nachdenklich.

Leonhard schenkte ein. Ich habe immer gehofft, dass er und Traude irgendwo außerhalb der Stadt untergetaucht seien. Er kannte doch so viele Leute.

Leonhard hob das Glas: Mögen sie alle in Frieden ruhen.

Sie schwiegen.

Wolfgang hat nach dir gefragt, begann Leonhard nach einer Weile, ich soll dich von ihm grüßen.

Können wir uns mal treffen?

Aber es ist nicht mehr so einfach mit ihm, Franz. Er spricht ein wenig stockend, wechselt plötzlich das Thema.

So hat sie alle die Zeit getroffen, die Zeit des Krieges und der Vernichtung, nach der man nicht mehr einfach so zur Tagesordnung übergehen kann.

Man wird zufällig in eine solche Zeit hineingeboren, kann ihr nicht entrinnen. Und dann hat man aber auch das Gefühl, dass der Zufall einen davonkommen lässt. Auch mich hätte eine Kugel treffen können – oder ein Granatsplitter. Andere wurden getroffen – und ich habe überlebt. Warum? Wird das irgendwo entschieden? Ich glaube nicht.

Und die Verursacher all diesen Leids, dieses Grauens und der Zerstörung? Werden sie zur Rechenschaft gezogen? Viele Menschen glauben, dass es einen irgendwie gearteten Vergeltungsmechanismus gibt. Auch das kann ich mir nicht vorstellen.

Einige der Hauptverantwortlichen hatten sich feige aus dem Staub gemacht. Jene, die von der Nürnberger Justiz verurteilt wurden, starben oftmals uneinsichtig. Bar jeden Unrechtsbewusstseins hielten sie die gegen sie erhobenen Anklagen für das Ergebnis einer typischen Siegerjustiz.

Ich bin gespannt, wie sich die Vertreter der Generation, die doch zu einem großen Teil diese eins Komma zwei Prozent der ursprünglich anvisierten tausend Jahre mit zu verantworten hatten, in den kommenden Jahrzehnten verhalten werden.

In den ersten Oktobertagen 1947, die immer noch größtenteils sonnig und sehr warm waren, saß Franz oft auf der Terrasse vor dem Gartenhaus und arbeitete am ersten Satz seiner Sinfonie. So auch an diesem Tag. Ab und zu begab er sich ins Haus, probierte am Klavier etwas aus oder er achtete im Garten auf den Gesang einer Amsel in den Zweigen der großen Fichte.

Es läutete an der Haustür. Franz ging den Plattenweg hoch, um nachzusehen. Vor der Tür standen zwei Männer in amerikanischer Uniform. Der eine groß, schwarz, von kräftiger Gestalt, der andere kleiner, stämmig, etwas untersetzt mit ein wenig abstehenden Ohren.

Guten Tag, sagte Franz. Die Männer drehten sich um.

Felix!, rief Franz.

Die Freunde lagen sich in den Armen.

Wie ist das möglich?, fragte Franz.

Nun, die Army macht's möglich, sagte Felix. Das ist Johnny Malcolm.

You're welcome!, sagte Franz in dieses mit zwei blendend weißen Zahnreihen strahlende Gesicht hinein.

Du komponierst?, fragte Felix, als sie zum Gartentisch kamen, auf dem einige Notenblätter ausgebreitet waren. Gott sei Dank hat dir dieser verdammte Krieg nicht alle Töne aus dem Kopf geblasen! Was soll es denn werden?

Ein andermal, Felix. Franz räumte rasch die Blätter zusammen. Was kann ich euch anbieten? Wasser? Ein Glas Wein?

Johnny muss gleich wieder zurück. Er hat mich nur hergefahren.

Sorry, bye, bye. I hope to see you again.

Johnny winkte kurz und ging den Weg nach oben zurück.

Aber du hast ein wenig Zeit mitgebracht?

Heute habe ich sonst nichts Besonderes mehr vor.

Franz sah seinen Wiener Freund an. Abgesehen davon,

dass die Haare auf seinem Kopf weniger wurden und da und dort die erste Graufärbung aufwiesen, kam ihm vor allem sein Mienenspiel verändert vor. Er erinnerte sich daran, dass Felix immer zu einem kleinen Scherz bereit gewesen war und dass sich dies meistens mit einem leichten Grinsen ankündigte. Seine Mundwinkel bogen sich dabei schnell nach oben, bevor ihm seine Sprüche über die Lippen kamen. Doch nun nichts mehr davon. Das Lächeln war anders.

Franz ging ins Haus und kam mit einer Flasche Rotwein und einer Karaffe Wasser zurück.

Wie habt ihr mich denn gefunden?

Deine Mutter hat uns den Weg beschrieben. Zuerst ist sie, glaube ich, ein bisschen erschrocken, als sie uns gesehen hat. Aber als ich ihr erklärt habe, dass wir uns aus Wien kennen, dort zusammen studiert haben, war alles in Ordnung. Sie hat mich für heute Abend zum Essen eingeladen – mit ihrem Sohn natürlich.

Sie lachten. Felix sah sich um.

Nicht übel, dieses Ambiente.

Felix, nun kannst du mich in Heidelberg besuchen – und ich freue mich wahnsinnig, dass du hier bist.

Ich weiß noch, wie du mich damals zu einem Besuch eingeladen hast.

Ja. Und inzwischen sind Dinge geschehen, die selbst ich in meiner Zeit in Wien noch für undenkbar gehalten habe. Das heißt, mir hatte die Fantasie gefehlt, mir vorzustellen, wozu Menschen tatsächlich fähig sind.

Lass uns jetzt, im Augenblick unseres Wiedersehens, von etwas anderem reden. Du hast ohnehin mit den Nazis nichts am Hut gehabt.

Das tröstet mich nicht übermäßig, Felix. Ich bin mir nicht sicher, ob ich überhaupt jemals begreifen werde, was in diesem Land geschehen ist. Ein Volk hat sich mit der ihm eigenen Gründlichkeit aus der Gemeinschaft der übrigen Völker verabschiedet. Doch komm, lass uns nun etwas trinken. Du hast Recht, heute wollen wir uns nur mit uns beschäftigen. Du musst mir alles erzählen.

Du aber auch, Franz. Ich bin gespannt, wie du dich hier durchgeschlagen hast.

Franz schenkte ein. Sie hoben das Glas.

Du fängst an, Felix. Und nichts auslassen.

Felix lächelte.

Ich habe 1936 in Prag meinen Abschluss gemacht.

Aha. Welches Thema?

Über Franz Liszt und die ungarische Verbunkos-Tradition. Das ist eine volkstümliche Musizierweise, die im 18. Jahrhundert aufkam und in Ungarn sehr populär wurde. Auch Franz Liszt wurde davon beeinflusst.

Das interessiert mich, Felix. Kann ich diese Arbeit einmal lesen?

Ich müsste sie dir zuerst aus dem Tschechischen übersetzen.

Und wie ging es weiter?

Ich war Lehrer an verschiedenen Schulen in Prag und hatte auch einen kleinen Lehrauftrag am Musikwissenschaftlichen Institut der Karls-Universität. Tja ... dann ging es Schlag auf Schlag. Vor dem Einmarsch der deutschen Truppen flohen wir zunächst nach Triest zu meinem Onkel. Von dort mit dem Schiff nach Marseille. Schließlich nach England. Im März 1940 nach New York. Dort tat sich mein Vater mit einem alten Freund zusammen, der bereits erfolgreich einen Getränkehandel in Brooklyn begonnen hatte. Mein Vater brachte sein Knowhow in Sachen Wein mit ein und die Geschichte lohnte sich. Ich muss zugeben, im Vergleich zu vielen anderen Emigranten hat er Glück gehabt. Allerdings wurde meine Mutter krank. Sie bekam es auf der Lunge. Eine Zeitlang sah es nicht sehr gut aus. Doch sie erholte sich wieder.

Und du selbst? Wie ging es bei dir?

Zunächst war es schwierig. Meine Ausbildung war dabei nicht sehr hilfreich. Für die englische Sprache legte ich mich mächtig ins Zeug. In dieser Beziehung tat sich mein Vater schwer. Ich stieg bald in sein Geschäft mit ein, versuchte aber nebenher Kontakte zu knüpfen. Inzwischen ist es mir gelungen, eine Verbindung zu einem Musikwissenschaftler in Princeton herzustellen, Sandor Lendvai aus Budapest. Ich kannte schon einige Artikel von ihm über Liszt und Bartók aus der Zeit, als ich an meiner Dissertation gearbeitet habe. In den USA habe ich bereits ein paar Aufsätze in einer Musikzeitschrift veröffentlicht, die er mit herausgibt. Doch dann kam der Militärdienst. Ich wollte für das Land etwas tun, das mich und meine Eltern aufgenommen hat, Franz. Es ging darum, die braune Pest zu bekämpfen. So habe ich mir das in meinem Kopf zurechtgelegt. Als ich dann zum Einsatz kam, rückten die Alliierten schon auf den Rhein vor. Später war ich einige Monate in Berlin. Dann in Stuttgart und Ludwigsburg. In der Zwischenzeit hatten die amerikanischen Landstreitkräfte ihr Hauptquartier nach Heidelberg verlegt. Als ich schließlich hierher versetzt wurde, dachte ich natürlich an die Möglichkeit, mich auf die Suche zu begeben. Und ich habe dich gefunden!

Franz lächelte.

Aber ich hätte auch im Krieg fallen können. Oder ich könnte an einem anderen Ort leben.

Klar, Franz. Das war eben so eine Idee, die sich hartnäckig in meinem Hinterkopf auf die Lauer gelegt hatte. Und ich habe Recht behalten!

Felix, wenn ich mir das vor ein paar Jahren vorgestellt hätte. Felix Sperber besucht mich als amerikanischer Offizier im Gartenhaus am Philosophenweg! Ich hätte wahrscheinlich ein Gelächter angestimmt, gegenüber dem das sogenannte ›Homerische‹ ein kleines Säuseln gewesen wäre.

Felix lachte. Jetzt du, sagte er. Ich bin gespannt.

Und Franz berichtete. Am Ende saß Felix in sich zusammengesunken auf seinem Stuhl und schüttelte immer wieder den Kopf. Schließlich fragte er:

Könntest du das aufschreiben, Franz? Du musst das unbedingt festhalten. Für kommende Generationen ...

Langsam, langsam, Felix. Das klingt mir ein bisschen zu großartig. Im Moment könnte ich das noch nicht. Unter Umständen später einmal.

Nach dem Abendessen begleitete Franz seinen Freund aus Wiener Tagen zu den »Champell Barracks« in der Römerstraße. Die 1937 von den Nazis errichtete ›Großdeutschlandkaserne‹ war in das Hauptquartier der US-Streitkräfte umfunktioniert worden.

Franz fragte Felix nach Leo Kesten, nach Marianna Barth-Sennfeld, nach Rudolf Bach und anderen.

Tut mir leid, Franz. Ich weiß ebenso wenig wie du.

Franz hatte vor zwei Monaten einen Brief nach Basel geschrieben. Auch Briefe nach Wien an Leo und Marianna. Wobei er Leos Adresse nicht mehr gefunden hatte. So hatte er den Brief einfach an das Musikwissenschaftliche Institut geschickt. Bisher war keine Antwort gekommen.

Felix schüttelte den Kopf:

Es ist nicht sicher, ob die Briefe überhaupt angekommen sind. Auch in Wien ist es drunter und drüber gegangen. Wer weiß, wo diese Leute jetzt alle wohnen.

Johnny Malcolm wird dich zurückfahren, sagte Felix, als sie angekommen waren.

Ich kann doch gut allein zurückgehen.

Du solltest dich mit ihm unterhalten, Franz. Johnny ist ein hervorragender Trompeter. Er hat schon mit Count Basie und mit anderen bekannten Bands gespielt.

Das ist nicht dein Ernst!

Doch, Franz. Ich scherze nur noch selten.

Manchmal blitzte ein wenig der alte Schelm in ihm auf.

Kann man Johnny einmal irgendwo hören?

Im Moment ist das vielleicht etwas schwierig. Natürlich gibt es auch in den GI-Clubs hier ab und zu Jazz-Konzerte.

Felix, in Frankfurt gab es sogar noch während der Nazizeit eine interessante Jazzszene. Ich muss mich einmal umhören. Dort tut sich bestimmt wieder etwas in dieser Richtung.

Das wäre unter Umständen eine Möglichkeit.

Bis bald!, sagte Franz.

See you, rief Felix.

Franz sprach während der Fahrt mit Johnny Malcolm über den Jazz, er berichtete, wie er diese Musik kurz vor der Hitlerzeit und auch danach noch in Frankfurt erlebt hatte. Johnny sagte, dass er gerne einmal mit nach Frankfurt komme. Jazz sei für ihn in vielfacher Hinsicht sehr wichtig. Bevor er ging, überreichte er Franz noch ein großes Paket mit Lebensmitteln und Delikatessen.

Ein paar Tage später bekam Franz wieder Besuch.

Oben vor dem Eingangstor hielt ein Motorradgespann, eine BMW mit Beiwagen. Franz war gerade dabei, ein paar Büsche zurückzuschneiden und Laub zusammenzukehren. Leonhard Schmied, angetan mit einer zerschlissenen Lederjacke und einer alten Motorradhaube auf dem Kopf kam lächelnd den Weg herunter. In seinem Schlepptau eine Frau, die gerade ihr Kopftuch abnahm. Sie mochte vielleicht Ende dreißig sein. Ihr gelocktes braunes Haar hatte sie mit einem breiten dunkelroten Band zusammengebunden. Hinter ihr hinkte mit etwas unsicheren Schritten ein Mann, der Franz sehr alt und gebrechlich vorkam.

Wolfgang!

Franz begrüßte seine Freunde.

Das ist Gerda, sagte Leonhard.

Sie lächelte Franz freundlich an und gab ihm die Hand.

Als Franz seinen alten Freund in die Arme nahm, sagte Wolfgang:

Ich bin es tatsächlich, Franz.

Ich habe nicht daran gezweifelt, Wolfgang.

So sieht man sich also wieder. Hier ... an diesem Ort ... weißt du noch?

Für einen Augenblick herrschte betretenes Schweigen.

Kommt herein, sagte Franz und führte seine Gäste ins Haus.

Franz kochte Tee und setzte einen großen runden Teller auf den Tisch, auf dem sich ein halber Hefekranz befand.

Oh, das scheint ja ein Festtag zu werden!, rief Leonhards Freundin Gerda.

Wir sind schon wieder privilegiert, sagte Franz. Unsere amerikanischen Freunde ...

Junge, Junge, sagte Leonhard.

Franz berichtete von der Begegnung mit seinem ehemaligen Wiener Studienfreund.

Stimmt, du warst ja mal in Wien, sagte Wolfgang mit leiser Stimme.

Franz ging zu einem kleinen Schrank, zog eine Schublade auf und förderte einige Packungen amerikanische Zigaretten zutage.

Leonhard, du bist wie ich Nichtraucher, begann er und blickte die beiden anderen fragend an.

Gerda hob die Hand mit einem verschmitzten Lächeln. Franz überreichte ihr ein paar Packungen.

Wolfgang?

Ich glaube nicht, Franz. Ich kann mich nicht erinnern.

Franz wusste, dass Wolfgang früher nie geraucht hatte. Er blickte Leonhard an.

Franz, sagte Leonhard, behalte doch die Zigaretten. Du kannst sicher etwas damit tauschen.

Das habe ich nie vorgehabt, sagte Franz. Ich verteile jetzt alle Schachteln, die ich hier habe – eine ganze Menge – und ihr könnt damit machen, was ihr wollt.

Franz, begann Leonhard wieder ...

Ich bekomme doch wieder welche, beharrte Franz.

Ja, hier vor dem Haus war es, begann Wolfgang. Er stand auf und ging auf die Terrasse. Gerda eilte ihm nach.

Manchmal ist er ganz klar. Doch dann kommen wieder Augenblicke, wo wir das Gefühl haben, dass er irgendwo anders ist. Vor ein paar Wochen stand er plötzlich vor der Kellertür, in seiner Häftlingskleidung aus Sachsenhausen. Das haben wir immer angehabt, sagte er. Wir haben ihn hereingeholt. Gerda hat ihm einen Kaffee gekocht. Später haben wir zusammen zu Abend gegessen.

Wolfgang erinnert sich, dass er hier war, sagte Franz leise zu Leonhard. Damals mit Judith. Mit Anna! Nun ist er wieder an diesen Ort gekommen, sieht das Haus und den Garten. Die Erinnerung setzt intensiv ein als etwas, das ihn so unmittelbar bedrängt, dass es für ihn vielleicht kaum auszuhalten ist.

Auch Franz ging dieses Treffen mit seinen Freunden vor vielen Jahren durch den Kopf. Er dachte an Anna, mit der er an jenem Tag das Essen zubereitet hatte.

Weißt du, wem diese alte BMW gehört hat?, fragte Leonhard in seine Gedanken hinein.

Franz schüttelte den Kopf.

Sie gehörte Frieder. Ein Freund von ihm hat mir vor einiger Zeit davon erzählt. Sie stehe in einem alten Schuppen in Schwanheim. Dort haben wir sie mit einem Kollegen aus meinem Betrieb, der früher Motorradmechaniker war, abgeholt und begonnen, sie wieder herzurichten. Die Maschine gehört mir natürlich nicht. Sobald sich jemand aus seiner Familie meldet, geht das klar. Aber wir wollten das gute Stück nicht einfach so verkommen lassen.

Gerda habe er vor einigen Monaten auf einer SPD-Versammlung kennen gelernt. Sie sei in der Jugendarbeit tätig.

Wir mögen uns, erklärte Leonhard lapidar. In ein paar Wochen werden wir heiraten.

Schön für dich, Leonhard.

Gerda kam zurück und setzte sich zu ihnen.

Schwierig, sagte sie nur.

Nimm noch ein Stück, sagte Franz und goss ihr etwas Tee nach.

Ich bin so froh, dass ich dich endlich kennen lerne. Leonhard hat mir viel von dir erzählt.

Ich sehe mal nach Wolfgang, sagte Leonhard.

Franz lächelte ein wenig verlegen vor sich hin.

Franz … es ist schlimm, was ihr alle durchmachen musstet. Leonhard wacht häufig schweißgebadet in der Nacht auf. Ab und zu redet er im Traum, manchmal schreit er auch.

Redet er mit dir?, fragte Franz.

Wenig. Höchstens über seine Zeit in Frankfurt. Aber nicht über seine Erlebnisse im KZ und im Krieg.

Du musst Geduld mit ihm haben. Irgendwann wird er reden – und dann braucht er jemanden, der ihm zuhört.

Und wie ist es bei dir?

Ich rede viel mit meiner Schwester, sagte Franz. Und dann habe ich meine Musik.

Deine Musik?

Nun, ich komponiere – und dabei kann ich, zumindest vorübergehend, manches um mich herum vergessen. Nur für eine bestimmte Zeit.

Gerda lächelte und zuckte mit den Achseln. Solche Tätigkeiten sind für mich böhmische Dörfer. Davon habe ich kaum eine Ahnung.

Das macht doch nichts, sagte Franz. Jeder von uns sucht seine Nische, in der er sich einrichtet. Ich wüsste jedenfalls nicht, wie ich ohne Musik über die Runden kommen würde. Ob ich überhaupt weitergemacht hätte.

Ja, dann musst du tun, was du dir vorgenommen hast. Aber ... da sind ja auch noch deine Freunde.

Du hast Recht, sagte Franz lächelnd. Freunde sollte man nicht unterschätzen. Ich darf nicht ungerecht sein.

Weißt du, was ich eigenartig finde? Wenn ich meine Parteigenossen auf Leonhards Erlebnisse im Krieg und auch auf seine Widerstandstätigkeit in der Nazi-Zeit anspreche, winken sie meistens ab. Als ob sie nicht allzu viel davon wissen wollten, als ob es ihnen bis zu einem gewissen Grad sogar lästig wäre.

Das kann doch nicht sein!

Es ist aber so, fuhr Gerda fort. All die Parteifunktionäre, die nach dem Krieg sozusagen von ›außen‹ zurückgekommen sind, scheinen eine andere Strategie zu verfolgen: Man wird irgendwann wieder Wahlen gewinnen wollen – und da passt ein Widerstandskämpfer oder gar einer, der bei den Partisanen gekämpft hat, gar nicht so gut ins Bild. Die Genossen wollen an dem Punkt weitermachen, wo sie 1933 aufgehört haben.

Franz schüttelte den Kopf. Das ist allerdings etwas merkwürdig. Auf diese Weise wird doch ein echter Neuanfang versäumt.

Leonhard kam wieder zu ihnen. Ihr seid bereits bei Gerdas Lieblingsthema, sagte er lächelnd. Und an Gerda gewandt: Ich glaube, wir sollten wieder aufbrechen ... Wolfgang ...

Was ist mit ihm?, fragte Franz, stand auf und ging zu seinem Freund.

Nach wenigen Minuten kam er zurück.

Er redet im Moment nicht mehr. Er sitzt nur da und starrt auf die Stadt hinunter. Aber ich glaube nicht, dass er Heidelbergs Altstadt überhaupt wahrnimmt. Er ist gerade gar nicht hier.

Dann gehen wohl andere Bilder durch seinen Kopf, sagte Franz. Bilder, auf denen sich Menschen bewegen, die er nicht mehr zurückholen kann.

Franz fuhr in den folgenden Wochen häufiger nach Frankfurt. Leonhard, der selbst nicht viel mit der Jazzmusik anfangen konnte, hatte ihm von einigen Lokalen und von amerikanischen Clubs erzählt, in denen auch deutsche Jazzmusiker spielten.

An einem Januarabend – Franz hatte Leonhard und Gerda überredet, ein solches Lokal mit ihm zu besuchen – landeten sie in einem Jazz-Keller in der Nähe des Bahnhofs.

Während des Programmablaufs spielten immer wieder andere Musiker. Weiße und schwarze Instrumentalisten wechselten sich ab, Amerikaner und Deutsche, Dixieland, Rhythm and Blues. Und einmal setzte sich ein Deutscher ans Schlagzeug, es wurde gepfiffen und geklatscht, auch von den anwesenden Amerikanern. Es war Erwin Mantoni.

Nein!, rief Franz.

Was ist?, fragte Gerda.

Der Mann am Schlagzeug!

Kennst du ihn von früher?, fragte Leonhard.

Nach ein paar Stücken gab es eine Pause und Franz kämpfte sich durch den vollbesetzten Keller, bis er vor Erwin Mantoni stand.

Franz! Das ist doch nicht möglich!

Franz nahm Erwin mit an seinen Tisch und stellte ihn seinen Freunden vor. Dann erzählte er von dem schwarzen Trompeter, dem er in Heidelberg begegnet war.

Das ist ja unglaublich, sagte Erwin, als Franz seinen Bericht beendete. Du musst ihn hierher bringen! Hier, in diesem Keller, geht das.

Wie meinst du das?

Schwarze Musiker können nicht in jedem Lokal auftreten, sagte Erwin, auch wenn sie noch so gut sind. Glaube ja nicht, dass es bei den Amis keine Rassisten gibt. Es gibt Clubs, die nur für die weißen Armeeangehörigen offen stehen. Es gibt aber auch gemischte Clubs.

Wie ist das möglich? Sie dürfen in der Armee dienen und Kriege gewinnen helfen! Das ist doch einfach ...

Erwin unterbrach ihn.

Ja, ich weiß. Man kann nur hoffen, dass sich das irgendwann einmal ändert! In der amerikanischen Rassenpolitik muss sich noch einiges tun. Aber ich könnte mir vorstellen, dass dieser Krieg einerseits und andererseits gerade der Jazz wichtige Punkte auf diesem Weg darstellen.

Franz sah Erwin fragend an.

Auch deshalb spielt gerade der Jazz für die Schwarzen eine so wichtige Rolle. Da sind sie erstens besser als die Weißen und zweitens lösen sie mit dieser Musik, die sie zunächst allein entwickelt haben, bei ihren weißen Landsleuten eine große Begeisterung aus. In der Zwischenzeit gibt es auch gute weiße Musiker. Der Klarinettist Benny Goodman ist ein solches Beispiel. Ich habe vor kurzem eine Platte von ihm gehört.

Ich glaube, an diese Musik könnte ich mich durchaus gewöhnen, sagte Gerda auf dem Nachhauseweg.

Das freut mich, Gerda. Leonhard, wie sieht das bei dir aus?

Na ja, sagte Leonhard, wenn sich Gerda daran gewöhnen möchte ...

Sie lachten.

Sie kämpften sich durch dichtes Schneetreiben bis zu Leonhards Wohnung.

Innen war es kalt. An den Scheiben Eisblumen.

Das werden wir bald haben, sagte Leonhard. Er hatte in der Zwischenzeit die Kellerwohnung ein wenig erweitert, etwas ausgebaut und eingerichtet.

Leonhard war nicht nur ein geschickter Handwerker, sondern auch ein sehr umsichtiger Organisator. Nun setzte er einen großen gusseisernen Ofen wieder in Gang.

Bald herrschte eine angenehme Temperatur im Zimmer. Gerda schaltete ein altes Radio ein. Peter Anders sang das Wolgalied aus dem ›Zarewitsch‹. Dann das Lied ›Freunde, das Leben ist lebenswert‹.

Das gefällt ihm, rief Gerda und strich Leonhard übers Haar. Leonhard lächelte sie an, Gerda nahm ihn in die Arme.

Im November hatten sie ihre Hochzeit in einem kleinen Lokal in Bockenheim gefeiert. Franz war da gewesen, ein paar Freunde. Auch Wolfgang war gekommen. Manchmal hatte er vor sich hingelächelt, meistens jedoch nur abwesend vor sich hingeblickt.

Hier haben wir ein Gastbett, sagte Leonhard und deutete auf einen kleinen Raum hinter einem Vorhang. Wolfgang kommt ja manchmal auch für eine oder zwei Nächte vorbei.

Sie redeten miteinander und tranken noch so manches Glas, bevor sie sich schlafen legten.

Gott sei Dank ist morgen Sonntag, sagte Leonhard gähnend.

Ende Februar fuhren Felix, Johnny und Franz im Jeep nach Frankfurt. Eine Woche zuvor hatte der Kommandierende General Franz zu einem Abendessen in die Champell Barracks eingeladen. Felix und andere Offiziere waren ebenfalls zugegen. Felix hatte seinem Vorgesetzten vom Strafbataillon 999 erzählt und die US-Soldaten waren sehr neugierig auf Franz Niemanns Bericht gewesen.

Erwin Mantoni erwartete sie bereits ungeduldig am Eingang des Jazz-Kellers in Frankfurt.

Ich habe Johnny Malcolm schon angekündigt, sagte Erwin, nachdem er sie begrüßt hatte.

Es war unglaublich. Als Johnny zu seinem ersten Trompeten-Solo ansetzte, herrschte beinahe so etwas wie eine andächtige Stille im Raum. Das waren keine einfachen Umspielungen der Melodie, wie sie üblicherweise bei der Dixieland-Praxis angewandt werden. Natürlich kennt man von Schallplattenaufnahmen die kunstvollen Improvisationstechniken eines Louis Armstrong oder Duke Ellington. Aber so etwas hier einmal unmittelbar zu erleben, wie ein solcher Jazzmusiker seine neuen melodischen Linien um das vorhandene Harmoniegerüst legt, wie er sich den ursprünglichen Melodietönen in immer neuen ausschmückenden, ›ornamentierenden‹, mit blue notes durchsetzten ›Paraphrasen‹ annähert, sich wieder davon entfernt, um sich erneut mit arabesken Tonbildungen darauf hinzubewegen – das war schon ein einmaliges Erlebnis. Am Ende ›tobte der Saal‹, wie man so sagt.

Johnny hat sich hier in einem bereits etwas traditionellen Rahmen bewegt, sagte Felix zu Franz.

Wie meinst du das?

Die Jazzstile ändern sich ständig. Seit Anfang der vierziger Jahre hat sich in New York, auch in Kansas City, ein neuer Stil herausgebildet, der sogenannte Bebop. Ein Stil, der sich deutlich von dem alles beherrschenden Swingstil abhebt. Der Swing war ja zu einem absolut dominierenden Kommerzstil geworden. Doch das, was nun solche Musiker wie der Trompeter Dizzy Gillespie oder der Saxophonist Charly Parker und andere entwickelt haben, ist etwas ganz anderes. Keine Tanzmusik mehr, keine Melodien im bisherigen Sinne, sondern ein Jazzstil, der durch eine sprunghafte Melodik und hektische Rhythmik auffällt – dieser Jazz wirkt nervös, fast aggressiv, von ständiger Unruhe erfüllt.

Dann scheint er geradezu perfekt in die unruhigen Zeiten zu Beginn dieses vierten Jahrzehnts zu passen.

Ich denke schon, fügte Felix hinzu. Johnny kennt übrigens auch den Pianisten Thelonious Monk ...
Diese Namen sind uns noch nicht so geläufig.
Aber, ich glaube, diese Leute werden Jazz-Geschichte schreiben, fuhr Felix fort. Und ich bin überzeugt, dass die Afroamerikaner immer wieder versuchen werden, zu ihren musikalischen Wurzeln zu gelangen. Mag sein, dass am Ende immer wieder der Kommerz dazukommt – das lässt sich aus den USA einfach nicht wegdenken. Ein wichtiges musikalisches Prinzip wird für diese Leute dennoch immer sein: back to the roots!
Von Zeit zu Zeit wiederholten sich diese Jazz-Treffen in Frankfurt.

Adornos Auslassungen sind nicht nachvollziehbar!, schrieb Franz ein paar Jahre später in einem Artikel. *Der Jazz ist für ihn tatsächlich ›Negermusik‹ geblieben. Er macht sich über diese Musik lustig, spielt den Psychoanalytiker. Er deutet den Jazz-Rhythmus auf seine Weise psychoanalytisch! Er vermeint, in dem Zu-früh- und Zu-spät-Kommen, bei diesen vom Grundschlag wegzielenden Akzenten, bei allen synkopierten Rhythmen ein musikalisches Abbild von Impotenz, von Orgasmus-Schwierigkeiten zu erkennen, spricht von Kastrationsangst, bemüht eine missglückte ›Coitiermaschine‹. Man glaubt zunächst an eine Art Satire. Aber weit gefehlt! Adorno besteht selbst bei einigen Einwänden Max Horkheimers auf diesen Formulierungen. Einen größeren Unsinn über diese Musik hat man nie gelesen. Möglicherweise offenbart sich hier die Wut eines in klassischer Musik ausgebildeten Bürgers, der den Jazz eben nicht mag, der nichts von improvisierter Musik wissen will und dem Ideal des autonomen Kunstwerks treu bleiben möchte. Muss alles an den europäischen Vorstellungsweisen gemessen werden? Wie dem auch sei, Adorno wird nicht müde, den Rhythmus und die Melodiebildung beim Jazz zu diskreditieren.*
In seiner Biografie ging Franz noch einmal darauf ein.
Beides, die spezifische Melodik und der Rhythmus des Jazz,

entwickeln sich beim Aufeinandertreffen europäischer und afrikanischer Elemente. In Afrika gibt es häufig pentatonische, halbtonlose Tonsysteme, daneben aber auch Tonsysteme mit siebenstufigen Tonleitern. Die spezifische Melodik des Blues geht auf eine siebenstufige Tonskala der afrikanischen Musik zurück. Die erniedrigten Töne, die später so genannten blue notes, geben der Bluesmelodik ihre eigentümliche Färbung …

Die subjektivistischen Auslassungen Adornos kann ich zwar bedauern, aber meine Hauptkritik setzt an einem anderen Punkt an. Was ich ihm übel nehme, hat mit politischen Gründen zu tun.

Wie ist es möglich, dass dieser sich stets auf der Ebene höchster Fortschrittlichkeit wähnende Denker die politische Funktion des Jazz bei den Schwarzen nicht erkannt hat? Hatte er je eine Ahnung davon, was der Jazz für die Emanzipation der Schwarzen bedeutet hat und noch bedeutet? Diese immer wieder neu entstehenden und sich entwickelnden Jazzstile, die stets auf ihre afrikanischen Wurzeln verweisen wollen. Ist es wirklich die ›Schuld‹ des einzelnen Jazzmusikers, wenn er dann immer wieder vom Kommerz, vom Konsumverhalten der Gesellschaft eingeholt wird? An dieser Stelle, lieber Theodor Wiesengrund-Adorno, klafft ein schwarzes Loch in deinem politischen Denkgebäude. Außerdem: Rassismus muss ja wohl auf der ganzen Welt, bei welchen Menschen und wo auch immer, bekämpft werden …

* * *

Franz komponierte weiter und verdiente sich nebenher ein wenig Taschengeld durch seine ›Verwaltungstätigkeit‹. Dann kam im Juni 1948 die Währungsreform – und die finanzielle Situation für viele sogenannte Kleinverdiener wurde schwierig.

Zwar unterstützte Bernhard Niemann weiterhin seinen Sohn, aber es war Franz ohnehin längst klar geworden, dass er vom Komponieren und von der Luft nicht würde leben können. Er musste also unbedingt sehen, dass er aus seinen Möglichkeiten etwas machte.

Sein Vater drängte ihn nicht mehr. Doch Felix ließ nicht locker.

Franz, ihr habt hier in Heidelberg ein Musikwissenschaftliches Institut. Hör dich dort einmal um. Das dürfte doch kein Problem sein.

Du hast ja Recht. Aber kennst du die maßgeblichen Leute dort? Ich habe da meine Zweifel. Was ich beispielsweise über Heinrich Besseler gehört habe, finde ich trotz seiner Verdienste als Forscher doch sehr bedenklich. Vor einiger Zeit habe ich mit einem Heidelberger Dozenten gesprochen. Als ich ihm von meinen bevorzugten Themenbereichen berichtete, sah er mich erstaunt an und fragte: Schönberg? Ist das überhaupt Musik?

Das ist natürlich lächerlich, gab Felix zu. Trotzdem, an deiner Stelle würde ich über Guido von Arezzo promovieren, nur um endlich meinen Abschluss zu haben.

Dein Pragmatismus in Ehren, Felix. Ich werde darüber nachdenken.

Und in Frankfurt? Dort geht der Universitätsbetrieb ebenfalls weiter, fuhr Felix fort. Du machst deinen Doktor sicher mit links!

Darum geht es nicht, Felix. Es geht mir immer auch um mein Thema!

Um dieses Thema kannst du dich jederzeit noch kümmern. Es geht doch vor allem um deinen Abschluss.

Du musst auch noch etwas anderes in deine Überlegungen mit einbeziehen. Was sind das für Leute, die nun an den Universitäten und Instituten wieder das Sagen haben? Bei wie vielen von denen müsste ich mir die Frage stellen: Was hast du während der ganzen Zeit gemacht? Ich möchte nun nicht bei jedem harmlosen Mitläufer mit der Moralkeule kommen, aber ...

Ich schätze deine Einstellung, Franz. Doch ich denke, dass nun eine neue Generation von Wissenschaftlern kommen muss, um das Ruder herumzureißen.

Felix sieht das wohl ein wenig zu idealistisch. So einfach wird sich das nicht machen lassen. Die alten Netzwerke sind immer noch viel zu stark.

Außerdem sind seine amerikanischen Landsleute längst dabei umzuschalten. Ihre alten Feinde, die Nazis, sind inzwischen nur noch Feinde zweiten Grades oder sogar nur Gegner von gestern. Die neuen ›Todfeinde‹ beginnen sich allmählich im Osten zu befinden. Dieses kommende Konfliktfeld relativiert hier so manches! Schon die sogenannte ›Spruchkammer‹ hatte eigentlich wenig mit einem Aufarbeiten zu tun – zu halbherzig, zu wenig konsequent.

… Überhaupt haben sich bei meinen Landleuten seltsame Mechanismen eingespielt. Da ist ein Verschieben und Verdrängen, ein Aufrechnen, Vergessen und Verschweigen in Gang gekommen, dass einem die Haare zu Berge stehen. Schuld gab es entweder nur bei Hitler allein oder bei der Nazi-Clique. Die war in erster Linie an allem schuld. Niemand sonst. Die Deutschen waren plötzlich selbst Opfer all dieser Machenschaften geworden – und kaum jemand war jemals ein Nazi gewesen.

Anfang Juni 1949 erreichte Franz ein Brief aus Wien. Er war von Marlene Bach.
Lieber Herr Niemann!
Ihr Brief, den Sie bereits vor über zwei Jahren an unsere Adresse nach Basel geschrieben haben, war fast ein Jahr und elf Monate unterwegs, bis er zu meiner Wiener Adresse gelangt ist. Ich war so froh zu lesen, dass Sie diesen verfluchten Krieg überlebt haben, dass Sie wohlauf sind und begonnen haben, sich in einem ›normalen‹ Leben einzurichten.

Mein Mann Rudolf hat mich leider im Dezember 1946 für immer verlassen. Er war sehr lange krank und ist an einem Sonntagabend, wenige Tage vor dem Jahreswechsel, ruhig eingeschlafen. Er ist knapp siebzig Jahre alt geworden.

Ich bin im März 1947 nach Wien zurückgekommen und lebe seitdem wieder, zusammen mit einer Verwandten, in dem Haus in Heiligenstadt, das Sie ja noch kennen.

Ich habe dafür gesorgt, dass die Urne meines Mannes ihren Platz auf dem Zentralfriedhof in Wien gefunden hat. Sie können sich denken, dass ich eine lange Zeit benötigt habe, um über diesen Verlust hinwegzukommen. Mit Hilfe einiger Freunde, die ich zu meiner Freude in Wien doch wieder getroffen habe, ist es mir inzwischen gelungen, mich hier in dieser Stadt einigermaßen wohl zu fühlen. Obwohl wir gerne in Basel gelebt haben, hatten wir beide immer ein wenig Heimweh nach dem Ort, in dem wir aufgewachsen sind.

Als ich Ihren Brief gelesen habe, war ich innerlich so aufgewühlt, dass ich ihn nicht sofort beantworten konnte. Bitte verzeihen Sie mir, dass ich mir noch einmal Zeit gelassen habe, bis ich endlich in der richtigen Stimmung war, Ihnen zu schreiben.

Sie glauben gar nicht, Herr Niemann, wie oft mein Mann von Ihnen gesprochen hat. Wir wussten ja auch nichts mehr von Ihnen. Der Kontakt war eines Tages ganz abgebrochen. Aus Ihrem Land kam ohnehin eine Horrornachricht nach der anderen. In ganz Europa, an vielen Orten auf der ganzen Welt herrschte furchtbares Leid.

Aber darüber wollen wir nun nicht reden. Wenn überall wieder ein wenig mehr Normalität eingekehrt sein wird, würde es mich sehr freuen, wenn Sie mich einmal in Wien besuchen könnten. Ich gebe schlicht meiner Hoffnung Ausdruck, dass die Zeiten wieder kommen mögen, wo sich Menschen vom einen zum anderen Land besuchen können. Sie werden hier immer willkommen sein.

Wissen Sie, woran mein Mann bis zum Schluss gearbeitet hat? An einem größeren Aufsatz zur Musik Anton von Weberns, der, wie Sie vielleicht gehört haben, unter so tragischen Umständen 1945 in Salzburg ums Leben gekommen ist. Er wurde versehentlich von einem amerikanischen Soldaten für einen bewaffneten Schwarzhändler gehalten und erschossen.

Aber ich möchte meinen Brief nun beenden, dessen Niederschrift mir immer noch schwer fällt, mich Kraft kostet.

Wenn Sie in absehbarer Zeit etwas von sich hören ließen, wie es Ihnen geht, was Sie planen, einfach wie Sie Ihr Leben nach dem Krieg angehen: Sie würden mir eine große Freude machen.
In herzlicher Verbundenheit!
Ihre Marlene Bach.

Franz las den Brief wieder und wieder.

Erst nach einigen Wochen kam er dazu, ihn zu beantworten. Er versuchte den Antwortbrief an Marlene Bach in einem Ton zu halten, der möglichst wenig von seinen eigenen Gefühlen verriet. Er gab seiner Freude Ausdruck, dass sie ihr Leben in Wien meisterte, dass sie Freunde habe, dass sie so an ihm Anteil nehme. Sobald sich eine Möglichkeit ergebe, werde er sie in Wien besuchen.

Er wagte nicht, nach Marianna Barth-Sennfeld zu fragen. Das wäre ihm in seinem ersten Brief nach so langer Zeit deplaziert erschienen.

Von Anton von Weberns Tod hatte er nichts gehört. Nun lebte nur noch Arnold Schönberg. Es wurde Franz erneut bewusst, wie weit er sich in all den vergangenen Jahren von seiner Frankfurter und auch Wiener Studienzeit entfernt hatte. Er hatte zwar schon mit dem Gedanken gespielt, in einem der folgenden Sätze seiner Sinfonie auch die Reihentechnik mit einzubeziehen. Aber so weit war er noch nicht. Außerdem dachte er daran, diese Technik möglicherweise zu modifizieren, sie auf eine ganz neue Weise anzuwenden. Vor kurzem hatte er einen Bericht über eine Komposition von Olivier Messiaen gelesen, die im Juni bei den Darmstädter *Ferienkursen für Neue Musik* vorgestellt worden war. Bei Messiaens Klavieretüde *Mode de valeurs et d'intensités* wurde die Reihe nicht nur auf den Parameter Tonhöhe, sondern auch auf andere musikalische Parameter wie Tondauer, Tonstärke und die Artikulation übertragen.

Doch vorläufig ging es ihm noch um den 1. Satz.

Die beiden Themen – das Thema der Vernichtung und die Themengruppe um die Liebe – ein diesen Teil beherrschender Themendualismus. Franz hatte für den umfangreichen Satz im weitesten Sinne noch die Sonatenhauptsatzform gewählt. Und in der Durchführung wollte er Varianten der Themen wie in einem Kampf zwischen Licht und Finsternis aufeinanderprallen lassen. Er hatte auch schon überlegt, für den Schlussteil nach der Reprise, die Coda, einen Männerchor mit einzubeziehen, der in einem monotonen Singsang den Text *Fluch des Krieges* des chinesischen Dichters Li Tai-pe dazusingen sollte.

... So sei verflucht der Krieg! Verflucht das Werk der Waffen!

Es hat der Weise nichts mit ihrem Wahn zu schaffen! ...

Anfang 1950 kehrte Felix in die Vereinigten Staaten zurück. Sein Vater war schwer krank geworden.

Du musst mich in Brooklyn besuchen, Franz! Dieses Mal wird es nicht so lange dauern, bis wir uns wiedersehen.

Kommst du nicht mehr zurück?

Ich glaube nicht. Meine Eltern brauchen mich jetzt. Außerdem ist es Zeit für mich, mir einen Platz im Zivilleben zu suchen.

Als zukünftiger Weinhändler? Oder als Musikwissenschaftler?

Mach dich nicht über mich lustig! Das wird sich finden.

Ich will dich gar nicht auf die Schippe nehmen, Felix.

Und du, denk an meinen Rat. Mache deinen Abschluss.

Ich weiß. Wenn es nach dir geht, über einen Anonymus – und wenn es sich um einen unbekannten, hinkenden Minnesänger aus dem Ober-Engadin handelt.

Warum nicht?, antwortete Felix lachend. Doch Spaß

beiseite, Franz. Mir ist noch etwas durch den Kopf gegangen, das dich interessieren könnte. Kennst du Leoš Janáček?

Franz nickte. Ich weiß aber nicht sehr viel über ihn, muss ich gestehen.

Das wäre eine gute Möglichkeit. Ein interessanter Komponist, der neben Smetana und Dvořák etwas zu Unrecht ins Hintertreffen geraten ist. Beschäftige dich mal mit seiner Musik. Es ist auch noch nicht allzu viel über ihn veröffentlicht worden.

Ich werde daran denken, Felix.

Franz hörte ab und zu Vorlesungen am Musikwissenschaftlichen Institut, gab einige Stunden Musikunterricht an einem Heidelberger Gymnasium und unterrichtete auch wieder ein paar Klavierschüler.

Ende Mai bekam er Besuch von Gerda und Leonhard. Das war nichts Ungewöhnliches, doch als Franz die Tür öffnete und in die Gesichter seiner Freunde blickte, wusste er sofort, dass etwas geschehen sein musste.

Hast du es nicht in der Zeitung gelesen?, fragte Gerda. Eure Tageszeitung hat es bestimmt gebracht.

In letzter Zeit bin ich kaum zum Zeitungslesen gekommen. Was ist los?

Wolfgang, begann Leonhard.

Wolfgang? Was ist mit ihm?

Kappaun, sagte Leonhard. Er hat Kappaun erschossen.

Kommt herein! Setzt euch erst mal.

Gerda und Leonhard ließen sich auf dem Sofa nieder. Franz setzte sich in einen Korbsessel.

Leonhard berichtete.

Vor vier Tagen habe ihn Wolfgang gefragt, ob er ihn nach Bad Homburg fahren könne. Er wolle einen Freund besuchen. Leonhard habe sich zunächst nichts dabei gedacht. An einem Samstag seien sie losgefahren. Wolfgang habe einen Rucksack mitgebracht. Während der Fahrt sei er wie üblich sehr schweigsam gewesen. An einer Straße ziemlich am Ortsrand von Bad Homburg sollte er anhalten. Wolfgang habe seinen Rucksack aus dem Beiwagen genommen und dann Leonhard eindringlich angesehen.

Leonhard, eines musst du mir versprechen: Du musst unsere Fahrt hierher vergessen. Du hast mich nie hierher gefahren ...

Wolfgang ... was soll das? Ich verstehe nicht ...

Leonhard, das ist mir wahnsinnig wichtig. Du wirst niemandem etwas sagen! Bitte auch Franz nicht! Versprichst du mir das?

Ich starrte ihn ungläubig an.

Du wirst es verstehen, sagte er noch. Und jetzt fahr zurück! Fahr los, Leonhard! Es muss sein!, rief er, drehte sich um, ging die Straße ein Stück weiter und bog schließlich in einen Feldweg ein, der auf ein Waldstück zuführte.

Ich fuhr zurück. Mit einem mulmigen Gefühl in der Magengrube. Ich begann mir alles Mögliche auszumalen. Natürlich fiel mir dabei auch Kappaun ein. Das ist doch unmöglich!, ging es mir durch den Kopf. Wolfgang macht sich allmählich verrückt. Oder er ist es schon.

Leonhard unterbrach sich. Ich könnte einen Schluck vertragen.

Einen Klaren?, fragte Franz.

Leonhard nickte. Franz sah Gerda an. Sie schüttelte den Kopf.

Er holte einen Krug mit seinem ›Philosophenwasser‹.

Auf Wolfgang!, sagte Leonhard und nickte in Gedanken versunken Gerda und Franz zu.

Am nächsten Tag, nachmittags, stand er wieder vor unserer Tür, fuhr Leonhard fort.

Das verstehe ich nicht, sagte Franz.

Erzähl du weiter, Gerda, sagte Leonhard. Gerda nahm den Faden wieder auf.

Er war von Bad Homburg aus mit dem Zug wieder nach Frankfurt zurückgefahren. Er lächelte mich an, als ich die Tür öffnete. Ich führte ihn herein. Er setzte sich an den Tisch und sagte: Es ist vorbei, meine Freunde. Er wirkte völlig gefasst und ruhig. Und dann erzählte er uns alles.

Verrückt!

Ja, verrückt und auch wieder nicht, fuhr Gerda fort. Sein ›Wiedersehen‹ mit Kappaun war reiner Zufall. Im letzten Sommer war er mit seinen ›Praunheimern‹ an einem Wochenende zu Freunden, einer Familie Borowski, in den Taunus gefahren. In irgendeinen kleinen Ort bei Bad Homburg. Dort fand so etwas wie ein Schützen- oder Jägerfest statt. Bänke und Tische waren auf einer Waldwiese aufgestellt worden. Ein Verwandter jener Familie war Mitglied eines Jägervereins. Sie setzten sich dazu, tranken und aßen etwas. Die Kinder spielten am Waldrand. Wolfgang blickte in die Runde. In der vordersten Reihe befand sich ein festlich geschmückter Tisch, an dem offensichtlich der Jägerverein saß, wie man an der Aufmachung der Männer mit ihren entsprechenden Anzügen und Hüten unschwer erkennen konnte. In der Mitte hatte sich ein etwas beleibter Mensch mit angegrauten Haaren, wohl der Vorsitzende, erhoben und eine Rede gehalten, in der es von Waidmännern und erlegtem Wild nur so wimmelte. Danach erhoben sich alle Jäger wie ein Mann und feuerten mit ihren Gewehren eine Salve in die Luft. Damit war das Fest eröffnet. Plötzlich fiel Wolfgangs Blick auf einen Mann rechts neben dem Redner, der, nachdem er wieder auf seinem Stuhl saß, seinen Hut abnahm und sich die Stirn mit einem Tuch abwischte. Er hatte inzwischen kein Hitlerbärtchen mehr. Dennoch war sich Wolfgang sofort sicher: Dieses Gesicht gehörte Kappaun. So lange er lebte, würde er diese Visage nicht mehr vergessen.

Du berichtest beinahe so, als wärst du dabei gewesen.

Ja, Franz. Ich muss gestehen, ich habe Wolfgangs Geschichte hinterher aufgeschrieben. Sie hat sich mir außerordentlich eingeprägt.

Kappaun, sagte Leonhard. Ich hatte auch ein paarmal das Vergnügen. So ein Gesicht vergisst man tatsächlich nicht.

Das kann man sich lebhaft vorstellen, sagte Gerda. Auch später, als die Gestapo 1941 ihren Sitz in die Frankfurter Lindenstraße verlegt hatte, prägte sich Kappaun dem Gedächtnis vieler Menschen ein, die ihn nicht mehr vergaßen. Ich habe mit einigen Überlebenden gesprochen. Viele haben es auch nicht überlebt.

Kappaun war nicht der Einzige, sagte Leonhard. Überhaupt laufen wohl noch viele frei herum, die vermutlich nie bestraft werden.

Aber ... wie hat Wolfgang das schließlich geschafft, ihn ... begann Franz.

Er hat einfach Glück gehabt, fuhr Gerda fort. Er erkundigte sich freundlich bei seinen Gastgebern, den Borowskis, nach dem Jägerverein und erfuhr, dass der Vorsitzende Erich Dablitz hieß und Besitzer eines großen Sägewerks war. Und der Mann an seiner Seite, Ottokar Dablitz, sei sein Neffe, der nach seiner Rückkehr aus dem Krieg vor dem Nichts gestanden habe. Seine Familie sei bei einem Bombenangriff in Ludwigshafen umgekommen. So habe der Sägewerkbesitzer, dessen einziger Sohn in Nordafrika gefallen sei, seinen Neffen bei sich aufgenommen und sei zufrieden damit. Ottokar Dablitz habe sich überall beliebt gemacht, leiste gute Arbeit in der Firma seines Onkels und sei inzwischen sogar stellvertretender Vorsitzender des Jägervereins.

Sieh an, murmelte Franz.

Wolfgang hielt es im Grunde für ziemlich unmöglich, dass dieser Onkel nichts von der wahren Tätigkeit seines ›Neffen‹ während des Krieges wusste, aber er ging dieser

Sache überhaupt nicht genauer nach. Ihn interessierte nur die richtige Gelegenheit. Er wollte weder etwas vertuschen noch hinterher irgendwie davonkommen. Er sagte uns in aller Klarheit: Ich musste mich beeilen. Ich weiß, dass meine Pumpe nicht mehr lange mitmacht.

Im Grunde hat Wolfgang völlig ins Ungewisse geplant, denn er konnte nicht wissen, ob sich überhaupt jemals eine Gelegenheit ergeben – oder ob ihn seine Gesundheit im Stich lassen würde. Das nächste Mal wurden sie von ihren Freunden zur Weihnachtsfeier des Vereins eingeladen. Und Wolfgang war fest entschlossen, seine Chance zu nutzen. Doch dann wurde er wenige Tage vor dieser Feier durch eine Grippe für zwei Wochen außer Gefecht gesetzt. Die nächste Gelegenheit – das hatte er von seinen Praunheimern erfahren, denen er nie ein Sterbenswörtchen von seinem Vorhaben erzählte – war dann das diesjährige Maifest mit anschließender Jagd. Zu diesem Fest fuhren die Praunheimer nicht hin, weil sie zu einer Geburtstagsfeier eingeladen waren. Das war Wolfgang gerade recht. So ließ er sich von Leonhard nach Bad Homburg an die entsprechende Stelle fahren. Das Maifest des Jägervereins sollte auf dem Gelände des Sägewerks stattfinden. Wolfgang wanderte bis zum Haus der Borowskis, die ihn zwar etwas verwundert, aber dennoch herzlich begrüßten. Natürlich waren sie ebenfalls völlig ahnungslos. Gegen Abend machten sich alle auf den Weg zu dem Sägewerk. Wolfgang hatte vorher einen Revolver in die Innentasche seiner Jacke gesteckt. Das Maifest nahm seinen Gang. Es wurde gegessen, getrunken und gesungen. Am nächsten Morgen um fünf sollte die Pirsch beginnen. Die Mitglieder des Vereins wollten in der Nähe die Nacht verbringen und hielten sich bei den Getränken zurück. Auch Wolfgang. Er vertrug sowieso keinen Alkohol mehr. Als sich die Borowskis schließlich gegen ein Uhr erhoben, um den Rückweg anzutreten, rief ihnen Wolfgang mit gespielter

Ausgelassenheit zu, dass er noch bleiben wolle. Er könne ja später nachkommen. Wolfgang verabschiedete sich eine halbe Stunde später, hatte sich ganz nebenbei erzählen lassen, wo die Jagd stattfinden sollte. Dann brach er auf und sah sich ein wenig um. Dabei fand er in der Nähe des Klohäuschens auf einem Zaunpfahl einen Jägerhut, den er sich aufsetzte. Schließlich versteckte er sich in der Dunkelheit in irgendeiner einsamen Ecke des Sägewerkgeländes, doch in Hörweite der feiernden Jäger. Sein größtes Problem war seine Müdigkeit, gegen die er die restliche Nacht ankämpfen musste. Immer wieder schlief er ein und er hätte möglicherweise den Aufbruch verpasst, wenn nicht einer der schlaftrunkenen Jäger, der sich einfach unter einen Tisch gelegt hatte, beim Aufstehen einige Gläser und Bierkrüge zu Fall gebracht hätte. Jedenfalls wachte Wolfgang von dem Lärm und dem anschließenden Gefluche und Geschimpfe des Mannes auf. Er beobachtete von seinem sicheren Versteck aus, dass zwei Gruppen gebildet worden waren. Eine Gruppe bewegte sich direkt auf einen Waldweg zu und eine zweite folgte einem Pfad, der außen am Wald entlangführte. ›Ihr nehmt später den Nordweg in den Wald hinein und stoßt dann beim Gewann Maushaar zu unserer Gruppe‹. Wolfgang erkannte die Stimme des Vorsitzenden, der mit seiner Gruppe, die vielleicht aus sieben oder acht Männern bestand, unmittelbar in den Wald hineinging. Wolfgang hoffte, dass unter diesen Leuten auch der Neffe sein würde. Aber sicher war er sich nicht. Er wartete kurz, bis alle unterwegs waren, dann folgte er der ersten Kolonne in den Wald. Er hatte vorher die Pistole entsichert und den Hut aufgesetzt. Es dämmerte zwar schon, aber der Weg führte durch einen dichten und dunklen Tannenwald. Irgendwo hörte er leise Geräusche. Nach etwa einer Viertelstunde sah er vor sich eine helle Öffnung, die rasch größer wurde. Offenbar eine Waldlichtung. Wolfgang blieb sofort stehen und wartete ab. Vorne bei der Lichtung erblickte er die Schatten von Menschen, die sich nach zwei Seiten hin verteilten. Langsam ging er weiter. Als er fast die Waldlichtung erreicht hatte, hielt er wieder an und sah sich um. Zu seiner Rechten konnte er einen Hochsitz erkennen, auf dem einer der Jäger seine Position bezogen hatte. Auch auf der linken Seite befand sich ein solcher Anstand in etwa dreißig Metern Entfernung. Wolfgang bewegte sich ein paar Meter nach links und stand plötzlich unmittelbar hinter einem der Jäger, der mit seiner schussbereiten Waffe hinter einem Baum lauerte. ›Wo ist denn Ottokar?‹, fragte er. ›Pscht!‹, kam sofort die Antwort und der Mann deutete mit seinem Arm nach rechts. ›Okay‹, flüsterte Wolfgang und tauchte sofort wieder ab. Er wandte sich dem Hochsitz auf der rechten Seite zu, blieb in etwa fünf Metern Entfernung daneben stehen und blickte nach oben. In diesem Augenblick fielen einige Schüsse. Auch der Mann auf dem Hochsitz hatte gefeuert. Draußen auf der Lichtung waren mehrere Rehe aufgetaucht. Ottokar Dablitz?, rief Wolfgang. Was ist denn?, zischte der Mann zurück. Wolfgang nahm seine Pistole heraus. Oder soll ich besser sagen: Kappaun? Einen Augenblick lang war es ruhig. Dann sah Wolfgang, dass sich der Mann schnell erhob und sein Gewehr in Anschlag brachte. Ein Schuss fiel. Weitere Schüsse waren von mehreren Stellen aus zu hören, dann war wieder alles ruhig. Nur ein Jäger auf einem Hochsitz schwankte noch kurz, fiel dann kopfüber herunter und landete vor Wolfgangs Füßen. Erneut schossen die eifrigen Jäger dem flüchtenden Wild hinterher. Und Wolfgang ging bereits den Waldweg zurück. Das Gehen fiel ihm schwer, doch er kämpfte sich vorwärts. Er kam bis zu dem Dorf, ohne bei den Freunden anzuhalten, und wanderte zurück nach Bad Homburg. Dort nahm er den nächsten Zug nach Frankfurt.

Ist das tatsächlich eine Geschichte aus dem wirklichen Leben?, fragte Franz vor sich hin.

Das haben wir uns auch schon gefragt, sagte Leonhard.
Und wie ... ging es weiter?

Wolfgang wollte unbedingt einen Kaffee und einen Schnaps trinken. Kaffee und Schnaps? Das ist nicht gut für dich, sagte ich. Soll ich nicht lieber einen Tee ...

Gerda, sagte Wolfgang, noch einmal einen echten Kaffee und einen Schnaps. Dann werde ich aufstehen und zur nächsten Polizeistation gehen. Wolfgang!, riefen wir beide. Keine Widerrede, meine Freunde!, sagte er. Auch wenn ich nicht alles genau vorhersehen konnte: So habe ich es mir ungefähr vorgestellt. So werde ich es zu Ende bringen. Und dann sagte er noch: Ich habe bei der Durchführung meines Plans einfach Glück gehabt. Ich hoffe, dass mein Schuss den Kerl in die Stirn getroffen hat, mitten ins Gehirn hinein, mitten in diese verdammten Denkstrukturen.

Eine Zeitlang schwiegen sie alle.

Nun ja, er wollte es so, sagte Leonhard.

Gerda nickte. Es ist sowieso zu spät.

Weshalb?

Am nächsten Morgen fand man ihn tot in seiner Zelle im Untersuchungsgefängnis.

Hat er sich ... , begann Franz.

Nein, nein. Er ist einfach nicht mehr aufgewacht. Seine ›Pumpe‹ wollte tatsächlich nicht mehr. Das war wohl alles etwas zu viel gewesen.

Franz stand auf und suchte nach der Tageszeitung.

Hier! In der heutigen Ausgabe der ›Rhein-Neckar-Zeitung‹: *Der Mann, Wolfgang J., der sich wegen Mordes an Ottokar Dablitz, einem angeblichen Nazischergen, selbst angezeigt hatte – wir berichteten – lag gestern Morgen tot in seiner Zelle des Untersuchungsgefängnisses in Frankfurt ...*

Franz ließ die Zeitung sinken.

›Angeblich‹!, sagte Leonhard.

In drei Wochen hätte die Verhandlung begonnen, sagte Gerda.

Auf dem Boden neben seiner Pritsche wurde ein Zettel gefunden, sagte Leonhard. Einer von den Praunheimern erzählte uns davon. Auf dem Papier stand nur ein Name: Judith.

Tagelang war ich sprachlos. Ich brachte es nicht einmal fertig, mich meinem Tagebuch anzuvertrauen. Es gibt eben Augenblicke, da verschlägt es uns die Sprache. Wir werden, wie man so sagt, mit Stummheit geschlagen. Immer ist der Begriff des ›Schlagens‹ mit im Spiel. Als würde dem Teil unseres Gehirns, der für die Sprache zuständig ist, ein Stoß versetzt.

Manchmal habe ich das Gefühl, ich würde mich in einem nicht enden wollenden Fortsetzungsroman befinden. Die Franzosen haben für eine ganze Serie von Romanen, bei denen ständig weitererzählt wird und wo eines ins andere greift, den Begriff des ›roman fleuve‹ geprägt. Ein Fluss, ein Strom, der mich unablässig weiter mitreißt – und mich nicht zur Ruhe kommen lässt. Ich lasse immer mehr Tote an den Ufern zurück. Jetzt Wolfgang Jung.

Wolfgang wusste, was er tat, und wollte selbst nicht verschont werden. Was hätte das Gericht für ein Urteil gesprochen? Lebenslänglich? Wolfgang war sich ziemlich sicher, dass eine solche Strafe für ihn keine Bedeutung mehr gehabt hätte. Er wollte den Mörder von Judith bestrafen – und er wusste, dass er selbst nicht mehr lange zu leben hatte. Wäre Kappaun wohl jemals verurteilt worden? Wie viele Menschen hatte er auf dem Gewissen?

Als die Verantwortlichen für die Verfassung der Bundesrepublik die Todesstrafe ächteten, waren wir froh darüber. Schon allein durch die Tatsache, dass sich unser Land damit auf eine gleiche Ebene mit vielen anderen Ländern stellte. Dies war bereits ein entscheidender Schritt für die Zukunft. Weshalb solidarisiere ich mich nun mit Wolfgang und finde seine Tat gerecht? Sind das immer noch Reste unserer atavistischen Auge-um-Auge-Mentalität, von der ich behaupte, dass sie nicht nur uns Deutschen innewohnt? Ich würde Wolfgangs Verhalten niemals zur Regel machen wollen. Dennoch verurteile ich seine Tat nicht. Ganz allgemein betrachtet gab und gibt es immer Feinde des Menschlichen. Sollte ich diese Feinde etwa lieben? Das hielte ich für Unsinn. Wenn ich die Möglichkeit habe, ihnen aus dem Weg zu gehen, sollte ich das tun. Auch sollte ich, wenn es irgend geht, vermeiden, ihnen Schaden zuzufügen oder sie gar zu töten. Aber sie zu lieben? Das könnte bestenfalls ein Streitpunkt für Theologen sein. Sie hielten das für richtig, weil es in der Bibel steht und weil es eine bestimmte Person geäußert hat. Ich würde mich dieser Meinung nicht anschließen wollen. Übrigens auch nicht der Vorstellung vom Menschen als ›Krone der Schöpfung‹. Unsere Spezies ist bestenfalls eine Zwischenstufe, eine Interimsgattung, die irgendwann entweder verschwinden oder sich wider alle Erwartung und Einschätzung doch noch auf eine höhere Stufe hin entwickeln wird. Für Letzteres spricht allerdings nicht allzu viel.

Andante sostenuto ed espressivo

In den folgenden Wochen und Monaten arbeitete sich Franz in das Werk des tschechischen Komponisten Leoš Janáček ein. Er verschaffte sich Noten, setzte sich in Bibliotheken, suchte sich Material zusammen.

Janáček war 1928 gestorben. Zunächst gestaltete sich das Forschungsvorhaben von Franz als etwas schwierig, da in Deutschland zu Beginn der fünfziger Jahre noch nicht allzu viel über diesen Komponisten veröffentlicht worden war. Außerdem zeigte sich auch in der Musikwissenschaft das langjährige Abgeschnitten-Sein von der internationalen Forschung. Doch auch davon ließ sich Franz nicht unterkriegen.

Er konnte sich einen Klavierauszug der Oper *Jenufa* besorgen, vertiefte sich in Partituren einiger Orchesterstücke, mehrerer Chorwerke und der beiden Streichquartette.

Felix, der Franz zu seiner Entscheidung beglückwünschte, schickte ihm aus den USA eine Ausgabe des zweiteiligen Klavierzyklus' *Auf verwachsenem Pfade* und eine Biografie Janáčeks von einem Tschechen, die ins Englische übersetzt worden war.

Bei all dem stellte Franz die Arbeit an seiner Sinfonie nicht ein.

An Leoš Janáček gefiel Franz, dass dieser Komponist eine eigene, unverwechselbare musikalische Sprache finden wollte – das war für den Künstler wie eine Suche nach Wahrheit und Wahrhaftigkeit.

Janáček fühlte sich von einem konservativ-trockenen Kompositionsunterricht eher eingeengt, ähnlich wie Mussorgsky, der das akademisch-musikalische Handwerk ebenfalls ablehnte.

Janáček hatte sich eine ungestüme Vorgehensweise angewöhnt. Seine Musik sollte jenseits gesetzter Grenzen zu einem besonderen Ausdrucksgehalt finden. Auch der manchmal geäußerte Vorwurf einer gewissen Nähe zum Dilettantischen stört mich nicht. Er ließ sich von niemandem etwas vorschreiben und er wollte der Musik beim Setzen der Töne freien Lauf lassen, in einer Radikalität, die Schönbergs kompositorischer Position nahekommt – im Stil der Avantgarde der zwanziger Jahre! Allerdings blieb Janáček der Tonalität verpflichtet.

Dennoch war seine Musik ›zukunftsweisend‹, wie Franz bald feststellen konnte. Schon allein bei der Mischung der Klangfarben, bei der es ihm nicht so sehr auf die Instrumentation an sich ankam, sondern auf die Entwicklung von Farbspektren, auf eine bestimmte Art von Klangfarbenkomposition.

Es waren schließlich vor allem die späten Instrumentalwerke Janáčeks, die Franz besonders interessierten. Die beiden Streichquartette, die Sinfonietta, das Concertino für Klavier und Kammerorchester. Auch die programmatischen Elemente dieser Werke weckten seine Aufmerksamkeit. Allerdings handelte es sich nicht um Programmmusik im eigentlichen Sinne, sondern Janáček ließ sich von bestimmten außermusikalischen Vorlagen zu seiner Musik anregen. So von Tolstois »Kreutzersonate« für das 1. Streichquartett. Das zweite Streichquartett, im Todesjahr des Komponisten, 1928, geschrieben, erhielt den Titel »Intime Briefe«, die, fiktiv, an Kamila Stösslová gerichtet waren, eine Frau, die fast vierzig Jahre jünger war als Janáček, die er 1915 kennen gelernt hatte und die er bis ins hohe Alter liebte und verehrte. Als Vorlage dienten demnach die ureigensten emotionalen Befindlichkeiten des Komponisten, musikalisch verwirklicht in der ›intimen‹ Unterhaltung der Instrumente eines Streichquartetts.

Dann die Sinfonietta: diese Musik hat mit der Geschichte der Stadt Brünn zu tun. Janáček hatte verschiedene Überschriften vorgesehen – 1. Fanfaren, 2. Burg, 3. Das Königin-Kloster, 4. Straße, 5. Rathaus.

Es bestand kein Zweifel, dass Franz durch seine Forschungen zu Janáček in seinem eigenen Schaffen stark beeinflusst wurde. Auch er suchte auf seine Weise zu einer Unmittelbarkeit des Ausdrucks zu gelangen. Auch er ließ sich von außermusikalischen Gegebenheiten inspirieren – mehr und mehr von seinen Erinnerungen.

Franz hatte am Anfang seiner Forschungen immer noch manchmal das Gefühl, dass er sich ein wenig ›untreu‹ wurde, was seine ursprünglichen Intentionen anging. Doch er begann sich mit dem Gedanken anzufreunden, der ihm schon so oft als ein guter Ratschlag mit auf den Weg gegeben worden war, nun endlich einen Abschluss zu machen und zu einem späteren Zeitpunkt die Ergebnisse seiner Forschungen zur *Moderne* wieder hervorzuholen und daran weiterzuarbeiten.

Janáček wurde also den Komponisten des 20. Jahrhunderts zugerechnet.

Und je intensiver sich Franz mit diesem Musiker beschäftigte, desto mehr faszinierte ihn die heftig vorwärtsdrängende und unkonventionelle Art des Tschechen.

Er schrieb an Felix, dankte ihm für dessen Hinweis. Ohne seinen Freund wäre Franz wahrscheinlich kaum auf die Idee gekommen, sich mit diesem anregenden und originellen Komponisten zu beschäftigen. In der Biografie stieß er zwar manchmal auf naive nationalistische Äußerungen Janáčeks, die ihm nicht besonders gefielen, aber sein Gesamteindruck wurde davon nicht übermäßig berührt.

Franz war auf dem Weg.

Er hatte bereits wieder eine Gruppe von Klavierschülerinnen und Klavierschülern um sich versammelt. Fast alle

Altersstufen, Studierende des Musikwissenschaftlichen Instituts waren dabei, zwei Medizinstudenten, drei Schülerinnen aus einer achten und neunten Klasse eines Gymnasiums, ein musikbegeisterter Professor, Jurist und Emeritus, und Anfang September 1951 Irene Nakowski, ein neunjähriges Mädchen mit einem lustigen Pferdeschwanz, zwei strahlenden blauen Augen und einem bezaubernden Zahnlückenlächeln.

Und er musizierte und arbeitete mit einem Kreis von Kammermusikern zusammen. Immer wieder wurden Konzerte in unterschiedlicher Besetzung gegeben. Auch Werke des 20. Jahrhunderts waren häufig dabei.

Alles in allem ein Jahr, in dem sich für Franz manches zum Positiven hin entwickelte. Das Unterrichten machte ihm neben seiner Forschungstätigkeit mehr und mehr Freude.

... *Ich unterrichte seit kurzer Zeit ein neunjähriges Mädchen,* schrieb er seiner Schwester nach Mainz, wo Dorothea sich mit ihrem Mann inzwischen als Ärztin niedergelassen hatte, *das mir sehr viel Freude macht. Ich habe manchmal beinahe den Eindruck, dass ich mir ein Wunderkind geangelt habe. Irene, so heißt sie, bewältigt für ihr Alter ganz erstaunliche Dinge. Und dabei bleibt sie völlig natürlich und ungezwungen. Vor kurzem kam sie zu ihrer Stunde – ich hatte ihr ein Rondo von Mozart neu aufgegeben – und sagte mir sofort, als ich die Tür öffnete: »Herr Niemann, das war eine wunderbare Woche. Ich konnte gar nicht mehr aufhören zu spielen. Mein Papa hat mich immer wieder vom Klavier weggeholt.« »Was ist denn daran so ›wunderbar‹?«, fragte ich. »Ich kann es auch nicht sagen«, antwortete sie und zuckte mit den Schultern. »Spürst du etwas Bestimmtes?«, fragte ich. »Weiß ich nicht«, sagte sie. Dann setzte sie sich hin und spielte, auswendig, das ganze Rondo. Bei manchen Läufen hatte ich das Gefühl, dass sie bereits ein wenig dabei war, ganz intuitiv so etwas wie ein perlendes ›non legato‹ hinzuzaubern.*

Bela Bartóks Klavierstücke ›Für Kinder‹ sind ihr fast zu ein-

fach. Ich lasse sie auch immer wieder Stücke aus seinem ›Mikrokosmos‹ spielen ...

Franz richtete sich also ein. Das hieß aber nicht, dass er das politische Tagesgeschehen außer Acht gelassen hätte. Schon kam es wieder zu ersten Streitgesprächen mit seinem Vater, der die Christdemokraten wegen ihrer Wiederbewaffnungsidee pries und von Franz deshalb ab und zu gehänselt wurde. Dies brachte Bernhard Niemann mehr auf als die früheren Ausbrüche seines Sohnes.

Überleg mal, Vater, der Alte würde am liebsten wieder gen Osten marschieren.

Franz, überlege du doch einmal, was wir alles durchgemacht haben!

Eben!, sagte Franz lakonisch. Ich muss dir doch nicht erklären, was ein Wortbruch ist.

Wutschnaubend verließ sein Vater den Raum und begab sich in sein Arbeitszimmer. Später ging Franz zu ihm, legte ihm einen Arm um die Schulter und entschuldigte sich – mit einem Anflug von Ironie.

Nimm's nicht so tragisch, Vater. Wir beide werden den Lauf der Welt nicht ändern.

Das ist mir neu, mein Sohn! Und nach einer kleinen Pause: Du ... nimmst mich nicht gerade übermäßig ernst, nicht?

Das hat im Grunde nichts mit dir zu tun, beschwichtigte ihn Franz.

In seinen *Biografischen Anmerkungen* erinnerte sich Franz an die Zeit der fünfziger Jahre.

Selbstverständlich hatte die Welt nicht genug vom Krieg. Das war undenkbar. Nahtlos hatte sich 1946 der Indochinakrieg der Franzosen an den Weltkrieg angeschlossen. Er dauerte bis 1954. Seit Juni 1950 war der Koreakrieg ergänzend dazugekommen. Ganz zu schweigen von irgendwelchen permanent existierenden

Scharmützeln. Nein, kriegsmüde waren die Menschen immer noch nicht. Die Polarisierung von Ost und West hatte dazu geführt, dass die Teilung Deutschlands zunehmend zementiert wurde – und die Alliierten erwarteten von Deutschland (einem Land, in dem doch eigentlich kein Deutscher wieder eine Waffe in die Hand nehmen sollte, wie der erste Bundeskanzler der jungen Bundesrepublik, der es wissen musste, feierlich verkündet hatte), dass auch die Bewohner von Rumpfgermanien wieder ihren Teil zum stets gezinkten militärischen Kartenspiel beitragen sollten. Adenauer war es durchaus zufrieden. ›Wortbruch‹, riefen manche und viele dachten es auch. Doch noch störten sich zu wenige daran.

Waren sie vielleicht mit anderen Dingen beschäftigt? Wohl schon. Zum beträchtlichen Druck der vergangenen mehr als ruhmlosen tausendjährigen Epoche kam der Wille zum Leben, der zwar laut Schopenhauer etwas Blindwütiges hat, aber im Zusammenhang mit dem sich abzeichnenden Wirtschaftswunder beim Füllen des Magens eine segensreich apolitische Haltung erzeugt, die jede Art von Herrschenden stets mit Zufriedenheit erfüllt.

Zu Beginn des folgenden Jahres erreichten Franz wieder Nachrichten, die ihm zu schaffen machten und ihn doch wieder zurückwarfen.

Er hatte mit Leonhard, Gerda und anderen Freunden aus Frankfurt und Heidelberg in einer Naturfreundehütte im Taunus Silvester gefeiert.

Franz, es kann nur besser werden!, hatten seine Freunde ihm zu Beginn des neuen Jahres zugerufen, schlecht ist es schon!

Es waren die Nachforschungen des Roten Kreuzes in Frankreich, die ihn über die betreffenden deutschen Stellen erreichten. Durch die Zusammenarbeit mit dem französischen Croix-Rouge ließ sich schließlich der Weg der jungen Deutschen Anna Faris nachverfolgen, die im Mai

1937 ins französische Forbach gekommen war und Mitte Februar 1938 in Lafrimbolle einen Jungen zur Welt gebracht hatte.

Bei den Unterlagen befand sich nicht nur das Protokoll eines Gesprächs mit der Elsässerin Marie-Agnès Colin, einer ehemaligen Résistance-Aktivistin und Freundin von Anna Faris, sondern auch mehrere schriftliche Stellungnahmen und Berichte von Marie-Agnès, die sie dem Croix-Rouge zur Verfügung gestellt hatte und die viel zur Aufklärung von Annas Schicksal beitrugen.

Marie-Agnès Colin, die inzwischen als Lehrerin in Niederbronn-les-Bains lebte, eine französische Sozialistin, hatte sich neben der Frankfurter Widerstandskämpferin Johanna Kirchner und deren Mitstreiter in Forbach um die schwangere Anna Faris gekümmert und sich mit ihr angefreundet. Sie hatte die junge Deutsche auf ihren elterlichen Bauernhof in der Nähe des Dorfes Lafrimbolle, etwa sechzehn Kilometer südlich von Sarrebourg, mitgenommen. Dort war das Kind zur Welt gekommen. Anna nannte es François.

Aus dem Bericht ging hervor, dass sich Anna schnell die französische Sprache angeeignet hatte, die sie schon ein wenig von der Schule her kannte.

Franz las diese Informationen mit großer innerer Erregung.

Das ist mein Sohn! Ich habe einen Sohn, der François heißt!

… In Lafrimbolle lebte sie sich bald in ihrer neuen Umgebung ein, arbeitete im Haus oder auf den Feldern. Meine Eltern mochten sie. Für die Leute von Lafrimbolle war sie einfach *la jeune Allemande*. Der Junge gedieh gut in dieser Umgebung. Allerdings begann mein älterer Bruder Charles sich für Anna zu interessieren. Doch Anna war noch nicht für eine neue Beziehung bereit. Sie hatte mir von Franz erzählt, von seinem Schicksal. Sie wusste, dass der Vater ihres Kindes lebte. Das hielt sie aufrecht.

Ich kam, so oft ich konnte, nach Lafrimbolle zurück. In Forbach arbeitete ich mit den deutschen Emigranten zusammen, half bei der Organisation, bei der Betreuung der Menschen, die aus politischen Gründen oder als rassisch Verfolgte aus Deutschland geflohen waren. Und ich arbeitete als Lehrerin an einer Grundschule. Auf diese Art und Weise erfuhren wir viel über der Lage in Deutschland. Das, was im Laufe des Jahres 1938 und im folgenden Jahr geschah, erfüllte uns alle mit großer Sorge. Hitler erschien uns wie ein Krake, der überallhin seine Fangarme ausstreckte. Ein neuer Krieg lag in der Luft. Und wir alle hofften, dass es nicht so weit kommen würde.

Ich merkte, wie sehr Anna litt. Aber nach außen ließ sie sich wenig anmerken.

Inzwischen war es uns gelungen, ihrer Mutter eine Nachricht nach Deutschland zukommen zu lassen. Einer der Kuriere hatte ihr einen Brief Annas überbracht. Mit der Post wäre das zu riskant gewesen. Anna hatte ihr nur kurz mitgeteilt, dass sie und ihr Kind wohlauf seien.

Ihr gehe es gut. Sie sei in guten Händen. Sie könne ihr aber nichts über ihren Aufenthaltsort sagen.

Auf dieselbe Weise erreichte uns eine Antwort aus dem Schwarzwald. Ihre Mutter schrieb, dass sie sich sehr gefreut habe. Ein Enkel. Sie fragte sich, ob sie ihn wohl jemals zu Gesicht bekommen würde. Und dann berichtete sie, dass sie von zwei Männern auf dem Bauernhof aufgesucht worden sei, die sie nach ihrer Tochter gefragt hätten. Aber sie habe ja keine Ahnung gehabt. Man habe sie daraufhin nach Freiburg mitgenommen und sie sei für ein paar Tage festgehalten worden. Doch habe sie nichts verraten können. Sie habe den Leuten immer wieder gesagt, dass sie nichts vom Aufenthaltsort ihrer Tochter wisse. Schließlich sei sie entlassen worden. Sie habe bisher nichts mehr gehört. Anna solle auf sich aufpassen – und auf ihr Kind.

An diesem Tag weinte Anna. Ich nahm sie spontan in die Arme. Nur langsam konnte sie sich wieder beruhigen …

… Anfang September 1939 erfolgte nach Hitlers Überfall auf Polen die Kriegserklärung der Engländer und Franzosen an Deutschland. Zeit des Wartens, Drôle de guerre.

Mein Bruder Charles und Anna heirateten im März 1940. Zwei Monate später begann Hitlers Westfeldzug. Dadurch wurde die Situation für die Emigranten in Frankreich schwierig. Zahlreiche Freunde von Anna wurden in Lagern interniert.

Die Klassen in Sarrebourg waren überfüllt. Viele Schüler aus Forbach, Sarreguemines, Wissembourg und anderen Orten waren wegen des Kriegsbeginns dorthin evakuiert worden.

Ich wurde nach Sarrebourg versetzt.

Im Juni 1940 wurde Lothringen eingenommen. Am 16. Juni wurde Sarrebourg besetzt.

Charles war verwundet worden und in deutsche Kriegsgefangenschaft gekommen.

Du bist hier nicht mehr sicher, Anna, sagte ich ihr bei meinem nächsten Besuch in Laframbolle. Auch als Anne Colin bleibst du hier in der Gegend ›l'Allemande‹. Die Leute wissen das. Wir wollen kein Risiko eingehen.

Das war ihr klar gewesen. Doch vor allem dürfe dem Kind nichts geschehen. Und andererseits wolle sie nicht untätig bleiben.

Wir hatten schon vor einigen Monaten darüber gesprochen, dass Anna im Falle eines Falles mit uns zusammenarbeiten könne. Nur hatte niemand damit gerechnet, dass alles so schnell gehen würde …

... Am 22. Juni wurde der Waffenstillstand unterzeichnet. Frankreich hatte den Krieg verloren – und die Nazis waren wieder einmal durch einen ihrer ›Blitzkriege‹ in Europa auf dem Vormarsch. Im Gegensatz zum ›besetzten‹ und ›unbesetzten‹ Teil Frankreichs wurden Elsass, Lothringen und Luxemburg unmittelbar dem deutschen Reich angegliedert.

Sie wollten hier alles Französische bekämpfen. Sie hatten bereits damit angefangen.

Wir waren dabei, eine Widerstandsgruppe aufzubauen. Ich hatte gehört, dass die Nazis das elsässische Lehrpersonal nach Deutschland zur *Umschulung* schicken wollten. Es sollte in unseren Provinzen nur noch deutsch gesprochen werden. Schon begannen Reichsdeutsche damit, den Unterricht an den Schulen zu übernehmen – mit dem Ziel, die Menschen hier systematisch zu Nazis zu machen. Jedenfalls mache ich das nicht mit, sagte ich zu Anna. Es sind auch schon andere deutsche Antifaschisten zu unserer Gruppe gestoßen. Wir formieren uns gerade rund um Sarrebourg. Es sind nicht wenige Frauen dabei. Es wird gefährlich sein.

Immer wieder sagte sie mir, sie wolle mitmachen. Aber ... ihr Kind ...

Für Anna gab es keinen Zweifel, dass sie eine von uns sein wollte, eine Frau des Widerstands. Dann machte ich ihr einen Vorschlag. Ich hatte mit einer Kusine gesprochen, die mit einem Förster in der Nähe von Réchicourt-le-Château verheiratet war. Dort befindet sich ein sehr großes Waldgebiet. Die Leclercs haben vier Kinder. Das jüngste war damals im Alter von François. Sie waren bereit, Annas Sohn aufzunehmen. Er wäre dort auf jeden Fall sicherer als hier. Und wenn jemand nachfragen würde, könnte Simone immer sagen, dass sie für eine gewisse Zeit das Kind von Verwandten aufgenommen habe.

Anna war sofort damit einverstanden. Kann ich meinen

Jungen … manchmal sehen?, fragte sie mich. Ich habe Anna in die Arme genommen. Ich habe natürlich gesehen, wie sehr sie gekämpft hat.

… Sarrebourg wurde im Laufe der Zeit ein wichtiger Ort des französischen Widerstands in dieser Region. Ich kümmerte mich um Möglichkeiten für den Französischunterricht der Kinder, die laut offizieller Anweisung nur noch Deutsch lernen mussten.

Ansonsten wurden Netzwerke für Flüchtlinge, Zwangsrekrutierte und Verfolgte aller Art aufgebaut. Verstecke mussten gefunden, Hilfe geleistet werden beim Überschreiten von Grenzen, beim Beschaffen von Papieren. Geld wurde gesammelt für die Familien von Deportierten. Und immer wieder wurden Flugblätter hergestellt.

Vieles kannte Anna in ähnlicher Form schon von ihrer früheren Tätigkeit her.

Sie dachte oft an ihre Frankfurter Zeit. Frankfurt war nun so weit weg für sie. Sie hörte nicht auf, an Franz zu denken. Sie hatte längst erfahren, dass dessen damalige Widerstandsgruppe aufgeflogen war. Doch so lange sie sonst nichts von den Kurieren aus Deutschland erfuhr, konnte sie ihn sich lebend vorstellen. Gut ging es ihm sicher nicht. Aber er war am Leben. Daran wollte sie sich halten.

Von meinem Bruder Charles hatten wir noch gehört, dass er irgendwo im Westfälischen auf einem Bauernhof arbeiten musste. Zwei Mitgefangenen war es gelungen zu fliehen. Charles war dies durch seine Verletzung am Bein nicht möglich gewesen. Jedenfalls hatten sich die beiden, die aus Wissembourg und Saverne stammten, bis zu ihren Heimatorten durchgeschlagen und Anna diese Nachricht von ihrem Mann zukommen lassen …

… Anna mochte Charles. Aber sie liebte Franz. Da gab es keinen Zweifel. Wir richteten es ein, dass sie ihr Kind in Réchicourt besuchen konnte. Aber unsere Arbeit wurde immer gefährlicher. Oftmals waghalsige Befreiungsaktionen. Vor allem, wenn es sich um unsere Leute von der Résistance handelte. Aber auch einige Kriegsgefangene, die bei Sarrebourg inhaftiert waren, konnten fliehen. Die Einwohner der Stadt halfen mit. Es fand sich immer eine gewisse Anzahl von Menschen, auf die wir uns verlassen konnten, die sich nicht einschüchtern ließen. Es gab zwei bevorzugte Fluchtwege: einmal durch das ausgedehnte Waldgebiet nach Cirey, über Lorquin, Bertrambois, Lafrimbolle. Oder wir versuchten es über den Schienenweg von Sarrebourg nach Avricourt. Anna war bei diesen Aktionen oft dabei. Mehr als einmal geriet sie in Gefahr.

Ich erinnere mich noch gut an Annas letzten Besuch in Réchicourt im Dezember 1942. Sie hatte zwei Frauen aus ihrer Gruppe mitgebracht, denen sie ihren Sohn zeigen wollte. Anna stellte sie als Lucienne Leblanc und Cécile Renal vor, wobei der erste Name ein Deckname war. Sie hieß eigentlich Marchais. Lucienne war eine wichtige Persönlichkeit im elsässischen Widerstand. Cécile kannte ich schon als kleines Mädchen. Sie war etwas jünger als Anna.

Unsere Familien sind übrigens weitläufig verwandt. Cécile wohnt und arbeitet seit vielen Jahren in Dijon.

Anna ist ziemlich lustig gewesen. In einer etwas überzogenen Fröhlichkeit, die nur vorgetäuscht gewesen sein konnte. Sie hat auch wieder gesungen. Sie hatte eine wunderbare Stimme. Schon in Lafrimbolle hatte sie ihrem Kind immer wieder vorgesungen. Französische und deutsche Lieder. Doch nun, während ihres Aufenthalts im Dezember 1942 in Réchicourt – François war über viereinhalb Jahre alt – sang sie ihrem Sohn ein englisches Lied vor, das wir noch nie von ihr gehört hatten. Es klang ein wenig schwermütig. Eine sehr schöne Melodie, die uns alle sehr berührt hat. Kurz bevor sie ging, nahm mich Anna beiseite und sagte mir, dass sich Lucienne, falls ihr etwas zustoßen sollte, um ihren Sohn kümmern werde.

… Wenige Wochen später geriet ihre Gruppe in der Nähe von Colmar bei einem Sabotageakt in einen Hinterhalt. Sie wurde gefasst. Wir haben nie wieder etwas von ihr gehört. Wir wussten nur, dass man sie nicht in das Lager Struthof bei Natzwiller gebracht hatte. Das hätten wir herausbekommen. Die Nazis haben sie vermutlich gleich in eines ihrer Konzentrationslager nach Deutschland gebracht.

… Das Kind? Das ist wieder eine andere Geschichte. Simones Mann, Jean-Baptiste Leclerc, der von den Deutschen zuerst in der Forstverwaltung eingesetzt worden war, wurde Anfang 1943 zwangsweise eingezogen und an die Ostfront geschickt. Er wurde Mitte 1944 verwundet und kehrte im November desselben Jahres nach Frankreich zurück. Er hatte ein Bein verloren und außerdem enorme psychische Probleme.
Der Krieg und damit die Besetzung Frankreichs ging zu Ende.
Simone war in der Zwischenzeit mit ihren Kindern und François zu einem Bruder ihres Mannes, der bei der französischen Eisenbahn arbeitete, nach Dieuze gezogen. Dann gab es Probleme zwischen den beiden Brüdern. Jean-Baptiste war krankhaft eifersüchtig und warf – ob zu Recht oder zu Unrecht vermag ich nicht zu sagen – seinem Bruder vor, er würde Simone nachstellen. Insgesamt keine gute Atmosphäre.
Dann das Kriegsende. Die Deutschen rückten ab und die Amerikaner besetzten nach und nach ganz Lothringen. Während dieser Endphase des Krieges in Frankreich

tauchte plötzlich Lucienne Leblanc bzw. Marchais wieder auf und erklärte der Familie Leclerc, dass Anna Faris sie ermächtigt habe, sich um ihren Sohn François zu kümmern.

Geht das so ohne weiteres?, wurde gefragt. Klar, sagte Lucienne, das ist doch sicher das Beste!, antwortete sie mit einem vielsagenden Blick und hielt den Leuten ein Blatt Papier unter die Nase. Ob Lucienne etwas davon erfahren hatte, dass es in der Familie Leclerc Probleme gab, oder ob sie das nur vorgab – für sie war das alles eine beschlossene Sache.

So ist es mir jedenfalls später berichtet worden. Wer fragte in solchen Zeiten schon danach? Oder kümmerte sich gar darum, was in einem siebenjährigen Jungen vorging, der plötzlich aus seiner vertrauten Umgebung herausgerissen wurde?

In der Nähe von Paris, hatte Lucienne geantwortet, als sie gefragt wurde, wo sie denn wohnen werde. Von dem Jungen haben wir nie wieder etwas gehört. Aber ich muss zugeben: Wir alle hatten nach dem Krieg andere Sorgen. Außerdem konnten wir annehmen, dass der Junge in guter Obhut war …

François! Anna hat ihn auf meinen Namen getauft!, sagte Franz immer wieder vor sich hin, als er den Bericht zu Ende gelesen hatte.

Man wird doch wohl seinen Aufenthaltsort herausfinden können! Und was aus ihm geworden ist!

Die Leute vom DRK fügten hinzu, dass man noch nichts über das weitere Schicksal des Kindes in Erfahrung habe bringen können. Aber man ließ keinen Zweifel daran, dass man den Jungen bald finden werde. Außerdem würde nun die Suche nach dem Verbleib von Frau Anna Faris weitgehend auf Deutschland konzentriert werden.

Sie haben sie mit Sicherheit in eines ihrer Lager gebracht und ermordet, aber will ich darüber überhaupt genauer informiert werden? Macht das nicht alles nur noch schlimmer für mich? Andererseits will ich ja nicht die Augen vor der Wahrheit verschließen. Nur, wie werde ich sie verkraften, diese Wahrheit? Wie viel Wahrheit erträgt ein Mensch? Verdrängung ist nicht nur etwas Negatives. Sie hat auch eine gewisse Schutzfunktion, sonst würden wir innerlich verbrennen.

Wenn ich heute an Anna denke, fühle ich mich von tiefer Trauer erfüllt. Aber ich mache mir etwas vor, wenn ich mir einrede, dass meine Gefühle in unserer gemeinsamen Zeit in Frankfurt viel intensiver gewesen sind, als sie es tatsächlich waren. Manchmal quält uns der Gedanke, dass das Vergangene keine Korrektur mehr zulässt. Etwas ist unwiderruflich abgelaufen und wir sind nicht in der Lage, eine Richtungsänderung herbeizuführen oder die Sicht auf unser eigenes Handeln zu ändern. Da wir uns selbst nicht immer nur ins schlechteste Licht setzen wollen, müssen wir immer mit einem Rest von Unaufrichtigkeit leben. Dieser Rest kann je nachdem größer oder kleiner sein, ganz beseitigen können wir ihn nicht.

Je länger Franz an seiner Sinfonie arbeitete, desto mehr wurde ihm klar, dass viele programmatische Elemente in seine Komposition einfließen würden. Seine persönlichen Erinnerungen würden in dem Werk auftauchen und er dachte an eine Reihe von Überschriften, die er einzelnen Satzteilen zuordnen wollte – jedoch nur für ihn selbst, in seinem *Werktagebuch*:

Introduktion, Helle Nächte (Sofie), *Nächtlicher Abschied* (Anna), *Der Park* (Marianna, Wien), *Klosterruine am großen Berg* (Maria, Griechenland), *Die Vergeltung* (Wolfgang) und *Lob der Freundschaft*. In der Partitur selbst wollte er diese Überschriften nicht verwenden.

Soweit die ersten Programmentwürfe.

Er stellte sich vor, wie er sich beim Komponieren immer wieder intensiv an all diese Menschen erinnern würde, denen er begegnet war. Und sie würden sich alle in einem bestimmten Rahmen bewegen, in dem die Kräfte von Licht und Finsternis, von Geburt und Tod aufeinanderprallen. Das Leben im Spannungsfeld von Hoffnung und Vergeblichkeit. Am Ende würde – vielleicht – das Prinzip Hoffnung stehen bleiben. Aber so weit war er noch nicht.

Auch vor Janáček gab es in musikalischen Werken immer wieder Hinweise auf eine ›Aufarbeitung‹ individueller Befindlichkeiten. So handelte es sich bei Hector Berlioz in seiner *Symphonie fantastique* von 1830 um persönliche Bekenntnisse. Die Frau, eine Schauspielerin, die der Komponist liebte und an die jene berühmte ›idée fixe‹ gerichtet war, kannten seine Zeitgenossen.

In dieser Deutlichkeit wollte Franz nicht verfahren. Er dachte sich zwar ein Programm aus, aber er wies in seinem Werktagebuch immer wieder darauf hin, dass so manches inhaltliche Detail dieses Programms dem Hörer nicht mitgeteilt werden sollte. Außerdem war ein solcher Hinweis nur ein Anregungsmotiv, das ihn zur Komposition seiner Musik veranlasst hatte.

Es wird deutlich, dass meine Sinfonie zu einem großen Teil auch ein Erinnerungs-Werk für mich werden wird. Sie wird zu einer sehr persönlichen Musik und damit stellen sich für mich einige Fragen: Möchte ich so etwas überhaupt veröffentlichen? Möchte ich, dass diese Musik vor einem Publikum aufgeführt wird?

Aber ist so eine Art von künstlerischer Zurückhaltung denn sinnvoll? Ich kann doch nicht einen Großteil meiner Arbeitskraft in ein Kunstwerk stecken, das dann in voller Absicht meinen Mitmenschen vorenthalten bleibt. Als Künstler suche ich doch auch die Öffentlichkeit. Wahrscheinlich werde ich immer hin- und hergerissen sein. Je nach Stimmung, aber auch Überlegung und Abwägung.

Das Dilemma des Komponisten Franz Niemann war hier bereits formuliert: Sollte seine künstlerische Betätigung im Privaten verbleiben oder müsste er die Öffentlichkeit suchen? Was war ihm dabei wirklich wichtig?

Ein einsamer Vorgang war das Arbeiten an seiner Komposition ohnehin. Und das, was er aufschrieb, hörte er in sich. Er dachte manchmal an einen ganz großen Komponisten, der taub geworden war und dennoch eine Komposition nach der anderen aufschrieb, die er außerhalb seiner selbst nicht mehr hören konnte.

Es gab Phasen, in denen sich Franz eine Aufführung wünschte – und dann kamen wieder Momente, in denen er davor zurückschreckte. Bei ihm lag es daran, dass er zum einen oft das Gefühl hatte, dass etwas nicht abgeschlossen, nicht eigentlich ›fertig‹ war – und zum anderen entwickelte er im Laufe der Zeit eine immer größer werdende Scheu, der Öffentlichkeit etwas davon mitzuteilen, was ihn im Innersten umtrieb.

Was drängte Franz zu seiner künstlerischen Verwirklichung? Es war ihm deutlich, dass sein Streben nichts mit gesellschaftlichen Zwängen zu tun hatte, sondern er folgte einem inneren Antrieb, der ihm keine Ruhe ließ. Auch er wollte seinen persönlichen, unverwechselbaren musikalischen Ausdruck finden. Das bewunderte er an den großen Musikschaffenden, die ihren Weg gingen, ohne sich um bestimmte Erwartungshaltungen zu kümmern. Aber waren dies die einzigen Kriterien, die in der Musik oder in der Kunst überhaupt zählten? Viele Komponisten mussten sich auch anpassen – und schufen dennoch bedeutende Musik. Wieder einmal ritt Franz gegen Adorno.

Adorno hob bei Beethoven besonders dessen Unangepasstheit hervor. Beethoven habe sich ›nicht an die Ideologie des vielzitierten aufsteigenden Bürgertums der Zeit von 1789 oder 1800 angepasst, sondern war selber von dessen Geist. Daher sein unüberbotenes Gelingen‹. Es geht um die Authentizität und Autonomie des Kunstwerks, das sich keinen ›äußerlich funktionalen Zwängen beugen‹ darf.

So weit, so schön. Aber gab es denn nicht genügend Komponisten, die ständig solchen ›Zwängen‹ ausgesetzt waren? Komponierten sie dann vielleicht ›schlechtere‹ Musik? Haydn zum Beispiel. Seine Abhängigkeit von den Esterhazys und der ständige Zwang, unterhalten zu müssen, der ihm im Nacken saß. Hat dies etwa zu einer minderwertigen Musik geführt? Oder Bach? Auch seine Musik musste den Fürsten gefallen – und er war auf Gnade und Ungnade von deren Launen, Interesse und grundsätzlicher Beachtung abhängig. Bach wurde gezwungen, nach einer anderen Perspektive zu suchen, wenn beispielsweise sein Fürst am Köthener Hof heiratete und die zukünftige Fürstin kein Interesse an Musik hatte. Also eine grundlegende Neuorientierung in Bezug auf seine Daseinsvorsorge. Er musste sehen, wie er seine große Familie ernähren konnte. Hatte dies irgendeinen Einfluss auf die Qualität seiner Musik? Doch wohl kaum.

Adorno wird nicht müde, Zusammenhänge zwischen gesellschaftlicher Bedingtheit und dem kompositorischen Vorgehen eines Künstlers aufzuzeigen. Nicht, dass Adorno damit etwa völlig falsch liegen würde. Aber er stellt oftmals abenteuerliche politische Zusammenhänge her und vor allem unterstellt er den Künstlern ein Denken, das sich schließlich in seinem eigenen Kopf entwickelt hat. Und das Verrückte dabei ist, dass er seine intellektuellen Eskapaden aus dem Notentext, aus den Partituren herauszulesen vermeint – und seine Gedanken den Komponisten und ihren Werken förmlich überstülpt.

Sicher ist, man kann im Namen einer Ästhetik viel behaupten – ob das Gesagte dann tatsächlich seine Richtigkeit hat, steht auf einem ganz anderen Blatt.

Fragwürdig bleibt dabei: Adorno hat versucht, eine Diktatur seiner Ästhetik zu errichten – und jeder Abweichler wird höhnisch abgestraft. Seinen Thesen ist eine unüberbietbare Apodiktik immanent. Und wie wird das alles formuliert? In seiner eigentümlichen Sprache des Uneigentlichen – im Jargon der Uneigentlichkeit!

Schon als junger Kritiker hat Adorno 1923 in der ›Zeitschrift für Neue Musik‹ über Strawinskys ›Geschichte vom Soldaten‹ hämisch ausgerufen: ›Vive Strawinsky, vive Dada! – er hat das Dach eingerissen, nun rinnt ihm der Regen auf die Glatze‹.

Ohne darauf eingehen zu wollen, wer denn nun tatsächlich eine Glatze hat, möchte auch ich mit einem Ausruf antworten: Es leben Adorno! Es lebe die Dissonanz! Wer als Komponist eine Konsonanz verwendet, hat seinen Beruf verfehlt!

Er schrieb das eine oder andere Mal entsprechende Briefe an Theodor W. Adorno, der 1949 aus den USA nach Frankfurt zurückgekehrt war. Franz hatte immer wieder Publikationen des Frankfurter Philosophen gelesen. Einmal hatte er eine Glosse zu Adornos *Philosophie der neuen Musik* in der ›Frankfurter Rundschau‹ veröffentlicht. Wobei er sich allerdings auch keine übermäßige Zurückhaltung auferlegte.

… Selbst Schönberg empfand Adornos Verdikt gegenüber seinem ›Antipoden‹ Strawinsky als ›unanständig‹. Warum ärgert sich der Frankfurter Musikpapst eigentlich so sehr über Strawinsky? Weshalb ist er so ungeduldig? Er kann offenbar nicht darauf warten, wie die Zukunft einmal über diesen Komponisten urteilen wird. Lieber möchte er heute schon den Stab über jemanden brechen, den er entweder selbst nicht verstanden oder bei dem er sich nie die Mühe gemacht hat, seine Werke einer genaueren Analyse zu unterziehen und vor allem eine gewisse Portion Fairness walten zu lassen.

Also? Hat Strawinsky ›versungen und vertan‹, lieber Theodor W. Beckmesser? Adorno wirft dem Komponisten Formlosigkeit und Regression vor, unterstellt ihm eine ›Aversion gegen die gesamte Syntax der Musik‹!

Steht es nicht jedem Künstler frei, ein Regelsystem so anzuwenden, wie es ihm in seiner Kunst geboten erscheint? Ich empfehle Herrn Adorno doch gleich einen Pflichtenkatalog zu veröffentlichen! Hinweise für Komponisten, wie sie zu komponieren haben!

Wurden nicht Schönberg auch Vorwürfe gemacht, dass er die Regeln der Musik vergewaltigt habe? Ach so: Herr Adorno möchte natürlich darüber bestimmen, auf welche Weise und bei wem das zu geschehen hat.

Und dann ist da ja auch immer noch diese vermaledeite Dialektik, die über allem und in allem waltet: Je mehr sich Schönberg auf der Straße des Fortschritts bewegt, desto mehr fallen Strawinsky und andere dem Rückschritt anheim. Sic. Solchen abenteuerlichen Vorstellungen ist eigentlich/uneigentlich nichts mehr hinzuzufügen.

Jahre später, in seinen biografischen Aufzeichnungen, wird Franz noch einmal auf Adorno zurückkommen. Zwar blieb er immer noch der kritische Betrachter und Kommentator von Adornos Musikästhetik, doch sein Ton war etwas milder geworden.

… Was ich nie ganz begreifen werde, weshalb musste er (Adorno) so sehr polemisieren und polarisieren? Diese bösen Suaden auf Komponisten, die in ihrer Musik seiner Meinung nach die negativsten Seiten der Gesellschaft widerspiegeln würden. Wenn das in der Musik auf so direkte Weise geschehen würde, müsste uns dann nicht unmittelbar beim Hören von Wagners Musik der Antisemitismus des Komponisten anspringen?

Im Grunde ging es ihm um das Leiden des Künstlers an der Gesellschaft. Niemand hat in seinen Augen die Ablehnung der Öffentlichkeit stärker zu spüren bekommen als Schönberg. Und mit niemandem hat sich Adorno selbst stärker identifiziert als mit den Komponisten der Neuen Wiener Schule. So wurde daraus auch sein eigenes Leiden, das er philosophisch immer wieder umkreist hat. Man darf aber nicht dabei vergessen, dass es sich bei seiner gesamten Argumentation letztlich um subjektive Setzungen handelt.

Nur Schönberg löst in seinen Augen die ›Rettung des Hoffnungslosen‹ ein, nur er schafft es seiner Ansicht nach, am Horizont eine ›Versöhnung der Widersprüche‹ aufleuchten zu lassen. Adorno unterstellt der Kunst allgemein, nicht nur der Musik, dass sie in ihrem Kern die Möglichkeit einer ›Rettung der zerrütteten Gesellschaft‹ berge.

Dazu muss ich einfach sagen: Das kann die Kunst nicht, diese Rolle kann sie nicht übernehmen! Sie kann vielleicht für den Einzelnen in seiner Lebensverwirklichung ein paar Hoffnungspunkte setzen, kann sein Dasein bereichern, kann ihm im Blochschen Sinne ein Reich aufzeigen, wo der Mensch noch nicht angekommen ist – aber dabei sollten wir es belassen.

Viele seiner Schüler vertreten heute die Meinung, Adornos überzogene Polarisierung in Bezug auf Strawinsky sei gar nicht so gemeint gewesen. Adorno habe Strawinsky nie desavouieren, ihn gar persönlich brüskieren wollen.

Ich greife nur zwei Stellen aus der »Philosophie der neuen Musik« heraus: ›Der fundamentale Impuls Strawinskys, Regression diszipliniert in den Griff zu bekommen, bestimmt die infantilistische Phase mehr als jede andere. Es liegt im Wesen der Ballettmusik, physische Gesten und darüber hinaus Verhaltensweisen vorzuschreiben. Dem bleibt Strawinskys Infantilismus treu‹.

Oder an anderer Stelle: ›Das schizophrene Gebaren von Strawinskys Musik ist ein Ritual, die Kälte der Welt zu überbieten. Sein Werk nimmt es grinsend mit dem Wahnsinn des objektiven Geistes auf‹.

Adorno hat immer wieder unterstellt, Strawinskys Musik spiegle bestimmte gesellschaftliche Zusammenhänge wider, vor allem immanente pathologische Befindlichkeiten.

Glaubt man wirklich, der so beschriebene Künstler wird glücklich damit, wenn man ihm dann noch versichert, das habe alles mit Adornos ureigener Dialektik zu tun?

* * *

Zu Beginn des Wintersemesters, im November 1954, begann Franz als Dozent am Musikwissenschaftlichen Seminar in Heidelberg zu unterrichten. Im Juli des Jahres zuvor war er mit einer Dissertation über die späte Instrumentalmusik Janáčeks promoviert worden.

Eine kleine Feier hatte im Kreis von Familie und Freunden stattgefunden. Die Eltern von Franz hatten eingeladen. Auch seine Schwestern waren dabei. Jutta schenkte ihm eine Erstausgabe von Fontanes *Wanderungen durch die Mark Brandenburg*. Dorothea war mit ihrem Mann und ihrem fünfjährigen Töchterchen aus Mainz gekommen. Besonders sein Vater war stolz gewesen.

Nun hat sich endlich ein Kreis geschlossen, Franz.

Ich habe also doch noch den Sprung auf das Akademikertreppchen geschafft!

Spotte nicht, mein Sohn. Es war ein langer und dorniger Weg. Und du kannst stolz auf dich sein.

Auch Gerda und Leonhard, Erwin Mantoni und ein paar Frankfurter Freunde hatten sich in der Villa in der Bergstraße eingefunden.

An Felix war ein Telegramm nach New York abgegangen: *Mein lieber Felix – stop – Anforderungen soweit erfüllt – stop – summa – stop* .

Felix hatte zurücktelegrafiert: *Franz, old fellow – stop – hätt' ich mir fast denken können – stop – congratulations – stop.*

Ein Brief an Marlene Bach nach Wien. Postwendend war eine Antwort gekommen.

… Ich freue mich so für Sie, Herr Niemann. Auch darüber, dass Ihnen die Arbeit über die Musik Janáčeks so viel Spaß gemacht hat. Ganz herzlichen Glückwunsch.

Nun arbeitete Franz also am Musikwissenschaftlichen Seminar in der Augustinergasse. Er gab einen Kurs zur Einführung in die Musikwissenschaft und bot Übungen zum Kontrapunkt und zur Musikgeschichte an.

Nach und nach begann ihm seine Arbeit mit den Studenten Spaß zu machen. Er pflegte einen freundlichen, aber keinesfalls anbiedernden Umgangston, der sich deutlich von der oft distanzierten, manchmal auch autoritären Art vieler Dozenten unterschied. Er veranstaltete zu den Semesterenden kleine Feste im Gartenhaus am Philosophenweg, die sich im Laufe der Zeit eines legendären Rufs erfreuen sollten.

Allerdings schien er bei seinen Kollegen weniger beliebt zu sein. In mancher Tagebuchnotiz tauchten Bemerkungen darüber auf. Es sei ihm zu Ohren gekommen, dass man ihn für hochnäsig oder arrogant halte. Man komme einfach nicht ›an ihn heran‹. Auch nehme man ihm offensichtlich übel, dass er stets sehr offen seine Meinung sage, sogar ›höhergestellten‹ Persönlichkeiten gegenüber.

Letzteres will ich gar nicht abstreiten oder beschönigen. Aber das mit der Arroganz ist natürlich Blödsinn. Das ist immer wieder der Lauf der Dinge. Jeder, der sich zurücknimmt, der nicht immer mit jedermann zu jeder Zeit zusammensteckt, ›kungelt‹ oder sich verbrüdert, gilt als arrogant und überheblich. Und außerdem: Kriechen kann ich überhaupt nicht leiden!

Franz veröffentlichte Artikel in Musikzeitschriften. Vor allem über zeitgenössische Musik. So erschienen Aufsätze über Schönbergs *Emanzipation der Dissonanz*, Messiaens *Mode de valeurs et d'intensités* oder auch ein Artikel über Janáček und Bartók.

Franz hätte allen Grund gehabt, sein Leben mit der Haltung eines relativ Zufriedenen fortzusetzen. Aber das war nur der äußerliche Fortgang einer momentan zur Ruhe gekommenen Existenz.

Oft suchten ihn die Ereignisse der Vergangenheit in seinen Träumen heim. Oder er lag stundenlang wach und in seinem Kopf hämmerten die Gedanken an seine Schläfen. Manchmal stand er mitten in der Nacht auf und setzte sich an seinen Schreibtisch. Entweder er schrieb in seine Tagebücher oder er arbeitete an einem Teil seiner Sinfonie weiter.

Manchmal verließ er auch seine Behausung am Philosophenweg und ging in die Nacht hinaus.

Mitte 1955 erhielt Franz wieder eine Nachricht vom Roten Kreuz.

Man habe den Aufenthaltsort seines Sohnes herausgefunden. Sein Sohn François habe bis Ende 1954 bei einer Frau Lucienne Marchais in Vincennes gelebt. Dann habe Frau Marchais ihn der Familie eines Vetters, Jules Marchais und seiner Frau Gisèle anvertraut. Lucienne Marchais sei zu diesem Zeitpunkt bereits schwer krank gewesen und das Ehepaar Marchais, das selbst kinderlos ist, habe sich bereiterklärt, den Jungen aufzunehmen. Lucienne Marchais sei am 24. Februar 1955 in Vincennes an Krebs gestorben. Im Mai desselben Jahres sei die Familie Jules Marchais, die sich ein paar Monate in Frankreich aufgehalten habe, zu ihrem Hauptwohnsitz in Neukaledonien zurückgekehrt.

Neukaledonien? Wo liegt denn Neukaledonien? Am Ende der Welt?, fragte sich Franz, nachdem er diese Nachricht durchgelesen hatte.

Wie oft wird der Junge noch herumgeschoben werden? Werde ich jemals erfahren, wie er diese Welt überhaupt wahrnimmt? Er wächst ohne Vater auf, verliert die Mutter, wird von einer Familie zur andern weitergereicht. Dann stirbt diese Lucienne – und wieder eine neue Familie nimmt ihn auf und bringt ihn auf dieses Südseeatoll. Wie verkraftet ein Junge zwischen vier und sechzehn Jahren das alles?

Ich frage mich oft, warum ich dieses Dasein durchstehen muss. Ich sehe keinen Sinn dahinter. Wir werden geboren, ungefragt, werden in eine bestimmte Zeitspanne hineingeworfen und niemand fragt uns, ob wir damit zurechtkommen. Von dem Zeitpunkt an, da sich unser Bewusstsein entwickelt hat und wir in der Lage sind, uns selbst zu hinterfragen, bemerken wir, dass wir nicht umhinkönnen, uns in eine Zukunft hinein zu entwerfen, uns, wenn man so will, auch Vorwände schaffen müssen, um diesem Leben etwas abzugewinnen, wenn wir einen bloß öden Daseinsfluss vermeiden wollen. In den Augenblicken, da dies gelingt, stellen wir uns vor, dass wir ein gelingendes und interessantes Leben führen, dass es reich ist an Anregungen, vorübergehend sogar an Glück.

Es gibt Momente des Schaffens, in denen ein erregendes Vorwärtsdrängen stattfindet, wenn wir Töne, Zusammenklänge, Motive, Phrasen, Themen erfinden und kombinieren, kurz, einen Abschnitt Musik mit Leben erfüllen. Da sind wir glücklich, mitten in unserer Einsamkeit, unserer Ich-Bezogenheit. Alles kreist nur um uns selbst, wir arbeiten wie in Trance. Aber diese Momente bleiben nicht. Sie machen wieder einer Leere Platz und diese Art von Einsamkeit bedrängt uns, schüttet Säure in unsere Seele.

An dieser Stelle seines Tagebuchs zitierte Franz ein paar Zeilen von E.M. Cioran, die er in einer Literaturzeitschrift gefunden hatte:

»*Wenn die Welt einen Sinn gehabt hätte, so wäre er offenbar geworden, und wir hätten ihn längst erfahren. Wie soll ich mir denn vorstellen, dass sich dieser Sinn in der Zukunft enthüllen wird, wenn er sich bis jetzt hätte zeigen müssen? Die Welt hat keinerlei Sinn, nicht nur weil sie in ihrem Wesen untergründig, sondern weil sie obendrein unendlich ist. Der Sinn ist nur in einer endlichen Welt denkbar, in der man etwas erreichen kann, wo es Grenzen gibt, die sich unserem Rückschritt widersetzen.*«

Was bleibt mir denn übrig als der Rückzug in die Einsamkeit? Die Isolation als Erfahrung des Wesentlichen und Unmittelbaren?

Dann muss ich hinaus und sei es mitten in der Nacht. Ich eile den Weg entlang, bis er irgendwo endet und ich umkehren muss. Unten im Tal sehe ich die Lichter der Stadt. Manchmal beruhigt mich dieser Anblick. Doch nicht in solchen Augenblicken. Als wäre jedes andere Leben fremd. Und ich würde übrigbleiben, ein überzähliges Einzelwesen, das den Weg in ein Abseits angetreten hat, aus dem es nicht mehr zurückfindet.

In klaren Nächten suche ich den Himmel ab, ob ich nicht vielleicht in diesem ganzen Sternengelichter ein vertrautes Gesicht erblicke. Nichts taucht auf aus dem Dunkel dazwischen. Dieses Licht weist keinen Weg. Es hat zwar immer die Fantasie von Dichtern beflügelt, aber sein Leuchten hat in solchen Stunden für mich etwas mit Gleichgültigkeit zu tun, ein indifferentes Strahlen, ein Vorwand.

Recordare

Anfang September 1956 fuhr Franz Niemann nach Wien.

Immer wieder hatte ihn Marlene Bach in ihren Briefen eingeladen, ihm zugeredet, sie zu besuchen. Doch Franz war in den vergangenen zehn Jahren nur einmal in ein anderes Land gefahren, zu einem musikwissenschaftlichen Kongress nach Leiden in den Niederlanden.

Abgesehen von seiner Lehrtätigkeit hatte er sich weitgehend in seinem Haus am Heidelberger Philosophenweg eingesponnen. Er studierte, las, komponierte oder korrespondierte mit Verwandten, Freunden, Kollegen. Lange hatte er gezögert, war sich nicht sicher, wie er den Aufenthalt in Wien, in dieser mit vielen persönlichen Erlebnissen behafteten Stadt, verkraften würde. Die traumatischen Erinnerungen, die sich seit seinem Weggang damals angesammelt hatten, wogen schon schwer genug. Nun würden weitere Informationen dazukommen.

Am liebsten hätte er sich in eine kleine Pension in der Nähe der Universität eingemietet, um mit sich allein zu sein, um sich immer wieder zurückziehen zu können. Aber damit würde er Marlene Bach mit Sicherheit vor den Kopf stoßen.

Schließlich hatte er sich zu einer Entscheidung durchgerungen.

Ich muss dem standhalten, muss es ertragen können. So schwer es auch sein mag.

Die Stadt empfing ihn an einem frühen Dienstagabend unter einem wolkenverhangenen Himmel. Am Westbahnhof nahm er ein Taxi, das ihn zum 19. Bezirk, in den Döblinger Stadtteil Heiligenstadt, bringen sollte. Für kurze Zeit sah es so aus, als wollten sich ein paar Wolken etwas ausweinen. Doch dann blieb es bei einem trockenen Grau.

Franz saß in Gedanken versunken auf dem Rücksitz des Wagens. Der Chauffeur hatte nach einigen freundlichen Fragen und den einsilbigen Antworten seines Fahrgastes das Gespräch bald wieder aufgegeben.

Franz wollte nicht abweisend oder unhöflich erscheinen. Es war die Anspannung vor dem ersten Zusammentreffen mit Marlene Bach. Auch das merkwürdige Gefühl, als er nun nach langer Zeit wieder in die Stadt zurückkehrte, die einmal fast so etwas wie eine Heimat gewesen war.

Über zwanzig Jahre ist das nun her. Wie viele von den Menschen, die mir damals wichtig waren, werde ich wiedersehen? Mein Lehrer Rudolf Bach ist tot. Aber was ist mit Marianna? Oder Leo?

Er hatte Marlene Bach in seinen Briefen manches über sein Leben während der Hitlerzeit geschrieben, von seiner Zeit in der Widerstandsgruppe in Frankfurt, von seiner Verhaftung und von seiner Verschickung auf den Balkan im Strafbataillon.

Nur unaufmerksam nahm er die Außenwelt wahr. Ab und zu Baustellen, viele neue oder renovierte Gebäude. Er hatte über Zerstörungen in Wien gelesen, aber auch von der Wiedereröffnung der Staatsoper im Jahr zuvor.

Marianna – Franz hatte in einem seiner letzten Briefe vor seiner Reise nach ihr gefragt.

Marlene Bach hatte diese Frage nicht beantwortet, sondern nur ihrer Freude über seinen baldigen Besuch Ausdruck gegeben. *Wir haben so viel zu reden, Herr Niemann.*

Das Taxi hielt an. Franz erinnerte sich noch an das Haus seines früheren Lehrers. Unmittelbar daneben stand nun ein neues zweistöckiges Gebäude. Er stieg aus.

War die Villa der Familie Bach nicht ein alleinstehendes Haus gewesen? Und der große Garten?

Ihr Gepäck, sagte der Taxifahrer.

Entschuldigung. Ich … bin in Gedanken.

Der Mann lächelte. Franz bezahlte ihn großzügig.

Danke, der Herr. Habe die Ehre.

Noch während das Taxi davonfuhr, öffnete sich die Eingangstür und Marlene Bach kam ihm entgegen. Hinter ihr eine schlanke Frau mit kurzen dunkelbraunen Haaren.

Herr Niemann!, rief Marlene Bach. Lassen Sie sich ansehen!

Marlene Bach war weißer geworden, war aber sonst immer noch die muntere kleine Person, die er in Erinnerung hatte. Etwas schlanker als früher.

Sie stellte die Frau vor: Eine Verwandte, Anita Vorwald, sie wohnt seit zwei Jahren bei mir.

Sie führte Franz in das Haus hinein. Da war wieder das große Wohnzimmer mit dem Flügel und den vielen Bildern an den Wänden, aber auf der linken Seite waren Möbelstücke übereinandergestapelt, da und dort Stühle aufeinandergestellt oder große Vasen nebeneinandergereiht worden – das ganze Zimmer machte den Eindruck eines Abstellraums. Unter dem Instrument standen ein paar Kisten mit Büchern.

Die Hausherrin sah seinen Blick.

Tja. Die oberen Räume sind noch nicht renoviert, Herr Niemann. Kommen Sie, ich zeige Ihnen Ihr Zimmer.

Sie gingen einen Korridor entlang. Marlene Bach zeigte auf eine Tür nach links.

Das Bad. Und hier gegenüber das Gästezimmer.

Sie führte Franz in einen länglichen Raum mit zwei hohen Fenstern, ausgestattet mit einem großen Bett und zwei Schränken. Bei dem vorderen Fenster ein niedriger Nierentisch neben einem bequem wirkenden Ohrensessel.

Machen Sie es sich gemütlich, Herr Niemann. In einer halben Stunde gibt es Abendessen. Sie werden nach der Reise sicher hungrig sein.

Franz sah sich ein wenig um, warf einen Blick aus dem Fenster. Zu seiner Linken blickte er auf eine Wand des

Nachbarhauses und durch das andere Fenster konnte man den Garten sehen, der in seiner Erinnerung viel größer gewesen war. Gegenüber ein Bretterzaun, der eine Baustelle verbarg. Ansonsten wucherte das Grün in alle Richtungen und über alle Wege. Da und dort ein paar Gladiolen und Dahlien. Auf der rechten Seite ein kleiner Schuppen, daneben ein großer Stapel Brennholz.

Was will ich hier eigentlich! Plötzlich verschwindet alles hinter einem dunklen Vorhang. Alles ist ganz still. Und es stellt sich eine Leere ein, die mich ängstigt.

Damals. Alban und Helene Berg waren hier, Karl Weigl mit seiner Frau – und Marianna. Ich habe ein paar Klavierstücke von Schönberg gespielt. Eigentlich doch keine schlimme Erinnerung. Was ist das jetzt? Wie soll ich meine augenblickliche Befindlichkeit einordnen?

Die Distanz ist zu groß. Es gibt keinen unmittelbaren Anknüpfungspunkt mehr. In meinem Kopf haben sich in der Zwischenzeit zu viele Ereignisse und Erlebnisse ganz anderer Art abgelagert. Ich muss mich zusammenreißen, darf meine Verunsicherung nicht zu sehr nach außen dringen lassen.

Nachdem er sich ein wenig frisch gemacht und ein paar Sachen eingeordnet hatte, ging er in den Salon zurück. Die beiden Frauen warteten schon auf ihn.

Franz überreichte Marlene Bach ein Paket mit ein paar Flaschen Wein und ein Exemplar seiner Doktorarbeit.

Aber, Herr Niemann, das müssen Sie doch nicht … und nach einem Blick auf das Buch:

Oh! Ihre Arbeit über Janáček! Das freut mich aber ganz besonders!

Tränen der Rührung traten in ihre Augen und spontan umarmte sie Franz.

Nennen Sie mich doch bitte Franz, Frau Bach.

Einen Augenblick lang standen sie alle verlegen auf der

Stelle. Schließlich eilten die beiden Frauen in die Küche. Sie nahmen das Abendessen an einem Tisch vor dem großen Fenster ein. Es gab Szegediner Gulasch mit Knödeln als Hauptspeise und einen Burgenländer Rotwein.

Das ist schön, einmal wieder hier zu sitzen, nicht wahr, Anita? Ich muss gestehen, dass wir der Einfachheit halber meistens in der Küche essen.

Wurde hier in der Gegend … viel zerstört, fragte Franz.

Das Haus hat bei den Bombenangriffen schon etwas abbekommen, begann Marlene Bach.

Sie deutete auf den Garten.

Das ist nicht mehr der Garten, den Sie vielleicht noch in Erinnerung haben, Franz. Hier im Haus ist das Erdgeschoss weitgehend renoviert. Hauptsache, dass das Dach wieder dicht ist. Ich habe leider Gartenland verkaufen müssen. Das Haus nebenan wurde neu gebaut – und auch hier vorne hat sich einiges verkleinert. Aber es war nicht anders zu machen. Im Herbst geht es hoffentlich mit den Arbeiten weiter, damit ich bald im Obergeschoss das eine oder andere Zimmer vermieten kann. Aber wir kommen schon zurecht, wir wollen uns nicht beklagen.

Anita Vorwald schenkte Wein nach.

Nun ja, so hat sich eben einiges geändert.

Sie schwieg und blickte in den Garten hinaus.

Anita stand auf.

Ich kümmere mich um die Nachspeise. Ich mach das schon.

Ich bin froh, dass sie hier ist, sagte Marlene Bach. Sie ist eine ruhige Hausgenossin, sehr lieb und hilfsbereit. Sie war mit einem Neffen von mir verheiratet. Er ist 1944 in Russland gefallen, sagte sie leise. In der ersten Zeit, als ich wieder nach Wien gekommen war, lebte sie noch im Bezirk Wieden bei ihrer Mutter. Sie besuchte mich oft. Wir haben uns immer gut verstanden. Uns verbinden auch gemeinsame Interessen. Wir hören oft Musik und wir lesen beide sehr gerne. Als ihre Mutter gestorben ist, habe ich ihr angeboten, dass sie zu mir ziehen könnte.

Entschuldigen Sie mich. Ich gehe kurz in die Küche.

Das scheinbar unwichtige Alltagsleben der Menschen, dachte Franz. Immer geht es irgendwie weiter. Die einen sterben und die Zurückbleibenden tapezieren sich ihre Einsamkeit mit kleinen Überlebensstrategien, schanzen sich kleine Aufgaben zu, die Bewährung im üblichen Tagesgeschehen bringt sie immer wieder auf andere Gedanken. Die Bachs haben hier einmal ein großes Haus geführt. Wichtige Persönlichkeiten der Musikwelt Wiens haben hier verkehrt. Und eines Tages liegt alles in einer entfernten und entrückten Vergangenheit, als wäre das nie wahr gewesen.

Nach dem Abendessen wünschte Anita eine gute Nacht und zog sich zurück.

Mit der Bemerkung, dass man nun noch etwas für die Verdauung tun könnte, holte Marlene Bach eine Flasche Slibowitz aus dem Schrank und goss großzügig ein.

Franz überlegte, ob er seine Gastgeberin nach Marianna fragen sollte, aber er unterließ es. Marianna Barth-Sennfeld, die einmal seine Geliebte gewesen war. Aber das wusste Marlene Bach nicht. Er würde sie am nächsten Tag fragen.

Franz lag lange wach. Eine unruhige, fremde Nacht. Erst gegen Morgen schlief er ein. Als er erwachte und einen Blick auf seine Uhr warf, sprang er aus dem Bett – kurz vor zehn!

Ich habe Sie einfach schlafen lassen, sagte Marlene Bach auf die Frage von Franz, warum sie ihn nicht geweckt habe. Sie habe bereits mit Anita gefrühstückt.

Anita macht ein paar Besorgungen, sagte sie und schenkte Kaffee ein. Sie plauderte munter in den Tag hinein.

Demnächst kommen Freunde zum Mittagessen, die Sie

interessieren werden. Karl und Ellen Wolf. Er ist Dozent am Musikwissenschaftlichen Institut, seine Frau Flötistin bei einem Wiener Orchester. Karl hat vor vielen Jahren – ich glaube das war 1939 – bei meinem Mann in Basel promoviert.

Dort habe er seine Frau kennen gelernt, die beim Basler Kammerorchester engagiert gewesen sei. Karl stamme ursprünglich aus Wien, seine Frau Ellen sei Schweizerin, aus Bern.

Karl ist mit seiner Frau nach England gegangen, weil er sich als Jude in Basel nicht mehr sicher gefühlt hat. Man hatte doch zunächst keine Ahnung, ob Hitler nicht gleich den ganzen Kontinent schlucken würde – und Basel liegt so nahe bei Deutschland.

Karl Wolf hat den Krieg in der Britischen Armee mitgemacht. Er hat seinen rechten Arm verloren. Er war bei einer Spezialeinheit, fügt sie noch hinzu.

Kam er gleich nach dem Krieg nach Wien?, fragte Franz.

Nein, lassen Sie mich nachdenken. Er kam 1949 hierher. Er wollte sich in Wien habilitieren, was er dann nach langem Hin und Her auch geschafft hat. Aber das soll er Ihnen selbst erzählen.

Franz gab sich einen Ruck: Wissen Sie … etwas von Frau Barth-Sennfeld?

Marlene Bach blickte ihn ein wenig erschrocken an.

Marianna? Ich habe mich schon über Ihre Frage in Ihrem Brief gewundert. Ich weiß auch nicht, warum, aber ich habe immer geglaubt, Sie wüssten das längst.

Franz schüttelte den Kopf.

Marianna ist schon vor über zehn Jahren gestorben. In dem schlimmen Winter 1945/46 – an einer Lungenentzündung. Sie haben viel mit ihr musiziert, nicht?

Franz nickte mechanisch.

Theresa, ihre frühere Haushaltshilfe, hat es mir berichtet. Die Sennfeld-Villa liegt nicht weit von hier, bei der Hohen Warte, zwischen Heiligenstadt und Unterdöbling. Aber das wissen Sie ja. Wenn wir nach Wien kamen, trafen wir Marianna von Zeit zu Zeit. Es war nicht zu übersehen, dass sie unter den Verhältnissen litt, aber sie hat es, so gut es ging, überspielt. An der Musikhochschule konnte sie sich nach dem ›Anschluss‹ nicht mehr halten. Sie hat sich geweigert, irgendwo beizutreten oder gar mitzumachen. Sie gab privat Gesangs- und Klavierstunden.

Hat sie … noch Konzerte gegeben?, fragte Franz.

Vielleicht privat, aber das weiß ich nicht. Während des Krieges kamen wir nicht mehr hierher.

Verwandte und Freunde haben immer wieder nach dem Rechten gesehen. Auch nach den Bombenangriffen. Dadurch haben wir nicht alles verloren.

Franz blickte schweigend vor sich hin. Wie … ging es dann weiter?

Das Ende des Krieges: Zunächst marschierten die Russen ein. Die sowjetischen Truppen kamen Anfang April 1945 von Klosterneuburg her über die Heiligenstädterstraße nach Döbling und besetzten es. Erst später kam der Bezirk unter amerikanische Verwaltung.

Und … die Sennfeld-Villa?

Das Haus wurde schon bei den Bombenangriffen schwer beschädigt, wie das ganze Gebiet um die Hohe Warte. Marianna hat mit Theresa für einige Zeit in zwei nahezu ungeheizten Kellerräumen gehaust.

Franz starrte seine Gastgeberin ungläubig an.

Das Gebäude wird übrigens demnächst abgetragen …

Bitte? Diese bemerkenswerte Jugendstilvilla?

Ich habe es vor kurzem in der Zeitung gelesen. Das Haus ist baufällig, kaum zu retten. Jedenfalls, wer es auch immer geerbt hat, will das Gelände anders nutzen. Wahrscheinlich würde eine Renovierung zu viel kosten.

Franz war fassungslos. Marianna! Diese Villa! All die

Räume mit den Bildern! Gustav Klimt, Egon Schiele, Oskar Kokoschka! Der große Salon! Der Park!

Nadelstiche im Kopf.

Frau Bach, bitte seien Sie mir nicht böse, aber ich muss ... hinaus. Hier gibt es doch sicher eine Tramstation?

Gleich rechts um die Ecke. Aber wollen wir nicht vorher noch etwas zu Mittag essen? Anita kommt sicher gleich zurück.

Das ist nicht notwendig. Vielen Dank. Ich habe doch erst gefrühstückt.

Marlene Bach blickte ihn zuerst etwas erstaunt an. Dann fügte sie mit einem leisen Lächeln hinzu: Ich konnte nicht wissen, dass Ihnen das alles so nahe gehen würde.

Franz fuhr zum Zentrum, wanderte gedankenverloren an all den Sehenswürdigkeiten vorbei.

Seine Erinnerungen drängten sich ihm mit großer Deutlichkeit auf. Er sah sich zusammen mit Marianna auf der Klavierbank sitzen und die f-Moll-Fantasie von Schubert spielen. Die schwebenden f-Moll-Akkorde des Beginns und dann das Thema mit der fragenden Quarte an die Welt, aufwärts, abwärts, hoffen oder klagen.

Franz kam zum Stephansdom, ging die Kärntner Straße entlang zur Staatsoper, die Ringstraße, an den Museen vorbei zum Volksgarten und zur Universität.

Er versuchte sich an ihre Stimme zu erinnern, dachte an einzelne Lieder, bei denen er sie begleitet hatte: *Seit ich ihn gesehen ..., Schlafen, schlafen, nichts als schlafen..., Fremd bin ich eingezogen...*

Er setzte sich in ein Café am Dr.-Karl-Lueger-Ring unweit der Universität und bestellte einen Mokka. Er fühlte eine große innere Unruhe, die er kaum mehr in den Griff bekam.

Das Haus wird abgerissen. Ich muss noch einmal dorthin. Ich möchte den Park noch einmal sehen.

Er trank hastig seinen Mokka, ließ Geld auf dem Tisch liegen und eilte davon.

Er verließ die Straßenbahn aufs Geratewohl an einer Station in Unterdöbling. Nach längerem Herumirren fand er schließlich die Sennfeld-Villa.

Er erschrak. Ein Teil des Daches war eingebrochen. Am Haupteingang ein Hinweisschild, das den Besucher auf die Gefahr des Einsturzes hinwies. Durch eine größere Öffnung im Zaun, der den Garten immer noch ein wenig vor unbefugtem Zutritt schützen sollte, gelangte Franz auf das Gelände, das kaum mehr etwas von einem Garten oder Park hatte.

Dort hatte sich der Seerosenteich mit den Skulpturen befunden. Eine Bodenvertiefung mit allerlei Gerümpel, auch Teile der Plastiken waren noch zu sehen. An einer Stelle stand noch eine Skulptur mit abgebrochenem Kopf. Vielleicht war er auch weggeschossen worden? Hatte irgendeine Soldateska vielleicht Schießübungen veranstaltet?

Ein paar Bäume, manche umgestürzt oder abgeschlagen. Ein einziger, alles überragender Mammutbaum stand noch. Franz setzte sich auf den Boden und lehnte sich mit dem Rücken an den Baumriesen. Viele Baumstümpfe, dazwischen wucherndes Strauchwerk.

Er schloss die Augen. Nach einiger Zeit stand er auf und bahnte sich seinen Weg durch das unwegsame Gelände. Er versuchte sich an die Stelle zu erinnern, die von Marianna als ›besonderer Ort‹ bezeichnet worden war. Die Skulptur von Wotruba? Nichts mehr davon zu sehen.

Als er sich umwandte, der Blick auf das Haus. Große leere Fensterhöhlen, an dem Mauerwerk über den Fenstern noch einige Jugendstilornamente: Teile eines Keramikfrieses, grüne Sonnenkugeln mit gelben Blüten, darüber sich nach oben windendes Lianengeflecht, von unterschiedlich großen schwarzen Flecken unterbrochen.

Marianna, wie hast du diesen Anblick verkraftet?

Als er zurückging, glaubte er plötzlich neben sich einen schwarzen Schatten zu sehen. Nur für einen kleinen Augenblick.

Hamilkar!

Was einem die Fantasie manchmal für Streiche spielte!

Marianna hatte ihren Hund sehr gemocht. Wie alt war er wohl Anfang 1935, als Franz ihn zum letzten Mal gesehen hatte? Dies alles hier war wohl einige Jahre nach seiner Zeit geschehen.

Ich sehe mich noch dort sitzen, den Rücken an den Baumriesen gelehnt, schrieb Franz in sein Tagebuch. *Ich schließe die Augen in der Hoffnung, dass, wenn ich sie öffne, der Park von früher wieder zu sehen ist.*

Der Park ist tatsächlich tot, verwüstet, verwahrlost, aufgegeben. Marianna hatte es vorausgesehen. Und sie hatte vorhergesagt, dass wir uns niemals mehr begegnen würden. Manchmal ist der Park in meinen Träumen aufgetaucht. In abgewandelter Form, in typischen Traumvarianten oder irrealen Zusammenhängen. Aber es war immer noch der Park, zumindest wusste ich in meinen Träumen, dass es sich um Mariannas großen Garten handelte, in dem ich mich befand, und nirgendwo sonst. Und nun, wenn ich die Augenlider aufeinanderlege, beginne ich mich zu fragen, ob ich es wirklich selbst bin, der sich hier mitten in einem verworrenen Bild aufhält.

Ist es doch besser, nicht alle Orte der Erinnerung wieder aufzusuchen, wenn sie uns nur allzu drastisch jene Vergänglichkeit vorführen, deren Bewältigung uns mehr zu schaffen macht, als wir zuzugeben bereit sind? Wie einfach wäre es, wenn es sich nur um die berühmten Jugendtage handelte, die nun einmal vergangen sind und irgendwann als sentimentale Heraufbeschwörung einer angeblich geglückten Zeit glorifiziert werden.

Doch hier und jetzt? Jede Normalität hat sich verflüchtigt. Ich sehe verzerrte Bilder vor mir. Alles ist ins Wanken geraten.

Ich würde um Marianna trauern wollen, mich ganz tief in eine

Atmosphäre des Mitfühlens und Gedenkens hineinbegeben. Stattdessen bin ich verwirrt und aufgewühlt, kaum zu einem klaren Gedanken fähig.

Der ›Doppelgänger‹ fällt mir ein:
›Still ist die Nacht, es ruhen die Gassen / In diesem Hause ...‹

Heines Gedicht in Schuberts ausdrucksstarker und gleichsam ›unerbittlicher‹ musikalischer Umsetzung. Doch der Mensch, die Frau, um die es geht, hat nicht nur die Stadt verlassen. Sie ist tot – und das Haus, die Villa, längst eine Ruine, wird bald abgerissen sein. Der Park, das Haus, nichts wird bleiben, nur noch eine ferne Erinnerung.

An einem der folgenden Tage fuhren Marlene Bach und Franz mit der 71er Straßenbahn nach Simmering zum Zentralfriedhof, der Wiener Totenstadt. Sie betraten den Friedhof durch den Haupteingang, ließen die Aufbereitungshallen hinter sich und gingen die breite Allee entlang, die zu der großen Kirche hinführte. Es folgten die herrschaftlichen Arkadengräber, die verschiedenen Abteilungen der Ehrengräber mit den Komponisten, Schriftstellern, Malern, Architekten und sonstigen Berühmtheiten.

Nach der Kirche bogen sie nach rechts auf einen schmaleren Weg ab. Franz konnte sich nur darüber wundern, wie man sich hier überhaupt zurechtfinden konnte. Marlene Bach blieb schließlich nach weiteren Abzweigungen vor einem Familiengrab stehen.

Die Eltern von Rudolf Bach, sein im Ersten Weltkrieg gefallener Bruder und seine ältere Schwester. Am linken Rand der Grabeinfassung die Urne von Rudolf Bach auf einem kleinen steinernen Podest.

Marlene Bach kämpfte mit sich. Franz legte ihr einen Arm um die Schulter.

Sie stellte ein paar Rosen in eine tönerne Vase und blieb ein paar Minuten stumm vor dem Grab stehen.

Franz ging ein Gedanke durch den Kopf.

Wie wäre mein Leben wohl verlaufen, wenn ich damals, 1935, Rudolf Bachs Angebot angenommen hätte, ihn als sein Assistent nach Basel zu begleiten? Meine Forschungen zur ›Neuen Wiener Schule‹ weiterzuverfolgen?

Das hat keinen Sinn, dachte er dann. Es gibt keine Korrektur.

Möchten Sie das Grab der Sennfelds sehen?, fragte Marlene Bach in seine Gedanken hinein. Es ist nicht weit von hier.

Ein von hohen Bäumen überdachter Weg.

Hier!, sagte sie schließlich.

Eine große Grabanlage. Auf dem trapezförmigen gewaltigen Granitstein zwei Namen:

Johann Sennfeld, 1866 – 1928, Marianna Sennfeld, geb. Barth, 1890 – 1946.

Es war schwer für Franz

Ich habe nicht einmal Blumen dabei, dachte er und sah sich um. An einer Mauer entdeckte er einen Strauch Heckenrosen. Wortlos ging er hinüber und pflückte vorsichtig ein paar Blumen ab, stach sich dabei mehrmals in die Finger.

Geschieht mir recht, sagte er vor sich hin.

Er ging zurück, legte die kleinen Rosen auf das Grab, weiß und dornig, mit einem Anflug von Rosa.

In seinem Kopf die Anfangstakte von Schuberts f-Moll-Fantasie.

Während der Rückfahrt saßen sie stumm nebeneinander. Beide fuhren ihr persönliches Gedankenkarussell.

Erst beim Abendessen begann Marlene Bach zu reden, als würde sie plötzlich erwachen.

Irgendwann rächt sich alles. Der Fluch der bösen Tat. Nur – es trifft immer auch die Unschuldigen, sagte sie.

Franz blickte sie fragend an.

Zum Beispiel ausgerechnet jemanden wie Marianna. Ihr verstorbener Ehemann war, nebenbei bemerkt, nach deutscher und übrigens auch österreichischer Lesart Halbjude.

Sie goss noch eine Tasse Tee ein.

Wissen Sie, die Österreicher, meine Österreicher haben sich äußerst elegant aus der Affäre gezogen. Nach dem Ende des Krieges haben sie sich systematisch als Opfer aufgebaut. Die bösen Nazis, die sie doch überhaupt niemals wollten, haben ihr Land überfallen und sie damit in den Schlamassel hineingeritten. Sie, die Österreicher, trifft überhaupt keine Schuld!

Das ist ... , begann Franz.

Infam! Unverschämt, was noch? Sagen Sie es ruhig. So haben sie im letzten Jahr sogar den Abzug aller fremden Truppen geschafft. Der Staatsvertrag am 15. Mai 1955 im Schloss Belvedere. Österreich ist wieder souverän. Schließlich haben wir doch nie etwas mit Groß-Deutschland zu tun gehabt. Tu felix Austria!

Wer hätte das gedacht! Sie kann ja ganz schön bissig sein!, ging es Franz durch den Kopf.

Nach dem Essen blieben sie noch lange am großen Tisch im Wohnzimmer sitzen. Auch Anita hatte sich später zu ihnen gesetzt. Sie sprachen von den früheren Zeiten: Marlene Bach erzählte von den Jahren mit ihrem Mann in Basel, von seiner Tätigkeit als Lehrer und Wissenschaftler in dieser freien und offenen Stadt, in der er trotz der heraufdämmernden europäischen Katastrophe einige intensive Jahre der Forschertätigkeit verbringen konnte. Aber auch von seiner Verbitterung über seine österreichischen Kollegen, die sich fast ausnahmslos gleichschalten ließen. Von ihrer Wiener Zeit, als ihr Mann wegen seiner Einstellung zur *Neuen Wiener Schule* angegriffen worden war und man ihn öffentlich als ›Judenfreund‹ beschimpft hatte. Diesen ›Titel‹ nehme er gerne an, habe er sich unter

Freunden geäußert. Wenn es darum gehe, einen neuen und aufregenden Weg in der Musik zu erkennen und mit wachen Sinnen mitzuverfolgen, stelle er sich jederzeit an die Seite dieses Musikers, und wenn er die Möglichkeit habe, die Freundschaft eines solchen Künstlers zu gewinnen, gereiche ihm das zur Ehre!

Franz berichtete von seinen Erlebnissen in Griechenland.

Er hatte unter anderem von seiner Begegnung mit dem verwundeten SS-Mann erzählt.

Ich weiß nicht, ob ich immer so gehandelt hätte, fügte er noch hinzu.

Für kurze Zeit war nur das Ticken der großen Standuhr zu hören.

Mein Mann, sagte plötzlich Anita mit einer heftigen Bewegung. Oh, verdammt ...

Der Ausbruch kam überraschend.

Mein Mann, begann sie noch einmal in einer ziemlichen Lautstärke, war auch bei der SS. Er war fast so groß und kräftig wie Sie, Herr Niemann, pardon – Franz! Er wurde nicht gefragt, ob er zur Waffen-SS wollte. Sie haben ihn einfach in diese Einheit hineingesteckt. Nein sagen gab's nicht ...

Anita, begann Marlene Bach. Du musst nicht ...

Doch, fuhr Anita unbeirrt fort. Ich weiß nicht, ob er eine Wahl hatte.

Aber ...

Anita unterbrach sie: Zunächst war er ein überzeugter Hitler-Anhänger, fuhr sie nun etwas leiser fort, viele waren das damals. 1939 machte er seine Matura. Er war zwanzig, als der Krieg ausbrach. Nach seiner Ausbildung wurde er bei verschiedenen militärischen Unternehmungen auf dem Balkan eingesetzt. Dann in Russland, er hat den ganzen Feldzug in den Osten mitgemacht. Ich weiß noch, als er im Juli 1943 auf Urlaub hier war – wir feierten am 18.

Juli meinen 26. Geburtstag, er war zwei Jahre jünger als ich – kam er mir sehr verändert vor. Er war oft abwesend, still, in sich gekehrt. Ich habe ihn mehrmals gefragt, was mit ihm los sei, bin in ihn gedrungen, weil ich mir sein Verhalten nicht erklären konnte. Aber er wollte nichts sagen. Liegt es an mir?, habe ich ihn gefragt. Nein, nein, Anita!, sagte er und nahm mich in die Arme. Am Morgen des Abschieds am Franz-Josef-Bahnhof sagte er, als er mich noch einmal in den Armen hielt, ganz leise zu mir: Versprich mir, dass du immer auf dich aufpasst, Anita! Es war, als würde er nun für immer von mir Abschied nehmen.

Sie unterbrach sich für einen Augenblick.

Ich habe ihn nicht wiedergesehen.

Dann stand sie rasch auf und verließ den Raum. Sie ließ zwei sichtlich betroffene Menschen zurück. Nach einer Weile erhob sich Marlene Bach.

Ich schau mal nach ihr, sagte sie nur.

Es tut mir leid, Anita, begann Franz am nächsten Vormittag in der Küche, als Anita dabei war, das Mittagessen vorzubereiten.

Nein, Franz, Sie müssen sich nicht entschuldigen. Manchmal geht es eben mit mir durch, wie man so sagt. Ich wollte damit eigentlich nur erklären: das Schuldig-Werden hat so viele Varianten – und auch die Art und Weise, wie ein Mensch da hineinschliddert. Ich rede jetzt nicht von den Überzeugungstätern.

Ja, sagte Franz nur.

Kurz nach zwölf kamen die Gäste, die Marlene Bach erwartete.

Franz Niemann – Ellen und Karl Wolf.

Franz begrüßte eine mittelgroße, sehr schlanke Frau mit schulterlangen hellblonden Haaren und blaugrünen Augen, die ihn freundlich anlächelte.

Ich freue mich sehr, Ihre Bekanntschaft zu machen,

sagte Karl Wolf und reichte ihm seine linke Hand. Frau Bach hat schon viel von Ihnen erzählt.

Karl Wolf war fast so groß wie Franz. Eine imponierende Erscheinung mit sehr feinen Gesichtszügen, blonden Haaren und blauen Augen. Ein dünnes Oberlippenbärtchen machte dieses fast jungenhafte Gesicht ein wenig älter.

Anita machte die Runde mit einem Tablett, auf dem hohe Gläser mit einem kühlen Mousseux standen. Nach der üblichen Anfangskonversation wechselte man schnell auf ein anderes Terrain.

Janáček, ein interessanter Komponist, sagte Karl Wolf.

Sie scheinen ja genauestens informiert zu sein, antwortete Franz lächelnd.

Bei dieser Informationsquelle. Karl Wolf deutete mit seinem Glas in Richtung Marlene Bach, die ihrerseits ihrem Gast scherzhaft mit dem Zeigefinger drohte.

Frau Bach hat mir auch berichtet, dass Sie über einige Komponisten unseres Jahrhunderts gearbeitet haben.

Ja, ich wollte ursprünglich dieses Gebiet beackern. Ein früherer Wiener Freund, der auch unserer Fakultät angehört, hat mich dann auf die Idee mit Janáček gebracht. Und ich bereue das überhaupt nicht.

Die ›Moderne‹ ist immer noch ein äußerst schwer zu bearbeitendes Feld. Die ersten Arbeiten über Schönberg erschienen in den USA. Es wird noch einige Zeit vergehen müssen. Die Vorbehalte hier sind immer noch immens.

Das ist in Deutschland kein Haar anders.

Wir haben hier in Wien ein besonderes Exemplar von Lehrstuhlinhaber, der unter anderem auch dafür sorgt, dass die neuere Musik des 20. Jahrhunderts, wenn überhaupt, nur auf kleiner Flamme kochen darf.

Auch einer von den Ewiggestrigen?, fragte Franz.

Natürlich, aber er hat es besonders geschickt angestellt.

Er ist zwar stets mit dem Strom geschwommen, hat den Nazis auch bei Bedarf kräftig nach dem Mund geredet, hat sich angebiedert, entsprechende Reden gehalten, hatte politisch-weltanschaulich überhaupt keine Probleme, aber: er war kein PG.

Wer ist es denn?

Professor Erik Schrenk-Wendelin ...

Was, gibt es den immer noch?

Klar. Solche Leute sind nicht kleinzukriegen. Aus Groß-Deutschland wurde bei ihm ganz schnell ein neutrales Klein-Österreich.

Darf ich zu Tisch bitten?, rief Marlene Bach. Sonst wird unsere Suppe kalt. Ihr werdet die Welt sowieso nicht ändern, also sollte auch das Essen nicht darunter leiden.

Es begann mit einer Frittatensuppe. Danach folgte ein Rinderschmorbraten mit Kartoffeln oder Nockerln. Zum Dessert pflanzte Anita einen speziellen Wiener Auflauf, den sogenannten ›Apfelkoch‹, mitten auf den Tisch, damit die Kalorienzufuhr ja nicht unterbrochen wurde. Die intensive Arbeit mit Messer und Gabel nahm alle in Anspruch. Doch wurden immer wieder längere Esspausen eingelegt, die der Erläuterung der Situation am Musikwissenschaftlichen Institut in Wien dienen konnten.

Jedenfalls verfügt der Schrenk-Wendelin über einen enormen Einfluss am Institut. Nichts geht an ihm vorbei, nichts entgeht ihm, nichts kann ohne ihn entschieden werden. Damals waren mir diese Zusammenhänge nicht bekannt, sonst hätte ich mich nie im Leben in Wien habilitiert.

Ich weiß noch, als er von seinem ersten Gespräch mit dem Professor nach Hause kam, begann Ellen Wolf. ›Er war sehr liebenswürdig und zuvorkommend‹, sagte mein Mann. ›Er hat großes Interesse an meiner Arbeit bekundet‹.

Alles Bluff!, sagte Karl Wolf.

Worüber haben Sie denn gearbeitet?

Es ging um den Einfluss Johann Sebastian Bachs auf die Musik Mendelssohns. Mendelssohn führte ja im März 1829 die Matthäus-Passion erstmals wieder auf. Und aufgrund seiner näheren Beschäftigung mit den kontrapunktischen Techniken des Barockkomponisten lassen sich deutliche Spuren davon in seinem eigenen Werk nachweisen, wie man das auch schon vorher bei Mozart oder Beethoven finden kann. Oder bei anderen Komponisten des 19. Jahrhunderts, beispielsweise bei Chopin: die vielzitierte Mittelstimmenpolyphonie.

Und wo lag der Haken?

Schrenk-Wendelin muss es irgendwie geschafft haben, meine Arbeit zurückzuhalten. Er hat immer wieder Ausflüchte gefunden, Verzögerungstaktiken entwickelt. Er hatte nun mal die Macht dazu.

Aber weshalb?, fragte Franz. Das ist doch 19. Jahrhundert!

Tja, Felix Mendelssohn-Bartholdy ist zufällig ein Enkel des großen Moses Mendelssohn.

Nein!, rief Franz empört.

Karl Wolf lachte bitter. Klar, dass diese Typen ihren lange gehegten Antisemitismus nach dem Krieg nicht ablegen konnten.

Und ist der Kerl damit durchgekommen.?

Nicht ganz. Ein anderer Kollege und Freund, Franz Stein, der aus der Emigration auf einen Lehrstuhl für Musikwissenschaft nach Wien zurückgekehrt war, hat sich sehr für mich eingesetzt. Er hat Nachforschungen über die Vergangenheit unseres Wissenschaftlers angestellt und ist dabei auf ein paar aufschlussreiche Reden und Aufsätze des Professors aus der Zeit der großdeutschen Epoche gestoßen.

Handelt es sich um den Franz Stein, der über Mozarts ›Misch-Stil‹ und den ›Sinfoniker Brahms‹ gearbeitet hat?

Ganz genau. Inzwischen sind manche seiner Bücher fast

Klassiker geworden. Jedenfalls führte Stein, der inzwischen als Wissenschaftler viel zu bekannt und renommiert war, als dass Schrenk-Wendelin etwas gegen ihn hätte unternehmen können, mit dem Professor ein ›klärendes‹ Gespräch. Stein hat mir hinterher berichtet, dass er auf der einen Seite meinen Namen ins Spiel gebracht habe und auf der anderen Seite habe durchblicken lassen, dass er demnächst ein Buch mit dem Titel »Österreichische Musikwissenschaftler in schweren Zeiten« zu veröffentlichen gedenke und dass er den einen oder anderen Text des ›verehrten Kollegen‹, beispielsweise dessen Aufsatz zum Mozart-Gedenkjahr 1941 oder seine Rede auf dem Beethovenfest in Bonn 1943, abdrucken wolle.

Franz schüttelte den Kopf.

Das war so etwas wie eine Erpressung, rief Ellen Wolf. Aber wenn man bedenkt, was dieser Kerl angerichtet hat.

Hat Stein dieses Buch veröffentlicht?

Das hat er damals nicht ernsthaft vorgehabt. Das war nur vorgeschoben. Aber es war wunderbar zu erfahren, wie sich unser Professor bei dieser Ankündigung gewunden haben muss. Das sei doch sehr lange her, es müsse erst alles noch einmal überarbeitet werden. Dieses Recht müsse ihm schließlich zugestanden werden. Und Franz Stein wiederum meinte, das könne er durchaus verstehen. Und dann brachte mein Freund das Gespräch wieder auf die interessanten Untersuchungen in der Habilitationsschrift eines jungen Wissenschaftlers. Et voilà!

Franz sprach am Nachmittag während eines längeren Spaziergangs mit dem Ehepaar Wolf – die Gastgeberin hatte sich nach dem opulenten Essen ein wenig hingelegt – über seine Studienzeit in Wien, berichtete von seinen damaligen Unternehmungen, von Felix Sperber und Leo Kesten.

Leo Kesten, der mit seiner Imitation von Schrenk-Wendelin so eine gekonnte Vorstellung geliefert hatte.

Eine Bitte, Herr Wolf: Es gibt doch sicher im Institut noch Unterlagen über die ehemaligen Studenten. Könnten Sie wohl etwas über Herrn Leo Kesten in Erfahrung bringen? Mir ist nur ungefähr seine ehemalige Adresse bekannt, doch ich habe keine Ahnung, was aus ihm geworden ist. Ich habe nie wieder etwas von ihm gehört.

Das müsste man herausbringen können, sagte Karl Wolf. Sind Sie noch ein paar Tage hier? Wir könnten uns doch für die nächste Woche verabreden? Dann kann ich Ihnen auch das Institut zeigen.

Franz bedankte sich. Immer noch im Universitätsgebäude?

Nein, aber ganz in der Nähe, in der Universitätsstraße, Nummer 10. Wie wäre es am kommenden Montag?

Das würde mir gut passen. Mitte nächster Woche werde ich wieder zurückfahren.

Franz fuhr wieder mit der Straßenbahn in die Innenstadt, um Karl Wolf zu treffen. Sie hatten sich für 14 Uhr verabredet.

An den beiden vorausgegangenen Tagen hatte er manchmal allein, manchmal mit Marlene Bach mehrere Ausflüge in den Wienerwald unternommen. Zunächst nach Grinzing und Nußdorf, am Sonntag vom Stadtbezirk Ottakring aus über den Gallitzinberg zur Jubiläumswarte mit einem weiten Blick über den Wienerwald. In der Umgebung viele Bombentrichter und Beton-Hinterlassenschaften des Gauleiters Baldur von Schirach, dessen Fanfaren einst *Vorwärts, vorwärts!* geschmettert hatten. Sein Kommandobunker hatte sich hier befunden und entsprechend heftig waren die Luftangriffe gewesen.

Karl Wolf erwartete ihn am Eingang zum Institut in der Universitätsstraße. Augenblicklich waren Semesterferien und alles lag noch in einem vorlesungsfreien Schlummer.

Karl Wolf führte Franz durch ein paar Räumlichkeiten,

zeigte ihm auch die stattliche Bibliothek, einen Raum, in dem ein paar wissenschaftlich arbeitende Menschen saßen.

Als sie danach das Sekretariat betraten, stellte Karl Wolf seinen Heidelberger Kollegen der Sekretärin, Frau Könning, vor.

Wir haben zunächst nichts über einen Studenten namens Leo Kesten gefunden, begann Karl Wolf. Die Unterlagen über die dreißiger und vierziger Jahre sind teilweise verbrannt oder verschwunden. Doch dann ist Frau Könning fündig geworden.

Frau Könning lächelte.

Ja, ich habe nach der Anfrage des Herrn Professors am Freitag meine Tante angerufen, die von 1935 bis zu ihrer Heirat 1939 hier als Sekretärin tätig gewesen ist. Und sie hat sich sofort erinnert, als ich ihr den Namen genannt habe. Sie ist richtig ins Schwärmen geraten, berichtete Frau Könning lachend.

Leo Kesten!, hat sie ausgerufen. Natürlich erinnere ich mich an ihn! Ein charmanter Mensch. Er hat in einer Weinstube in der Walfischgasse seinen Abschluss gefeiert.

Welchen Abschluss?, fragte Franz sofort.

Seine Gesangsprüfung. Er hat sie mit Auszeichnung bestanden und zur Feier hat er auch meine Tante eingeladen.

Wissen Sie noch das Jahr?, wollte Franz wissen.

Sie meinte, dass es im Frühjahr 1937 gewesen sei. Danach habe sie ihn nicht mehr gesehen. Er sei, wie sie erfahren habe, von der Grazer Oper engagiert worden.

Und hat er irgendeinen Abschluss am Institut gemacht?

Meine Tante meinte eher nicht. Aber genau konnte sie sich nicht mehr daran erinnern.

Und irgendeine Adresse in Wien existiert wahrscheinlich nicht mehr?

Das kann ich Ihnen nicht sagen. Meine Tante wusste aber noch, dass er früher einmal im Bezirk Favoriten gewohnt hat.

Das war Franz bekannt. Aber mehr auch nicht.

Gibt es denn gar keine Möglichkeit, sonst irgendwie ...?

Ich könnte vielleicht bei dem zuständigen Meldeamt nachfragen.

Das wäre sehr nett von Ihnen, sagte Franz.

Karl Wolf lächelte ihr zu. Sie sind ein Schatz, Frau Könning.

Und Frau Könning, die nach dieser Feststellung leicht errötete, fügte hinzu, dass sie noch einen Bericht fertig schreiben müsse, danach könne sie es gerne versuchen.

Ich werde mich aber auf den Bezirk Favoriten beschränken, sagte sie.

Natürlich, sagte Franz.

Wissen Sie was, Herr Niemann, wir gehen in der Zwischenzeit in ein berühmtes Kaffeehaus und anschließend kommen wir noch einmal hierher zurück, schlug Karl Wolf vor.

Er führte Franz ins Café Landtmann beim Burgtheater. Sie bestellten zwei ›Schwarze‹.

Karl Wolf erzählte von seiner Arbeit, von seinen Studenten und erkundigte sich schließlich nach dem Heidelberger Institut.

Mein Beruf macht mir Spaß. Noch hat sich nicht alles so geändert, wie ich mir das wünsche, aber ich glaube, meine Landsleute sind auf dem Weg zu einem demokratischen Bewusstsein. Natürlich sitzen an vielen Stellen noch die falschen Leute.

Karl Wolf nickte. Wenn ich daran denke, wie euer Adenauer vor ein paar Jahren diesen Globke zum Staatssekretär machte. Das hat nicht nur in Österreich eine Welle der Empörung hervorgerufen.

Klar. Den ›Alten‹ hat das wenig beeindruckt, vermutlich

altersbedingter Starrsinn. Allerdings hat sich an unserem Institut in Heidelberg so manches verändert. Der frühere Leiter musste gehen – Generation Schrenk-Wendelin – hat aber 1950 ein Ordinariat in Jena übernommen. Vor kurzem hat er einen Ruf nach Leipzig erhalten.

Oh, ausgerechnet die Ostdeutschen verzeihen huldvoll, sagte Karl Wolf. Das ist ja beinahe wie bei Schrenk-Wendelin: Der verfügt ebenfalls über gute Kontakte in den Osten. Er war früher mal in Greifswald.

Ich nehme an, dass die Leute in der DDR schlicht viele Dinge nicht wissen, sagte Franz. Oder ... nicht wissen wollen.

Er trank einen Schluck Mokka und blickte auf das Getriebe ringsum.

Hier waren sie also einmal: Peter Altenberg, Gustav Mahler, Arnold Schönberg, Max Reinhardt ... Namen, die ihm einfielen.

Er konnte sich nicht daran erinnern, dass er als Student hier gewesen wäre. Sie hatten immer die kleineren Cafés, die Keller- oder die einfacheren Heurigenlokale bevorzugt.

Sie wissen, wer hier schon alles aus- und eingegangen ist?, fragte Karl Wolf, als könne er die Gedanken von Franz lesen.

Franz nickte lächelnd.

In Wien gibt es überall solche Traditions-Orte. Übrigens, haben Sie Lust auf ein Glas Wein?

Franz nickte abermals und Karl Wolf winkte einen Kellner herbei.

Kommen Sie doch einmal nach Heidelberg, sagte Franz. Sie könnten Ihren Besuch mit einem Gastvortrag verbinden.

Sehr gerne. Erzählen Sie doch ein bisschen von Ihrem Institut.

Da muss ich gleich mit einem Kuriosum anfangen, begann Franz. Wenn man sich in die Bibliothek des Musikwissenschaftlichen Seminars in Heidelberg begibt, wird man immer wieder Bücher finden, die mit dem Stempel ›Jude‹ versehen sind. Zum Beispiel die Werke Mendelssohns, Offenbachs oder Schrekers oder auch wissenschaftliche Bücher von Guido Adler oder Egon Wellesz. 1939 war zunächst verfügt worden, alle Bücher, die von jüdischen Wissenschaftlern geschrieben worden waren, zu eliminieren. Dies schien aber dem ansonsten an die politischen Verhältnisse wohlangepassten Institutsleiter Heinrich Besseler für die wissenschaftliche Arbeit doch nicht so günstig. So wurde vom Rektor der Universität empfohlen, die Bücher einfach mit dem Stempel ›Jude‹ zu versehen. Dieser Empfehlung war man dann mit großem Eifer und besonderer Gründlichkeit nachgekommen.

Der Kellner brachte zwei Gläser mit einem spritzigen Wiener Weißwein.

Zum Wohl, sagte Karl Wolf. Jetzt brauche ich wirklich einen großen Schluck.

Zum Wohlsein, antwortete Franz.

Und das blieb dann einfach so stehen? Auch für die heutigen Benutzer der Bibliothek?

Nein, fuhr Franz fort, nach 1945 wurde das Wort mit einem kleinen Stück Papier überklebt. Doch die neugierigen Studenten der Nachkriegszeit haben das Wort ›Jude‹ wieder freigelegt, indem sie den Klebestreifen einfach entfernten.

Das führte aber vielleicht zu Denkanstößen?, fragte Karl Wolf.

Mit Sicherheit.

Das Gespräch wurde fortgesetzt, weitere Gläser Wein folgten. Die beiden Männer verstanden sich gut, tranken am Ende Brüderschaft.

Karl Wolf blickte schließlich auf die Uhr. Oh, ich glaube, wir sollten zurückgehen, damit wir Frau Könning noch antreffen.

Auf dem Weg zurück kaufte Franz eine große Bonbonniere.

Frau Könning erwartete sie bereits etwas ungeduldig.

Ich habe noch einen Termin ...

Es tut uns leid, dass Sie auf uns warten mussten, sagte Karl Wolf. Haben Sie etwas herausgefunden?

Nicht sehr viel. Ein jüngeres Ehepaar Kesten, das in der Siedlung Wienerfeld wohnt und eine Frau Marie Kesten in der Columbusgasse. Hier sind die genauen Adressen.

Sie drückte Franz einen Zettel in die Hand.

Wenn die Herren mich nun entschuldigen wollen? Ich muss los ...

Bitte, Frau Könning. Franz überreichte ihr die Bonbonniere.

Aber das wäre doch nicht nötig gewesen. Dankschön!, sagte Frau Könning, abermals errötend.

Am nächsten Tag machte sich Franz nach Favoriten auf. Marlene Bach hatte ihm auf dem Stadtplan die Columbusgasse gezeigt.

Ein längliches Wohnhaus mit mehreren Einheiten. Er ging hinein und fand schließlich nach längerem Suchen eine Wohnungstür mit dem Schild ›R. Kesten‹.

Franz klopfte an.

Eine ältere Frau öffnete die Tür einen Spalt und blickte ihn misstrauisch an.

Sie wünschen?

Franz nannte seinen Namen und fragte, ob sie mit einem Leo Kesten verwandt sei.

Woher kommen Sie?, fragte sie zurück

Er sagte es ihr.

So, so, aus Deutschland kommen Sie.

Ich bin ein alter Freund von Leo, begann Franz. Wir haben vor vielen Jahren ein paar Semester hier in Wien zusammen studiert.

Ein Freund von Leo? Kommen Sie herein, sagte sie nun etwas freundlicher.

Eine etwas beleibte Frau, der das Gehen offensichtlich große Mühe machte, schlurfte vor ihm her. Sie führte ihn in ihre kleine, sehr einfach eingerichtete Wohnung, in der es ein wenig muffig roch.

Nehmen Sie Platz, sagte sie schwer atmend.

Danke.

Ein Zimmer mit graubraunen Wänden. Ein Ofen, ein Schrank, auf einer Stellage daneben eine Vase mit Strohblumen und ein paar Fotografien.

Sie saßen an einem viereckigen Tisch in der Mitte des Raumes. Das Fenster war geöffnet. Alle möglichen Düfte drangen von draußen herein und vermengten sich mit dem hauseigenen Geruch zu einem eigenartigen Gemisch.

Marie Kesten blickte stumm vor sich hin.

Irgendwo spielten Kinder. Das Geräusch von vorbeifahrenden Zügen und Verkehrslärm.

Mein Mann Robert und Willy, Leos Vater, waren Brüder. Willy ist im Ersten Krieg gefallen, erklärte sie plötzlich.

Leo?, fragte Franz vorsichtig.

Leo ist tot, sagte sie kurz angebunden und sah Franz dabei aufmerksam an.

Franz sagte kein Wort. Er saß nur da und blickte die Frau an.

Leo ist schon im Mai 38 verhaftet worden. Das erste Mal!

Und dann hörte sie nicht mehr auf zu reden. Ihre Leute seien schon immer – bis auf einen Vetter, leider ein Nazi – Sozialisten gewesen. Auch ihr Mann Robert und sein Bruder Willy, auch sein Sohn, Leo.

Franz erfuhr, dass Leo von einem Ensemblemitglied der Grazer Oper denunziert worden war. Er hatte aus seiner

Meinung über das Hitlerregime kein Hehl gemacht und war von der Gestapo verhaftet worden. Es gelang ihm, mit einigen anderen aus dem überfüllten Gefängnis zu fliehen. Er ging in den Untergrund, versuchte mit Widerstandsgruppen Kontakt aufzunehmen. Doch es gab, anders als in Frankreich oder teilweise auch in Deutschland selbst, in Österreich kaum einen organisierten Widerstand. Die einzelnen Gruppen arbeiteten für sich, auf eigene Faust. Marie Kesten wusste nicht viel über Leos Tätigkeit bis zum Zeitpunkt seiner nächsten Verhaftung im Frühjahr 1942. Sie wusste nur, dass er in der Nähe von Innsbruck mit seinen Leuten in einen Hinterhalt geraten war. Leo wurde ins KZ Mauthausen gebracht, wo er Anfang 1943 umkam.

Er wurde erschossen!, sagte Frau Kesten.

Ein alter Bekannter, der das Lager überlebt hatte, berichtete später, dass Leo während der Arbeit im Steinbruch einem Mann habe helfen wollen, der zusammengebrochen war. Ein Aufseher habe auf den am Boden liegenden Mann eingeprügelt. Leo habe sich eingemischt – und sei an Ort und Stelle erschossen worden.

Leo, einfach erschossen, umgebracht, verstehen Sie? Alle waren so stolz auf ihn. Vor allem seine Mutter. Er hatte eine so wunderbare Stimme. Stellen Sie sich vor: Wir haben ihn einmal im Radio gehört! Das war 1937. Die Champagner-Arie! Don Giovanni!, hatte damals der Rundfunksprecher gesagt.

Danach fiel die Frau wieder in Schweigen. Es vergingen Minuten. Dann hob sie den Kopf und starrte an Franz vorbei an die Wand.

Leos Mutter?, fragte Franz in die quälende Stille hinein.

Marie Kesten antwortete nicht sofort.

Alle waren so stolz auf ihn, sagte sie schließlich. Mathilde hat drüben in der Keplergasse gewohnt. Sie hatte nichts mehr von ihrem Sohn gehört. Erst nach dem Krieg. Robert, mein Mann, ist noch kurz bevor die Alliierten Wien besetzten, von den Deutschen erschossen worden. Sie haben alle getötet ... alle ...

Sie brach ab, holte umständlich ein Schnupftuch aus einer Seitentasche ihrer Strickjacke und schnäuzte sich.

Franz wartete wieder.

Leos Mutter ist schon über den Tod ihres Mannes kaum hinweggekommen. Als sie dann vom Ende ihres Sohnes erfuhr, ging es schnell mit ihr bergab. Ich glaube, sie wollte nicht mehr. Sie starb noch im gleichen Jahr.

Franz erhob sich.

Die Frau blieb sitzen. Sie finden hinaus, Herr ... ? Wie war doch gleich Ihr Name?

Niemann. Franz Niemann.

Franz ging zur Tür.

Herr Niemann, was haben Sie während des Krieges gemacht?

Das ist eine lange Geschichte, Frau Kesten ...

So?

Eines können Sie mir glauben, für die Nazis habe ich nicht gekämpft.

Sie sagte nichts.

Auf Wiedersehen, Frau Kesten. Alles Gute.

Marie Kesten antwortete nicht.

Am nächsten Tag die Abreise von Wien. Winkende Hände zum Abschied.

Marlene Bach hatte es sich nicht nehmen lassen, mit zum Bahnhof zu kommen.

Nun saß Franz im D-Zug nach Salzburg und München. Immer wieder hatte er versucht zu lesen und es schließlich aufgegeben. Mitreisende waren in sein Abteil gekommen und wieder gegangen, ohne dass er sie wahrgenommen hatte.

Seine Wiener Begegnungen gingen ihm durch den Kopf – und jene Menschen, denen er nicht mehr begegnet war. Die Gespräche, seine Besuche an sterbenden Orten, all das Vergebliche, das Unwiederbringliche.

In Gedanken versunken blickte er in eine graue, verregnete Landschaft hinaus.

Seine Mutter hatte ihn gefragt, ob er nicht die Rückreise für einen Besuch bei ihnen in Meersburg unterbrechen könnte.

Sein Vater, der 1950 seinen 65.Geburtstag gefeiert hatte, war auch als Emeritus noch ein paar Jahre an der Universität geblieben. 1953 hatten seine Eltern bei einer Bodenseereise ein kleines Häuschen mit dazugehörigem Rosengarten an einem der Hänge in der Umgebung von Meersburg entdeckt, das man mieten konnte. Eine schöne Lage mit Blick auf den See. Sie hatten spontan den Mietvertrag unterschrieben und waren seit dieser Zeit immer häufiger an diesen Ort gefahren. Knapp zwei Jahre später war der Besitzer verstorben und sie konnten das Haus von den Erben kaufen, die selbst kein Interesse an dem Anwesen hatten. Nachdem Bernhard Niemann seine Lehrtätigkeit an der Universität aufgegeben hatte, verbrachten die Eltern von Franz den größten Teil des Jahres in ihrem Altersruhesitz über dem Bodensee.

Franz, weißt Du was? Es ist doch eigentlich sehr schade, dass Du uns so lange nicht mehr besucht hast. Wäre das nicht eine gute Gelegenheit, auf Deiner Rückreise aus Wien ein paar Tage bei uns vorbeizukommen? Wir würden uns wirklich freuen, hatte seine Mutter geschrieben.

Franz hatte damals auf den Vorschlag seiner Mutter nur vage reagiert und nun wusste er nicht genau, was er tun sollte. Lieber nach Heidelberg zurückfahren, sein Gartenrefugium als Schneckenhaus benutzen, sich einigeln, wieder einmal diese Welt verfluchen? Oder einen kleinen Abstecher nach Meersburg machen? Lieber nicht.

Kurz bevor der Zug von München aus in Richtung Stuttgart abfuhr, überlegte es sich Franz doch anders, ergriff sein Gepäck und verließ den Zug.

Er erkundigte sich nach den Verbindungen in Richtung Bodensee. Er kam an diesem Tag noch bis Memmingen, übernachtete dort in einem kleinen Gasthof. Am folgenden Tag fuhr er weiter bis Lindau, stieg in den nächsten Zug nach Friedrichshafen und von dort ging es mit dem Bus weiter.

Der Himmel war immer noch wolkenverhangen, doch im Laufe des Tages kam mehr und mehr die Sonne durch. Am späten Nachmittag war er in Meersburg und rief seine Eltern an.

Seine Mutter holte ihn ab, kam mit ihrem 200er Mercedes angefahren, winkte aus dem Wagenfenster, als sie Franz erblickt hatte, hielt an, bewegte sich mit ihren knapp siebzig Jahren fast behände aus dem Wagen und eilte auf Franz zu.

Franz, wir freuen uns so, rief sie. Franz lächelte sie an.

Seine Mutter blickte ihm aufmerksam ins Gesicht.

Wie war es in Wien?

Franz zuckte die Schultern. Abwechslungsreich ...

So etwas ... wie ein Wechselbad?

So etwas Ähnliches.

Jetzt komm erst mal.

Als sie im Auto saßen, staunte Franz wieder einmal über die Selbstverständlichkeit und Sicherheit, mit der seine Mutter mit dem Gefährt umging. Sein Vater hatte sich mit dieser Fortbewegungstechnik nie anfreunden können und war immer sehr froh und dankbar gewesen, dass seine Frau von Anfang an problemlos damit zurechtgekommen war. Franz selbst hatte sich am Anfang mit seinem VW Käfer schwer getan, bis er allmählich die notwendige Routine erlangte hatte.

Seine Mutter plauderte die ganze Zeit munter darauf

los. Was sie alles unternähmen, welche Bücher sie lese, woran Vater arbeite – dass sie überhaupt ihre Zeit nutzen und genießen würden.

Ich komme auch wieder häufiger zum Klavierspielen.

Wie das?

Weißt du nicht mehr? Der Flügel aus Heidelberg. Wir haben ihn hierhertransportieren lassen. In der Bergstraße nützt er niemandem mehr. Du hast ja deinen eigenen.

Natürlich, daran habe ich im Moment nicht gedacht.

So wurde Franz durch solche Gespräche in eine ganz andere Atmosphäre hineingestoßen. Er ließ sich gerne davon ablenken. Und als sie bei dem Haus ankamen, sein Vater aus der Tür trat, ihn freundlich begrüßte und gleichzeitig mit einer Handbewegung auf den See vor ihnen wies, den die Sonne von Westen her gerade in verschiedenen Rottönen anmalte – da hatte Franz das Gefühl, dass seine Reiseunterbrechung vielleicht doch richtig gewesen war.

Da liegt Konstanz, daneben die Mainau, sagte seine Mutter. Dort drüben in der Ferne sogar der Säntis. Respekt, Franz, die ganze Gegend macht dir ihre Aufwartung!

Nach dem Regen eine schöne Fernsicht, fügte sein Vater hinzu.

Seine Mutter zog Franz mit sich. Komm herein, du bist sicher hungrig.

Nach dem Abendessen im Hauptzimmer, in dem das Instrument einen beträchtlichen Platz einnahm, setzten sie sich an einen kleinen Tisch am Fenster mit hauseigenem Blick auf den See. Die Sonne war längst untergegangen. Kleinere und größere Lichterketten schimmerten durch die zunehmende Dunkelheit. Ab und zu das Flirren von Fledermäusen an den Scheiben vorbei.

Solche Tropfen gedeihen an den hiesigen Hängen, sagte sein Vater und schenkte einen Burgunder ein. Auch Gutedel und Traminer. Wie aus den Weinstöcken einer bekannten Bewohnerin des Fürstenhäuschens.

Also trinken wir auf die Droste! Auf eure berühmte Nachbarin, sagte Franz.

... die es deinem Vater auf besondere Weise angetan hat, ergänzte seine Mutter lachend.

Inwiefern?

Nun ja, ich ... arbeite an einem Buch über die Droste-Hülshoff und Levin Schücking. Es ist einfach wichtig, dass die grauen Zellen am Laufen bleiben.

Natürlich wird es ein ordentlicher Wälzer werden, sagte seine Mutter. Darunter tut es unser Germanist nicht.

Spotte nicht, mein Weib. Schließlich bist du als meine Mitarbeiterin nicht ganz unbeteiligt daran.

Wann soll es erscheinen?, fragte Franz.

Bis in etwa eineinhalb Jahren, zum 110. Todestag der Dichterin. Darauf hat mich mein Verleger verpflichtet. Schloss und Fürstenhäuschen reichen natürlich als Quellen nicht aus. Wir fahren ab und zu nach München. Im Oktober für ein paar Wochen nach Münster in Westfalen. Das ist für mein Thema unerlässlich. Aber jetzt erzähle du einmal von deiner Reise und deinen Plänen. Über mein Projekt können wir uns in den nächsten Tagen noch unterhalten.

Ich weiß gar nicht, wo ich beginnen soll.

Doch dann fing er an zu reden, berichtete von seinen Begegnungen, von den Lebenden und von den Toten. Franz hatte seine Eltern, die zwar manches von seinem ersten Wiener Aufenthalt in den dreißiger Jahren wussten, nie detailliert informiert. Nun hörte er gar nicht mehr auf, es brach aus ihm heraus wie eine Welle, die endlos am Strand auslief, sich wieder zurückzog und erneut anlief. Seine Eltern fragten nach, wenn ihnen ein Zusammenhang unklar erschien, und Franz stellte seine Menschen immer wieder auf die Bühne und ließ sie vor den beiden zunehmend bestürzten Zuhörern agieren.

Es ging schon auf Mitternacht zu, als Franz zu reden aufhörte.

Jetzt wird es aber Zeit, dass ich aufhöre. Ich weiß gar nicht, was in mich gefahren ist.

Nein, nein!, rief seine Mutter. Bitte keine Entschuldigung und keine Rechtfertigung, Franz. Wenn es dir ein Bedürfnis war, wenn es für dich notwendig war – dann war es auch richtig.

Was mich nun doch ein wenig bestürzt, ist, wie wenig wir eigentlich über dich wissen, sagte sein Vater.

Aber ihr könnt ja auch nicht wissen, was ich euch gar nicht mitteile, sagte Franz. Das Gespräch hat sich eben jetzt ergeben. Ein bestimmter Ort, ein bestimmter Moment – und ein bestimmter Leidensdruck auf meiner Seite kamen zusammen.

Trinken wir noch einen Schluck.

Seine Mutter zog laut und vernehmlich die Luft ein.

Ich weiß, meine liebe Martha, sagte er, ab morgen können wir wieder vernünftig sein.

Um wie viele Jahre war Levin Schücking jünger?, fragte Franz.

Siebzehn Jahre, antwortete sein Vater.

Franz blickte stumm vor sich hin.

Marianna?

Neunzehn Jahre älter als ich..

Du fühlst dich nicht sonderlich gut dabei?, fragte seine Mutter.

Das lässt sich ohnehin nicht vergleichen, warf sein Vater ein.

Wie soll ich sagen, begann Franz nach einer Pause, es handelt sich um ein Unbehagen, ein Gefühl der Unzulänglichkeit. Natürlich hätte ich nichts von all dem, was geschehen ist, verhindern können.

Du machst dir zu viele Gedanken, sagte sein Vater. Aber so geht es einem oft. Man zerbricht sich den Kopf über

Dinge, die nicht mehr zu ändern sind. Mitmenschen kommen unter die Räder und wir können nichts dagegen tun. Es ist eine alte Binsenweisheit, aber ... wir vermögen das Leid nicht aus der Welt zu schaffen. Wenn ich noch einmal auf unser anderes Beispiel zu sprechen komme: Levin Schücking wollte die Droste keinesfalls bewusst kränken – und doch verhielt er sich so, dass er sie verletzen musste.

Franz schlief in dieser Nacht wie ein Stein. Am nächsten Morgen herrschte sonniges und windiges Wetter. Er öffnete die Fensterläden und blickte auf den See hinunter. Unzählige Schaumkronen jagten über das Wasser. Er erinnerte sich daran, dass sein Vater ein Gedicht der Droste erwähnt hatte, in dem der See wie ein Meer beschrieben wurde.

Beim Frühstück wurde das Programm der nächsten Tage besprochen, ein ganz typisch Niemannsches Kulturaufgebot. Meersburg selbst, das Fürstenhäuschen, das ›Glaserhäusle‹, dann Birnau, Heiligenberg, eine Fahrt mit dem Schiff nach Konstanz, die Mainau, Uhldingen, Überlingen ...

Einen Augenblick, rief Franz. Und wann schlafen wir?

Die Tage waren ausgefüllt mit den Ausflügen, kleinen Wanderungen, kulinarischen Genüssen und dem Bestaunen von Bodenseelandschaften. Zwischen dem dunkleren Blauton des Wassers und der kristallinen Himmelsbläue tauchten immer wieder die vielfältig gezackten Alpenpanoramen auf. Manchmal verkündeten auch dichte Nebelschwaden die Nähe des Herbstes.

Und Franz ließ sich ablenken, wollte sich auf andere Gedanken bringen lassen – und dafür war er seinen Eltern dankbar.

An einem Spätnachmittag äußerte seine Mutter den Wunsch nach einem vierhändigen Klavierspiel.

Was möchtest du spielen?, fragte Franz.

Wie wäre es mit Schubert? Rosamunde? Oder vielleicht die f-Moll-Fantasie? Was hast du, Franz?

Einen Augenblick lang war sein Mienenspiel erstarrt, als würde sich ein dunkler Schatten vor ihm aufrichten.

Franz, ist irgendetwas nicht in Ordnung?

Nein, nein ... es geht schon wieder. Lass uns ... etwas anderes spielen.

Er gab sich einen Ruck. Vielleicht etwas von Brahms? Oder die *Petite Suite* von Debussy?

Seine Mutter blickte ihn nachdenklich an: Wenn du meinst.

Weißt du, das hat etwas mit Erinnerungen zu tun.

Nun lächelte sie wieder. Komm, lass uns ein paar Brahms-Walzer spielen!

Am Donnerstag der darauffolgenden Woche reiste Franz mit seinen Eltern ab. Sie brachten ihn mit dem Wagen nach München, wo sein Vater einiges erledigen wollte.

An der Universitätsbibliothek verabschiedete er sich von seinem Sohn und stieg aus.

Sie fuhren zum Hauptbahnhof.

Franz hatte sein Gepäck ins Zugabteil gebracht, ließ das Fenster herunter.

Seine Mutter stand auf dem Bahnsteig und lächelte zu ihm herauf.

Es war schön bei euch.

Besuch uns bitte bald mal wieder!

Ich werde es mir vornehmen.

Grüße Jutta und Susanne von uns.

Franz nickte.

Der Schnellzug nach Stuttgart fuhr langsam an.

Pass auf dich auf, Franz.

Ich tue mein Möglichstes!, rief Franz.

Sie winkten, bis sie sich aus den Augen verloren.

Seit dem Wiener Abschied hatte sich seine Stimmung verändert – wenn er nicht gerade an bestimmte Menschen erinnert wurde.

Franz war froh über diesen Aufenthalt in Meersburg. Zwar hatte sich ein Gespräch wie am ersten Abend nicht mehr ergeben, aber er fühlte, dass er seinen Eltern noch nie so nahe gewesen war.

Coda

Nach seiner Rückkehr arbeitete Franz intensiv an seiner Sinfonie. Noch während seines Aufenthalts in Meersburg war ihm eine Idee durch den Kopf gegangen, die er vor Beginn des Semesters zumindest skizzieren wollte.

Er hatte inzwischen eine Introduktion und die beiden ersten Sätze weitgehend abgeschlossen und war bereits mit dem nächsten Satz beschäftigt. Diese vorläufig beendeten Sätze waren sehr lang geworden. Obwohl er die Arbeit an seiner Sinfonie nie aus den Augen verloren hatte, war es in den vergangenen Jahren immer wieder zu Unterbrechungen gekommen, bedingt durch zunehmende berufliche Verpflichtungen, Vorträge und Tagungen und nicht zuletzt auch durch seine publizistische Tätigkeit. Es ging dabei nicht nur um seine Mitarbeit bei verschiedenen Musikzeitschriften, in denen bereits mehrere Aufsätze über Schönberg und die Neue Wiener Schule erschienen waren, sondern auch um Pläne für größere Publikationen über Alban Berg und eine Biografie über Leoš Janáček.

Vor seinem Besuch in Wien hatte er erste Skizzen für einen weiteren Teil seines Werkes notiert. Franz dachte dabei nicht an den nächsten Satz. Der dritte Satz sollte in einem Teilabschnitt die Überschrift »Klosterruine am Meer« tragen – eine Musik zum Gedenken an Maria in Griechenland.

Doch nun, noch ganz unter dem Eindruck seiner Wiener Erlebnisse, wollte er seine Gedanken zur musikalischen Gestaltung eines untergehenden Hauses und eines zerstörten Gartens in seinem *Werktagebuch* festhalten.

Die einzelnen Stimmen des Orchesters bilden nach und nach einen bestimmten Klang, zuerst die tieferen Streicher mit den Fa-

gotten, schließlich Violinen und Hörner. Ein Akkord aus sieben Tönen wird zusammengefügt, der über mehrere Takte liegen bleibt. Dazu ein Crescendo. Dann die übrigen Instrumente: Alle steuern weitere Töne der chromatischen Leiter bei, der Akkord wird zu einer Tontraube, Steigerung bis zum dreifachen Forte. Der Schlag eines großen Gongs beendet diesen Vorgang. Ein plötzlicher Abbruch – es muss so klingen, als ob das ganze Orchester abstürzte, wie ein tiefer Fall in einen Abgrund. Nun wird in einzelnen Instrumenten das Anfangsmotiv des ›Dies irae‹ hörbar, andere Stimmen spielen die Umkehrung dieses Motivs, den Krebs – so lange, bis sich alles in einem ›stehenden Klang‹ vereinigt. Der Hörer nimmt schließlich die einzelnen Tonbewegungen nicht mehr wahr. Eine ›stehende Klangfläche‹, in gewissem Sinne ›geschieht‹ nichts mehr. Tod, Untergang, Verfall – dann eine Mezzosopran-Stimme aus diesem scheinbaren Chaos: ›Dies irae, dies illa ...‹

Franz verfolgte manches in der Entwicklung der zeitgenössischen Musik, wobei ihm nicht alles zusagte. So hatte er sich zunächst auch für die serielle Musik sehr interessiert. Doch für die eigene Arbeit erschien sie ihm zu durchorganisiert, fühlte er sich zu sehr festgelegt, eingeengt. Er experimentierte auch gerne, wollte sich für seine Arbeit alle möglichen Optionen offen halten – selbst dann, wenn ihm an einer bestimmten Stelle eine Konsonanz unterlief. So radikal wie Schönberg oder Webern hatte er sich die *Emanzipation der Dissonanz* nicht vorgestellt. Alban Berg hatte sich ja ohnehin schon in gewisser Weise darüber hinweggesetzt.

In der letzten Oktoberwoche kam es für Franz wieder zu einer Unterbrechung seiner Arbeit. Der Grund war nicht das bald beginnende Semester, sondern eine Nachricht vom Roten Kreuz.

Anna.

Ihr Vater Arthur Faris war Anfang 1945 in Dachau umgekommen. Ihre Mutter Lotte Faris, geborene Mantau, starb 1948 im Krankenhaus in Freiburg an einer Lungenembolie.

Sie wurde auf dem Friedhof in Schiltach im Schwarzwald begraben.

Anna hatten sie nach Ravensbrück gebracht. Wie aus den Unterlagen hervorging, hatte man herausgefunden, dass sie im April 1943 erschossen worden war.

Nicht dass Franz etwas anderes erwartet hätte. Es war diese Endgültigkeit, diese lapidaren Zeilen, dieser letzte Hinweis.

Er zog Schuhe und Mantel an, setzte einen Hut auf, wanderte den Philosophenweg entlang. Ein leichter Regen hatte eingesetzt.

Hölderlinanlage.

Im düstern Auge keine Träne war der Beginn der Losung gewesen. *Wir sitzen am Webstuhl und fletschen die Zähne* hatte ihre Antwort gelautet.

Eine andere Zeile des Gedichts ging Franz nun durch den Kopf, als er den Weg weiterging.

Deutschland, wir weben dein Leichentuch.

Auch Anna und der Kurier waren hier weitergegangen.

Überall tropfte das Wasser von den Bäumen. Der Regen wurde stärker. Die Wolken weinten um die Wette. Eine feuchte, graue Welt umhüllte den Spaziergänger, der unbeirrt seinen Weg fortsetzte.

Irgendwann war Franz unten am Fluss, der den Regen begierig aufsaugte.

Grau zu grau, schien er zu sagen.

Franz beneidete jetzt seinen Fluss. Nichts würde ihn aufhalten. Sein Weg zum Meer war vorgezeichnet. Er hatte seine Aufgabe. Ihn kümmerte keine Menschenwelt, am besten träge daran vorbeifließen, links und rechts liegen lassen! Alles andere lohnte sich nicht!

Der Regentag ist ein Feind der Farben. Mein Wetter, sagte Franz halblaut vor sich hin, wie für mich gemacht.

Er setzte sich auf den nassen Boden am Flussufer und starrte auf das Wasser.

Nimm alle meine Erinnerungen mit, ich schenke sie dir!

Doch keine einzige löste sich von ihm ab. Es sei denn, er vertraute sich selbst dem Fluss an und ließe sich ein Stück weit von ihm mittragen. Vielleicht würde er am Ende eine Stimme hören.

Deutschland, wir weben dein Leichentuch.

Pavane pour une amante défunte

Seit jenen Tagen im letzten Herbst dachte Franz daran, ins Elsass zu fahren.

Die Landschaft sehen und erkunden, in der Anna ihre letzten Jahre verbracht hatte, sich ein wenig auf ihren Wegen bewegen, den einen oder anderen Menschen aufsuchen, mit denen sie zusammen gewesen war.

Der Alltag nahm ihn wieder auf. Er arbeitete mit seinen Studenten, schrieb weiter an seinem Buch über Alban Berg, betreute seine Klavierschüler.

Im letzten Frühjahr hatte er in Frankfurt mit dem Geiger Henryk Szeryng das Violinkonzert von Alban Berg gehört. Er hatte auch den Brief, den ihm Rudolf Bach damals von der Uraufführung dieses Werkes geschrieben hatte, wieder gelesen. Franz war fasziniert. Mehr denn je verstand er seinen ehemaligen Wiener Lehrer.

Irene Nakowski, seine jüngste Klavierschülerin, die inzwischen sechzehn Jahre alt war, setzte Franz immer mehr in Erstaunen. Ab und zu schickte er sie zu Wettbewerben des Tonkünstlerverbandes. Und seine Schülerin sammelte Preise. Wie nebenbei, scheinbar mühelos gewann sie in Stuttgart gleich beim ersten Vorspiel ihrer Altersgruppe den ersten Preis. Sie spielte das *Italienische Konzert* von Bach, das *Rondo Capriccioso* von Mendelssohn und das *Allegro barbaro* von Bartók. Franz wurde von einigen Klavierpädagogen der Hochschule darauf angesprochen, dass seine Schülerin unbedingt sofort mit ihrem Klavierstudium beginnen müsse. Bei einer solchen Begabung dürfe man auf keinen Fall länger warten.

Franz hatte nur gesagt, er wolle mit seiner Schülerin sprechen. In Wirklichkeit war es so, dass Irene sowieso bereits weiteren Unterricht bekam und auch schon Ferienkurse bei bekannten Pianisten belegt hatte. Einmal im

Monat fuhr sie nach Frankfurt zu Professor Paul Bückner, dem früheren Lehrer von Franz. Paul Bückner war begeistert. Jedenfalls wurde Irene jede denkbare Förderung zuteil.

Als Franz ihr zum ersten Mal vorgeschlagen hatte, dass es an der Zeit sei, den Lehrer zu wechseln – das sei nur zu ihrem Besten – blickte sie zuerst bestürzt ihn an, dann ihre Hände, dann die Decke, bevor sie schrie: Nein!!

Doch Franz hatte sie schließlich überreden können, sich wenigstens auf jene zusätzlichen Stunden und Ferienkurse einzulassen.

Irene begann in der Zwischenzeit, nach einer etwas schwierigen Pubertätsphase zwischen zwölf und vierzehn Jahren, zu einer attraktiven jungen Frau heranzuwachsen. Wenn ihr auf dem Klavier etwas besonders gut gelungen war, konnte sie sich immer noch freuen wie ein kleines Mädchen – und dann konnte es geschehen, dass sie ihren Lehrer stürmisch umarmte. Doch auch wenn sie unzufrieden war, hatte sie Mühe, sich zu beherrschen. Einmal, nachdem Franz an einer bestimmten Stelle bei einem Impromptu von Schubert für die rechte Hand einen neuen Fingersatz ausgeknobelt, Irene es mehrmals versucht und der Lauf nicht sofort geklappt hatte, war sie wütend aufgesprungen und hatte gerufen: Ich spiele keinen Ton mehr!

Franz hatte sich eine Tasse Kaffee eingeschenkt.

Möchtest du auch etwas trinken?

Kopfschütteln.

Franz hatte aus einem Stapel Noten einen schmalen Band hervorgezogen, sich auf die linke Seite der Klavierbank gesetzt und zu spielen begonnen:

Laideronnette, Impératrice des Pagodes aus Maurice Ravels *Ma Mère l'Oye* für Klavier zu vier Händen.

Langsam war Irene wieder zum Flügel gekommen, hatte sich neben Franz auf die Bank gesetzt und im achten

Takt ihren Einsatz mit der rechten Hand zu spielen begonnen.

Irene spielte sehr gerne vierhändige Klaviermusik und Ravels fünf Bilder aus der Märchenwelt waren seit einigen Wochen ihre Lieblingsstücke. Schon nach wenigen Takten lächelte sie ihm von der Seite her wieder zu.

Franz musste sich eingestehen, dass er ein wenig in seine Schülerin verliebt war. Er versuchte, sich ihr gegenüber so distanziert wie möglich zu verhalten. Irene ihrerseits himmelte ihren Klavierlehrer an.

Anfang August 1957, an einem frühen Montagnachmittag, warf Franz eine Reisetasche in den Kofferraum seines VW-Käfers, fuhr in Richtung Landau und kam bei Wissembourg über die Grenze nach Frankreich.

Meine Reise hatte wenig mit einer Besichtigungstour zu tun, schrieb er in seiner Biografie, *mir kam es nur darauf an, dieses Gebiet zu sehen, ein wenig zu durchwandern, Bilder von Landschaften in mich aufzunehmen, kleine Städte und Dörfer, versteckte Ansiedlungen, Flusstäler, weitläufige Wälder, Seengebiete oder einsame Waldwiesen – Annas Land.*

Einige wenige Fixpunkte hatte ich mir ausgesucht. Niederbronn-les-Bains zuerst, später die Umgebung von Sarrebourg. Ich fuhr oft auf kleinen ländlichen Straßen. Manchmal, beim Durchfahren von Dörfern, spürte ich feindselige Blicke. Abgesehen davon, dass sich in diese Orte ohnehin selten Touristen verirrten, rief der Wagen mit dem deutschen Nummernschild bei den Bewohnern nicht immer wohlwollende Gedanken hervor.

Wenn ich in Gasthöfen rastete, eine Kleinigkeit zu mir nehmen wollte, versuchte ich mein lange verschüttetes Französisch wieder hervorzuholen, um mich mit den Leuten ein wenig unterhalten zu können. Aber ich spürte die Distanz dieser Menschen, die nicht darauf aus waren, mit einem Deutschen zu reden.

Meine Wut wuchs wieder einmal – aber nicht auf die Franzosen, sondern auf meine eigenen Landsleute, auf die Vertreter der Nazigeneration, die dafür gesorgt hatten, dass auch ich in den Augen nicht weniger Menschen für viele Jahre ein Nazi sein würde.

Er nahm in einem Gasthaus, *Le Grand Wintersberg,* in Niederbronn-les-Bains ein Zimmer für die Nacht. Die Wirtsleute, ein Ehepaar in seinem Alter, waren zumindest nicht unfreundlich. Sie redeten sogar in ihrer elsässischen Sprache mit ihm, die er fast besser verstehen konnte als die für ihn oft allzu schnell gesprochene Landessprache.

Als Franz sie nach der Adresse von Marie-Agnès Colin fragte, sahen sie ihn verwundert an.

Sie ist Lehrerin, institutrice, fügte er hinzu.

Ah, Madame Marie-Agnès Petit, sagte der Mann schließlich. Ich kann mir denken, wen Sie meinen.

Er beschrieb ihm den Weg. Marie-Agnès wohnte mit ihrer Familie in einem Haus am Ortsrand.

Ein etwa zehnjähriges Mädchen, gefolgt von zwei kleineren Geschwistern, einem Jungen und einem Mädchen, kam zum Gartentor.

Ich möchte zu Madame Petit. Madame Petit ... wollte er gerade beginnen, als die Frau des Hauses, eine stattliche Person mit kurzen dunklen Haaren, aus dem Haus kam und mit neugierig fragendem Blick auf ihn zuschritt.

Monsieur?

Franz stellte sich vor. Sie riss erstaunt ihre Augen auf.

Es erscheint Ihnen vielleicht ein wenig merkwürdig, wenn ich so plötzlich hier auftauche, sagte er auf Deutsch, aber ...

Sie sind Franz? Franz Niemann?, fragte sie mit ungläubigem Staunen und fasste ihn an den Händen.

Kommen Sie herein! Allez chercher papa!, rief sie ihren Kindern zu, dans le jardin!

Wo wohnen Sie?

Ah, bei Paul und Louise Schaffner, sagte sie, als er ihr

den Gasthof genannt hatte. Sie führte Franz auf die Terrasse hinter dem Haus, ging kurz hinein und kam gleich darauf mit einem erfrischenden Getränk zurück.

Sie sprach gut Deutsch, mit einem leichten Akzent.

Herr Niemann, Anna hat Sie sehr geliebt, war einer ihrer ersten Sätze, als sie zusammen mit ihrem Mann Émile am Tisch saßen.

Der Blick ging zum Großen Wintersberg, einer der prägnanten Erhebungen der nördlichen Vogesen. Ringsum Wald und Hügelland, kleine Wiesenrücken. Landschaft aus dem Bilderbuch.

Franz begann zu erzählen. Marie-Agnès übersetzte. Ihr Mann Émile war etwas kleiner als seine Frau, stämmig, leicht untersetzt, mit einer Halbglatze. Das Auffallendste an seinem Gesicht waren seine außerordentlich buschigen Augenbrauen.

Marie-Agnès fragte nach seiner Widerstandstätigkeit in Deutschland, seiner Zeit danach.

Er berichtete von seiner Verurteilung, 1938 – von einem ›Strafbataillon‹ hatte sie noch nie etwas gehört – von den Monaten bei den griechischen Partisanen, seiner Entlassung aus britischer Kriegsgefangenschaft, von seinem Leben nach dem Krieg, seiner Beschäftigung mit der Musik, im wissenschaftlichen und kreativen Sinne, bis zu dem Zeitpunkt, an dem man ihm mitgeteilt hatte, dass Anna ermordet worden war.

Sie schwiegen lange.

Wo?, fragte Marie-Agnès.

Im KZ Ravensbrück.

Wieder ein Augenblick der Stille. Marie-Agnès war sehr bewegt und aufgewühlt.

Es ist uns klar gewesen, dass sie es nicht überlebt hat, sagte sie nach einer Pause, sonst hätten wir bestimmt etwas von ihr gehört in all den Jahren. Doch nun … diese Endgültigkeit.

Was haben Sie hier vor?, fragte sie schließlich.

Ich habe mir in den Kopf gesetzt, ein wenig dieses Elsass-Lothringen kennen zu lernen, diese Landschaft zu durchstreifen, zu durchwandern, zu erleben. Ich bin bisher nie hier gewesen. Auch in Wien war ich auf Spurensuche. Doch dort habe ich einmal eine längere Zeit gelebt. Das ist wieder etwas anderes. Und natürlich möchte ich hier, wenn es möglich ist, vor allem ein paar Menschen treffen, die mit Anna zusammen gewesen sind.

Franz fragte Marie-Agnès nach ihrem Bruder, mit dem Anna verheiratet gewesen war.

Das dürfte schwierig sein, begann Marie-Agnès nach einem Zögern. Er ist inzwischen wieder verheiratet. Er spricht nicht über diese Jahre mit Anna. Er will die Zeit mit ihr möglichst vergessen, möchte nicht mehr daran erinnert werden.

Weshalb?

Vielleicht seine Art des Weiterlebens – nach allem, was er durchgemacht hat. Es ist besser, wenn Sie ihn nicht darauf ansprechen.

Kennen Sie sonst noch Leute hier, mit denen ich reden könnte?

Ich weiß, dass Cécile Renal, sie heißt inzwischen Dutourd, in der nächsten Woche nach Cirey kommt. Mit ihr war Anna bis zum Ende zusammen. Cécile ist damals bei Colmar den Deutschen nur mit knapper Not entkommen. Sie war neben Lucienne und mir Annas beste Freundin. Sie lebt heute in Dijon. Cécile hat nach dem Krieg Rechtswissenschaft studiert. Sie trat nach ihrem Examen in eine Anwaltspraxis ein. Dort lernte sie auch ihren späteren Mann kennen.

Sie haben von Lucienne und dem Verbleib meines Sohnes gehört?, fragte Franz.

Marie-Agnès nickte.

Haben Sie sonst noch etwas erfahren?

Nein. Cécile weiß vermutlich auch nichts. Wir schreiben uns immer wieder und telefonieren auch dann und wann. Sie hätte mir bestimmt etwas gesagt.

Stammt sie aus Cirey?

Nein, sie wurde 1917 in Colmar geboren. Ihre Mutter kommt aus Breisach. Céciles Eltern hatten vor dem Ersten Weltkrieg in Colmar geheiratet. Die Geschichte dieser Familie würde schon ein ganzes Buch füllen. Ihr Vater fiel 1917 vor Verdun auf deutscher Seite. Seine Cousins aus irgendeinem kleinen Dorf ein paar Kilometer weiter westlich fielen auf französischer Seite. Die Mutter zog mit ihrer Tochter 1919 nach Cirey-sur-Vezouze zur Familie ihres Schwagers, der dort eine Apotheke führte.

Emile Petit stand auf, ging ins Haus und kam nach kurzer Zeit mit einer Karte zurück und breitete sie auf dem Tisch aus.

Marie-Agnès zeigte mit dem Finger auf die Orte: hier ist Sarrebourg, südlich davon Cirey-sur-Vezouze, etwas weiter rechts Lafrimbolle, von dort komme ich.

Cécile, fragte Franz vorsichtig, spricht sie etwas Deutsch?

Marie-Agnès lächelte. Cécile ist praktisch bilingue, sie spricht beide Sprachen gleich gut.

Als sich Franz verabschiedete, war es spät geworden. Marie-Agnès teilte ihm noch mit, dass sie bald in die Ferien fahren würden. Sie werde aber vor ihrer Abreise mit Cécile telefonieren. Sie gab ihm die Adresse in Cirey.

Franz bedankte sich für alles und ging zu seinem Gasthof zurück.

Er durchstreifte in den nächsten Tagen das Land, stieg auf den Großen Wintersberg, wanderte durch dunkle oder lichterfüllte Wälder, überquerte kleine Flusstäler, legte sich auf einsame Wiesen, blickte den Wolken nach.

Nur einzelne Rufe von Vögeln oder das Summen der Insekten

waren zu hören. Sonst Stille. Gedanken legten sich in den Wind. Einige fielen auf versteckte, verwachsene Pfade oder wurden von kleinen Wasserläufen fortgetragen, wieder andere verloren sich in vibrierendem Blätterwerk oder in mattfarbenen Tannenwäldern. Manche hefteten sich an kleine Wolken, zogen am Himmel entlang, verloren sich irgendwo hinter dem Horizont.

Für immer verflogen, verschwunden oder verborgen, unauffindbar. Doch die Gedanken entstehen wieder neu, oft auch in kleinen Varianten – und wieder gehen sie auf die Reise, wechseln blitzschnell den Ort. Sie sind wie Telegramme, die ihren Adressaten nicht finden, der Empfänger ist nicht immer nur verzogen.

Franz entdeckte Soldatenfriedhöfe: 1870/71, 1914–18, 1945.

Ganz Elsass-Lothringen ist voll davon, französische, deutsche, sagte ihm der Wirt, als Franz ihn darauf ansprach. Am Tag nach seinem Besuch bei der Familie Petit, nach der Rückkehr von einer größeren Wanderung, war er mit seinen Wirtsleuten ins Gespräch gekommen.

Kennen Sie Madame Petit schon länger?, hatte ihn die Wirtin neugierig gefragt.

Nur aus Berichten des Roten Kreuzes.

Dann hatte er ein paar Informationen hingestreut. Eine frühere Freundin aus Frankfurt, vor Hitler nach Frankreich geflüchtet, später bei der Résistance. Sie sei mit Marie-Agnès Petit zusammen gewesen.

Dann waren Sie ja selbst im Widerstand ... Franz nickte.

Im Ort wurde schnell bekannt, dass sich im Gasthof zum *Grand Wintersberg* ein Deutscher einquartiert habe.

Am nächsten Abend wurde er in der Gaststube von einem älteren Mann auf Französisch angesprochen. Ein sehr hagerer, hochaufgeschossener Mensch mit nur noch wenigen Haaren auf dem Kopf und einem Gesicht, das von grauen Bartstoppeln übersät war. Seine Hände zitterten unablässig.

Der Mann sprach sehr schnell, nuschelte auch etwas.

Franz konnte zunächst nur wenig verstehen, vernahm aber zwischendurch das Wort ›Struthof‹. Die Stimme des Alten wurde immer lauter, steigerte sich schließlich zu einem hohen Geschrei.

Maudits soient les Boches! À bas, les Boches!

Sein Kopf fiel ihm nach vorne. Er brabbelte nur noch unverständliche Wortfetzen vor sich hin. In diesem Augenblick ging die Tür auf und zwei jüngere Frauen, vielleicht seine Töchter, kamen herein, blickten mit einem Achselzucken in die Runde, nahmen den Mann bei den Händen und führten ihn hinaus. Ein Franzose, ungefähr im Alter von Franz, ließ sich neben ihm am Tisch nieder. Ein weiteres Paar setzte sich dazu. Auch die Wirtsleute. Ein paar Flaschen Weißwein standen auf den Tisch, ein Krug Wasser und Gläser.

Mein Name ist Robert Servais, stellte sich der Mann neben Franz vor.

Auch der Mann und die Frau nannten ihren Namen. Franz verstand nur die Vornamen Jean und Francine.

Sprechen Sie alle deutsch?, fragte Franz.

Wenn wir wollen, schon!, sagte der Mann lächelnd.

Franz nahm den Vorgang staunend zur Kenntnis. Die folgenden Gespräche wurden in einem Gemisch aus Elsässisch-Deutsch und Französisch geführt.

Herr Niemann, Sie dürfen das dem Alten nicht übel nehmen, begann der Wirt. Er hat das KZ bei Natzweiler überlebt. Antoine hat Furchtbares durchgemacht. Er wird nie mehr darüber hinwegkommen.

Dann füllte er die Gläser mit dem Wein.

Santé, zum Wohl.

Paul und Louise haben uns so manches von Ihnen erzählt, sagte der Mann, der sich zuerst vorgestellt hatte. Ich habe Marie-Agnès Colin, wie sie damals noch hieß, während unserer Tätigkeit in der Résistance kennen gelernt.

Kannten Sie Anna Faris?, fragte Franz sofort.

Nein, ich bin Marie-Agnès erst Mitte 1943 begegnet. Da war Anna schon weg. War sie Ihre Verlobte?

Nein, wir waren ... befreundet. Wir kannten uns aus unserer Zeit im Widerstand, damals in Frankfurt.

Franz berichtete ein wenig. Natürlich waren wir nicht viele.

Auch bei uns waren längst nicht alle in der Résistance, begann die Frau, von der Franz nur den Vornamen Francine verstanden hatte. Nicht wenige von unseren Landsleuten haben auch mit den Deutschen zusammengearbeitet. Doch offiziell wird darüber nicht geredet.

Hier in dieser Gegend, die ja den Status einer deutschen Provinz hatte, ist es außerdem zu sehr merkwürdigen Einschätzungen gekommen, sagte Robert. Selbst die Elsässer, die gezwungen worden sind, in der deutschen Armee zu kämpfen, oder die einfach nach Deutschland gebracht und zu allen möglichen Funktionen zwangsverpflichtet worden waren, *malgré eux*, wie man hier sagte, wurden später von ihren zurückgebliebenen Landsleuten mit Argwohn betrachtet, unter Umständen sogar als Kollaborateure beschimpft.

Ich kann den Hass und die Wut Ihrer Landsleute verstehen, sagte Franz. Doch leider verstellen solche Emotionen oft den Blick auf individuelle Schicksale – und führen immer wieder zu Ungerechtigkeiten oder zumindest zu schiefen Blickwinkeln.

Wir müssen einen Neuanfang versuchen! Robert Servais hob das Glas. Es wird vermutlich nicht sehr schnell gehen. Trinken wir auf eine Versöhnung zwischen unseren Völkern.

Alle am Tisch hoben ihr Glas.

A tous les hommes de bonne volonté, sagte Francine.

Sie diskutierten noch lange, bis tief in die Nacht hinein, sprachen auch den Getränken kräftig zu. Sie unterhielten sich über Robert Schuman, den großen Visionär eines vereinten Europa, über die Montan-Union, über die ersten Annäherungen zwischen ihren beiden Ländern, über Konrad Adenauer, dessen Politik in Richtung Frankreich von Franz eher gutgeheißen wurde.

In der Nacht, gegen ein Uhr, stimmte Francine das Lied der Partisanen an.

Ami entends-tu le vol lourd des corbeaux sur la plaine? ...
Franz erstarrte für einen Moment. Auch wenn es nicht Annas Stimme war, holte ihn plötzlich eine unauslöschliche Erinnerung ein. Er blickte Francine verblüfft an, konnte kaum seine Erregung verbergen. Francine hörte abrupt auf zu singen.

Was hast du, Franz? Inzwischen duzten sie sich alle.

Nichts, nichts, sagte er. Verzeiht mir, es ist ... nur eine Erinnerung, die mich bedrängt, sonst nichts.

Welche Erinnerung?, fragte Robert.

Auch Anna hatte so eine schöne Stimme. Sie sang oft ... politische Lieder.

Das war unser Partisanenlied, sagte Francine. Soll ich es lieber nicht singen?

Doch, doch, sagte Franz. Es ist nicht wegen der Partisanen. Ich war selbst dabei.

Du warst bei den Partisanen?, fragten sie ungläubig.

Ja, in Griechenland. Ich bin zu den Partisanen übergelaufen. Aber das ist eine Geschichte für sich.

Dann singen wir es für dich, sagte Robert. Alle stimmten ein.

Ami entends-tu le vol lourd des corbeaux sur la plaine?
Ami entends-tu les cris sourds du pays qu'on enchaîne?
Ohé partisans, ouvriers et paysans c'est l'alarme!
Ce soir l'ennemi connaîtra le prix du sang et des larmes!

Franz war immer noch sehr betroffen von der Ähnlichkeit des Vorgangs. In dieser Runde, die ihn so freundlich in ihrer Mitte aufgenommen hatte, war es plötzlich der Gesang dieser Frau, der ihn an ein längst vergangenes Erlebnis mit Anna erinnert hatte.

Damals, 1935, im Zug von Kronberg zurück nach Frankfurt.

Alas, my love, you do me wrong ..., oder später im Gartenhaus in Heidelberg: *Mein Vater wird gesucht* ... . All die alten Lieder, die ihm nun plötzlich wieder einfielen, Lieder aus einer fernen Zeit.

Entschuldigt mich bitte für einen Augenblick. Franz stand auf und ging hinaus. Er trat vor die Tür. Über ihm ein von Sternen übersäter Himmel, den er kaum wahrnahm.

Eine Hand legte sich auf seine Schulter.

Was macht dir so zu schaffen, Franz?, fragte Robert.

Franz atmete tief ein. Die Erinnerungen ...

Die können wir nicht einfach abschütteln.

Manchmal bedrängen sie uns so sehr, dass sie uns Schmerzen verursachen.

Was ist mit Anna geschehen?

Sie haben sie umgebracht, sagte Franz. Und ich habe einen Sohn, der am anderen Ende der Welt lebt – aber das sagte er nicht.

Eine Zeitlang blickten sie auf die dunkle Straße vor ihnen.

In der nächsten Woche, so hoffe ich, werde ich Cécile Dutourd in Cirey treffen.

Hieß sie früher Cécile Renal? Habe ich auch gekannt. Grüße sie von mir.

Sie gingen in die Gaststube zurück. Die Leute waren dabei aufzubrechen.

Ich danke euch, dass ihr mich so herzlich aufgenommen habt.

Ein Abschied wie unter Freunden.

Zwei Tage später brach Franz auf. Seine Wirtsleute hatten ihn umarmt.

Du bist hier jederzeit willkommen.

Über Saverne fuhr er nach Sarrebourg. Er parkte den Wagen und ging ein wenig durch die Innenstadt. Als er zurückkam, hatte jemand in großen Lettern ›Nazi‹ in die Staubschicht auf der Scheibe der rechten Wagentür geschrieben.

Er fuhr weiter. Kurz vor Blâmont nahm er die Abzweigung nach Cirey. Es war ein ziemlich heißer Augusttag. Er hatte die Autofenster geöffnet, der Fahrtwind war angenehm.

Franz fragte sich in Cirey nach der Rue Poincaré durch, diese Straße hatte Marie-Agnès auf dem Blatt notiert. Er hielt vor einem schmucken, in einem warmen Gelb-Ton gestrichenen Einfamilienhaus mit einem kleinen Vorgarten. Am Eingang ein mit blassroten Heckenrosen bewachsener Rundbogen, am Gartentor ein Briefkasten: RENAL stand in großen Buchstaben darauf.

Franz zog an einem Griff, der am rechten Pfosten an einem Seil herunterhing.

Auf den Glockenton öffnete sich die Haustür und eine Frau mit weißen Haaren trat mühsam an einem Stock gehend ein paar Schritte heraus.

Guten Tag! Ich bin Franz Niemann, rief Franz der Frau zu.

Das Gartentor ist offen. Kommen Sie herein, wir haben Sie erwartet, antwortete sie lächelnd.

Nach der Begrüßung führte ihn Frau Renal in den Salon.

Nehmen Sie Platz, forderte sie Franz auf. Meine Tochter muss gleich zurückkommen. Sie macht nur ein paar Besorgungen.

Franz setzte sich in einen tiefen Sessel und sah durch ein breites Fenster in einen großen Blumen- und Gemüsegarten hinaus. Einzelne Obstbäume standen verstreut dazwischen.

Bitte bedienen Sie sich, sagte Frau Renal und deutete auf eine Karaffe mit Wasser, die auf einem niedrigen Tischchen stand.

Gerne, sagte Franz. Es ist ganz schön heiß heute.

Die Frau setzte sich auf einen höheren Stuhl zu seiner Rechten.

Damit ich nachher wieder hochkomme, sagte sie lachend. Ich habe leider Probleme mit der Hüfte.

Verstehe.

Links neben dem großen Fenster blickte man durch eine weit geöffnete Flügeltür auf einen langen Plattenweg, an dessen Rändern sich eine bunte Blumenpracht entfaltet hatte: Malven, Gladiolen, Königskerzen, Lupinen und Lilien.

Sylvie, die Frau meines Sohnes, ist eine begeisterte Gärtnerin.

Das ist nicht zu übersehen.

In dem Salon selbst standen dunkle, etwas altmodisch anmutende Möbelstücke. Ein paar Bilder, die Gebirgslandschaften darstellten. An der Wand auf der linken Seite ein geöffnetes Klavier mit zwei nach außen gedrehten Leuchtern. Ein aufgeschlagener Notenband.

Man hörte das Schlagen einer Autotür.

Das wird Cécile sein, sagte Frau Renal.

Franz stand auf und kurz darauf kam eine nicht sehr große, eher zierliche schwarzhaarige Person mit einer Ponyfrisur herein.

Franz Niemann?, fragte sie lächelnd.

Sie begrüßten sich.

Ich wusste schon ein wenig, wie Sie aussehen. Marie-Agnès hat Sie offensichtlich gut beschrieben. Aber ... sie zögerte ... nicht nur deshalb.

Franz lächelte verlegen vor sich hin.

Cécile wandte sich ihrer Mutter zu.

Hast du deine Medikamente schon genommen?

Selbstverständlich. Ich bin doch deine brave Mutter.

Augenzwinkernd blickte sie zu Franz hinüber.

Sie werden doch bei uns wohnen?, fragte Cécile.

Eigentlich wollte ich gerade vorschlagen, dass ich mich noch um ein Quartier ...

Kommt nicht in Frage!, rief Cécile.

Das werden Sie uns doch nicht abschlagen, sagte Frau Renal.

Aber ich möchte Ihnen keine Umstände ...

Nein, nein. Wir haben im Moment genügend Platz. Mein Bruder ist mit seiner Familie in die Ferien gefahren. Sie können das Zimmer von meinem Neffen Charles haben. Bitte, sagen Sie nicht nein!

Einverstanden, sagte Franz. Vielen Dank.

So räumte er seine Siebensachen in ein paar leergeräumte Fächer im Schrank von Céciles Neffen ein, legte sich eine halbe Stunde auf das Bett, machte sich danach im Badezimmer des oberen Stockwerks ein wenig frisch und ging die Treppe wieder hinunter, wo ihn die beiden Frauen schon erwarteten.

Dieselbe Situation wie in Wien, dachte er. Und doch so verschieden.

Nach dem Abendessen brachte Cécile ihre Mutter auf ihr Zimmer. Franz ging in der Zwischenzeit ein wenig in den Garten hinaus und setzte sich eine Zeitlang auf eine Bank vor einem hohen Kirschbaum. Eine Katze streunte über den Weg. Ein Eichhörnchen rannte am Stamm einer Weide hoch. Der Ruf eines Eichelhähers und das weiter entfernte Gurren von Tauben. Ab und zu das Gebell von Hunden.

Franz überließ sich ganz dieser idyllischen Landschaft, stellte sich vor, dass Anna ebenfalls hier gewesen war.

Später sah er, wie Cécile den Tisch abräumte. Langsam ging er wieder zurück.

Cécile erwartete ihn an der Tür.

Schön ist es hier.

Ja. Kommen Sie, sagte Cécile.

Sie führte ihn auf einen anderen Gartenweg. Sie kamen zu einer kleinen Plattform, auf der sich ein Holztisch mit ein paar Stühlen befand.

Hier sitzen wir oft am Nachmittag bei schönem Wetter.

Ihre Mutter hat sich schon zurückgezogen?

Sie möchte meistens um diese Zeit für die Nacht gerichtet werden. Mit ihrer Gesundheit steht es leider nicht zum Besten. Sie kann sich nicht mehr allein versorgen. Ich komme im Sommer für ein paar Wochen hierher, damit auch mein Bruder mit seiner Familie in die Ferien fahren kann. Setzen Sie sich doch. Ich hole uns etwas zu trinken.

Franz ließ sich auf einem der Holzstühle nieder und schloss für einen Moment die Augen.

Ein interessantes Gesicht, lebhaftes Spiel der Augen, dieses Lächeln. Sie erinnert mich ein wenig an Dorothea.

Cécile kam zurück und setzte sich neben Franz an den kleinen Tisch.

Ich habe übrigens bei Anna immer wieder ein Foto von Ihnen gesehen, sagte sie. Sie haben sich kaum verändert.

Daran erinnern Sie sich noch nach so langer Zeit?

Nun ja, sie hatte diese Fotografie manchmal bei sich stehen, in einem kleinen Stellrahmen. Meistens wickelte Anna sie in ein Papier ein und legte sie vor dem Schlafengehen unter ihr Kopfkissen. Fast so etwas wie ein Ritual.

Cécile hatte eine Flasche Rosé und zwei Gläser mitgebracht. Sie schenkte ein.

Das ist mein Schutzengel, hatte sie uns einmal erklärt. Solange er bei mir wacht, kann mir nichts geschehen.

Und sie holte an jedem Tag, sobald wir uns auf den Weg machten, das Foto unter dem Kissen hervor und steckte es in ein kleines Täschchen, das sie sich um den Hals hängte.

Franz schüttelte den Kopf.

Dann ... habe ich ihr doch nichts genützt.

So kann man das auch wieder nicht sagen. An jenem Tag, als sie den Deutschen in die Hände fiel, waren wir am frühen Morgen überhastet aufgebrochen. An einer Bahnstrecke vor Colmar sollte ein Anschlag auf einen Zugtransport gemacht werden. Man wusste nicht genau, wann dieser Zug durchkommen würde. Morgens um halb vier kam der Kurier in unser Quartier in der Nähe von Muntzenheim. Wir mussten sofort los. In einem alten Schuppen, nicht weit von der Bahnstrecke, war unser Material untergebracht. Unsere Gruppe war gut eingespielt. Wir waren fast fertig, die Sprengladung war bereits positioniert. Dann fielen plötzlich Schüsse. Vielleicht hatte uns jemand verraten, vielleicht war es Zufall. Ein Trupp von Soldaten rannte auf uns zu. Lucienne Marchais und einige andere von uns erwiderten das Feuer. Dabei bewegten sich unsere Leute schnell auf ein paar Gehöfte zu, die ihnen Deckung versprachen. Anna und ich rannten auf die andere Seite. Wir trennten uns. Ich sah noch in der Dämmerung, dass sich Anna in einen Graben warf. Ich selbst lief zu dem Schuppen zurück. Das war natürlich Unsinn, aber ich konnte in diesem Augenblick keinen klaren Gedanken fassen. Vielleicht zwanzig oder dreißig Meter neben dieser Remise lag ein großer Stapel alter Bahnschwellen. Hinter denen versteckte ich mich, duckte mich tief auf den Boden. Es stank dort furchtbar. Bald darauf kamen sie, durchsuchten den Schuppen, näherten sich fast meinem Versteck. Ich hatte Glück. Anna nicht. Als sie weg waren, robbte ich von diesem stinkenden Loch weg und verbarg mich noch eine Zeitlang hinter einer Hecke. Dann ging ich, so schnell ich konnte, zu unserem Quartier zurück. Vorsichtig näherte ich mich dem Gebäude. Es war ein altes verlassenes Bauernhaus bei Muntzenheim. Ich konnte nichts Verdächtiges sehen. Rasch ging ich in das Haus hinein. Alles war unverändert. Überall lagen unsere Habseligkeiten herum. Noch waren sie also nicht hier gewesen. Ich ging die Treppe zu unserem Schlafraum hoch. Kurze Zeit später hörte ich Geräusche. Lucienne kam mit noch vier weiteren Kameraden zurück.

Ich bin hier oben!, rief ich. Lucienne kam sofort die Treppe herauf.

Jean und Thomas sind gefallen, sagte sie tonlos. Anna?, fragte ich. Lucienne kämpfte mit den Tränen und blickte zu Annas Schlafplatz hinüber. Sie haben sie, diese Schweine!, sagte sie leise. Wir müssen schnell unsere Sachen zusammenpacken. Die Betten lassen wir, wo sie sind. Wir können sowieso nicht hierher zurückkehren.

In diesem Augenblick, ich kann nicht sagen, weshalb, fiel mir die Fotografie ein. Ich hob das Kopfkissen hoch – da lag sie immer noch. Anna hatte sie bei dem überstürzten Aufbruch zurückgelassen. Hier ist das Foto, sagte ich zu Lucienne. Gib es mir, sagte sie. Ich habe sie wohl sehr erstaunt angesehen. Gib mir das Foto, Cécile!, rief sie in einer plötzlichen Erregung.

Weshalb wollte sie unbedingt dieses Foto von mir haben?

Es war ausgemacht worden, dass Lucienne sich um Annas Sohn kümmern sollte ... Ihren Sohn.

Cécile zögerte einen Moment, ehe sie weitersprach.

Vielleicht wollte sie deshalb unbedingt dieses Bild an sich bringen.

Ich erinnere mich noch ganz deutlich an den Augenblick, als ich Anna das Foto gegeben habe, sagte Franz. Am Morgen des Tages, an dem sie aus Deutschland geflohen ist.

Etwas muss man noch hinzufügen, fuhr Cécile fort. Anna und Lucienne waren Freundinnen, aber für Lucienne war es mehr als Freundschaft. Sie liebte Anna.

Franz blickte Cécile verwundert an.

Für Anna war es nur Freundschaft, nichts sonst, sagte Cécile lächelnd.

Inzwischen war die Sonne untergegangen. Zunehmende Stille.

Es ist gut, dass die Gedanken in uns lautlos sind, dachte Franz.

Etwas hätte ich doch gerne noch erfahren, wandte er sich nach einer Pause wieder an Cécile. Weshalb hat Lucienne nie versucht, mit mir Kontakt aufzunehmen? Über euer Croix Rouge hätte man doch sicher auch mich in Heidelberg finden können. Das konnte doch nicht so schwer sein?

Cécile antwortete nicht sofort.

Sie wollte nicht.

Wollte nicht? Weshalb?

Cécile zögerte wieder einen Augenblick.

Sie ... hasste die Deutschen ...

Mich auch?

Alle! Die Deutschen hatten ihre Anna gefangen, verschleppt und getötet. Sie klammerte sich an Annas Sohn. Und hätte ihn mit Zähnen und Klauen verteidigt. Sie hätte ihn nicht hergegeben. Eher hätte sie sich in die Luft gesprengt. Wahrscheinlich ... ich bedaure, Ihnen das sagen zu müssen ... hat sie die Fotografie vernichtet. Vermutlich hat sie Ihrem Sohn erzählt, dass Sie nicht mehr am Leben sind. Wie gesagt, es ist nur eine Vermutung. Aber ich könnte es mir denken.

Aber, als sie so schwer erkrankte, wusste sie doch, dass sie nicht mehr lange zu leben hatte.

Das war ihr zwar klar. Aber der Junge durfte niemals nach Deutschland zurück. Ich weiß nicht, wie es ihr gelungen ist, ihren Vetter zu überreden. Aber sie hat es geschafft.

Und meinen Sohn damit ans andere Ende der Welt geschickt. Neukaledonien!

Es ... tut mir wirklich leid für Sie. Sie sollten versuchen, irgendwie mit ihm Verbindung aufzunehmen.

Das dürfte schwierig sein. Ich würde gerne einmal inkognito dorthin reisen, nur um zu sehen, wie es ihm geht. Angenommen, es gefällt ihm dort, bei diesen Leuten ... Aber das sind müßige Gedanken.

Weshalb? Wie alt ist er denn in der Zwischenzeit?

Bald zwanzig.

Dann ist er praktisch erwachsen. Er wird vielleicht studieren, unter Umständen sogar nach Frankreich zurückkommen.

Ja, vielleicht ergibt sich doch einmal eine Möglichkeit.

Oder er ist neugierig – und wird sich eines Tages selbst auf Spurensuche begeben.

Langsam senkte sich die Dämmerung auf das Land. Fledermäuse flogen lautlos über Sträucher hin, an Bäumen vorbei und verschwanden im Irgendwo.

Nach und nach war es dunkel geworden. Vereinzelte kleine Lichtspuren aus dem nächtlichen Garten.

Plötzlich war so etwas wie ›tschuk – tschuk – tschuk‹ zu hören und ein Crescendo mit einem ›dü – dü – dü‹. Der Komponist in mir dachte daran, mit welchem Instrument ich diesen Vogelruf nachahmen könnte, wie Tonhöhe und Tondauer notiert werden sollten.

Was ist das?, fragte ich Cécile.

Das ist unsere Nachtsängerin auf einem der höheren Bäume drüben am Bach.

Irgendwie hatte dieser akustische Vorgang etwas Tröstliches für mich und riss mich ein klein wenig aus meinen Gedanken, die sich sehr dieser Nachtzeit angepasst hatten.

Ich habe noch nie eine Nachtigall gehört, sagte ich zu Cécile.
Sie lachte. Le rossignol beehrt uns nun schon das dritte Jahr.

Als Franz am nächsten Morgen in den Salon hinunterkam, waren seine Gastgeberinnen nirgends zu sehen. Vor der Flügeltür war der Frühstückstisch gedeckt. Franz ging hinaus und blickte den Plattenweg hinunter. In etwa zwanzig Meter Entfernung hockte das Eichhörnchen mitten auf dem Weg und schien ihn zu beobachten. Auf einem Teller lag ein Blatt Papier mit ein paar Zeilen.

Guten Morgen! Ich bin mit meiner Mutter zum Arzt gefahren. Es wird nicht lange dauern. Wir sind bald wieder zurück. Cécile

Franz ging wieder in den Salon und besah sich die auf dem Klavier aufgestellten Noten: Claude Debussy, *Deux Arabesques*.

Er setzte sich hin und begann die erste Arabeske zu spielen. Er erinnerte sich daran, mit welcher Begeisterung Irene Nakowski dieses Stück vor ein paar Jahren gespielt hatte – seine Schülerin war von dieser Musik völlig hingerissen gewesen.

Er war so sehr in sein Spiel vertieft, dass er gar nicht bemerkte, dass hinter ihm zwei Frauen standen, die sich ihrerseits von seinem Spiel bezaubern ließen.

Als er das Stück beendet hatte und sich umdrehte, erschrak er ein wenig.

Ich habe Sie gar nicht kommen hören, sagte er leicht verlegen.

Wir wollten Ihnen keinen Schrecken einjagen, sagte Cécile. Wir sind einfach hinter Ihnen stehen geblieben und haben sehr gerne zugehört. So hat hier wohl noch niemand Debussy gespielt.

Schade, dass mein Enkel Charles nicht hier ist, sagte Frau Renal, er wäre begeistert gewesen. Er hat seit drei Jahren Klavierunterricht. Er liebt Musik.

Gegen Mittag kam eine Nachbarin vorbei.

Das ist Madame Faure, sagte Céciles Mutter und erklärte nach dem gegenseitigen Bonjour, dass Mireille, eine Nachbarin, die wir schon seit vielen Jahren kennen, in den nächsten Tagen immer mal wieder nach ihr sehen werde, wenn Franz und Cécile unterwegs seien.

Franz sah Cécile fragend an.

Sie wollen doch sicher bald die Gegend erkunden, begann Cécile, und ich dachte, dass ich Ihnen einiges zeigen könnte. Lafrimbolle oder Réchicourt-le-Château zum Beispiel.

Wird es auch wirklich gehen?, fragte Franz mit Blick auf Céciles Mutter.

Und Mireille Faure lächelte Franz an:

Ne vous inquiétez pas! Pas de problème.

Das ist sehr liebenswürdig von Ihnen.

Am frühen Nachmittag fuhren sie mit Céciles Wagen nach Lafrimbolle hinüber.

Sie parkten in der Nähe des Militärfriedhofs. Sie schlenderten über das Gräberfeld aus dem Ersten Weltkrieg. Überall Kreuze, Namen, Daten.

Eigenartig, sagte Franz. Das ist doch bestimmt ein jüdischer Name. Und sicher nicht der einzige.

Könnte schon sein, sagte Cécile.

Der Tod für das Vaterland eint die Menschen offensichtlich alle in derselben Religion.

Cécile lachte leise in sich hinein. Wie praktisch, fügte sie hinzu.

Einige unserer jüdischen Bürger sind zwar zum christlichen Glauben übergetreten – katholisch oder protestantisch – aber ich glaube kaum, dass man sich hier die Mühe gemacht hat, das genauer nachzuprüfen.

Jedenfalls durften sie damals für die Deutschen kämpfen und fallen, sagte Cécile.

Ja. Viele von den jüdischen Weltkriegssoldaten waren

sogar stolz auf ihre Orden – und konnten dann unter Hitler bis zum Ende nicht glauben, dass man ihnen etwas antun würde.

Cécile sah Franz schweigend an.

Kommen Sie, verlassen wir diesen Ort!, sagte Franz plötzlich.

Sie wanderten durch das Dorf, dann in die unmittelbare Umgebung.

Dort drüben liegt der Bauernhof der Colins. Cécile zeigte auf ein bäuerliches Anwesen. Ein größeres Wohnhaus, Scheunen und Schuppen, eine Pferdekoppel, auf der vier oder fünf Pferde und zwei Jungtiere zu sehen waren. Daneben eine größere Weide für Kühe.

Ich war schon lange nicht mehr dort, sagte Cécile. Ein paar Jahre sind seit meinem letzten Besuch vergangen. Charles Colin hat wieder geheiratet. Aber er möchte überhaupt nicht an die Zeit von damals erinnert werden.

Marie-Agnès deutete so etwas an, sagte Franz.

Das letzte Mal, als ich ihn und seine Familie besuchte, reagierte er ziemlich abweisend.

Sie nahmen einen Weg in den Wald hinein, befanden sich nach wenigen Kilometern vor einer Burgruine. Der Wald hatte das alte Gemäuer von allen Seiten eingeschlossen. Vögel flogen über die verfallenen und überwachsenen Mauern, stießen spitze Schreie aus. Der Bergfried war zur Hälfte in sich zusammengebrochen. Von den übrigen Gebäuden war kaum mehr etwas zu sehen.

Sie setzten sich auf den Stamm eines umgestürzten Baumes.

Was hat Ihnen Anna von mir erzählt?, fragte er.

Cécile sah ihn verwundert an.

Nun ja, begann sie, Anna hat nicht oft von Ihnen gesprochen, aber wenn sie es tat, ging so etwas wie ein Leuchten über ihr Gesicht. Sie deutete einmal an, dass Sie mit einer anderen Frau verlobt gewesen seien.

Franz schwieg.

Stimmt das?, fragte Cécile vorsichtig.

Franz nickte. Das hat schon seine Richtigkeit, sagte er dann. Zumindest war eine Verlobung geplant. Aber diese Beziehung war bald nach Annas Flucht aus Deutschland zu Ende.

Wegen Anna?

Nein. Es war vor allem meine Widerstandstätigkeit in Frankfurt, die den Eltern meiner damaligen Verlobten Schwierigkeiten bereitete. Als sie erfuhren, dass ich in Heidelberg eine Frau versteckt hatte, die von der Gestapo gesucht wurde, setzten sie alles in Bewegung, um die Beziehung ihrer Tochter zu mir zu beenden.

Waren sie Hitleranhänger?

Nein, das nicht. Der Vater meiner Freundin war Diplomat gewesen, zu dem Zeitpunkt bereits im Ruhestand. Er war kein Parteimitglied, mochte die Nazis auch nicht ...

Aber dann verstehe ich nicht ..., begann Cécile.

Es war die Angst, sagte Franz. Das war im Grunde genauso wie in den besetzten Gebieten. Der Terror der Nazis erfasste das ganze Land. Wer dagegen war oder sich eben nicht an die diktierten Regeln hielt, geriet in Gefahr. Und die Nazis machten in Deutschland mit ihren Gegnern ebenso kurzen Prozess wie in Frankreich, in Polen, Russland oder sonst wo. Verstehen Sie, die Leute hatten einfach Angst – und ich konnte es in meinem persönlichen Fall den zukünftigen Schwiegereltern nicht verdenken, dass sie ihre Tochter und sich selbst schützen wollten. Es war ja immer die ganze Familie gefährdet.

Das war schlimm für Sie ...

Ja, zunächst schon. Ich habe diese Frau geliebt.

Und Anna?

Auch. Aber wieder anders ...

Man kann nicht zwei Frauen zugleich lieben.

Sie haben Recht. Aber die damalige Situation, die ganze

Konstellation, verstehen Sie? Ich merke, dass ich mich nun herauszureden versuche und mich rechtfertigen möchte. Wir ... sind so unvollkommen, manchmal auch unbedarft ...

Fühlen Sie sich schuldig? Cécile blickte Franz offen an.
Fragt nun die Juristin?
Nein, ich frage nicht im juristischen Sinne.
Ich möchte mein Verhalten nicht beschönigen, sagte er. Was wir auch immer tun – etwas läuft schief, und wir glauben es nicht vermeiden zu können. Wir bemühen vielleicht sogar so etwas wie das Schicksal. Aber das ist ein Vorwand.

Cécile sagte nichts, zuckte mit den Achseln.
Sie erhoben sich, gingen weiter. Cécile schlug bald einen Weg nach links ein.
Hat es in Ihrem Leben seit damals keine Frau mehr gegeben?
Nein. Jedenfalls bin ich keiner Frau mehr begegnet, die mich als Partnerin interessiert hätte.
Cécile zog die Augenbrauen hoch.
Das klingt vielleicht ein wenig überheblich oder anmaßend, fuhr Franz fort. Das ist es aber nicht. In all den Jahren ist so viel geschehen. Meine Verurteilung zu viereinhalb Jahren Zuchthaus, danach meine Zwangsverpflichtung in die Wehrmacht, später mein Überlaufen zu den griechischen Partisanen – das sind zunächst die äußeren Geschehnisse, natürlich mit entsprechender Innenwirkung. Als ich schließlich 1946 aus britischer Kriegsgefangenschaft nach Deutschland zurückkam, war – ich muss es offen gestehen – das Bild von Sofie, meiner ehemaligen Verlobten, nach so langer Zeit allmählich verblasst. Da gab es niemanden, zu dem ich zurückkehren würde. Doch ein anderes Bild hatte sich in all den Jahren in mir festgesetzt und wollte nicht mehr weichen: Anna. Obwohl ich in jener Zeit des Widerstands mit ihr gar

keine richtige Beziehung hatte oder vielleicht gerade deshalb. Es mag sein, dass ich mir im Nachhinein etwas einrede, aber da ist etwas in mir geblieben, etwas Beharrliches, Unbeirrbares.

Und deshalb sind Sie allein geblieben? Cécile schüttelte den Kopf. Gibt es keine andere Möglichkeit, seine Verbundenheit mit einem Menschen zu leben, der längst gestorben ist, als die Einsamkeit?

Vielleicht kommt ja auch noch meine Arbeit hinzu. Die schöpferische Arbeit ist immer eine einsame Tätigkeit. Ich möchte eine große Sinfonie komponieren ...

Aber Sie müssen doch auch Menschen treffen, sprechen, sich auseinandersetzen. Sie können doch nicht nur in Ihren vier Wänden leben!

So schlimm ist es auch wieder nicht, versuchte Franz zu beschwichtigen.

Und Sie sind sicher, dass diese Einsamkeit keine Pose ist?

Vielleicht ist etwas daran. Aber bis jetzt habe ich noch kein Mittel dagegen gefunden. Außerdem wissen Sie ja auch, fuhr er fort, manche fliehen in die Öffentlichkeit und sind dennoch einsam.

Der Wald lichtete sich allmählich. Sie traten auf ein Stück Wiesenland hinaus und erreichten ein kleines Flüsschen.

La Sarre Blanche, sagte Cécile.

Sie ließen sich an einer Stelle am Ufer nieder, zogen Schuhe und Strümpfe aus und kühlten ihre Füße in dem frischen Wasser.

Um noch einmal auf den Begriff ›Schuld‹ zurückzukommen, begann Cécile nach längerem Schweigen, ich habe in den letzten Tagen eine längere Erzählung von Camus gelesen, *La Chute, Der Fall*.

Ich kenne nur *Die Pest* und *Der Fremde*, sagte Franz.

Das Buch ist im letzten Jahr erschienen und hat seine

Leser ein wenig ratlos zurückgelassen, begann Cécile. Es ist ein dunkles Buch, ohne einen Hoffnungsschimmer. Ich möchte es Ihnen gerne zum Lesen geben. Glauben Sie, dass Sie das schaffen?

Französisch lesen kann ich wahrscheinlich besser als sprechen, sagte Franz. Aber ich habe vielleicht zu wenig Übung.

Dann lesen wir das Buch zusammen, schlug Cécile vor. Ich würde es selbst gerne noch einmal lesen. Was meinen Sie? Jeden Tag eine halbe oder dreiviertel Stunde?

Gerne. Wenn es Ihnen nichts ausmacht, Cécile.

Sie lächelte ihn an.

Jetzt haben Sie mich zum ersten Mal mit meinem Vornamen angeredet.

Könnten wir nicht das ›Sie‹ ändern?, schlug Franz vor.

Gerne, sagte Cécile.

Sie küssten sich in französischer Manier auf beide Wangen und das Ritual brachte sie ein wenig zum Lachen.

Worum geht es denn in der Erzählung von Camus, fragte Franz, als sie weiterwanderten.

Es geht um einen ehemaligen Pariser Rechtsanwalt namens Jean-Baptiste Clamence, der in seinem Beruf sehr erfolgreich war und nun von großen Schuldgefühlen geplagt wird. Er führt ein sorgenfreies, unbeschwertes bürgerliches Leben. Aber dann treten bestimmte Ereignisse ein, die ihn nach und nach erkennen lassen, dass seine dem blanken Hedonismus zugeneigte Existenz und seine offenkundige Manifestation bürgerlicher Wohlanständigkeit nur eine Fassade darstellen. Sein Leben erweist sich als hohl und leer.

Und wodurch kommt er zu dieser Erkenntnis?

Zuerst hört Clamence hinter sich ein Lachen, dessen Ursache er nicht erkennen kann. Als wäre es ein Hinweis auf sein oberflächliches Leben, das ihm selbst hinterherlacht. Doch dann hat er ein Erlebnis, das ihn über alle

Maßen zum Nachdenken bringt: Hinter ihm springt eine junge Frau, eine Selbstmörderin, von einer Seinebrücke in den Fluss. Clamence geht weiter, obwohl er noch den Schrei hört.

Er reagiert überhaupt nicht?

Nein. Er setzt seinen Weg fort. Der Ruf nach einem Menschen ist an sein Ohr gedrungen – und er hat nicht geholfen.

Und dies führt zu den Schuldgefühlen?

Auch. Er fängt an, über sich nachzudenken, sein bisheriges Leben zu überprüfen und erkennt nach und nach seine Schuld. Er begibt sich nach Holland – für ihn ein dunkles, nebliges Land – und beginnt in der Bar *Mexiko City* in Amsterdam die Vertreter der Unterwelt juristisch zu beraten. Doch am wichtigsten wird für ihn das Bewusstsein der eigenen Schuld. Und während er sich selbst anklagt, beschuldigt er ebenfalls seine Mitmenschen. Die Selbstanklage scheint ihm zu erlauben, auch die anderen Menschen zur Rechenschaft zu ziehen.

Gibt es eine Lösung für diesen Konflikt?

Nein, sagte Cécile, weder eine Lösung noch eine Erlösung. Weißt du, was mich an dem Buch besonders betroffen gemacht hat? Diese Gleichgültigkeit der Menschen, das ständige Sich-Heraushalten, die Nicht-Einmischung. Das war es doch auch, was wir bei unseren eigenen Landsleuten während der deutschen Besatzung erlebt haben. Gut, es gab die Leute in der Résistance. Das war nicht gerade die Mehrheit der Bevölkerung. Und da waren jene Leute, die mit den Deutschen kollaboriert haben. Aber es gab eben auch die große Gruppe derer, die zugesehen haben, die nie irgendetwas unternommen haben, die ihr Leben in aller Ruhe weitergeführt haben, ohne an ihrer Wohlanständigkeit zu ersticken. Jeden Tag haben Betroffene ihre verzweifelten Hilferufe losgeschickt, oftmals in Form von Blicken, Haltungen, Gesten.

Cécile, aber jene Menschen gibt es überall. Auf der ganzen Welt.

Hier werden sie angeklagt. Es wird mit ihnen abgerechnet. Mit all jenen, die sich etwas vormachen, die sich etwas einbilden auf ihre Rechtschaffenheit.

Ich bin wirklich gespannt auf das Buch.

Sie waren ein ganzes Stück an dem kleinen Fluss entlanggegangen, der sich durch eine idyllische Landschaft schlängelte. Einmal waren sie auf eine Gruppe badender Kinder gestoßen, die sich mit wildem Gekreische bespritzten.

Ich würde mich jetzt auch gerne ins Wasser stürzen, sagte Cécile.

Nichts dagegen!, sagte Franz. Und diese Replik brachte ihm einen kleinen Rippenstoß ein.

Nach einem weiteren Weg durch den Wald erreichten sie wieder Lafrimbolle. Von dort aus eine kurze Autofahrt zurück nach Cirey.

Vor dem Abendessen holte Cécile die Erzählung von Camus aus ihrem Zimmer und sie gingen noch eine halbe Stunde in den Garten. Sie setzten sich nebeneinander an den Gartentisch, Cécile begann den Text zu lesen. Franz las mit.

Puis-je, Monsieur, vous proposer mes services, sans risquer d'être importun? Je crains que vous ne sachiez vous faire entendre de l'estimable gorille qui préside aux destinées de cet établissement. Il ne parle, qu'en effet, que le hollandais ...

»Darf ich es wagen, Monsieur, Ihnen meine Dienste anzubieten, ohne Ihnen lästig zu fallen? Ich befürchte sehr, dass Sie sich dem ehrenwerten, über den Geschicken des Etablissements waltenden Gorilla nicht werden verständlich machen können. Er spricht nämlich nur Holländisch ...«

Franz musste immer wieder nach einzelnen Wörtern

fragen, um den Sinn zu verstehen. Aber er hörte gerne dieser Frauenstimme zu, die ihm mit ihrem relativ dunklen Timbre angenehm in den Ohren klang.

Zum Abendessen wurde eine große Platte mit Choucroute alsacienne aufgetischt.

Mireille Faure hatte noch in der Küche mitgeholfen, ließ sich aber nicht dazu überreden, am Abendessen teilzunehmen.

Während des Essens entlud sich ein Gewitter, das sich schon seit einiger Zeit angekündigt hatte. Begleitet von Blitzen und Donnerschlägen begann bald ein kräftiger Regen auf das Land niederzugehen. Nach einer halben Stunde war das meteorologische Gastspiel zu Ende, der Regen ließ nach und der untergehenden Sonne gefiel es, ihr intensives Rotgold über das sanfte Land zu streuen.

Cécile stand auf, um ihre Mutter zu versorgen.

Franz, möchtest du ein wenig Musik hören?, fragte Cécile.

Ja, gerne.

Hier ist der Plattenspieler. Im untersten Fach des Schränkchens stehen die Schallplatten. Such dir aus, was du hören möchtest.

Während Cécile ihre Mutter ins Bad führte, sah Franz die Platten durch.

Er legte eine Scheibe auf und brachte den Apparat in Gang. Dann setzte er sich wieder an den Tisch zu seinem Glas Weißwein und ließ den Blick auf der mit den besonderen Farben ausgeleuchteten Landschaft ruhen.

Maurice Ravel, die Orchesterfassung von *Le Tombeau de Couperin*.

Diese Musik!, dachte er. Auch das ist Hedonismus pur. Man genießt das alles, eine besondere Atmosphäre. Solche Augenblicke gibt es. Daran werde ich mich erinnern.

Der Plattenspieler hatte schon vor einigen Minuten abgeschaltet, als Franz aufstand, um die Platte umzudrehen. Das erste Stück auf der zweiten Seite begann: *Pavane pour une infante défunte.*

Cécile kehrte zurück.

Sie lächelte ihm zu: Oh, ein wenig melancholisch, diese Musik. Aber ich höre sie immer wieder.

Du Riesling, s'il te plaît, sagte sie, als sie wieder am Tisch saßen.

Im Augenblick kommt mir alles ein wenig unwirklich vor, begann Franz. Dieser Abend, die Musik, die Stimmung, in die man versetzt wird. Ich bin schließlich zu einer Spurensuche aufgebrochen.

Anna hätte es gefallen, sagte Cécile plötzlich.

Bitte?

Anna liebte solche Stimmungen. Manchmal haben wir auch gefeiert. Einen Geburts- oder Namenstag. Irgendwelche Gründe fanden sich immer. In ihren letzten Jahren natürlich seltener. Aber manchmal ein wenig Alltag und Tod vergessen. Anna konnte sehr ausgelassen sein.

Das ist aber etwas anderes, sagte Franz. Diesen Kontrast habt ihr bitter nötig gehabt. Während jetzt ... genießen wir einfach.

Ja, Franz. Aber ich finde, das dürfen wir auch. Hast du deshalb ein schlechtes Gewissen? Das ... solltest du nicht ...

Ich weiß nicht ...

Franz, Anna ist seit vierzehn Jahren tot. Du hast nur dieses eine Leben. Wie sagt man so schön? Man muss loslassen können.

Das habe ich ja auch längst. Es sind nur bestimmte Momente, in denen wieder etwas in uns auftaucht, uns bedrängt. Wir kommen uns wie ausgeliefert vor, beinahe wehrlos. Dann ist es schwer, sich dagegenzustemmen. Manchmal fliehe ich in solchen Augenblicken aus dem Haus, beginne ziellose Wanderungen. Übrigens ist es mir in Wien ähnlich ergangen. Auch dort habe ich mich auf die Suche nach Menschen begeben. Doch jetzt, hier bei euch ...

Was meinst du?

Ich ... habe mich schon lange nicht mehr so wohl gefühlt. Ist das nicht seltsam?

Überhaupt nicht. Außerdem freut es mich, wenn du das sagst.

Franz konnte lange nicht einschlafen. Es war nicht nur das reichhaltige und schwere Essen. So vieles ging ihm im Kopf herum. Die Wanderungen mit Cécile, ihre Gespräche.

Er musste sich eingestehen, dass er Cécile begehrte. Wie lange war er mit keiner Frau mehr zusammen gewesen? Oft peinigte ihn sein Körper. Und er dachte daran, dass auch das der Preis für seine Einsamkeit war.

Manchmal war er in Heidelberg mit irgendeiner Frau, die er am Abend kennen gelernt hatte, in ihre Wohnung mitgegangen und hatte die Nacht mit ihr verbracht. Häufig war er früh morgens davongeschlichen, hatte sich schnell aus dem Staub gemacht – und war sich keinesfalls gut dabei vorgekommen.

In den nächsten Tagen setzten Cécile und Franz ihre Wanderungen fort. Sie gingen die Wege entlang, auf denen sich zur Zeit der deutschen Besatzung die fliehenden Menschen, die aus dem Gefängnis befreit worden waren, fortbewegt oder auf denen sich Frauen und Männer vor der Polizei, der Gestapo, der SS oder sonst wem in Sicherheit gebracht hatten. Die Wege und Pfade in den Waldgebieten um Cirey, Lorquin, Bertrambois und in der unmittelbaren Umgebung von Lafrimbolle.

An den Abenden setzten sie ihre Lektüre fort.

Sie fuhren nach Réchicourt-le-Château, erkundeten

das ganze Umland, kamen schließlich auch zu dem abgelegenen Haus des Försters, in dem François, der Sohn von Franz, bei seiner Pflegefamilie gelebt hatte.

Einmal badeten sie in der Nähe von Dieuze in einem kleineren See, den zahlreiche Birken und Nadelbäume umstanden.

Sie hatten ihn eher durch Zufall entdeckt. Wie ein dunkles, beinahe kreisrundes Auge schien er den Himmel anzublicken.

Sie hatten rasch ihre Kleider abgelegt, waren bis zur Mitte hinausgeschwommen und genossen die Abkühlung an dem heißen Tag.

Als sie nebeneinander kurz innehielten, nahm Franz die Hand von Cécile, zog sie zu sich her, legte seine Arme um ihren Leib und küsste sie. Dabei kamen ihre Köpfe kurz unter Wasser. Lachend tauchten sie wieder auf.

Plötzlich fielen mehrere Schüsse. Einer ganz in ihrer Nähe. Offenbar eine Gruppe von Jägern, die ihrem atavistischen Jagdtrieb nachgingen.

Cécile und Franz schwammen sofort zum Ufer zurück. Als sie an die Stelle kamen, wo sie ihre Kleider abgelegt hatten, wurden sie von einem älteren Mann erwartet, der an einem Baum lehnte und sein Gewehr wie einen Stock auf den Boden gestellt hatte.

Tiens, tiens!, begann er in einem höhnischen Ton, Monsieur Adam et Madame Ève!

File, imbécile, fiche le camp!, rief Cécile.

Doucement, ma petite! Pas sur ce ton-là!

Franz warf Cécile in der Zwischenzeit ein Handtuch zu und zog rasch seine Hose an.

Der Mann beobachtete sie mit einem hämischen Grinsen.

Sale voyeur, sagte Cécile.

Vous ne savez pas avec qui vous parlez, ma chère!

Plötzlich sprang Franz sehr schnell nach vorne, ehe der

Mann sein Gewehr hochreißen konnte. Mit einem schnellen Griff entwand er ihm seine Waffe, verpasste ihm zuerst einen harten Schlag in die Magengrube, danach einen rechten Haken. Der Mann sackte in sich zusammen. Franz warf das Gewehr in den See.

Rasch zogen sie sich an.

Wir müssen so schnell wie möglich verschwinden, bevor seine Jagdgenossen auftauchen, flüsterte Franz.

In geduckter Haltung rannten sie den schmalen Waldweg entlang, den sie hergekommen waren. Noch einmal hörten sie irgendwo Schüsse. Sie gelangten unbehelligt auf einem breiten Sandweg zu ihrem Wagen zurück. Nur einmal hatten sie sich hinter einem Strauch am Wegrand versteckt, als ihnen zwei Autos entgegenkamen.

Als sie sich einige Zeit später auf der Straße nach Blâmont befanden und schließlich nach links in Richtung Cirey einbogen, sagte Cécile:

Das war ja beinahe so etwas wie ein Abenteuer, Franz. Aber ein sehr unangenehmes. Ich bin schließlich gegen Gewalt. Aber als ich dir vorhin zusah, hätte ich fast gejubelt. Dem Mann ist doch nichts Ernstliches geschehen?

Nein, nein, sagte Franz lächelnd. Der ist längst wieder zu sich gekommen.

Ein widerwärtiger Kerl, sagte Cécile. Wahrscheinlich Landadel – oder irgendein Neureicher, dem die Jagd gehört.

In der darauffolgenden Nacht kam Cécile zu ihm. Franz nahm sie leidenschaftlich in seine Arme.

Der Mond war über den Wäldern aufgegangen und die Nachtigall ließ es sich nicht nehmen, mit ihrem Gesang aufzuwarten. Sang sie besonders intensiv, als hätte sie ein Gespür für solche Nächte?

Später lagen sie eng umschlungen nebeneinander. Das Mondlicht fiel durch das geöffnete Fenster.

Jetzt halte ich eine Französin in den Armen, die gegen die Nazis gekämpft hat, sagte Franz.

Cécile lachte leise.

Und ich liege in den Armen eines Deutschen, der gegen die Nazis gekämpft hat, antwortete sie.

Ein paar Tage später zog ein Regengebiet von Westen her über die Vogesen. Franz und Cécile hatten noch Strasbourg und Colmar besucht. Zwei anstrengende Tage in brütender Hitze.

Der Regen brachte nun etwas Abkühlung. Außer einigen kurzen Spaziergängen blieben sie die meiste Zeit im Haus und lasen. Allmählich kamen sie an das Ende der Erzählung von Camus.

Cécile war eine gute Vorleserin. Franz machte Fortschritte in der französischen Sprache, die für ihn ja nicht neu war, sondern nur etwas verschüttet.

So waren sie an das Ende der Beichte des »juge-pénitent«, des Bußrichters, gekommen. Clamence hält mit seiner eigenen Beichte den Mitmenschen einen Spiegel vor, sagte Cécile.

Und immer wieder seine ›Unterlassungssünde‹ bei der Selbstmörderin, die in die Seine springt, sagte Franz. Und er hat keine Chance für eine Korrektur.

Ja, keine Wiederholung einer Entscheidungsmöglichkeit, fuhr Cécile fort:

«O, jeune fille, jette-toi encore dans l'eau pour que j'aie une seconde fois la chance de nous sauver tous les deux!»

Der eigentliche ›Sündenfall‹ – la chute – zeigt sich in der ›Unterlassung‹, sagte Franz. Es gibt keine weitere Person, die sein Nicht-Eingreifen bemerkt, keine Rechtsordnung, die ihm das zwingend vorschreibt. Kein Gericht wird ihn dafür verurteilen.

Und dann dieser Schluss: »Jetzt ist es zu spät, es wird immer zu spät sein. Zum Glück!« Cécile schüttelte den

Kopf. Das hat mich schon bei der ersten Lektüre so bedrückt. Es ist ja nicht nur die Person von Jean-Baptiste Clamence, die hier gemeint ist, sondern die ganze Gesellschaft. Ihre Gleichgültigkeit wird angeprangert, die Menschen werden in ihrer Menschlichkeit auf die Probe gestellt – und sie versagen.

» ... es wird immer zu spät sein«, wiederholte Franz leise vor sich hin.

Am nächsten Morgen zeigte sich der Sommer wieder von seiner sonnigen Seite. Cécile und Franz überlegten, ob sie einen Ausflug nach Gérardmer machen sollten.

Nach dem Frühstück brachte der Postbote einen Brief für Cécile.

Von meinem Mann, sagte Cécile, als sie den Absender gelesen hatte. Entschuldigt mich, bitte.

Sie ging in ihr Zimmer und Franz begab sich mit Madame Renal hinaus in den Garten. Ein leichter Wind wehte. Nach den heißen Tagen vor dem Regen herrschten nun angenehm kühle Temperaturen. Madame Renal freute sich an den Blumen.

Schneiden Sie mir ein paar Gladiolen? Dort drüben in dem Kästchen muss eine Gartenschere liegen.

Gerne.

Er brachte die Frau zu der Bank, schnitt ein paar von diesen langstieligen Blumen ab und legte sie am Rand des Weges ab.

Nach einer halben Stunde kam Cécile zu ihnen heraus. Sie schien bedrückt zu sein.

Schlimme Nachrichten?, fragte ihre Mutter.

Cécile zuckte die Achseln.

Später, sagte sie nur.

Können wir ein wenig spazieren gehen?, fragte sie Franz. Wir warten noch auf Mireille, sie muss gleich kommen.

Einverstanden.

Es gibt einfach nichts Komplizierteres als eine Beziehung zwischen zwei Menschen, wenn Störungen aufgetaucht sind, sagte Cécile später, als sie einen Wiesenweg entlanggingen.

Wahrscheinlich hast du Recht, antwortete Franz.

Die letzten Monate haben mein Mann und ich getrennt gelebt. Ich habe eine Auszeit genommen und wohnte bei einer Freundin außerhalb von Dijon. Diesen Schritt habe ich in beidseitigem Einvernehmen getan. Und ich habe es nicht bereut. In meiner Ehe hatte ich die letzten einundhalb Jahre das Gefühl, ersticken zu müssen.

Franz blickte sie an. Gab es eine andere Frau?, fragte er schließlich.

Cécile nickte.

Ein üblicher Vorgang. Zuerst war ich sehr wütend. Unsere Eigenliebe wird ja bei einem solchen Geschehen in hohem Maße in Mitleidenschaft gezogen. Nach außen blieb natürlich alles beim Alten. Der erfolgreiche Anwalt musste die Fassade wahren. Auch das ist nichts Neues. Was mir aber zunehmend zu schaffen machte, war dieser Schein, diese Lüge, diese Unaufrichtigkeit. Vor allem war mir auch gar nicht klar, wie viele von den Mitarbeitern unserer Kanzlei von seinem Verhältnis wussten. Bei der Geburtstagsfeier zu seinem Fünfzigsten, zu der er alle Mitarbeiter und Angestellten in ein Lokal eingeladen hatte, platzte mir der Kragen. Ich hatte ziemlich viel getrunken. Während einer Rede, die sein bester Freund auf ihn hielt, bei der er auch die Verdienste seiner engsten Mitarbeiterin, meiner Person, hervorhob, geschah es dann. Ich schüttete meinem Mann, der neben mir stand, ein fast volles Glas Champagner ins Gesicht und verließ die Gesellschaft. Später, als ich allein in unserer großen Wohnung saß, bereute ich meine Handlungsweise.

Ein paar Rehe rannten vor ihnen über den Weg auf den Wald zu.

Mein Mann kam erst spät in der Nacht zurück. Ich lag längst im Bett. Am nächsten Morgen – ich selbst hatte kaum geschlafen – fand ich ihn im Salon auf einem Canapé. Er lag in tiefem Schlaf. Ich telefonierte mit meiner Freundin, die mir sofort riet, zu ihr zu kommen, schrieb meinem Mann einen Brief, packte ein paar Sachen zusammen und verließ die Wohnung.

Nach ein paar Tagen fand eine heftige Aussprache statt. Er hatte beim Herumtelefonieren herausbekommen, wo ich steckte und bat um ein Gespräch. Zuerst wollte ich nicht. Doch schließlich ließ ich mich darauf ein. Nach einem langem Disput und gegenseitigen Schuldzuweisungen einigten wir uns auf eine vorläufige Trennung.

Gab er dir die Schuld an der ganzen Situation?

So direkt nicht. Aber ich habe in der Zwischenzeit über vieles nachgedacht. Unsere Ehe – was man eben in bürgerlichen Kreisen unter ›Ehe‹ versteht – bestand eigentlich kaum mehr. Alles, was uns einmal zusammengebracht hat, unsere gegenseitige Zuneigung, einfach alles, war mit den Jahren allmählich verschwunden. Wir funktionierten irgendwie, hielten nach außen hin eine Fassade aufrecht – und das konnte auf die Dauer nicht gut gehen.

Und ich muss versuchen, auch ehrlich mit mir selbst ins Gericht zu gehen. Ich hatte schon auch deshalb meinen Teil dazu beigetragen, weil ich das Spiel zu lange mitgemacht habe.

Habt ihr euch nie ausgesprochen?

Nein. Ich wollte es eigentlich schon lange. Aber ich habe es immer vor mir hergeschoben. So fand eben nie ein klärendes oder wenigstens offenlegendes Gespräch statt. In seinem Brief bedauert er das nun.

Cécile blieb stehen und blickte in Gedanken versunken in die Landschaft hinaus.

Es kommt noch etwas anderes hinzu, sagte sie. Der ältere Bruder meines Mannes ist gestorben.

Ich verstehe nicht.

Das war eben auch so ein Familienproblem, jedenfalls was die Familie Dutourd angeht. Raimond, so hieß er, war ein hoher Beamter des Vichy-Regimes. Du kannst dir denken, was das bedeutet?

Ja, aber was hat das wiederum mit euerem Problem zu tun?

Unmittelbar nichts. Aber ... das war nun mal ein Verdrängungsproblem in der Familie. Man sprach nicht darüber, kehrte es unter den Tisch. Auch hier musste nach außen hin eine gewisse Fassade aufrechterhalten werden. Probleme waren dazu da, dass man sie ignorierte.

Das ist schon kurios, sagte Franz. Die Widerstandskämpferin und der Kollaborateur in ein und derselben Familie.

Das soll vorkommen.

Und dein Mann?

War weder noch. Mir gegenüber behauptete er oft, dass er meinen Mut in jener schweren Zeit bewundere, und er äußerte Verständnis für mein damaliges Engagement gegen die Nazis, meine Tätigkeit in der Résistance. Aber in der Familie durfte nicht darüber gesprochen werden. Das war ein absolutes Tabu-Thema. Ein offenkundiges Verdrängungsproblem in manchen Familien.

Hattet ihr ... keine Kinder?

Zwei Fehlgeburten. Leider.

Ein paar Minuten gingen sie schweigend nebeneinander her.

Wie geht es nun mit euch weiter?

Mein Mann schreibt, dass er mich vermisse, dass das Ganze ein Fehler gewesen sei, dass er mit der Frau Schluss gemacht habe. Er wolle mit mir über alles reden. ›Alles‹ hat er dick unterstrichen. Dann schrieb er noch, dass wir einen Neuanfang versuchen sollten.

Und was meinst du selbst dazu?

Ich weiß es nicht.
Bedeutet er dir noch etwas?
Völlig gleichgültig ist er mir nicht.
Cécile trat zu Franz, legte ihre Arme um ihn.
Was soll ich denn tun, Franz?
Das musst du letztlich allein entscheiden, Cécile. Aber ich denke, Reden ist immer wichtig. Wirst du nach Dijon fahren?, fragte er noch.
Nein, Etienne will hierherkommen. Übermorgen.
Verstehe, sagte Franz.

Am nächsten Morgen packte Franz seine Sachen zusammen, brachte sie zu seinem Wagen und nahm Abschied von Cirey-sur-Vesouze.
Cécile hatte ihm am Abend gesagt, dass sie am nächsten Tag sehr früh nach St. Dié fahren werde. Sie wolle Freunde besuchen.
Du musst mich verstehen, Franz. Ich hasse solche Abschiede. Mireille wird hier sein und sich um alles kümmern.
Sie hatte ihn lange umarmt.
Ich bin froh, dass ich dir begegnet bin, Franz.
Dann war sie rasch in ihr Zimmer gegangen.

***

Viele Wochen später erhielt Franz einen Brief von Cécile.
Lieber Franz,
schon längst hätte ich Dir schreiben müssen, aber hier sind so viele Dinge im Gange, dass ich es immer wieder hinausgeschoben habe.
Ob meine Neuigkeiten jeweils positiv oder negativ sind, wird sich zeigen. Die Aussprache mit Etienne in Cirey verlief zunächst nicht sehr zufriedenstellend. Ich fürchte, es lag auch daran, dass Du mir ein wenig den Kopf verdreht hast, Franz. Aber im Laufe der folgenden Wochen habe ich mich mit meinem Mann

allmählich wieder zusammengerauft, wie man so sagt. Er ist vor allem auf einen Vorschlag von mir eingegangen, der mir sehr wichtig war: Für einen Neuanfang müsse er sich etwas mehr von seiner Familie lösen, sich von der ständigen Unaufrichtigkeit wegbewegen. Ich wusste, dass dies ein Punkt war, dessen Einlösung ihm sehr schwer fallen würde. Aber er hat es schließlich akzeptiert.

Und nun hat das Ganze eine überraschende Wende genommen, wegen der ich noch nicht weiß, wie ich es selbst einschätzen soll. Bei einem Treffen seines Juristenjahrgangs in Paris hat er auch einen Freund aus Studientagen wieder getroffen, der inzwischen in Französisch-Guyana lebt und sich gerade ein paar Wochen in Frankreich aufhält. Und dieser Freund hat Etienne gefragt, ob er nicht Lust habe, für ein paar Jahre nach Cayenne zu kommen. Auf jeden Fall ist das bei meinem Mann auf Interesse gestoßen. Nach seiner Rückkehr berichtete er mir davon, fragte mich nach meiner Meinung. Wir sprachen lange darüber. Schließlich einigten wir uns darauf, dass er sich für drei Jahre verpflichten solle.

Und so werden wir Anfang Januar in Cherbourg das Schiff nach Cayenne in Französisch-Guyana besteigen, wo mein Mann für die nächsten drei Jahre bei der Präfektur arbeiten wird. Ich weiß, das klingt wie ein Abenteuer. Alles in allem eine sehr drastische Änderung unserer bisherigen Lebensweise. Aber wir wollen es wagen.

Etwas möchte ich Dir unbedingt noch mitteilen.

Ich habe vor kurzem in Dijon einen früheren Gefährten aus den Zeiten des Widerstands getroffen. Wir haben uns sehr lange nicht mehr gesehen und wir setzten uns in ein Café und redeten über dies und jenes. Auch über den Tod von Lucienne. Der Mann war auf der Beerdigung in Vincennes. Viele ehemalige Kameraden seien gekommen, auch einige offizielle Vertreter des Staates. Lucienne war, wie Du ja sicher inzwischen weißt, eine wichtige Persönlichkeit in der Résistance. Luciennes Vetter und seine Frau waren nicht mehr im Land. Sie waren mit Deinem

Sohn längst wieder in Neukaledonien. Nach der Beerdigung traf man sich noch in einem Lokal. Mein Bekannter saß zufällig neben einer Schwester von Lucienne, von deren Existenz er vorher keine Ahnung hatte. Ich dagegen erinnere mich daran, dass Lucienne von einer jüngeren Schwester erzählt hat, die am Krankenhaus in Épinal arbeitete. Kurzum: Nathalie Moreau, geborene Marchais, ist inzwischen mit einem Arzt in Strasbourg verheiratet. Er hat sein Cabinet in der Innenstadt, in der Nähe der Kathedrale. Und was für Dich wichtig sein wird: Sie steht in brieflichem Kontakt mit der Familie Marchais in Nouméa/La Nouvelle Calédonie. Ich habe mit den Moreaus Kontakt aufgenommen und dabei auch die Adresse der Familie Marchais in einem Vorort von Nouméa herausbekommen. Natürlich habe ich nichts von Dir erzählt.

Die beiden Adressen, auch die von Dr. Anatole Moreau in Strasbourg, stehen auf dem Blatt, das ich dem Brief beigefügt habe. Ich hoffe, dass ich Dir ein wenig behilflich sein konnte.

Ich wünsche Dir für Dein weiteres Leben alles erdenklich Gute. Tu mir vor allem einen Gefallen:
Lebe!
Alles Liebe,
Deine Cécile

***

Franz, der in nachdenklicher und niedergedrückter Stimmung aus Frankreich zurückgekehrt war, las den Brief mit gemischten Gefühlen. Einerseits freute er sich für Cécile, dass ihre Ehe wieder eine Perspektive gewonnen hatte, andererseits hatte er sich noch nicht so sehr von Cécile gelöst, um sich in purer Selbstlosigkeit zu verlieren.

Er dachte daran, dass sich in seinem Leben ständig etwas wiederholte: Er liebte Frauen, wurde auch wiedergeliebt, aber immer verlor er sie wieder – sie begaben sich in die entferntesten Winkel der Welt – oder die Welt entfernte sich von ihnen.

Als er die Adresse seines Sohnes las, wurde er in eine eigenartige Erregung versetzt. Fraglos war er Cécile dankbar, dass sie das alles für ihn herausbekommen hatte. Noch hatte er im Augenblick keine Ahnung, wie er diese Kontaktaufnahme in Gang setzen würde, auf welche Weise er überhaupt vorgehen sollte.

Auf jeden Fall wusste Franz nun: Sein Sohn lebte in einem Vorort der Hauptstadt Nouméa in Neukaledonien!

Oder hatte diese große Ferne vielleicht auch etwas Gutes? Konnte er dadurch auch in langsamen Schritten und behutsam vorgehen, ohne mit der Tür ins Haus zu fallen?

Die ersten Briefentwürfe gingen ihm durch den Kopf. Er verwarf sie alle wieder. Er war sich nie sicher, ob er den richtigen Ton getroffen hatte.

Wie schreibt man als Vater an einen Sohn, dem man mit großer Wahrscheinlichkeit eingetrichtert hat, dass dieser Vater nicht mehr lebt?

Nach einer Woche hörte er auf. Er ließ die letzte Briefvariante auf seinem Schreibtisch liegen – und konnte sich nicht überwinden, sie abzusenden. Sein Problem war auch, dass er den Brief gerne noch jemanden lesen lassen wollte, der die französische Sprache besser beherrschte als er. Aber an wen konnte er sich in so einem Fall wenden?

Wieder einmal war es Dorothea, die einen Rat wusste.

Franz führte mit seiner Schwester ein langes Telefongespräch und schilderte ihr sein Problem. Dorothea schlug vor, sie könne sein Schreiben einer guten Freundin in Mainz anvertrauen, einer Französin, die mit einem Kollegen ihres Mannes verheiratet sei. Erstens brauche sie ihr nicht zu sagen, dass es sich um den Brief ihres Bruders handle, und zweitens könne sie sich bestimmt auf die Verschwiegenheit der Frau verlassen.

Und so tippte er den Text seines Briefes auf der Schreibmaschine ab und schickte ihn nach Mainz an Dorothea.

Es war ihm wichtig gewesen, sich nicht als Vater zu erkennen zu geben. Vielleicht erst viel später – vielleicht ja auch nie. Er gab sich François gegenüber als ein Freund von Anna Faris aus, die er in der Zeit des Widerstands gegen Hitler in Frankfurt kennen gelernt habe.

Er habe erfahren, dass Anna einen Sohn habe, und er wolle gerne mit ihm in Kontakt treten. Er würde sich freuen, wenn er ihm, Franz Niemann, schreiben würde. Franz nahm nicht an, dass François mit dem Namen Niemann etwas anfangen könnte. Anna hatte damals bei der Geburt sicher nur ihren eigenen Namen angegeben. Franz schrieb ihm, wie sehr er den Mut und die Unerschrockenheit seiner Mutter bewundert habe, und dass es ihm ein besonderes Anliegen sei, François davon zu berichten.

Franz war sich keinesfalls sicher, ob ein solches Vorgehen angemessen oder richtig war, aber angesichts der Gesamtsituation fiel ihm nichts Besseres ein.

Nach einer Woche kam der korrigierte Brief aus Mainz zurück. Franz schrieb den Brief ab, übernahm Formulierungen, die ihm treffender erschienen als seine eigenen, ließ aber da und dort auch ein paar kleine Fehler und Unbeholfenheiten stehen. Manches schien ihm doch zu elegant formuliert und er wollte nicht den Eindruck erwecken, als würde er die französische Sprache wie ein ›native speaker‹ beherrschen. Als Absender gab er seinen Namen und seine Heidelberger Adresse an.

Verschwindende Nähe, schrieb er in sein Tagebuch. *Immer bewegen sich die Menschen, mit denen ich etwas zu tun haben möchte, unendlich weit von mir weg. Als müssten unbedingt Ozeane dazwischen liegen. Und wenn es nicht die Meere selbst sind, handelt es sich um unüberbrückbare Mauern anderer Art. Doch wenn uns das eines Tages klar wird, ist es längst zu spät. Es ist immer zu spät. Zum Glück?*

Allegro chiaro e scuro, per il giorno e per la notte

Für Franz folgten Monate intensiver Arbeit. Sowohl an seiner Sinfonie als auch an seinem Buch über Alban Berg.

Nachdem er die Kapitel über Bergs Opern *Wozzeck* und *Lulu* beendet hatte, folgten seine Ausführungen zur Kammermusik, vor allem eine ausführliche Würdigung der *Lyrischen Suite*, die 1925-1926 entstanden war.

Berg hatte für die sechs Sätze sehr eigenwillige Satzbezeichnungen gewählt. Von einem *Allegretto gioviale* über ein *Andante amoroso* und ein *Allegro misterioso*, ein *Adagio appassionato*, *Presto delirando* bis zum letzten Teil mit der Bezeichnung *Largo desolato*.

Franz interessierte die affektive Wirkung dieser Musik, die schon in den Satzbezeichnungen impliziert war. Eine Taschenpartitur mit persönlichen Anmerkungen von Berg, die auf ein Programm verwiesen, war gefunden worden. Außerdem war es Adorno, der, als damaliger Schüler Bergs, von Beginn dieser Komposition an etwas von einem Programm wusste. Eine hoffnungslose Affäre Bergs mit Hanna Fuchs, einer verheirateten Schwester von Franz Werfel, spielte herein. Zahlreiche Anspielungen innerhalb der Komposition – dieser *Programmmusik mit verschwiegenem Programm*, wie oft gesagt wurde – regten auch die schöpferische Fantasie von Franz wieder einmal in besonderer Weise an, wenn auch auf ganz andere Weise wie einige Jahre zuvor Janáček.

In den sechs Sätzen der *Lyrischen Suite* fand ein ständiger Wechsel der kompositorischen Methode statt. Zwölftontechnik alternierte mit ›freien‹ Teilen und häufig tauchten tonale Elemente auf, auch bei den Abschnitten, die in strenger Verwendung der Zwölftonreihen komponiert waren. Dazuhin war vom Komponisten eine Verbindung zwischen den einzelnen Sätzen hergestellt worden, nicht nur aufgrund der durchgängigen Reihe selbst, sondern auch dadurch, dass Berg selbst angemerkt hatte ... *dass ... ein Thema oder eine Reihe, ein Abschnitt oder auch eine Idee in den folgenden Satz hinübergenommen wird.* Alles wurde in eine große Entwicklung eingebettet, durch Zitate, wie beispielsweise das Tristan-Motiv, angereichert. Dies führte zu einer Stimmungssteigerung, die auf einen vom Komponisten geprägten Begriff hinauslief: *Schicksal erleidend.*

Franz umging hier bewusst den Terminus ›Programmmusik‹ – eher sagte ihm in diesem Zusammenhang der Begriff *poetische Idee* zu. Ein Stimmungsgehalt sollte durch Musik vermittelt werden, der sich unter anderem auf persönliche Erlebnisse oder Begegnungen bezieht, wie ein im Hintergrund angesiedeltes geheimes Programm. Auch im Violinkonzert, Bergs letztem Werk, das gleichermaßen ein Requiem für Manon Gropius war, wurde unter anderem mit Zitaten, Reminiszenzen, bis hin zur Übernahme des Bach-Chorals gearbeitet.

In jene Zeit fielen auch seine ersten Begegnungen mit philosophischen Schriften von Ernst Bloch: *Erbschaft dieser Zeit* und vor allem *Geist der Utopie*, in der zweiten Fassung von 1923. Nach der Lektüre der Erzählung *La Chute* von Camus waren es Gedankengänge ganz anderer Art, die Franz bei Bloch zum Reflektieren anregten. Nicht zuletzt Blochs Gedanken und Überlegungen zu einer Philosophie der Musik nahmen ihn in besonderer Weise ein. Die Musik als eine ›Möglichkeit der Heimkehr‹ – in ihr kehren wir zu uns selbst zurück. Musik nicht mehr in kosmischen Zusammenhängen erklärt, sondern als ein besonderes Phänomen, das uns eine mögliche Ankunft vermittelt. Der Mensch ist noch nicht dort angekommen, wo er hinstrebt. Blochs Philosophie des ›Noch-nicht‹ nahm ihn mehr und mehr gefangen.

Obwohl sich Franz immer häufiger mit Blochs Philosophie der Hoffnung beschäftigte, traten Ciorans pessimistische Gedanken nicht völlig in den Hintergrund; ebenso wenig die Philosophie des Absurden oder die Gedankengänge der Existentialisten. Es gab durchaus Momente, in denen diese Weltdeutungen wieder aufblitzten. Aber deren Intensität ließ allmählich nach.

Ich denke mich mit Musik an einen anderen Ort, schrieb Franz, *an eine besondere Stelle, an der ich gerne ankommen würde. Mit Musik überschreite ich mein Jetzt, die Töne tragen mich zu einem weit entfernten Raum und ich stelle mir vor, dass dort Menschen eine Wohnstatt haben, denen ich wieder begegnen möchte.*

In Tönen und Klängen kommt es zu einer sinnlichen Manifestation des Utopischen.

In der Musik wird etwas ausgedrückt, das im Menschen noch stumm ist und auf eine Verwirklichung hofft.

Bloch spricht von der »ausgeprägt geschichtlich exzentrischen Rolle der Musik« und vom eschatologischen Charakter dieser Exzentrizität. Das Ich, das ein Ankommen in einer ›Heimat‹ herbeisehnt, als einem Ort, an dem sich sein Endschicksal erfüllt. Über Mozart, Bach und Beethoven/Wagner sieht er dieses Ich mehrfach gestuft. Aber da ist bei Bloch etwas, das noch nicht erreicht ist: eine »völlig angelangte Musik« als Kunst einer »späten Reichszeit«. Ein Reich, das noch nicht erreicht ist, aber es muss für Bloch als ein Ziel wirken, das am Horizont erscheint, eschatologisch gesehen eine ins Positive gewendete Apokalypse – und alles, was uns vorwärtsdrängt, sollte uns auf das Kommen dieses Reichs verweisen.

Bloch sagt, die Musik sei die »utopisch überschreitende Kunst schlechthin«. Es geht ihm um das antizipierende Element in der Musik, um das Klingen ins Offene, und dass in der Musik immer auf etwas verwiesen wird, wo der Mensch noch nicht angekommen ist.

Welche Bedeutung der Musik hier zukommt. Als würde unter allen Künsten von ihr eine besondere Kraft ausgehen. Eine Kraft, die alle Grenzen überschreitet!

Fast so etwas wie Metaphysik klingt hier an. Aber erstaunlich ist dabei immer wieder:

Es scheint sich um eine Metaphysik ohne Gott zu handeln. Das ist das Eigenartige und auch wieder Originelle des Blochschen Gedankengangs.

Franz war auf der Suche nach Tönen für einen besonderen Akkord, nach einem einzigartigen und unverwechselbaren Zusammenklang, der immer wieder in den verschiedenen Sätzen seiner Sinfonie auftauchen sollte, ähnlich Skrjabins ›mystischem Akkord‹. Dieser Akkord könnte, ebenso wie bestimmte Themen und Motive, tonal oder atonal, ein Bindeglied für die einzelnen Teile des gesamten Werkes darstellen.

Schon vor längerer Zeit war Franz die Idee gekommen, dem Satz, den er Anna gewidmet hatte, einen längeren Teil hinzuzufügen, der erneut in besonderer Weise als eine musikalische Erinnerung erklingen sollte.

Ein Andante: Dieser Teil am Schluss des Satzes trägt die Tempobezeichnung ›Andante meditativo‹. Ganz am Anfang muss jener Akkord auf dem Flügel im Forte gespielt und sehr lange ausgehalten werden. Im Fortgang der Komposition werden die Motive aus »Alas, my love« immer wieder in unterschiedlichster Weise verarbeitet. Das Klavier spielt mit vollgriffigen Akkordreihen, die sich ab und zu deutlich an den melodischen Verlauf anlehnen, in immer neuen Färbungen mit dem Orchester zusammen. Ab einer bestimmten Stelle wird der Satz ständig dünner. Entsprechend nimmt die Lautstärke ab. Die Orchesterstimmen treten immer mehr zurück. Auf dem Klavier spielt schließlich nur noch die linke Hand im Bereich der kleinen Oktave. Es bleibt das Anfangsmotiv des Liedes d-f-g-a übrig, dann d-f-g, d-f, am En-

de dreimal das d: als halbe Note, als Viertel, als kurzes Stakkato-Achtel. Danach eine Generalpause in einer Länge von neunundzwanzig Viertelschlägen, ehe kurz vor dem Ende noch einmal in mittlerer Lautstärke der Akkord angeschlagen wird. Der Pianist muss die Hände neunundzwanzig Schläge lang auf den Tasten liegen lassen. Von dem Akkord wird am Ende fast nichts mehr zu hören sein. Danach eine Stille von fünfzehn Sekunden, bevor der Dirigent endgültig abschlägt.

Anna war neunundzwanzig Jahre alt geworden.

In diesen Jahren wurde Franz abwechselnd vom Dunkel zum Licht geführt und umgekehrt. Tag- und Nachtseiten hatten sich seit langem in sein Denken eingebrannt oder auf seine Seele gelegt. Seine Tagebuchaufzeichnungen gaben darüber Aufschluss, weit mehr als seine Autobiografie. Der innere Aufruhr, der ihn schließlich beherrschte, war wenig dazu angetan, ihn zur Ruhe kommen zu lassen.

Franz hoffte, sein Buch über Alban Berg 1959 veröffentlichen zu können. Vor ein paar Monaten war das Buch seines Vaters über Annette von Droste-Hülshoff erschienen. Es wurde gut besprochen und lebhaft aufgenommen.

Franz schickte unter anderem ein Exemplar über den *Großen Teich* nach Oregon, wo sich Felix Sperber inzwischen niedergelassen hatte. Felix seinerseits hatte ihm ein halbes Jahr vorher seine Veröffentlichung über *Charles Ives und die Moderne* geschickt.

Felix war zwischenzeitlich verheiratet und hatte eine fünfjährige Tochter, Milena, und einen vierjährigen Sohn, Francis. In seinen Briefen waren ab und zu Fotos von der Familie zu finden. Immer wieder war auch die Aufforderung dabei, Franz möge ihn doch besuchen.

Doch Franz lebte ganz für seine Arbeit. Und die wenigen Reisen, die er unternahm, führten ihn, wenn er sich nicht innerhalb der Bundesrepublik bewegte, höchstens in die angrenzenden europäischen Länder.

Anfang Dezember 1958 erreichte ihn ein Schreiben aus Nouméa/Neukaledonien.

Franz hatte, allerdings in größeren Zeitabständen, ein paarmal an die angegebene Adresse geschrieben, ohne dass jemals eine Antwort eingetroffen war.

Der Absender, eine Art Anwalt namens René Marin, teilte ihm mit, dass es sich im Falle von François F. wohl um eine Verwechslung handeln müsse, und man bitte ihn darum, keine Briefe mehr zu schreiben. Er sei von M. Jules Marchais, dem Eigentümer der Firma J. et P. Marchais, beauftragt worden, ihm, M. Niemann, das mitzuteilen. Er verbleibe im Übrigen und so weiter.

Franz musste dies wohl oder übel akzeptieren, konnte sich aber keinen Reim darauf machen.

Zwar gingen ihm alle möglichen Gründe durch den Kopf, aber da er sich ja nie als Vater von François ausgegeben hatte, fand er dieses Abwehrverhalten etwas merkwürdig.

Wirkte hier Lucienne immer noch nach? Hatte sie es mit irgendwelchen Mitteln erreicht, dass sein Sohn auch in Zukunft nichts über seine Herkunft erfahren sollte?

Franz schrieb an Marie-Agnès Petit nach Niederbronn-les-Bains und schilderte ihr sein Dilemma. Er teilte ihr auch die Adresse jenes Straßburger Arztes mit, mit dem Franz nun aus naheliegenden Gründen nicht selbst in Verbindung treten wollte.

Marie-Agnès schrieb ihm zurück, dass sie der Sache auf den Grund gehen wolle. Doch Franz möge sich etwas gedulden. Sie sei erst vor wenigen Wochen wieder Mutter geworden – ein Mädchen – aber sobald sie aus dem Gröbsten heraus sei, würde sie sich der Sache annehmen.

In der Nacht vor Weihnachten starb Juttas Tochter Susanne. Vor über einem Jahr war bei ihr eine unheilbare Krankheit diagnostiziert worden. Alle in der Familie hatten gewusst, dass Susanne ohnehin keine hohe Lebenserwartung haben würde. Aber alle hatten gehofft, dass ihr trotz allem noch ein paar Jahre bleiben würden.

Jutta war verzweifelt. Bis zum Ende klammerte sie sich an ihr Kind. Der Krieg hatte ihr den Mann genommen, der als Krüppel, entstellt und kaum überlebensfähig für eine kurze Zeit das große Schlachten überlebt hatte. Nur das Mädchen war ihr geblieben, mit dem Down-Syndrom behaftet und nun von dieser heimtückischen Leukämie befallen, für die es keine Chance einer Heilung gab.

Jutta, die selbst ein wenig Klavier spielte, hatte vor ein paar Jahren, nachdem der Flügel in das Haus ihrer Eltern nach Meersburg transportiert worden war, ein Pianoforte angeschafft. Oft war sie mit der kleinen Susanne zu Franz ins Gartenhaus am Philosophenweg gekommen.

Susanne mochte Musik sehr. Mit aufgerissenen, staunenden Augen hatte sie aus sicherem Abstand auf Franz und seine Hände gestarrt, wenn er ihr etwas vorspielte. Doch war sie nicht dazu zu bewegen gewesen, selbst zu spielen. Aber immer wollte sie Musik hören. Und es hatte ein Lieblingsstück gegeben, das Franz wieder und wieder spielen musste: eine Klavierfassung des *Allegretto* aus Beethovens VII. Sinfonie. Wenn sie diese Musik hörte, ging ein Leuchten über ihr Gesicht. Sie bewegte die Arme ein wenig zu diesem Rhythmus in Vierteln und Achteln und schien ganz in diesen Klängen zu versinken. Ihre Lippen formten dazu ein ›da, dada, dam, da – da, dada, dam, da‹. Kurz nach ihrem fünfzehnten Geburtstag hatte man sie überreden können, bei Franz Klavierunterricht zu nehmen. Es war langsam vorwärtsgegangen, aber mit einer gewissen Beharrlichkeit und viel Geduld hatte er sie allmählich ein wenig vorangebracht, sodass sie leichtere Stücke aus den gängigen Klavieralben einigermaßen fehlerfrei in gemäßigtem Tempo spielen konnte. Natürlich hätte Susanne auch *ihr* Lieblingsstück gerne gespielt, aber nachdem sie daran gescheitert war, wollte sie mit diesem Stück zunächst nichts mehr zu tun haben. Eine Zeitlang schien es, als habe sie dieses *Allegretto* ganz vergessen.

Doch an ihrem achtzehnten Geburtstag, als sie im ›Großen Zimmer‹ der Villa in der Bergstraße versammelt waren – Susanne hatte ein paar Freundinnen und Freunde aus ihrer Schule eingeladen – kam sie plötzlich zu Franz an den Tisch, nahm ihn an den Händen und führte ihn an das Klavier.

Weißt du noch? Unser Stück ..., flüsterte sie.

Und Franz begann zu spielen.

Susanne ging zu Maren, ihrer besten Freundin, zog sie hoch und sagte: Tanzen! Wir tanzen!

Auch die anderen Mitschüler, die mit den unterschiedlichsten Behinderungen zu kämpfen hatten, standen der Reihe nach auf und begannen sich auf ganz verschiedene Weise zu der Musik zu bewegen. Auch ihre Mutter musste mittanzen. Ebenso Dorothea, die aus Mainz zu diesem Geburtstag gekommen war.

Franz wurde gebeten, das Stück ein zweites, sogar ein drittes Mal zu spielen. Alle waren begeistert. Natürlich waren sie von ihrem Alter her keine Kinder mehr. Aber sie tanzten und freuten sich wie Kinder.

In den letzten Wochen ihres kurzen Lebens, als sie von der Krankheit in einen blassen Schatten ihrer selbst verwandelt worden war, wollte Susanne ab und zu ›ihr‹ Stück hören. Nicht immer war Franz da, um sich ans Klavier zu setzen. Jutta hatte einmal auch den Plattenspieler in Gang gesetzt. Doch die Originalversion schien Susanne nicht so recht zuzusagen.

Mitte Dezember waren wie jedes Jahr die Großeltern aus Meersburg angereist, um wie seit jeher das Weihnachtsfest gemeinsam mit der Familie zu feiern. Jutta hatte ihnen mitgeteilt, dass sich Susannes Zustand zunehmend verschlechtert habe.

Vielleicht noch ein paar Tage, vielleicht noch zwei Wochen, der Arzt ...

Jutta konnte nicht mehr weitersprechen.

Jutta, findest du nicht, wir sollten jetzt schon den Weihnachtsbaum aufstellen?, fragte Franz drei Tage vor Weihnachten.

Ja, das wäre eine gute Idee, sagte Martha Niemann. Was meinst du, Jutta? Wir richten Susanne ein Bett im Großen Zimmer. Dann kann sie den Baum sehen. Wir zünden die Lichter an ...

Ja, das tun wir!, sagte Jutta.

Der Baum wurde aufgestellt, geschmückt. Sobald es draußen dämmerte, zündete Jutta die Kerzen an. Später läuteten die Kirchenglocken von der Stadt herüber.

Die Familie versammelte sich um die Kranke, die ihre müden Augen auf den glitzernden, leuchtenden Baum richtete. Die Großeltern Niemann, Jutta, Franz und auch Else Kranich, die seit einigen Monaten als Haushaltshilfe bei Jutta arbeitete.

Es war am Abend vor Weihnachten.

Franz saß noch in seinem Arbeitszimmer im Gartenhaus und improvisierte am Flügel.

Plötzlich klopfte es an die hintere Tür, die zum Garten hinausführte. Draußen standen seine Mutter und Frau Kranich, die eine Taschenlampe in der Hand hielt.

Könntest du bitte mitkommen, Franz? Susanne möchte, dass du ihr Stück spielst.

Franz sah seine Mutter erstaunt an.

Ich glaube, es ist wichtig, dass du es spielst, sagte sie

Franz zog eine Jacke an, sie gingen nach oben und fuhren den Philosophenweg zur Bergstraße hinunter.

Wir haben nur gesehen, dass sie ihre Lippen bewegte, berichtete seine Mutter. Jutta hat sich ganz nah zu ihr hinuntergebeugt. Und als sie sich wieder aufrichtete, sagte sie: Susanne möchte, dass Franz ›ihr Stück‹ spielt.

Franz begann zu spielen: Den lang ausgehaltenen a-Moll-Akkord zu Beginn, dann das Grundmotiv aus Vierteln und Achteln, das sich ständig wiederholt, variiert, dynamisch gesteigert wird, am Schluss ins Pianissimo zurückfällt – und nach einem letzten Aufbäumen wieder in einem a-Moll-Akkord verklingt.

Susanne hatte die Augen geschlossen und alle berichteten später übereinstimmend, dass sie ein wenig gelächelt habe.

Sie starb in der folgenden Nacht.

Nur wenige Menschen waren bei der Beerdigung auf dem Bergfriedhof. Die Großeltern von Dünen waren schon vor einigen Jahren gestorben und mit der im Übrigen weit verstreuten Verwandtschaft dieser Familie gab es kaum noch Kontakte. Die einzige Ausnahme war Susannes Tante Rosa von der Heide, eine entfernte Kusine von Juttas verstorbenem Mann Julius, aus einer Seitenlinie derer von Dünen, eine Generalswitwe, die allein in einem großen, herrschaftlichen Haus in der Nähe von Speyer lebte. Jutta hatte sich mit der um einige Jahre älteren Rosa immer ziemlich gut verstanden. Sie war eine gutmütige, lebhafte und unkomplizierte Person mit unverwechselbarer Berliner Schnauze, deren einziger Nachteil, wie Franz unverhohlen feststellte, in der Lautstärke ihrer Stimme bestand.

Eine normale Unterhaltung erfordert Ohrenschützer, äußerte er sich einmal Jutta gegenüber.

Jutta hatte sie verteidigt.

Franz! Sei nicht so boshaft. Sie ist die einzige in dieser Familie, die mich nie merken ließ, dass ich aus einer bürgerlichen Familie komme. Sie hat sich auch immer um Susanne gekümmert. Du weißt doch selbst, dass es denen von Dünen gar nicht behagt hat, dass ausgerechnet ein Kind von Julius mit dem Down-Syndrom auf die Welt kommen musste. Rosa hat uns immer besucht, hat uns eingeladen ...

Ist schon gut, Jutta, hatte Franz lächelnd beschwichtigt.

Auch in der Folgezeit kümmerte sich Rosa häufig um Jutta, lud sie immer wieder zu Gesellschaften ein, ging mit ihr in Konzerte oder ins Theater, nahm sie auf Reisen mit, versuchte sie mit allen möglichen Dingen abzulenken, auf andere Gedanken zu bringen.

Dabei blieb nicht aus, dass sie oftmals sehr bestimmend wirkte und Jutta damit etwas vereinnahmte. Doch auch Rosa wusste, was sie ihrer Herkunft als geborene Gräfin von Rauenfels-Dünen und ihrem verstorbenen Mann, dem General Trutz von der Heide, schuldig war. Sie hatte im Raum Speyer einen exklusiven Adels-Club gegründet. Und als sie nach einiger Zeit das Gefühl hatte, dass Jutta dabei war, über den Tod ihres Kindes ein wenig hinwegzukommen, lud sie sie ein, an den Veranstaltungen des Clubs teilzunehmen.

Jutta zögerte, zog Franz ins Vertrauen.

Möchtest du da wirklich hin?, fragte Franz.

Ich weiß nicht, antwortete Jutta. Ich möchte Rosa nicht vor den Kopf stoßen. Andererseits habe ich allmählich das Gefühl, dass ich keine eigenen Entscheidungen mehr treffen kann. Rosa bestimmt fast alles, was ich tun soll.

Das finde ich nun aber nicht sonderlich sympathisch.

Wahrscheinlich meint sie es ja gut. Jutta sah ihn ratlos an.

Aber weshalb sollst du da hin?

Jutta wand sich etwas.

Rosa hat mir von einem Mann erzählt, der gerne meine Bekanntschaft machen würde ...

Darauf läuft das also hinaus!, sagte Franz erstaunt. Deine gute Rosa betätigt sich als Heiratsvermittlerin.

Franz, du kannst dir doch denken, dass mir so etwas eigentlich überhaupt nicht liegt.

Dann geh eben nicht hin.

Aber dann muss ich auch einen triftigen Grund finden. Ich möchte Rosa nicht kränken.

Jutta, wenn du das nicht willst, dann mache das dieser Rosa klar.

Und wenn sie dann beleidigt ist?

Dann ist es ihr Problem, Jutta. Oder möchtest du insgeheim an diesem Treffen teilnehmen?

Könntest du nicht ... mit mir hingehen?

Bitte? Ist das dein Ernst?

Franz, nur ein einziges Mal. Du durchschaust vieles besser als ich. Du könntest mir eine große Hilfe sein. Durch deinen Rat wird mir vielleicht manches klarer.

Wann ist dieses Treffen?

Am 3. April.

Wo?

In einem der Nebenräume eines großen Hotels bei Landau.

Aber nur ein einziges Mal.

Jutta fiel Franz um den Hals.

Ich bin dir ja so dankbar, Franz.

Aber du weißt, dass ich für derartige gesellschaftliche Ereignisse nichts übrig habe. Ich bin bei solchen Gelegenheiten nicht besonders umgänglich. Ich würde mich selbst auch nicht einladen. Deshalb überlege dir gut, was du tust, wenn du mich dahin mitnimmst.

Das nehme ich in Kauf, Franz.

Mitte März kam ein ausführlicher Brief von Marie-Agnès Petit.

Sie entschuldigte sich zunächst, dass es so lange gedauert habe. Sie habe noch einige Informationen von Freunden aus Paris abwarten wollen, doch nun könne sie ihm einiges mitteilen.

... Ich habe Neuigkeiten, die Sie überraschen werden. Ich habe

Anfang Januar Kontakt mit der Familie in Strasbourg aufgenommen. Ich schrieb dem Arzt, dass ein Verwandter der Mutter von François und außerdem ich selbst als eine ehemalige Mitstreiterin von Anna Faris den Wunsch hätten, mit dem Sohn in La Nouvelle Calédonie Kontakt aufzunehmen.

Ich erhielt keine Antwort. Anfang des Monats fuhr ich nach Strasbourg, wo ich ohnehin etwas zu erledigen hatte, und setzte mich einfach gegen Abend in das Wartezimmer des Arztes. Als ich dann Dr. Anatole Moreau gegenübersaß, stellte ich ihn zur Rede ...

Eine energische Dame!, dachte Franz.

Marie-Agnès schrieb ihm, dass der Mann verblüfft gewesen sei. Er habe sich zunächst geweigert, ihr eine Auskunft zu geben. Sie habe ihm versichert, dass es sich um eine wichtige Sache handle. Schließlich sei der Vater von François selbst ein Opfer der Nazis gewesen und man könne den verbliebenen Verwandten nicht verwehren, mit dessen Sohn Verbindung aufzunehmen. Auch im juristischen Sinne, habe sie hinzugefügt.

Diese Variante ist mir neu, dachte Franz. Aber raffiniert.

Da müsse er zuerst mit seiner Frau sprechen, habe Dr. Moreau gesagt. Ob sie so lange im Wartezimmer bleiben könne? Er werde mit seiner Frau telefonieren.

Nach etwa zehn Minuten sei dann eine Frau hereingekommen, der man eine gewisse Ähnlichkeit mit Lucienne Marchais nicht habe absprechen können:

Marie-Agnès Colin?, fragte sie und streckte mir ihre Hand hin. Ich bin Nathalie Moreau, Luciennes Schwester.

Das ging aber schnell!, sagte ich erstaunt.

Unsere Wohnung liegt einen Stock höher, über der Praxis. Könnten wir uns in ein Café setzen? Dort sind wir ungestört.

In einem kleinen Café gegenüber der Kathedrale habe

Marie-Agnès der Frau zunächst erklärt, dass sie inzwischen Madame Petit heiße, dann ihr Sprüchlein wiederholt und noch einmal nach den Gründen für das Verhalten der Familie Marchais nach so langer Zeit gefragt.

Nach einer Denkpause habe sie dann erklärt, dass Ihre Schwester Lucienne sie beschworen habe, François davor zu bewahren, dass irgendjemand aus Deutschland mit ihm Kontakt aufnehme. Außerdem habe sie ihnen versichert, dass der Vater von François gefallen sei.

Und wenn das nicht stimmt?, habe sie unverblümt gefragt.

Nathalie habe sie mit weit aufgerissenen Augen angesehen.

Was wollen Sie damit sagen? Stimmt das etwa nicht?

Marie-Agnès sei auf diese Frage nicht eingegangen.

Cécile Dutourd/Renal haben Sie doch auch die Adresse in Nouméa gegeben?, habe sie weiter gefragt.

Ja, aber diesen Namen, Cécile, habe sie gekannt. Ihre Schwester habe ihn ab und zu erwähnt. Und danach begannen Briefe in Nouméa anzukommen. Jules habe ihnen schließlich in einem wütenden Brief geschrieben, ob wir etwas damit zu tun hätten. Deshalb seien sie nun doppelt vorsichtig.

Marie-Agnès habe nicht lockergelassen: Können Sie sich nicht vorstellen, dass Überlebende aus Annas Familie, auch aus der Familie des Vaters, der Antifaschist war, unter anderem auf der Seite der griechischen Partisanen gegen die Nazis gekämpft hat, einen Kontakt zu dem Sohn von Franz suchen könnten, nachdem sie ja wissen, dass dieser Sohn existiert? Ist das so abartig?

Nathalie Moreau habe geschwiegen, lange nachgedacht. Schließlich habe sie gesagt: François studiert in Paris.

Bitte? Marie-Agnès sei völlig perplex gewesen.

1958 sei François, gerade zwanzigjährig, zum Studium nach Frankreich gekommen.

Er hat bei uns in Strasbourg gewohnt, sagte Nathalie. Für zwei Semester, doch nun ist er nach Paris an die Sorbonne gegangen. Vor kurzem erst. Er wohnt bei Freunden von uns.

Ist das nicht verrückt?, fragte Marie-Agnès am Ende des Briefs. Er studiert Medizin. In Paris!

In einem Postskriptum war die Adresse von François Faris im 17. Arrondissement der Hauptstadt vermerkt.

Franz dankte Marie-Agnès für alles, was sie in seiner Sache unternommen habe. Er stehe tief in ihrer Schuld und wisse im Augenblick nicht, wie er ihr danken könne.

Noch hatte er es nicht eilig, mit seinem Sohn in Paris Verbindung aufzunehmen. Er dachte über eine sinnvolle Strategie nach. Er überlegte, ob er dem Studenten nicht als eine Art ›Onkel‹ finanziell unter die Arme greifen könnte. Alles Mögliche ging ihm durch den Kopf. Die unterschiedlichsten Vorgehensweisen wurden angedacht und wieder verworfen. Die ganze Situation war einfach etwas verfahren. Er dachte daran, bei nächster Gelegenheit mit einem Juristen darüber zu sprechen.

Sie waren an diesem Sonntag im April kurz nach zehn Uhr am Vormittag losgefahren. Franz fand, dass Jutta in ihrem marineblauen Kostüm hübsch aussah.

Ein schickes Kostüm! Die Männer werden dich blaublütig anhimmeln, sagte Franz, als er Jutta in der Bergstraße abholte. Seine Schwester verpasste ihm einen leichten Rippenstoß.

Danke für dein umwerfendes Kompliment, Franz.

Als sie an dem Hotel bei Landau ankamen, regnete es in Strömen. Die Menschen, die mit den unterschiedlichsten Autos vorfuhren, eilten mit Schirmen bewaffnet auf den Eingang zu, um sich nicht von den respektlosen Wassermassen allzu sehr die Garderobe deformieren zu lassen. Alle machten sich den Umständen entsprechend zurecht, rückten ihre Kleidung gerade und schritten auf eine weit geöffnete Flügeltür zu.

Jutta und Franz schlossen sich einer Gruppe an, in der Hoffnung, auf dem richtigen Weg zu sein. Und sie täuschten sich nicht. Als sie vorsichtig einen Blick in das Innere des Saales warfen, war schon Rosa von der Heide bei ihnen, um sie zu begrüßen.

Das ist einfach wunderbar, dass du gekommen bist, Jutta, sagte sie in einer ganz normalen Lautstärke, die Franz in Erstaunen versetzte.

Sie umarmte Jutta, streckte ihre Linke nebenbei zu Franz hin.

Ein distinguiert gekleideter älterer Herr im schwarzen Smoking rief gerade in den Saal hinein, in dem schon einige Leute an ein paar langen Tischen saßen oder auch standen, in artig gedämpftem Ton Konversation machten und dabei mit leichten Drehungen des Kopfes die Ankommenden musterten.

Oberst von Donnerstag und seine Gattin!

Danach neigte sich der Herr im Smoking dem nächsten Paar zu. Der Mann, eine etwas schmalbrüstige Person, ein wenig bucklig, sagte dem Ausrufer seinen Namen.

Graf und Gräfin von Waldenberg!

Oh, das ist mir eine besondere Ehre, sagte der Ausrufer zu der nächsten wartenden Dame, die sich, bedingt durch ihr fortgeschrittenes Alter, in sehr gebückter Haltung und langsam vorwärtsbewegte.

Friedegunde Baronin von Zabern, genannt Bellinghoff!

Einen Augenblick stockte die allgemeine Unterhaltung und eine Welle der Anerkennung und Wertschätzung schien die eben Angekommene zu umfluten.

Eine frühere Hofdame am kaiserlichen Hof zu Berlin, flüsterte Rosa zu Jutta und Franz herüber.

Schließlich waren sie an der Reihe. Jutta sagte dem Ausrufer ihren Namen.

Jutta, Gräfin von Dünen, verkündete er. Der Herr wandte sich Franz zu.

Niemann, sagte Franz.

Niemann?

Niemann ... Baron von Ziegelhausen, antwortete Franz.

Doch als dieser Name ausgerufen worden war, schien sich keinerlei Irritation im Saale breit zu machen. Zumindest ließ sich niemand etwas anmerken.

Nur Jutta war leicht zusammengezuckt.

Langsam gingen sie in den Raum hinein zu einem der Tische. Als sie sich umdrehten, ergriff Rosa Juttas Arm:

Jetzt Achtung!, sagte sie mit verschwörerischem Gesichtsausdruck.

Generalmajor Rupert von Grampf!, wurde eben ein stolz in den Saal marschierender, dicklicher Herr angekündigt. Das Kinn herrisch erhoben, die glänzende Glatze der Saaldecke zugewandt, schritt dieser Würdenträger mit bedeutender Miene in den Saal.

Rosa eilte auf ihn zu.

Rupert, mein Lieber!

Das ist doch Rosa!, rief der Angesprochene und küsste ihr mit überaus freundlichem Lächeln die Hand.

Darf ich dir Gräfin von Dünen vorstellen?

Entzückt, Ihre Bekanntschaft zu machen, sagte der Generalmajor und küsste der etwas verlegen lächelnden Jutta die Hand.

Ihr Bruder, Herr Niemann.

Freut mich.

Ganz meinerseits.

Irgendwann waren die Gäste alle versammelt. Man setzte sich zu Tisch. Die Suppe wurde aufgetragen. Man unterhielt sich über alle möglichen Dinge.

Rechts von Franz saß Jutta. Neben ihr hatte sich Generalmajor von Grampf niedergelassen. Die beiden unterhielten sich angeregt. Rupert von Grampf erwies sich als liebenswürdiger Plauderer, der Jutta durch seine Art rasch ihre Scheu nahm. Überhaupt lockerte sich nach diesem protokollarisch steifen Beginn die Atmosphäre sichtlich auf.

Zur Linken von Franz saßen Graf und Gräfin von Waldenberg, die mit Franz ein Gespräch begannen, das sich keinesfalls auf den Austausch irgendwelcher Plattitüden beschränkte.

Franz erfuhr, dass der Graf in München Theaterwissenschaften bei Arthur Kutscher studiert hatte und außerdem ein großer Musikliebhaber war.

Franz gegenüber befanden sich Rosa von der Heide sowie der Oberst von Donnerstag mit seiner Frau. Am oberen Ende des Tisches die ehemalige Hofdame von Zabern neben einer Dame, die als Baronin von Stiefelfels vorgestellt worden war.

Unser lieber, guter Louis Ferdinand, sagte die Hofdame.

Doch, doch!, antwortete die Baronin.

Zwischen den Gängen gab es immer wieder die Möglichkeit zu neuen Unterhaltungen.

Mit der Zeit, bedingt auch durch die regelmäßige Zufuhr von Alkohol, beherrschten vor allem die beiden ehemaligen Militärs, der Generalmajor und der Oberst, mit zunehmender Lautstärke die Szene.

Es begann damit, dass der Oberst Göring-Witze erzählte. Aber nicht genug damit. Er versuchte seinen Zuhörern am Tisch zu erklären, dass der ehemalige Reichsjägermeister eigentlich ein urgemütliches Haus gewesen sei.

Doch auch der Generalmajor von Grampf wollte nicht nachstehen. Er fing an, Anekdoten aus dem Krieg zu erzählen. Es stellte sich heraus, dass der Krieg an sich und überhaupt durchaus hätte gewonnen werden können, wenn ›unser‹ oberster Führer nicht ständig von falschen Beratern umgeben gewesen wäre.

Jodel und Keitel! Die konnte man doch vergessen. Dann war da noch dieser Bormann! Was für einen militärischen Dienstgrad hatte der eigentlich?

Nach dem Dessert erzählte der Oberst einen Judenwitz. Er selbst und der Generalmajor lachten.

Danach kam der Generalmajor auf den Russland-Feldzug zu sprechen. Unter anderem ließ er sich auch über das ›Partisanenpack‹ aus, mit dem er sich vor allem in Russland und Polen habe herumschlagen müssen.

Ich kann Ihnen eines sagen: Ein Partisan, was ist das eigentlich? Gehört er zu einer Armee? Mitnichten! Seine Tätigkeit ist illegal, heimtückisch, verschlagen, bösartig und hinterhältig. Mit einem Wort, wir wussten, aus welchem Stall diese Spezies entsprungen war. Der Partisan war ein Rädchen innerhalb der jüdischen Weltverschwörung – anders konnte man sich das gar nicht vorstellen.

Oberst von Donnerstag nickte bedächtig. Graf und Gräfin von Waldenberg warfen sich bestürzte Blicke zu, schwiegen betreten. Jutta sah angstvoll zu Franz hinüber, der einfach geradeaus blickte.

Die ehemalige Hofdame, die offensichtlich schlecht hörte, fuhr fort:

Unser lieber, guter Louis Ferdinand!

Doch, doch!

Entschuldigen Sie, wenn wir ab und zu von den alten Zeiten sprechen, sagte nun der Generalmajor zu Jutta.

Jutta lächelte ihn etwas gequält an.

Oberst von Donnerstag, der nun ebenfalls ganz in jene Vergangenheit abgetaucht war, die zwar nicht gerade ruhmreich, aber in gewisser Weise doch beeindruckend gewesen sein musste, sagte versonnen:

Wenn wir die Kerle erwischt haben, machten wir kurzen Prozess.

Kann es tatsächlich sein, dass der Partisan ohne Vorwarnung den friedlichen deutschen Soldaten angegriffen hat?, fragte Franz in das dieser Bemerkung des Obersten folgende Schweigen hinein.

Natürlich! Was glauben Sie denn?, antwortete der Generalmajor mit mitleidigem Lächeln.

So einfach ohne Kriegserklärung?

Der Oberst und der Generalmajor lachten laut auf und letzterer fragte nun mit etwas überheblichem Grinsen:

Wo waren Sie denn während der Kampfhandlungen? Ständig in der Etappe?

Wieder Gelächter, das bei einer anderen Gelegenheit vielleicht von einem Schenkelklopfen begleitet worden wäre.

Nein, nein, sagte Franz zuvorkommend, ich war manchmal ganz nah bei den Partisanen.

Jutta warf ihrem Bruder einen angstvollen Blick zu.

So? Das ist ja interessant! Erzählen Sie mal!, forderte ihn der Generalmajor auf.

Ja, das fände ich sehr spannend, sagte der Oberst.

Ich habe ihnen nämlich gesagt, wie undankbar sie seien, die Partisanen nämlich. Wie sie es wagen könnten, sich zu wehren, wo doch die großdeutsche Armee als Glücksbringer und Befreier gekommen sei. Ob sie denn die Segnungen des deutschen Rassenwahns gar nicht zu schätzen wüssten! Das sei ja geradezu unglaublich!

Franz blickte abwechselnd die beiden Kriegshelden treuherzig an, die ganz allmählich zu begreifen begannen.

Nach einer Denkpause sprang Generalmajor von Grampf plötzlich auf und schrie: Sie, Sie ... vaterlandsloser Geselle! Haben Sie gedient?

Auch Franz erhob sich sehr schnell, baute sich unmittelbar vor ihm auf und schrie noch lauter: Und Sie? Kommisskopf! Haben Sie gesühnt?

Das ist ja ..., entfuhr es dem Oberst.

Im Saal herrschte eine Stille, dass man das sprichwörtliche Fallen der Stecknadel hätte hören können.

Unser lieber, guter Louis Ferdinand, sagte die Hofdame.

Ja ... doch, flüsterte die Baronin.

Rosa sah mit großer Bestürzung auf die Szene, die sich vor ihr abspielte.

Jutta erhob sich.

Franz, lass uns gehen!, sagte sie mit einem leicht zitternden, aber doch bestimmten Ton.

Langsam löste sich die Spannung wieder. Jutta ging zu Franz hin, nahm seinen Arm und führte ihn hinaus. Während sie auf den Saalausgang zuschritten, hörten sie noch, dass ihnen jemand folgte.

Franz wollte eben noch kurz zur Garderobe gehen, um den Schirm zu holen, als eine Stimme hinter ihnen sagte:

Falls es für Sie eine Genugtuung darstellt: Auch wir waren das letzte Mal hier!

Graf und Gräfin von Waldenberg waren ihnen gefolgt.

Es war für uns, für meine Schwester und mich, ein Versuch, sagte Franz.

Das hätten wir nicht für möglich gehalten, sagte die Gräfin.

Und das ist es dann auch gewesen! Der Graf überreichte Franz seine Karte.

Vielleicht können wir unser Gespräch über Musik irgendwann fortsetzen? Wir würden uns sehr freuen. Wir wohnen nicht weit von hier. In Neustadt an der Weinstraße.

Franz bedankte sich freundlich. Jutta versuchte ein Lächeln.

Während der Fahrt zurück versuchte Franz seine Schwester ein wenig aufzumuntern. Jutta reagierte kaum darauf, gab einsilbige Antworten, blickte meistens vor sich hin. Franz entschuldigte sich nicht bei ihr.

Am Abend dieses Tages schrieb Franz in sein Tagebuch.

Was war das eigentlich in diesem Hotel bei Landau? Eine

schmierige Seifenoper? Realsatire? Es tut mir einerseits leid für Jutta. Doch andererseits hoffe ich insgeheim, dass sie nun geheilt ist. Aber wahrscheinlich war sie von meiner Reaktion nicht gerade erbaut. Hoffentlich ist sie in den nächsten Tagen wieder ansprechbar und wir können darüber reden.

Ist das überhaupt die Möglichkeit? Fast fünfzehn Jahre nach Kriegsende! Ist das etwa der Grundtenor in den Köpfen früherer führender Militärs? Und mit solchen Leuten wollte Rosa uns beziehungsweise Jutta zusammenbringen? Hat diese Rosa im Übrigen völlig vergessen, auf welch elende Weise ihr Vetter Julius ums Leben gekommen ist? Ist sie von allen guten Geistern verlassen – oder einfach nur dumm und naiv?

Worin besteht die eigentliche Triebfeder bei solchen elitären Vereinigungen? Die gesellschaftliche Stellung? Das kann doch nicht sein! Gesellschaftliches Leben im Sinne von irgendwelchen Rangordnungen, in denen man seinen Platz einnehmen sollte, wenn ›man‹ dazugehören will, ein gewisses Ansehen, das man genießen möchte – das ist doch einfach ... Quatsch!

Ich möchte Jutta sagen: Such dir ein paar Menschen, mit denen du reden kannst! Das ist schon schwer genug. Aber ein paar Menschen, die man ab und zu gerne um sich versammelt – das ist viel mehr als solche Hierarchien, die nur auf dem Boden der Eitelkeiten gedeihen, auf den Laufstegen des Dünkels und des Hochmuts.

Ich will nicht verhehlen, dass auch mich dieser Bazillus dann und wann befallen hat. Aber ich habe mich dagegen gewehrt und werde ihn immer bekämpfen. Denn wenn wir ihm nachgeben, werden wir zu seinem Sklaven.

Ein paar Tage später besuchte Jutta ihren Bruder.

Können wir reden?, fragte sie.

Setz dich einen Augenblick, sagte Franz. Vielleicht noch zehn Minuten. Möchtest du eine Tasse Kaffee? Drüben auf dem Tisch steht die Kanne.

Jutta lächelte Franz zu und bedeutete ihm, er solle sich nicht stören lassen.

Sie schenkte sich eine Tasse ein, setzte sich auf einen Hocker neben dem Küchentisch und wartete. Jutta konnte von ihrem Platz aus nicht sehen, wer gerade unterrichtet wurde. Eine Art spanische Wand nahm ihr die Sicht auf den Flügel.

Also noch einmal, hörte sie Franz sagen, das Thema nicht zu schnell angehen.

In Ordnung!, sagte die Stimme einer jungen Frau.

Und dann wurde dieses Thema gespielt.

Jutta kannte das Konzert von Mozart. Es handelte sich um das erste Thema des dritten Satzes.

Irene, ich muss noch einmal unterbrechen. Die beiden Viertel zu Beginn, der Quintsprung, nimm sie einfach etwas leichter, beschwingter.

Und Irene begann wieder von vorne.

Genau so!, rief Franz. Dann spielte er von dem kleinen Pianoforte aus, das an der Wand rechts neben dem Flügel stand, den Orchesterpart.

Ich kürze ein wenig ab, sagte Franz dazwischen.

Schließlich der nächste Einsatz des Soloinstruments.

Jutta war fasziniert. Sie stand auf und blickte vorsichtig um die Ecke des Wandschirms.

Da saß diese junge Frau am Flügel, spielte das Konzert von Mozart mit einer Leichtigkeit und Mühelosigkeit, die sie in Erstaunen versetzte.

Ab und zu unterbrach Franz, wenn er etwas korrigieren wollte oder einen Vorschlag zur Gestaltung machte.

So viel für heute, sagte Franz nach einer Weile. Als er aufstand, sah er seine Schwester neben dem Wandschirm stehen.

Könnt ihr nicht ... bis zum Ende spielen?, fragte Jutta.

Oh, sagte Franz. Was meinst du, Irene, wollen wir?

Den ganzen Satz?, fragte Irene und lächelte dabei Jutta an.

Ja, bitte!, rief Jutta.

Einen Moment, sagte Franz. Er eilte zu einem Korbsessel, legte ein paar Bücher auf den Boden und bedeutete Jutta, sie möge sich setzen.

Und nun, meine Dame! Der dritte Satz, Rondo, aus Mozarts Klavierkonzert in A-Dur, Köchel-Verzeichnis 488.

Jutta war zu Franz gekommen, um mit ihm über den missglückten Besuch in diesem Adelsclub zu reden. Sie wollte ihrem Bruder klarmachen, dass sie ihm nichts nachtrage und in der Zwischenzeit über einiges nachgedacht habe. Doch die Musik, die sie nun hörte, versöhnte sie für den Augenblick mit Franz so sehr, dass sie den Grund ihres Kommens am liebsten ganz vergessen hätte.

Manchmal schloss Jutta die Augen. Nur die Musik kann so etwas, dachte sie.

Eine Gänsehaut lief ihr über den Rücken, und während sie diesen Konzertsatz hörte, war sie mit der Welt im Reinen. Für einen Moment dachte sie daran, dass diese Musik niemals enden und für alle Zeit erklingen müsste. Sie wollte Franz das hinterher alles sagen und ihm von diesem Glück eines Augenblicks berichten.

Als Irene gegangen war, fragte Jutta: Wie ist das möglich, Franz? Wie alt ist Irene genau? Sie wirkt so erwachsen.

Siebzehn Jahre, sagte Franz lächelnd. Im nächsten Jahr ist ein Konzert mit den Heidelberger Sinfonikern in der Stadthalle geplant.

Dieses Konzert?

Franz nickte.

Und ihr übt schon jetzt?

Es ist wichtig, dass man so etwas eine Zeitlang ruhen lässt. Wir arbeiten noch ein paar Stunden daran. Danach werden wir es für viele Monate nicht mehr spielen. Im Lauf des nächsten Jahres greifen wir das Werk wieder auf.

Franz und Jutta sprachen noch über ihr gemeinsames Erlebnis in Landau. Jutta teilte ihm auch die Gedanken mit, die ihr während der musikalischen Darbietung durch den Kopf gegangen waren.

Franz sagte ihr in aller Offenheit, worüber er seinerseits seit ihrem Aufenthalt in Landau nachgedacht hatte.

Natürlich weiß ich, dass es besser gewesen wäre, einfach aufzustehen und wegzugehen. In solchen Augenblicken sitzt mir der Teufel im Nacken.

Ich hätte nicht den Mut dazu gehabt. Ich habe mich zu sehr auf deine Reaktion verlassen. Nicht während des Geschehens selbst, aber im Nachhinein fand ich dein Verhalten richtig.

Jutta stand auf.

Bringst du mich nach Hause, Franz? Wir könnten zusammen zu Abend essen und noch ein wenig reden. Außerdem möchte ich dir noch jemanden vorstellen.

Wen denn?

Das wird nicht verraten, sagte Jutta verschmitzt lächelnd.

Als sie in der Bergstraße angekommen waren und Jutta die Haustür aufschloss, kam ihnen ein ballgroßes, tiefschwarzes Wollknäuel entgegengekullert.

Was ist denn das?, fragte Franz.

Das ist Negra, ein weiblicher Neufundländer-Welpe.

Du hast einen Hund angeschafft!, rief Franz. Das ist ... wundervoll!

Franz bückte sich, um das Tier zu begrüßen. Jutta konnte nicht sehen, dass für einen Moment eine schmerzliche Wiener Erinnerung seinen Gesichtsausdruck veränderte, als er den Welpen, der versuchte, seine Hand abzulecken, sanft streichelte.

Als sie später nach dem Abendessen noch zusammensaßen, kam Jutta noch einmal auf das Treffen zu sprechen.

Rosa hat mich am nächsten Tag angerufen, begann sie.

So? Und was hatte sie zu berichten?

Sie fand das alles ganz furchtbar.

So? Was denn? Aber, sagte Franz lächelnd, ich kann es mir schon denken.

Sie blickten sich an und brachen in ein langes Gelächter aus. Else Kranich streckte erstaunt ihren Kopf durch die Küchentür. Jutta fasste sich als Erste wieder.

Gott sei Dank kann ich nun darüber lachen. Die gute Rosa fand vor allem dich ganz furchtbar. Sie meinte zwar, dass der Generalmajor ab und zu etwas überzogene Meinungen von sich gebe, aber dass dein Verhalten völlig daneben gewesen sei. Ich habe ihr widersprochen ...

Jutta! Das finde ich wirklich lieb von dir ...

Für wie naiv hältst du mich eigentlich?

Nein, Jutta. So habe ich das nicht gemeint!

Ich möchte es dir noch auf eine andere Art erklären. Ich glaubte, da Rosa den Wunsch äußerte, mich in diesen Adelsclub einzuladen, ich sei es ihr als Frau ihres verstorbenen Vetters schuldig. Julius mochte sie in ihrer unkomplizierten Art. Natürlich weiß und wusste ich, dass es in dieser Familie bestimmte Traditionen zu beachten gab. Aber ich glaube, dass Julius bereits mit manchem gebrochen hat.

Franz sah seine Schwester erstaunt an.

Woran hast du das bemerkt?

Vor allem als er Soldat war. Franz, Julius hat dich bewundert. Deine unkonventionelle Art, deine Unabhängigkeit und Unangepasstheit in vielen Dingen ...

Wie hat er das feststellen können? Wir ... kannten uns doch kaum.

Wir haben es immer bedauert, dass du uns in der Zeit auf unserem Gut im Mecklenburgischen nicht besucht hast – heute weiß ich natürlich, weshalb nicht! – denn er hätte dich gerne besser kennen gelernt. Ich habe ihm manches von dir erzählt. Und Julius hätte sich gerne mit dir über dieses Regime unterhalten, das er mehr und mehr hasste. Wenn er im Krieg auf Urlaub kam, sagte er mir immer wieder: Da draußen geschehen entsetzliche Dinge, Jutta. Dafür werden wir eines Tages zur Rechenschaft gezogen.

Aber wie kam er selbst damit zurecht?

Julius, der ja bekanntlich aus einer alten Offiziersfamilie stammte, wollte Hitlers Armee auf keinen Fall als Offizier dienen. Seine Vorgesetzten dagegen wollten ihn partout immer wieder befördern, denn ein Graf von Dünen, der kein Offizier war, das war für sie ein Unding! Doch immer, wenn eine mögliche Beförderung anstand, machte Julius ein paar unbotmäßige, selbst unterschwellig bösartige Bemerkungen gegen die Führung.

Und es ist ihm nichts geschehen?, fragte Franz ungläubig.

Die unmittelbaren Vorgesetzten haben ihn offensichtlich gedeckt. So blieb Julius ein einfacher Gefreiter.

Davon hast du mir nie etwas gesagt! Franz schüttelte den Kopf.

Nein, das habe ich ... verdrängt.

Und nun? Wie geht es weiter?, fragte Franz nach einer Weile.

Ich habe Rosa heute Vormittag einen Brief geschrieben. Ich schrieb ihr, dass sie, wenn sie noch Wert darauf lege, jederzeit willkommen sei. Aber ein weiterer Besuch ihres Adelsclubs sei von meiner Seite her ausgeschlossen. Und wenn ich jemals in Erwägung zöge, mich wieder zu verehelichen, gedächte ich mit Bestimmtheit meinen Mann in anderen Kreisen zu suchen.

Franz musste lachen.

Hast du wirklich *so* geschrieben? Ist ein solch geschraubter Stil in Adelskreisen wirklich üblich?

Ich weiß es nicht. Aber manchmal sitzt auch mir der Schalk im Nacken.

Franz nahm seine Schwester in den Arm.

Weißt du, Jutta, ich habe oft über derartige gesellschaftliche Phänomene nachgedacht.

Wirklicher Adel, das heißt Menschen mit einer echten Haltung, wenn man so etwas schon dingsfest machen möchte, befindet sich selten in solchen Clubs. Ich habe richtigen »Adel« oft bei den verschiedensten Menschen gefunden. Bei meinen Frankfurter Freunden, zum Beispiel. Bei den Arbeitern, die sich ihre Würde nicht nehmen ließen und gegen Hitler opponiert haben. Aber auch bei Intellektuellen, die standhaft blieben, die sich nicht anpassten. Oder denken wir gerade auch an Julius, der auf seine Weise unbotmäßig war. Denken wir an all die Frauen und Männer in den Widerstandsbewegungen in Frankreich, Griechenland – in ganz Europa! Menschen, die sich nicht bei jeder Gelegenheit durchbiegen, die mit aufrechtem Gang ihre Existenz zu bewältigen versuchen – das hat Klasse, das ist Adel! Das findet sich nicht in irgendwelchen elitären Vereinigungen.

Ich werde mich bemühen, ein wenig davon zu beherzigen, Brüderchen. Doch ich habe auch eine Bitte: Ereifere dich nicht zu sehr.

Anfang Mai erreichte Franz ein Brief aus Paris. Es war der erste Brief seines Sohnes.

Franz hatte im April nach langer Überlegung ein Schreiben an die von Marie-Agnès übermittelte Adresse losgeschickt. Der Inhalt war ähnlicher Art wie in den früheren Briefen, die er nach Nouméa gesandt hatte. Kontaktaufnahme, ehemaliger Freund seiner Mutter, Bitte um Antwort. Er bitte auch im Voraus um Entschuldigung, dass er ihn nun erneut behellige, nachdem er ihn immer wieder mit seinen Briefen belästigt habe. Aber er wolle ihn unbedingt kennen lernen, es sei ihm wirklich wichtig.

Und jetzt dieser Brief aus Frankreich. F.F. stand auf der Rückseite, 17. Arrondissement, Square du Thimerais.

Franz ging in den Garten hinaus und öffnete ihn.

Monsieur ...

Er las diese Zeilen mit einem merkwürdigen Gefühl.

Eine kurze Entschuldigung, dass er seinen Brief nicht sofort beantwortet habe; viel zu tun, viel Arbeit. Er habe in seiner Zeit in Nouméa nie einen Brief von ihm erhalten. Deshalb habe ihn sein Schreiben sehr in Erstaunen versetzt. Er würde gerne Näheres über seine Eltern erfahren – hier stockte Franz vorübergehend – es würde ihn sogar in besonderem Maße interessieren. Man habe ihm zwar manches von seiner Mutter erzählt. Aber er wisse gar nichts über seinen Vater. Man habe ihm nur mitgeteilt, dass er im Krieg gefallen sei.

Von diesem Tag an begann eine Korrespondenz, die viele Wochen, Monate und später auch Jahre andauern sollte.

Franz ging sehr behutsam vor. Er schrieb über sein Leben in Frankfurt, über seine Zeit des Widerstands gegen die Nazis, als er Anna kennen gelernt habe. Über Annas drohende Festnahme und ihre Flucht nach Frankreich. Nach und nach berichtete er auch über seine eigenen Erlebnisse während des Krieges. François erwies sich als überaus wissbegierig, fragte immer wieder nach, wollte Genaueres erfahren. Sein Sohn schrieb aber auch über sich. Über das, was er selbst erlebt hatte. Obwohl sie sich bisher nie getroffen hatten, stellte sich allmählich ein Verhältnis gegenseitigen Vertrauens ein, das Franz, wie er in seinem Tagebuch vermerkte, in Erstaunen versetzte. Doch es war nicht nur dieses Erstaunen. Es war die schließlich zutage tretende, unerwartete Offenheit, die ihn verblüffte. Noch etwas anderes schwang in den Zeilen seines Sohnes mit: Gewisse Vorbehalte gegen Leute, die ihm offensichtlich nicht hatten gestatten wollen, mehr über seine Herkunft zu erfahren.

François schrieb über seine Erlebnisse als Kind, welche Ängste er oft ausgestanden hatte, wenn seine Mutter tagelang weg war. Über die Freude, wenn sie zurückkam und ihn wieder in ihre Arme nahm. Dann, als seine Mutter überhaupt nicht mehr gekommen war, habe er sich einfach verkrochen, sich ständig irgendwo versteckt, hinter einer Tür, einer Bretterwand, einem Holzstapel oder auf einem Dachboden. Dann sei eines Tages diese Lucienne gekommen – er hatte tatsächlich *diese Lucienne* geschrieben. Er habe sie nicht besonders gemocht. Sie sei zwar immer sehr liebenswürdig und besorgt um ihn gewesen, habe sich um alles gekümmert. Er wolle ihr nicht Unrecht tun, aber vor allem, als er dann größer geworden sei, besonders als er ins Teenager-Alter gekommen sei, habe ihm ihr Getue um ihn missfallen. In der Schule hätten seine Kameraden natürlich nicht gewusst, dass er deutsche Eltern habe. Aber am Anfang sei ihm seine elsässische Herkunft verübelt worden, auch seine Lehrer hätten ihn deshalb ab und zu schikaniert. Man habe das eben an seiner Sprache bemerkt, an seinem Akzent. Erst allmählich habe sich das etwas gegeben. Aber dann sei Lucienne krank geworden. Zuerst habe er nicht viel von dieser Krankheit mitbekommen. Lucienne sei oft müde und erschöpft gewesen.

Eines Tages sei dieser Onkel Jules mit seiner Frau aufgetaucht. Lucienne habe sich häufig mit den beiden zurückgezogen und intensiv mit ihnen geredet. Und dann wurde er eines Tages gefragt, ob er nicht Lust habe, mit Jules und Sylvie nach Neukaledonien zu gehen. Sie selbst müsse sich einer längeren Kur unterziehen und könne sich in dieser Zeit nicht um ihn kümmern.

Ihm sei das eigentlich fast egal gewesen, schrieb er. Er wisse, dass das alles Lucienne gegenüber etwas ungerecht sei, aber so habe er sich damals gefühlt. Eben irgendwo leben, egal wie. Neukaledonien, der Name einer Insel hinter Australien, das habe doch recht exotisch geklungen. Im Übrigen habe er es bei Onkel Jules, der in Nouméa mit einem Kompagnon ein Import-Export-Geschäft betreibe, nicht schlecht gehabt.

Also Monsieur habe ihm geschrieben? Es dürfte nicht schwer gefallen sein, diese Briefe vor ihm zu verheimlichen. Denn normalerweise sei für ihn sowieso keine Post aus Europa gekommen. Lucienne war gestorben. Wer hätte ihm schreiben sollen?

Er habe es aber schnell aufgegeben, Onkel Jules nach seinen Verwandten zu fragen, denn der Mann habe von Anfang an sehr brüsk auf seine Fragen reagiert.

Allerdings sei er zwei Jahre später wieder nach Frankreich gekommen, um das Abitur zu machen. Ein Internat bei Grenoble. Docteur Moreau habe ihm dort einen Platz besorgt. Sein Zimmergenosse sei ein Schweizer, Jean Flatter, aus Lausanne gewesen. Mit ihm habe er auch etwas deutsch gelernt. Seine Mutter sei in Deutschland geboren.

François schrieb, dass er mit dem Lernen gut vorangekommen sei. Die Reifeprüfung habe keine Schwierigkeiten bereitet.

Nach dem bac im Sommer 1957 sei er wieder für einige Monate nach Nouméa zurückgekehrt.

Dann sei er Anfang 1958 nach Frankreich gekommen, um ein Medizinstudium zu beginnen. Es gefalle ihm gut in Paris. Zuerst habe er zwei Semester in Strasbourg studiert, bei den Moreaus gewohnt. Nathalie Moreau sei eine Schwester von Lucienne. Und nun logiere er in Paris bei einem Bruder von Anatole Moreau, einem etwas schrulligen Mathematiker und Junggesellen, mit dem er sich aber gut verstehe. Außerdem habe er ein Stipendium bekommen, da er bei einem Concours sehr gut abgeschnitten habe. Letzteres sei Hippolyte Moreau, so heiße jener Bruder, sehr recht gewesen, denn der sei, obwohl gut verdienender professeur agrégé an einer der Eliteschulen, ein wenig vom Geiz befallen, das sei bei ihm eine auffallende Schwäche.

Franz lud François ein, ihn in Heidelberg zu besuchen. Sie würden selbstverständlich über alles reden. Er wolle ihm vieles zeigen, die Orte, an denen seine Mutter gelebt und gewirkt habe.

François bedauerte. Seine Pflegeeltern würden schon vor den Semesterferien nach Frankreich kommen und er fahre mit ihnen in die Bretagne. Danach für einen Monat zu Jean Flatter nach Lausanne – das habe er schon lange versprochen. Aber es werde sich schon eine Gelegenheit finden. Vielleicht an Weihnachten?

… Sie können mir glauben, Monsieur, ich bin außerordentlich neugierig auf all das, was Sie mir berichten und zeigen möchten. Aber die anderen Termine sind schon lange vorgesehen und wären nur schwer rückgängig zu machen …

Franz war etwas enttäuscht. Doch insgesamt gesehen war er froh über diese Entwicklung der Dinge. Nach all den Jahren, als ihm immer wieder die Geduld auszugehen drohte, war nun ein Punkt erreicht, der ihn seinem Ziel, seinen Sohn endlich kennen zu lernen, ein großes Stück näher gebracht hatte.

Anfang September erschien sein Buch über Alban Berg. In mehreren überregionalen Zeitungen wurde diese Publikation besprochen. Auch in einigen Musikzeitschriften wurde sie ausführlich gewürdigt. Die Rezensionen waren meistens sehr positiv.

Anfang Oktober der Konzertabend in der Heidelberger Stadthalle.

Zuerst spielte das Orchester Beethovens Egmont-Ouvertüre. Franz saß mit Jutta in der ersten Reihe ziemlich auf der linken Seite. Von seinem Platz aus würde er Irene gut beobachten können. Rechts von ihm Irenes Eltern und weitere Verwandte.

Auch Kollegen des Musikwissenschaftlichen Instituts waren gekommen, Freunde, Studenten. Im Foyer hatte Franz bereits Paul Bückner begrüßt, der eigens aus Frankfurt angereist war.

Der Saal war bis auf den letzten Platz besetzt.

Dann Mozarts A-Dur-Konzert. Irene kam in einem langen schwarzen Kleid auf das Podium, verbeugte sich, lächelte ins Publikum und setzte sich an den Flügel, als hätte sie noch niemals etwas anderes gemacht.

Nach der Orchesterexposition der Einsatz der Solistin. Irene spielte den Beginn des ersten Themas als schön herausgearbeitete Kantilene, den Dolce-Charakter unterstreichend.

Franz schloss die Augen. Was nun folgte, war vollendetes Mozart-Spiel. Themen, einzelne Motive daraus, Läufe, Akkordbrechungen, bei Forte auch zupackend, doch stets mit der gebotenen Zurückhaltung, selten die apollinische Ausgewogenheit verlassend, wie etwa in der brillanten Kadenz.

Franz hielt diese Gedanken später in seinem Tagebuch fest. Die Zuhörer waren von Anfang an von diesem Klavierspiel gefesselt.

Dann kam der zweite Satz, ein Adagio in fis-Moll. Die Art und Weise, wie die junge Pianistin diesen langsamen Satz anging, setzte alle in Erstaunen. Mit großer Ausdruckskraft und Souveränität brachte sie den meditativen, reflektierenden Charakter dieses Adagios zum Erklingen, so dass man darüber beinahe das jugendliche Alter der Künstlerin vergaß.

In dem noch folgenden dritten Satz, dem Rondo, das Irene und Franz vor über einem Jahr Jutta präsentiert hatten, bot die Solistin wieder ihre Fähigkeit zu brillanter Ausgewogenheit – makelloses, perlendes Mozartspiel.

Dieses Rondo war so angelegt, dass der Komponist durch entsprechende Varianten vom allzu starren Rondoschema abgewichen war und bei dieser Gattung etwas

Besonderes geschaffen hatte. Auffallend bei diesem Satz: ein einfallsreiches Wechselspiel von Dur und Moll.

Irene hatte das Publikum bezaubert, und als das Konzert zu Ende war, herrschte für einen ganz kurzen Moment ein tiefes Schweigen, bevor der Beifallssturm losbrach.

Die üblichen Rituale, Händeschütteln mit dem Dirigenten, dem Konzertmeister, schließlich wurden Blumen überreicht.

Als der Beifall die Solistin zum fünften Mal vor das Publikum gerufen hatte – die Orchestermusiker waren aufgestanden, die Streicher klopften mit ihren Bögen auf die Notenständer – konnte sich die Pianistin einer Zugabe nicht mehr entziehen.

Und das, was Irene nun spielte, sorgte erneut für eine Verblüffung. Auch von diesem Stück wurde sowohl in den Rezensionen als auch unter den Leuten, die an dem Abend da gewesen waren, noch lange geredet.

Es handelte sich um den *Russischen Tanz* aus *Trois Mouvements de Pétrouchka* von Igor Strawinsky. Irene entfaltete eine virtuose Brillanz, zeigte eine solche Spielfreude, die nun, nach der Musik Mozarts, noch stärker das dionysische Element zum Tragen brachte. Das Publikum tobte.

Als letzter Programmpunkt erklang Beethovens vierte Symphonie. Kaum war der letzte Ton dieses Werkes verklungen, erhob sich Franz und eilte zu den Künstlergarderoben. Als er die entsprechende Tür öffnete, in den Raum hineinging, konnte er Irene zunächst nirgends sehen. Plötzlich fiel die Tür zu und zwei Arme umfingen ihn von hinten. Franz drehte sich behutsam um, Irene blickte ihn an und versuchte ihn zu küssen. Sanft versuchte er, die junge Frau ein wenig wegzuschieben, was ihm aber nicht sofort gelang.

Du hast wundervoll gespielt, stammelte er schließlich.

Das verdanke ich alles dir, flüsterte sie. Entschuldigung, aber ... ich bin so verwirrt .. und in dich verliebt.

Irene, sagte Franz.

Ich kann nichts dafür, sagte sie noch, bevor die Tür aufging, ihre Eltern hereinkamen und viele Konzertbesucher und Mitwirkende, die der Solistin des Abends gratulieren und sie feiern wollten.

***

Beinahe ein Jahr ging noch ins Land, bis Franz zum ersten Mal seinem Sohn gegenüberstand. Sie hatten immer wieder Briefe ausgetauscht. François hatte ab einem bestimmten Zeitpunkt auch versucht, auf Deutsch zu schreiben. Zuerst nur einzelne Abschnitte, oft noch ein wenig unbeholfen. Doch er kam schnell voran. Er hatte schon bald angekündigt, dass er nebenher Sprachkurse belegen wolle. Und dann war noch eine andere Perspektive aufgetaucht. François hatte sich erneut an einem Concours beteiligt und ein Stipendium für einen Auslandsaufenthalt erhalten. Er würde zwei Semester in Würzburg studieren. Er hatte in der Zwischenzeit große Fortschritte in der deutschen Sprache gemacht.

François war zehn Tage vor Beginn des Wintersemesters 1961 in Würzburg angekommen, hatte sich in dem Studentenwohnheim, in dem er ein Zimmer beziehen sollte, eingerichtet und wollte, bevor die Vorlesungen begannen, noch ein paar Tage nach Heidelberg kommen.

Franz war viel zu früh an der Kurfürstenanlage, wo sich der neue Hauptbahnhof seit sechs Jahren befand, und wartete ungeduldig am Bahnsteig auf die Ankunft des Zuges. Er hatte François nie um ein Foto gebeten. Das wäre ihm ein wenig merkwürdig erschienen, da er sich nie als unmittelbarer Verwandter ausgegeben hatte.

Ich bin ziemlich schlank, etwas über einsachtzig groß, trage einen dunkelbraunen Mantel und eine schwarze Baskenmütze, hatte sein Sohn geschrieben, der immer noch keine Ahnung davon hatte, wem er bald gegenüberstehen würde.

Ein Strom von Menschen entstieg dem Zug und bewegte sich auf den Ausgang zu. Franz blickte nach beiden Seiten und wartete. Er dachte bereits, dass er François vielleicht verpasst habe, als er ganz am Ende des Bahnsteigs einen jungen Mann entdeckte, dessen Aufmachung mit der schriftlichen Ankündigung übereinstimmte. Als Franz sich ihm näherte, ging auch der Mann auf ihn zu. Er trug ein kleines Köfferchen.

François Faris?

Monsieur Niemann?

Sein Sohn lächelte ihn an und Franz erstarrte für einen Augenblick. Das war Annas Lächeln, Annas Gesicht, ihr Mund, die Form ihrer Wangen, die blaugrauen Augen – nur vielleicht die Nase nicht, dachte Franz. Doch diese Augen ...!

Enchanté, Herr Niemann, sagte nun dieser Mund. François nahm seine Mütze ab. Franz sah die Haare: ein kräftiges Braun mit einem rötlichen Schimmer!

Willkommen!, sagte Franz nach einer Pause. Entschuldigen Sie! Ich bin ein wenig perplex. Diese Ähnlichkeit mit Ihrer Mutter.

Was hinderte ihn nur daran, diesen jungen Mann in seine Arme zu nehmen?

Lass ihm und dir selbst noch etwas Zeit, dachte er.

Sie fuhren mit seinem unverwüstlichen VW-Käfer zunächst durch Bergheim, dann über die Theodor-Heuss-Brücke nach Neuenheim.

Zuerst ein Mittagessen bei Jutta in der Bergstraße – Franz wollte François nicht sofort zum Philosophenweg bringen. Er wusste nicht, ob sein Sohn diese Künstlerklause überhaupt mögen würde, und Franz dachte daran, ihn langsam darauf vorzubereiten.

Eine erste Begeisterung bei der Begegnung mit Negra,

der mittlerweile sehr großen Neufundländerhündin, die ihm beim Essen nicht von der Seite wich.

Ich habe sie zu sehr verwöhnt, sagte Jutta entschuldigend.

Oh, das macht nichts, sagte François. Ich habe mir immer einen Hund gewünscht. Leider ... war das nie möglich.

Franz blickte Jutta an. Jutta sah François an, dann wieder Franz.

Er sieht dir bestimmt sehr ähnlich, hatte Jutta noch einen Tag vorher zu ihrem Bruder gesagt.

Am Nachmittag, es war ein sehr milder Herbsttag, wanderten sie den Philosophenweg entlang.

Von dort oben hat man einen schönen Blick auf die Stadt. Außerdem kann ich Ihnen das Haus zeigen, in dem ich arbeite und wohne, erklärte Franz.

Franz spielte ein wenig den Fremdenführer, erklärte da und dort ein Gebäude, sagte etwas zu einzelnen Ortsteilen oder einiges zur Geschichte der Stadt. François fragte manchmal nach, wenn er etwas nicht verstanden hatte. Später erkundigte sich Franz nach seinem Studium, seinen Berufsaussichten. François gab bereitwillig Auskunft. Zunächst sei es eben eine Ausbildung in allgemeiner Medizin. Vielleicht würde er sich einmal spezialisieren. Aber das wisse er noch nicht so genau.

Vielleicht Arzt für ... wie sagt man in Deutschland für ›spécialiste des maladies internes‹?

Internist wohl, sagte Franz. Meine Schwester Dorothea in Mainz ist Internistin.

Ich habe auch schon an Arzt für Ohren, Nase und Hals gedacht.

Franz lächelte. Bei uns hat man dafür eine andere Reihenfolge: ›Hals-Nasen-Ohren-Arzt‹.

Und bei uns ›oto-rhino-laryngologiste‹.

Sie lachten.

François erzählte immer unbefangener von seinem Leben in Paris. Er gehe häufig ins Theater, manchmal auch in die Oper, Letzteres allerdings nicht mit übermäßiger Begeisterung.

Warum er dann hingehe, wollte Franz wissen.

Cathérine – das ist meine Freundin – liebt die Oper.

Cathérine? Etwas Ernstes?

Das wird sich noch herausstellen, sagte François ausweichend. Sie studiert ebenfalls Medizin. Sie kommt aus Québec in Kanada. Ihr Vater ist dort Chef eines großen Krankenhauses.

Aha.

Er spricht unsere Sprache erstaunlich gut, schrieb Franz im Tagebuch. *Er hat einen leichten Akzent, aber das fällt kaum ins Gewicht. Er muss diese Sprachbegabung von seiner Mutter geerbt haben. Von mir hat er sie nicht.*

Sie haben in einem Ihrer Briefe geschrieben, dass Sie Musiker sind?

Ja. Ich habe einen Lehrauftrag an der hiesigen Universität, am Musikwissenschaftlichen Institut. Außerdem komponiere ich und unterrichte Klavier.

Musikwissenschaft? Ist das musicologie?

Ja, ich denke schon.

Von diesen Sachen verstehe ich nicht sehr viel, das muss ich zugeben ...

Franz musste lachen.

Das macht doch nichts. Es gibt eben unterschiedliche Bereiche und Interessen. Das ist doch ganz normal.

Ich liebe Jazz, erklärte François. Wir gehen in Paris oft in einen Jazzkeller, in dem noch Sidney Bechet gespielt hat. Kennen Sie etwas von ihm?

Natürlich, rief Franz. Ich habe früher auch in Jazzbands gespielt.

Tatsächlich?

Wenn Sie einmal länger hier sind, könnten wir in Frankfurt in einen Jazzclub gehen. Ich habe dort noch alte Freunde, sagte Franz. Oder in Heidelberg selbst. Seit 1954 gibt es das Cave 54. Dort waren schon einige Größen des Jazz zu Gast: Louis Armstrong oder Dizzie Gillespie.

François war beeindruckt.

Franz erzählte von seinen ersten Begegnungen mit der Jazzmusik. Vor und nach dem Krieg. Von amerikanischen und deutschen Bands.

Nach einem langen Spaziergang kamen sie auf dem Rückweg wieder zu seinem Grundstück. Franz schloss das eiserne Tor auf, machte mit dem rechten Arm eine einladende Bewegung: Voilà!

Sie gingen den Weg hinunter, betraten das ›Gartenhaus‹.

Franz öffnete Türen und Fenster. François schlenderte neugierig durch das große Zimmer mit dem Flügel, dem Schreibtisch, den zahllosen Büchern und Noten, die überall verstreut waren. Als er durch die hintere Tür trat, konnte auch er sich der Wirkung dieses besonderen Ausblicks nicht entziehen.

Schön haben Sie es hier!, rief er Franz zu, der gerade noch kurz seine Post durchsah.

Soll ich uns einen Kaffee machen?

Gerne, sagte François. Er ließ sich in den hölzernen Liegestuhl gleiten.

Franz brachte schließlich ein Tablett mit Kaffeegeschirr zum Gartentisch.

Ich denke, wir können im Freien bleiben?, fragte er.

Auf jeden Fall, sagte François. Es ist doch ziemlich warm.

Franz stellte das Tablett ab und holte die Kanne mit dem Kaffee. Vorher hatte er noch eine Platte aufgelegt. Er besaß mehrere Schallplatten mit Sidney Bechet.

Zuerst *Wild Man Blues*, von der Klarinette gespielt.

Très bien!, rief François.

Sie tranken ihren Kaffee und hörten der Musik zu.

Eigenartig, dachte Franz. Jetzt sitze ich mit ihm an demselben Tisch, an dem schon seine Mutter gesessen hat. Ich würde ihm gerne dieses ›Sie‹ abgewöhnen. Aber das dürfte schwierig sein, wenn die Menschen in einem Land aufwachsen, in dem sich oft sogar die Ehepartner siezen.

Ihre Mutter ist auch hier gewesen, sagte er nach einer Weile.

Sie haben das schon einmal erwähnt, aber als wir hierher kamen, habe ich nicht sofort daran gedacht.

Franz ging hinein, um die Platte umzudrehen. Auf der Rückseite waren ein paar Aufnahmen mit Sopransaxophon. Als er wiederkam, fragte François plötzlich:

Erzählen Sie mir ein wenig von ihr?

Was möchten Sie wissen?

Die Leute haben immer gesagt, dass ich ihr ein wenig ähnlich sehe, und sie sagten auch immer, dass sie eine Heldin gewesen sei.

Eine Heldin?

Stimmt das nicht?

Doch, doch, sagte Franz schnell, sie war eine sehr mutige Frau. Ihr Vater wurde schon kurz nach Hitlers sogenannter Machtergreifung in ein Konzentrationslager gebracht. Die Eltern Ihrer Mutter waren Sozialdemokraten. Für Anna gab es keine Alternative. Ihr Weg führte sie in den Widerstand gegen Hitler.

Und sie war hier ... in diesem Haus?

Ja. Es waren ihre letzten Tage in Deutschland. Wir sind übrigens vorhin an der Stelle vorbeigekommen, wo ich sie zum letzten Mal gesehen habe.

Und der Mann?, fragte François.

Welcher Mann?

Na ... ihr Mann oder Freund oder Geliebter, was weiß ich? Mein Vater! Wo war er, als sie fliehen musste?

Auch hier.

Er war ebenfalls hier?

Ja ...

Aber ... musste er nicht fliehen oder sich irgendwo verstecken? Er war doch genauso bedroht! Lucienne hat mir immer erzählt, dass er zuerst ins Gefängnis gekommen ist und später ist er zu den Soldaten gesteckt worden. Und er ist gefallen. Man weiß nicht einmal genau, wo!

Seine Widerstandsgruppe ist 1937 aufgeflogen. Sie wurden fast alle verhaftet, sagte Franz.

Und Sie selbst? Wo waren Sie damals?

Franz zögerte. Ich ... war an dem Tag ... auswärts. Möchten Sie noch eine Tasse Kaffee?

Nein, danke.

Sie schwiegen für einen Augenblick. Schließlich fuhr François fort:

Sie haben mir viel über meine Mutter geschrieben, über ihre Aktivitäten im Widerstand gegen Hitler in Deutschland und auch in Frankreich. Aber, Sie müssen verstehen, als ich meine Mutter zum letzten Mal gesehen habe, war ich vier Jahre alt ...

Klar. Da bleiben eher verschwommene Erinnerungen, keine sehr präzisen ...

In diesem Augenblick läutete es. Einmal lang, einmal kurz. Franz stand auf.

Das wird meine Schwester sein.

Zuerst kam Negra den Plattenweg herunter, hinter ihr Jutta mit einer großen Tasche.

Ich hab Kuchen mitgebracht!, rief sie.

Ich hole noch ein Gedeck, sagte Franz und wollte ins Haus hineingehen.

Das ist nicht notwendig. Ich muss gleich wieder zurück.

Dann aber ein Glas Wasser. Franz ging ins Haus.

Jutta lächelte François zu, stellte eine Platte mit Pflaumenkuchen auf den Tisch und eilte Franz hinterher.

Franz, ich habe seinen Koffer mitgebracht. Er steht vorne an der Haustür. Er wird doch hier übernachten?

Ich denke schon.

Hast du ihm ... schon etwas gesagt?

Nein, noch nicht.

Du solltest nicht zu lange damit warten.

Ja. Aber ... es ist nicht so einfach.

Das kann ich mir denken. Dennoch ... zögere nicht zu lange.

Als sie wieder auf die Terrasse kamen, beugte sich François gerade zu Negra hinunter. Sie lag vor ihm auf dem Rücken und ließ sich kraulen.

Ich muss wieder zurück. Ich habe Ihren Koffer oben abgestellt, sagte sie zu François.

Kommt ihr morgen zum Essen?

Ich gebe dir Bescheid, sagte Franz.

Gut. Komm, Negra! Dann bis morgen. Wiedersehn zusammen!

Danke für alles, sagte Franz.

François trat vor und gab ihr die Hand.

Auf Wiedersehen, Madame. Und vielen Dank.

Sie standen auf der rechten Seite des Gartens und blickten auf die Flussebene hinunter, die schon das Rot der Abendsonne übergestreift hatte.

Hier vorne beginnt das Tiefland des Rheins. Der Neckar mündet bei Mannheim, sagte Franz.

Mannheim?, fragte François und deutete mit der Hand in die Landschaft hinaus.

Dort hinten im Dunst. Gegenüber Ludwigshafen. Frankfurt liegt allerdings um einiges weiter nördlich.

Haben Sie ein Foto von meiner Mutter?, fragte sein Sohn plötzlich. Sie müsste damals nur wenig älter gewesen sein, als ich es jetzt bin.

Es tut mir leid, sagte Franz. Ich bedaure das sehr, aber

ich besitze keine Fotografie von ihr. Haben Sie selbst kein Bild von Ihrer Mutter?

Doch, es gibt ein paar Fotos. Hauptsächlich aus ihrer Zeit in der Résistance. Ich selbst habe ein paar Bilder aus meiner Schulzeit in Vincennes. Und natürlich etliche Aufnahmen von Nouméa.

Franz dachte an das Foto, das er Anna mitgegeben und das sie während ihrer Aktionen bei sich getragen hatte. Nur nicht am Tag ihrer Verhaftung. Aber das wollte er seinem Sohn nicht sagen.

Eigenartig. Wenn es die Zeiten nicht zulassen, bleiben von der eigenen Kindheit nur ein paar Erinnerungen im Kopf, sonst nichts. Erinnerungen, die – ohnehin spärlich – frühestens in einem Alter von drei Jahren einsetzen. Für die Kinder des Krieges, die bereits zu einem frühen Zeitpunkt die Eltern verlieren, die als Waisen aufwachsen oder ständig herumgereicht werden, gibt es nicht einmal die üblichen harmlosen Familiendokumente. Als wäre ein Abschnitt ihres Lebens einfach weggewischt.

François hatte seinen Koffer geholt und einen dicken Umschlag mit Fotos herausgekramt. Nur wenige Bilder betrafen die Zeit in Frankreich Ende der dreißiger und zu Beginn der vierziger Jahre. Auf einem Bild saß François als kleines Kind auf den Knien von Anna. Neben ihnen ein etwas schwergewichtiger Mann mit unbeweglicher Miene und einer Halbglatze.

Charles Colin, erklärte François.

Ein anderes Foto zeigte eine Gruppe von vier Männern und drei Frauen vor einer Art Scheune. Franz konnte auf der linken Seite Cécile erkennen. In der Mitte stand Anna. Eine große Frau neben ihr hatte einen Arm um ihre Schulter gelegt. Dann war da noch ein Bild von Anna allein mit einem Gewehr und umgehängter Patronentasche. Ihre Haare hatte sie hochgebunden und ihre Augen blickten den Betrachter nachdenklich an.

François zeigte noch eine Reihe von Fotos, die während

seiner Zeit in Vincennes aufgenommen worden waren, und von Neukaledonien. Die Dämmerung zog herauf, Franz ging ins Haus hinein, machte Feuer im Ofen und begann das Abendessen zu richten.

Später saßen sie bei einem Glas Wein am Tisch. Die ganze Zeit über hatte Franz auf eine günstige Gelegenheit gewartet, aber François war bei den Ausführungen über seine neue Heimat auf Neukaledonien so ins Reden gekommen, dass er gar nicht mehr aufhören wollte.

Nun, in einer Gesprächspause nach dem reichhaltigen Essen, kam Franz noch einmal auf ihre Unterhaltung am frühen Nachmittag zu sprechen.

Sie haben mich heute Nachmittag nach dem Gefährten Ihrer Mutter gefragt, begann er. Das mit dem Gefängnis und dem Soldaten hat schon seine Richtigkeit, aber – er ist nicht gefallen.

François starrte ihn einen Moment lang verwirrt an.

Er ist nicht umgekommen?, fragte er erregt. Wo ... ist er dann?

Er ... , Franz ließ einige Sekunden verstreichen, sitzt Ihnen gegenüber.

Bitte? Vous ... plaisantez, Herr Niemann. Das kann doch nicht ...

Er stand abrupt auf. Auch Franz erhob sich.

Bitte beruhigen Sie sich. Ich würde mir in so einer Sache niemals einen Scherz erlauben ...

Aber ... warum haben Sie mir nicht gleich die Wahrheit gesagt?

Es war vielleicht ein wenig ungeschickt von mir. Doch glauben Sie mir, wenn ich von Anfang an als Ihr Vater aufgetreten wäre, hätte ich wahrscheinlich nie eine Möglichkeit gehabt, Sie kennen zu lernen.

Franz ließ sich auf seinen Stuhl fallen.

Bitte nehmen Sie doch wieder Platz.

Nach einer Pause setzte sich François, schüttelte leicht

den Kopf und blickte wieder Franz an, der eben behauptet hatte, sein Vater zu sein.

Angenommen, begann Franz von neuem, Sie hätten früher meine Briefe erhalten und ich hätte mich als Ihr Vater ausgegeben, hätten Sie mir geglaubt?

François schwieg.

Wahrscheinlich nicht, sagte er nach einer Weile.

Alle haben doch versucht, Ihnen klarzumachen, dass Ihr Vater gefallen sei. Ich möchte versuchen, meine Vorgehensweise ein wenig zu erklären. Ich dachte mir, dass ich am ehesten eine Chance hätte, mit Ihnen Kontakt aufzunehmen, wenn ich mich zunächst als Freund Ihrer Mutter ausgeben würde. Und ... das war ja auch nicht gelogen, François. Es war nur nicht sofort die volle Wahrheit.

François sagte nichts dazu. Franz konnte sich vorstellen, wie er mit sich kämpfte, wie sehr ihm das naheging.

Ich habe Ihnen einiges zugemutet, sagte Franz. Ich kann Ihre Verwirrung verstehen. Ich kann auch noch nicht einschätzen, ob dies der richtige oder der falsche Zeitpunkt war, Ihnen diese Mitteilung zu machen. Aber ich musste endlich mit der Wahrheit herausrücken: Sie sind mein Sohn!

François versuchte zu lächeln. C'est un peu fort de café!, sagen wir in Frankreich.

Ja. ›Starker Tobak‹, sagen Sie es nur.

Eine kleine Zeit der Sprachlosigkeit breitete sich im Raum aus und schien sich wie ein dichter Nebel um ihre Köpfe zu legen.

Ich glaube, wir könnten jetzt einen kräftigen Schluck vertragen, sagte Franz. Wir müssen schließlich auf uns anstoßen. François, Eltern, ihre Kinder, Verwandte, auch Freunde duzen sich hier bei uns.

Ja, ich weiß schon. Das ist alles ... etwas ungewohnt. Aber, das mit dem ›kräftigen Schluck‹ ist vielleicht keine schlechte Idee.

Was kann ich uns anbieten? Einen Cognac?

Ja, warum nicht.

Franz brachte eine Karaffe mit Wasser, eine Flasche Cognac und Gläser. Er schenkte ein, sie prosteten sich zu. Sie tranken noch ein zweites Glas, später noch ein drittes.

Und sie begannen zu reden.

Alkohol hat seine Tücken, dachte Franz. Manchmal hat er aber auch sein Gutes, wenn er den Menschen im richtigen Augenblick die Zunge löst.

Sie redeten bis spät in die Nacht hinein.

François brachte zwar manchmal ein zaghaftes ›Du‹ über die Lippen, aber meistens vermied er es, Franz direkt anzureden.

Er wird sich schon daran gewöhnen, dachte Franz.

Am Morgen gegen fünf Uhr, nach dem Genuss von Wein, Wasser und vielen Tassen Kaffee beendeten sie ihr Gespräch. François war sehr müde und Franz führte den Schlaftrunkenen zu dem Sofa. Er schlief sofort ein.

Franz lag noch eine Zeitlang wach und ließ den vergangenen Tag und diese lange Nacht Revue passieren. Es fiel ihm schwer, seine Gedanken zu ordnen. Aber insgesamt war er froh, wie sich nun alles entwickelt hatte. Die Vorstellung, dass es ihm mit der Zeit gelingen könnte, eine positive und interessante Beziehung zu seinem Sohn aufzubauen, gab ihm ein gutes Gefühl.

Ich habe ihn weder als Kind noch als jugendlichen Menschen erlebt, aber das soll mich nicht daran hindern, auf irgendeine Weise eine Vaterrolle wahrzunehmen. Ich werde schon einen Weg finden.

Gegen elf standen sie auf. Das Wetter hatte sich eingetrübt. Ein feiner Regen fiel gegen die Scheiben. Manchmal ging ein Windstoß durch die Bäume und Sträucher. Vereinzelt wirbelten Blätter durch die Luft.

Die Stadt unten bevorzugte ein tristes Grau.

Franz hatte sofort den Kachelofen wieder in Gang gesetzt. Nachdem sie geduscht hatten und am Frühstückstisch saßen, sagte François:

Mir gefällt es hier. Das ist so ziemlich das genaue Gegenteil von der Wohnung meines Mathematikers. Bei ihm ist alles akkurat an seinem Platz – und alles muss sofort aufgeräumt werden.

Franz lachte.

Ist das so bei Mathematikern?

Ich glaube nicht. Nein, wahrscheinlich kann man das nicht verallgemeinern. Einer von meinen Copains ist ebenfalls ein Mathematik-Genie. Bei ihm herrscht das reinste Chaos.

Das Telefon läutete.

Es war Jutta, die auf einen Anruf von Franz gewartet hatte.

Entschuldige, Jutta. Wir frühstücken gerade erst. Nicht böse sein. Ich würde vorschlagen, wir könnten heute Abend essen gehen. Was hältst du davon? Ach so, die Chorprobe. Kannst du die einmal ausfallen lassen? Ein einziges Mal? Gut. Dann bis heute Abend. Wir holen dich ab. Tschüss.

Sie gingen über den Schlangenweg in die Stadt hinunter.

Franz, begann François – sie hatten sich in der Nacht auf diese Anrede geeinigt, denn auch Franz war sich darüber im Klaren, dass in ihrem Fall die Bezeichnung ›Vater‹ irgendwie deplatziert war.

Ja, François?

Diese Lucienne! Sie hat sich ausgesprochen gemein verhalten.

Das ist ein bisschen ungerecht, findest du nicht?

Ich weiß nicht. Nach allem, was ich jetzt weiß ... Nein, ich muss anders beginnen, denn im Grunde war es ja auch schon vorher bekannt. Lucienne muss doch gewusst haben, dass mein Vater kein deutscher Faschist war. Vor allem in so einem Fall sollte man doch eine Chance bekommen, den Vater kennen zu lernen.

Vielleicht hat Lucienne ja wirklich geglaubt, dass ich gefallen sei.

Mag ja sein. Aber sie hasste alle Deutschen. Sie hat nie nachgeforscht. Sie hat etwas behauptet und dann war das für sie so! Die Franzosen waren, wie ich immer wieder gehört habe, auch nicht alle Engel.

Sie waren die Schlossbergstraße hinaufgegangen und begannen diese imposante Anlage zu besichtigen.

François schien das eher mäßig zu interessieren. Vor allem war sein Kopf mit völlig anderen Problemen beschäftigt. Zwar entlockte ihm der Anblick des Heidelberger Fasses immerhin ein ›pas mal‹, aber das war es dann auch gewesen. Auch als sie später in einem Café in der Nähe der Heiliggeistkirche saßen, bohrte er unablässig weiter, versuchte mit diesen neuen Informationen, die in seinen Kopf hineingeschüttet worden waren, zurechtzukommen.

Diese Lucienne, begann er wieder, war in meine Mutter verliebt?

Er schüttelte den Kopf.

So etwas kommt vor, sagte Franz lächelnd.

War es für sie dann vor allem deshalb schlimm, weil meine Mutter ihr weggenommen wurde?

Franz zuckte mit den Achseln.

Das hat ihren Hass auf die Deutschen sicher noch verstärkt.

Hass, Hass! Dieses Wort habe ich immer wieder gehört, sagte François aufgebracht.

In Kriegszeiten hat dieses Wort nun mal Hochkonjunktur, sagte Franz. Und, glaube mir, die Deutschen haben deinen Franzosen einige Gründe geliefert, sie zu hassen.

Immerhin ging von meinem Land etwas aus, das ein berühmter griechischer Philosoph einmal als schlimmstes Verbrechen überhaupt bezeichnet hat: die bewaffnete Ungerechtigkeit. Über den Massen- und Völkermord sagte er nichts, weil ihm ein solches Phänomen in dieser Tragweite noch nicht bekannt war.

Weißt du, was mir in La Nouvelle-Calédonie immer aufgefallen ist? Wie meine Landsleute die dortigen Ureinwohner oft diskriminiert haben. ›Les Canaques‹ hieß es meistens verächtlich. Dabei bedeutet ›Kanake‹ nichts anderes als ›Mensch‹.

Ich weiß, sagte Franz nur.

In den beiden Tagen, die François noch in Heidelberg verbrachte, wurden solche Gespräche in immer neuen Varianten weitergeführt. Franz ging geduldig auf die Fragen seines Sohnes ein, die er im Übrigen nicht alle zufriedenstellend, manchmal auch gar nicht beantworten konnte.

Als Franz seinen Sohn am Sonntagnachmittag am Bahnhof verabschiedete, regnete es in Strömen.

Sie wollten sich in regelmäßigen Abständen wiedersehen, schreiben, telefonieren, einfach aneinander denken.

Du bist hier immer willkommen, das weißt du! Ich möchte dich auch möglichst bald mit deinen Großeltern bekannt machen. Ich werde ihnen heute noch einen Brief schreiben und ihnen einiges über dich berichten.

Danke, Franz. Ich glaube, dass ich diese Tage nie vergessen werde. Ich werde auch Onkel Jules schreiben.

Aber sei nicht zu streng mit deinen Leuten!

Das weiß ich noch nicht. On verra!

François, ich bin sehr froh, dass ich dir endlich begegnen durfte, sagte Franz, als sein Sohn eingestiegen war und das Fenster herabgelassen hatte.

Ich auch, sagte François. Wenn ich auch noch einige Zeit brauchen werde, um alles zu überdenken, wie sagt ihr ...?

... verdauen, sagte Franz.
François lachte. Der Zug fuhr an.
Bis bald!, sagte Franz.
Ja, bis bald. A bientôt!

***

Anfang März 1962 starb völlig überraschend die Mutter von Franz.

Martha Niemann war in ihrem Bett nicht mehr aufgewacht. Sein Vater berichtete, dass er wie gewöhnlich ins Badezimmer gegangen sei. Er habe sich zunächst gewundert, dass sie ihm nicht gleich nachgekommen sei. Er sei zurückgegangen und habe sie wecken wollen.

Ich blickte sie an und hatte auf einmal das Gefühl, dass irgendetwas nicht stimmte.

Sie lag einfach in ihrem Bett, hatte die Augen geschlossen, mit einem ganz ruhigen, friedlichen Gesichtsausdruck, erzählte Bernhard Niemann später, als er sich wieder ein wenig gefasst hatte.

Im ersten Moment war er völlig verzweifelt. Seine Frau Martha, die immer noch so rüstig gewesen, deren robuste Gesundheit immer von allen bewundert worden war!

Nun lag sie auf dem Heidelberger Bergfriedhof, unweit des *Professorenwegs*, unter einer breit ausladenden alten Linde.

Ist das nun ein sogenannter ›schöner Tod‹?, fragte Franz später, als er mit seiner Schwester Jutta zwei Tage nach der Beerdigung im großen Salon in der Bergstraße zusammensaß.

Wohl nicht für die Menschen, die zurückbleiben, sagte Jutta.

Vor zwei Stunden hatten sie Dorothea mit ihrer Familie verabschiedet. Ihr Vater hatte sich in sein früheres Zimmer zurückgezogen.

Es ist eigenartig, sagte Franz, wenn ein so lebensfroher

Mensch wie unsere Mutter sozusagen ohne jede Vorwarnung dieses Leben verlässt.

Sie hatte noch so viele Pläne mit der Gestaltung des Gartens. Sie hatte auch bereits überlegt, einen Teil des Hanges mit ein paar Reben zu bepflanzen, sagte Jutta.

Weißt du, worüber ich jetzt im Nachhinein doppelt froh bin?, begann Franz wieder. Dass sie François noch kennen lernen konnte. Es war ein glückliches Zusammentreffen, als mich mein Sohn zu Beginn dieses Jahres besuchte.

Ja, Franz. Unsere Eltern freuten sich sehr. Auch damals schon, als du ihnen zum ersten Mal gesagt hast, dass ein solcher Enkel existiert.

Bernhard Niemann äußerte nach ein paar Tagen den Wunsch, wieder in das Haus nach Meersburg zurückzukehren.

Jutta erbot sich, ihn hinzufahren und auch ein paar Tage bei ihm zu bleiben.

Ich nehme Negra mit ins Gartenhaus, sagte Franz. Sie kennt die Umgebung ja schon.

Nach einer Woche kehrte Jutta zurück. Ihr erster Weg führte sie zu ihrem Bruder.

Ich habe mich um den Haushalt gekümmert. Schließlich hat er mich beinahe weggeschickt.

Er werde schon zurechtkommen.

Franz schüttelte den Kopf.

Immerhin haben wir eine Frau gefunden, die ab und zu nach dem Rechten sehen wird. Sie wohnt ganz in der Nähe.

Aber wie versorgt er sich?, fragte Franz. Er gehört doch zu der Generation, die nicht einmal ein Spiegelei in die Pfanne schlagen kann.

Ich werde ihn wohl immer wieder besuchen müssen.

Ich kann dich ab und zu auch vertreten, sagte Franz.

Das ist nett von dir, Franz. Aber ich tue es gerne.

Und sonst? Wie geht es ihm?

Alles ist für ihn zu ungewohnt, zu neu. Der Schock über Mutters Tod sitzt tief. Er wird sicher eine lange Zeit benötigen, bis sein Leben wieder in ›normalen‹ Bahnen verläuft.

Und wie zeigt sich das in seinem Verhalten?

Er wirkt sehr in sich gekehrt, sein Blick scheint manchmal leer, auf jeden Fall auf für uns nicht nachvollziehbare Dinge gerichtet.

Liest er ein wenig, geht er ab und zu spazieren?

Jutta schüttelte den Kopf.

Oft sitzt er am Fenster und blickt auf den See hinunter.

Jutta fuhr in regelmäßigen Abständen für ein paar Tage nach Meersburg. Auch Franz begleitete sie von Zeit zu Zeit.

Doch am Verhalten ihres Vaters änderte sich nicht allzu viel. Er hatte allmählich ziemlich an Gewicht verloren.

Du musst essen, Vater!

Meine liebe Jutta, in meinem Alter braucht man nun wirklich nicht mehr sehr viel!

Was macht deine Arbeit?, fragte Franz.

Oh, das kann warten, sagte er lakonisch.

Franz wusste, dass er seit einiger Zeit an einem neuen Projekt über Goethes *Italienische Reise* arbeitete. Seine Eltern hatten vorgehabt, in den Monaten Mai und Juni zu einem mehrwöchigen Aufenthalt nach Italien, vor allem nach Rom, aufzubrechen.

Die Monate vergingen, der Sommer neigte sich schon fast seinem Ende zu.

Franz, ich glaube, er will einfach nicht mehr, sagte Jutta nach einem ihrer Besuche Mitte September.

Ich fahre am nächsten Wochenende zu ihm, sagte er. Ich kann versuchen, mit ihm zu reden.

Das würde mir gut passen. Unser Madrigalchor fährt am kommenden Freitag zu einem Probenwochenende in den Pfälzer Wald. Oskar ist auch dabei. Du weißt ja ...

Das geht schon klar, Jutta. Aber ich denke nicht, dass ich unseren alten Querkopf zu einer Verhaltensänderung bringen werde.

Dann müssen wir versuchen, ihn hierherzuholen.

Nein, Jutta, er will an dem Ort bleiben, wo er die letzten Jahre mit Mutter verbracht hat, dort, wo sie ihn so plötzlich verlassen hat.

Aber das können wir im Grunde nicht verantworten, Franz.

Kommt eigentlich diese Schwester nicht mehr zu ihm?

Doch, Schwester Margret sieht nun jeden Tag nach ihm, aber das genügt auf die Dauer nicht mehr.

Ich werde sehen, was ich tun kann.

Als Franz ihn sah, erschrak er. Er hatte ihn mehrere Wochen nicht mehr besucht.

Sein Vater war nur noch Haut und Knochen. Aber er war, ganz entgegen seiner sonstigen Art in der letzten Zeit, sehr gesprächig.

Franz, das ist schön, dass du kommst. Stell dir vor, diese Schwester Margret wollte mich beinahe füttern.

Sie möchte eben, dass du etwas isst, wandte Franz ein.

Papperlapapp, die wollen doch immer nur ihren Willen durchdrücken. Aber lass uns von etwas anderem reden. Was macht deine Arbeit? Kommst du voran? Komm, begleite mich zu meinem Lehnsessel auf der Terrasse.

Sein Vater stand mühsam auf und Franz führte ihn hinaus. Die Veranda war fast vollständig überdacht und normalerweise hatte man von hier aus einen schönen Blick auf den See.

Wenn ich hier sitze, fühle ich mich wie der König vom Bodensee, sagte er.

Es ist etwas kühl, ich bringe dir eine Decke.

Hol dir einen von den Gartenstühlen dort drüben und setz dich neben mich.

Das Wetter ist aber nicht gerade sehr einladend, entgegnete Franz.

Das bisschen Nebel macht doch nichts.

Franz holte rasch die Decke aus einer Truhe.

Nebelschwaden wanderten stetig den Berg hoch, krochen auf sie zu.

Wir sollten besser wieder hineingehen.

Bald, Franz. Lass uns noch ein wenig im Nebel verschwinden.

Es war keine sehr dichte Nebelwand, die sie zunächst einhüllte. Manchmal konnte man noch einen kurzen Blick auf den See werfen.

Einen Augenblick lang sahen sie ein größeres Schiff von Konstanz kommend herüberfahren. Dann verschwand auch dieses Bild.

Alles Vergängliche ist nur ein Gleichnis, murmelte sein Vater.

Wie ... kommst du jetzt gerade darauf?, fragte Franz.

Franz, ich muss dir etwas erzählen, begann er. Als ich heute in der Frühe aufwachte – es war vielleicht kurz nach fünf – fielen mir plötzlich diese Verse Goethes ein. Und ich erinnerte mich an eine Reise mit deiner Mutter vor einigen Jahren nach Schweden.

Ja, ich kann mich entsinnen. Du wurdest von der Universität Uppsala zu einem Vortrag eingeladen.

Ja, das war 1955 oder 1956. Ich weiß es gar nicht mehr genau. Man hatte mich gebeten, über Georg Büchner zu sprechen. Aber darüber wollte ich jetzt gar nicht reden ...

Was hast du?, fragte Franz.

Die Stimme seines Vaters war auf einmal sehr leise geworden.

Bitte? Nichts, Franz. Es ist nichts. Wo war ich stehen geblieben?

Die Reise nach Schweden ...

Ja. Ein dortiger Kollege, den ich schon aus der Zeit vor dem Krieg kannte, brachte uns mit dem Wagen in die Hauptstadt zurück. Er wollte uns Stockholm und die Umgebung zeigen. Wir nahmen Zimmer in einem Hotel. Er erwies sich als vortrefflicher Reiseführer. Er hatte enorm viel hineingepackt. Stockholm mit all seinen Sehenswürdigkeiten, die Altstadt, das Lokal, in dem Michael Bellmann verkehrt hat, literarische Spuren und Stätten und viele andere Dinge, an die ich mich im Einzelnen gar nicht mehr erinnere. Dann aber auch die wundervolle Schärenlandschaft und schließlich der Mälarsee! Nun komme ich auf die Verse, die mir heute früh in den Sinn gekommen sind ...

Wieder war ihm die Stimme beinahe weggeblieben.

Vater!

Er brauchte eine ganze Weile, bis er den Faden wieder aufnahm. Er sprach nun sehr stockend.

Wir fuhren ... mit dem Schiff zu einem kleinen Ort ... Mariefred ... mit dem bekannten Schloss ... Gripsholm. Mein Kollege führte uns später noch auf den Friedhof. Und dort an das Grab eines deutschen ... Emigranten und Schriftstellers, der sich in Schweden ... das Leben genommen hatte.

Kurt Tucholsky?

Ja, Franz. Und weißt du, was auf seiner Grabplatte steht? Diese beiden Verse:

Alles Vergängliche ... ist nur ein Gleichnis.

Dann schwieg er und richtete seinen Blick auf die Nebelwand, die sie inzwischen völlig eingehüllt hatte, als erwartete er, dass sich dieser graue Vorhang wie von Geisterhand öffnen würde.

Wir sollten jetzt aber wirklich ...

Nein, nein. Lass mich hier ... noch ein wenig sitzen. Ich fühle mich wohl dabei. Du hast mich ja gut eingepackt.

Dann gehe ich mal und kümmere mich um das Abendessen, ja?

Tu das. Du weißt ja … der Kellerschlüssel … ? Rechts oben, neben der Küchentür. Deine Mutter hat ihn dort hingehängt … in der Meinung … sie habe ein gutes Versteck gefunden.

Er lächelte versonnen vor sich hin.

Bring einen guten Tropfen … mit …, sagte er schließlich.

Franz begann das Abendessen zu richten. Er schaltete das Radio ein, fand schließlich ein Programm, in dem gerade der erste Satz der dritten Sinfonie von Brahms gespielt wurde.

Rasch ging er hinaus, um seinen Vater hereinzuholen. Es war schon fast dunkel geworden.

Bernhard Niemann hatte den Kopf zurückgelehnt, seine Augen waren weit geöffnet.

Vater?

Er antwortete nicht.

Was ist mit dir?

Franz fühlte den Puls.

Bernhard Niemann war tot.

Sein letzter Blick, dachte Franz, eine dunkelgraue Wand. Oder hat er etwas anderes gesehen? Etwas hinter dem Vorhang?

Ich habe leider Recht gehabt, Franz. Er wollte nicht mehr!, sagte Jutta später und legte ihren Kopf an seine Schulter.

Ja, Schwesterlein.

***

An einem Wochenende im April 1967 brachte François seine Freundin Cathérine mit, eine dunkelhäutige exotische Schönheit, die Franz durch ihren Charme und ihr natürliches Wesen sehr beeindruckte. Auch konnte er sich nicht erinnern, jemals eine so üppige schwarze Haarpracht gesehen zu haben.

Über ein Jahr zuvor hatten beide nacheinander in Paris ihr Examen gemacht und spezialisierten sich danach in unterschiedlichen Bereichen. Cathérine hatte eine weitere Ausbildung zur Internistin begonnen und François war tatsächlich dabei, Hals, Nase und Ohr näher kennen zu lernen.

Cathérines Großeltern stammen aus Indien, sagte François. Ihre Mutter ist in Madras geboren, lebt aber schon seit ihrer Kindheit in Montreal. Dort lernte sie während ihres Studiums ihren späteren Mann kennen – und das bezaubernde Ergebnis sitzt dir jetzt gerade gegenüber.

Dir kommt wohl gerade der Umstand zugute, dass dieses ›bezaubernde Ergebnis‹ kein Deutsch versteht?

Du hast es erraten!, sagte sein Sohn lachend. Sie spricht nur Englisch, Französisch und etwas Spanisch.

Er beugte sich zu Cathérine hinüber und küsste sie auf die Nasenspitze.

Dann wollen wir ihr nachher ›merry old Heidelberg‹ zeigen, sagte Franz. Ich werde mir alle Mühe geben. Die Stadt als Sehenswürdigkeit für Kanadierinnen mit indischem Einschlag.

Könntest du das ins Englische übersetzen?, fragte sein Sohn unumwunden.

Das überlasse ich dir!

Die Sightseeing-Tour begann.

Mach einfach ein Programm für Indoeuropäer beziehungsweise Indokanadier, hatte François vorgeschlagen.

Auf dem Philosophenweg sind wir bereits. Dann also nichts wie zum Schloss, danach die Hauptstraße, die Alte Brücke ...

Das lässt sich hören, sagte sein Sohn.

Immer wieder erinnert er mich an Anna, dachte Franz. Seine Art zu reden, sich zu geben. Es ist verblüffend!

Sie ließen nichts aus. Beim Abendessen in einem Restaurant in der Altstadt fragte François nach dem Jazzkeller, den Franz einmal erwähnt hatte. So wurde noch ein Besuch im Cave 54 in der Krämergasse angehängt. Die beiden waren von dem Jazzkonzert in dem urigen Gewölbekeller sehr angetan. Hinterher schleppten sie sich alle etwas müde durch die Straßen.

Der Vorschlag von Franz, ein Taxi zu nehmen, wurde mit großer Dankbarkeit angenommen. Erst am nächsten Tag rückte François mit dem wichtigsten Grund seines Kommens heraus: Franz, wir fliegen in zwei Wochen nach Kanada. Anfang August wollen wir in Québec heiraten.

Heiraten?

Das ist nun mal so!

Franz umarmte die beiden. Das freut mich für euch.

Du wirst doch kommen?, fragte François.

You must come!, rief Cathérine.

Tante Jutta und ihr Mann Oskar auch?

Ich denke schon. Auch Negra?

Vielleicht als Trauzeugin?

Qui est Negra?, fragte Cathérine ungeduldig.

C'est une grande chienne. Elle pourrait servir peut-être comme témoin de mariage.

In diesem Augenblick begann eine kleine Verfolgungsjagd durch den Garten, ins Haus hinein und wieder heraus.

Die Zeit verging wie im Flug. Franz erzählte von den Zeiten nach dem Krieg, als er noch selbst in Jazzbands gespielt hatte, von seinen Frankfurter Freunden, dem Schlagzeuger Erwin Mantoni, aber auch von Johnny Malcolm, dem schwarzen Trompeter aus den USA – und von Felix Sperber, dem amerikanischen Offizier, mit dem er in Wien studiert hatte.

Hast du noch Kontakt zu ihnen?, fragte François.

Von Johnny Malcolm weiß ich nichts mehr. Aber Felix und ich schreiben uns immer wieder. Er lehrt Musikwissenschaft an der University of Oregon. Er hat mich immer wieder eingeladen, aber bisher habe ich es nie geschafft, ihn zu besuchen.

Beim Abschied fragte Franz, ob er auch ein paar Leute aus Frankreich bei der Hochzeit zu sehen bekommen werde.

Kaum, sagte François. Ich habe schon vor langer Zeit an Onkel Jules geschrieben. Ich habe ihm – ich möchte mal sagen mit einer gewissen Deutlichkeit – meine Meinung gesagt. Seitdem habe ich nichts mehr von ihm gehört.

Jutta und Oskar Meinhold hatten sich im Kurpfälzischen Madrigalchor kennen und schätzen gelernt. Sie hatten im Mai 1964 geheiratet und bewohnten die Villa in der Bergstraße. Oskar, der als Richter beim Landgericht arbeitete, war ein zurückhaltender, doch in vielerlei Hinsicht kunstsinniger Mann. Franz mochte ihn in seiner ruhigen, sachlichen Art. Er war sechs Jahre älter als Jutta.

Von dem Adelsclub war niemals mehr die Rede gewesen. Und auch von Tante Rosa hatte man nie mehr etwas gehört.

Mögen sie in ihren anachronistischen Zirkeln vor sich hinschimmeln, hatte Franz einmal gesagt.

So flog Franz Anfang August 1967 zum ersten Mal über den Atlantik. Jutta und ihr Mann begleiteten ihn. Dorothea war eine Teilnahme an dieser Hochzeit nicht möglich gewesen, da ihr Schwiegervater schwer erkrankt war und man mit dem Schlimmsten rechnen musste.

Die Familie seiner Schwiegertochter – Franz wunderte sich über sich selbst, mit welcher Gelassenheit er plötzlich in solche verwandtschaftlichen Verbindungen hineingeraten war – empfing sie mit großer Freundlichkeit. Es wurde eine fabelhafte Hochzeit mit über zweihundert Gästen in einer Art Gemeindehalle gefeiert. Die riesige Verwandtschaft der Brauteltern feierte mit drei Vertretern der Familie Niemann, wie bei der humorigen Ansprache des Vaters von Cathérine, Edmond Delors, angemerkt wurde. Diese Rede wurde von der Schwester des Brautvaters auch auf Französisch gehalten.

Franz saß auf der linken Seite des Brautpaars, neben ihm Jutta und ihr Mann Oskar. Ihnen gegenüber waren vier Plätze frei geblieben. Franz hatte sich schon gewundert. Er dachte einen Augenblick lang daran, dass vielleicht doch jemand von den Franzosen kommen würde?

Aber er sagte nichts.

Während des Mittagessens entstand am Eingang der Halle eine leichte Unruhe. Eine vierköpfige Familie war angekommen, die sich nun in den Raum hineinbewegte und von ein paar Jugendlichen, die sich als so etwas wie Saalordner betätigten, begleitet wurden. Langsam steuerte die Gruppe auf den Tisch zu, an dem Franz saß. An der Spitze der Ankömmlinge ging ein etwas untersetzter, fast glatzköpfiger, mit einem Embonpoint ausgestatteter, in einem dunklen Anzug steckender Mann, der, als er noch wenige Meter von Franz entfernt war, mit unverkennbar wienerischem Akzent sagte: So sieht man sich wieder! Da guade, alte Franz!

Felix!

Franz sprang auf, rannte um den Tisch und umarmte seinen alten Freund Felix Sperber.

Wie, in drei Treufels Namen, kommt ihr hierher?

Mit dem Flugzeug, sagte Felix. Darf ich dir meine Frau Monika vorstellen? Das sind meine Kinder, meine Tochter Milena und mein Sohn Francis.

Weitere Vorstellungen und Bekanntmachungen erfolgten. Endlich konnte sich die Familie Sperber auf ihre Plätze begeben. Francis sah seinem Vater ziemlich ähnlich, während die inzwischen fast fünfzehnjährige Milena, die ihren Vater bereits um einen halben Kopf überragte, mit ihrer schlanken Figur und einem schmalen Gesicht eher auf ihre Mutter herauskam.

Wenn du einen ›Schuldigen‹ suchst, musst du an meine Person denken, sagte François. Als du bei unserem letzten Besuch in Heidelberg von deinem Wiener Studienkollegen erzählt und dabei erwähnt hast, dass er an der University of Oregon unterrichtet, war es für uns nicht besonders schwer, Mister Sperber ausfindig zu machen. Außerdem spürten wir deutlich, wie wichtig dir dein früherer Studienfreund war.

Dein Sohn hat uns damit eine große Freude gemacht, sagte Felix.

Das kann man wohl sagen, rief Franz und klopfte seinem Sohn freundschaftlich auf die Schulter.

Erinnerst du dich noch an Felix?, fragte Franz seine Schwester Jutta.

Ja, es ist lange her, aber ich kann mich schon noch an Sie erinnern.

Nun ja, die Jahre stellen alles Mögliche mit uns an, aber sie machen uns einfach nicht jünger, sagte Felix.

Während der Essenspausen folgte ein langer Austausch von Erlebnissen und Erfahrungen zwischen Franz und seinem Freund Felix. Sie vergaßen fast die Hochzeitsgesellschaft und das Getriebe um sich herum. Felix war bestürzt, als ihm Franz von Leos Schicksal berichtete. Auch seine anderen Begegnungen während seines Wiener Besuchs ließ er nicht aus – nur von Marianna sagte er nichts.

Schließlich wurden wieder einmal Einladungen ausgesprochen, gegenseitige Besuche angedacht.

Die Entfernung zwischen Oregon und Heidelberg muss die gleiche sein wie von Heidelberg nach Oregon, sagte Felix.

Damit könntest du Recht haben, antwortete Franz.

Später, als man vor allem des reichhaltigen Essens wegen zu einem Spaziergang in einen nahegelegenen kleinen Park aufgebrochen war, erwähnte Franz ein besonderes Problem, über das er gerne mit Felix sprechen wollte. Er fragte ihn nach der allgemeinen Situation an den amerikanischen Universitäten, auch nach den Studentenunruhen im Zusammenhang mit dem Vietnamkrieg.

In Oregon war es bisher nicht sehr spektakulär, sagte Felix. Dafür in Kalifornien, vor allem in Berkeley, San Francisco. Aber auch an anderen Universitäten hat es Demonstrationen gegeben, in New York zum Beispiel. Der Krieg in Vietnam spaltet das Land schon ein wenig. Weshalb fragst du?

Vor zwei Monaten wurde in Berlin ein junger Student bei einer Demonstration von einem Polizisten erschossen. Der Mann gehörte keiner bestimmten Gruppierung an, war eher zufällig da hineingeraten, lag eigentlich wehrlos am Boden, als er getötet wurde. Das war Mord, hinterhältiger Mord.

So wie du redest, Franz, hast du Angst, dass in Deutschland wieder ... ? Das kann doch nicht dein Ernst sein!

Überall im Land gab es spontane Kundgebungen. Auch ich bin hingegangen. Ich habe vorher schon wegen dieser Notstandsgesetze mitdemonstriert.

So kenne ich dich von früher! In dieser Beziehung hast du dich offenbar kaum verändert. Ich dagegen? Ich bin inzwischen ein ganz unpolitischer Mensch ...

Und dieser Krieg in Vietnam, Felix? Auch die Rassenpolitik deines Landes gibt immer wieder Anlass zu Kritik!

Felix blieb stehen. Ja, Franz. Natürlich geht das nicht spurlos an mir vorbei. Versuche aber eine Tatsache zu verstehen: Dieses Amerika hat mich und meine Eltern aufgenommen, als wir in Europa verfolgt worden sind. Das kann ich nicht vergessen.

Klar, das möchte ich auch gar nicht in Abrede stellen. Ich will keinesfalls von unseren Problemen ablenken. Aber man muss bedenken, dass auch andere Nationen sich immer wieder klarmachen müssen, dass bestimmte ethische Grundpositionen in den jeweiligen Verfassungen jederzeit ihre Gültigkeit behalten sollten, sonst sind sie das Papier nicht wert, auf dem sie stehen.

Felix dachte einen Augenblick nach.

Die freiheitliche Demokratie, die ihr ja schließlich von uns übernommen habt …

… mit einer gewissen Nachhilfe euererseits, sagte Franz.

Sie lachten.

Was ich sagen wollte, fuhr Felix fort, Freiheit muss immer wieder neu erkämpft werden. Sie steht nicht einfach von selbst zur Verfügung. Wenn sie eine konstante Größe bleiben soll, müssen wir auch etwas für sie tun, um sie zu bewahren.

Weise gesprochen, Felix, sagte Franz.

Allegretto pensoso e riflessivo

Martina hatte sich wochenlang in die verschiedenen Dokumente hineingelesen. Im Moment wollte sie unter allen Umständen eine Pause einlegen.

Sie hatte so viel über das Leben eines Menschen erfahren, den sie gekannt hatte – und dieses andere Leben hatte sich in ihrem Kopf eingenistet und wirbelte ihre Gedankenströme durcheinander. Sie fühlte ihr objektives Denken in Frage gestellt und sie hatte deutlich das Gefühl, nicht mehr ›über den Dingen‹ zu stehen.

Wir sind doch immer um eine Haltung bemüht, die verhindern soll, dass wir alles so einfach an uns heranlassen. Es muss ja kein Panzerhemd sein, das uns umgibt. Wir sind schon mit einer dünnen Plastikschicht zufrieden, die wenigstens das eine oder andere von uns fernhält.

Aber ... wo bleibt denn nun meine Schutzhülle? Meine Abgeklärtheit? Ist das alles sowieso nur Einbildung und fällt von uns ab wie eine brüchige Verpackung, wenn wir sie wirklich nötig hätten?

An diesem heißen Spätsommernachmittag schob sie alles von sich weg: Tagebücher, Briefe, sonstige Manuskriptseiten. Sie ging in die Dusche und ließ lange kaltes Wasser über ihren Körper laufen. Ein wenig erfrischt sah sie später in den Spiegel.

Im nächsten Jahr steht die Fünf davor. Sieht man das diesem Gesicht schon an? Jeden Monat ein Fältchen mehr? Was habe ich vor kurzem in seinem Tagebuch gelesen?

Wir versuchen unser Leben in eine Zukunft hinein zu entwerfen – und wenn wir dort angelangt sind, ist es auch schon beinahe vorbei. Das hat mich sehr betroffen gemacht. Gegen meinen Willen muss ich immer wieder daran denken.

Und noch an einen anderen Satz in seiner Biografie: *Tatsächlich habe ich immer wieder das Gefühl, dass ich in diesem Leben gar nicht richtig angekommen bin. Es geht ohne mich seinen Gang, an mir vorbei, irgendwohin ...*

Sie trocknete sich ein wenig ab, zog einen leichten Bademantel an, goss sich einen Whisky ein, tat ein paar Eiswürfel in ihr Glas und ließ sich in ihren bequemen Sessel fallen.

Ich bin vollgesogen wie ein Schwamm. Alles, was ich in mich hineingelesen habe, was sich in mir angesammelt hat, möchte heraus, möchte erzählt, berichtet, weitergegeben werden. Ich möchte mit jemandem sprechen. Ich muss so vieles loswerden.

Nach dem ersten kräftigen Schluck fühlte sie sich ein wenig besser.

Martina schloss die Augen.

Und da waren sie alle wieder. Franz, seine Schwestern, sein Sohn, all die Menschen, mit denen er in seinem Leben in Berührung gekommen war. Auch Sofie, ihre Mutter.

Seit Martina begonnen hatte, die Aufzeichnungen von Franz zu lesen, war sie durch das Auftauchen ihrer Mutter in dieser Biografie verunsichert worden. Zum einen, weil ihr diese Tatsache völlig neu war, und zum anderen, weil in ihr ein Denkprozess in Gang gesetzt worden war, der ihre ganze Einstellung in Bezug auf Sofie änderte.

Ihre Mutter war schon seit vielen Jahren tot und Martina litt zum ersten Mal darunter, dass keinerlei Korrektur mehr möglich war – auf beiden Seiten. Früher wollte ohnehin niemand begreifen, etwas einsehen oder verstehen.

Wäre es anders gekommen, wenn nicht auch noch diese politischen Verhältnisse geherrscht hätten?, dachte Martina. Diese Rebellion gegen die Nazigeneration. Aber das hatte eher meinen Vater betroffen. Sofie doch wohl nicht so sehr? Außerdem rebellierten wir ja gegen viele andere Dinge. Mein alter Herr war doch der typische Superkapitalist.

Das Telefon läutete. Martina schreckte aus ihren Gedanken hoch. Jemand hatte sich verwählt.

Ich habe ihr auf meine Weise Unrecht getan, dachte sie weiter. Aber sie mir auch! Sollte man das etwa gegeneinander aufrechnen? Das geht nicht. Das ergibt keinen Sinn. Dennoch meldete sich der absurde Wunsch: Könnte man doch noch einmal miteinander reden! Sie hat nicht begriffen, wie allein ich mich oft gefühlt habe – und ich habe nicht gesehen, wie einsam sie war. Genau genommen hätte es mich damals überhaupt nicht interessiert, wäre ich gar nicht auf den Gedanken gekommen, über mögliche Probleme meiner Mutter zu befinden.

Wenn sie sich nun an ihre Mutter erinnerte, sah sie sie als Sofie. Franz hatte dafür gesorgt, dass diese Frau, die ihr als ihre Mutter immer ziemlich fremd geblieben war, sich plötzlich in Sofie verwandelt hatte.

Später setzte sie sich an ihren PC, um nach E-Mails zu sehen. Ihre Stimmung hatte sich nicht wesentlich gebessert.

Da entdeckte sie eine Nachricht, die sie sehr überraschte.

Sie hatte vor ein paar Tagen eine Mail an Irene Nakowski geschickt. An eine Adresse an der Münchner Hochschule, an Frau Professorin I. Nakowski. Martina hatte sich keine allzu großen Hoffnungen gemacht, dass eine Antwort kommen würde. Außerdem waren Semesterferien.

Martina hatte sich kurz vorgestellt und dann berichtet, womit sie sich seit Monaten beschäftigte und schließlich vorsichtig um ein Gespräch gebeten. Sie teilte auch mit, wie sie zu Franz gestanden und weshalb sie die ganze Arbeit auf sich genommen habe.

Sie konnte sich denken, dass Irene Nakowski, wenn sie

nicht gerade auf Konzerttournee war oder irgendwo einen Meisterkurs leitete, als international gefragte Pianistin über wenig Zeit verfügte.

Und nun schrieb diese Frau, dass sie sich freuen würde. Ob Martina nach München kommen könne? Sie sei gerade aus Wien zurückgekehrt. In den nächsten vierzehn Tagen sei sie zu Hause. Danach starte sie eine Konzertreise durch Japan.

Martina freute sich aufrichtig über diese Nachricht. Sie stand auf, ging zu ihrer Musik-Anlage, schaltete das Gerät ein und suchte eine bestimmte CD aus. Irene Nakowski hatte vor kurzem eine größere CD-Box mit dem gesamten Klavierwerk von Brahms veröffentlicht. Martina legte das B-Dur-Klavierkonzert ein. Eines ihrer Lieblingskonzerte.

Der Dialog zwischen Horn und Klavier am Beginn. Schließlich der ungestüme Ausbruch des Soloinstruments. Wie die Eruption eines Vulkans, dachte Martina.

Sie schrieb sofort zurück und schlug verschiedene Termine vor.

So saß sie am Mittwoch der folgenden Woche in einer sehr komfortabel ausgestatteten Wohnung im dritten Stock eines Hauses am Rande von Schwabing in einer fantasievollen, aber bequemen Sitzgelegenheit Irene Nakowski gegenüber und ließ sich verwöhnen.

Die Wohnungseinrichtung erinnerte sie ein bisschen an ›Schöner Wohnen‹, ein wenig allzu geschmackvoll aufeinander abgestimmt, mit einem Hauch von Sterilität. Die Künstlerin hatte vermutlich aus Zeitmangel einen Innenarchitekten beauftragt.

Martina hatte die Pianistin schon mehrmals in Frankfurt live erlebt, wusste, dass sie zu den großen europäischen Interpretinnen gehörte, die in jeder Hinsicht eine Bilderbuchkarriere hinter sich hatte.

Martina sah diese Frau an, die ihr in einem eleganten hellblauen, sommerlich-leichten Hosenanzug gegenübersaß. Sie trug ihr dichtes Haar fast kurz geschnitten, in einer Art Rundschnitt.

Wieder wurde Martina an Sofie erinnert. Sofie hatte ganz ähnliche Augen, dachte sie auf einmal.

Irene bat Martina nach ein paar eher floskelhaften Fragen zu ihrer Tätigkeit an der Frankfurter Musikhochschule um Informationen über ihre Arbeit an dem Nachlass von Franz Niemann. Martina berichtete, fasste so gut wie möglich das meiste zusammen.

In diesem *Werktagebuch* habe ich auch schon ein wenig herumgeblättert, sagte Irene einmal und fragte immer wieder nach Einzelheiten zu der Sinfonie.

Das ist ja beinahe eine Sisyphos-Arbeit, die Sie da auf sich genommen haben, sagte sie am Ende von Martinas Ausführungen.

Eine interessante, aber auch sehr zeitraubende Betätigung, bestätigte Martina.

Davon bin ich überzeugt. Wird es irgendwann einen Forschungsbericht geben?

Ich hoffe schon.

Ich wäre sehr daran interessiert, wenn er vorliegt.

Martina teilte ihr auch von den Plänen mit, in Heidelberg ein Konzert zu veranstalten, bei dem einzelne Teile aus Franz' großer *Sinfonia universale* zur Aufführung kommen sollten.

Oh, unterbrach Irene, weiß man schon ein Datum?

Martina verneinte. Es liegt noch sehr viel Arbeit vor uns.

Irene stand auf.

Entschuldigen Sie mich einen Moment.

Was möchten Sie trinken?, rief sie von der Küche her. Mögen Sie ein Glas Prosecco?

Gerne, sagte Martina.

Sie kam mit einer Flasche und zwei Gläsern zurück.

Ich möchte doch noch einmal auf seine Biografie zu sprechen kommen, begann Irene. Es gibt Lebensabschnitte bei Franz, die mir einigermaßen bekannt sind. Aber über die früheren Zeiten weiß ich so gut wie nichts.

Wieder berichtete Martina.

Zuerst Sofie. Dann Anna Faris.

Was? Er hat einen Sohn? Davon hat er nie etwas gesagt. Merkwürdig! Weshalb hat er mir das verschwiegen? Von der Frau hat er schon manchmal gesprochen. Ich glaube, sie hat ihm sehr viel bedeutet.

Martina nickte.

Und diese Sofie war deine Mutter? Verzeihung, das ist mir nun so herausgerutscht. Wollen wir nicht dabei bleiben?

Gerne, sagte Martina.

Sie stießen an, lächelten sich zu.

Eine merkwürdige Konstellation, sagte Irene. Sofie und ihre Familie! In jenen Zeiten musste sich eine Tochter von ihren Eltern viel gefallen lassen. Meine Eltern waren zweifelsohne vom alten Schlag und sie haben sehr viel für mich getan. Nur, was eine Beziehung zu einem Menschen angeht, hätte ich mir nie dreinreden oder gar etwas verbieten lassen.

Wir sind in einer anderen Zeit aufgewachsen, sagte Martina. Wir haben unsere Vorstellung von Freiheit anders wahrgenommen als unsere Eltern. Heutige Jugendliche verhalten sich wieder anders als wir. Meine Mutter hat in erster Linie gehorcht. Ich versuche mir vorzustellen, wie schwer sie es gehabt hat …

Martina, aber dann hat sie sich eine Ehe mit diesem Mann, deinem Vater, aufschwatzen lassen. Und war sie denn eine Sekunde glücklich damit?

Nein, natürlich nicht. Im Gegenteil. Offensichtlich hat

sie sich jede Art von Zuwendung abgewöhnt. Aber ich habe das Gefühl, dass ich nicht alles weiß. Ich habe mir unter anderem auch die Frage gestellt, ob denn Sofies Liebe zu Franz wirklich so stark war. Oder ob nicht, bedingt durch die häufigen Trennungen, durch die großen Zeitabstände bis zum nächsten Wiedersehen, sich nichts Bleibendes entwickeln konnte. Vielleicht kann man das nicht ganz nachvollziehen …

Doch, das kann ich mir schon vorstellen, sagte Irene. Andere Menschen kreuzen wieder deinen Weg und plötzlich steht eine Entscheidung an. Tja, unsere Spezies ist ohnehin nicht besonders monogam veranlagt.

Dazu kamen aber diese Zeitumstände, Weimar, Hitler, der Krieg …

Irene nickte. Natürlich! Das muss man selbstverständlich mitbedenken. Ich habe mir schon oft überlegt, welcher Zufall uns in einer bestimmten historischen Situation aufwachsen lässt. Diese Personenkonstellation in deiner Familie … hat wohl schon auch ihre Spuren bei dir hinterlassen?

Tja, ich habe nicht in Kriegszeiten gelebt, in keiner Hitlerzeit. Aber ich habe es auch nicht geschafft, eine dauerhafte Beziehung zu einem Partner am Leben zu erhalten. Verhält es sich so, dass nur selten die richtigen Menschen zusammentreffen? Hätte es anders kommen können, wenn ich nicht nur verqueren Macho-Revolutionären, seichten Träumern oder ab und zu irgendwelchen kaputten Typen begegnet wäre? Einmal habe ich mir eingebildet, ich hätte den Richtigen gefunden. Edmund Hünefeld, ein Cellist an unserer Hochschule. Er war zwei Jahre älter als ich. Bei ihm schien manches anders zu sein. Doch dann stellte sich heraus, dass er mich vor allem deshalb heiraten wollte, damit ich ihm helfen könnte, seine seit einem Unfall querschnittsgelähmte Mutter zu pflegen. Als ich ihn vorsichtig fragte, ob dies für ihn der einzige

Heiratsgrund sei, fand er, ich sei doch ein wenig egoistisch. Und so weiter. Meine letzte Beziehung war Bernhard, ein kaputter Psychotherapeut, ein Überlebender des ehemaligen Heidelberger Patientenkollektivs. Durch alle Höhen und Tiefen. Richtig zum Abgewöhnen. Seitdem alleinstehend. Aber deshalb nicht unglücklich. Wird man zum Single geboren? Oder wird man dazu gemacht?

Irene lächelte. Aber auch nicht glücklich ...

Wie man's nimmt. Ich denke nicht, dass wir dafür auf die Welt kommen.

Auf die Dauer wohl nicht. Aber Momente davon – so etwas kommt vor. Ich möchte dir nachher noch ein wenig von mir erzählen. Doch zuerst habe ich einen anderen Vorschlag. Ursprünglich dachte ich, wir könnten irgendwo essen gehen. Aber nun finde ich unsere Unterhaltung so spannend, dass ich sie nicht längere Zeit unterbrechen möchte. Ich kenne den Besitzer eines guten italienischen Restaurants, gleich hier um die Ecke – Emanuele Bevivino ist sein vielsagender Name – und er könnte uns ein perfektes Menu liefern, von den Antipasti bis zu einem guten italienischen Rotwein. Was hältst du davon?

Ich bin mit allem einverstanden!

Irene stand auf, ging zum Telefon und gab ihre Bestellung durch.

Auch Martina war aufgestanden und ging ein wenig herum. Sie schaute kurz durch eine halb offen stehende Tür auf der linken Seite. Ein größeres Zimmer, in dem zwei Konzertflügel standen, auf drei Seiten bis an die Decke reichende Bücherwände. Rechts eine breite Glaswand, der Fensterfläche des Wohnzimmers ähnlich.

Ein einprägsamer Fotoblick auf eine größere Parkanlage. Auch Teile eines Sees waren zu sehen.

Irene trat schließlich zu ihr.

Gefällt dir die Aussicht? Das war mit ein Grund, weshalb ich diese Wohnung gekauft habe.

Dort drüben der Kleinhesseloher See, mitten im Englischen Garten.

Ich muss gestehen, ich kenne München kaum.

Übrigens, Franz war auch schon ein paarmal hier.

Martina sah sie erstaunt an.

Wir haben uns in unregelmäßigen Abständen getroffen, wobei diese Abstände in den letzten Jahren immer größer wurden. Ich glaube, das letzte Mal war vor drei oder vier Jahren, fügte Irene noch hinzu und lächelte vor sich hin.

Ich habe einiges aus der Zeit gelesen, als du seine Schülerin warst, fuhr Martina fort. Du musst ihn stark beeindruckt haben.

Das Telefon läutete.

Irene nahm den Hörer ab.

Ja? Bitte? Einen Augenblick. Ich gehe in mein Arbeitszimmer.

Martina betrat das Zimmer mit den Instrumenten. Die beiden Flügel standen einander gegenüber: ein Steinway und ein Bösendorfer.

Auf einem kleinen Wandregal neben dem Steinway ein paar gerahmte Fotos. Ein Bild von Franz war dabei. An der Wand neben dem Fenster eine sehr große gerahmte Landschaftsfotografie. Eine typisch südliche Gegend. Der Blick von einem Berg hinunter auf eine breite Bucht. Nahe und ferne Inseln, Küstenstriche mit größeren und kleineren Orten. Im Hintergrund immer wieder höhere Berge mit hell erstrahlenden Felsflächen.

Irene stand plötzlich hinter ihr.

Das ist die Kvarner-Bucht in Istrien. Kennst du diese Gegend an der Adria?

Martina schüttelte den Kopf.

Ich weiß, das Bild wirkt vielleicht ein wenig kitschig. Aber es ist eine meiner schönsten Erinnerungen.

Sie gingen wieder ins Wohnzimmer zurück, Irene schenkte noch etwas von dem Prosecco nach.

Du hast dich mit der Sinfonie von Franz beschäftigt, fragte sie unvermittelt. Was hast du für einen Eindruck von dieser Komposition?

Ich habe noch längst nicht das ganze Material gesichtet, sagte Martina. Ich habe mir einzelne Teile angesehen, einiges analysiert und mir viele Notizen gemacht. Aber mit einem abschließenden Urteil möchte ich noch warten. Ich habe mir ab und zu ein paar Stellen aus der Partitur vorgespielt, ich kann mir auch in etwa den Orchesterklang vorstellen, aber ...

Ich habe einmal zwei Abschnitte aus verschiedenen Sätzen gehört, sagte Irene.

Bitte? Aber es ist doch niemals etwas von der Sinfonie aufgeführt worden?

Offiziell nicht. Irene lächelte.

Ich habe zu seinem achtzigsten Geburtstag ein paar Musiker zusammengetrommelt. Natürlich mit seinem Einverständnis. Ich hatte ihn vorher mit großer Mühe dazu überreden können. Es war selbstverständlich kein großes Sinfonieorchester, aber wir haben zwei Teile ausgesucht, die man auch für eine kleinere Besetzung arrangieren konnte.

1989! War das hier in München?, fragte Martina etwas konsterniert.

Nein, in Salzburg. In einem kleinen Konzertsaal. Ich hatte damals einen Lehrauftrag am Mozarteum. Dadurch konnte ich das problemlos organisieren. Aber unser Komponist hatte strenge Auflagen gemacht. Selbstverständlich nichtöffentlich! Nur ein kleiner Kreis von Zuhörern und vor allem: keine Aufnahme!

Ich bin ... wirklich sprachlos. Das ist ...

Ich habe mir gedacht, dass dich das überrascht. Du weißt ja wahrscheinlich, wie schwierig er in dieser Beziehung war? Auch die Familie durfte nichts erfahren. Ich habe schließlich ein paar von meinen Freunden dazu eingeladen.

Niemanden sonst?

Irene schüttelte den Kopf.

Was ... wurde denn ausgesucht?

Ein Abschnitt aus dem sechsten Satz. Wir konnten das ursprüngliche Klangvolumen in unserer reduzierten Besetzung nicht ganz erreichen. Er beginnt mit bestimmten rhythmischen Figuren im Fortissimo. Der Hörer kann deutlich eine Marschgebärde heraushören.

Franz setzt sich hier sozusagen musikalisch mit dem Nahostkonflikt auseinander. Er möchte in seiner Musik etwas verwirklichen, was im politisch-militärischen Tagesgeschehen nicht stattfindet, ein Zeichen der Hoffnung erklingen lassen.

Eine Utopie, sagte Martina.

Ja. Nach einem plötzlichen dynamischen Wechsel, vom Fortissimo zum Pianissimo, nehmen zwei Flöten eine schlichte orientalische Volksmelodie auf, eine palästinensische Weise, die auf einfachen Grundtongruppen basiert, auch durch viele Wiederholungen gekennzeichnet ist. Schließlich kommt eine jiddische Melodie hinzu, von einer Violine gespielt. Die beiden Melodien scheinen sich zu umranken, verfremden sich auch gegenseitig ein wenig, aber bleiben hartnäckig miteinander verbunden. Später folgen Lieder aus anderen Ländern des Nahen Ostens, jeweils von unterschiedlichen Instrumenten dargeboten. Alle betonen sie ihre Eigenständigkeit. Sie klingen zusammen und entfernen sich wieder voneinander. Ich kann nur sagen, dass die Zuhörer sehr beeindruckt, ergriffen waren.

Diesen Satz habe ich bisher kaum durchgearbeitet, sagte Martina nach einer Pause. Doch so, wie du den musikalischen Ablauf geschildert hast, hast du mir richtig Mut gemacht, die Präsentation eines Teils seiner Sinfonie zu planen. Aber das wird noch einige Zeit in Anspruch nehmen.

Irene fuhr fort:

Auch das zweite Teilstück, das wir aufgeführt haben, war sehr ergreifend. Es war die Coda des dritten Satzes: eine Meditation für Klavier und Orchester. Ich selbst habe den Klavierpart übernommen.

Diesen Satzteil habe ich mir schon genauer angesehen. Das hätte ich auch gerne gehört, sagte Martina. Alas, my love – das war Anna.

Es läutete.

Das wird unser Abendessen sein, sagte Irene und ging zur Tür. Als sie öffnete, begann eine tiefe Stimme zu singen: Buona sera, Signorina, buona sera!

Das ist Emanuele, wie er leibt und lebt!, rief Irene ins Zimmer zurück.

Emanuele Bevivino kam mit einem seiner Angestellten, der einen großen Korb trug, herein, küsste zuerst Irene und dann auch Martina galant die Hand, begann auf dem Tisch seine kulinarischen Köstlichkeiten auszubreiten, begleitet von einzelnen Ausrufen und sehr vielen großen Gesten und hinterließ ein hinreißendes Arrangement auf dem Tisch.

Ebenso galant verabschiedete er sich wieder und wünschte einen guten Appetit. Irene holte das restliche Esszubehör, entzündete noch Kerzen in mehreren Stövchen, schenkte einen dunkelroten Wein ein – und die beiden Frauen begannen ihr Abendessen zu genießen.

Am Ende holte Irene noch zwei Schüsselchen mit Tiramisu aus dem Kühlschrank.

Oh, ich bin vollkommen satt, sagte Martina. Außerdem sündige ich schon die ganze Zeit, aber es schmeckt alles so wundervoll!

Ich kann essen, was ich will. Ich nehme kaum zu.

Du Glückliche!, rief Martina.

Sie saßen am geöffneten Fenster bei einem Glas Wein und blickten in die Dämmerung hinaus.

Du hast heute Nachmittag vom Single-Dasein gesprochen. Ich glaubte ein wenig Verbitterung aus deinen Worten herauszuhören, sagte Irene.

Das war nicht meine Absicht, warf Martina ein.

Das macht nichts. Vielleicht hast du deine Gründe dafür, das durchklingen zu lassen. Es gibt immer wieder solche Momente, in denen wir einen Anlass zur Unzufriedenheit sehen, wo uns unser Leben hohl und unerfüllt erscheint.

Du auch? Das kann ich mir kaum vorstellen.

Du darfst in mir nicht nur die erfolgreiche Künstlerin sehen, der alles gelingt.

Vor einigen Jahren war ich in einer ziemlich schlimmen Krise. Ich wollte überhaupt nicht mehr öffentlich spielen, kam mir ausgebrannt vor, fühlte mich nicht mehr auf der Höhe meiner künstlerisch-musikalischen Leistungsfähigkeit. Als wäre ich in ein tiefes Loch gefallen.

Wann war das?

Anfang der neunziger Jahre. Ich bin zu allen möglichen Therapeuten gerannt. Weißt du, wer mir schließlich geholfen hat? Franz!

Franz?

Ja. Wir führten ein langes Telefongespräch. Wie das manchmal so geht. Ursprünglich wollte ich meine Krisensituation auf keinen Fall dramatisieren, sondern nur andeuten. Aber Franz fragte nach, ahnte sofort, dass mehr dahinter steckte. Und dann brach es aus mir heraus. Wir telefonierten fast zwei Stunden lang. Irene, Mädchen! Wir müssen etwas unternehmen, sagte er. Am Ende dieses Gesprächs hatte er mich dazu überredet, mit ihm eine Reise auf die Insel Amrum zu machen. Es war März, das Wetter war oft rau, windig, regnerisch. Unablässig rollten die Wellen heran. Ich hörte dieses Geräusch hinterher noch wochenlang. Aber die ausgedehnten Spaziergänge am Strand, unsere vielen, vielen Gespräche taten mir unendlich gut – und brachten mich wieder auf die Beine.

Martina hatte staunend zugehört.

Du wunderst dich nun ein wenig, sagte Irene.

Martina trank einen Schluck Wasser.

Franz konnte wunderbar zuhören, auf einen eingehen. Diese Erfahrung habe ich ebenfalls gemacht.

Irene stand auf.

Soll ich uns noch einen Espresso machen?

Gerne.

Was war das für eine Beziehung zwischen den beiden?, dachte Martina. Weder in seiner Biografie noch in seinen Tagebüchern hatte sie viel darüber gelesen. Jedenfalls nichts, was darüber Aufschluss gegeben hätte. Hatte Franz hier bewusst etwas ausgespart? War hier etwas, worüber er nicht einmal in seinen Tagebüchern berichten wollte?

Ich habe dir vorhin angesehen, dass ich dich neugierig gemacht habe, sagte Irene, als sie sich wieder gegenübersaßen.

Ehrlich gesagt, schon, gab Martina zu. Das Letzte, was ich gelesen habe, war eure Begegnung nach deinem ersten Konzert in Heidelberg.

Irene lachte. Das hat er erwähnt? Das war Ende der Fünfziger Jahre! Wahrscheinlich habe ich ihm damals ein schlechtes Gewissen gemacht. Ein Lehrer muss sich doch seiner Schülerin gegenüber ein wenig Zurückhaltung auferlegen! Aber im Ernst: Ich war in ihn verliebt. Doch es war damals nichts zwischen uns. Ich machte im folgenden Jahr mein Abitur, hatte nebenher meine Stunden an der Frankfurter Musikhochschule bei Paul Bückner – und eben auch bei Franz. Schließlich wechselte ich nach München, lernte bei einem Sommerkurs in Italien Wilhelm Kempff kennen, der mich als seine Schülerin haben wollte. Dann habe ich eine Zeitlang in den USA meine Ausbildung bei allen möglichen Koryphäen fortgesetzt.

Ein paar Jahre haben wir uns kaum gesehen. Aber immer wieder geschrieben! Und hier möchte ich eine Bitte aussprechen, Martina: Wenn du auf diese Briefe stößt, würdest du sie mir zurückgeben?

Klar. Aber ich muss gestehen, dass ich noch nicht alle Briefschaften durchgesehen habe.

Versprochen?

Auf jeden Fall, Irene.

1964 habe ich einen zweiten Preis beim ARD-Wettbewerb in München gewonnen. Ein Jahr später den ersten beim Chopin-Wettbewerb in Warschau. Ich war dann viel unterwegs auf Tournee, zunächst durch Europa. Anfang 1968, nach vielen Jahren wieder ein Konzert in Heidelberg. Ich spielte mit dem Radio-Sinfonie-Orchester Frankfurt. Ich hatte Franz damals geschrieben, wenn er nach dem Konzert nicht sofort in meine Künstlergarderobe komme, würde ich nie mehr ein Wort mit ihm reden. Ich weiß, das klingt noch ein wenig nach Schülerinnen-Allüren, aber ich konnte mir nicht vorstellen, dass er nicht kommen würde. Ich spielte damals das fünfte Klavierkonzert von Beethoven und das zweite von Prokofieff. Natürlich war das nicht das Ende der Tournee, aber bis zum nächsten Konzert in Wiesbaden gab es zwei Tage Pause. Nach dem Konzert wartete ich. Ich war so aufgeregt wie vor keinem Auftritt. Und dann kam er. Er stand vor mir und hielt eine rote Rose in der Hand. Seine Haare waren eine Spur weißer geworden. Aber sonst war es dieser Franz Niemann, der mich immer fasziniert hatte. Dann lagen wir uns in den Armen.

Irene, Mädchen, lass dich ansehen!, sagte er schließlich. Natürlich längst eine erwachsene junge Frau, doch immer noch der Schalk im Gesicht.

Später saßen wir im Hotel *Zum Ritter* in der Hauptstraße. Die Verwandtschaft vereinnahmte mich komplett. Als ich kurz das Restaurant verließ, um mich etwas frisch zu machen, traf ich Franz auf dem Gang und flüsterte ihm zu: Bring mich hier weg! Zu einer Tante, die ebenfalls zur Toilette kam, sagte ich einfach, ich wolle noch mit Freunden feiern. Man solle nicht auf mich warten. Und weg waren wir!

Jetzt brauche ich noch einen Schluck Wein, sagte Martina.

Irene schenkte lachend ein und fuhr fort.

Franz blickte kurz auf meine Schuhe und sagte: Der Schlangenweg fällt schon mal flach!

Er organisierte ein Taxi. Wir fuhren den Philosophenweg hoch. Und wieder sein unvergleichliches Gartenhaus, in dem wir eine unvergleichliche Nacht verbrachten.

Ich war kurz vor dem Einschlafen, als er mir ins Ohr flüsterte:

Wenn ich meine Hände langsam über deine Haut bewege, dann höre ich das Adagio aus dem ›Fünften‹, das du heute Abend gespielt hast.

Am nächsten Morgen brachte er mich zur Wohnung meiner Eltern, das heißt fast bis zur Wohnung. Er ließ mich vorher aussteigen und fuhr gleich weiter. Aber wir hatten vereinbart, dass wir im August zusammen zwei bis drei Wochen Ferien machen wollten. Franz sollte ein schönes Ziel aussuchen.

Das hört sich interessant an.

Irene lächelte. Das war es auch. Und nun kommt die Geschichte mit der Kvarner-Bucht – das Bild an der Wand. Das ist wirklich eine meiner schönsten Erinnerungen.

Franz buchte bei einem Reiseveranstalter einen dreiwöchigen Aufenthalt in Opatija, einem berühmten ehemaligen Ferienort der Österreicher an der Kvarner-Bucht. Wir trafen uns in Stuttgart. Ich weiß heute noch den Namen des Zuges: Jugoslawia-Express! Wir fuhren bis Rijeka. Von dort mit einem Taxi nach Opatija zu unserem

Hotel. Vielleicht wird in der Erinnerung manches verklärt. Aber heute würde ich sagen: Es waren die drei schönsten Wochen meines Lebens.

Und Franz?, fragte Martina vorsichtig.

Ich glaube, er war glücklich.

Irene schwieg einen Augenblick.

Es gab da ein kleines Lokal, das »Mali raj«, das ›Kleine Paradies‹, ziemlich am Ortsrand gelegen. Dorthin gingen wir oft an den Abenden. Eine kleine Kapelle spielte, wir tanzten. Einmal, in einer Pause, setzten wir uns an das abgedroschene Klavier und spielten vierhändig drei Stücke aus *Ma Mère l'Oye,* die wir immer noch auswendig konnten. Die Leute hörten zu und applaudierten. Danach kam ein Mann an unseren Tisch, vielleicht ein wenig älter als Franz. Er sprach uns auf Deutsch an, stellte sich vor und lud uns ein, mit ihm, seiner Frau und seinen Freunden ein Glas Wein zu trinken. Wir erfuhren, dass er Komponist und Dirigent war. Er hieß Boris Papandopulo. Zwei Tage später haben wir ihn in seiner Villa am Meer besucht. Er war im ehemaligen Jugoslawien ziemlich bekannt. Ich spielte auch das eine oder andere Stück von ihm. Er schenkte mir ein Klavierkonzert und noch zwei weitere Bände mit Klavierstücken.

Irene stand auf. Sie schien etwas erregt zu sein.

Dann entdeckten wir Moscenice. An einem windigen Tag – ein typischer Wind in dieser Gegend, die Bora, wühlte das Meer auf – wanderten wir an der Küste entlang, zuerst nach Lovran, weiter nach Moscenicka draga. Oberhalb des Küstenorts liegt das alte Moscenice auf einem Felsplateau über der Bucht. Wir stiegen über viele Stufen nach oben und fanden nach einem Rundgang rein zufällig ein kleines Lokal mit einer Terrasse, von der aus man einen unglaublichen Blick auf die ganze Bucht hatte. Wir konnten uns nicht satt sehen. Wir tranken einen dunkelroten Wein, aßen dazu Brot, Schafskäse und luftgetrockneten Schinken. Es gab nur drei oder vier Tische. Weitere Leute kamen, nur Einheimische, die Wirtsleute setzten sich dazu, es wurden kroatische Volkslieder gesungen.

1968? Das ist doch lange her und du erinnerst dich noch an so viele Einzelheiten, sagte Martina.

Es kommt mir manchmal so vor, als wäre es gestern gewesen. Aber du sprichst das Jahr 1968 an. Es kam der 21. August.

Martina überlegte einen Moment.

Der Einmarsch der Truppen des Warschauer Pakts in die Tschechoslowakei ...

Ja. Das hat uns die Stimmung ganz schön verhagelt, fuhr Irene fort. Franz konnte es gar nicht glauben. Noch heute höre ich seine Worte: Das ist Wasser auf die Mühlen all derer, die sowieso nie an einen ›Sozialismus mit menschlichem Antlitz‹ geglaubt haben. Dabei sind es im Grunde nur diese verdammten Machtverhältnisse, die jedes Experiment im Keim ersticken.

Ein paar Tage später fuhren wir zurück.

Den letzten Abend wollten wir unbedingt auf der Terrasse der kleinen Gaststätte in Moscenice verbringen. So waren wir mit dem Bus nach Moscenicka draga gefahren und dann zu Fuß wieder zu dem kleinen Gebirgsdorf hochgestiegen.

Der Schlangenweg in Heidelberg ist ein Kinderspiel dagegen, hatte Franz noch gescherzt.

Da war sie noch einmal! Die Bucht mit dem blausten Blau der Welt, mit den gezackten Bergen an den Horizonten. Wir sprachen nicht viel an diesem Abend. Und wenn wir uns ansahen, wandten wir den Blick wieder ab. Wir wussten beide, ohne dass wir es aussprachen, dass sich unsere gemeinsame Zeit ihrem Ende zuneigte. Wenn ich dreißig Jahre später auf die Welt gekommen wäre, hatte Franz einmal gesagt.

Irene verfiel in nachdenkliches Schweigen. Sie setzte sich.

Aber ihr habt euch doch wieder getroffen?, fragte Martina nach einer Weile.

Zunächst nicht. Ich merkte schließlich, dass ich schwanger war. Selbstverständlich eine Riesenaufregung in der Familie. In mir selbst löste das die unterschiedlichsten Empfindungen aus. Doch das kleine Menschlein, das in mir heranwuchs, wollte nicht bei mir bleiben. Ich hatte im dritten Monat eine Fehlgeburt. Meine Mutter sagte damals zu mir: Wer weiß, wozu das gut war! Ich dagegen fuhr sie an: Wie kommst du dazu, so etwas zu bewerten! Aber in gewisser Weise hatte sie vielleicht Recht.

Martina sah sich noch einmal das Bild mit der Kvarner-Bucht an.

Wir haben uns schließlich wieder geschrieben. Das heißt, Franz hatte viele Briefe an mich geschickt, aber ich habe erst nach mehreren Monaten geantwortet, fuhr Irene fort. Er hat mich, wie soll ich sagen, ein wenig bedrängt, wollte mich unbedingt wiedersehen, schlug irgendwelche Treffpunkte oder Zusammenkünfte vor. So merkwürdig das nun klingen mag, es war mir damals einfach ein wenig unangenehm.

Das sah ihm eigentlich nicht ähnlich, sagte Martina. War das so etwas wie Panik? Angst vor Verlust?

Vielleicht, fuhr Irene fort. Wir sind uns erst drei Jahre später wieder begegnet. Es war in Berlin, wo er sich gerade aufhielt. Er kam, wieder einmal, in meine Garderobe. Ich hatte mit den ›Berlinern‹ unter Karajan das G-Dur-Klavierkonzert von Ravel gespielt. Aber ich hatte wenig Zeit. Wir konnten nur kurz einen Kaffee zusammen trinken, dann musste ich ins Hotel zurück. Am nächsten Morgen sollte ich ziemlich früh auf dem Flughafen sein. Ich flog mit einem Freund, der eine Zeitlang für mich so etwas wie ein Impressario war, einfach eine Art ›Mädchen für alles‹, nach Oslo. Für eine Skandinavientournee mit einem norwegischen Orchester. Ich hatte Franz versprochen, ihm zu schreiben und ihn auch von Zeit zu Zeit anzurufen und ihm meinen jeweiligen Aufenthaltsort mitzuteilen, wenn ich nicht gerade unterwegs war. So wurde aus unserer Beziehung allmählich eine gute Freundschaft.

Das Telefon läutete wieder. Irene stand auf und schaltete den Anrufbeantworter ein.

Morgen ist auch noch ein Tag, murmelte sie.

Sie setzte sich. Sie waren vom Wein zu stillem Wasser übergegangen.

Das ist das erste Mal, dass ich über all das Vergangene mit jemandem rede, sagte Irene.

Keine Angst, antwortete Martina und machte mit dem Zeigefinger die Geste des Schweigens.

So habe ich das gar nicht gemeint, sagte Irene lächelnd. Ich habe von Anfang an Vertrauen zu dir gehabt. Schon allein durch die Tatsache, dass du dich so intensiv mit dem Nachlass von Franz beschäftigst, hast du mich interessiert, wollte ich dich unbedingt kennen lernen. Und als ich deine Mail entdeckt hatte, war ich auf einmal richtig froh.

Und ich hatte zuerst gar nicht damit gerechnet, dass du antworten würdest.

Tja, so geht das manchmal.

Klar, es hat immer wieder Männer in meinem Leben gegeben, sagte Irene nach einer Pause. Beziehungen entstanden und lösten sich wieder auf. Aber wenn ich all diese Menschen, die mir im Laufe der Jahre begegnet sind, Revue passieren lasse, kann ich nur sagen, ganz einfach und ohne Beschönigung, dass Franz die einzige Liebe in meinem Leben gewesen ist.

Wenn sie das so sagt, dachte Martina, beneide ich sie fast ein wenig.

Aber ich könnte nicht sagen, dass ich deshalb unglücklich war, fügte Irene hinzu.

Später, als Martina im Bett lag, ging ihr all das Gesagte durch den Kopf. Sie konnte lange nicht einschlafen. Sie hatte so viel Neues erfahren. Über Franz, über Irene. Sie würde Zeit brauchen, um das alles zu verarbeiten.

***

In den Tagen nach ihrer Rückkehr aus München las Martina erneut jene Passagen in der Biografie und den Tagebüchern von Franz, in denen sie selbst eine Rolle spielte.

Aus ihrer heutigen Sicht hatte sie sich in jenen Zeiten tatsächlich in eine bestimmte Rolle hineinbegeben. Wie auf einer Theaterbühne, dachte sie. Wir bewegen uns ohnehin ständig wie Schauspieler auf einer Bühne. Doch in gewissen Zeiten scheinen wir uns besonders zu exponieren. Vor allem damals, als wir uns in einer politischen Gruppe ins rechte Licht rücken wollten: immer auf der Höhe der ›Fortschrittlichkeit‹, mit dem richtigen ›Bewusstsein‹ ausgestattet, jede Nähe zu jenen bürgerlichen Gepflogenheiten meidend, die Spurenelemente spätkapitalistischer Verhaltensweisen verraten konnten.

Wir waren wie Kinder!, hatte sie zu Irene gesagt, als sie in München über jene Zeiten gesprochen hatten.

Aber manche mit einem gefährlichen Spieltrieb, hatte Irene geantwortet und dann von einem Gespräch mit Franz berichtet, in dem es um die Kunst gegangen war.

Die *Achtundsechziger*! Einige von diesen selbsternannten Jakobinern würden am liebsten die Musik und alle Künste verbieten, hatte Franz gesagt. Es gefällt ihnen nicht, wie die Bürger Musik hören und überhaupt damit umgehen. Was hat das mit mir zu tun? Was kümmert es mich, ob es diesen selbsternannten, fanatischen Weltverbesserern zusagt oder nicht, wie ich auf Kunst eingehe. Was bliebe uns denn noch ohne die Kunst?

Martina fand schließlich auch die ersten Tagebuchstellen, die sich mit dieser Problematik auseinandersetzten.

Wie bei den Jakobinern, den Babouvisten oder sonstigen »-i--nern« und »-isten«! Mit denen sind schon viele aneinandergeraten. Heine sprach die Befürchtung aus, dass diese Leute sein ›Buch der Lieder‹ verbrennen würden. Und diese Befürchtung könnte man heute wieder äußern. Kunst lenke vom Eigentlichen ab, das heißt von der festen ideologischen Verankerung!

Es ist immer dasselbe. Das Übel der Menschheit begann damit, dass sich plötzlich irgendjemand hinstellte und sagte: Ich habe Recht! Das war bei allen Weltverbesserern oder auch Heilsbringern jedweder Couleur der Fall, ebenso bei politischen Fanatikern oder Ideologen aller Art. In dem Augenblick, wo sie glaubten, die Wahrheit für sich gepachtet zu haben, fing die Untugend an, andere auf dieselbe Linie bringen zu müssen. Ob das nun selbsternannte Missionare sind oder studentische Jungideologen – alle soll sie der Teufel holen!

Martina wusste, dass sich Franz ab und zu so ausdrückte, wenn er sich geärgert hatte. Das war, zumindest was den Studentenprotest anging, nicht seine einzige Sichtweise. Sie konnte sich vorstellen, dass er vielleicht in seinen Seminaren oder Vorlesungen Ärger bekommen hatte. Doch dazu hatte er sich ihr gegenüber nicht geäußert.

Ihre Erinnerung an die Begegnung mit Franz im Juli 1972 war immer so lebendig geblieben, dass sie selbst die einzelnen Tage noch Revue passieren lassen konnte.

Allegro agitato

An einem Freitag Anfang Juli 1972 war Martina mit dem Fahrrad auf dem Weg nach Eppelheim. Sie hatte bei einer Freundin in der Rohrbacher Straße übernachtet. Martina arbeitete in einem Lateinamerika-Komitee mit und sie hatten am Abend vorher stundenlang über ein Flugblatt diskutiert, das bald verteilt werden sollte. Man konnte sich einfach nicht auf den genauen Wortlaut einigen. Zwei Studenten waren bereits wütend gegangen. Die verbliebenen Teilnehmer hatten sich noch bis drei Uhr in der Nacht ereifert, dann war beschlossen worden, das Ganze noch einmal zu vertagen. Auch Martina war schließlich völlig frustriert. Ihre Kommilitonin, in deren Zimmer sie zusammengekommen waren, hatte ihr angeboten, bei ihr zu übernachten. Martina war hundemüde und war gerne auf dieses Angebot eingegangen.

Sie hatten bis gegen elf Uhr am nächsten Morgen geschlafen. Nach einem kurzen Frühstück war Martina rasch aufgebrochen.

Nun fuhr sie den Baumschulenweg entlang am Pfaffengrund vorbei. Ein unangenehmes Kopfweh machte ihr zu schaffen. In der Nacht war sehr viel geraucht worden. Außerdem ärgerte sie sich ein wenig über ihre Verspätung. Sie sollte eigentlich schon längst wieder in ihrer Wohnung in der Seestraße in Eppelheim angekommen sein. Ronald hatte ihr aufgetragen, dass sie etwas zu essen besorgen müsse. In der Nacht würde ein Freund vorbeikommen, mit dem er sehr wichtige Dinge zu besprechen habe. Ronald Grossmann hatte stets ›sehr wichtige Dinge‹ zu besprechen. Martina war in diesem revolutionären Kampf meistens für Küche und Herd zuständig. Eine nicht zu unterschätzende Aufgabe!, formulierte ihr Freund häufig. Mehr und mehr ging ihr die Fortsetzung fortschrittlich verbrämter, traditioneller Rollenverteilung auf die Nerven. Immer wieder hatte sie sich gefügt.

Ein Freund? Kenne ich ihn?

Kaum. Wir haben uns schon seit einer Ewigkeit nicht mehr gesehen.

Wie heißt er denn?

Ist das so wichtig?

Dann eben nicht!

Nennen wir ihn ... Siegfried, hatte Ronald mit einem leicht zynischen Lächeln gesagt.

Martina überlegte gerade, wie dieser ›Siegfried‹ wohl aussah. Wie er sich benehmen würde, konnte sie sich bereits vorstellen. Dann war ihre Fahrt kurz vor der Autobahnüberquerung in Richtung Eppelheim plötzlich zu Ende. Die Autos vor ihr hatten angehalten und stauten sich bis zur Brücke über die Autobahn. Vereinzelt tauchten Fahrzeuge aus der Gegenrichtung auf. Der Mann vor ihr rief zu dem entgegenkommenden Chauffeur eines Kabrioletts hinüber.

Was ist denn los?

Weiß ich auch nicht. Überall Polente. Kontrollen.

Das gibt's doch nicht!, schimpfte der Mann vor ihr.

Martina hätte sich leicht an den wartenden Autos vorbeischlängeln können. Doch sie blieb einfach an Ort und Stelle stehen, ohne dass sie sich ihr Verhalten hinterher logisch erklären konnte. Inzwischen hatte sich hinter ihr ebenfalls eine Autoschlange gebildet. Neben ihr hatte ein Motorrad angehalten.

Ein Lieferwagen kam über die Brücke. Der Motorradfahrer winkte ihm zu. Die Männer schienen sich zu kennen und der Lieferwagen hielt an.

Karl, was ist denn hier geboten?

Sie stehen auf der anderen Seite. Ganz Eppelheim ist abgeriegelt. Die suchen scheinbar ein paar Terroristen.

Wo denn?

Jemand hat gesagt, in der Wieblinger Straße. Eine Frau wusste etwas von der Seestraße.

So ein Mist! Das hat mir gerade noch gefehlt. Ich wollte zum Rathaus!, rief der Mann.

Der Lieferwagen fuhr weiter, der Motorradfahrer wendete und fuhr hinter ihm her.

Auch Martina kehrte um. Die Seestraße!

Sie hatte ein ausgesprochen schlechtes Gefühl.

Natürlich konnte sie sich täuschen. Vielleicht war ja das gestrige Verhalten von Ronald nur die typische Wichtigtuerei, als er so ein Geheimnis um seinen Besucher machte. Aber ... sicher war sich Martina nicht.

So fuhr sie so schnell wie möglich nach Heidelberg zurück, radelte durch die Altstadt, versuchte beim Friedrich-Ebert-Platz von einem öffentlichen Fernsprecher aus bei Ronald in Eppelheim anzurufen. Erst nachdem es sechs oder sieben Mal geklingelt hatte, wurde der Hörer abgenommen und eine ihr fremde Stimme fragte: Ja? Wer ist da? Sie hängte den Hörer sofort wieder ein. Sie überquerte schließlich den Universitätsplatz, stellte ihr Fahrrad ab, nahm ihre Tasche vom Gepäckträger herunter und rannte los. Auf dem Weg zum soziologischen Seminar lief sie Rudolf Wesner in die Arme. Rudolf war Assistent bei Professor Birnbaum und ein Freund von Ronald.

Martina! Was ist los?, fragte er.

Hast du etwas von Ronald gehört?

Von Ronald? Weshalb fragst du?

Martina berichtete.

Vielleicht hältst du mich jetzt für hysterisch, aber ich wusste nicht, was ich tun sollte.

Hm, sagte Rudolf. Komm, wir gehen ins Seminar. Ich versuche Tanja anzurufen, ob sie etwas weiß.

Vom Seminar aus?

Keine Angst. Das Sekretariat ist heute Nachmittag nicht besetzt.

Warte hier, sagte Rudolf, als sie angekommen waren. Er blickte sich nach allen Seiten um und verschwand im Sekretariat.

Martina ging vor der Tür auf und ab, hörte undeutliches Stimmengemurmel.

An Rudolf war ihr doch aufgefallen, dass er nicht besonders überrascht zu sein schien.

Vielleicht schon wieder eine Überreaktion von mir, dachte sie.

Die Tür ging auf und Rudolf sagte leise zu ihr: Du solltest sofort verschwinden.

Weshalb denn?, fragte Martina ziemlich laut.

Leise, zischte Rudolf. Sie haben Ronald und zwei weitere Personen verhaftet.

Zwei weitere ...

Lass uns hier weggehen!, sagte Rudolf und zog sie mit sich.

Warum ...?

Erstens werden sie nach dir suchen und zweitens werden sie möglicherweise hier auftauchen. Du solltest wirklich abhauen!

Aber ... wo soll ich denn hin?

Nicht so laut!, sagte Rudolf wieder.

Könnte ich nicht so lange bei dir ...?

Wo denkst du hin? Vermutlich werden sie auch zu mir kommen.

Aber du hast doch mit der Sache nichts zu tun. Nur so lange, bis ich weiß, was überhaupt los ist.

Kommt nicht in Frage!, sagte Rudolf kategorisch. Verstehst du? Damit will ich jetzt nichts zu tun haben.

Ich doch auch nicht! Ich sagte dir doch bereits, dass ich keine Ahnung hatte, was für Leute zu Ronald kommen würden. Außerdem sprach er nur von einer Person, die er ›Siegfried‹ nannte.

So leid es mir tut, Martina. Versuch dich irgendwo zu

verstecken. Geh den Neckar entlang oder ... lauf in den Wald hoch. Ich werde jetzt hinausgehen und du wirst mir nicht folgen, hast du mich verstanden?

Und dann ging er. Auch einer von denen, die von der großen Weltrevolution träumten, von der Zerstörung der herrschenden Verhältnisse, von der Abschaffung der Herrschaft des Menschen über den Menschen, von der Befreiung aller Unterdrückten dieser Erde, vom Sieg des Proletariats.

Noch war sie nicht in ihren Grundfesten erschüttert, doch zu den ersten Zweifeln, die sich im Laufe ihres Zusammenlebens mit dem ›Berufs-Revolutionär‹ Ronald Grossmann schon eingeschlichen hatten, kamen weitere hinzu.

Und nun saß Martina unten am Neckarufer und schien wie andere Menschen, jung oder alt, ein Sonnenbad zu nehmen, während sie ziemlich deprimiert darüber nachdachte, was sie tun sollte.

Sie hatte die Alte Brücke überquert, war zum Flussufer hinuntergegangen und hatte sich einfach niedergelassen. Ihre nassgeschwitzten Kleider klebten ihr überall am Körper.

Sie musste beinahe lachen bei dem Gedanken, dass hinter ihr, gar nicht weit von ihr entfernt, immer noch der ›Neckarpalast‹ vor sich hin protzte, in dem sie als Kind ein paar Jahre gelebt hatte.

Und bei diesen Gedanken fiel ihr Franz Niemann ein. Sie hatte erst vor einigen Wochen kurz mit ihm gesprochen. Wiltrud Sammer, eine Teilnehmerin an ihrem Südamerika-Komitee studierte Musikwissenschaft. Und Martina hatte sie einmal auf Franz Niemann angesprochen.

Oh, der Niemann!, hatte sie gesagt. Er ist beliebt bei den Studenten. Er ist zwar ein Liberaler. Aber sonst soweit in Ordnung.

Martina war mit Wiltrud in eine Vorlesung über Leoš

Janáček mitgegangen. Hinterher hatte sie ihn angesprochen und ihren Namen genannt.

Martina!, hatte Franz ausgerufen. Ich hätte dich nicht wiedererkannt. Du hast dich doch ein wenig verändert. Was machst du, was treibst du?

In der Erinnerung an dieses kurze Gespräch fielen ihr auch wieder ihre Kindertage ein, ihre zwar nicht sehr häufigen, aber doch sehr einprägsamen Besuche bei ›Onkel Franz‹, dessen Haare etwas weißer geworden waren, der sich im Großen und Ganzen aber gar nicht so sehr verändert hatte.

Soll ich ihm einen Besuch abstatten?, dachte sie nun. Vielleicht kann er mir einen Rat geben, ein wenig helfen? Ich weiß zwar nicht, weshalb er das tun sollte, aber möglicherweise …?

Sie nahm ihre Tasche auf und begann den Schlangenweg hochzusteigen. Dabei kam sie erneut ins Schwitzen. Dann stand sie endlich vor dem eisernen Tor am Philosophenweg. Es gab in der Zwischenzeit eine Klingel und eine Sprechanlage. Martina drückte zweimal auf den Klingelknopf. Nichts.

Bei diesem Wetter waren kaum Spaziergänger unterwegs. Die Luft schien förmlich zu stehen. In der Ferne, über dem Rheintal, aufgeplusterte Wolkenungetüme, Vorboten eines Gewitters, das sich irgendwo entladen würde.

Das Tor war nicht verschlossen. Martina drückte die eiserne Klinke nach unten, musste allerdings mit dem Knie ein wenig dagegen pressen, damit es nachgab. Sie schloss das Tor wieder, sah sich nach allen Seiten um. Im Augenblick war niemand zu sehen. Sie ging den Weg nach unten. An der Eingangstür klingelte sie noch einmal. Es rührte sich nichts. Der Weg links am Haus vorbei zur Terrasse. Sie sah den weißen Gartenstuhl, hätte sich auch gerne sofort hineingesetzt, doch er stand in der prallen Sonne.

Martina wanderte um das Haus herum, erblickte an der rückwärtigen Seite neuere Anbauten, die wohl in den letzten Jahren errichtet worden waren. Zwischen verschiedenen Gerätschaften unter einem kleinen Vordach entdeckte sie schließlich einen Sonnenschirm. Nachdem sie den Ständer vom Gartentisch zu der Liege herübergetragen, den Schirm aufgespannt und sich endlich auf dem heißen weißen Holz ausgestreckt hatte, dachte sie mit einer gewissen Zuversicht daran, dass Franz Niemann ihr diesen plötzlichen Besuch nicht allzu sehr verübeln würde. Dann schlief sie ein.

Sie musste mehrere Stunden geschlafen haben, denn als sie erwachte, war es bereits Abend. Rasch setzte sie sich auf. Als müsste sie sich erst wieder orientieren, wo sie sich befand. Sie hatte großen Durst und auch ihr Magen befand sich in keinem zufriedenstellenden Zustand. Sie hatte seit dem Morgen nichts mehr gegessen und getrunken. Plötzlich hörte sie hinter sich eine männliche Stimme:

Wer? ... Martina!

Sie fuhr herum und stand schnell auf.

Herr Niemann!

Auf einmal wurde ihr schwindlig und sie schwankte ein wenig. Franz kam sofort zu ihr und stützte sie.

Aber Martina! Für dich doch immer noch Franz!

Es ... tut mir leid, dass ich hier so hereingeplatzt bin ...

Komm, setz dich erst mal.

Sie saßen am Gartentisch. Martina hatte dankbar ein paar Gläser kühles Wasser förmlich in sich hineingeschüttet.

Nicht so hastig!, rief Franz. Gleich darauf seine Frage: Was ist passiert?

Martina starrte ihn an.

Das weiß ich selbst noch nicht so recht, sagte sie. Sie hatte auf einmal einen Kloß im Hals und kämpfte mit sich.

Weißt du was? Ich würde vorschlagen, du verschwindest erst mal unter die Dusche. Ich richte uns in der Zwischenzeit etwas zu essen, okay?

Martina nickte. Franz brachte sie zum Badezimmer.

Er zeigte ihr alles, reichte ihr ein großes Handtuch und einen Bademantel.

Als Martina unter der Dusche stand und das Wasser auf ihrem Körper spürte, empfand sie das zwar als angenehm, aber ihre Gesamtverfassung änderte sich dadurch nicht wesentlich. Doch sie fühlte Franz gegenüber eine große Dankbarkeit. Ohne viel zu fragen, hatte er sie einfach wie einen Gast aufgenommen.

Nach dem Essen berichtete Martina.

Das ist natürlich eine blöde Situation, in der du nun steckst, sagte Franz. Du kannst auf jeden Fall erst mal hier bleiben. Aber ich möchte auch noch mit einem Juristen sprechen.

Martina starrte ihn angstvoll an.

Franz lächelte ihr zu. Keine Angst, das bleibt in der Familie. Aber versprich mir eins: Wir tun das, was für dich das Beste dabei ist, einverstanden?

Martina zuckte die Achseln.

Ich gehe telefonieren, sagte Franz. Der Mann meiner Schwester ist Jurist, er ist Richter am Landgericht. Ich werde ihn lediglich fragen, ob er in dieser Sache etwas gehört hat.

Franz ging ins Haus hinein, um Oskar Meinhold anzurufen.

Am Telefon meldete sich Jutta. Oskar sei noch unterwegs. Ob Franz die Lokalnachrichten gehört habe. Man habe in Eppelheim drei Leute festgenommen. Nach einer weiteren Frau werde noch gefahndet. Die verhaftete Frau sei wahrscheinlich eine Top-Terroristin.

Franz fragte, ob er Oskar am nächsten Vormittag kurz sprechen könne.

Ich verstehe das nicht, sagte Martina später. Ronald sprach nur von einem Mann. Der Name Siegfried war ja wohl falsch. Von einer Frau war nie die Rede.

Und nach dir wird gesucht, sagte Franz.

... Als wäre dieses Haus ein Kristallisationspunkt, schrieb er im Tagebuch, *ein Zufluchtsort für Menschen, die aus den unterschiedlichsten Gründen verfolgt werden, aus den verschiedensten Anlässen Hilfe brauchen. Sie suchen nach einer Wahrheit oder werden mit einer unumstößlichen Tatsache konfrontiert. Sie fliehen oder lassen sich zum Bleiben überreden. Sie haben die Kraft der Standhaftigkeit oder sie sind auf dem Sprung.*

Bei Martina wünschte ich mir, ich könnte sie zur Vernunft bringen, ohne ungerecht zu sein (was sie wahrscheinlich als bürgerlich-liberales Getue bezeichnen wird).

Viele aus dieser studentischen Protestbewegung wollen etwas Richtiges, das mir selbst entgegenkommt. Vor allem ihr Eintreten gegen Krieg und Faschismus. Doch sie beginnen sich zu verrennen, zersplittern sich immer mehr in einzelne, ideologische Grüppchen, entwickeln Allmachtsfantasien und spielen Menschheitserzieher. Manche mutieren zur hässlichsten Variante des Jakobiners. Und wieder andere gar zu Terroristen. Würden sie, wenn man sie gewähren ließe, die Guillotine wieder aufstellen?
...

Am nächsten Morgen stand es in der Zeitung.

Alle Einzelheiten dieses ›Fahndungserfolgs‹ von Eppelheim. Fotos von den Verhafteten. Das Bild einer Frau, die als eine der meistgesuchtesten Terroristinnen bezeichnet wurde, daneben ihr Komplize, dann Ronald Grossmann als der Mieter der Wohnung und schließlich seine Mitbewohnerin Martina Fahrenbach, die flüchtig sei und nach der gefahndet werde.

Kurz nach neun klopfte Franz an ihre Zimmertür.

Ich komme gleich, sagte eine leise Stimme.

Ich habe deine Kleider vor die Tür gelegt, sagte Franz, sie sind bereits trocken. Ich habe sie gestern Abend noch in die Maschine gesteckt.

Zwanzig Minuten später saßen sie am Tisch im Freien. Martina ließ sich das Frühstück schmecken. Am Abend vorher hatte sie verhältnismäßig wenig gegessen.

Deine Lebensgeister kehren allmählich zurück, sagte Franz lächelnd.

Martina lächelte zurück. Du verwöhnst mich.

Franz sah sie an. Martina erschien ihm sehr schlank, fast mager. Sie sah Sofie nicht sehr ähnlich. Vielleicht die Form ihres Gesichts, vor allem die Mundpartie. Und auch manche Bewegungen und Gesten, selbst eine gewisse Art zu reden erinnerte ihn an ihre Mutter. Die langen braunen Haare dagegen und die unbestimmte Augenfarbe – zwischen grau und braun – unterschieden sich deutlich von Sofies blonden Locken und den strahlend blauen Augen.

Sie ist hübsch, dachte er, auf eine ganz andere Art als Sofie.

Ihr esst vermutlich nicht allzu regelmäßig?, fragte er schließlich.

Wie es kommt, sagte sie. Manchmal haben wir wirklich keine Zeit. Wenn bestimmte Aktionen stattfinden sollen, aber ... das muss dich nicht interessieren.

Doch, das tut es durchaus. Zumindest muss das alles so wichtig sein, dass es dazu geführt hat, dass du ein neues Studium begonnen hast.

Woher weißt du das?

Ich war so unverschämt, deine Freundin ein wenig auszufragen, nachdem du damals plötzlich in meiner Vorlesung aufgetaucht bist.

Was hat sie gesagt?, fragte Martina etwas aufgebracht.

Keine Angst. Ich habe nicht in deinem Privatleben herumgeschnüffelt. Sie hat lediglich erzählt, dass du dich in die Soziologie hineingestürzt und dein Musikstudium aufgegeben hättest.

Und was sagst du als Mann der Musik dazu?

Franz entging der ironische Unterton nicht, aber er ließ sich nichts anmerken.

Das musst du selbst am besten wissen. Deine Eltern waren vermutlich einverstanden?

Jetzt machst du dich über mich lustig!

Nein, es interessiert mich einfach.

Mit meinen Eltern, begann sie, habe ich nichts mehr zu tun. Ich will sie nicht mehr sehen – sie können mir gestohlen bleiben!, rief sie heftig. Du musst dir einmal vorstellen, mein alter Herr, der heute Vorstandsvorsitzender oder im Aufsichtsrat von was weiß ich was ist, steht, abgesehen von seiner Tätigkeit an sich!, einem Unternehmen vor, das dicke Geschäfte mit den Nazis gemacht hat ...

Und deine Mutter?

Meine Mutter! Was soll ich da sagen. Die konnte noch nie etwas mit mir anfangen!

Wie denn das?

Ach, reden wir nicht davon.

Franz zeigte ihr den Zeitungsartikel mit den Fotos.

Mistkerl, sagte sie leise.

Bitte?

Er hätte mich wenigstens informieren können!

Und wenn er es getan hätte?

Keine Ahnung. Ich habe mit Terroristen nichts am Hut – aber kann man sie manchmal nicht verstehen?, fragte sie trotzig.

Terroristen? Martina, man kann keine Menschen töten, nur um seine politischen Ziele durchzusetzen! Das geht einfach nicht!

Meinetwegen! Ronald hat ab und zu gesagt: Diese reaktionäre Gesellschaft, die ist wie ein Betonklotz. Die kann man nur ändern, wenn man sie in die Luft sprengt!

Das kann man vielleicht einmal denken, aber doch nicht tatsächlich tun! Martina, wenn einem ein Menschenleben nichts mehr bedeutet, dann ist man nicht mehr weit von den Nazis entfernt.

Du meinst Linksfaschismus? Diesen Vorwurf haben wir immer wieder gehört. Selbst Habermas hat ihn einmal geäußert. Aber hat nicht auch Marcuse davon gesprochen, dass es ein Naturrecht auf Widerstand gibt, wenn eine unterdrückte Gruppe in den gesetzlich erlaubten Protestmitteln keine Möglichkeit mehr sieht, sich zu artikulieren?

Bist du tatsächlich der Meinung, wir würden hier in einem autoritären Staatsgebilde wie in Lateinamerika leben?

Sind wir wirklich so weit davon entfernt? Unser Staat, der auf das Engste mit dem amerikanischen Imperialismus verbunden ist, ist doch Teil eines weltweiten Systems der Unterdrückung.

Ich höre schon wieder Marcuse, begann Franz. Und nun behauptet ihr, es gebe eine weltweit vernetzte Repression. Ich möchte dagegen sagen: Ihr sprecht von einem Phantom. Das hat für mich keine Realität mehr.

Und der Krieg in Vietnam? Das ist doch ein Krieg, den die USA als Speerspitze des gesamten imperialistischen Systems führen.

Der Krieg in Vietnam ist ein großes Unrecht, wie jeder Krieg übrigens. Aber wir sprechen auch von Deutschland.

Franz, glaubst du nicht manchmal auch, dass der Faschismus hier jederzeit wieder aufstehen kann? Und von diesem Land ging einmal einer der schlimmsten Kriege aus …

Wem sagst du das denn? Weißt du überhaupt, was ich …? Nein, du kannst natürlich nicht viel von mir wissen. Woher auch.

Was ... meinst du, Franz?

Ich weiß, wovon ich rede, Martina. Ich habe unter Hitler im Zuchthaus gesessen, weil ich Mitglied einer Frankfurter Widerstandsgruppe von Arbeitern und Intellektuellen war. Nach meiner Entlassung wurde ich in ein ›Strafbataillon‹ gesteckt. In Griechenland lief ich zu den Partisanen über. Ich weiß, was Faschismus, Unterdrückung und Gewalt bedeuten!

Martina starrte Franz einen Augenblick verunsichert an. Dann fasste sie sich wieder.

Dann musst du aber auch die Leistung der Roten Armee anerkennen, die entscheidend zur Niederwerfung von Hitler beigetragen hat.

Richtig, aber dann darfst du auch die Leistung der Alliierten nicht unterschätzen, auch die der von dir so geächteten Vereinigten Staaten nicht ...

Mag ja sein. Aber die Westmächte verfolgten dabei auch wirtschaftliche Interessen.

Wie wäre es, wenn wir unter anderem auch von Machtinteressen sprechen würden?, entgegnete Franz. Stalins friedliebende UdSSR hatte natürlich solche Interessen nicht?

Ich muss mich zurücknehmen, dachte Franz. So fordere ich nur noch mehr ihren penetranten Widerspruchsgeist heraus.

Und der ließ in der Tat nicht auf sich warten.

Die Sowjetunion hatte bei diesem Krieg die größte Zahl von Opfern zu beklagen, sagte Martina wütend.

Richtig. Da möchte ich dir nicht widersprechen. Aber, betrachten wir dennoch auch die Realität, Martina. Machtinteressen sind, leider, überall vorhanden. Sie sind bei den Menschen, wie soll ich sagen, eine anthropologische Konstante. Vielleicht ist das ein Teil einer Fehlkonstruktion, aber es ist so.

Selbstverständlich sehen auch wir in Stalin nicht gerade

einen fortschrittlichen Linken. Aber du musst doch auch bedenken, welche Probleme die Sowjetunion hatte, die reaktionären Kräfte in all den osteuropäischen Ländern zu bekämpfen und niederzuhalten.

Der 17. Juni 1953? Ungarn 1956? Prag 1968? Das war jeweils die Schuld irgendwelcher ›reaktionärer Kräfte‹? Das glaubst du doch selbst nicht!

Man konnte nachweisen, dass bei all diesen Ereignissen die Reaktion schnell präsent war, sagte Martina.

Menschen, die das Rad bei jeder Gelegenheit zurückdrehen wollen, gibt es immer. Aber du musst zugeben, dass Dubček und seine Freunde von einem großen Teil der Bevölkerung getragen wurden.

Franz, es gab auch in unseren Reihen Leute, die den Einmarsch der Staaten des Warschauer Pakts bedauerten. Aber viele sahen in der ČSSR die große Gefahr eines Rückfalls in den Kapitalismus.

Martina, das glaube ich nicht so ohne Weiteres. Wenn das tschechische Experiment gelungen wäre, hätte das durchaus eine demokratische Signalwirkung auf andere Staaten haben können. Man muss allerdings auch sagen, dass Dubček den Machtwillen der Sowjetunion unterschätzt hat. Die UdSSR hätte niemals ein Ausscheren von einem der in ihrem Einflussbereich liegenden Staaten hingenommen.

Das Telefon läutete.

Entschuldige mich einen Moment, sagte Franz.

Martina stand ebenfalls auf und begann das Geschirr zusammenzuräumen. Danach ließ sie sich in einen Lehnstuhl fallen.

Sie war außerordentlich wütend. Nicht auf Franz, sondern auf Ronald. Sie fühlte sich von ihrem Freund hereingelegt.

Du bist ein Schuft!, dachte sie. Ein gemeiner, hinterhältiger Kerl!

Franz gegenüber hätte sie das nie zugegeben. Sie saß ganz schön in der Tinte und wusste im Moment nicht, wie sie da wieder herauskommen sollte. Ihre Freunde konnte sie ebenfalls nicht anrufen.

Franz telefonierte fast zwanzig Minuten. Als er zurückkam, fand er eine dösende Martina vor.

Martina, schläfst du?

Nein, ich denke.

Hör zu, begann Franz, ich habe eben ein längeres Telefongespräch mit meinem Schwager geführt.

Und? Was sagt er?, fragte Martina ziemlich aufgeregt.

Beruhige dich! Wir führten ein ruhiges, sachliches Gespräch, sonst gar nichts. Ich musste ihm unsere, deine Situation schildern. Das ist die einzige Möglichkeit, um herauszubekommen, was nun zu tun ist. Du musst dir doch im Klaren sein, dass ich mich strafbar mache, wenn ich dich auf Dauer verstecken würde. Aber ich würde dich nie verraten. Doch nun hat mir Oskar Meinhold etwas mitgeteilt, das mir einen möglichen Weg aufzeigt, wie du aus der Geschichte herauskommen könntest.

Martina schüttelte den Kopf.

Franz, du kannst von mir nicht verlangen, dass ich irgendjemanden verrate!

Das musst du auch gar nicht. Es geht nur darum, wenn du glaubhaft versichern kannst, dass du selbst absolut nichts davon gewusst hast, dass bei euch in der Wohnung eine Terroristin übernachtet – es geht also vor allem um diese Frau – dann kann man dir nichts anhängen.

Du hast Glück gehabt, dass du in dem Lateinamerika-Komitee warst und bei dieser Freundin übernachtet hast. Niemand kann dir also eine direkte Verbindung zum Terrorismus nachweisen ...

Bist du dir wirklich sicher?

Mein Schwager hat da eigentlich keinen Zweifel gelassen. Ich würde aber auf jeden Fall noch einen Anwalt kontaktieren. Dann sind wir noch mehr auf der sicheren Seite.

Einen Anwalt?

Das geht auf mich, Martina.

Martina umarmte ihn.

Franz, ich weiß gar nicht, was ich sagen soll!

Lass es gut sein. Übrigens, auch meine Schwester hat mich am Telefon kurz auf dich angesprochen.

Martina ließ Franz los.

Kennt sie mich?

Sie hat in der Zeitung deinen Namen gelesen. Der Name Fahrenbach sagte ihr schließlich etwas.

Martina schüttelte ungläubig den Kopf.

Wusstest du nicht, dass deine Mutter mit unserer Familie weitläufig verwandt ist?

Das wird ja immer mysteriöser ...

Franz lachte: Mütterlicherseits, um ein paar Ecken.

... Einen Moment lang war ich versucht, Martina die Wahrheit zu sagen. Doch dann ließ ich es lieber bleiben. Das wäre die falsche Gelegenheit gewesen. Ich weiß nicht, ob es überhaupt noch wichtig ist, Martina wissen zu lassen, dass zwischen ihrer Mutter und mir einmal eine Beziehung bestanden hat ...

Was, glaubst du, werden deine Eltern sagen, wenn sie dein Bild mit dem Namen in der Zeitung sehen?, fragte er.

Keine Ahnung. Ist mir völlig egal.

Habt ihr überhaupt keinen Kontakt mehr?

Martina schüttelte den Kopf.

Und dein Freund, dieser Ronald, steckt ja nun in echten Schwierigkeiten.

Ich kann nicht sagen, dass es mir gleichgültig ist. Aber ... vielleicht sollte ich mich daran gewöhnen ...

Woran?

Martina zuckte mit den Achseln.

Entschuldige, das geht mich im Grunde nichts an. Es war nicht persönlich gemeint.

Martina setzte sich an den Tisch, trank einen Schluck Wasser.

Ich bin eigentlich ein Mensch mit Prinzipien, sagte sie, ich wollte immer klare Verhältnisse haben, aber in diesem Fall ... bin ich völlig verunsichert. Ich muss nachdenken.

Verstehe, sagte Franz.

Er setzte sich zu ihr.

Normalerweise würde ich nun einen kleinen Spaziergang vorschlagen, aber ...

Das ist vielleicht nicht unbedingt ratsam, sagte sie lächelnd.

Was wirst du tun, wenn der ganze Schlamassel vorüber ist?

Mal sehen.

In diese Wohnung kannst du nicht zurück.

Notfalls kann ich bei einer Freundin in Rohrbach unterkommen, in einer WG. In meinem Kopf fahren die Gedanken im Augenblick Karussell. Ich muss versuchen, sie anzuhalten. Und dann eine klare Entscheidung treffen. Ich brauche noch etwas Zeit.

Aber noch einmal, Martina, bist du einverstanden, dass wir so verfahren?

Martina nickte.

Franz ging wieder zum Telefon, kam nach kurzer Zeit zurück.

Der Rechtsanwalt ist nicht zu erreichen. Wochenende! Wir müssen wohl bis Montag warten. Selbst wenn uns das angelastet würde. So lange musst du eben hier bleiben.

In der Nacht war ein Gewitter über die Stadt gezogen. Neben dem üblichen atmosphärischen Aufruhr und dem begleitenden Regen hatte es auch etwas gehagelt, ohne dass nennenswerter Schaden angerichtet wurde. Am nächsten Morgen hatten sich die Wolken verzogen und der Sonntag begann mit angenehmeren, kühleren Temperaturen.

Franz und Martina frühstückten wieder im Freien.

Wenn ich seinerzeit, in den fünfziger Jahren, geahnt hätte, dass ich hier einmal mit dem kleinen Mädchen, das mich damals besucht hat, unter diesen Umständen beim Frühstück sitzen würde ...

Bei diesen Worten von Franz erschien ein zaghaftes Lächeln auf ihrem Gesicht.

Ich weiß, nun sind wir beide eine kleine radikale Minderheit, sagte Martina.

Das anschließende Lachen tat ihnen gut. Vorübergehend.

Was ich mir heute Nacht, als ich wach lag, immer wieder überlegte, begann Franz, ist der Zusammenhang von Engagement und Lebenszeit.

Martina sah ihn erstaunt an.

Ich habe mich an meine Jahre des Widerstands in Frankfurt erinnert und daran, wie viel Zeit meines Lebens, inklusive aller Folgen, dabei auf der Strecke geblieben ist.

Und? Bereust du das nun?

Ja und nein. Es war eine Epoche, in der nicht nur strukturelle, sondern auch direkte Gewalt ungleich breiter und brutaler gewirkt hat als heute. Es blieb einem, wenn man dagegen war, kaum eine andere Wahl. Euer Engagement heute ist anderer Natur. Verstehe mich nicht falsch, Martina, damit will ich keinesfalls sagen unwichtig oder gar bedeutungslos, sondern insofern anders, als ihr auf jeden Fall die Möglichkeit habt, euch zu artikulieren, eure Meinung kundzutun, zu demonstrieren und zu protestieren. Der Staat kann euch das nicht verbieten. Aber ich wollte noch etwas anderes damit sagen. Wenn ich vorhin von Lebenszeit gesprochen habe, so muss ich sagen, wenn ich die ersten Jahre in Frankfurt mitrechne, waren es fast dreizehn Jahre, in denen ich nicht so leben konnte, wie ich es gerne getan hätte. Die schlimmsten Jahre waren natürlich die im Gefängnis und nachher im Krieg. Was ich aber überhaupt nicht bereue, sind die Begegnungen mit den Menschen, mit ihrer Solidarität, mit ihrem Kampf gegen Hitler.

Zugegeben, die BRD ist nicht mit Hitler-Deutschland identisch. Aber ich bitte dich dennoch auch zu bedenken, dass zum Beispiel die Notstandsgesetze und vor allem auch das Berufsverbot, der sogenannte Radikalenerlass, einen offenen Angriff auf die demokratische Verfassung darstellen.

Ja, sagte Franz. Aber du kannst dich engagieren, dich einbringen bei all diesen Dingen, bei denen du der Meinung bist, dass man etwas dagegen unternehmen muss.

Martina sah ihn skeptisch an, wandte dann den Kopf zur Seite.

Erzählst du ein wenig von damals?, fragte sie nach einer kurzen Zeit des Schweigens.

Das möchte ich im Augenblick nicht, Martina. Bleiben wir lieber in der Gegenwart.

Ich möchte dich aber danach fragen, Franz. Du hast vieles durchgemacht, Erlebnisse, Vorkommnisse, von denen ich überhaupt nichts wusste ...

Aber um Himmels willen jetzt keinen Sockel errichten, sagte Franz.

Nein, nein! Das will ich auch gar nicht. Aber du besitzt eine größere Lebenserfahrung als wir und mir scheint, du kennst dich in vielem, was wir wollen und was wir vorhaben, ziemlich gut aus. Wie schätzt du das eigentlich ein? Glaubst du an die Revolution?

Ich setze mich nicht gerne dem Vorwurf aus, ich würde mit meinem Alter kokettieren, Martina. Aber ich kann mir dennoch nicht helfen, mit zunehmendem Alter nimmt in gleichem Maße der Glaube daran ab, was man mit Menschen überhaupt verwirklichen kann und wozu sie eventuell ethisch-moralisch in der Lage sind.

Aber man muss doch auch eine Hoffnung haben, dass sich etwas ändern kann.

Die muss man ja deshalb nicht vollständig aufgeben.

Hast du Bloch gelesen?

Ja, sagte Franz zögernd, ich lese häufig im *Prinzip Hoffnung*, vor allem im dritten Band. Seine philosophischen Überlegungen zur Musik haben es mir besonders angetan.

Und Adorno?

Auch. Hast du ihn in Frankfurt noch erlebt?

Nein, ich habe mein Studium dort im Wintersemester 1969 begonnen. Da war er schon tot. Seine Schriften zur Musik waren aber oft noch Gegenstand lebhafter Diskussionen. So viel ich gehört habe, sind seine Vorlesungen gesprengt worden. Ich glaube, man hat ihm übel mitgespielt.

Ja, das war schon ziemlich hart, wie mit ihm umgesprungen wurde. Das wünscht man niemandem. Aber in der Sache habe ich manchmal gegen ihn Stellung bezogen, auch ab und zu polemisiert. Vor allem in den Briefen, die wir uns ab und zu zugesandt haben. Ebenso in manchen Artikeln.

Oh! Könntest du mir mal einen Brief von ihm zeigen?, fragte Martina.

Franz schüttelte den Kopf.

Nicht jetzt. Später vielleicht mal.

Wir haben übrigens nicht nur über Adornos Schriften zur Musik diskutiert, sagte Martina. Vor etwa einem Jahr gab es ein Kolloquium zu dem Buch *Dialektik der Aufklärung*, das er zusammen mit Horkheimer veröffentlicht hat. Wegen Terminüberschneidungen konnte ich nur ein paarmal daran teilnehmen.

Dieses Werk fand ich immer sehr spannend. Der Vernunftbegriff der Aufklärung, der hier einer radikalen Kritik unterzogen wird: Auf der einen Seite der emanzipatorische Gedanke, die Beherrschung der Natur, der allgemeine Fortschritt der menschlichen Gesellschaft und auf der anderen Seite die Zerstörung der Natur, das gnadenlose Eingreifen in alle Bereiche, bis zur Selbstvernichtung. Beide Pole, positiv wie negativ, stehen in einem dialektischen Zusammenhang, bedingen einander. Das finde ich interessant und beklemmend zugleich.

Ja, sagte Martina. Ich habe noch in Erinnerung, dass der Dozent davon gesprochen hat, dass Adorno und Horkheimer der Meinung sind, Aufklärung beginne schon in der Mythologie und sie sei von Anfang an mit einem deutlichen Makel behaftet, nämlich mit *Herrschaft und Ausbeutung*.

Genau. Dieser Makel habe dann nicht mehr beseitigt werden können und ziehe sich sozusagen durch die ganze Menschheitsgeschichte, der gesamte Zivilisationsprozess sei davon betroffen.

Am Ende stehen Vernichtungskriege, Genozid, Atombombe ...

Also nichts mehr von Fortschritt des Menschen, überhaupt Aufklärung in einem positiven Sinne, wie sie doch meistens verstanden wurde? Hätte es nicht auch anders herum gehen können, dass die andere Seite gewonnen hätte, also das Ankommen in einer humanen und menschenwürdigen Gesellschaft?

Franz zögerte einen Moment. Gute Frage. Stattdessen also der Rückfall in eine furchtbare Barbarei – gemeint ist ja wohl der Faschismus.

Aber zunächst war es doch wohl so, dass man die mythische Welterklärung rational aufzuklären und zu untermauern versucht hat, sagte Martina.

Ja, aber die Autoren sind der Meinung, dass mit der zunehmenden Beherrschung der Natur die Aufklärung selbst in Mythologie ›zurückschlage‹. Ich vermag nicht mit Sicherheit zu beurteilen, ob all diese Thesen ihre

Richtigkeit haben. Letztendlich wollten sie in ihrem Werk die ›rätselhafte Bereitschaft der technologisch erzogenen Massen‹, sich auf totalitäre Ideologien einzulassen, aufzeigen und beschreiben.

Aber sie möchten ja die Aufklärung deshalb nicht eliminieren, sondern wollen am Ende doch auch an die positiven Seiten erinnern.

Sicher. Aber ich könnte mir vorstellen, dass in den kommenden Jahrzehnten die Zusammenhänge zwischen Aufklärung und Totalitarismus von Historikern und Philosophen anders gesehen werden. So manches, auch die Art und Weise, wie der Begriff ›Aufklärung‹ hier verwendet wird, müsste hinterfragt werden. Dieser Versuch in der *Dialektik der Aufklärung*, die Entstehung der Barbarei des Faschismus zu erklären, stellt eben eine Variante unter vielen dar.

Aber unbedingt eine sehr wichtige!, betonte Martina.

Okay, Martina. Da will ich dir nicht widersprechen. Doch eine Sache ist für mich sicher:

Hier liegen Adornos Stärken – und nicht in der auf abenteuerlichen Zusammenhängen beruhenden Musik-Ästhetik!

Ich finde, du bist Adorno gegenüber ein wenig ungerecht.

Es läutete.

Wer kann das sein?

Martina sah Franz an.

Ich sehe nach.

Franz ging den Plattenweg hoch. Als er wieder herunterkam, folgten ihm zwei Menschen in Motorradmontur.

Darf ich bekannt machen: Martina ..., Gerda und Leonhard Schmied.

Hatte Franz ihren Nachnamen ›für alle Fälle‹ verschwiegen?

Es folgte ein angeregtes Gespräch unter alten Freunden. Leonhard hatte schon lange das Rentenalter erreicht, Gerda stand kurz davor. Martina saß artig dabei, sagte nahezu nichts. Und als sie nebenbei erfuhr, dass Leonhard bei einem Metall verarbeitenden Betrieb beschäftigt gewesen war und Gerda als Gewerkschaftssekretärin arbeitete, kam so etwas wie ein staunender Ausdruck in ihr Gesicht, über den sich Franz zunächst wunderte. Es war viel von Frankfurter Freunden und den unterschiedlichsten Menschen die Rede, die Martina überhaupt nicht kannte. Gerda fragte Martina einmal, ob sie Studentin sei. Und als Martina bejahte und sagte, dass sie Soziologie studiere, erzählte ihr Gerda lächelnd, dass man vor kurzem zu einer Versammlung der IG-Metall auch Studenten eingeladen habe, deren ideologisches Gerede zwar die wenigsten verstanden hätten, dass der Beifall aber dennoch wohlwollend gewesen sei.

Viele von uns gehen inzwischen in die Betriebe und unterstützen die Arbeiter in ihrem Kampf für gerechte Löhne, sagte Martina.

Leonhard nickte ihr zu und zog bedächtig an seiner Pfeife.

Nach einer knappen Stunde standen die beiden Besucher wieder auf und verabschiedeten sich. Es war noch ein Treffen am nächsten Wochenende in einem urigen Lokal in Mumbach im Odenwald verabredet worden.

Franz brachte die beiden nach oben zum Eingangstor. Als er zurückkam und sich wieder zu Martina setzte, sagte er ihr, er habe vorhin bemerkt, dass sie leuchtende Augen bekommen habe.

War es die Tatsache, dass die beiden aus dem Arbeitermilieu kommen?

Martina errötete ein wenig.

Nun ja, wand sie sich, aus dem Proletariat rekrutiert sich schließlich ein revolutionäres Potential ...

... das mehr und mehr zur Zielscheibe eurer Aktionen geworden ist, fuhr Franz fort.

Am Anfang war es schwierig, doch vor allem seit dem Mordanschlag auf Rudi Dutschke und seit den Streiks im September 1969, die in der Westfalenhütte in Dortmund begonnen hatten und sich schnell ausbreiteten, gab es immer mehr gemeinsame Aktionen. Ich habe sehr wohl deinen ironischen Unterton herausgehört!

Seit dem Mord an Benno Ohnesorg, der natürlich ebenso wie der Mordanschlag auf Rudi Dutschke eine verabscheuungswürdige Tat war, ist bei der Studentenbewegung so viel geschehen, und was ich neben dem Terrorismus am schlimmsten finde, ist diese ideologische Zersplitterung – lauter kleine Gruppen von Rechthabern, die sich gegenseitig das Leben schwer machen.

Vielleicht ein notwendiges Übel auf dem Weg, sagte Martina.

Wohin? In die klassenlose Gesellschaft?

Was ist so schlimm daran? Martina fauchte beinahe.

An dieser Stelle brachen sie die Diskussion ab.

Am Montagmorgen kam Heinz Drachenfels vorbei. Franz hatte den Anwalt, dessen Vater einige Jahre lang sein Klavierschüler gewesen war, am Sonntagabend telefonisch erreicht.

Es folgte das juristische Procedere über Polizei, Staatsanwaltschaft, Anhörung und so fort. Martina sagte ihre Lektion auf, der Anwalt gab eine Zusammenfassung seiner Sicht der Dinge, auch Franz wurde befragt.

Nach wenigen Tagen war Martina wieder auf freiem Fuß. Bei einer Gegenüberstellung war sie von ihrem Freund noch als Handlangerin der Klassenjustiz beschimpft worden, was sie wiederum so in Rage brachte, dass sie zurückschrie und Ronald einen hinterhältigen Polit-Macho nannte, den seine Mitmenschen letztlich völlig kalt ließen.

Nach ein paar Wochen hatte Martina die Enttäuschung über das Ende ihrer Beziehung überwunden.

Sie zog in die WG in Rohrbach, gründete zusammen mit einigen Frauen eine revolutionäre Zelle, in der sie noch über ein Jahr aktiv war. Anfang 1974 ging sie nach Frankfurt zurück.

Andante creativo e filosofico

Nicht nur in ihrer verbleibenden Zeit in Heidelberg, auch in den ersten Jahren nach ihrer Rückkehr nach Frankfurt besuchte Martina Franz Niemann im Gartenhaus, ließ sich manchmal auf wilde Diskussionen mit ihm ein. Franz war so etwas wie ein väterlicher Freund für sie geworden.

Mit der Zeit, bedingt durch ihr berufliches Engagement, wurden die Besuche seltener.

Es kam hinzu, dass Franz, der 1976 in den Ruhestand verabschiedet wurde, viel auf Reisen war. Auch mietete er sich in den folgenden Jahren häufig für ein oder zwei Monate ein Sommerhäuschen in den unterschiedlichsten Regionen Europas, sei es in Schweden, Irland oder Frankreich. Niemals mehr fuhr er nach Griechenland.

Er blieb allein, führte immer mehr jenes Einsiedlerleben, das für ihn offenbar zu einer Künstlerexistenz gehörte.

Er hat Céciles Rat nicht befolgt, dachte Martina. In seinen Tagebüchern taucht nirgendwo der Name einer Frau auf, die auch nur vorübergehend sein Leben geteilt hätte. Auch in all den Gesprächen mit Dorothea war nie von einer Partnerin die Rede. War Franz vielleicht jemand, der zu keiner Beziehung fähig war? Seine Verbindung zu Sofie ist in die Brüche gegangen. Und meine Mutter war so sehr verletzt, dass sie eine, ich möchte beinahe sagen, x-beliebige Verbindung eingegangen ist. Nein, sie konnte meinen Vater nicht geliebt haben. Sie muss aber doch einmal eine Frau gewesen sein, die ihre Emotionalität nicht versteckt hat. Wie hat sie es nur geschafft, in ihrem weiteren Leben ihre Gefühle so zu verbergen, sie in diesem Maße unter Verschluss zu halten? Fast bis zur Selbstaufgabe?

Und Franz? Für ihn gab es noch Anna. Sie verschwand

aus seinen Augen – und wurde in der Folgezeit die Geliebte in seiner Erinnerung. Es gab nicht die kleinste Chance einer Korrektur. Das Leben ist so gelaufen, sei es auch durch entsprechende äußere Gegebenheiten, auf die er keinen Einfluss hatte. Aber waren die Begegnungen mit Sofie und Anna so prägend für ihn, dass er danach keine Beziehung mehr eingehen konnte?

Das konnte es doch nicht allein sein. Martina dachte daran, dass sich manche Menschen eine so ultimative Liebesbeziehung wünschen, dass eine entsprechende Verwirklichung nahezu unmöglich erscheint – oder nur in einer Traumwelt.

Die brüchige Sehnsucht von Franz, sein Älter-Werden, sein Versuch, die Beziehung zu Irene Nakowski aufrechtzuerhalten, scheint darauf hinzudeuten, dass er damals noch nicht ganz aufgeben wollte. Zumindest spielt eine Tagebuchaufzeichnung aus jener Zeit darauf an.

... Es stellt sich das Gefühl ein, dass das Leben an einem vorbeiläuft. So viele verpasste Möglichkeiten. Kein verpfuschtes Leben, aber etwas, das an mir vorbeigeht. Ich bin gar nicht angekommen. Alles würde einfach, wenn ich den ›Durst löschen könnte‹. Aber das kann ich nicht. Immer drängt mich irgendetwas vorwärts. Schließlich wird das Leben zu Ende gehen – und ich bin in gewissem Sinne nicht dabei gewesen.

Irene ist so viel jünger als ich. Ich weiß, dass ich mich zum Narren mache. Aber ich kann nicht anders. Irene wird es sein, die den ›alten Mann‹ irgendwann zur Vernunft bringen wird. Und wenn sie ihm Hörner aufsetzt. Ich hätte mir zwar einen würdevolleren Abgang vorgestellt, aber wir sind nicht immer Herr unserer selbst. Etwas, ›es‹ treibt uns an. Manche nennen es das »Ewig-Weibliche«, andere halten es je nach Auffassung für eine Kraft, für den Lebenswillen. Was es auch immer sei, ›es‹ führt uns unter anderem auch unsere Bedeutungslosigkeit vor Augen. Wir leben irgendwie – und vergehen. Nichts bleibt.

***

Bei seinen Reisen in die unterschiedlichsten Länder hörte Franz, so oft es ihm möglich war, die jeweilige Volksmusik, schrieb viele Melodien auf, beschäftigte sich wieder mit der Musik-Ethnologie, einem Fachgebiet, das er vor vielen Jahren am Musikwissenschaftlichen Institut in Wien kennen gelernt und das sich in der Zwischenzeit in vielfältiger Weise weiter entwickelt hatte. Oftmals bildeten die in den entferntesten Regionen der Welt entstandenen Melodien ein wichtiges Ausgangsmaterial für seine Komposition. Er besuchte häufig völkerkundliche Museen, korrespondierte mit Musik-Ethnologen auf der ganzen Welt und konnte sich auf diese Weise mit Liedern der Inuit, Musik der Senoi auf Malakka, indischen ragas, Kultgesängen bei den Bergstämmen Thailands oder mit der rituellen Siebentonmusik auf Bali befassen.

Martina fand in der Bibliothek im Gartenhaus eine umfangreiche Sammlung von Büchern zu diesem Forschungsgegenstand. Bei ihrer Durchsicht von weiteren Sätzen der ›Großen Partitur‹ stieß sie ständig auf Spuren seiner Beschäftigung mit der ›Welt-Musik‹.

Martina kannte bereits den einen oder anderen Aufsatz von Franz, den er in Musikzeitschriften über Olivier Messiaen oder Karlheinz Stockhausen veröffentlicht hatte. Daneben fand sie noch weitere Artikel von ihm zur allgemeinen Rezeption außereuropäischer Musik.

Schließlich war sie ebenfalls bei jenem Satz der Sinfonie angelangt, von dem Irene in München berichtet hatte.

Martina überlegte, ob sie nicht gerade diesen Teil für das geplante Konzert in Heidelberg auswählen sollte. Doch zuerst wollte sie sich einen Überblick über die gesamte Partitur verschaffen.

Noch etwas anderes erregte ihre Aufmerksamkeit.

Zahlreiche Tagebucheintragungen belegten die Beschäftigung von Franz mit der Philosophie Ernst Blochs. Martina stieß einmal auf zwei Verse aus einem Sonett von Sri Aurobindo, an die sich ein längerer Gedankengang über Blochs Philosophie der Hoffnung anschloss.

Du stehst am Buge, wenn das Schiff der Zeit den Anker lichtet,
Und aller Zukunft Leidenschaft auf Dich die Hoffnung richtet.

… Die Hoffnung kann nichts mit gedankenlosem Optimismus zu tun haben, ebenso wenig mit pessimistischer Selbstaufgabe. Alle offenen Wünsche und Erwartungen verweisen auf eine Sinngebung meiner Existenz, deren Fortbestehen aus diesem Grundaffekt, genannt Hoffnung, gespeist wird.

Bloch wendet sich vehement gegen die Vorstellung, dass die Utopie nichts als eine inhaltlose Spekulation sei oder ein nicht zu verwirklichendes Wolkenkuckucksheim. Ohne die Erwartung einer Zukunft gebe es beim Menschen kein Denken und kein Handeln. Nichts würde sich in der Welt jemals ändern ohne das subjektive Hoffen des Individuums und ohne die objektive Möglichkeit zu einer humanen utopischen Welt …

Anschließend ging Franz auf das ›Trompetensignal‹ in Beethovens Oper Fidelio ein, das von Bloch im dritten Band von »Das Prinzip Hoffnung« als ein außerordentlich wichtiges Signal in dem Sinne verstanden werde, dass es die Bedeutung eines Fanals zur Befreiung der Erniedrigten und Beladenen annehme. Inhaltlich setze dieses Signal in dem Augenblick ein, wo Menschen sich wiederfinden und gleichzeitig das Schlimmste verhindert wird. Doch darüber hinaus erklinge das Trompetensignal als Hinweis auf eine gerechtere Gesellschaft – es überschreite also in hohem Maße die private Befindlichkeit und werde zum reinen Klang der Freiheit.

Franz zitierte die Sätze Blochs am Ende dieses Kapitels

über Musik, wo Bloch sein ›Prinzip Hoffnung‹ in der Musik Beethovens verwirklicht sieht:

»... Wie nirgends sonst wird aber Musik hier Morgenrot, kriegerisch-religiöses, dessen Tag so hörbar wird, als wäre er schon mehr als bloße Hoffnung. Sie leuchtet als reines Menschenwerk, als eines, das in der ganzen von Menschen unabhängigen Umwelt Beethovens noch nicht vorkam. So steht Musik insgesamt an den Grenzen der Menschheit, aber an jenen, wo die Menschheit, mit neuer Sprache und der ›Ruf-Aura um getroffene Intensität, erlangte Wir-Welt‹, sich erst bildet. Und gerade die Ordnung im musikalischen Ausdruck meint ein Haus, ja einen Kristall, aber aus künftiger Freiheit, einen Stern, aber als neue Erde.«

Doch nicht jedes Mal blieb Franz im Grundton seines Tagebuchs bei diesem Gleichklang der Gedanken. Immer wieder konnte sich der Ton ändern, manchmal sogar ganz umschlagen. Seine Einstellung zu dieser Welt und ihren Menschen war nun einmal ambivalent. So brachen sich auch pessimistischere Gedanken Bahn, die ihn plötzlich überfielen, wenn auch nicht mehr mit dem Ungestüm früherer Tage.

Manchmal wurde er von einem ›Denken wider sich selbst‹ erfasst, eine These, die er in einem Essay von Cioran gefunden hatte.

Was hält mich eigentlich davon ab, dieser ganzen Plackerei ein Ende zu setzen? Ich bin doch nur ein kleines Nichts, das die Ergebnisse dieser westlichen Zivilisation in vielen Bereichen am Ende dieses Jahrhunderts nicht akzeptiert oder gutheißt. Die Menschen sind dazu verurteilt, ihre Probleme nicht in den Griff zu bekommen – sie schleppen sie als Altlasten von Jahrhundert zu Jahrhundert mit und vergrößern damit ihre Unfähigkeit einer Bewältigung.

Er war mit seiner privaten Lebenswelt ohnehin nie wirklich einverstanden gewesen.

Mit dem Älterwerden vergrößerten sich auch die Schwierigkeiten, mit der sich ständig verändernden Welt zurechtzukommen.

Martina war verblüfft, als sie im Werktagebuch dieses Gedicht von Franz vorfand, das er offenbar als Text in einem Satz seiner Sinfonie vertonen wollte.

> am Abend
> verblasst
> das Rot
> der Ebereschen
>
> das Gelb
> der Kürbisblüten
> vergilbt
> im Sonnenfall
>
> Azur
> entblaut
> am Lichterhimmel
> wie Nachtgestammel
>
> Traum
> entträumt
> von Tagesspuren
>
> wolfgeboren

Martina war von diesem Text seltsam berührt. Sie hatte das Gefühl, dass hier so etwas wie eine Bilanz anklang. Wieder anders als der Ton der Hoffnung.

Irene hatte von seinem achtzigsten Geburtstag im Oktober 1989 in Salzburg erzählt, wo für Franz, ein einziges Mal, zwei kleinere Teile aus seiner Sinfonie gespielt worden waren.

Ein paar Tage danach wurde die ›Wende‹ eingeleitet, der

Fall der Mauer in Berlin, das Ende der *Deutschen Demokratischen Republik.*

Das war vielleicht höchste Zeit, schrieb Franz, *aber jetzt hat das andere Übel die Oberhand behalten. Der Kapitalismus hat gewonnen! Halali und helau! Auf sie mit Gebrüll! Wir sind nicht das Volk! Wir sind das Geld: »Vorwärts – und nicht vergessen! Worin unsre Stärke besteht ...«*

Martina musste lachen. Er hat durchaus auch das Zeug zum Kabarettisten gehabt, dachte sie. Auch noch als Achtzigjähriger.

Sie wusste, dass Franz die real existierenden Sozialisten nicht gerade mochte. Doch auch der Kapitalismus war ihm suspekt. Also keine Hoffnung?

... Wer wird ihn jetzt noch bremsen? Nun kann er sich völlig ungehindert über die ganze Welt ergießen. Wie ein Krake. Das berühmte ›Seid umschlungen, Millionen!‹ wird sich nur noch auf das Geld beziehen. Für die Dividenden der Aktionäre werden immer mehr Menschen ihre Arbeitsplätze verlieren. Die ›Arbeitskraft Mensch‹ wird unwichtig. Der arbeitende Mensch wird nur noch als unbekannte Zahl auf dem Verschiebebahnhof der auf Gewinnmaximierung ausgerichteten Aktiengesellschaften eine Rolle spielen. Auf die Fahrpläne hat er keinen Einfluss mehr. Und an ›blühenden Landschaften‹ wird er ohnehin nicht vorbeifahren!

Was bedeutet denn letztlich der Begriff ›Globalisierung‹ überhaupt? Kapitalisten aller Länder, vereinigt euch! ...

* * *

1982 starb Dorotheas Mann bei einem Unfall. Auf der Rückfahrt von einem Ärztekongress in Hamburg war er bei Hannover in einen Stau geraten und ein Lastzug fuhr nahezu ungebremst in dieses Stauende hinein. Ursprünglich wollte Dorothea ihn begleiten. Eine Virusgrippe hatte das verhindert.

Dorothea führte die Praxis in Mainz noch ein paar Jahre weiter. Ihre Tochter Sabina arbeitete inzwischen als Dolmetscherin beim Europäischen Parlament in Brüssel.

Oskar Meinhold, Juttas Mann, starb 1983 überraschend an einem Herzinfarkt. Jutta, die schon mehrere Jahre mit einem Lymphdrüsenkrebs kämpfte, erlag ihrem Leiden ein knappes Jahr später. Sie war vierundsiebzig Jahre alt geworden.

Aber auch von Freunden und Weggefährten trafen aus verschiedenen Orten immer wieder schwarz umrandete Nachrichten ein.

Nun steht das Haus in der Bergstraße leer. Der Tod hat ganze Arbeit geleistet. Weshalb muss man auf diese Weise übrig bleiben? Was hat man hier noch zu schaffen, wenn um einen herum so viel gestorben wird?

Juttas Tod war ein schwerer Schlag für ihn. Er brauchte viele Monate, um ein wenig darüber hinwegzukommen.

1985 verkaufte Dorothea die Praxis in Mainz und ging in den Ruhestand. Ihr Einzug in das Haus in der Bergstraße erfüllte Franz mit großer Freude.

Du kommst im rechten Augenblick!, sagte Franz und nahm seine Schwester in die Arme.

Nicht unterkriegen lassen, Franz!, erwiderte sie. Der Tod ist ein Teil unseres Lebens.

Ich weiß. Aber er lässt uns leiden. Der Abschied von Menschen, die wir lieben, ist nun einmal schwer zu ertragen.

Er bewunderte seine Schwester, die ihr Leben immer so tatkräftig und umsichtig gemeistert hatte. Damals, nachdem ihr Mann plötzlich gestorben war, hatte sie sich nach einigen Monaten größter Zurückgezogenheit wieder aufgerafft und sich mit enormer Energie in die Arbeit gestürzt. Sie hatte einen tüchtigen jüngeren Partner für die Arztpraxis gefunden, dem sie nach ein paar Jahren das Feld überlassen konnte.

Viel Kultur!, sagte sie, als Franz sie fragte, was sie nun den ganzen Tag zu tun gedenke.

Ihre erste größere Reise im folgenden Jahr führte sie nach Umbrien in Italien. Und die Reiseleitung lag in den Händen eines in Heidelberg lebenden, aus Italien stammenden Rechtsanwalts namens Carlo Cantieni. So lernte Dorothea ihren zweiten Mann kennen.

Bloch bezeichnet den Tod als stärkste Nicht-Utopie, schrieb Franz in seinem Tagebuch. *In den Religionen und Mythen ist von Gegenzügen die Rede. Auf der einen Seite möchte er diese Dinge nicht beurteilen, aber es ist ihm wohl klar, dass es sich insgesamt um Chiffren und Bilder handelt, die nicht einlösbar sind. Bloch spricht von einer ›forschenden Reise in den Tod‹. Der Kern sei noch nicht herausgebracht. Alles bisher Herausgebrachte gehöre nur der Schale an. Werden, Vergänglichkeit und Tod haben nur mit der Schale, dem Äußeren zu tun. Die Schale aber verweist auf etwas Inneres, auf einen Kern, der noch nicht in der Zeit ist und damit auch nicht dem Tod unterworfen. Würde das Innere, der Kern, tatsächlich herausgebracht werden, wäre eine Art Endzustand erreicht. Wenn aber dann die Zeit angehalten wäre, dann gäbe es auch kein Werden und Vergehen mehr. Dies würde bedeuten, dass der Tod im Grunde ›exterritorialisiert‹ wäre – der Tod als heimatloser Geselle?*

* * *

In jener Nacht Anfang Februar 1999 war ein heftiger Regenschauer niedergegangen. Erst gegen Morgen hatte der Wind ein wenig nachgelassen.

Franz zog seinen Umhang an, setzte den Hut auf, ergriff seinen Stock und brach wie jeden Morgen zu einem Spaziergang auf. Mit langsamen Schritten stieg er den Weg nach oben, öffnete das Tor und begann den Philosophenweg entlangzugehen, wie er ihn unzählige Male in seinem Leben entlanggegangen war. Kein Wetter hatte ihn jemals von dieser Gewohnheit abgehalten. Auch an diesem Tag nicht. Wenn ein Windstoß durch die Zweige der Bäume fuhr, prasselten die Wassertropfen auf den einsamen Spaziergänger, der ruhig seines Weges ging, ohne sich weiter darum zu kümmern.

Stunden später fand man ihn auf dem Weg, der zum Gartenhaus hinunterführte, nur noch wenige Meter vom Hauseingang entfernt. Sein Stock lag neben ihm, der Hut war ihm vom Kopf geglitten.

Niemand konnte sagen, wie weit er an diesem Morgen gewandert war. Bei der Rückkehr war er dem ›Gevatter‹, wie er ihn manchmal fast scherzhaft genannt hatte, begegnet.

Epilog
Andante con speranza

Heidelberg, am 21. September 2002, 17 Uhr.

Martina war sehr froh, dass sich eine ansehnliche Zahl von Zuhörern in der Stadthalle in Heidelberg versammelt hatte.

Dorothea Cantieni-Niemann mit ihrem Mann Carlo, François und Cathérine Faris, ihr Sohn Bernard – und Irene Nakowski.

Schüler, ehemalige Kollegen, Menschen, die ihn mehr oder weniger gekannt hatten.

Sie waren zu der Gedenkveranstaltung für Franz Niemann gekommen, um an diesem Samstagnachmittag etwas aus jener großen Sinfonie zu hören, von deren Vorhandensein in der Zwischenzeit viele etwas vernommen hatten. Sie waren alle gespannt, was der Komponist, der so viele Jahre in jenem legendären ›Gartenhaus‹ mit diesem Werk beschäftigt gewesen war, für eine Musik komponiert hatte. Franz wäre in wenigen Wochen dreiundneunzig Jahre alt geworden.

Von seinen Frankfurter Weggefährten lebte niemand mehr, auch nicht von jenen irgendwo auf der Welt verstreuten Menschen, die Franz vor langer Zeit einmal begegnet waren.

François und Cathérine hatten schon die sechzig überschritten. Er war inzwischen Direktor eines Krankenhauses in Montreal. Sie hatten ihrerseits zwei erwachsene Kinder, eine Tochter, Anne-Cathérine, und einen Sohn, Bernard.

Bernard befand sich im Augenblick hinter der Bühne. Auch die Pianistin Irene Nakowski. Beide warteten auf ihren Auftritt.

Zu Beginn dieser Veranstaltung trat Martina an ein Rednerpult und gab nach der allgemeinen Begrüßung der Anwesenden einige Erläuterungen zu dem Programm.

Wir freuen uns sehr, dass der Sohn von Franz Niemann mit seiner Frau aus Kanada zu uns gekommen ist und seinen Sohn Bernard mitgebracht hat. Die Enkelin von Franz, Anne-Cathérine, kann leider aus gesundheitlichen Gründen nicht an unserer Feierstunde teilnehmen. Sie erwartet Ende dieses Jahres ein Kind. Wie wir vor einigen Monaten erfuhren, ist Bernard, der Enkel von Franz, seit einem halben Jahr als Solocellist beim Symphonieorchester von Montreal beschäftigt, einem namhaften Orchester, das bis vor kurzem von Charles Dutoit geleitet wurde. Bernard wird nachher mit der Pianistin Irene Nakowski zur Erinnerung an seinen Großvater den ersten Satz aus einer Sonate von Bernhard Sekles spielen. Auch die Zusage von Irene Nakowski hat uns sehr gefreut.

Nun hören wir zu Beginn unseres Erinnerungskonzerts den ersten Satz aus der Sonate in d-Moll für Violoncello und Klavier von Bernhard Sekles. Wir haben aus verschiedenen Gründen an diesen fast vergessenen Komponisten gedacht. Zum einen war er einige Jahre lang der Kompositionslehrer von Franz Niemann. Zum anderen jährte sich in diesem Jahr sein Geburtstag zum einhundertdreißigsten Mal. Bernhard Sekles war viele Jahre Direktor unserer Staatlichen Hochschule für Musik in Frankfurt, die damals ›Hoch'sches Konservatorium‹ hieß. 1933 wurde er von den Nazis entlassen. Er starb bereits 1934 in einem jüdischen Altersheim an Tuberkulose.

Es folgte der erste Satz dieser Sonate von Bernhard Sekles: Sostenuto assai – Allegro marcato ma moderato.

Die beiden Ausführenden wurden mit lang anhaltendem Beifall bedacht. Danach nahmen die Mitglieder des Philharmonischen Orchesters Heidelberg ihre Plätze ein, der Flügel wurde in eine andere Position gebracht.

Die *Sinfonie der Welt* von Franz Niemann.

Martina gab zu den folgenden Teilen aus der ›Sinfonia universale‹ jeweils eine kurze Einführung.

Zu Beginn der Abschnitt aus dem sechsten Satz, allerdings gegenüber der Fassung von Salzburg etwas verlängert. Zunächst die rhythmischen Figuren im Fortissimo, die Marschgebärde des Krieges in den komplizierten rhythmischen Tonreihen, eingebettet in die entsprechenden dynamischen Einwicklungen, die palästinensische Melodie in den Flöten, dann das jiddische Lied, von einer Violine gespielt. Schließlich, von zwei Oboen vorgestellt, eine Melodie aus Syrien, von zwei Klarinetten und Saxophonen jeweils ein Volkslied aus dem Libanon und aus Jordanien. Am Ende dieses Teils wurden alle diese Melodien ineinander ›verschlungen‹, mehr und mehr verdrängten sie die rhythmischen Gebilde in den Hintergrund, jede einzelne Holzbläsergruppe ihre Eigenständigkeit betonend – die Gleichberechtigung aller dieser Melodielinien.

Die Musik verwirklicht eine Utopie, hatte Martina gesagt, die Musik kann das.

Es folgte die *Meditation für Klavier und Orchester*, die Coda aus dem Satz, der Anna Faris gewidmet war. Am Flügel spielte Irene Nakowski den besonderen Akkord mit seinen Verwandlungen in den Raum, manchmal pianissimo, manchmal in äußerst kräftigem Forte.

Dann das Spiel mit einer bestimmten Melodie, einem Lied, das Franz sein ganzes Leben nicht losgelassen hatte. Am Ende schlug Irene noch einmal den Akkord an und ließ ihre Hände neunundzwanzig Schläge lang auf den Tasten liegen. Martina sah, wie Irene mit sich kämpfte. Ihre Nasenflügel zitterten, sie schloss die Augen, ihre Lippen verkrampften sich.

Eine Stille legte sich über all die Menschen, die im Saal waren.

Ein Gedenken, in Gedanken versunken, Menschen, Ereignisse, Leben und Tod in Töne verwandelt, festgehalten in der Komposition einer Sinfonie.

Nach dieser Pause von fünfzehn Sekunden schlug der Dirigent ab.

Alas, my love …

Nach knapp zwei Stunden war die Veranstaltung zu Ende. Den beteiligten Musikern und den Zuhörern war klar geworden, dass es sich bei dieser Sinfonie um ein wichtiges Werk handelte, das man der Öffentlichkeit vorstellen musste und das nicht in Vergessenheit geraten durfte.

Die meisten Zuhörer blieben noch in der Halle zurück. Es wurden Getränke und ein kleiner Imbiss gereicht.

Martina trat mit Irene ins Freie.

Sie standen nebeneinander am Flussufer und sahen zum Philosophenweg hinauf, blickten auf das Haus, das ›Gartenhaus‹, das immer noch mit seinem warmen Gelbton auf die Stadt herunterleuchtete, als hätte sich nichts verändert.

Es ist schon merkwürdig, begann Martina, dass er nie den Versuch gemacht hat, wenigstens einen Teil seiner Sinfonie zu veröffentlichen oder aufführen zu lassen.

Auch mir ist das immer etwas widerspruchsvoll erschienen, sagte Irene. Ich erinnere mich aber noch daran, wie er einmal sagte:

Nun gut, meine Symphonie blieb immer im Verborgenen, als hätte ich sie nur für mich komponiert. Mein Werk, das meinem Leben einen Halt gegeben hat. Im Übrigen musst du auch einmal daran denken: Wie viele Romane wurden durch diesen Krieg nicht geschrieben, Bilder nicht gemalt oder Sinfonien nicht komponiert? Unzählige – für immer im Dunkel der Zeit verborgen, ungelesen, ungesehen, ungehört.

Die frische Luft tut gut, sagte hinter ihnen eine Stimme.

Dorothea war zu ihnen gekommen und legte ihre Hände auf die Schultern der beiden Frauen.

Ich danke euch für dieses wunderbare musikalische Erlebnis, sagte sie. Und besonders dir Martina für deine Arbeit in den letzten Jahren.

Auch Dorothea sah zu dem Haus hinauf.

Ich kann mich immer noch nicht daran gewöhnen, dass er nicht mehr da ist, sagte sie.

Was bleibt, ist die Musik, hatte Franz geschrieben, *ein Reich der Musik, das uns auf etwas verweist, wo wir noch nicht angekommen sind. Unsere »forschende Reise in den Tod« führt uns vielleicht in einen Raum, in dem der Friede einen besonderen Klang hat.*

Inhalt

Introduktion, Allegro – Adagio, ma non troppo 7

Allegretto con moto 37

Allegro agitato (unruhig, erregt) 60

Intermezzo (Zwischenspiel) 68

Allegro assai (sehr schnell) 158

Intermezzo – Allegro bellicoso e traumatico
(kriegerisch und traumatisch) 240

Lento, a poco a poco più vivo
(langsam, allmählich etwas schneller) 268

Andante sostenuto ed espressivo
(zurückhaltend und ausdrucksvoll) 315

Recordare (Gedenken/Sich-Erinnern) 341

Coda (Schlussteil einer Komposition) 378

Pavane pour une amante défunte
(Pavane für eine verstorbene Geliebte) 382

Allegro chiaro e scuro, per il giorno e per la notte
(hell und dunkel, durch den Tag und durch die Nacht)
427

Allegretto pensoso e riflessivo (nachdenklich) 489

Allegro agitato 511

Andante creativo e filosofico
(kreativ und philosophisch) 536

Epilog
Andante con speranza (mit Hoffnung) 546